김우창 金禹昌

1936년 전라남도 함평 출생. 서울대학교 문리과대학 정치학과에 입학해 영문학과로 전과했다. 미국 오하이오 웨슬리언대학교를 거쳐 코넬대학교에서 영문학 석사 학위를, 하버드대학교에서 미국문명사 박사 학위를 취득했다. 서울대학교 영문학과 전임강사, 고려대학교 영문학과 교수와 이화여자대학교 학술원 석좌교수를 지냈으며《세계의 문학》편집위원,《비평》발행인이었다. 현재 고려대학교 명예교수, 대한민국예술원 회원으로 있다.

저서로『궁핍한 시대의 시인』(1977),『지상의 척도』(1981),『심미적 이성의 탐구』(1992),『풍경과 마음』(2002),『자유와 인간적인 삶』(2007),『정의와 정의의 조건』(2008),『깊은 마음의 생태학』(2014) 등이 있으며, 역서『가을에 부쳐』(1976),『미메시스』(공역, 1987),『나, 후안 데 파레하』(2008) 등과 대담집『세 개의 동그라미』(2008) 등이 있다. 서울문화예술평론상, 팔봉비평문학상, 대산문학상, 금호학술상, 고려대학술상, 한국백상출판문화상 저작상, 인촌상, 경암학술상을 수상했고, 2003년 녹조근정훈장을 받았다.

시인의 보석

시인의 보석

현대 문학과
시인에 관한
에세이

김우창 전집

3

민음사

간행의 말

1960년대부터 글을 발표하기 시작한 김우창은 문학 평론가이자 영문학자로 글쓰기를 시작하여 2015년 현재까지 50년에 걸쳐 활동해 온 한국의 인문학자이다. 서양 문학과 서구 이론에 대한 광범위한 천착을 한국 문학에 대한 깊은 관심과 현실 진단으로 연결시킨 김우창의 평론은 한국 현대 문학사의 고전으로 읽히고 있다. 우리 사회의 대표적 지성으로서 세계의 석학들과 소통해 온 그의 이력은 개인의 실존적 체험을 사상하지 않은 채, 개인과 사회 정치적 현실을 매개할 지평을 찾아 나간 곤핍한 역정이었다. 전통의 원형은 역사의 파란 속에 흩어지고, 사회는 크고 작은 이념 논쟁으로 흔들리며, 개인은 정보 과잉 속에서 자신을 잃고 부유하는 오늘날, 전체적 비전을 잃지 않으면서 오늘의 구체로부터 삶의 더 넓고 깊은 가능성을 모색하는 김우창의 학문은 우리가 믿고 의지할 수 있는 소중한 자산의 하나가 아닌가 한다. 그리하여 간행 위원들은 그 모든 고민이 담긴 글을 잠정적이나마 하나의 완결된 형태로 묶어 선보여야 할 필요성을 절감했다. 이것이 바로 이번 김우창 전집이 기획된 이유이다.

김우창의 원고는 그 분량에 있어 실로 방대하고, 그 주제에 있어 가히 전면적(全面的)이다. 글의 전체 분량은 새로 선보이는 전집 19권을 기준으로 약 원고지 5만 5000매에 이른다. 새 전집의 각 권은 평균 700~800쪽가량인데, 300쪽 내외로 책을 내는 요즘 기준으로 보면 실제로는 40권에 달한다고 봐야 할 것이다. 이 막대한 분량은 그 자체로 일제 시대와 해방 전후, 6·25 전쟁과 군부 독재기 그리고 세계화 시대에 이르기까지 한국 현대사를 따라온 흔적이다. 김우창의 저작은, 그의 책 제목을 빗대어 말하면, '정치와 삶의 세계'를 성찰하고 '정의와 정의의 조건'을 탐색하면서 '이성적 사회를 향하여' 나아가고자 애쓰는 가운데 '자유와 인간적인 삶'을 갈구해 온 어떤 정신의 행로를 보여 준다. 그것은 '궁핍한 시대'에 한 인간이 '기이한 생각의 바다'를 항해하면서 '보편 이념과 나날의 삶'이 조화되는 '지상의 척도'를 모색한 자취로 요약해도 좋을 것이다.

2014년 1월에 민음사와 전집을 내기로 결정한 후 5월부터 실무진이 구성되어 본격적인 활동을 시작했다. 방대한 원고에 대한 책임 있는 편집 작업은 일관된 원칙 아래 서너 분야, 곧 자료 조사와 기록 그리고 입력, 원문 대조와 교정 교열, 재검토와 확인 등으로 세분화되었고, 각 분야의 성과는 편집 회의에서 끊임없이 확인, 보충을 거쳐 재통합되었다.

편집 회의는 대개 2주마다 한 번씩 열렸고, 2015년 12월 현재까지 35차례 진행되었다. 이 회의에는 김우창 선생을 비롯하여 문광훈 간행 위원, 류한형 간사, 민음사 박향우 차장, 신새벽 사원이 거의 빠짐없이 참석했고, 박향우 차장이 지난 10월 퇴사한 뒤로 신동해 부장이 같이했다. 이 회의에서는 그간의 작업에서 진척된 내용과 보충되어야 할 사항에 대해 서로 의견을 교환했고, 다음 회의까지 무엇을 해야 할지를 결정했다. 일관된 원칙과 유기적인 협업 아래 진행된 편집 회의는 매번 많은 물음과 제안을 낳았고, 이것들은 그때그때 상호 확인 속에서 계속 보완되었다. 그것은 개별 사안에 대한 고도의 집중과 전체 지형에 대한 포괄적 조감 그리고 짜임새 있는 편성력을 요구하는 일이었다. 이렇게 19권의 전체 목록은 점차 뚜렷한 윤곽을 잡아 갔다.

　자료의 수집과 입력 그리고 원문 대조는 류한형 간사를 중심으로 서울대학교 국어국문학과 대학원의 천춘화 박사, 김경은, 허선애, 허윤, 노민혜, 김은하 선생이 해 주셨다. 최근 자료는 스캔했지만, 세로쓰기로 된 1970년대 이전 자료는 직접 타자해야 했다. 원문 대조가 끝난 원고의 1차 교정은 조판 후 민음사 편집부의 박향우 차장과 신새벽 사원이 맡았다. 문광훈 위원은 1차로 교정된 이 원고를 그동안 단행본으로 묶이지 않은 글과 함께 모두 검토했다. 단어나 문장의 뜻이 불분명한 경우에는 하나도 남김없이 김우창 선생의 확인을 받고 고쳤다. 이 원고는 다시 편집부로 전해져 박향우 차장의 책임 아래 신새벽 사원과 파주 편집팀의 남선영 차장, 이남숙 과장, 김남희 과장, 박상미 대리, 김정미 대리가 교정 교열을 보았다.

　최선을 다했으나 여러 미비가 있을 것이다. 독자 여러분들의 관심과 질정을 기대한다.

2015년 12월

김우창 전집 간행 위원회

일러두기

편집상의 큰 원칙은 아래와 같다.

1 민음사판『김우창 전집』은 1964년부터 2014년까지 한국어로 발표된 김우창의 모든 글을 모은 것이다. 외국어 원고는 제외하였다.

2 이미 출간된 단행본인 경우에는 원래의 형태를 존중하였다. 그에 따라 기존『김우창 전집』(전 5권, 민음사)이 이번 전집의 1~5권을 이룬다. 그 외의 단행본은 분량과 주제를 고려하여 서로 관련되는 것끼리 묶었다.(12~16권)

3 단행본으로 나온 적이 없는 새로운 원고는 6~11권, 17~19권으로 묶었다.

4 각 권은 모두 발표 연도를 기준으로 배열하였고, 이렇게 배열한 한 권의 분량 안에서 다시 주제별로 묶었다. 훗날 수정, 보충한 글은 마지막 고친 연도에 작성된 것으로 간주하여 실었다. 한 가지 예외는 10권 5장 '추억 몇 가지'인데, 자전적인 글을 따로 묶은 것이다.

5 각 권은 대부분 시, 소설에 대한 비평 등 문학에 대한 논의 이외에 사회, 정치 분석과 철학, 인문 과학론 그리고 문화론을 포함한다.(6~7권, 10~11권) 주제적으로 아주 다른 글들, 예를 들어 도시론과 건축론 그리고 미학은『도시, 주거, 예술』(8권)에 따로 모았고, 미술론은『사물의 상상력』(9권)으로 묶었다. 여기에는 대담/인터뷰(18~19권)도 포함된다.

6 기존의 원고는 발표된 상태 그대로 싣는 것을 원칙으로 삼아 탈오자나 인명, 지명이 오래된 표기일 때만 고쳤다. 단어나 문장의 의미가 불분명한 경우에는 저자의 확인을 받은 후 수정하였다. 단락 구분이 잘못되어 있거나 문장이 너무 긴 경우에는 가독성을 위해 행 조절을 했다.

7 각주는 원문의 저자 주이다. 출전에 관해 설명을 덧붙인 경우에는 '편집자 주'로 표시하였다.

8 맞춤법과 외래어 표기는 국립국어원 규정에 따르되, 띄어쓰기는 민음사 자체 규정을 따랐다. 한자어는 처음 1회 병기하는 것을 원칙으로 하고, 문맥상 필요하다고 판단되는 경우 여러 번 병기하였다.

본문에서 쓰인 기호는 다음과 같다.

책명, 전집, 단행본, 총서(문고) 이름:『 』
개별 작품, 논문, 기사:「 」
신문, 잡지:《 》

어둠으로부터 시작하여

시의 근원: 서문에 대신하여

1

나직하고, 그윽하게 부르는 소리 있어,
나아가 보니, 아, 나아가 보니
졸음 잔뜩 실은 듯한 젖빛 구름만이
무척이나 가쁜 듯이, 한없이 게으르게
푸른 하늘 위를 거닌다
아, 잃은 것 없이 서운한 나의 마음!
나직하고 그윽하게 부르는 소리 있어,
나아가 보니, 아, 나아가 보니 ──
아려 ── ㅁ풋이 나는, 지난날의 회상같이
떨리는, 뵈지 않는 꽃의 입김만이
그의 향기로운 자랑 안에 자지러지노나!
아, 찔림 없이 아픈 나의 가슴!

나직하고 그윽하게 부르는 소리 있어,

나아가 보니, 아, 나아가 보니 —

이제는 젖빛 구름도 꽃의 입김도 자취 없고

다만 비들기 발목만 붉히는 은실 같은 봄비만이

소리도 없이 근심같이 나리노나!

아, 안 올 사람 기두르는 나의 마음!

전 시대의 영탄조를 그대로 드러내고 있는 변영로의 「봄비」는 현실과의 보다 거친 접촉을 원하는 현대적 감수성에는 너무 연약한 것으로 들린다. 그렇기는 하나 「봄비」는 그 나름의 의미 있는 할 말을 가지고 있다. 그리고 그것은 단순한 감상적 넋두리 이상의 것이다. 이것은 시를 조금 더 자세히 검토해 볼 때 드러난다.

제목이 나타내고 있는 대로 이 시는 봄비를 말하려는 것인데, 봄비가 어떻다는 것인가? 봄비는, 푸른 하늘의 구름, 스스로를 뽐내는 것 같은, 그러면서도 연약한 숨결을 느끼게 하는 꽃, 비둘기 발목을 붉히는 은실 같은 비 등에 비슷하다. 이 시는 이러한 비교를 통하여 봄비를 묘사한다. 물론 표면상으로는 이것들이 봄비가 아니라고, 그러면서 봄비로 혼동되었던 것이라고 말한다. 그러나 그러한 혼동이 있었던 것은 유사성이 있었던 때문이다. 열거된 것들은 다 같이 여리고 가냘픈 것들이다. 그리하여 그것들은 거의 존재하지 않는 것에 가깝다. 말하자면 그것들은 존재와 무의 접선에 숨쉬고 있는 것이다. 힘겨운 구름의 존재가 그러하고, "뵈지 않는 입김"을 숨쉬는, 그리하여 지난날의 회상 같은 꽃의 모습이 그러하고, 소리 없이 내리는 봄의 이슬비가 그러하다. 이러한 가냘픈 존재의 인지가 가능한 것은 시인의 심리 상태로 인한 것이다. 그것은 "안 올 사람 기두르는" 시인의 마음이 있어서이다. 안 오는 사람의 존재야말로 부재하면서 존재하는, 부재하기 때문에 가장 강하게 존재하는 것이기 때문이다. 이것에 바탕해서 다른 사물들의 존재가 구성된다.

그러나 시의 전개 과정을 살펴보면, 처음부터 시인에게 없는 사람에 대한 그리움, 기다리는 마음이 있었던 것으로 말할 수는 없다. 그것은 시인 스스로도 발견하여 알게 되는 최종의 결과이다. 처음에 있는 것은 시인이 듣는 부르는 소리이다. 그것은 그로 하여금 소리의 근원을 찾아 나서게 한다. 그리하여 혹시 그 소리의 근원일 수도 있는 구름이나 꽃이나 봄비의 존재를 인지하게 된다. 그러면서 이러한 사물 인지의 과정은 시인 자신의 마음의 상태에 대한 인지 — 잠정적이고 가설적인 인지를 가능하게 한다. 구름에서 시인은 "잃은 것 없이 서운한 나의 마음" — 아마 세계의 무상과, 그보다는 시인이 듣는 부르는 소리나 움직임과는 관계없이 진행되는, 세계의 무상한 과정에 대한 인식을 얻는다. 그리고 그러한 무상하면서도 충만한 세계와는 달리 상실을 그 근본으로 하는 마음의 움직임의 슬픔을 깨닫는다. 꽃을 보고 시인은 "찔림 없이 아픈 나의 가슴" — 무상함 속에 숨어있는 생명의 숨길, 회상이 환기하는 그것의 시간성 그리고 연약성을 알게 되고 사람의 감성 작용이 고통의 체험과 불가분의 관계에 있음을 깨닫는다. 이러한 깨우침을 거쳐서 비로소 시인은, 이 시가 말하고자 하는 체험의 가장 적절한 물질적 상징인 봄비에 부딪치게 된다. 그의 전 체험의 밑바닥에 들어 있는 것은 상실이다. 그에 대응하는 적절한 사물은 밝은 하늘의 젖빛 구름이나 꽃의 입김이 아니고 봄비이다. 이 봄비는 앞의 다른 사물들과 달리 또는 그보다는 더, 우울한 사물로서 이야기된 듯하다. 시인 자신 비는 "소리도 없이 근심같이 나리노나!"라고 말한다. 그러나 봄비가 전적으로 우울한 것일 수만은 없을 것이다. 그것은 은실처럼 아름다운 것이다. 알다시피 봄비는 만물의 소생과 성장을 촉구하는 것이 아니겠는가. 그것은 바로 젖빛 구름 — 생명을 기르는 젖의 빛을 띤 구름과 꽃의 입김을 가능하게 하는 것이다. 다만 그것은 비둘기의 발목을 적실 뿐 그것의 움직임 또는 비상을 약속해 주지는 못하는 상태에 있다. 그리고 이 비는 반드시 시인이 기다리는 어떤 것은 아니다. 그것은 소리가 없는 것이다. 그것이 시인을 부를 수는 없다. 그리하여 시인은 그가 원하는 것은 그가 그리는 사람이란 것을 안다. 그가 들었던 부르는 소리는 그가 기다리는 사람으로부터만이 확인될 수 있을 것이다. 그러나 그 사람은 "안 올 사람"이다. 어쩌면 시인은 다시 그가 들었던 부르는 소리와 움직임으로 돌아가는 수밖에 없는지도 모른다. 그것은 아무 객관적 상관물을 가지고 있는 것이 아니다. 그러면서도 사물은 그 안에서 일고 진다.

「봄비」는 앞에서 말한 바와 같이, 지나치게 영탄적이다. 조사에 있어서도 그것은 조금 더 간결할 수가 있었을 것이다. 그러나 어떻게 보면 영탄과 미완성의 되풀이 자체가 이 시가 말하고자 하는 것에 관계되어 있다고 할 수도 있다. 이 시는 결국 시적 과정 자체에 관한 것이라고 하겠는데, 이 시가 아니라도 시로부터 감상이나 감상의 음악을 떼어 낸다는 것은 지난한 일이기 때문이다. 그것은 시의 과정에 움직이는 마음의 증표이다. 시인들의 창작 과정에 대한 기록들에서 보듯이, 시인의 마음에서 시가 시작하는 것은 어떤 의미로부터 보다 하나의 율동의 감각 또는 적어도 어떤 부정형의 이미지로부터인 경우가 많다. 그런 다음에 그것은 보다 분명한 음악과 이미지 — 무엇보다도 언어적 명징화로 움직여 가는 것이다. 물론 결과로서의 시는 이 명징화된 언어이다. 이 언어가 시인의 시인 됨을 결정한다. 그러나 다른 한편으로 거기에 이르는 과정이 중요하다. 명징화된 언어가 시라고 하더라도 시의 힘은 상당 부분은 거기에 이르는 과정에서 흡수된 당초의 에너지 — 당초에 막연한 소리의 움직임으로, 그리고 연상 속에 끌려나오는 이미지들의 매력으로 표현되는 에너지에 기인하는 것이다. 사실 어떤 관점에서는 시의 힘은 이 당초의 모호한 충동의 어두운 힘 이외의 다른 것이 아니다. 시의 음악, 심상, 문법적 비정격성, 시의 침묵 —— 이 모든 것은 이 원초적인 어둠의 힘이 나타나는 통로들이다. 그리고 이것은 소박한 단계에서는 감상에 의하여 유지되는 수가 많다.

언어가 나타내는 명징성과 그것의 배후에 들어 있는 어두운 충동의 서로 겯고 트는 관계는 시적 과정에서만 보이는 것이 아니다. 그것은 우리의 모든 언어 체험 속에 들어 있는 것이고, 또 언어에 의하여 매개될 수밖에 없는 우리의 체험 일반에 들어 있는 것이다. 「봄비」는, 시적 과정을 말하기도 하지만 동시에 더 일반적으로 언어와 체험의 형성 과정을 말해 주고 있다. 또 언어를 통해서 체험이 매개되며 체험 속에서 사물이 사물로서 확정된다고 할 때, 그것은 어떻게 근원적 소리의 움직임 속에서 사물이 태어나며 자기 인식이 생겨나는가를 드러내 준다.

2

근년의 프랑스의 이론은 의미와 존재의 관계의 탐색에 몰두해 있는 인상을 준다. 그중에도 줄리아 크리스테바의 업적의 하나는 (가령 데리다와 같은 순전히 철학적 사변에 의존하는 또는 언어의 역설적 유희에 의존하는 경우에 비하여) 정신분석에 기초한, 적어도 경험적으로 믿을 만한 증거를 이 문제의 성찰에 도입한 것이다. 『시어의 혁명』과 같은 저서에서 그녀는 존재와 언어의 탄생을 인간의 무의식으로부터의 성장에 연결하려 한다. 사실 사람이 말과 사물을 단순히 도구로서 또는 객관적 대상물로서 대하는 것이 아니라 그것을 즐김의 대상으로 보다 적극적으로 수용한다는 것은 이러한 것들의 무의식 속의 충동과의 관계를 생각하지 않고는 설명되지 않는 것이다. 또는 더 나아가서 리비도의 공간이 없이는 말과 사물의 현상이 드러날 수가 없다고 할 수도 있다. 동양 철학에서 말하듯이, 꽃을 아는 것과 그것을 사랑하는 것은 동시적 현상이다. 또는 사랑이 있어서 앎이 가능한 것이라고 해야 하는지도 모른다.(그리고 언어와 사물에 대한 즐김의 관계가 특히 두드러져 나타나는 것이 시적 언어, 문학적 언어이다.) 이러한 연결은 어떻게 설명되는가?

크리스테바는 의미 작용의 근본으로서 '코라'라는 것을 설정한다. 코라는 플라톤에게서 빌려 온 말로서, 모든 존재의 근본을 이루는, 존재가 존재하기 위하여 전제되어야 하는 '그릇(ὑποδοχεῖον)' 또는 '공간(χώρα)'을 말한다. 그녀가 인용하는바 「티마이오스」에 따르면, 그것은 "파괴를 허용하지 않는 영원한 공간으로서, 존재하게 되는 모든 사물에 상황을 제공하면서 그 자체는 감각을 통해서가 아니라, 일종의 엉터리 이성 작용을 통해서만 파악되는, 거의 믿음의 대상이 되지 않는 공간이다. 이것은 우리가 꿈속에서 보는 듯 보면서, 존재하는 모든 것은 어딘가에 자리하며 공간을 점유해야 된다고 하는 때의 어떤 것이다."[1] (다시 말하여, 플라톤은 만물의 근원이 되는 이 공간, '코라'를 어머니에 비유하기도 한다. "우리는 [이] 수용자를 어머니에, 모형을 아버지에 그리고 둘 사이에 태어나는 자연을 아들에 비교해서 마땅하다." 이때 그릇, 수용자, '생성의 유모'의 이미지는 노자의 '현묘한 암컷'에 비슷한 것으로 생각하여도 좋지 않을까 한다.) 그러나 크리스테바의 주안점은 형이상학이나 존재론에 있는 것이 아니고(물론 코라의 존재론적 의의에 대해서 반드시 부정적인 결론을 그녀가 내린다고 할 수는 없으나), 이러한 근원적 공간 또는 하나의 근원적 심리 상태가 ── 또는 심리적이라기보다는 적어도 의미 작용의 서술적 내지

---

1 Julia Kristeva, *Revolution in Poetic Language*, trans. Margaret Waller(New York: Columbia UP, 1984), p. 239.

논리적 전제로서 —— 존재하고, 이 공간에서 사람의 무의식적 충동과 언어적 표현 작용이 연결될 수 있게 된다는 데에 있다. 다시 말하면, 여기에서 의미 작용의 신체적 근거, 무의식적 충동 속에 들어 있는 잠재적 의미 지향적 요인인 '의미론적인 것(semiotic)'과 의미의 언어적 표현이 나타내는, 결국 개인과 그 충동의 사회적 질서에로의 편입을 나타내는, '상징적인 것(symbolic)'이 합쳐지는 것이다. 이러한 합쳐짐으로 하여 언어를 습득하는 사람은 언어와 언어가 드러내는 사물의 세계에 대하여 즐김의 관계를 가질 수 있게 된다. 물론 이것은 리비도와 그 대상과의 직접적인 일치를 포기하고 자아와 대상의 거리를 인정하고, 사회적 율법의 요구에 따라 자아의 욕망 충족의 대상을 상징 세계로 옮김으로써, 달리 말하여 영원한 상실의 상태를 받아들임으로써 가능해진다. 욕망은 영원한 즐김의 상태이기도 하고 영원한 부재의 상태이기도 하다. 그것은 억압의 결과이다.

코라는 욕망과 상징 세계를 즐김의 관계로 연결해 주기도 하지만, 다른 한편으로, 충분히 강조되지는 아니하면서 중요한 것은, 언어와 진리가 연결되는 것도 코라에서의 의미화 과정을 통해서라는 것이다. 욕망과 상징이 합치하듯이, 사물과 상징이 여기에서 연결되는 것이다. 말하자면 언어의 지시적 기능을 가능하게 하는 것이 코라에 있어서의 욕망의 움직임인 것이다. 욕망의 옥죄임이 없이 말과 사물이 어떻게 하나가 될 것인가.

코라가 실제로 존재하는 것인가 하는 것은 답하기 어려운 문제일 수밖에 없다. 그러나 그것을 상정하게 하는 중요한 증빙은 예술에서 온다. 이미 비친 것처럼 예술은 언어적 또는 의사(擬似) 언어적 표현이면서 단순한 지시적 기능의 언어보다도 리비도의 요소를 강하게 가지고 있는 언어라는 것은 대체로 인정할 수 있는 것이다. 그렇다면 예술 언어를 설명하기 위해서는 이 둘이 맞부딪치는 무엇인가를 상정하지 아니하면 안 될 것이다. 크리스테바의 코라는 이러한 공간을 지칭한다. 크리스테바의 말을 인용하여 다시 설명하건대, "아직 미형성 상태의 주체의 신체에는 일정한 양의 에너지가 관류한다. 주체의 발전 과정에서 이것은 (이미 의미론적 과정 안에 들어가 있는) 신체에 부과되는 가족과 사회 구조로부터의 제약에 따라서 배열된다. 이렇게 하여 '에너지'의 부하 상태이기도 하고 '심리적' 표적이기도 한 충동들은 우리가 '코라'라고 부르는 것을 분절화한다. 이것은 충동들과 동적 상태의 정지점들로 이루어진, 규제되어 있으면서 움직임으로 가득 찬, 비표현적 총체성이다."[2] 이것의 존재론적 특징이 어떠한 것이든지 간에, 여기에서 주목할 것은 그것이 "음성적 또는 역학적 리듬에 유사하며", 사실 그 자체를 "율동적 공간"이라고도 부를 수 있다는 점이다.[3] 시에서 중요한 것이 리듬이라고 한다면, 그것은 바로 의미와 사물의 근본에 가서 그러한 리듬이 있기 때문이다. 크리스테바가 말하듯이, 사실 이 코라의 역동성은 언어로 귀착하지 않고 순전한 음악적 표현에로 귀착할 수도 있다. 물론 여기에서 이러한 리듬의 중요성에 주목을 하는 것은 그것이 곧 예술적 표현의 문제에 이어지기 때문이다. 그러나 리듬의 중요성은 그 자체로 인한 것이 아니다. 그것은 우리가 언어의 포착 속에 가장 분명하게 인식하게 되는 사물에 우리의 욕망이 깊이 개입하고 있다는 증후이다.

3

크리스테바의 코라론, 또는 정신 분석적 의미론적 관찰은 우리가 시에서, 그것을 알고 있든 아니하든, 무엇을 요구하는가를 깨닫게 하는 데 도움

---

2 Ibid., p. 25.
3 Ibid., p. 26.

을 준다. 시의 언어는, 산문의 언어에 비하여 —— 또는 사실 죽어 버릴 것이 아닌 모든 살아 있는 언어는, 무엇인가 부드러운 것 또는 치열한 것 또는 어두운 것 또는 불분명하면서 우리를 그 의미의 가능성으로 유혹하는 것 그리고 의식 이전에 이미 그 음악으로 우리를 움직이는 것이어야 한다고 우리는 느끼는 것이다. 변영로의 「봄비」가 비추고 있는 것도 이러한 불분 명하고 어두운 과정이다. 그것의 주제는 바로 사물과 감정과 언어가 어떻 게 하여 원초적 율동으로부터 생겨나는가 하는 것이다. 그러나 그것은 이 미 그 분위기에서 이러한 주제를 암시하고 있다. 그것의 감상성, 미숙성 또 는 세말성 —— 부드럽고 아름다운 것을 좇는 데에서 일어나는, 세말성과 같 은 것도 이러한 것에 관계되어 있다. 대체로 우리는, 이미 비쳤듯이, 시는 감정적 또는 서정적이어야 한다고 생각하거니와, 감정의 가장 쉬운 형태 는 값싼 감상이다.

그러나 말할 것도 없이 감상이 시의 전부일 수도 없고 또 그것이 시의 장점일 수도 없다. 그것은 어디까지나 인간적 미숙의 한 형태일 뿐이다. 이 것은 「봄비」를 두고서만 하는 말이 아니다. 일반적으로 그러하다는 것이 다. 시와 예술에서 또 일반적으로 인간의 표현적 노력에서, 코라에 근원한 어두운 매력이 중요하다면 대부분의 경우 그것은 극복된 것으로서의 코라 의 힘이다. 크리스테바의 시사한 바로는 이미 코라는 상징적 표현으로 승 화된 다음에야 소급하여 추적될 수 있는 것이다. 그럼에도 불구하고 크리 스테바는 언어의 표현적 명징화의 소산이 시라는 점을 그다지 강조하지는 않는 것으로 보인다. 우리가 언어적 표현을 바란다면, 그것은 어둔 충동에 서 올라오는 혼돈에의 퇴영을 원하기 때문이 아니라 로고스의 밝은 질서 를 희구하기 때문이다. 코라의 역동성은 그것이 바로 세미오틱의 세계로 부터, 또는 더 근원적으로는 충동의 세계로부터 상징의 세계에로 나아가 려는 에너지를 가지고 있기 때문이다. 다만 에너지 자체는 충동으로부터 솟구쳐 오는 것이다. 그리하여 모든 탄생의 역설이 그러한 것처럼, 언어와 사물과 인간의 탄생에 있어서도 밝은 빛은 진한 어둠과 거의 일치한다.(우리의 비유가 이 단계에서 보다 근원적인 소리의 세계에서 저절로 시각의 세계로 옮겨 감을 어찌할 수 없다.)

코라의 역설적 움직임은 시각 현상에서도 예시할 수 있다. 그것은 우선 시각의 세계에도 율동이 있다는 사실에서 느껴진다. 그림은 정적이라기보다는 율동이 강한 시각 현상을 재현한다. 그것은 클레의 조용한 리듬의 추상 또는 반 고흐의 격렬한 움직임의 그것일 수도 있다. 이 리듬은 반드시 어둠의 에너지에서 나오는 것은 아니다. 미술 심리학자 루돌프 아른하임은 시각 작용이 수동적인 것이 아니라 적극적인 작용임을 말하면서, 공교롭게도 플라톤의 「티마이오스」를 인용하여 그것을 뒷받침하고 있다.

······플라톤은 「티마이오스」에서 주장하기를 우리 몸을 덥히는 따스한 불이 부드러운 빛의 줄기가 되어 눈을 빠져나간다고 한다. 그리하여 보는 자와 보아지는 사물 사이에 물질의 다리가 놓이고, 이 다리 위로 사물에서 나오는 빛이 눈을 향하여 나아가고 영혼을 향하여 가는 것이다.[4]

이와 같이 시각 현상은 수동적인 것이 아니라 적극적인 주체적 에너지의 작용 속에서 이루어지는 것이다. 이것은 보통의 시각 현상을 말하는 것이지만, 이미 말한 바와 같이 아마 예술적 시각에서는 눈에서 나아가는 빛은 조금 더 진한 것일 것이다. 그리하여 그림은 사진 이상의 것이다. 이때의 진함은 관심의 진함이고 더 나아가 사물과 사람이 동시에 태어나는 근원의 에너지의 진함일 것이다.

---

4 Rudolf Arnheim, *Art and Visual Perception* (University of California Press, 1974), p. 33.

그러니만큼 그것은 리비도의 에너지에 관계된 것이 아닐 수 없다. 또 그러니만큼 그것은 반드시 밝은 것만도 아닐 것이다. 인간 육체의 어두운 충동, 그 근원성에 사로잡혔던 로렌스는, 마치 고흐가 그의 포플라가 타오르는 것으로 그렸던 것처럼, 겐티안의 모습이 횃불과 같은 모습으로 타오른다고 보면서, 그 횃불을 지하 세계에서 나오는 어둠의 횃불이라고 하였다. 그러나 그에게 그것은 "어둠의 횃불의 찬란함"을 가지고 있는 것이었다. 찬란함 —— 그에게 이 불타는 생명의 어둠은 거의 빛에 가까웠다.

그러나 더 되풀이하여 말하건대, 로렌스가 일방적으로 몰입했던, 사람의 창조적 에너지의 어두운 근원에도 불구하고, 표현의 움직임은 어두운 지하로보다는 밝음을 향하는 것이라는 것을 우리는 다시 강조하지 아니할 수 없다. 인간의 모든 문학적 표현에서 제일 많은 것 가운데 하나가 빛에 관한 이미지라는 데에서도 이것은 드러나는 것이다. 다만, 위에서 말한 바와 같이 그것은 많은 경우 어둠과의 불가분의 관계 속에서 파악된다.

그늘,
밝음을 너는 이렇게도 말하는구나……

김현승은 그늘과 빛의 공존을 이렇게 말하였다. 젊은 때 이렇게 말한 그의 주제는 만년에도 같은 것으로 남아 있었다. 다만 거기에 삶의 고통의 체험이 시각적 관찰이나 철학적 명상에 추가됨이 다르다. 그는 '검은 빛'을 말하였다. 「검은 빛」이라는 제목의 시에서 그는 검은 빛은 "노래하지 않고,/ 노래할 것을/ 더 생각하는 빛"이라 하고, 또 "……붉음보다도 더 붉고/ 아픔보다도 더 아픈,/ 빛을 넘어/ 빛에 닿은/ 단 하나의 빛이"라고 한다. 사실 이러한 빛과 어둠의 변증법적 관계는 단테의 『신곡』이나, 그보다 더 강렬하게는, 많은 비극적 고귀성의 모습 —— 가령 오이디푸스의 수난의 역정 속에 잠재해 있는 것이다. 어둠과 빛은 둘이면서 하나이면서 결국은 빛으로 향하는 것이다. 김현승은 이 둘이면서 하나인 인간의 충동 그리고 시의 원천을 만년의 시 「가을」에서 다음과 같이 이야기하고 있다.

봄은
가까운 땅에서
숨결과 같이 일더니

가을은
머나먼 하늘에서
차거운 물결과 같이 밀려온다.

꽃잎을 이겨
살을 빚던 봄과는 달리
별을 생각으로 깎고 다듬어
가을은
내 마음의 보석을 만든다.

눈동자 먼 봄이라면
입술을 다문 가을

봄은 언어 가운데서
네 노래를 고르더니
가을은 네 노래를 헤치고
내 언어의 뼈마디를

이 고요한 밤에 고른다.

이 시는 거의 앞에서 본 변영로의 시에 대한 변조 또는 화답처럼 들린다. 다만 그것은 더 견고하고 더 포괄적이어서, 어쩌면 시의 움직임을 더 폭넓게 이야기한다고 말할 수는 있을 것이다. 봄의 언어는 식물적 생명과 육체에서 온다. 그것은 형태를 짓이기며 촉각과 같은 근접 감각으로, 땅으로, 육체로 들어가고 시각을 상실하는 것이다. 여기에서 언어는 탄생한다. 그러나 그의 침묵에 가까운 가을의 언어는 냉정한 거리를 유지하는 생각에서 온다. 그것은 별의 먼 빛이 암시하는 먼 원근법 속에서 보석의 단단함과 밝음으로써 정확하게 사물을 볼 수 있게 한다. 가을에서야 비로소 사람은 가까운 것, 육체의 어둠, 생명의 율동에서 벗어나 객관적 질서에 가까이 가는 것이다.

그러나 이 객관성은 역설적 성격을 가지고 있다. 말할 것도 없이 이 가을의 시각에서 주관적인 것, 자기중심적 집념은 떨어져 나간다. 그러나 동시에 이 벗어져 나감은 진정한 자기가 되는 과정이기도 한 것이다. 봄의 언어는 가장 가까운 감각적, 육체적 충동에서 오는 것 같으면서도 사실은, 이 시에서 "네 노래"라고 부르는, 내가 끌리는 어떤 대화자의 음악적 언어, 따라서 진정한 언어에 비하여 부정확하고 비개체화된 언어였다. 그러나 가을의 언어는 이러한 일반적이고 비개체화된 언어를 넘어서서 자신의 언어, 그것도 가장 핵심적인 것만 남은, "언어의 뼈마디"만 남은 것이다.

그런데 이것은 밤에 이루어지는 것이다. 그러나 이 밤은 우리가 인간의 원초적 충동과 관련시켜서 생각하는 그러한 밤, 로렌스의 어둠의 횃불의 밤은 아니다. 그러나 김현승이 말하는 밤은 별빛을 가능하게 하는 밤, 따라서 일종의 밝음의 상황이다. 그 뒤에는, 원초적 충동과 육체와 봄과 음악의 에너지가 빛처럼 보일 수도 있지만 그것은 사실 가짜의 빛이라는 생각이

들어 있다. 여기에 대하여, 오히려 그러한 에너지가 포기된 상태, 그리하여 어둠으로 보이는 상태가 빛의 상태이다. 김현승의 어둠과 빛의 등식은 앞에서 본 것에 전혀 반대의 것을 주장하는 등식이다. 그러나 여기에서 중요한 것은 빛과 어둠은 서로 뒤집어질 수 있는 관계에 있다는 것이며, 아마 더 중요한 것은 그러기 때문에 그것은 거의 같은 것일 수 있다는 점이다. 김현승의 빛이 어떠한 것이든지 간에, 그것은 봄의 어둠과 빛, 가을의 어둠과 빛을 긴장 속에 포용하거나 적어도 지양함으로써만 성립하는 것이다. 마지막의 빛은 봄으로부터의 변증법적 전개의 종착지이다. 그러면서 그것은 과정 전체를 포함하고 있다.

4

시는, 김현승의 비유를 빌려, 봄의 언어를 지향할 수도 있고 가을의 언어를 지향할 수도 있다. 그것은 궁극적으로 하나이거나 매우 복잡한 변증법적 관계에 있다. 그러면서 그러한 시적 충동, 또는 생존의 실존적 지향에 어떤 일직선적 지표가 있을 수 있다면, 그것은 가을의 객관성, 명징성, 개체화(individuation)로 나아가는 것이다. 그것 없이는 사람의 삶은 맹목으로 남아 있을 수밖에 없으며 충족과 평화를 얻을 수 없다. 물론 되풀이하건대, 충족과 평화는 그 나름으로 어둠에서 올라오는 충동이 없이는 공허한 것이다. 그런데 명징한 인식을 가진 개체로서 객관성에 이른다는 것은 무엇을 뜻하는가? 김현승에게 그것은, 있는 그대로의 사물의 세계 ── 명암과 냉온, 사랑과 잔인함이 공존하는 물리적이고 사회적인 현실이었다. 그것은 한편으로 인간 중심의 안이한 이해로는 접근할 수 없는 그러면서도 신의 어떠한 섭리이며, 다른 한편으로 냉엄한 영상과 도덕적 기율 ── 양심에 대응하는 어떤 것이었다. 그것은 단순한 봄의 충동의 세계보다는 넓은 세계이다. 변영로의 「봄비」와 김현승의 「검은 빛」의 시적 울림의 차이는 이세계의 크고 작음의 차이이다.

그러나 여기에서 주의하여야 할 것은 「검은 빛」의 세계가 그렇다고 하여 시적으로 메마른 세계 ─ 조금 전에 썼던 비유를 써서, 울림이 없는 세계인 것은 아니다. 여기에서의 움직임은 직접적 감각과 충동의 세계로부터 더 추상적이고 포괄적인 세계로 나아가는 것이지만, 그렇다고 하여, 시적 울림이 그대로 지속된다는 점만으로도 알 수 있듯이, 감각과 충동과의 접촉을 잃어버린 것은 아니다. 이러한 양면의 연결은 넓은 것에로의 시인의 움직임이 철학적, 형이상학적 또는 종교적일 때 그렇게 어려운 것만은 아니다. 사실 그것이 매우 추상적일 것이라는 우리의 선입견에도 불구하고, 철학을 비롯한, 사람의 사변적 확장의 움직임은 감각적 세계에서 아니면 적어도 그것이 맞닿아 있는 정서적 세계에서 많은 에너지를 끌어오는 것이다. '형이상학적 파토스'라는 말이 있지만, 본래의 시대 분위기를 가리키는 외에 그것은 철학이나 형이상학에 내재하는 파토스의 요소를 가리키는 것일 수 있다.(물론 모든 철학이 그러하다는 것은 아니다.) 사변적 움직임이 만들어 내는 또는 해후하는 이데아들은 어떤 방식으로든 감각적으로 현존한다. 그것은 자연의 전체가 자연의 작은 감각적 현실 속에 포개어 존재하는 것과 유사하다. 자연의 세계에서 한 알의 모래에서 영원을 보는 일은 어려운 일이 아니다. 이러한 말에도 이미 추상적 비상이 들어 있지만, 우리의 사변적 확대에도 같은 감각적, 정서적 현실은 작용하고 있는 것으로 보인다. 그리고 실제 보이게, 보이지 않게 철학적 사변은 자연의 '구체적 보편'의 존재 방식을 차용한다.(철학은 아니지만, 철학적 시임에 틀림이 없는 「검은 빛」이 가을이라는 주제적 이미지를 비롯하여 여러 자연적 사물의 이미지로 쓰여져 있는 것을 우리는 주목할 수 있다.) 그런데, 이러한 경우와는 달리, 우리의 움직임이 충동으로부터 사람의 세계로 향할 때, 이러한 직접적 접촉은 매우 어려운 문제를 제공한다. 기이하게도, 우리의 모든 감정의 근원이 되는 사람의 세계는 감각적, 정서적 현실로부터 떨어져 나가는 것이 쉬운 것이다. 시의 원천이 감각, 충동의 감정 ── 이러한 정적인 것들에 있다고 할 때, 삶의 세계에 대한 시로 하여금 이러한 원천에 가까이 있게 하는 것은 극히 어려운 일이다. 다시 말하여, 위의 구분에 따라서, 시의 세 방향을 생각하여, 우리가 시를 서정시, 철학 시 그리고 사회 시로 나누어 본다면, 사회 시가 가장 시적 효과를 확보하기가 어려운 것이 된다.

되풀이하건대, 이것은 기이한 일이다. 왜냐하면 사람의 삶에 있어서의 기본적인 갈등은 개인과 사회이기 때문이다. 다시 크리스테바와 같은 정신 분석학자의 범주를 빌려 말하건대, 인간의 궤적에 발맞춘 언어의 움직임은 충동의 세계로부터 상징 세계로 나아가는 것이다. 상징 세계는 아버지의 율법이 다스리는 세계이며 또 아버지는 결국 가족과 사회를 대표하는 까닭에, 성숙한 언어의 세계로 나아간다는 것은 어린 시절의 자기 매몰로부터 사회적 인간의 규율의 수락으로 나아간다는 것을 의미한다. 이것은 인간적 성숙에의 길이라고 할 수도 있고, 싫든 좋든 받아들여야 하는 인간의 업고라고 말할 수도 있다. 그러면서 모든 성숙과 수난의 길이 그러하듯, 그것은 중대한 양의적 가능성을 가진 것이다. 이미 비친 바와 같이 그것은 삶의 공허화 또는 공소화를 초래할 수도 있는 것이며 또 삶의 보다 큰 실현 ── 반드시 밝은 것만으로 이루어지는 것은 아닌, 큰 실현의 길로 들어서는 수도 있는 것이다. 그러나 이 두 가능성 속에서 내적 성숙보다는 공소화의 위험은 더 큰 것으로 보인다. 이것은 시가 증거해 주는 것이다. 그것은, 이미 말한 바와 같이, 사회시가 어려운 데에서 드러나고 또 시가 ── 특히 현대에 와서 반사회적인 반항을 버리지 못하는 데에서도 짐작이 되는 것이다. 다른 면에서 다시 시의 증거로 말하건대, 이러한 상징 세계의 진입, 그리고 어떤 관점에서는 보다 성숙하고 원만한 인간성의 실현은 철학적 원숙성에로의 움직임의 형태를 취할 때 더 쉬운 것이다. 달리 말하여 직접적인 아버지의 세계, 사회 질서에로의 진입이 아니라 철학적 기율의 세계로의 진입은 더 용이한 것이다. 이것은 영역을 달리하여, 역사에서도 증거되는 일이다. 어떤 경우에나 사회 질서 속으로 편입은 피할 수 없는 사람이 사는 방법이다. 이것은 충동적 개체에게 크게 고통스러운 일이다. 그리하여 사회의 많은 자원이 개체의 사회화를 위하여 동원된다. 사회의 가장 직접적인 방법은 물리적인 것이다. 말할 것도 없이 정치권력과 법은 사회적 생존을 위하여 사람이 받아들여야 하는 강제 수단 또는 강제적 수단이다. 그러나 역사적으로 참으로 효과적인 사회화의 수단은 이러한 강제 수단이 아니라 철학이나 종교나 또는 어떤 경우에는 시였다. 이것은 인간의 사회화에 대하여, 더 일반적으로 상징 세계로의 진입과 관련하여, 인간의 조건에 대하여 매우 중요한 사실을 말하여 주고 있는 것으로 생각된다.

5

왜 사람이 규범적 세계에 귀속되는 방법으로 권력과 법이 아니라 철학과 종교와 시의 방도가 더 만족할 만한 것인가 하는 것은 정치 철학을 비롯한 인간의 사회적 생존에 대한 성찰에서 깊이 연구되어야 할 과제이다. 그러나 우리가 여기에서 이 문제에 대한 생각을 더 계속하려는 것은 아니다. 우리의 생각의 대상은 시의 문제이다. 우리는 시에서 서정적 만족을 원한다. 그러면서도 그 만족의 불충분함을 느낀다. 여기에 대하여, 우리는 보다 큰 만족을 보다 큰 주제에서 찾아본다. 이것은, 이미 말한 바와 같이, 철학적으로 해결될 수 있다. 그러나 다른 하나의 해결은, 정신 분석학에서 보는 (크리스테바나 또는 그녀의 근거가 되는 라캉과 같은 사람이 말하는 정신 분석학에서 보는) 인간 생존의 상징적 구조에 따르면, 마땅히, 사람의 세계, 사회적 세계에로의 확대에서 찾아져야 한다. 전통적으로 서사시는 이러한 요구에 대한 답변이었다고 말할 수 있다. 또는 세밀한 개인적 주제가 아니라 적어도 공적인 주제의 시가 이러한 요구에 답할 수도 있다. 그러나 현대에 와서 서사시의 어려움은 자주 지적되어 온 바 있다. 그리고 서사시가 아니라도 대체로 공적인 주제의 시는 시적으로 특히 어려움을 갖는 것으로 보인다. 왜 그러한가를 밝히는 것은 매우 커다란 과제가 될 것이다. 그러나 그 답변의 초점은 사회적 생존의 존재 방식에서 찾아질 것으로 생각된다. 이 방식이 본질적으로 사회적 생존에 대한 공적 발언, 특히 시적인 처리를 어렵게 하는 것이다. 위에서 말한 바와 같이, 철학적 성찰이 만들어 내는 것이 세계에 대한 추상적 이해라고 한다면, 그것은 추상적이면서도 감각적으로 우리에게 현존하여 있는 것에 대한 추상이다. 그것은 추상적이라고 하여도 결국은 자연에 대한 발언이며, 자연은 언제나 감각적 증거로서 거기에 있는 것이다. 이에 대하여, 인간의 생존을 사회적으로 묶어 주는 것은 우리가 직접적으로 느끼는 다른 사람의 존재 이외에는 완전히 추상적으로 존재할 수밖에 없다. 시에서 인간관계라고 하면, 으레껏 남녀의 사랑이 우선적인 것이 되는데, 이것은 그것이 감각적 증거로서 접근되는 거의 유일한 인간의 사회성의 면모이기 때문인지도 모른다. 그 이외의 사회적 존재 방식의 여러 정의(定義)들은 추상적으로 존재한다. 전통적으로 인간의 사회적 존재 방식을 규정한 대표적인 예는 가령, 삼강오륜과 같은 것이겠는데, 거기에 규정되어 있는 것은 감각적으로 직접적인 호소력을 가질 수 있는 것이 아니다. 또는 현대 사회의 사회적 이상들인 자유나 정의 또는 평등 이러한 것들을 감각적으로 지시할 도리는 없다. 인간의 존엄성의 심상도 우의(寓意)를 통하여서라면 모를까 감각적 직접성 속에 구현해 보일 수는 없다. 이러한 것들은 말할 것도 없이 우리의 사회적 생존의 절대적 조건, 그것을 새겨 내는 정의(定義)의 조각도(彫刻刀)이면서도 눈앞에 드러내 보일 수 있는 것으로 존재하는 것은 아니다. 그것들이 (이야기로 예시되는 것이 아니라) 직접적으로 존재한다면, 그것은 강조되고 되풀이되는 관념으로, 굳어진 말로, 종국에 가서는 상투어로 존재할 뿐이다.

이러한 문제는 오늘의 사회 시와 관련해서만 존재하는 것은 아닐 것이다. 어느 때에서나, 이미 말한 바와 같이, 사회적 생존의 구성 방법 자체가, 사회적 의도를 가진 시를 어렵게 한 것일 것이다. 사회적 교육의 의도를 가진 시가 서사시가 된 것은 우연이 아니다. 서사시는 관념을 말하는 것이 아니라 사람의 행동과 삶의 이야기를 말한다. 물론 이것은 관념을 예시하는 방법으로 그랬었을 수 있다. 그 경우도 관념 자체의 되풀이보다는 효과적일 수 있다. 그러나 사회적 생존의 모습이 추상적 윤리 강령으로 고정되기 전이라면 이러한 사람의 이야기는 조금 더 자연스러울 것이다. 서사시가 쓰인 영웅의 시대는 윤리 이전의 시대였다. 그런 때에 사람은 율법에 매이지 않는 자유로운 존재, 즉 감각적 충만 속에 있는 존재이면서도 위대한 인간성을 구현하는 ── 그리고 따지고 보면 사회적인 규범성을 예시해 주는 것으로 그려질 수 있었다. 오늘날 사람은 이미 규범 속에 살고 있는 존재가 되었다. 그것도 윤리적인 법이 아니라 사회학적인 법칙에 따라서 사는 것으로 사는 것이다. 그러니 사람의 모범적인 삶을 말하는 이야기는 알레고리 이상의 의미 또는 현실적 박진감을 갖기가 어려운 것이다. 이러나저러나 오늘날은 사람의 평가 절하 시대이다. 이것은 공적인 인간을 포함한다.

복잡한 분석을 떠나서도, 참으로 위대한 공적 인간이 있기 어려운 것이 오늘날의 사정이라는 것이 서사시의 어려움을 설명한다. 간단히 말하여, 위대한 인간이란 범상한 사람이 아닌 사람이다. 그러하다고 하여 그가 상궤를 벗어난 기인이라는 것은 아니다. 그는 규범적 인간이라야 한다. 다시 말하여 보통 사람도 가질 수 있는 인간적인 가능성 — 꾸민 것이 아니라 진정한, 마음의 깊은 곳으로부터 우러나오는, 그리하여 도덕적이라고 불러야 할, 그러한 가능성을 보통 사람이 탄복할 정도로, 그러나 다시 말하여, 별난 사람의 것이 아니라 유적(類的) 차원에서 자기 자신의 것이기도 하다는 느낌을 가지고 보통 사람이 탄복하지 아니치 못할 규모로 보여 주는 사람이다. 오늘날 사람은 공적 인간은, 그 대표라 할 수 있는 정치가까지도 대개는 예측할 수 있는 인물일 경우가 많다. 이러나저러나 사람은 정해진 사회적 힘에 의하여 움직이는 것이라는 것이 오늘의 인간 이해이다. 특히 이해관계는 모든 사람을 규정하고 있다고 생각된다. 그리고 역설적인 것은 공적인 것을 표방할수록 무엇인가 사적으로 얻을 수 있는 사람으로 의심하게 되어 있는 것이다. 그리하여 많은 정치가는 사람들에게, 마음 깊은 곳에서 우러나오는 가치에 따라 사는 사람이 아닌, 그리고 그러한 정도가 보통 정도를 벗어나는 까닭에, 보통 사람도 아닌 사람으로 생각되는 것이다. 그중에도 아마 가장 중요한 것은 그의 모든 위대성에 대한 주장에도 불구하고 그것이 바로 그를 가짜로 만드는 요인이 된다는 점일 것이다.

이것은 오늘의 인간을 지나치게 냉소적으로 보는 것일 수 있다. 그러나 오늘의 인간의 참모습이 무엇이든 간에 대중 매체 발달 자체가 이러한 인간관을 우리들 독자 또는 청취자의 마음에 심어 준다고 할 수도 있다. 대중 매체의 편재는 모든 표현 행위를 속마음이나 진리의 외적 증표가 아니라 시청자 조작의 수단이 될 수 있게 한다. 정치적 행위는 순수한 행위이면서 표현적 성격을 가진 행위이다. 그것은 어떤 목적을 위한 행위이면서 다른 사람에게 시범하고 설득하고 보여 주려는 행위이다. 그리하여 그것은 어느 때에나 연극적 요소, 더 나아가 기만적 요소를 가질 수 있다. 대체로 정치가를 따르면서 또 믿을 수 없는 인간이라고 생각하는 것은 이러한 연유에서이다. 이러나저러나 표현 행위는 진리와 허위 즉 기만의 두 가능성을 지닌 것이다. 그러나 그것은 대체로 인간 됨과 실재하는 상황 또 지속적인 공동체에 의하여 통제, 검증이 될 수 있는 것이었다. 대중 매체는 표현 행위로부터 그러한 통제를 완전히 제거하고 표현 행위를 완전히 연출의 기술에만 종속하게 하였다. 그리하여 그것은 어떤 실질적 의미를 가진 것이 아니라 사람을 조종하는 데 주로 사용되는 것이 되었다. 이러한 대중적 표현 연출의 상황에서 사실, 진실된 인간은 그러하지 못한 인간과의 구별이 매우 어려워진 것이다. 매체가 모든 삶을 연출가로만 또는 공연자로 만드는 것이다.

영웅시가 불가능하다면, 시는 사회적 관계의 관념들을 직적접으로 이야기할 도리밖에 없을 성싶다. 그러나 그것은 위에서 말한 바대로 시적 처리가 어렵다. 그런데 이것은 오늘의 상황이 더욱 그렇게 한다. 이러나저러나 감각적 대상이 없는 관념어는 공허한 것이 된다. 특히 현실적 맥락 또는 새롭게 전개되는 생각의 맥락이 없을 때 그것은 단순한 상투어 또는 상투적 공식이 되어 버리고 그 의미와 감정적 호소력을 상실해 버리고 만다. 이러한 관련에서 상투어나 그에 유사한 현상에서 일어나는 문제는 공적 주제의 시 — 또 사회적 생존의 제도적 정의의 정서적 총체성을 유지하는 일에서 핵심적 문제가 된다.

상투적인 행위와 언어의 상투성은 어디에서 오는가? 어떤 경우에나 되풀이는 우리를 지치게 한다. 여기에서 되풀이란 말과 여러 상징들의 되풀이를 말하지만 그것은 심리적 측면에서는 감정의 되풀이가 된다. 되풀이에서 감정은 죽고 또 감정의 환기에 의지하는 의미는 죽는다.(의미는 어떤 경우에나 말하여지는 대상의 중요성을 인지하는 작용과 밀접한 관계가 있고, 감정은 인지 작용의 증표이다.) 되풀이의 무의미화 작용에 대한 교훈은, 좋은 노래도 세 번만 들으면 싫어진다는 속담이나 늑대가 왔다는 거짓 경고를 자주 발한 양치기의 이야기에도 들어 있는 것이다. 그러나 모든 되풀이가 감정과 의미의 마비를 가져오게 하는 것은 아니다. 가령 늑대가 왔다는 경고가 있을 때마다 늑대가 왔다면, 그 경고는 빈 감정, 빈 의미의 빈말이 되지는 아니하였을 것이다. 사람의 감정이 무엇인가는 간단히 설명할 수 없지만, 그것이 어떤 행동적 준비 태세에 관계가 많은 것은 우리가 일상적으로 경험할 수 있는 것이다. 빈 감정, 빈 의미의 상태가 된다는 것은 행동적 준비에 들어갈 필요가 없다는 직관적인 판단에 관계되는 것인지도 모른다.

행동적 준비를 지나치게 크게 해석할 필요는 없다. 행동적 관련을 갖지 않는 동작이나 언어가 대수롭지 아니한 것이 되는 것은 사실이나 직접적으로 그러한 관련이 없다고 하더라도 어떤 종류의 것이든지 간에 현실적 중요성이 있는 것이라면 그것은 그 나름의 의미를 가진다고 할 수 있다. 상투적 인사말 따위가 그대로 역겨운 느낌을 주지 않는 것은 그것의 가벼운 감정 환기 — 호의의 환기가 현실적 기능을 가지고 있음이 분명하기 때문이다. 감정이 의미의 중요성에 비례한다고 할 때, 아마 그 공허성이 가장 분명하게 느껴지는 말이란 커다란 감정적 환기를 요구하면서, 그 요구가 실제 상황의 무게에 맞지 아니할 경우일 것이다. 그러므로 어떤 경우에나 큰 감정의 요구를 가진 말이나 동작은 의미의 공허성에 빠지기 쉬운 것이다. 그러나 사실 큰 감정에 대한 요구의 뒤에는 사안의 중요성에 대한 (적어도 발언자의 관점에서의) 인지가 들어 있는 것이다. 공적 시 또 그것이 관련되는 공적 감정의 환기가 그러한 경우가 되기 쉽다.

그러므로 잘못이 큰 감정의 요구, 그 요구를 담은 언어에만 있는 것은 아니다. 우선 그러한 감정을 뒷받침할 상황을 입증할 수 있느냐 없느냐 하는 것이 중요하다. 그러나 다른 한편으로, 언어의 현실적 맥락이 언제나 증명될 필요가 있는 것은 아니다. 이것은 위기적 상황에서 분명하다. 다만 위기가 지난 다음에 있어서의 그것에 대한 언어적 표현의 결여는 위기에 대응하여 일어났던 언어와 행동이 허황한 것으로 비칠 수 있다. 사회적으로 중요한 계기는 이러한 위기만큼 중요하면서 그것이 전제되어 있을 뿐 언어적으로 표현되지 아니한 것이기 쉽다. 또는 많은 경우에는 그러한 것으로 의식조차 아니 될 수도 있다. 사실 제도화된 사회적 계기는 위기의 제어 장치적 성격을 가졌다고 할 수 있다. 안정된 사회는 위기를 제도 속에 수용한 사회이다.(물론 이것을 잊히게 하려는 것이 바로 제도화의 특성이라고 하겠지만.) 가령 관혼상제와 같은 것은, 인류학자들이 지적하듯이, 개인의 삶의 행로에서 큰 대목을 이루는 위기를 표하는 사회 제도이다. 많은 원시 사회는 이러한 위기를 적절한 상징 의식으로 통제하는 방법을 가지고 있었다. 이것은 사람이 태어나서 사회화되고 생물학적 세대의 연속 안으로 편입되고 삶을 끝내게 되는 과정의 순탄할 수만은 없는 계기를 이루는 것이다. 이것이 아니라도 제도와 전통은 일반적으로 잠재적 위기 통제의 절차라는 면을 가지고 있다.(인사의 관습까지도 계기의 위기적 성격에 관계되어 있다고 할 수 있다. 사람들이 만나는 순간은 서로 적대적인 관계와 대결로 나아갈 수 있는 위험한 순간이다.) 그러나 오늘날 관혼상제를 비롯하여 많은 의식들은 공허한 것이 되었는데, 여기에서 주목할 것은 이것이 그러한 의식 자체의 문제이기도 하고, 사회 제도의 붕괴의 한 측면이기도 하다는 것이다.

한동안 허례허식이라는 말이 많이 쓰였지만, 그것은 어떠한 예의나 격식이 공허한 것이라는 것을 말하는 것이기도 하고 또 달리 보면 그러한 예의나 격식에 현실적 의미를 주고 있던 사회의 맥락이 붕괴되었다는 것을 말하는 것이기도 한 것이다. 허례허식이라는 말은 요즘 와서는 낭비적인 과시를 의도로 하는 의식을 가리키지만 원래는 조선조로부터의 과도한 예절과 형식의 존중을 말하면서 쓰인 것으로 생각되는데, 대체로 조선조의 유학이 가르치고 강요한 형이상학적, 철학적, 도덕적 평가와 규범들이 매우 형식적인 그리고 상투형화된 관념과 감정에 많이 의존하고 있는 것임은 틀림이 없다. 가령 그 숫자적 나열의 습관 —— 오행, 삼강오륜, 사단 칠정 등에서 보는 바와 같은 나열 또는 음양, 인의예지, 효제충신, 혼정신성(昏定晨省)과 같은 짝지어 굳어지게 된 말들에서도 우리는 하필이면 우주의 이치나 사람의 행실이나 감정이 이와 같이 정해진 수의 정해진 틀의 이름에 다 포착될 수가 있겠느냐 하는 느낌을 갖는다. 그러나 이러한 것들이 유교적 사회 또는 농경(農耕) 관인(官人) 체제에서 세계와 개인 그리고 사회관계를 규정하고 또 그것을 이해하는 데에 중요한 구실을 한 것은 사실일 것이다. 그것들은 상투어라고 할 수도 있지만, 뜻하는 바 의미 없는 말은 아니다. 분명한 것은 그러한 말이 의미가 있든 없든 그것들과 함께 있던 제도가 붕괴되었다는 것이다. 이러한 의식, 제도 또 그것의 뒤에 전제되어 있는 의식의 붕괴는 상투형의 등장에 깊이 관계되어 있다. 이러한 관점에서 네덜란드의 사회학자 안톤 C. 지데어발드가 상투어 또는 상투적 전달 수단(cliches)에 대한 짤막한 연구에서 상투어의 한 특징을 제도와 전통에서 유리된 "자유 부유하는 가치, 의미, 동기 및 규범"이라고 규정한 것은 맞는 말이다.[5] 상투어는 이러한 것들이 제도와 전통에서 떨어져 나옴으로써 —— 더 간단히 제도적 뒷받침을 잃어버림으로써 생기는 것이라 할 수 있다. 그러니만큼 그것은 어떤 표현 자체가 가지고 있는 속성에도 기인하지만 그에 못지않게 그것을 에워싸고 있는 조건들 —— 실제적 맥락의 손상으로 인하여 생기는 것이다. 그중에도 중요한 것은 실제적 맥락이 사회 제도

---

5 Anton C. Zijdervald, *On Cliches: The Supersedure of Meaning by Function in Modernity* (Routledge & Kegan Paul, 1979), p. 25.

의 변혁에 관련되어 있을 때이다. 이런 때, 한 제도에 관련되었던 행동의 표현 양식 전부가 상투형이 되어 버리고 만다.

허례허식의 경우와 마찬가지로, 어떤 정치적 언어가 상투적 언어가 되었을 경우도 우리는 이것을 두 가지 관점에서 보아야 한다. 즉 그것은 참으로 공허한 언어를 지칭하는 것이기도 하고, 또는 어떤 경우에나 의미의 부하가 낮아짐으로써 공허한 언어임에는 틀림이 없으나, 다른 한편으로 그러한 언어가 지칭하는 감정과 의미가 현실의 제도 속에서 의미를 가지게 되지 아니하였음을 상기시키는 것일 수도 있다. 오늘날 우리가 듣는 정치적 언어들, 민족, 민중, 애국, 통일, 민주주의, 도덕성 등등의 말 또는 그에 유사한 범주의 말들이 상투적으로 들린다면, 그것이 맥락에 관계없이 그야말로 상투적으로 쓰이는 때문이기도 하지만, 그것들이 나타내고 있는 것들이 우리의 사회적 실상에서 벗어져 나가는 것들이기 때문이기도 한 것이다. 성질을 달리하여 조선조의 여러 상투어들이 그러했던 것처럼, 이러한 말들은 대개 공동체적 삶의 형태를 지칭한 것이다. 오늘날 우리에게 없어져 가고 있는 것은 바로 공동체이다. 공동체적 의무를 지칭하는 말들이 공허한 것이 되는 것은 당연하다.

또는 조금 달리 말하여, 이러한 말들의 문제는 공동체보다도 그것에 대한 의무를 환기 또는 암시하려는 것이라고 말할 수도 있다. 그로 인하여 이러한 말들은 사실적인 말이라기보다도 듣는 사람에게 압력을 가하려는 의도를 숨겨 가진 것으로 볼 수 있다. 그렇기 때문에 이러한 말들은 사실 의미 전달보다는 겁주는 것을 그 기능으로 한다. 이것은 자유를 무엇보다도 중시하는 현대적 감수성에 맞지 아니한다. 뿐만 아니라 한 걸음 더 나아가 진정한 도덕의 핵심이 되는 주체적 자유의 원리에도 어긋나는 것이라고 할 수도 있다. 어떤 경우에나 도덕적 발언은 매우 조심스러운 조건하에서

가 아니면 진정한 의미 —— 충분히 사실적이고 성실한 것으로, 다시 말하여 그것의 인간적 심각성을 충분히 가진 것으로 전달하기 어려운 것이다. 그러나 여기서 말하고자 하는 것은 그러한 문제들보다도 이러한 말들의 강박적 느낌이 여러 공동체적 관계에 대한 규정들의 해체 과정과 일치하는 것으로 보인다는 것이다. 이렇게 볼 때 이러한 말들이 풍기는 사회적 압박감 자체가 사실은 그 실제적 맥락에 문제가 생겼다는 것을 말한다. 문제적이 아닌 사회적 규정들은 우리에게 자연스러운 것으로, 자연 그 자체로 생각되게 마련이다.

이러한 고찰들은 상투어의 원인을 사회에 전적으로 돌리는 것이다. 그것은 언어적, 행동적 또는 의례상의 표현의 문제가 아니라, 달리 말하면 표현자, 즉 말을 쓰는 사람의 문제가 아니라 듣는 자의 문제라고 말하는 것이다. 그러나 상투어, 상투형을 표현 자체나 표현 형식에서 일어나는 속성이라고만은 할 수 없다. 상투형은 상투성의 느낌을 지칭하는 것이 아니다. 실제로 그것은 우리의 느낌과 사고를 헛돌게 하고 우리의 현실 파악을 약화시킨다. 상투어는 빈말이다. 빈말이라는 것을 감정을 유발할 수 있으나 생각을 유발하지 않는다. 이때의 감정은 현실과의 대응 관계에 있어서 마땅한 것일 수도 있고 마땅하지 아니한 것일 수도 있으나 그 마땅함을 보장 —— 어느 정도 보장해 줄 수 있는 것이 생각이다. 표현 행위에서 이 감정과 더불어 생각의 계기를 유지하는 것은 매우 중요한 일이다.(모든 시의 이론이 —— 또 성숙한 인격, 문명사회의 이론이, 인간 심리의 이 두 작용 —— 반드시 감정과 생각이라고 부르지 아니하더라도 그에 비슷한 두 작용의 균형을 말하지 아니할 수 없었던 것은 궁극적으로 이러한 관련으로 인한 것이다.) 모든 표현은 화자의 참의도나 진실에 관계없는 것이 될 위험을 가지고 있다. 대표적인 경우로, 어떤 말만을 듣고 우리는 그것이 참으로 표현자의 진정을 나타내고 있는 것인지, 그 표현이 얼마나 사실적 근거를 가지고 있는 것인지 알기 어렵다. 이것은 듣는 사람만의 문제가 아니다. 말하는 사람으로도 사실 자신의 말의 내적 성실성 또는 외적 사실성을 분명하게 가리면서 말하는 것이 용이하지만은 아니하다. 내면적 또는 사실적 어느 쪽이거나 진실은 일정한 정신적 기율을 조건으로 하여 접근, 전달 가능하다. 물론 정직한 의도는 어떤 기율이 아니라 단순한 도덕적 품성에 기초하여 성립할 수도 있다. 그러나 오늘날과 같은 시대에 있어서 아마 그 품성은 기율에까지 끌어 올려지지 아니하고는 탄탄한 것이 되지 못할 것이다. 어떤 경우에나 말의 의도의 완성은 불가불 사실적 진실을 말하는 것에 이르러서이다. 후자는 인식론적 기율을 요구하는 일이다. 결국 이러한 장황한 분석은 진실을 말하는 조건으로 생각의 계기 또는 반성의 계기가 있어야 한다는 것을 말하려는 것이다. 생각이 없는 말은 진실이 아닐 가능성이 큰 것이다. 되풀이되는 상투어가 대표적인 경우이다. 구체적 상황은 어떤 경우에나 가변적 요소를 포함하고 그러니만큼 정해진 공식에 맞아 들어가기 어렵게 마련이다. 때와 장소에 관계없이 섬세한 변조가 없이 되풀이되는 틀에 박힌 말은 의심을 받을 수밖에 없다. 이 변조는 기존의 언어가 생각 속에서 사실과의 조정을 이루고 있음을 나타내는 것이다. 생각은 구체적 현실을 끌어들이는 수단이다. 어떤 편견에서 생각하는 것과는 달리, 시에 있어서도 생각은 시에 구체성을 부여하는 통로가 될 수 있다.

건전한 인간 이해, 건전한 사회 제도에서 나오는 굳어진 말, 상투어도 생각을 말살한 위험 — 따라서 새로운 상황에서 진실에서 벗어져날 위험을 가지고 있다. 생각은 어떤 경우나 — 다른 사람이 만들어 놓은 생각을 받아들이는 경우에도, 적어도 자기의 내면 속에서 재생산 — 물론 그러기 위해서는 생각과 현실의 비교 가늠이 불가피한, 그러니까 달라질 수밖에 없는, 생산 또는 재생산으로만 존재한다. 그것은 개인의 창조적 업적으로 존재한다. 오늘의 시대는 생각에 도움을 주는 시대는 아니다. 이 사실은 특히 주목할 필요가 있다. 그것은 표면적으로는 전혀 다른 상황으로 비칠 수도 있기 때문이다. 다른 많은 것과 마찬가지로, 오늘날 말은 대중적으로 생산되고 대중적으로 소비된다. 그러므로 어느 때보다도 말은 다양하고 풍부하고 자유로운 것처럼 보일 수 있다. 그러나 대중적 생산과 소비 체제가 전통적 사회와는 다른 방식으로 말과 생각과 삶을 상투화한다. 여기에서 중요해지는 것이 상투성의 계기로서의 생각이다. 위에 비친 바와 같이, 상투적인 것은 생각과 생각, 생각과 사물의 개인적 접촉을 허용하지 아니한다. 대량 생산 체제하에서 같은 말은 끊임없이 재생산 순환되고, 생각과 말, 또 말과 사실은 연결될 수 있는 여유를 갖지 못한다. 이러한 현상은 대중적 언어 생산—대중 매체의 발달이나 상품 광고, 정치 선전, 정보의 국제화 등의 기능이지만, 그것의 원인 결과의 순서가 어느 쪽이 분명치 아니한 대로, 궁극적으로는 사회 자체의 변화의 기능이다. 위에서 우리는 공적 행동이 공연이 되고 공적 인간 자체가 허깨비가 되는 것은 그의 표현을 제약하는 구체적 공동체의 현실이 약화됨으로써라고 했지만, 상투어의 폐단이 일어나게 되는 것—그것이 빈말이 되고 단순한 공연 효과만을 가지게 되는 경우가 많은 것도 그것에 대한 공동체적 검증의 방편이 없어진 것으로 인한 것이다. 어느 인간의 언어와 행적이 안정되고 지속적인 구체적 공동체 구체적 검증에 의하여 통제될 수 있다면, 그의 행동과 언어의 상투성이 크게 문제 될 수는 없다.

여기에 대하여 진정한 의미의 상투어나 상투형은 과거에나 현재에나 중요한 사회 제도와의 관련을 갖지 아니한 말들이나 행동의 방식들이라 하는 것이 옳을 것이다. 전통 사회에서의 상투어는 한정된 수의 언어와 표현의 공식화를 말한다. 전통적 상투어는 큰 감정을—적어도 적절한 상황에서는 큰 감정을 불러일으킬 수 있는 말들이다. 충효나 절의는 잠재적으로 큰 감정적 호소력을 가지고 있는 것이다. 그러면서 그것은 그것에 대응하는 도덕적 사회적 현실을 가지고 있다. 그럼에도 불구하고 그것이 생각을 마비시키고 말과 생각과 현실을 유리시킬 위험을 가지고 있는 것은 사실이다. 이에 대하여, 현대 사회에서(위에서 언급한 지데어발드가 말한 상투어는 주로 현대 사회에서의 상투어이고, 그는 현대 사회를 '상투어 생산적 사회(clichegenic society)'라고 부른다.) 상투어는 수에 있어서 한정되지 아니한다. 그것은 다양하고 변화무쌍하다. 이런 의미에서 그것은 한정된 같은 말의 되풀이라는 인상을 아니 줄 수도 있다.(그리하여 위에서 함축된 상투어의 정의 자체가 달라져야 하는 것인지도 모른다.) 그러나 따지고 보면 그것들은 같은 거푸집에서 약간의 변화를 추가하여 찍어 내는 같은 말들이다. 그러므로 현대 사회의 상투적인 표현은 정확한 외형의 반복이 아니라 숨은 상투적 원형의 재생산이다. 이 원형의 생산성은, 말하자면, 패권적 문화의 생산성에서 나온다. 동력이 되는 것은 말할 것도 없이 사회를 지배하고 있는 세력들의 조종 의지이다. 이것은 전근대 사회에서도 마찬가지라고 할 수도 있지만, 대중 사회의 경우 더 적극적으로 그 의지가 가리키는 도덕적 사회적 대상은 존재하지 않거나 왜곡된 것일 수 있다. 상투형은 흔히 진정한 사회적 구성으로부터 우리의 시각을 다른 곳으로 돌리게 하려는 작용을 하기 때문이다. 그것은 큰 감정을 자극하려는 것보다는 작은 감정의 필요를 충족시킨다. 어쩌면 그것은 큰 감정을 흩어 버리는 기능을 하고 있는지도 모른다. 현대적 상투어는 높은 도덕적 주장을 가지고 있지 아니할 수 있고, 듣는 사람은 자유로운 언어 과정 속에 있는 것으로 느끼게 되기 때문에, 그 언어 과정 속에 작용하고 있는 상투성을 의식하지 못할 수도 있다. 이러한 상투성의 과정의 기능은, 전통적인 사회의 경우에나 마찬가지로, 생각의 기능의 마비이다. 그것은 큰 감정의 경험, 인간 존재의 도덕적 사회적 현실로부터 사람을 유리시킨다. 다른 한편으로, 수많은 말들은 우리를 수많은 사물과 객관적 사실에 접하게 하는 듯한 인상을 준다. 그러나 상투형의 조종 속에 있는 이 접촉은 심각한 것이 될 수 없다. 사실 현대의 대중 소비 사회에서 우리는 우리의 자유로운 삶을 살면서 삶 자체가 상투적이 되는 것을 느끼는 것이다.

6

여기에서 이러한 문제를 생각해 보는 것은 오늘의 시를 생각하는 데에 이어져 있다. 시가 거짓된 공적 공연의 동작 그리고 그 단적인 증표로서의 상투어나 상투적 감정에의 의존을 피할 수 있는가? 이 물음이 공적인 시의 핵심적인 문제 중의 하나로 생각되기 때문이다. 우리의 과제는 사회적으로나 시로나 상투어 자체의 좋고 나쁨을 가리는 일이 아니라 시의 조건으로서의 사회 환경을, 또 사회 환경의 표면에 보이지 않는 질적 변화의 지침으로 시의 직관을 정확히 판단하고 거기로부터 사회나 시의 문제를 더 면밀하게 생각하는 일이다.

1990년대에 들어와 매우 빠른 속도로 달라지고 있는 것이 역연하지만, 1980년대의 시, 또 그 이전에도 우리 시는 오랫동안 정치적인 것이었다. 우리 시가 정치적이었던 것은 그 나름으로 정당한 것이었다. 그러나 그것이 시로서 문제가 없는 것이 아님은 그러한 시의 정당성에 동의하는 사람의 마음에서도 늘 꺼림칙한 것으로 남아 있었다. 이 현실적 정당성과 시적 정당성 사이의 거리는, 그것이 전부는 아니면서, 상투적 언어와 상투적 행동, 상투적 생각의 문제가 이어져 있는 것으로 보이는 것이다.

오늘이라고 하여 정치적 관점에서 문제적인 상황이 완전히 해소된 것은 아니지만, 1980년대와 그 이전 그에 이르는 상황은 한두 가지 문제 — 가령 민주화와 사회 정의의 문제로 집약될 수 있을 만큼 위기적인 것이었다. 그리고 이 단순화된 위기적 상황은 사람들의 정열을 완전히 흡수하기에 충분한 것이었다. 시가 이 정열을 표현한 것은 자연스러웠다. 또 그것은, 시인들의 개인적인 수난과 고통에 단적으로 드러났듯이, 커다란 실천적 의미를 가졌던 것으로, 오늘날의 보다 이완된 정치 상황의 조성에 적지 않은 공헌을 하였다. 뿐만 아니라 자기만족과 은둔에 침잠하기 쉬운 시로 하여금 시의 중요한 사명의 하나가 공적 관심과 품격의 표현에 있음을 상기하게 하였다. 그러나 시가 공적인 차원에만 머물러 있을 수는 없다. 시는 시인의 깊은 개인적 욕구로부터 생겨나는 것이다. 1990년대의, 재담과 사설의 시 또는, 조금 더 낮게는, 개인적 서정의 시는 불가피한 반작용이며 또 우리 시의 발전에 있어서의 필요한 단계라고 할 수도 있다. 그러나 다른 한편으로 우리는 다시 시의 공적 측면의 위엄을 상기하지 아니할 수 없다. 재담과 사설의 시 또는 복고적이거나 현대적인 서정시의 재등장이 반드시 시의 본령의 전부를 나타내는 것은 아니다. 그리고 위에서 우리가 문제 삼았던 상투성의 문제만 해도 사적인 것, 서정적인 것에로의 회귀만으로 해결되는 것은 아니다. 그것은 더 무서운 마비를 나타내는 것일 수도 있다.

그러나 이 시의 두 가지의 모순된 측면과 요구가 그 나름의 정당성을 가지고 있음은 틀림이 없다. 이상적으로는, 이미 비친 바 있듯이, 이 두 가지의 움직임이 합쳐질 수 없는 것은 아니다. 되풀이하건대, 개인적 욕구 자체가 공적인 것을 향한 것이다. 표현한다는 것은 안에 있는 것이 밖을 향한다는 것이다. 밖이란, 알아볼 만한 첫 형태에 있어서는, 언어이다. 언어는 이미 하나의 공적 세계이다. 그것은 그 말을 사용하는 동시대인 또 그 말을 사용해 온 태고로부터의 역사적 공동체 없이는 있을 수가 없는 것이다. 시인의 시적 표현은 이 언어 공동체에의 편입 또 그것의 창조적 변화를 향한 의지를 나타낸다. 물론 이러한 의지가 반드시 의식적인 것은 아니다. 그렇다면 아마 시의 근원적 성격은 다분히 상실되고 그로 인하여, 모든 근원적인 것에서 우리가 느끼는 바, 즉 비록 매우 희박한 상태로라도, 우리가 시의 이름에서 느끼는 바의 외포감도 상당히 줄어들 것이다. 언어에 대한 우리의 느낌은 우리가 어떤 언어 공동체에 속해 있다는 것에 대한 추상적인 이해에서 오는 것보다는 더 근원적인 데에서 오는 것이다. 그것은 이미 비친 바 있듯이, 바로 우리가 어머니에게서 태어나고 아버지와 다른 가족 사이에서 자라게 되는 과정 자체에서 우러나오는 느낌이다. 그것은 우리의 탄생과 또 하나의 탄생 — 가족과의 관계에서 사회적 인간으로 태어나는 원초적 사건에 매어져 있는 것이다. 모든 탄생은 경축할 만한 일이면서도 고통스러운 것이다. 그것은 하나의 선택이다. 선택은 자유로운 행위이다. 그것은 스스로 하는 것이다. 그러나 동시에 그것은 주어진 것을 받아들이며 또 받아들이되, 어떤 한정된 것만을 받아들인다는 것이다. 그것은 주어진 것의 필연과 그 필연의 한정에서 또 하나의 한정 — 필연 속에서의 필연을 받아들인다는 것을 말한다. 그것은 자유가 아니라 필연의 행위이다. 그러면서도 그것은 마치 자유의 행위처럼 인식된다.(물론 이렇게 인식될 수 있다는 데에 인간 생존의 모든 문제가 들어 있다.)

하여튼, 심리 분석들이 지적하듯이, 사람이 태어나고 성장한다는 것은 사회의 제약을 자신의 삶의 필연적 조건으로 받아들인다는 것이다. 시인의 표현의 욕구는, 스스로는 어떻게 느끼든지 간에, 이러한 사회적인 것에의 욕구를 나타낸다고 할 수 있다. 그 욕구가 주로 큰 사회의 욕구 — 달리 말하여 요구를 나타낸다고 해서 전혀 이상할 것이 없는 것이다. 다만 그것이 사람의 근원적인 욕구에서 이어져 있는 것이라고 하여도 사회적 요구가 이것을 전부 채워 줄 수 있는 것은 아니다. 사회적인 것은 많은 경우 억압적인 것으로 느껴진다. 아니면 적어도 나의 삶의 관점에서 그것은 공허한 것으로 ─ 어쩌면 그것을 적극적으로 받아들이는 듯하면서도 내심 공허한 것으로 느껴진다. 우리가 시에서 찾는 것은 이러한 외면적으로 부과된 어떤 것이 아니다. 시가 안으로부터 밖으로 나아가는 움직임을 나타낸다고 하더라도 시가 찾는 밖은 그러한 외면적 요구로서의 사회가 아니라, 안으로부터 얻어지는 사회이다. 또는 그것을 포함하는 삶 전체이다.

이것이 어떻게 가능한가는 물론 쉽게 말할 수 없다. 그 어려움을 생각하면서, 우리는 시의 근원을 ─ 사람의 육체와, 충동과, 즐김과 금욕, 개체적 욕망과 사회의 요구가 그 파괴적 갈등 속에 또는 높은 종합으로 나아갈 수 있는 가능성 속에 움직이기 시작하는, 근원적 공간, 크리스테바의 말로 '율동적 공간'을 다시 한 번 생각할 수 있을 뿐이다. 이것은 결국 초월되어야 하는 근원이지만, 뿌리내리고 있어야 하는 근원이며, 다시 되돌아가 시작해야 하는 과정이다. 이러한 원초적 일체성에 이어져 있지 아니하는 한, 시는 우리를 진정으로 움직이기가 어려운 것이 된다. 그러나 중요한 것은 단순히 시가 아니다. 시는 사람의 일을 창조적 가능성에 유지하기 위하여 필요한 것이고 또 모든 사람과 낱낱의 사람의 삶을 그 가능성 속에 살 수 있게 하기 위하여 필요한 것이다. 우리의 육체와 정신의 저 밑에 있는 '율동적 공간', 시적 공간의 움직임은 사회의 모든 의미 작용의 근본이다. 그러나 사회의 의미 작용 ─ 언어와 제도와 관행은 본래의 의미화 가능성을 제한하는 데에서 성립된다. 크리스테바의 말을 빌려 보자.

의미화 작용은 어떤 것도 의미화 과정의 무한한 전체성을 포괄하지 않는다. (궁극적으로 사회적 정치적인 성격의) 수없는 제약이 의미화 작용으로 하여금 그 속에 일어나는 주제화의 이런저런 주제에 멈추어 서게 한다. 이 제약들이 그것을 엉키게 하고 옴짝하지 않게 하여 표면과 구조를 만든다. 그것은 고정되고 단편적인, 상징의 모체 속에 ─ 과정의 무한성을 지워 버리

는 여러 가지 사회적 제약의 흔적 가운데, 의미의 실천을 철폐해 버린다.[6]

의미화 작용은 필수적인 것이면서, 쉽게 의미의 경직에 사로잡힌다. 의미 작용의 제한을 넘어가고자 하는 가장 중요한 노력은 말라르메나 제임스 조이스의 아방가르드적 작품에 나타난다. 그러나 그러한 경우에도, 크리스테바의 의견으로는, 대체로는 사회적 제약에 의하여 부과되는 의미화 작용과 실천에 대한 제약은 그대로 남아 있게 마련이다. 따라서 그것은 사회적 실천의 해방에 큰 도움이 되는 것이 아닐 수 있다. 우리의 생각으로는 아마 필요한 것은 반드시 문학적 아방가르드의 해체 작업이 아닐 것이다. 이러나저러나 삶 자체의 근본적 제약은 그 많은 부분에서 사회적, 정치적 성격의 것인데 그것을 그대로 두고 진정한 의미의 해방이 있을 수는 없다. 또 사회에 자유의 가능성은 확대될 수 있는 것이면서도 또 동시에 근원적인 억압이라는 한계를 넘어설 수 없는 것이라고 할 때, 참다운 의미의 시적 해방은 아방가르드의 파괴적 충동과는 상당히 거리가 있는 것이라고 할 수도 있다. 그러나 어느 쪽이든지 간에, 구조가 탄생하기 전의 원초적 가능성을 상기하는 것은 중요하다. 사람은 아마 그의 가능성의 제약으로서의 구조를 떠나서 살 수 없는 것인지 모른다.(물론 구조가 해방시키는 가능성도 있다.) 구조의 원리는 이성이다. 그러나 구조는 적어도 —— 또는 구조의 원리로서 생겨나게 마련인 이성은 영원한 것이 아니라 생성되는 것이다. 그것은 또 사람의 일에 부딪쳐 그때마다 새로 생겨나는 것으로 존재할 때 진정한 해방의 원리가 될 수 있다. 그때, 그것은 사람의 삶을 보다 너그럽게 하는 것이 된다. 시의 근원적 언어에 대한 상기는, 그것이 어떤 형태를 취하든지 간에, 이러한 탄생의 과정을 도와준다.

---

6 Julia Kristeva, op. cit., p. 88.

*

　마지막 평론집을 낸 것이 십여 년 전이다. 그 이후의 글들은 책으로 엮어 내지 못하였다. 이번에 이 글들을 세 권의 평론집으로 한꺼번에 낼 수 있게 된 것은 오로지 민음사 여러분의 호의로 가능하여진 일이다. 평론집에 대한 말은 오래전부터 있었고, 또 벌써 삼 년 전에 그 일부가 인쇄에까지 들어갔다 이제야 책으로 나오게 되었다. 원고의 수집이나 정리나 교정 과정에서 횡포로 여겨질 만큼 게으름과 지연, 부실을 일삼아 왔지만, 민음사의 여러분들은 이것을 참아 주셨다. 이 자리를 빌려 그간 참아 주시고 격려해 주신 박맹호 사장께 사죄와 함께 감사를 드린다. 이동숙 전 편집장과 이영준 주간도 많이 참으며 격려를 아끼지 아니하였다. 감사드린다. 그리고 실무를 끈기 있게 처리해 주신, 솔출판사로 옮겨 간 정홍수, 그리고 이갑수, 김혜정, 김명재, 윤석호, 이남수, 안현미 여러분께 감사드린다. 세 권으로 분리하는 작업과 일단의 교정을 맡아 준 것은 표미정 박사였다. 이 자리에서 감사의 말을 전한다. 《세계의 문학》의 일에서나 다른 일에서나, 이남호 교수는 평소에도 부담스러운 일을 염치없이 밀어 놓아도 싫은 느낌을 보이지 아니하였었는데, 책의 마지막 단계에서 해외로 떠나면서 부탁드린, 마지막 돌봐 주는 일을 흔쾌히 승낙해 주셨다. 우찬제, 김성기 두 분께서도 책의 마지막 손질에 힘을 빌려 주셨다. 감사드린다. 여기에 일일이 이름으로 밝히지 아니하여도 민음사와 또 다른 많은 일꾼들의 도움과 힘으로 책이 나오게 되었음은 물론이다. 감사하게 생각하는 바이다.

1992년 가을

김우창

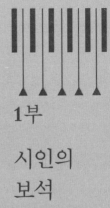

1부

시인의
보석

시와 정치

한국 현대 시의 한 측면에 대한 고찰

> 역사가 너무 가까이 올 때 모든 사회 집단의 내부에
> 분비되는 어리석음과 미움과 허황한 믿음들의 증후들…….
> ─ 레비 스트로스, 『슬픈 열대(熱帶)』

1

"오늘날에 있어서 모든 사람의 운명은 정치적으로 규정된다."─토마스 만의 이 말은 현대에 있어서 정치의 절대적인 우위성을 지적한 경구로서 자주 인용되는 말이다. 사실 이것은 세계의 어느 곳에나 해당되는 것이지만, 특히 우리 한국, 특별히 지난 백 년의 한국 현대사에 그대로 해당되는 말이다. 서양의 충격, 제국주의 통치, 민족 내부의 이념적 갈등, 산업화 등이 가져온 커다란 사회 변화의 물결은 지난 한 세기 동안 우리의 생활을 속속들이 정치화시켜 놓았다. 이 정치화의 움직임은 우리 시에 있어서도 마찬가지여서, 이것은 신시 이후의 우리 시의 대표적인 표현들로 하여금 조만간에 늘 정치적 상황에 대하여 일정한 입장을 취하지 않을 수 없게 하였다. 이것은 당연한 일이었다. 민족의 계속적인 위기에 처하여, 시가 그것을 말하지 않고 무엇을 말할 것인가? 그러나 시가 본래부터 정치적이라고 생각하는 것은 시의 전부를 말하는 것이 아니다. 그것은 정치화될 뿐이다.

적어도 우리는 시의 정치적 성격을 주어진 명제로서가 아니라 개인적 역사적 과정으로서 이해하여야 한다. 이렇게 함으로써 우리는 현대 시를 바르게 이해하고 또 정치 행동의 의미를 바르게 이해할 수 있을 것이다.

방금 말한 바와 같이 시의 정치화는 전체적인 현대사의 움직임에서 불가피한 과정 중의 하나였지만, 다른 한편으로 그것은 시가 가지고 있는 독특한 충동에 비추어 시 스스로가 요구하는 대결 또는 일치화의 현상이기도 하였다. 나중에 설명하듯이 시의 독특한 충동은 주어진 것을 넘어서려는 충동이며 이 넘어선 자리에 있는 것 가운데 가장 직접적인 것이 정치 공동체이기 때문이다.(특히 전반적으로 커다란 충격과 변화 속에 있는 정치 공동체일수록 여기에 대한 의식은 강화된다.) 그러나 다른 한편으로 시는 시 나름의 정치에 반드시 일치될 수 없는 고유한 뿌리를 가지고 있는 까닭에, 설령 그것이 정치화의 운명을 겪는다고 하더라도 그것은 인간의 다른 정치적인 표현과는 다른 어떤 양상을 보여 주게 마련이다. 이 양상은 시의 정치로 하여금 독특한 강점과 제약을 동시에 지니게 한다.

2

오늘날에 있어서 시의 정치화가 불가피하고, 또 그래 왔던 것이 한국 현대 시사의 증거라고 하더라도, 젊은 시인을 움직이는 첫 충동은 더 소박하고 원초적인 생명 충동, 풍부하고 행복한 삶을 향한 충동이라고 하는 것이 옳은 관찰일 것이다. 시가 정치화한다면, 그것은 이러한 첫 충동의 전개 과정에서 일어나는 일일 것이다. 시가 풍부한 삶에 대한 충동에 그 동인(動因)을 가지고 있다고 할 때, 풍부한 삶이란 무엇을 말하는가? 이것은 모순적인 두 계기를 가진 것으로 보인다. 시의 언어가 다른 어떤 언어보다도 구상적이며 감각적인 언어란 점에서 이미 드러나듯이, 시적인 충동 속에 움직이고 있는 것은 감각적인 의미에 있어서의 풍부한 삶에 대한 갈구이다. 그리고 감각적 삶에의 충동은 쉽게 육체적 쾌락에의 충동에 연결된다. 시가 육체의 자각과 더불어 시작되며, 또 그렇지 않은 경우에도 늘 쾌락의 원리에서 나오는 것으로 생각되는 것은 당연하다. 이렇게 볼 때, 시인은 육체를 가진 인간의 육체적 생존의 가능성을 가장 강하고 예민하게 감지하는 사람이라고 할 수 있다. 시 속에 움직이는 사고는 W. B. 예이츠가 쓴 용어를 빌려 '육체의 사고'이다. 그러니까 감각적 삶의 표현으로서의 시는 직접적인 의미에서는 정치적이라고 할 수 없다.(물론 역설적으로 이러한 인간 생존의 가장 근본적인 뿌리에 대한 감각으로 하여 시가 추상적인 주장과 표어로써 움직이는 정치에 대하여 매우 중요한 의미를 갖는다고 말할 수도 있을 것이다.)

그러나 시의 정치적 지향도 시 그 자체 속에 들어 있다고 말할 수 있다. 풍부한 삶은 직접적으로 주어진 삶의 충실화를 의미할 뿐만 아니라 주어진 것을 넘어서 스스로를 확대하려는 충동이다. 그런데 이것은 맹목적인 자기의 확대라기보다는 세계의 풍부함에로 나아가고자 하는 움직임이기 때문에 스스로를 깨고 넘어가려는 충동을 포함한다. 이러한 초월적 움직임은 시의 인식으로서의 기능에 의하여 본래부터 강화된다. 위에서 말한 시에 있어서의 감각적 충동도 감각에 의한 세계의 소모 내지 소멸을 못하지 않는다. 시적인 의미에서의 감각에의 충실은 세계와의 즐김의 관계 속에 들어가는 것을 말한다. 그것은 감각을 통한 인간의 확대가 일어나면서 동시에 세상의 다양성을 즐기는 인간과 세계의 공존 관계이다. 시의 감각적 충동은 감각의 탐닉이 아니라 세상의 경이에 대한 감각적 인식이다. 시인이 원하는 것은 다시 말하여, 감각적 삶의 혼수가 아니라 감각을 통한 세계에의 깨어남이다. 여기에서 이미 시적 충동은 스스로를 넘어서려는 충동으로 나타난다. 넓은 세계로 스스로를 확대하려는 욕구는 이미 감각의 직접성 속에도 이렇게 내재해 있는 것이다.

물론 그렇다고 해서 넓은 세계로의 움직임이 모두 다 감각적 삶의 충실화와 일직선 위에 있는 것은 아니다. 이것은 수동적인 상태에 있기가 쉬운 감각 생활에 있어서가 아니라 더 넓은 인식 작용과 행동을 통해서만 실현될 수 있다. 여기에서 시적 자아는 사회 또는 역사의 세계로 나아가지 않을 수 없다. 풍부한 삶을 지향하는 시적 자아는 역사적 공동 공간을 필요로 하고 그것이 그 자아실현에 합당한 것이기를 요구한다. 그렇다고 역사의 공간이 좁은 의미에서의 자아실현의 공간이기를 요구한다는 것은 아니다. 그러한 공간이 개아(個我)가 확대되는 마당으로 간주될 수도 있겠으나, 자아실현이란 대부분의 경우 감각적 삶에 있어서처럼 향수(享受)의 관계이며 그것은 세계와의 공존 속에서 이루어진다. 즉 사회 속에서의 자아실현은 사회적 자아의 실현인 것이다. 그리고 사실 따지고 보면 감각적 자아의 구극적인 주체가 진화의 어떤 힘이라고 할 수 있는 것처럼 인간 개아의 참 주체는 사회적 과정이라고 볼 수 있다. 하여튼 시인은 그의 깊은 풍부한 삶에의 충동으로부터 사회의 개체적 공존적 삶의 가능성에 깊은 관심을 가지지 않을 수 없다. 이것은 시인의 감각적 삶에 대한 강력한 애착에 모순되는 것이면서, 위에서 말한 바와 같이 그것의 확대이다. 그리고 또 이것은 감각적 삶의 조건을 이룬다. 왜냐하면 어떤 지평 속에 존재하지 않는 개체는 없기 때문이다. 즉 우리의 감각은 우리의 사회적 생존의 조직에 의하여 조건 지어진다.

모든 예술가에게 있어서, 또 모든 인간에게 있어서 이러한 모순되고 또 일관된 삶의 충동이 발견된다고 할 것이나 시인에 있어서 사회적 공간에로 나아가려는 충동은 조금 더 강하게 작용한다고 볼 수 있다. 그것은 그가 언어를 매체로 사용하는 예술가이기 때문이다. 그의 향수와 인식은 언어에 의하여 매개된다. 그의 향수의 대상은 직접적으로 주어지는 세계인지 아니면 언어로 재구성되는 세계인지 불분명하다. 또 그가 사고를 한다고 할 때 그는 독자적인 사고의 논리를 좇는다기보다는 언어의 가능성을 좇아간다고 할 수 있다. 언어는 그의 감각 기관 또는 사고 기관이며 또 세계가 드러나고 구성되는 공간이다. 그런데 언어는 사물을 투명하게 반영하는 것이 아니다. 그것은 의미 생성의 원리로서 한편으로는 인간의 어떤 능력에, 다른 한편으로는 인간의 역사적 사회적 노력에 그 근원을 갖는 것이다. 언어를 사용한다는 것은 인간의 근원적인 의미 창조의 능력에 따라 또한 언어 공동 사회의 역사적 경험의 원리에 따라 세계를 재구성한다는 것을 말한다. 그렇다고 언어의 세계가 직접적인 세계와 전혀 다른 것이라고 할 수는 없다. 언어가 그 자신과 세계의 구분을 허용하지 않을 정도로 투명할 수 있다는 것은 그것이 구극적으로 세계와 하나의 원리에 입각해 있다는 뜻일 것이다. 그리하여 시인이 언어를 매체로서 익힌다는 것은 언어가 재현하는 구체적인 세계, 인간의 창조적인 능력, 공동체적 역사, 세계의 원리에 근접해 가는 과정이다. 한마디로 시적 언어의 과정은 로고스에의 다양한 수련인 것이다. 이렇게 하여 시적 충동에 몸을 맡긴다는 것은 한편으로 세계를 풍요한 것으로 향수하면서 다른 한편으로는 보다 큰 세계, 세계의 멀리 있는 로고스에로 초월한다는 것을 말한다. 시가 정치적 공동체의 문제에 부딪치는 것은 이러한 시적 충동의 전개 도상에서다.

3

이미 말한 바와 같이 정도의 차이는 있을망정 우리 현대 시인의 상당수는 조만간에 정치적 의식에 이르게 된다. 그러나 위에서 우리가 간단히 시도한 시적 충동의 경과에 대한 분석에서 말하였듯이 이들의 정치의식이

시 의식에 결부되어 있다는 사실은 정치의식의 내용을 달라지게 한다. 한 마디로 말하여, 그들의 정치의식은 정치적인 명분에의 직접적인 공감보다는 풍부한 삶에 대한 갈구의 연장선상에서 얻어지는 의식이다. 물론 정치 의식과 삶에의 충동이 늘 일체를 이루는 것은 아니다. 그것들은 오히려 서로 갈등을 일으키거나 아니면 팽팽한 긴장 속에 병존하는 경우가 많다. 그러나 어느 경우에 있어서 이들 두 의식의 연결은 일체적인 또는 긴장된 상승 작용을 일으킨다. 그리하여 시인의 정치의식은 직접적인 정치의식보다 치열한 것이 되기가 쉽다. 아니면 적어도 보다 큰 정서적인 부하(負荷)를 갖는다. 이것은 시인들로 하여금 더러는 직접적인 의미에 있어서의 정치적 인간보다 더 정치적이 되게 한다. 그러나 그것은 다른 한편으로는 이들의 정치의식을, 어떤 경우에는 정치적 부채로 작용할 수도 있는 한 가지 정치적 입장으로 몰고 간다. 즉 그들의 정치 신조는 육감적이고 행동주의적인 것, 아나키즘이나 신디컬리즘적인 행동주의의 신념이기 쉽다. 물론 이것은 이것 나름으로의 의미를 가진 것으로서 상황과의 관계없이 그 장단을 판단할 수 없는 것이다. 여기서 지적하고자 하는 것은 단순히 하나의 주조를 이루는 유형일 뿐이다.

정치적 시에 표현된 정치적 신념이 위에서 말한 바와 같은 관련들을 가지고 있다는 것은 우리의 가장 대표적인 정치 시인 한용운(韓龍雲)에서 이미 예증된다. 주지하다시피 「님의 침묵(沈默)」은 제국주의하의 민족 독립의 의지에 대한 증언이지만 그것은 남녀 간의 사랑을 말하는 형식으로 표현되어 있다. 그에게 정치적 소망과 성적 사랑은 한가지였거나 적어도 하나의 복합적 갈구로 종합될 수 있는 것이었다. 비록 성적 충동과 정치적 소망의 일치라는 공식으로 요약될 수는 없으나(물론 한용운의 경우도 이렇게만 이야기될 수 있다는 것은 아니다.), 하여튼 삶 전체에 걸치는 확산적 에너지와 정치적 행동과의 일치는 우리 시와 정치에 있어서 하나의 유형이 된다. 이것은 일제 치하에서도 그렇고 그 이후의 현실 참여적인 시에서도 그렇다.

그러나 모든 시인들의 정치적인 표현이 한용운에서처럼 절대적인 형태를 취했던 것은 아니다. 그것은 그들의 다른 보다 불분명한 충동과 관심에서부터 서서히 얻어지는 것이었다. 일제하에 또는 그 이후에 정치적인 의식을 가지게 된 많은 시인들, 가령 김소월(金素月), 이상화(李相和), 이상(李箱), 윤동주(尹東柱), 정지용(鄭芝溶), 김기림(金起林), 조지훈(趙芝薰), 박두진(朴斗鎭) 등은 대체로 서정적인 관심에서 출발하여 점진적으로 정치적인 자각에 이른 경우이다. 그런데, 비록 이들 시인들을 통틀어 일률적으로 이야기할 수는 없는 일이나, 주목할 것은 이들이 표현하고 있는 정치적 의식의 내용이 정치와 삶을 일치시킨 관점에 있던 시인들의 그것과는 다르다는 점이다.

가령 김소월의 경우를 하나의 범례로서 생각하여 보면, 그는 전형적으로 「예전엔 미처 몰랐어요」와 같은 사랑의 자각에서 첫 시적 영감을 발견하였다. 그러나 비록 짧은 생애 속에서일망정 그는 점차적으로 민족의 정치적인 현실에 눈을 돌리고 삶의 사회적 정치적 조건을 시 속에 이야기하기 시작했었다. 소월의 시는 거의 모두가 비관적인 어둠으로 차 있다. 이 어둠의 원인이 분명히 잡아 말하기는 어려우나 그 실현의 객체를 발견하지 못하고 힘없이 안에서만 뭉클거리는 성적(性的), 사회적(社會的) 욕구에 있으리라는 짐작은 가능하다. 소월의 많은 시가 현실에 이루어질 수 없는 어떤 낭만적인 사랑을 이야기하고 있는 것은 비교적 자명하지만, 그의 시의 막연한 그리움이 한편으로는 여러 가지의, 때로는 극히 세속적인 사회적 욕구의 표현이기도 하다는 점은 별로 주목을 받지 못했다. 이것은, 극히 일반적으로 이야기하면, 전통적인 의미에서 남자가 세상에 나아가 뜻을 편다는 것으로 말하여질 수 있는 욕구이다. 소월은 「돈과 밥과 밤과 돌」의 처음에서 그의 문제를 극히 간략하게 다음과 같이 표현하고 있다.

얼굴이면 거울에 비추어도 보지만
하루에도 몇 번씩 비추어도 보지만
어쩌랴

그대여 우리들의 뜻 같은
백(百)을 산들 한 번을 비출 곳이 있으랴.

　여기서 그가 분명하게 말하고 있는 것은 주관적인 의지의 실현을 가능하게 할 객관적 여건이 없는 것이 그의 불행의 원인이라는 사실이다. 그러면 소월의 뜻은 무엇을 말하는가? 이것은 「물마름」에서 이야기하고 있듯이, 남이(南怡)처럼 나라에 무공을 세우고 이름을 떨치는 것을 말하기도 하고 또 홍경래(洪景來)처럼 '정의(正義)의 기(旗)'를 들고 반군(反軍)을 일으키는 일을 말하기도 한다. 그러나 소월의 뜻은 다만 이러한 정치적 행동 ── 이것이 현대적인 의미에서의 정치 행동을 뜻하기보다는 영웅적인 생애를 말하는 것이라고 해야겠지만 ── 만이 아니고 세속적인 의미에서의 '부귀공명(富貴功名)', 돈, 옷, 밥, 자유, "전(前)보다 좀 더 전(前)보다 좀 더/살음즉이"(「부귀공명」) 살 것을 겨냥했던 것으로 생각된다. 심지어 그것은

　　오늘 공일날 테니스 시합(試合), 반공일(半空日)날 밤은 웅변회(雄辯會),
　　더워서 땀이 쫄쫄 난다고 여름날 수영(水泳), 춥고 추운 겨울 등산(登山),
　　그 무서운 이야기만 골라 가며 듣고는 위야 집으로 돌아오는 시담회(試膽會)의 밤!

　이러한 것을 포함하는 생활의 활기도 포함하고 있었다. 이것은 전통적인 삶에 대한 강한 반발의 다른 면이라고 할 수 있다. 「훗길」에서의 소월의

전통적이고 정체된 삶에 대한 반발과 체념은 그의 낭만적 그리움과 펴지 못한 뜻의 배경을 단적으로 표현하여 주고 있다.

> 어버이님네들이 외오는 말이
> "딸과 아들을 기르기는
> 훗길을 보자는 심성(心誠)이로라"
> 그러하다, 분명히 그네들도
> 두 어버이 틈에서 생겼어라.
> 그러나 그 무엇이냐, 우리 사람!
> 손들어 가르치던 먼 훗날에
> 그네들이 또다시 자라 커서
> 한결같이 외오는 말이
> "훗길을 두고 가자는 심성(心誠)으로
> 아들딸을 늙도록 기르노라"

이 시에 이르러 소월은 이미 주어진 삶에 체념하고 있는 것으로 보이지만, 그가 이 체념 이전에 반발의 대상으로 삼았던 것이 무엇인가를 우리는 여기에서 추측할 수 있다. 그는 최소한도의 생물학적 기능에 인간의 운명을 한정하고자 했던 봉건적 억압으로부터 해방된 새로운 삶을 갈구했던 것이다. 그것이 그로 하여금 만족될 수 없는 성적 사회적 충동의 방황을 적어도 그의 정신 속에서 경험하게 하였다.

그러나 소월에 있어서 이러한 방황은 그 자체로 인간의 운명에 대한 사회적 정치적 이해에 이르게 하지는 못한다. 이러한 이해는 오히려 그것이 극히 억압적일망정 주어진 현실을 그대로 받아들이는 데에서 시작된다. 위에서 인용한 「돈과 밥과 밤과 돌」에서 그는 부질없는 욕망을 버리고 주어진 생활에 안정할 필요를 다음과 같이 이야기하고 있다.

　　밥먹다 죽었으면 그만일 것을 가지고
　　잠자다 죽었으면 그만일 것을 가지고
　　서로 가락
　　그렇지 어쩌면
　　우리는 쭉하고 제 몸만을 내세우랴 하느냐
　　호미 잡고 들에 나려서 곡식이나 기르자

　이렇게 체념조로 시작된 운명의 자각은 다른 많은 시에서는 좀더 적극적으로 주어진 현실의 수락과, 더 나아가 찬양으로 바뀐다. 「불탄 자리」와 같은 시는 상징적으로 낭만적 불만에서 현실에로 옮겨 가는 기분의 상쾌함을 훨씬 더 적극적으로 표현하고 있다.

　　시냇물 물소리 들리며,
　　맑은 바람 스쳐라.
　　우거진 나무잎새 속에 츰츰한 인가(人家)들,
　　들어봐, 사람은 한둘씩 모여 서서 수군여라.

　　나려 앉은 서까래 여기저기 널리고 타다 남은 네 기둥은
　　주춤주춤 꺼질듯 그러나 나는 그 중에 불길이 핥어운 화초밭 물끄러미
　　섰구나.
　　짓까붙던 말썽과 외마디 소리와,
　　성마른 꾸지람 다시는 외로와 하소연도,
　　불길과 같이 스러진 자리.

여봐라, 이 마음아 자려면 불안을 내버려라.

다시는 내일날,
맑게 갠 하늘이 먼동 터올 때,
깨끗한 심정과 더투한 솜씨로
이 자리에 일 잡자, 내 남은 노력을!

더욱더욱 이것을 이러고 보니,
시원한 내 세상이 내 가슴에 오누나,
안이나 밤바람 건드리며 별눈이 뜰 때에는
온 이 세상에도 내 한몸뿐 감격에 넘쳐라.

말썽과 외마디 소리와 성마른 꾸지람과 외로움의 하소연이 타 버린 자리에(전체적으로 소월의 낭만적 시에는 불의 이미지가 빈번하다.) 등장하는 것은 건강하게 노동하는 삶에 대한 찬양이다. 이미 유종호(柳宗鎬) 씨도 이러한 시들에 대해 언급한 바 있지만 이 계열에 드는 작품들로 「건강한 잠」, 「엄숙」, 「밭고랑 위에서」, 「바라건대는 우리에게 우리의 보습 대일 땅이 있었다면」, 「저녁 때」, 「여름의 달밤」과 같은 작품을 들 수 있다. 여기에서 그는 함께 일하는 사람의 기쁨을 이야기하고

　　농촌(農村)에서 지나는 여름보다도
　　여름의 달밤보다도 더 좋은 것이
　　인간(人間)에, 이 세상에 다시 있으랴

라고 일하는 사람들의 휴식을 이야기한다. 이렇게 하여 소월의 현실 인식

은 분명하여지고 "사람에게 있는 엄숙"(「엄숙」), 현실의 엄숙성을 얻게 된다. 그러나 이러한 현실 인식이 반드시 직접적인 의미에서 정치의식이 되는 것은 아니다. 사실 소월이 이러한 시들에서 그리고 있는 것은 현실의 한 순간에 불과할 뿐, 현실은 그의 다른 시들에서 암시하고 있듯이 옷과 밥과 자유가 온전치 못하고 제 고장에서 살지 못한 농민들이 만주(滿洲)로 이민을 떠나고 조만식(曺晩植)과 같은 사람의 민족 운동이 전개되는 그러한 것을 포함하고 있었다. 그리고 그의 낭만적인 시들이 이야기하던 성적 사회적인 자기실현(自己實現)도 마땅히 정치적으로 이해되고 해결되었어야 할 것이었다고 할 수 있다. 물론 소월 자신 그가 말하는 노동하는 사람들의 기쁨이 현실 속에 가능성으로 잠재해 있으면서도 완전한 현실이 아닌 것은 알고 있는 것이었다. 협동적 노동과 자연과 삶의 기쁨이 어울리는 일체적 인생은 「바라건대……」에서 그가 말하는 바와 같이 실현되어야 할 꿈이었다.

나는 꿈꾸었노라, 동무들과 내가 가즈란히
벌 가의 하루 일을 다 마치고
석양(夕陽)에 마을로 돌아오는 꿈을,
즐거이, 꿈 가운데.

그러나 그는 알고 있었다. 집도 없고 땅도 없어 유랑의 길을 헤매는 유민(流民)이 민족의 현실임을. 김소월이, 적어도 시에 표현된 바로는, 생각지 않았던 것은 현실의 건강한 삶의 가능성을 어떻게 유지할 것인가 또는 봉건과 식민지의 참담한 현실을 어떻게 건강한 삶으로 전환시킬 수 있을까 하는 문제였다. 그러한 의미에서 김소월은 충분히 정치적인 인간은 아니었다. 그러나 "사람에게 있는 엄숙", 일하는 삶의 근원성, 그것의 엄숙함에 대한 인식이야말로 가장 중요한 정치적 인식이 아니고 무엇이겠는가. 그런데 소월이 이러한 인식에 이른 것은 자신의 욕구와 좌절을 통해서 삶의 가능성을 생각하고 그 한계를 체험할 수 있었기 때문이었을 것이다. 그러나 정치의 역설은, 특히 극한적인 상황에서의 정치적인 삶의 이상과 현실에 집착하는 한 그것의 확보를 위한 행동에의 도약이 불가능하다는 사실이다. 극한적인 상황에서 필요한 것은 생활의 건설과 방어의 수단으로서의 정치가 아니라 정치적 행동 그것에서 모든 것의 실현을 추구하는 절대적인 행동주의이다. 그런데 이 절대적 행동주의에서 생활의 구체적인 이상은 사라져 버리고 만다.

4

위에서 우리는 한용운에서 민족 독립의 이상이 그의 삶의 모든 것에 일치함을 지적하였다. 이러한 일치를 통하여 비로소 민족의 정치적 위기를 극복하기에 적합한 치열한 행동적 결단이 가능해진다. 물론 우리가 한용운의 시와 생애에서 알 수 있듯이 그에게서 보통 사람의 생활에 대한 구체적인 감각은 별로 찾아볼 수 없다. 이것은 다시 한 번 정치적 행동에 따르는 역설적 대가이다. 그러나 궁극적으로는 어떤 정치 행동의 합리성은 그것이 그리는 보통 사람의 삶에 관한 긍정적인 이상과의 관계에서만 얻어진다고 할 것이다. 그러면서도 이미 말한 바와 같이 극한적 상황 또는 혁명적 정치 행동에서 합리성의 전체적 구도는 유지되기 어렵다. 정치 목표와 행동, 이상 사회와 그 실현을 위한 수단으로서의 행동 사이에는 단절이 생기기 마련이다. 극단적인 경우 정치 행동은 그 자체의 영웅성으로만 의의를 갖게 된다.

이 극단적인 행동주의는 상황이 절망적인 것일수록 강화된다. 그 가장 적절한 예는 김종길(金宗吉) 씨가 그의 탁월한 에세이「한국 시(詩)에 있어서의 비극적(悲劇的) 황홀(恍惚)」에서 '비극적 황홀'이란 말로 설명한 태도에 가장 잘 나타나는 것이다. 그는 이 태도를, 예이츠의 말을 빌려 "비극 한 가운데서 사람을 환희하게 만드는 신념(信念)과 이성(理性)에서 우러나는 행위"라고 정의하고 있는데, 여기서 중요한 것은 막바지에 이른 상황과 그 가운데도 굽히지 않고 이루어지는 신념의 행위이다. 적어도 단기적으로 볼 때 객관적인 상황은 신념의 행위를 현실적 효과가 없는 것으로 무화(無化)해 버릴 것이 분명하건만, 신념의 행위는 그대로 이루어진다. 이런 경우 신념의 행위는 그 자체로 숭고한 의의를 갖는 것이 될 수밖에 없다.

그런데, 김종길 씨는 한국 현대 시에 있어서 비극적 황홀에 이른 사람 가운데 이육사와 윤동주를 포함시키고 있거니와 우리는 이 두 사람의 비극적 행동에 차이가 있음을 주목할 수 있다. 김종길 씨가 들고 있는 예로서 육사의「절정(絶頂)」은 과연 육사의 기본적인 지향을 잘 나타내고 있는 시이다. 이미 잘 알려져 있는 시이지만, 다시 한 번 인용하여 보자.

매운 계절(季節)의 채찍에 갈겨
마침내 북방(北方)으로 휩쓸려 오다
하늘도 그만 지쳐 끝난 고원(高原)
서릿발 칼날진 그 위에 서다

어데다 무릎을 꿇어야 하나
한 발 재겨 디딜 곳조차 없다

이러매 눈 감아 생각해 볼밖에

겨울은 강철로 된 무지갠가 보다

육사는 여기에서 우선 그의 상황이 극한적인 것이 되었음을 지적한다. 모든 것은 그 끝에 다다랐다. 계절은 겨울, 방위(方位)는 북방(北方), 땅은 "하늘도 그만 지쳐 끝난 고원(高原)." 외부의 세력은 시인에게 너무나 벅차다. 그는 수동적으로 채찍에 맞고 바람에 휩쓸리고 또 지쳐 있다.(하늘이 지쳐 있음은 화자(話者)의 감정을 투영한 것이다.) 그리하여 그는 서릿발 칼날 진 정점에 서 있다. 그가 굴복하고자 하여도 외적인 세력은 그러한 여유마저도 허락하지 않는다. 그리하여 그에게는 유일하게 생각 또는 신념만이 남아 있을 뿐이다. 이 생각에 따르면 겨울은 강철의 무지개이다. 여기의 강철의 무지개는 행동에의 결의, 심미적 체험 또는 김종길 씨에 의하면 극한적인 상황 자체에서 찾아지는 "강철과 같은 차가운 비정(非情)과 날카로운 결의를 내포한 황홀"의 이미지로서 해석되어 왔다. 문면(文面)에 더 충실한 해석을 시도한다면, 무지개는 우선 비가 끝났다는 또는 시련의 시기가 지났다는, 그리하여 새로운 때가 시작된다는 상징으로 생각해 볼 수 있다.(이것은 무지개에 대한 우리의 자연스러운 느낌이기도 하고 성경에서의 의미이기도 하다.) 다만 이 무지개는 부드럽고 아름다운 것이 아니라 강철처럼 강인하고 차가운 것이다. 여기에서 육사는 앞에 이야기하였던 상황을 요약하는 것으로 보인다. 즉 춥고 매서운 계절은 어려운 시련의 계절이지만 그것이야말로 달리 보면 새로운 계절이 온다는 징표라고 생각되어야 하는 것이다. 따라서 상황이 험하면 험할수록, 우리는 그것을 새로운 변화에의 계기로 생각하여야 한다. 「절정(絶頂)」을 이렇게 읽는 것은 이것을 반드시 행동적 결단의 표현으로 읽는 것이 아니다. 그러나 행동주의적 차원이 있다고 보는 것이 틀린 것은 아니다. 거의 절망의 절정에서 굽힘 없이 신념을 유지한다는 것은 그에 상응하는 행동을 수반할 수밖에 없다. 뿐만 아니라 행동에의 결의는 육사의 다른 시에서도 확인할 수 있고 또 무엇보다도 그의 생애에 의해서 증언되는 일이다. 그러나 이 시 자체로만은 육사가 상황 자체에서 황홀을 찾았다고 하기는 어려운 것으로 보인다. 그가 이 시에서 확인하고 있는 것은 현재의 비극적 상황이 주는 황홀이 아니라 미래에의 신념이다. 여기에 배경이 되어 있는 것은 사회주의적 정치 철학으로 보인다. 이 철학에서 모든 것은 모순의 변증법을 통해서 전개된다. 역사의 한 국면의 절정은 곧 그 붕괴의 단초에 일치하는 것이다. 시 제목 「절정」은 하나의 끝을 이야기하는 것이 아니라 시작으로서의 끝을 이야기한다. 그러면 시작되는 시대는 어떤 것인가? 육사는 이것도 그의 정치 철학의 관점에서 보았을 것으로 생각된다. 이것은 그의 산문들에서도 짐작되지만, 그의 다른 시들에서도 미루어 짐작되는 일이다. 가령 감상적이고 추상적이란 흠이 있는 대로 「황혼(黃昏)」이 표현하고 있는 것은 어둠 속에 있는 인간에 대한 관심, "종(鍾)ㅅ소리 저문 삼림(森林) 속 그윽한 수녀(修女)", "쎄멘트 장판우 그 많은 수인(囚人)들", "고비 사막(沙漠)을 걸어가는 낙타(駱駝) 탄 행상대(行商隊)", "아프리카 녹음(綠陰) 속 활 쏘는 토인(土人)"에 대한 관심이다. 또 그는 "팔려 온 냉해지(冷害地) 처녀(處女)", "사상 감시받는 대학생(大學生)", "군수야업(軍需夜業)의 젊은 동무들", "화전(火田)에 돌을 줍는 백성(百姓)들"의 삶에 대하여 생각하였다. 그러니까 그의 미래에는 보통 사람들의 보통의 삶에 대한 어떠한 계획이 포함되어 있었다고 할 수 있을 것이다. 그러나 육사에게 행동의 에너지를 부여한 것이 자신의 내적인 신념, 그것도 주로 매화 향기라든지 백마 탄 초인(超人)이라든지 하는 이미지로 표현되는 선비의 기개 또는 영웅의 용기였다고 볼 수 있는 면이 있었던 것은 사실이다. 이 관점에서는 그에게 신념을 표명하는 정치적 행동은 그 자체로서 의미 있는 것이었다. 결론적으로 아마 이러한 도덕주의, 또는 치열한 행동주의는 그에게 있어서 역사의 이성적인 전개에 대한 그의 신념과 공존 관계에 있었다고 말하는 것이 옳을는지 모른다.

비극적인 황홀의 또 하나의 예가 되는 시인으로서의 윤동주는 극단적으로 비극적 영웅주의 그 자체 속에서 인간 행위의 정점을 발견하는 지향을 드러내 준다. 이것도 김종길 씨가 들고 있는 예로 「십자가(十字架)」와 같은 시는 그러한 지향의 전형적인 표현으로 생각될 수 있을 것이다. 이 시에 의하면 윤동주는 그의 생애의 궁극적인 행위의 상징을 십자가 위의 순사(殉死)에서 본다. 그는 그의 결심을 다음과 같이 말한다.

종(鍾)소리도 들려오지 않는데
휘파람이나 불며 서성거리다가,

괴로왔던 사나이,
행복(幸福)한 예수 그리스도에게
처럼
십자가(十字架)가 허락(許諾)된다면

모가지를 드리우고
꽃처럼 피어나는 피를
어두워가는 하늘 밑에
조용히 흘리겠읍니다.

이 시에 표명된 시인의 의사를 김종길 씨는 "자기의 목표를 달성하려는 그의 소원을 실현시켜 줄 십자가가 주어질 때까지⋯⋯ 기다리는 것"이라고 말한다. 그러면 시인의 목표나 소원은 무엇인가? 물론 예수 그리스도가 그러했듯이 그것은 인간을 구원하겠다거나 또 그러한 구원을 위해서 죽겠다는 것일 수 있다. 그러나 이 시로 보아서 시인의 목표는 바로 십자가에서의 순사(殉死) 그것인 것처럼 보인다. 우리는 이 시에서 십자가의 수난과 소망의 의미에 대한 언급을 전혀 보지 못한다. 그것은, 물론 역설적인 것이긴 하지만, 전적으로 행복하고 아름다운 것으로 이야기되어 있다. 여기에 표현되어 있는 행동은 반드시 황홀한 것이라고 할 수는 없을지라도 그 자체로서 하나의 절대적인 경지로서 생각되는 것임은 틀림이 없다. 따라서 그것은 그 뒤의 이어짐이 있을 수 없는 죽음과 일치하는 행위가 된다.

물론 이러한 절대적인 행위의 추구는 상황의 험악함에 그 원인을 가지고 있다. 상황은 그로 하여금 죽음 속에서만 그의 윤리적 의지를 부지할 수 있게 하였다. 여기에서 우리는 한국 현대사가 만들어 낸 매우 특이한 경험의 양식을 본다. 불행한 외부적 조건이 모든 것을 결정짓는다. 그러나 시적인 인간, 윤리적인 인간은 이것을 받아들이기를 거부한다. 뿐만 아니라 그는 이러한 상황을 수난과 저항을 통해서 적극적으로 포용하고 이 포용 속에서 희생되는 자아를 통하여 역설적으로 자기 확인을 꾀하는 것이다. 즉 자기 소멸을 통하여 자기 확인, 자기 완성의 극점에 이르는 것이다. 이것은 행동 자체에 그 가치를 부여하는 '비극적 황홀'의 경지일 수도 있고 아무것도 없는 상태를 모든 것이 있는 상태로 바꾸어 놓으려 한다는 의미에서 혁명의 폭력일 수도 있다. 후자는 구극적으로 더 낮은 정열의 차원에서의 생활의 이상에 연결된다. 그러니만큼 그것은 혁명적 노력에 절대적인 가치를 부여하면서 동시에 그것을 종착 지점으로 보지 않고 그것을 넘어선다는 역설을 가지고 있다.

그러나 실제에 있어, 이 두 개의 행동주의가 구분하기 어려운 것임은 말할 것도 없다. 「십자가」가 표현하고 있는 것은 적극성을 결여한 대로 비극적 황홀이지만 보다 적극적인 의미에서 자기 희생과 정치적 소망을 표현한 심훈(沈薰)의 「그날이 오면」 같은 시에서 참으로 위에서 말한 구분을 유지하기는 어렵다.

그날이 오면 그날이 오며는
삼각산이 일어나 더덩실 춤이라도 추고
한강물이 뒤집혀 용솟음 칠 그날이,
이 목숨이 끊치기 전에 와 주기만 하량이면,
나는 밤하늘에 날으는 까마귀와 같이
종로의 인경을 머리로 들이받아 울리우리다.
두개골(頭蓋骨)은 깨어져 산산조각이 나도
기뻐서 죽사오매 오히려 무슨 한(恨)이 남으오리까.

그날이 와서 오오 그날이 와서
육조(六曹)앞 넓은 길을 울며 뛰며 딩굴어도
그래도 넘치는 기쁨에 가슴이 머어질 듯하거든
드는 칼로 이 몸의 가죽이라도 벗겨서
커다란 북을 만들어 들쳐 메고는
여러분의 행렬에 앞장을 서오리다.
우렁찬 그 소리를 한 번이라도 듣기만 하면
그 자리에 거꾸러져도 눈을 감겠소이다.

「그날이 오면」은 그 근본 상황이 위에 든 다른 시의 경우와는 반대되
는 것으로 극렬한 행복의 상황을 죽음으로, 또는 자기 파괴로써 기리겠다
는 것이지만 부정과 긍정을 일치시키는 역설적 경험 양식을 드러내 준다
는 점에 있어서는 다른 시들과 크게 다르지 않다.(실제에 있어서, 이 시가 표현
하고 있는 것은 '그날'의 실현을 위해서는 자기 희생을 무릅써도 좋다는 결의의 표현이

라고 말할 수도 있다.) 여기서 또 한 가지 주의할 점은 자기 희생의 각오가 구극적으로는 육체의 소멸의 고통에 대결하는 일이라는 것이다. 「그날이 오면」은 두개골을 부수고 가죽을 벗겨 북을 만든다는 묘사들을 통해서 이 점을 좀더 분명히 하고 있다. 그리고 육체의 폭발적 소멸은 그만큼의 절망적이고 절대적인 결의를 필요로 하기 때문에 저절로 삼각산과 한강이 요동을 한다는 천지개벽의 상상력에 연결된다.

　「그날이 오면」의 격렬한 상상력은 일제하의 상황의 격렬함으로 설명될 것이다. 시인에게 식민지 억압의 어둠은 자기 희생을 통하여 그것을 지워 버릴 수 있다는 황홀한 행동의 결심으로만 대결될 수 있는 것이었을 것이다.

5

　자기 소멸의 열광은 비정치적인 시에서도 볼 수 있다. 이것을 좀 더 확대해서 말하면 자학적인 충동은 현대 한국 시 전반에 발견된다고 말할 수 있다. 한국적인 자아는 그보다 직접적인 표현에 있어서나 사회적인 이상에 있어서나 도처에서 좌절될 수밖에 없었고, 이 좌절하게 하는 세력에 맞서서는 절대 부정으로 절대 긍정을 얻어 내는 역설적인 길밖에는 성취의 길이 없었던 것으로 보인다. 꽃을 밟고 지나가는 애인에 대한 헌신을 말하는 김소월의 「진달래꽃」에는 자학까지는 아니라도 인고(忍苦)의 마음가짐이 들어 있다. 이러한 개인적인 의미에서의 인고의 이념을 한용운의 「나룻배와 행인(行人)」은 보다 윤리적인 차원에서 반복하고 있다.

　　당신은 흙발로 나를 짓밟습니다.

나는 당신을 안고 물을 건너갑니다.

나는 당신을 안으면 깊으나 얕으나 급한 여울이나 건너갑니다.

그러나 보다 분명하게 절대 부정과 절대 긍정을 종합하여 그 속에서 황홀을 찾는 경험 방식의 비정치적 표현은 퇴폐적 관능주의에서 발견된다. 여기에는 이상화의 초기 시가 좋은 예를 제공해 준다. 말할 것도 없이 이상화는 관능과 퇴폐의 시인으로 시작한다. 그러나 그의 시의 이러한 특징은 그의 천성이나 외래 사조의 영향으로만 설명되기보다는 그의 천성과 환경 — 봉건주의와 제국주의에 의하여 봉쇄되어 있던 환경과의 교호 작용으로 설명되어야 할 것이다.

그에게 두드러진 것은 행복에의 충동이었던 것 같다. 그러나 그에게 행복은 은밀하고 간헐적인 것으로밖에 존재할 수가 없었다. 그의 그리움은 많은 경우 지나가 버린 아름다운 날이나 급히 포착하지 않으면 금방 사라져 버릴 어떤 평화에 대한 어렵고 그러나 간절한 욕구였다. 그는 여러 편의 시들에서 과거의 또는 어떤 신화적인 행복의 날을 이야기한다. "세상이 둥근지 모난지 모르던 그날그날"(「쓰러져 가는 미술관(美術館)」), "……낮도 밤도 없이 행복(幸福)의 시내가 내게로 흘러서 은(銀)칠한 웃음을 만들어 내며 혼자 있어도 외롭지 않았고 눈물이 나와도 쓰린 줄 몰랐"(「그날이 그립다」)던 때의 기억은 그의 시의 주제의 하나이다. 이 기억은 쉽게 사라진 것이기에 다른 한편으로 삶 그 자체를 있는 그대로 향수하는 것이 삶의 지상 명령이라는 느낌을 갖게 한다. 「마음의 꽃」에서 그는 말한다.

오늘을 넘어선 가리지 말라!

슬픔이든, 기쁨이든, 무엇이든,

오는 때를 보려는 미리의 근심도.

아, 침묵(沈默)을 품은 사람아, 목을 열어라.
우리는 아무래도 가고는 말 나그넬러라.
젊음의 어둔 온천(溫泉)에 입을 적셔라.

춤추어라, 오늘만의 젖가슴에서.
사람아, 앞뒤로 헤매지 말고
짓태워 버려라!
끄슬려 버려라!
오늘의 생명(生命)은 오늘의 끝까지만 ─

그러나 이러한 순간적 충실의 충고는 행복의 약속이 오래 지탱될 수 없음으로 하여 의미를 갖는다. 위의 시의 뒷부분에서 그는

아, 밤이 어두워 오도다.
사람은 헛것일러라.
때는 지나가다.
울음의 먼 길 가는 모르는 사이로

라고 말한다. 그러나 행복을 가로막은 것은 인생의 짧음이라기보다는 사회적인 여건이다. 이상화는 여러 곳에서 그의 사회가 행복을 거부하는 곳임을 한탄한다. 그의 절망은 이 불가항력의 사실에서 생겨난다.

참 웃음의 나라를 못 밟을 나이라면
차라리 속 모르는 죽음에 빠지런다.
아, 멍들고 이울어진 이 몸은 묻고

쓰린 이 아픔만 품 깊이 안고 죽으련다.

—「무제(無題)」

　보다 구체적으로 그의 사회가 "참웃음의 나라"가 되지 못하게 하는 것은 무엇인가? 이것은 육체로서의 인간의 자기실현을 막는 사회적 금기로서 파악된다. 이러한 금기에 부딪쳐 이상화의 행복에의 요구는 퇴폐적 성향을 띤 관능적 탐닉이라는 형태로 나타난다. 「나의 침실(寢室)로」는 이러한 관능적 탐닉에의 초대이다. 그러나 이 시는, 대개 생각되고 있듯이, 단순한 관능에의 초대가 아니라, 사회의 기성도덕에 대한 강력한 도전장이다. 다만 이 시의 도전은 기독교적 관점에 대한 도전이라는 형식을 취하고 있어서 쉽게 판독되지 않을 뿐이다. 이 시의 두 남녀는 기독교의 윤리, 기독교의 세계로부터 육체의 세계로 도망쳐 들어간다. 이 시의 화자에게는 성모 마리아가 경배의 대상이 아니라 그가 "마돈나"라고 부르는 세간적인 여성이다. 또 그에게는 새로운 부활의 동굴은 그리스도의 무덤이 아니라 그의 침실이며 그가 선택하는 관능의 삶에 필요한 것은 마리아에 대한 믿음이 아니라 자기 자신에 대한 믿음이다.("너는 내 말을 믿는 '마리아' ─ 내 침실(寢室)이 부활(復活)의 동굴(洞窟)임을 네야 알련만.") 그러나 이 시의 관능주의자는 박해받으며 피해 가는 인물이다. 그는 그 자신과 그의 애인이 "밝음이 오면 어딘지 모르게 숨는 두 별"이라고 말하고 쫓기며 꺼져 가는 연약한 존재라고 말한다. 그들에게 주어진 순간은 다만 "사원(寺院)의 쇠북"이 울리기 전이다. 이들의 행복에 끝마감을 하는 종소리는 외부적인 것만이 아닌 종교적인 종소리이기 때문에, 이들은 "뉘우침과 두려움"으로부터도 완전히 풀려나지 못한다. 그럼에도 불구하고 시의 전체적인 기조(基調)는 말할 것도 없이 관능적 사랑의 예찬이며 종교적 윤리적 제약은 이 사랑의 관능적 열도를 높이는 작용을 할 뿐이다.

이상화가 그가 생각하는 육체의 행복을 가로막는 요인을 왜 기독교적 윤리 체계로 파악하였는지는 분명치 않다. 서구 퇴폐주의의 반기독교적 영향이 여기에 있었는지도 알 수 없는 일이나 이상화에게는 이것이 우연적인 것만은 아니었던 것 같다. 가령 「이별(離別)을 하느니」의, 애인을 포옹하는 행위를 말하는 구절, "상아(象牙)의 십자가(十字架) 같은 네 허리만 더우 잡는 내 팔 안으로 달려오너라"에서 분명하게 드러나는 의도적인 반기독교적 발상, 「비음(緋音)」에서의 "하나님의 말씀이 배부른 글 소리로 들리노라"는 비방, 「허무교도(虛無敎徒)의 찬송가(讚頌歌)」에서의

오를지어다, 있다는 너희들의 천국(天國)으로.
내려 보내라, 있다는 너희들의 지옥(地獄)으로.
나는 하나님과 운명(運命)에게 사로잡힌 세상을 떠난,
너희들의 보지 못할 머언 길 가는 나그네일다!

하는 반기독교 선언은 기독교에 대한 이상화의 강박적 관심을 증거해 주는 데 족하다. 물론 그와 기독교와의 관계는 전기적(傳記的) 측면과 당대의 사상사적 관점에서 보다 상세히 밝혀져야 할 과제이다. 여기서 우선 우리에게 관계되는 것은 이상화가 당대의 사회를 하나의 신정 체제(神政體制)로 파악했다는 점이고, 그 사회적 금기에 대하여 관능(官能)의 역설로 맞섰다는 점이다. 이 역설은 위에서 말한 바와 같이 자기 파멸과 자기의 승리를 일치시킴으로써 관능의 절정에 이르려고 한다는 것이다. 「말세(末世)의 희탄(欷歎)」에서 그가 말하고 있듯이, 그는 "피묻은 동굴(洞窟)" 속으로 "꺼꾸러지"고 "파묻"힘으로써 "낮도 모르고/ 밤도 모르"는 상태에 이르고 거기에서 "술취한 몸을 세우"고 "속 아픈 웃음을 빚으"려 한 것이다.

자학적 관능주의는 그것이 하나의 유형으로 성립한 때문이든지 또는

우리의 사정이 인간의 감각적 성적 행복을 심하게 억압하는 것이었기 때문이든지 간에, 상화 이후에도 흔히 발견되는 것이다. 초기 서정주(徐廷柱)의 관능은 으레껏 육체적 상처와 죽음을 한데 어울려 놓은 것이다.「대낮」에서 이야기되듯이, 성적 황홀은 "따서 먹으면 자는 듯이 죽는다는/ 붉은 꽃밭 새이 길"에서 취하며 나자빠지며, "강(强)한 향기로 흐르는 코피"와 범벅이 되어 일어난다. 송욱(宋稶)의 초기 시「장미(薔薇)」는 관능적 성취와, 육체적 고통의 일치를 간명하게 그리고 있다.

장미(薔薇)밭이다.
붉은 꽃잎 바로 옆에
푸른 잎이 우거져
가시도 햇살 받고
서슬이 푸르렀다.

벌거숭이 그대로
춤을 추리라.
눈물에 씻기운
발을 뻗고서
붉은 해가 지도록
춤을 추리라

장미(薔薇)밭이다.
핏방울 지면
꽃잎이 먹고
푸른 잎을 두르고

기진하면은

가시마다 살이 묻은

꽃이 피리라.

성취의 대상으로서의 장미 곁에는 가시가 있다. 장미를 탐한다는 것은 가시의 위험을 받아들인다는 것이다. 여기에는 아무런 보호도 무장도 있을 수 없다. 다만 순수 의지로 뭉친, 있는 그대로의 순수한 육체의 내던져짐이 있을 뿐이다. 그리하여 눈물과 핏방울이 범벅된 춤이 벌어지고 거기에서 춤추는 자는 기진할 수 있을 뿐이다. 삶은 이러한 무한한 희생물을 요구하며 다시 무성하게 자란다. 「장미(薔薇)」는 이렇게 가장 포괄적으로 삶의 부정적 조건과 육체와 고통과 환희로 엮어지는 역설적 체험의 도식을 보여 준다.

「장미」가 표현하고 있는 것은 감각의 자연스런 만족보다는 장애와 고통에 부딪쳐서 오히려 강렬한 것이 되는 관능주의이다. 이것은 심훈이나 고은의 맹렬한 행동주의와는 전혀 다른 것이다. 그것의 자기희생적 저항 의지의 표현은 전적으로 정치적인 동기를 가진 것이다. 그러나 동시에 우리는 이 두 가지의 역설적 경험의 방식에 유사성이 있음을 간과할 수 없다. 말할 것도 없이 역설적 정치적 행동주의의 시는 외부적 조건의 불리함에 굴하지 않으려는 의지의 최종적 표현이지만, 그것이 나타내는 것은 단순히 어떤 정치적 목표를 위한 헌신도 메마른 저항 의지의 확인만도 아니다. 따라서 옥쇄(玉碎)의 순간은, 적어도 시에 표현된 바로는, 관능적 환희의 순간이 된다. 이런 면에서 정치적인 행위의 절정은 「장미」의 관능주의와 같은 자아실현의 충동에서 그 에너지를 얻고 있다고 할 수 있다. 그리고 그것은 이러한 관능주의와 같이 비정치적인 면을 가지고 있다. 다른 나라에 있어서도 극히 강렬한 정치적 행동주의가 문학인들 사이에서 많이 발견되는 것을 보거니와 우리는 한국 현대 시에 있어서도 같은 사실을 찾을 수 있는 것이다. 시적 충동은 근본적으로 크고 작은 의미에서의 자아실현의 충동에 이어져 있고 이러한 충동은 시인으로 하여금 한편으로는 관능의 유혹에 쉽게 넘어가게 하면서 다른 한편으로는 강렬한 정치적 행동주의를 추구하게 하고 그 절정에서 다시 자아실현의 황홀이라는 비정치적 순간에의 도약을 이루게 하는 것으로 보인다.

6

이렇게 하여 시인은 다시 한 번 비극적 황홀에 이르게 되고 이것이 구체적이고 지속적인 삶의 보존이란 정치적 구도를 넘어감을 우리는 보는 것이다. 그러나 처절한 상황에 처한 자기실현의 욕구가 반드시 한편으로는 퇴폐적 관능주의로 또 다른 한편으로는 비극적 행동주의로만 나타난다고 말할 수는 없다. 이것이 필연적인 연결이 아님은 이상화의 경우에서 볼 수 있다. 어쩌면 관능이나 정치에 있어서 비극적 황홀의 추구는 서로 별개로 존재하는 것인지도 모른다. 다만 그것이 다 같이 사적 공적 생활의 처절한 상황에 대한 반응 양식이란 면에서만 그것들은 일치하는 것이라 할 수도 있다. 이상화의 경우, 퇴폐적 관능주의는 보다 현실적인 정치 감각에 이어진다.

우리는 위에서 이상화가 그의 감각적 성적 생활의 좌절을 기독교와의 관련에서 파악했음을 지적했다. 이것이 조선 사회에 대한 극히 편벽되거나 비현실적 이해였다는 것은 말할 것도 없다. 그의 관능주의는 이 비현실적 현실 파악에 연결되어 있다. 당대의 사회적 여건이 인간 욕구의 자연스러운 실현을 허락하지 않았고 또 이것이 견디기 어려운 일이라고 상화가 느낀 것은 이해할 수 있는 일이다. 어쩌면 상화는 기독교의 금법을 유교적 인 제약에 대한 비유로 썼는지도 모른다. 그러나 상화는 곧 당대의 사회에 서의 다른 불행의 근원 곧 일제하의 민족의 수난에 눈을 돌린다. 그리고 여 기에 대한 그의 고통스러운 의식은 그의 개인적인 불행 의식과 연결된다. 「가장 비통(悲痛)한 기원(祈願)」은 간도(間島)와 요동(遼東)으로 쫓겨 가는 유민(流民)들을 이야기하고 이것을 자포자기(自暴自棄)의 허무주의적 태도 에 연결한다. 그는 말한다.

> 아, 사노라, 사노라, 취해 사노라.
> 자포(自暴) 속에 있는 서울과 시골로
> 멍든 목숨 행여 갈까 취해 사노라.
> 어둔 밤 말 없는 돌을 안고서
> 피울음 울어도 신음은 풀릴 것을 ─
> 인간(人間)을 만든 검아 하루 일쯕
> 차라리 취한 목숨 죽여 버려라.

그러나 사회적인 불행에 대하여는, 적어도 그것이 사회적이란 것이 의 식되는 한, 극단적인 허무주의, 건곤일척의 역설적 자포(自暴)의 태도가 끝 까지 지탱될 수 없는 일이다. 어떠한 불행이 형이상학적으로 파악되는 경 우 존재론적인 결함으로서의 인간의 불행에 대하여 무엇을 할 수 있을 것 인가? 그러나 사회적 원인의 불행에 대하여는 무력감을 느낄 수 있지만, 형이상학적 허무를 주장할 수는 없는 일이다. 그리고 이러한 불행은 단순 히 개인의 구제가 아니고 사회 전체의 해방이 관계되는 한, 일시적으로 부 정이 긍정으로 옮겨지는, 어떤 절대적 행위에 의하여 해결될 수도 없는 일이다. 자기 부정(自己否定)을 통한 자기 확인(自己確認) — 자살(自殺)은 단지 철학적인 문제이고 개인의 문제일 뿐이다. 사회에 눈을 돌린 상화의 시는 보다 구체성을 띠게 되고 또 나아가 「저무는 놀 안에서 — 노인(勞人) 구고(劬苦)를 읊조림」에서와 같은 시에서 보듯이 노동하는 삶에 대한 매우 밝은 긍정에 이르기도 한다. 그는 일터에서 돌아오는 노동하는 사람들에 관하여 말한다.

> 우리의 목숨을 기르는 이들
> 들에서 일깐에서 돌아오는 때다.
> 사람아, 감사의 웃는 눈물로 그들을 씻자.
> 하늘의 하나님도 쫓아낸 목숨을 그들은 기른다.

그는 이처럼 형이상학적인 허무의 저 너머에서 생활의 노동에 종사하는 사람들을 통하여 '사람에 있는 엄숙'을 발견하는 것이다. 그럼에도 상화에게는 강한 행복에의 충동이 있다. 그리하여 그에게 식민지 체제의 고통은 거창한 명분의 패배보다도 그것이 가져오는 행복의 좌절로서 파악된다. 이것은 그가 당대의 조선을 말하는 데에서 쉽게 드러난다. 그는 「역천(逆天)」에서 그 자신을 "햇살이 못 쪼이는 이 땅에 나서 가슴 밑바닥으로 못 웃어 본 나"라고 말하고 세상과 삶을 "걸림 없이 사는 듯하면서도 걸림 뿐인 사람의 세상 — /아름다운 때가 오면 아름다운 그때가 어울려 한 뭉텅이가 못 되어지는 …… 살이 — "라고 말한다. 그가 이러한 조국, 이러한 삶을 사랑한다면 그것은 간단한 애증을 초월하는 큰 사랑과 의무감 때문이었다. 「동경(東京)」에서 그는 "예쁘게 잘 사는 동경(東京)의 밝은 웃음"에 대하여 조선의 땅은 "문둥이살" 같다고도 하고 그곳에는 눈물과 한숨만이 있다고 한다. 그러면서도 그는 그것이 아름다운 동경보다도 그에게 그리운 곳이라고 말하는 것이다.

일제하의 많은 사람에게 그랬었을 것처럼 상화에 있어서 행복에의 갈증과 식민지 조선의 현실에 대한 관찰은 서로 갈등을 일으키기도 하고 일치하기도 하면서 두 갈래의 제어하기 어려운 충동이 되었을 것이다. 「역천(逆天)」에서 그가 이야기하고 있는 것은 한편으로는 조선의 가을의 아름다움이며 다른 한편으로는 그러한 아름다움이 자극하는 유희 충동에 몸을 맡겨서는 안 된다는 금욕(禁欲)의 필요이다. 여기에서 하늘의 자연스러운 움직임은 인간사의 필요와 서로 어긋나는 것이다. 유명한 「빼앗긴 들에도 봄은 오는가」에서도 우리는 비슷하게 서로 긴장 속에 병존하는 두 개의 충동을 본다. 흔히들 이 시는 직설적인 애국 시로 생각되어 있지만 나는 여기에 생명이 터져 나오는 봄의 자연의 과정과 주권 피탈의 정치적 상황과의 대조가 흐르고 있는 것으로 생각한다.(사실 모든 국파산하재(國破山河在)의 주제는 이러한 대조를 담고 있다. 사람의 삶은 자연과 사회의 차원에서 영위된다. 사회적 차원이 붕괴되었을 때도 자연의 일부로서의 삶은 계속된다. 여기에서 오는 대조는 많은 시에서 비감(悲感)의 근원이 된다.) 그러면서도 이 시에 다른 시에서 보는 바와 같은 허무주의적이고 부정적 요소가 없는 것은 정치적 불행이 모든 것을 빼앗아 가 버리는 것은 아니고 자연의 삶은 아름답고 사랑스러운 것으로 계속된다는 인식 때문이다. 여기에서 봄이 온 조선의 땅은 충분히 행복의 성취를 가능하게 하는 땅이다. 이 시를 읽으면서 우리는 조선의 자연이 어머니일 수도 있고 애인일 수도 있는 여인의 영상으로 가득 차 있는 것으로 생각되어 있다는 점에 주의할 수 있다. 시인이 걷는 논길은 "가르마" 같다. 그에게 하늘이나 들은 의인화되어 그를 부른 신령스러운 것으로 느껴진다.("입술을 다문 하늘아 들아/ 내 맘에는 나 혼자 온 것 같지를 않구나/ 네가 끄을었느냐 누가 부르더냐.") 들에 우는 종달새도 "아가씨"와 같다. 보리밭은 "삼단 같은 머리를 감았"다고 말하여진다. 또 시인은 "아주까리 기름을 바른

이가 매던 들"임을 상기한다. 그리고 자신도 이러한 여인의 노동에 참여하고 싶다고 말하는데 이것은 다시 성적인 행위로, 또는 모성적인 것으로 돌아가는 행위로써 말하여진다.("살찐 젖가슴 같은 부드러운 이 흙을…….") 이렇게 하여 봄이 오는 조선의 땅은 행복의 실현을 약속하는 땅이다. 물론 이러한 묘사는 식민지적 현상과 맞지는 아니한 것일는지 모른다.

그러나 행복의 가능성은 결코 든든한 확실성으로 말하여지지 아니하였다. 그것은 홀연히 한순간 일어나는 환상일 수도 있다. 사실 식민지라고 해서 모든 자연적인 기쁨이 사라져 버리는 것은 아니다. 그러한 기쁨의 순간은 더러 식민지인을 찾아든다. 그러나 사람의 삶이 사회적인 것이며, 사람의 자연 속의 삶도 그의 사회생활과 불가분의 것이기 때문에, 식민지의 행복은 짧고 또 빼앗길 수 있는 위태로운 위치에 놓이게 된다. 상화가 말하고 있는 것은 이것이다. 여기에서 행복의 터전으로서의 대지(大地)와 자연(自然) 속의 생명 현상과 노동을 통한 인간의 이 자연에 대한 관계를 언급한 것은 이 시의 정치적 선언에서 매우 중요한 의미를 갖는다. 이 언급을 통해서 비로소 주권의 상실과 회복이라는 정치적 현상과 행동의 의미가 주어지는 것이다. 「빼앗긴 들에도 봄은 오는가」는 이렇게 하여 매우 균형 잡힌 시적인, 정치적인 선언을 완성한다. 이러한 균형된 완성은 이상화에 있어서의 사사로운 행복에의 충동과 공적인 의식이 균형 있게 조화되었기 때문이다.

그러나 이 시가 완전한 시란 것은 아니다. 봄 신령에 잡혔던 시인은 조선의 자연에 대한 체험을 이야기하다가 이 시는 마지막에 "그러나 지금은 들을 빼앗겨 봄조차 빼앗기겠네" 하는 말로 끝을 맺는다. 이 마지막 행의 부자연스러움에 약간의 당혹감을 느끼는 독자는 나만이 아닐 것이다. 이것은 시상이나 리듬의 흐름에서 오는 것이지만, 사실상 여기의 부조화감은 시의 구조에 또 나아가 이상화의 현실에 대한 태도에 깊이 연결되어 있다. 이 시의 제목에서 또 첫 시작 "지금은 남의 땅/ 빼앗긴 들에도 봄은 오는가" 하고 되풀이하여 물은 질문에 대하여 이 시는 반쯤밖에 답하고 있지 않다. 여기에 대한 답은 봄은 여전히 온다는 것이지만, 들이 빼앗겼다는 사실이 이 오는 봄에 대하여 어떤 관계를 갖는가 하는 데 대한 답변이 주어지기 전에는 사실상 제기된 질문에 대한 답변이 완전하다고 볼 수는 없다. 더구나 빼앗긴 들에도 아무 변함없이 봄이 온다고 한다면, 마지막 행의 주장──들이 빼앗겼으니 봄도 빼앗기겠다는 주장은 성립할 수 없는 것이다. 이상화가 시의 처음에 제기한 질문에 답하고 마지막의 결론에 이르려면 그는 들을 빼앗김으로 해서 봄이 어떻게 달라지는가를 시 속에서 검토하였어야 한다. 이것은 제국주의하에서 일어나는 부정적 사회 변화에 대한 관찰이 이 시에 언급되었어야 한다는 것을 뜻한다. 나아가 그러한 관찰은 보다 적극적인 저항의 자세로 연결될 수 있었을 것이다. 아니면 이러한 자세의 결여가 부정적 사회 관찰을 이 시에서 배제했는지도 모른다. 그런데 이러한 요소들을 이 시에 도입하는 것은 이 시를 다른 종류의 시로 만들었을 것이다. 그리고 그렇게 하는 것은 불가능했을지 모른다. 왜냐하면, 당대의 조건하에서, 좀 더 부정적이고 좀 더 적극적으로 저항적이라는 것은 곧 행복에 대하여 금욕적인 입장을 취하고 거기에서 절약된 에너지를 가지고 전적으로 행동의 열광 속에 스스로를 던진다는 것을 의미했을는지 모르기 때문이다. 여기에서 다시 한 번 우리는 극한적인 또는 혁명적인 상황에서의 딜레마를 상기하지 않을 수 없다

7

극한적 상황에서의 정치적 행동주의가 부딪치는 딜레마를 쉽게 해결하

는 방법은 없는 듯이 보인다. 이것은 시적 감수성 또는 정치 행동가의 문제일 뿐만 아니라 모든 혁명적 과정에 있어서의 투쟁의 수단과 투쟁의 목표의 갈등, 정치권력의 쟁취, 확보를 위한 중앙 집권화와 민주적 사회의 건설에 필요한 다원적인 분권화와의 모순적 대립 등에서도 나타나는 것이다. 정치적 행동의 두 개의 계기는 서로 대립하면서 동시에 존재하는 도리밖에 없다고 말해야 할는지 모른다. 그러나 이상적으로는 어떤 높은 이념이 있어 치열한 행동에의 의지와 구체적 생존을 위한 행복에의 충동을 통합할 수 있을 것으로 생각할 수 없는 것은 아니다. 이러한 이상은 행동적 의지를 이성적으로 순화해서 가장 치열한 행동의 순간에도 구체적 생존의 의미를 유보해 둘 수 있어야 할 것이다. 이때 행동은 치열하면서도 그 자신 속에 절대화되지 않는다. 이것이 어떻게 가능한가? 이것은 별도로 생각해 봐야 할 것이다. 그런데 우리는 지금까지 말한 딜레마는 극한적인 또는 혁명적인 상황에서의 이야기라는 것을 상기하여야 한다. 사람의 정치적인 관심과 행동이 정상적인 생활의 일부로서 성립할 수 있는 상태에 있어서 이러한 딜레마는 저절로 해소되거나 또는 최소화된다. 이러한 상황이 올 때까지는 시인은 무력한 행복 속의 침잠과 절대화된 행동주의의 두 뿔 사이에서 갈팡질팡할 수밖에 없을 것이다. 이들이 어느 쪽에서 고민하든지 그것은 또 그대로 행복과 정치, 시와 정치가 조화된 상황을 가져오게 하는 한 제물의 역할을 수행할 것이다.

(1979년)

시의 언어와 사물의 의미

1

　간단히 정의하건대, 말은 허파에서 나오는 바람이 성대를 울리는 소리를 그 물리적 실체로 한다. 그리고 그 기능은 의미 표상에 있고 의미는 한편으로는 사물이나 세계와의 대응, 다른 한편으로는 낱낱의 기호의 상호 관계에서 발생한다. 그러나 이러한 정의는 언어의 한 이상형을 추출하여 말한 것에 불과하다. 실제 모든 이상화된 언어의 바탕이 된다고 할 수 있는 일상 언어는 엄격한 표음 체계 또는 상징체계로만 포용될 수 없는 모호함과 혼란을 가지고 있다. 그러면서도 이 혼란된 언어야말로 엄격한 기호 체계를 포함한 모든 세련된 언어의 모체가 되는 것이다. 우리가 이 글에서 문제 삼고자 하는 시의 언어도 일상 언어의 모호함과 혼란을 많이 지녀 가진 언어이다. 그것은 사실적 형식적 엄격함을 특징으로 하는 언어와는 극단적인 대조를 이룬다. 달리 말하여 그 특징은 객관적인 자로 잴 수 있는 엄격함이 아니라 애매모호한 주관적 태도와 감정에 있는 것처럼 보이는 것이다. 물론 시적 언어도 사실이나 형식적 관련에 의하여 조건 지어지는 기호나 상징이기를 그치는 것은 아니다. 다만 시의 언어가 그러한 상징성을 갖는다고 하여도 그것은 감정적 연관을 통하여 호소력을 발휘한다. 이렇게 말하는 것은 시의 언어가 작든 크든 감동을 주는 언어라는 상식을 되풀이하는 것이다.

시적 언어가 가지고 있는 특별한 감정적 부하(負荷)는 우리의 고찰에 하나의 중요한 실마리를 제공해 준다. 즉 단순한 소리나 기호의 줄기인 말이 어떻게 하여 강한 감정의 값을 가지게 되는 것일까 ─ 이 질문은 시의 언어를 고찰하는 데 있어서 핵심적인 질문의 하나이기 때문이다.

소리와 의미 상징의 기호로서의 말에 막대한 감정적 에너지가 부하되는 과정은 정신 분석에 의하여 어느 정도 조명될 수 있다. 프로이트가 『쾌락 원칙의 저 너머』에서 이야기하고 있는 한 삽화는 어린아이의 불투명한 감정 생활 속에서 언어가 발생하는 모습에 대한 흥미로운 암시를 제공해 준다.[1] 그것은 실패에다 실을 매어 이를 침상 밖으로 내던졌다, 다시 끌어당기는 것을 되풀이하는 어린아이의 이야기이다. 아이는 실패를 밖으로 내던짐과 함께 "우"하는 소리를 냈는데, 이것은 독일어의 '포르트(fort)', 즉 엄마가 가고 없다는 것을 나타내는 말을 하려는 노력으로 해석될 수 있었다. 또 그 아이는 끌어 잡아당긴 실패가 나타나면, 기쁜 목소리로 "다(da)", 즉 왔다는 뜻을 나타내는 소리를 내었다. 여기에서 프로이트는, 밖에 나가 있는 어머니의 부재를 극복하려는 아이의 노력을 읽었다. 그 아이는 어머니가 나타나고 사라지고 하는 현상을 실패의 가고 오는 구체적인 현상에 옮기고 다시 이를 '우'와 '다'라는 소리로 옮김으로써 견디기 어려운 체험을 견딜 만한 것으로 바꾸어 놓을 수 있었다.

프로이트의 삽화는 언어가 근본적으로 마술적인 것이라는 사실을 말하

---

1 Anika Lemaire, *Jacques Lacan*(London, 1977), p. 51 이하의 논의 참조.

여 준다. 사실 말을 배우기 전부터 어린아이는 그 울음을 통하여 없던 엄마를 있게 함으로써 소리의 마술적인 힘을 안다. 프로이트의 삽화는 이러한 소리의 마술적인 힘이 객관적인 상징성을 띠어 가는 과정을 보여 준다. 엄마를 있게 하기도 하고 없게 하기도 하는 마술적 조작의 고리를 이루었던 소리는 이제 엄마의 존재를 상징적으로 대체할 수 있는 대용물이 된다. 일반화하여 이야기하면, 말은 부재의 바탕 위에 사물의 현재화를 가능하게 한다. 물론 이것은 말이 사물을 지칭하는 기호란 사실을 달리 표현한 것에 불과하다. 그러나 중요한 것은 이러한 지칭 작용 또는 의미 작용이 단순한 지적 조작의 결과가 아니라는 점이다. 그것은 지적 조작 이전의 욕망의 장 속에서 일어난다. 말은 욕망의 대상으로서의 사물을 현재화한다. 말의 감정적 값은 욕망의 마술적 실현에서 얻어진다.

2

그러나 우리의 욕망은 참으로 실현되는가? 말은 참으로 없는 사물을 현재화하는가? 말은 욕망의 대상을 가져다주는 것이 아니라 그것을 대체하여 줄 뿐이다. 이와 아울러 말은 대상에 의한 욕망의 충족을 금지하거나 지연시킨다. 프랑스의 정신 분석학자 자크 라캉(Jacques Lacan)이 인간 형성에 있어서의 근원적인 억압을 오이디푸스 콤플렉스에 못지않게 언어의 습득에서 발견한 것은 의미심장한 일이다.[2]

위에서 든 프로이트의 예에서 우리는 이미 언어가 대상에 의한 욕망 충족을 대신하는 것을 보았다. 이것은 어떻게 하여 가능한가? 그 작용을 바

---

2 Ibid., pp. 51~130의 해설 참고.

르게 이해하는 일은 쉽지 않다. 그것은 안과 밖에 동시에 존재할 수 있는 언어의 특수한 있음으로부터 설명될 수 있는 것이 아닌가 모르겠다. 즉 말은 우리의 마음속에 존재하며 동시에 밖에 존재한다. 그것은 우리의 심상과 의지에서 발원하지만, 소리라는 바깥 세상에서의 물리적 현상으로 번역되어야 비로소 의미로서 완성된다. 이러한 말의 있음은 욕망의 움직임에 잘 어울리는 것이다. 욕망은 우리의 안에서 시작하여 대상에 의하여 완결된다. 말은 이러한 욕망과 결부되어 그 외적인 종착점을 제공한다. 그러면서도 말은 어디까지나 외부 세계의 그림자를 제공할 뿐 세계 그 자체를 제공하지는 아니한다. 이것이 욕망에게 반드시 좌절만을 의미하지는 않는다. 말은 욕망의 대상 그것도 다분히 욕망 그것에 의하여 하나의 허상으로서 구성되는 면을 가지고 있기 때문이다.

그러나 다른 한편으로, 말은 세계를 그 속에 마술적으로 지녀 가지고 있다. 그것은 물리적 현상으로서의 소리가 되어 외부 세계에 개입한다. 더 중요한 것은 그것이 세계를 상징하고 지칭할 수 있다는 사실이다. 말은 상징과 지칭의 관계를 통하여 세계를 스스로 속에 끌어들인다. 그런데 말이 세계에 관계되는 것은 언어의 사실적 상징적 체계를 통하여서이다. 따라서 욕망이 말을 통하여 세상을 얻는 것은 이 체계의 기율을 받아들임으로써만 가능하다. 이 기율은 사회적인 것이다. 달리 말하여 우리의 말이 사실적 내용을 가질 수 있는 것은 그것이 사회적으로 주어져 있는 의미 상징의 체계 속에 남아 있는 한에서이다. 울음소리 또는 '엄마'라는 부름이 엄마를 나타나게 하는 것은 그것이 엄마에 의하여 이해됨으로써이다. 어린아이는 언어를 사용하는 특권을 얻는 대가로서 사회적 이해의 관습에 들어간다. 그러나 어린아이의 행위는 그야말로 상징적이다. 그는 어떤 특정한 사물과의 관계에서만, 사회적 관습을 받아들이지 않는다. 울음소리나 '엄마'라는 말은 특정한 사물을 지칭하거나 그것을 대신하는 말이지만, 그것은 사물에 이름을 붙이는 행위이며, 이름은 다른 이름들과의 관계에서만 의미를 갖는다. '엄마'는 어머니라는 특수한 관계와는 다른 관계로서, 우리에게 묶여 있는 여러 사람의 이름을 적어도 잠재적으로 열어 보여 주며 또 잠재적으로는 '엄마'는 그러한 이름들의 지평 속에서만 특유한 정서의 무게를 지닌 이름이 된다.

위에 살펴본 프로이트의 예에서 어린아이는 현실의 대상을 언어로 대치함으로써 그 대상과 대상을 향한 욕망의 여러 관련을 배우게 된다. '포르트'와 '다'로 옮겨진 현실적 사건은 옮김을 통하여 서로 대칭적이면서 관련되어 있는 두 사건으로 또 서로 가역적(可逆的)인 관계에 있는 것으로 이해된다. 동작과 말의 되풀이가 뜻하는 것은 이러한 대칭적이며 가역적 관계에 대한 연습을 준다는 것이다. 이러한 연습은 어머니의 부재(不在)와 현재(現在)를 마술적인 조작으로 극복할 가능성을 약속해 준다. 실제 이러한 말은 많은 지연과 우회를 통하면서도 어머니의 부재와 현재를 현실적으로 조작할 수 있게 해 줄 것이다.

위에서 우리는 말의 있음이 욕망의 움직임에 잘 맞는 것이라고 하였지만, 동시에 방금 말한 바와 같은 현실 조작의 가능성이 없이는 말만으로써 현실적 욕망의 충족을 대신할 수 없을 것이다. 이러한 가능성이 있음으로써 말은 그 특별한 존재 방식으로서 욕망의 실현을 대신하기도 하고 또는 거의 무한히 지연시키기도 한다. 어디까지나 그러한 대체 또는 지연의 밑바탕에 있는 것은 현실적인 충족의 약속이다.

그런데 여기에서 다시 한 번 중요한 것은 말의 조작이 현실의 조작과 직접적인 의미에서 같은 것이 아니라는 점이다. 그것은 지연, 체념, 억압을 은폐하는 작용을 한다. 말은 개인적 욕망의 직접적인 충족을 사회적 계약에 복종시킬 것을 요구한다. 사람은 말을 통하여 그 욕망을 사회적으로 순치하는 것을 배운다. 이러한 체념이나 욕망은 인간의 사회적인 생존에 갈등과 폭력의 그림자를 드리우는 요소가 된다. 그러나 이것이 비극적인 것이라고는 하지만, 반드시 나쁜 것만은 아니다. 사람은 이 희생을 통하여 존귀한 선물, 언어를 얻게 된다.

언어를 통하여 사람은 즉자적인 세계에의 예속으로부터 풀려나와 대자적인 세계의 넓이를 바라볼 수 있게 되고 직접적인 본능의 강박에서 해방되어 사회와 문화의 규범 속에 사는 사회적 문화적 존재가 된다. 또 이와 동시에 사람은 세계와 사회와의 상호 작용 속에 스스로를 하나의 개체로서 발전시켜 갈 계기를 가질 수 있게 된다. 말할 것도 없이 사회적 존재 또는 대자적 존재로서의 사람의 운명이 완전히 행복스러운 것은 아니다. 이미 말한 바와 같이 사람이 이러한 존재로 형성되는 것은 커다란 체념에 기초하여서이다. 이 체념을 통해서 사람은 그 행복의 직접적이고 즉시적인 달성을 미루어 놓는 것인데, 이것은 동시에 항구적인 포기를 의미할 수도 있다. 더욱 위험스러운 것은 우리의 충동이 좌절에 이르게 된다는 점만이 아니고 다른 사람이나 세계의 구체적인 몸뚱이를 놓쳐 버리게 될 수도 있다는 점이다. 말은 세계의 넓고 풍부한 모습을 우리에게 가용적(可用的)인 것이 되게 한다. 그러나 동시에 말을 통하여 접근되는 세계는 있는 대로의 세계가 아니다. 말은 우리를 사물과 다른 사람과 세계에 가까이 가게 하면서 동시에 그 실체로부터 우리를 차단시켜 버리는 것이다.

3

방금 살펴본 바와 같이 언어는 그 심리적 개인적 기원에 있어서 우리를 세계에 이어 주면서 차단한다. 또는 거꾸로 그것은 세계의 사물을 현재화시켜 주거나 또 우리를 사회와 자연의 체계 곧 세계의 넓이에로 나아가게 한다. 늘 분명한 것은 아니면서 이 두 가지 말의 작용은 모든 말의 핵심에 들어 있다. 시의 언어는 특히 이러한 양립할 수 없는 듯한 두 작용을 동시에 수행하고자 하는 언어로 생각된다.

비시적(非詩的)인 언어에 비하여 시의 언어는 일단 말의 한 가지 면을 두드러지게 강조하는 것으로 보인다. 즉 그것은 사물 자체의 현재적인 제시 ─ 즉 구체에의 강력한 견인력을 징정으로 하는 것으로 생각되는 것이다. 다른 어떠한 언어에서보다 우리는 시 속에서 사물의 느낌에 직접적으로 접할 것을 기대한다.

절정(絶頂)에 가까울수록 뻑꾹채 꽃키가 점점 소모(消耗)된다. 한 마루 오르면 허리가 슬어지고 다시 한 마루 우에서 목아지가 없고 나종에는 얼골만 가옷 내다본다. 화문(花紋)처럼 판(版)박힌다.

─ 정지용, 「백록담(白鹿潭)」

고산(高山)의 꽃들이 "화문(花紋)처럼 판(版)박힌다."라고 할 때까지의 식물 분포의 변화는 단순히 그 정확하고 간결한 묘사를 통하여 우리에게 시적인 쾌감을 준다. 이러한 새로운 인지(認知)의 쾌감은 좀 더 주관적일 수도 있다.

가령 다음,

시인(詩人)들이 노래한 1월(一月)의 어느 언어(言語)보다도
영하(零下) 5도(五度)가 더 차고 깨끗하다.

메아리도 한 마정이나 더 멀리 흐르는 듯……

─ 김현승, 「신설(新雪)」

── 이와 같은 묘사는 조금 더 입체적인 시적 작용을 통하여 독자에게 사물의 새로운 인지를 가능케 한다. 릴케(Rilke)의 '사물의 시'들은 보다 객관적이면서도 그 객관적인 침묵을 통하여 사물의 신비를 전달해 준다. 비가 오기 직전의 방 안의 어둠은 다음과 같이 묘사된다.

> 그림이 걸려 있는 방안의 벽들은
> 문득 우리에게 설어진 듯, 마치도
> 우리가 말하는 것을 들어서는 안 되는 듯.

또는 "……잎사귀 없는 나무 사이로 벌써 봄이 된 아침이 내리 비치듯" 있는 초기 희랍의 아폴로상 ── 이런 것들의 구체적이면서 직접적인 인상은 릴케의 시가 우리에게 베푸는 은혜 중의 하나이다.

물론 시가 모두 이러한 사물의 구체적인 현현을 그 목표로 한다고 할 수만은 없다. 새삼스럽게 말할 것도 없이 사랑 또는 그에 비슷한 주관적인 정서의 표현은 시대와 민족을 초월하여 모든 시들의 가장 뚜렷한 주제가 되어 왔다. 그러나 이것도 사물의 시에 있어서보다 더욱 직접적인 호소와 묘사로써 사랑의 구체적인 대상을 환기하려는 노력으로 생각해 볼 수 있다.

> 산산이 부서진 이름이여!
> 허공 중(虛空中)에 헤어진 이름이여!

이러한 구절에서 대상에 대한 그리움은 그것의 모사(模寫)나 재현을 통하여서가 아니라 강력한 그리움의 절규로써 표현되어 있는 것이다. 그러한 재현에의 노력은 서구의 르네상스의 연가를 비롯한 무수한 사랑의 노래에서 오히려 흔히 보는 것이다. 또는 사랑의 호소는 사랑의 느낌에 대한

정확한 관찰로써 대체되기도 한다. 그것은 사랑의 구체적인 체험을 분명
하게 고정시켜 주는 역할을 한다.

> 아직 멎지 않은
> 몇 편(篇)의 바람
> 저녁 한 끼에 내리는
> 젖은 눈, 혹은 채 내리지 않고
> 공중(空中)에서 녹아 한없이 달려오는
> 물방울, 그대 문득 손을 펼칠 때
> 한 바람에서 다른 바람으로 끌려가며
> 그대를 스치는 물방울
>
> ─ 황동규(黃東奎), 「더 조그만 사랑 노래」

　여기에서 사랑의 덧없는 부드러움은 바람이 스쳐 오는 물방울에 비교
되고 이것은 사랑의 한 모습을 우리에게 새삼스럽게 느끼게 해 준다. 이러
한 체험의 구체에 대한 섬세한 주의는 벌써 사물 일반에 대한 좀 더 객관적
이고 초연한 관심에의 변주를 담고 있다. 결국 시인이 사물의 있는 대로의
있음에 대해 관심을 갖는 것도 욕망의 희석화된 한 형태라고 할 수 있기 때
문이다. 누구보다도 사물의 시적인 포착을 그 생애의 시적인 목표로 삼았
던 프랜시스 퐁주(Francis Ponge)는 다음과 같이 쓴 일이 있다.

　왕들은 문짝에 손을 대지 않는다.
　그들은 이런 즐거움을 알지 못한다. 우리가 친히 알고 있는 그 거대한 널
판을 정답게 또는 사납게 밀어 열고 다시 되돌아서 제자리에 놓는 ─ 우리
의 팔 속에 문짝을 안는, 그러한 즐거움을.

이러한 사물과의 접촉에서 오는 즐거움에 대한 느낌이 우리의 욕망을 인간적 사랑으로 또 사물의 있음의 신비에 대한 감각으로 이끌어 가는 것이다.

4

시의 언어가 호소의 힘이나 재현의 기술을 통해서 구체적인 대상이나 체험을 지향한다고 한다면 비시적인 언어는 오히려 구체화보다는 일반화를 지향하는 것으로 말할 수 있다. 일상 언어의 테두리를 벗어나지 않으면서 일반화의 경향을 가장 대표적으로 나타내고 있는 것은 여러 가지 수사적인 말들일 것이다. 우리 사회에서 흔히 듣게 되는 상투적인 예식사(禮式辭)나 정치 연설 같은 것은 그 가장 심한 경우이다. 상투적인 언어들이 우리의 감정에 호소하는 경우가 없지는 않지만, 그것은 대체로 구체적인 체험의 재현을 통하여서라기보다는 상투적인 감정의 의식(儀式)을 통하여서이다. 이러한 상투적 수사는 과학적이거나 철학적인 언어의 높은 추상성을 가진 것도 아니다. 이론적 언어는 엄밀함을 그 하나의 특징으로 한다. 그리고 엄밀성은, 어떤 각도에서 보면, 높은 구체성을 확보하는 하나의 방법이다. 헤겔은 가장 보편적인 것은 가장 구체적이라고 한 일이 있지만, 가장 구체적이란 가장 여러 관련 속에서 규정된 것을 말하고 이러한 규정의 한 중요한 조건은 엄밀성이다. 물론 이론적 언어가 어떤 의미에서 구체적인 것이라 하여도 그것은 시적 언어의 감각적 구체성과는 다른 의미의 구체적인 것을 말한다. 다만 여기서 중요한 것은 수사적인 언어가 일반화의 경향을 가졌다고 말할 때, 그것이 추상적 체계 내에서의 다규정적

인 상태를 말하는 것도 아니고 시적인 언어의 체험적 구체성을 말하는 것
도 아니란 점이다. 수사적 언어는 아무것에 의하여도 정확히 검증될 수 없
는 — 이론적, 사실적 엄밀성이나 구체적 체험에 대한 직관적 동의에 의해
서 검증될 수 없는 전달 내용을 가지고 있다. 그것이 일반적이라는 것은 이
론적 체계의 관점에서나 감각적이고 직관적인 충격의 면에서 엄밀한 지칭
의 대상을 가지고 있지 않다는 점에서 그렇다는 것이다.(이론적 사고는 경험
의 구체적인 실재를 드러내기보다는 그것에 꼬리표를 붙이는 일을 하는 것에 불과하
다는 베르그송류의 입장도 있을 수 있으나, 이론의 체계는 그 나름으로 구체적 실재를
지칭하는 방법을 가지고 있다.) 일반적이라는 것은 일반화한다는 것을 의미한
다. 그것은 사실의 항목들을 통념적으로 받아들여지고 있는 사회 규범의
체계 속으로, 또는 특히 정치적 수사에 있어서, 지배의 이해관계가 규정하
는 행동 규정 속으로, 일반화하는 것을 말한다. 즉 수사적 언어는 구체적인
사물이 불러일으키는 지각의 체험을 단순화하고 추상화하여 이를 통상적
인 사회 규범 또는 지배적 행동 규정 속으로 편입하고 또 그 테두리 안에서
의미와 해석을 부여하는 작업을 수행한다. 물론 이러한 작업은 반드시 의
도적으로 계획되는 것이라고 할 수 없다. 또 통상적 사회 규범에 반드시 의
식적으로 연구된 체계가 있다고 할 수도 없을 것이다. 이러한 작업과 체계
는 무의식적으로 이루어지는 것이다. 뿐만 아니라 이러한 무의식성은 통
상적 사회 행동 규범의 성질상 필수적인 요소라고 할 수 있다. 그러한 규범
체계는 이론적, 사실적 검토의 엄밀한 눈에 부딪치는 것을 반가워하지 않
는다. 이론적, 사실적 엄밀성의 결여 — 즉 사물을 신비화하는 작용이야말
로 그 특징이기 쉬운 것이다. 얼른 보면 자명한 것 같으면서도 실제에 있어
서는 현실을 호도하는 신비화 작용 — 이것이 곧 수사의 일반화 작용의 깊
은 의미이다.

이러한 타락한 수사 언어 또는 대중 소비용의 수사 언어에 대하여 우리

는 다른 진실의 언어들을 생각할 수 있다. 말할 것도 없이 우리가 사실 또는 진실의 언어로 생각할 수 있는 것은 과학의 언어이다. 그런데 이러한 과학의 언어는 반드시 자연 과학에만 한정되는 것으로 볼 필요는 없다. 정도의 차이는 있을망정, 사실적, 논리적 검증을 허용하며 이러한 검증의 엄밀성을 추구하는 모든 언어 활동은 자연 과학의 언어처럼 진실을 포용하고자 하는 언어이다. 여기에는 인간과 사회에 대한 철학적이고 비판적인 성찰을 시도하는 이론의 언어도 포함된다. 시의 언어도 진실에 관계된다. 다만 기본적으로 사실을 이론적 연관, 또는 이론적 연관 속에서 규정하려는 과학적 언어에 대하여, 이미 비친 바와 같이 시적 언어의 특징은 구체적인 사물을 현재화하려는 점에 있다. 그리고 이 현재화는 어디까지나 우리의 체험적 현실의 범위 안에서 일상 언어로써 이루어지는 것이다. 그러니만큼 그것은 감각, 직관, 감성의 범위를 벗어나지 않는 한도에서 사물을 현재화하는 데에 관심을 갖는다. 따라서 사람의 일상적인 또는 전인간적인 체험의 구체에 충실하게 되는 이러한 면이 시적 언어로 하여금 이론적 언어의 추상성이나 체계성에 맞설 수 있는 진실의 힘을 가지게 한다. 통상의 사회 규범 속으로 일반화하는 수사, 이론 체계 속으로 일반화하는 과학 언어에 대하여 시의 언어는 이러한 일반화에 저항하며 사물과 욕망의 구체성에 집착한다. 이 구체성이 시의 진실을 이룬다.

수사학과 시학의 언어 사이에 늘 이러한 적대 관계가 존재하는 것은 아니다. 우리는 수사학과 시학이 합치는 최상의 상태를 생각할 수 있다. 그것은 체험의 구체와 일반적 질서, 개인적 욕망과 사회적 규범 사이에 조화가 이루어져 있는 상태를 말하는 것일 것이다. 물론 사람이 개체로서 살며 또 사회적 존재로서 사는 긴장을 벗어날 수 없는 한, 수사학과 시학은 완전히 일치될 수 없을 것이고 긴장은 계속될 수밖에 없을 것이다. 차선의 상태에서 시학은 끊임없이 구체와 개인의 침묵에서 수사학의 변설에로 접근하고

자 하고 수사학은 시가 보여 주는 구체의 밀도를 자신의 언어 속에 수용하고자 할 것이다.

5

시는 사물의 구체적인 모습을 어떻게 현재화하는가? 특정한 사물을 언어로 말하는 가장 간단한 방법은 말할 것도 없이 그 이름을 말하는 것이다. 그러나 이름을 부르는 것이 꼬리표를 붙여 사물의 실상을 단순화하고 은폐해 버리는 일이 되기 쉬움은 우리가 잘 아는 바이다. 베르그송의 철학이 되풀이하여 말하고 있는 것은 바로 이러한 통찰이다. 이런 까닭에 시는 통상적인 이름으로 사물을 처리하는 대신 여러 가지 간접적인 방법으로 이를 환기하고자 한다. 가장 원시적이면서도 가장 흔히 사용되는 완곡법(婉曲法, periphrasis)이나 상징주의 시의 암시적인 수법은 이름에 의한 지적보다도 환기를 지향하는 시의 의도를 잘 나타내 준다. 율곡(栗谷)이 세 살 때 외조모가 내보인 석류를 두고 인용했다는 구절 ── "가죽이 부스러진 구슬을 감싸고 있다(피리쇄주(皮裏碎珠))"는 구절은 단순한 완곡법의 한 예이지만, 그것이 석류의 감각적 재현에 매우 효과적으로 쓰이고 있음을 보여 준다. 상징주의는 이러한 둘러 말하기보다 한 술 더 떠서 더 모호한 암시, "불확정한 것이 정밀과 마주 깍지 긴/ 잿빛의 노래"(베를렌느)에로 숨어 들어가려고 한다.

이 밖에 시가 사물과 경험의 구체적 환기를 시도하는 여러 모습은 새삼스럽게 말할 필요도 없을 정도로 이미 다 잘 알려져 있는 것이다. 그중에도 심상을 통한 감각적 환기는 가장 중요한 것이다. 위에 든 율곡에 관련되어 있는 구절은 가죽과 같은 석류 껍질이나 맑은 석류의 감각적 특질을 매우 선명하게 전달해 준다. 어떤 민족의 전통에서 시의 기원과 수수께끼의 기원은 같을 수가 있지만, 아마 단순한 수수께끼와 시적 수수께끼를 구별해 주는 것은 이러한 감각적 신선감일 것이다. 모든 감각적 암시 가운데 가장 중요한 것은 시각에 관련된 것이지만, 물론 다른 감각의 암시도 빼어놓을 수 없는 것이다. 또 여러 감각은 서로 별개의 것으로보다는 혼합되어 작용한다. 나아가 이것은 지적인 인식과 별개의 것이 되는 것이 아니다. 다시한 번 석류의 완곡법에서, 석류의 껍질이 가죽과 같다고 할 때, 여기의 비유는 그 시각과 촉각의 기억에 다 같이 관계되는 비유이다. 또 구슬과 석류알과의 비유는 시각에만 관계된다고 말하기는 어렵다. 석류 알의 시고 신선한 맛과 구슬의 맑음이 서로 잠재의식 속에 이어져 있다고 말할 수도 있을 것이기 때문이다. 또 이러한 감각적인 대상 포착은, 이미 말한 바와 같이, 지적 인식에도 이어져 있다. 가죽 주머니 속의 구슬은 보기에 좋아 뵈지 않는 석류 속에서 나오는 석류 알에 대한 지적인 경이를 표현한다.(수년 전 김광균(金光均)의 「추일서정(秋日抒情)」에서 "낙엽(落葉)은 폴란드의 망명 정부(亡命政府)의 지폐(紙幣)"라는 구절의 비유가 시각적인 것이라는 답을 요구하는 대학 입학 시험 문제를 본 일이 있지만, 이 비유는 낙엽이 지폐의 종이에 비슷하다는 것 외에 그것과 같이 까슬까슬하다는 촉각적인 것을 연상시킬 수도 있는 것이고 그리고 무엇보다도 중요한 것은 낙엽도 망명 정부의 지폐처럼 쓸모가 없어졌다는 지적인 인식이다.)

감각적 환기 가운데 독특한 것은 소리이다. 이것은 다른 감각의 경우처럼 언어의 의미 작용을 통하여 어떤 소리를 지칭하는 수도 있지만 그것은 동시에 자체로서 소리이기 때문에 어떤 다른 소리의 현상을 대표하는 것이 아니라 그대로 소리의 물리적 실체를 이룬다. 의성어(onomatopoeia)의 사용은 그 한 예가 될 것이다. 그러나 아무리 그것이 자연의 소리를 그대로 재현한다고 하여도, 의성어는 자연 그것의 소리는 아니다. 그것은 음운 체계 속으로 일단 번역된 것이며 또 그 자체로 실체가 있는 것이 아니라 자연의 소리를 지칭함으로써 의미를 갖는 소리이다.(다만 이때의 의미 작용은 다른 감각 환기의 경우에서 보는 자의적(恣意的)인 상징화의 성격이 약하다고 할 수는 있다.) 이에 대하여 모든 말은 그대로 소리이다. 시는 이 말의 물리적 실체에 주목한다. 그리하여 어떤 심한 경우에는 시의 말은 의미 작용으로 하여 중요한 것이 아니라, 즉 의미 작용을 통하여 이루어지는 사물의 재현으로 하여 중요한 것이 아니라 그 자체로서 중요한 것으로 생각되기도 한다. 순수시(poésie pure)의 이념과 같은 것이 여기에 가까이 간다.

그러나 시가 소리로서 또는 소리의 음악으로서 존재하는 경우도 궁극적으로 그것의 존재 이유는 사물과 세계와의 관련 속에서 생겨난다. 말의 소리도 결국 그 자체로보다는 사물의 세계 모방이라고 할 수 있기 때문이다. 다만 통상적으로 말이 사물을 모방하는 것은 의미 작용의 매개를 통하여서이다. 그러나 말이 소리로서 존재하려고 할 때 그것은 사물을 물리적으로 모방한다. 이것은 의성어의 경우에 본 것이지만, 소리로서의 말의 경우에 더욱 그렇다. 여기서 말의 소리가 모방하는 것은 어떤 특정한 소리 또는 특정한 사물의 소리가 아니고 사물 일반의 사물성이다. 말의 소리는 여러 물리 현상들 가운데 또 하나의 물리적 현상으로서 존재한다. 그러나 다른 한편으로 그것은 단순히 하나의 물리 현상으로 존재하는 데 그치지 않고 그 물리적 있음을 두드러지게 한다. 그와 동시에 하나의 음운 체계에 있어서의 모든 소리는 분명하게 주제화되거나 의식화되지 않은 채로 의미 연상을 가지고 있음으로 하여 물리적 실체로서의 말의 소리도 불분명한 연상을 잠재의식 속에 일으킨다.('칵' 하는 소리와 '당' 하는 소리는 의미 없는 소리이면서 잠재적인 의미 연상을 배태하고 있다.) 그런 데다가 말의 소리는 소리의 차원 위에 사물을 지칭하는 의미의 차원을 싣고 있다. 그리하여 다시 한번 자의적인 소리의 물리적 실체는 지칭되는 사물의 사물적인 실체성의 환상을 뒷받침해 주게 된다.

대개의 경우, 말이 소리와 의미의 두 차원으로 이루어졌음에도 불구하고 소리는 잠재의식이나 무의식 속에서 작용할 뿐 우리의 의식에 포착되는 것은 의미이다. 말이 그 의미를 전달할 때, 우리는 물리적인 실체로서의 그 소리를 별로 의식하지 않는다. 이 전달 과정에서 소리라는 물리적 현상은 투명한 것으로 존재한다. 그렇기 때문에 이것을 다시 불투명한 실체로서 주체화하는 데에는 말하거나 이를 듣는 사람의 태도의 특별한 조정이 필요하다. 시인이나 시의 우수한 독자는 시의 의미와 소리 두 차원에서 동시에 민감한 사람들이다.

어떻게 하여 투명한 소리를 불투명한 물체처럼 포착할 수 있을까? 현실적으로 필요한 것은 말의 움직이는 속도를 느리게 하고 또 휴지를 두어 소리의 움직임을 소화할 수 있는 침묵의 시간을 갖게 하는 것이다. 그리고 또 하나의 중요한 방법은 되풀이의 방법이다. 소리는 되풀이의 과정을 통해서 실체로 결정화(結晶化)되는 듯한 인상을 준다. 시에 있어서 가장 현저한 소리의 흐름과 정지의 문양(紋樣)은 리듬에 의하여 짜여진다. 그러나 리듬은 소리에만 관계된다고 말할 수 없는, 시의 보다 깊은 본질에 깊이 이어져 있는 현상으로 생각된다. 소리와 고요, 강한 소리와 약한 소리, 높은 소리와 낮은 소리의 되풀이되는 대조는 소리의 문양일 뿐만 아니라 의미 작용의 모체라고 볼 수 있기 때문이다. 언어학자 벤자민 워프(Benjamin Whorf)는 의미의 근원은 단순한 소리의, 그러니까 사물에 대한 지시 관계로 하여 의미를 얻는 것이 아닌 원천적으로 자의적이며 무의미한 소리의 문양화(紋樣化, patternment)에 있다는 가설을 이야기한 바 있다.[3] 이것은 옳은 이야기인지 모른다. 아무런 외적인 지시가 없는 소리들이 의미에 가까이 갈 수 있는 것은 우리가 음악의 체험에서 간단히 알 수 있는 일이다. 소리의 양식화

---

3 Benjamin Lee Whorf, *Language, Thought and Reality*(Cambridge, Mass., 1964), pp. 246~261.

또는 문양화의 수단 중에도 소리의 현재와 부재의 이지적 대조(二肢的 對照, binary opposition)에 기초한 리듬은 가장 근원적인 것으로 생각된다. 사실 리듬의 문제는 말의 소리의 실체화를 넘어선 훨씬 더 심각한 고찰을 요하는 문제이다. 여기에는 생물체의 기본 리듬인 호흡, 앞에서 들었던 프로이트의 어린아이의 경우에서처럼 사물과 소리의 되풀이되는 조작을 통한 부재와 현재의 정복, 여기에서 이루어지는 욕망의 상징화 작용, 구조주의에서 이야기하는 바 인간 사고와 언어의 이지적(二脂的) 양식(樣式) 등등의 문제들이 얽혀 있을 것으로서 섣불리 그 맥락을 가려낼 수는 없는 일이다.

이러한 더 복잡한 측면을 떠나서 간단히 생각할 때, 이미 위에서 말한 바와 같이, 리듬을 포함한 소리의 되풀이는 시의 언어의 물리적 실체를 주제화하는 수단이 된다. 달리 말하면, 이러한 되풀이는 투명한 언어의 흐름을 되접어서 어떤 종류의 밀도를 만들어 내려고 하는 경향을 나타낸다고 할 수 있다. 스스로를 되접는 현상은 시의 다른 면에도 나타난다. 말할 것도 없이 여러 가지 모음과 자음들의 상호 조응(相互照應), 비슷한 또는 같은 문법 구조의 반복적 사용, 구조적 상사(相似) 균형(均衡), 라이트모티프(leitmotif)의 사용, 이미저리의 강조적 되풀이, 거기에서 유래하는 심상의 심벌로의 변용, 말들의, 의미의 상호 조응과 상승 작용(相乘作用) ── 이 모든 것이 시에 하나의 객관적 사물, 하나의 구조물로서의 밀도를 부여한다.

6

위에서 본 바와 같이 시는 그 여러 가지 언어적 특징에 있어서 체험이나 사물의 구체를 겨냥한다. 그런데 이런 지향과 관련하여 우리가 생각하게 되는 것은 그것의 불가피한 단편성이다. 우리가 어떤 특정한 한 정서나 사물의 체험만을 재현하는 데 주의를 기울인다면 그것은 불가피하게 단편적인 재현이나 모사에 그칠 수밖에 없게 된다. 이것은 시의 일반적인 형식과도 관련된다. 오늘날에 있어서 시라고 하면 대체로 서정시를 말하는 것으로 생각되고 서정시는 짧은 것이 상례이다. 서정시의 단편성은 단순한 관습이라고 볼 수도 있지만, 관습은 관습대로 필연적인 이유를 가지고 있기 때문에 이 필연적인 이유는 그 나름대로 고찰의 대상이 되어 마땅하다. 여기에서 이러한 이유를 다 생각해 볼 수는 없지만, 지금까지의 우리의 고찰과의 관련에서 해석될 수 있는 것으로 보인다. 물론 구체성과 단편성이 그대로 충분하고 필수적인 관계에 있다고 할 수는 없다. 문학의 언어는 대체로 체험의 구체에 충실하고자 하는 언어이다. 가령 소설은 경험적 사건의 우여곡절을 그 구체적인 현실감에 즉해서 그리려고 한다. 시의 경우에 있어서 우리는 다만 그 단편성과 구체성이 서로 보강하는 상태에 있다고 말할 수는 있을 것이다. 단편성은 시가 재현하고자 하는 구체에 일정한 조건을 가한다. 시의 단편적인 성격은 바로 그 구체적 지향을 보강하는 형식인 것이다. 즉 그것은 다른 어떤 장르의 경우에 있어서보다도 단편적 사상(事象)의 하나하나──다시 말하여 단편적 사상의 큰 틀과의 관련이나 거시적인 조화보다도 그 하나하나의 재현, 그것도 논리적 전개나 사건의 연쇄를 통하기보다는 직관적인 재현에 초점을 맞추지 않을 수 없게 한다.(물론 시 속에 극적 전개, 아니면 적어도 '상징적 행동'이나 논리적 연관이 없는 것은 아니나, 그러한 것들은 비교적 한눈에 포착될 만하다고 할 수 있는 직관적 체험의 내적 구조에만 관계되어 나타난다.)

　그런데 시가 주로 표현하는 것이 어떤 사물이나 경험의 단편적 심상이라고 할 때, 그 참의미는 이런 재현에만 한정되는 것일까? 도대체 하나의 단편적 구상물이란 무엇인가? 하나의 사물은 무엇인가? 하나의 물건은 극히 간단하고 자명한 것처럼 보인다. 그러나 이것에 대하여 일단 생각을 펼쳐 보면, 사물은 쉽게 파악할 수 없는 신비라는 것을 우리는 곧 알게 된다.

하나의 사물은 우리의 지각의 대상이 되는 하나의 독립적이고 독자적인 단위를 말한다. 이러한 독자성 독립성은 가장 초보적인 특성으로서 의논의 여지가 없는 사실로서 생각된다. 그러나 참으로 그런가? 사물에 대한 철학적인 사고는 흔히 그것이 독자적인 하나의 존재로 있으면서 또 여럿으로서, 다양한 관련 속에서 있다는 역설에 당황해 왔다. 헤겔이『정신 현상학』의 서두 부분에서 시도한 사물 지각에 대한 분석은 이 방면의 철학적 분석으로는 가장 정교한 것인데, 이 분석도 사물에 깃든 하나와 여럿의 역설을 주축으로 전개된다. 하나의 대상물의 하나로서의, 독립적이고 독자적인 존재로서의 성격은 어디에서 오는가? 이 성격을 정의하기 위해서 우리는 그 사물에 해당되는 바 속성들을 언급하지 않을 수 없다. 여기에 있는 소금의 결정체는 흰색이고 입방체이고 짠맛이 있고……. 그러나 소금의 이러한 성질들은 다른 소금 알맹이와 공유하고 있는 것들일 뿐만 아니라 다른 사물들과도 공유하고 있는 것들이다. 이리하여 사물의 독자성, 하나로서의 성질은 세상의 다른 것들 속으로 확산되어 흩어져 버리고 만다. 그리고 하나의 사물은 그것이 독특한 것이면 독특한 것일수록 더욱더 많은 속성들을 포용하고 있는 그릇이 된다. 물론 이것은 우리의 반성의 시작에 불과하다. 사물이 여러 속성으로 이루어졌다고 하더라도 그것이 하나의 물체로서, 독자적이고 독립된 존재로서 있다는 것은 엄연한 사실이다. 우리는 사물을 실체로서, 속성으로서 또 존재 방식의 관점에서 다시 더 고찰해야 한다. 헤겔은 그의 현상학에서 하나와 여럿의 양극에 걸쳐 있는 사물의 변증법적 움직임을 계속 밝혀 나간다. 우리가 여기에서 그 과정을 일일이 추적할 수는 없다. 그러나 헤겔은 점점 충실해지는 사물 개념의 전개 속에서도 사물이 역설적 통일에 있다는 주장을 버리지는 않는다. 어떤 사물이 하나로서 그것만의 일체의 상태에 있다고 할 때, 그것은 다른 사물들과의 차이를 통하여 그러한 일체의 상태에 있는 것이다. 그러나 이 차이는 바로 이 사물이 스스로만 따로 있다는 것이 아니라 다른 사물과의 관계 속에 있다는 것을 가리킨다. "사물은 바로 그 절대성, 그 맞섬으로 하여 다른 것들에 관계된다. 그것은 본질적으로 이 관계의 과정이다. 그러나 이 관계는 그 독자성의 부정이 된다. 사물은 바로 그 본질적인 성질로 하여 스러져버리고 만다."[4]

헤겔의 사물 분석에서 우리에게 중요한 것은 이와 같이 하나의 독립된 사물이 배타적인 일체성 속에 있으면서도 또 여러 가지 보편적 속성, 요소 또는 힘의 다발로서 존재한다는 사실이다. 그런데 사물의 바탕이 되는 이러한 요소들은 서로 어울려 하나의 체계를 이루는 것으로 생각될 수 있다. 또 이 체계는 단순히 사물 자체가 이루는 체계가 아니다. 그것은 사람이 사물에 대하여 실제적으로, 이론적으로 갖는 상호 작용에 의하여서도 만들어지고 수정되며, 다른 한편으로는 사람의 실제적, 이론적 활동을 제한한다. 또 이러한 사물과 인간이 공동으로 이루는 체계는 그때그때 성립하는 당대적인 것으로만 있다기보다는 역사적으로 성립하는 것으로 보아야 한다. 사람은 그의 인식이나 활동 —— 이 인식에는 시적인 인식도 포함된다. ——이전에 이미 역사적으로 구성되어 있는 사물의 체계, 또는 세계 속에 산다. 그리하여 그의 사물에 대한 인식, 그의 소유, 변형, 제작은 이 체계 또는 세계의 한정 속에서 일어난다.[5]

사물이 그 테두리 안에 존재한다는 것은 사실 상식적인 이야기이다. 이것은 모든 문화적인 사물에 있어서 극히 자명하다. 우리가 낯선 문화의 사회에서 당황하는 것은 거기에 있는 사물들의 의미를 바르게 풀 수 없기 때

---

4 Georg Wilhelm Friedrich Hegel, *Phänomenologie des Geistes* (Leipzig, 1905), p. 99.

5 Alasdair MacIntyre ed., *Hegel: A Collection of critical Essays* (Notre Dame, 1972) 소재, Charles Taylor, "The Opening Arguments of the Phenomenology" 참조. 테일러는 헤겔의 사물 분석을 검토하면서 거기에서의 사물의 상호 연관성, 인간과의 당대적인 또는 역사적인 상호 작용의 면을 확대 해석하고 있다.

문이다. 한 사회의 일과 물건들은 그 사회 제도를 떠나서 있을 수 없다. 소비재는 소비재 생산에 관계되는 전 사회 기구에 의하여서만 이해될 수 있다. 또는 그것은 이러한 사회 기구가 만들어 내는 것으로 보아서 마땅하다. 과학의 대상들은 그것에 대한 과학적 기술(記述)을 떠나서 생각할 수 없고 어떻게 보면 그 기술 속에서만 존재한다. 그러나 위에서 간단히 언급한 헤겔의 사물론의 의미는 사물과 그 테두리 사이에 존재하는 개념적 제도적 연관이 간접적으로 분석되는 연관이 아니라 지각 현상에서 끌어낸 것이라는 점에 있다. 헤겔이 다루고 있는 것은 사람의 오관에 와 닿는 사물의 지각이다. 이렇게 지각되는 사물이 얼핏 보기와는 달리 복잡한 연관 속에 있고 또 움직이고 있다는 것이 그의 분석 결과인 것이다.

시가 어떤 구상물 — 이것은 사물일 수도 있고 주관적 체험일 수도 있는데, 이야기를 간단히 하기 위하여 단순화하여 말하는 것이 불가피했지만, 헤겔의 분석은 단순히 물건이 아니라 주관적인 실체에도 적용되는 것이다. —을 재현한다고 할 때, 그 의미는 단순히 고립된 사물을 재현한다는 데에만 있는 것이 아니다. 사물의 재현은 오히려 그것을 통하여 사물의 테두리에 대한, 한 사물로 하여금 바로 그러한 사물이게 하는 여러 요인들에 대한 계시를 준다는 데에 그 의의가 있다고 할 수 있다. 물론 사물을 이루는 요소가 반드시 철학적인 분석이나 과학적인 검사에서 나오는 것만일 수는 없다. 그것은 한결 더 원초적으로 우리의 감성과 사물이 교섭하는 과정에 이어져 있다. 여기서 원초적이라는 것은 철학적, 과학적 분석에서의 논리적 세련에 이르지 못한, 주관적 감성의 세계에 머물러 있다는 말이기도 하지만, 또 동시에 이러한 세련이나 가공이 행하여지기 이전의 근원적인 세계에 관계되어 있다는 말이다. 이것이 어떤 의미에 있어서 근원적인가 하는 것은 또다시 새로운 성찰을 필요로 하는 것이겠으나 여기서는 단순히 시적 사물의 지각이 주관적이며 자의적인 것은 아닐 것이라는 점을 암시하는 데 그치기로 한다.

　하여튼 시에 있어서의 사물의 재현은 그것 자체만으로는 성립하지 않는다. 그것은 우리의 감정의 공간 또는 사실의 공간의 한 매듭으로서 존재한다. 위에서 우리는 율곡의 석류에 대해 언급했지만, 이미 말한 바와 같이 거기에서의 석류의 묘사는 우리가 가죽이나 구슬에 대하여 가지고 있는 느낌 — 이런 감정의 그물 속에 배어 있는 물질감의 바탕 위에서 비로소 효과적인 시적 묘사가 된다. 어떤 때 구체적 사물은 이러한 감정적 속성의 종합이 아니라 보다 더 단순히 사물들이 빚어 내는 공간감 속에 존재한다. 이미 인용한 것을 다시 한 번 살펴보자.

> 시인(詩人)들이 노래한 일월(一月)의 어느 언어(言語)보다도
> 영하(零下) 5도(五度)가 더 차고 깨끗하다.

> 메아리도 한 마정이나 더 멀리 흐르는 듯……

　이런 시구에서 언급되어 있는 모든 사물들은 메아리가 울리는 겨울의 공간 속에 배치됨으로써 싱싱한 감각적 체험으로 살아나는 것 같다. 사물이 자리해 있는 공간은 조금 더 추상적으로 이해될 수 있는 법칙적 관련일 수도 있다.

> 현관(玄關)을 차고 나가 포도(鋪道)에 이르르면, 스스로의 무게만한 뉴턴의 가벼운 나무 잎들이 맴돌며 떨어진다. 나는 지금 내가 선 나의 높이에서 땅 위에 이르는 거리(距離), 그 조그마한 공간(空間) 속의 선회(旋回)까지를 허락(許諾)받지 못한 채 수직(垂直)으로 떨어진다.
> ── 박성룡, 「Fall」

여기의 나뭇잎은 흔히 감상적 반응의 대상이 되는 가을의 낙엽이다. 이 것은 만유인력의 공간 속에 놓임으로써(사실 새로운 관찰은 아니면서도) 우리 에게 새로운 감흥을 자아낸다. 또 이것은 현실적으로 낙엽이 처해 있는 공 간과는 다른 인간 실존의 공간 ── 조금 더 긴박한 인력으로 우리를 아래로 강하시키는 삶의 무게가 만들어 내는 공간에 대비되어 한결 더 의미 있는 자연 현상으로서 우리에게 감지된다. 위의 시구에서 인간 실존의 공간이 참으로 낙엽이 떨어지는 자연 공간에 일치하는 것일까? 낙엽이 나타내는 생명의 자연 작용, 인간의 운명에 바탕이 되는 자연 작용, 그리고 이러한 작 용이 자연의 엔트로피 현상에 거역하는 힘의 작용이며 결국은 쇠퇴할 수밖 에 없는 것이라는 절대적인 사실 ── 이런 면에서 이 두 개의 공간의 중첩은 내 생각으로는 매우 효과적이며 신빙성이 있는 것으로 생각된다.

그러나 보기에 따라서는 이러한 중첩은 거짓된 것으로 느껴질 수도 있 을 것이다. 여기서 주의할 것은 이러한 사물의 복합적 계시가 어디까지나 직접적이고 감각적인 것으로 지각될 수 있을 때 가장 효과적이란 점이다. 대체로 사물 자체에서 나오는 것이 아니라 사물에게 인위적으로 부여되 는 연관은 우리에게 별로 믿을 만한 것으로 느껴지지 아니한다. 그런데 이 러한 관계는 흔히 상투적이며 감상적인 감정의 조작에 의존하여 맺어지는 경우가 보통이다. "내 오늘 밤 한오리 갈댓잎에 몸을 실어 이 아득한 바다 속 창망(滄茫)한 물구비에 씻기는 한 점 바위에 누웠나니" ── 이러한 구절 에서의 구상물은 거의 전적으로 상투적 감정 연상을 위한 공허한 껍데기 에 불과하다. 1970년대의 현실 참여시에서 이미지는 구체적인 사물과는 최소한도의 연관을 가지면서 어떤 정치적 의미에 의하여 그 테두리가 한 정되는 것일 때가 많았다.

풀을 밟아라

들녘엔 매맞은 풀
맞을수록 시퍼런
봄이 온다.

　여기에 사용된 비유가 그 나름으로 표현의 경제와 의사 전달을 가능하
게 하는 것은 사실이지만, 동시에 그것이 사물의 본래적인 인식에 뿌리박
은 것은 아니라는 느낌을 자아내는 것은 별수 없는 것이다. 사람이 갖는 억
압의 느낌이 풀이 밟히는 것과 비슷한 느낌을 줄 수는 있지만(적어도 위의
시구의 범위 안에서는), 이 느낌은 감정적 비유, 속기술 이상으로 사실적 이해
를 촉구해 주는 것은 아니다. 어쩌면 이러한 사실이 위의 구절이 우리에게
신선한 느낌을 주지 않는 원인일 것이다.

　구체적인 사물을 강조하는 것은 어떻게 보면 이미지즘의 시학을 지나
치게 중시하는 것처럼 보일는지도 모른다. 그러나 여기서 우리는 이미지
즘이 말하는 단순한 사물의 시각적인 조명을 말하는 것이 아니다.(사실 에
즈라 파운드는 이미지를 "지적, 감정적 얼크러짐을 순간에 제시하는 것"이라 정의하였
다. 그가 단순히 시각적으로 보기 좋은 심상의 재현만을 이야기한 것은 아니었다.) 단
지 우리는 광범위하게 모든 현실적인 사물이 하나의 철학적, 정치적, 사회
적 암호라는 점을 지적하고자 할 뿐이다. 그리고 이 암호는 여러 가지 사실
적 연관 속에 있는 것이다. 시는 그것만으로 이루어진 것은 아니지만 이러
한 암호로서의 사물을 통하여 우리를 보다 큰 것의 이해에 이르게 하고 또
스스로 그러한 이해의 구조를 구축해 낸다.

교회당의 차임벨 소리 우렁차게 울리면
나는 일어나 창문을 열고
상쾌하게 심호흡한다

새벽의 대기 속에 풍겨 오는
배기 가스의 향긋한 납 냄새

— 김광규(金光圭), 「오늘」

"배기 가스의 향긋한 납 냄새"—이 시에 매우 간결하게 언급되어 있는 다른 사실들처럼 "향긋한 납 냄새", 뒤틀린 감각에 향긋하게까지 느껴지는 배기 가스는 오늘의 현실의 의미에 대한 중요한 암호이다. 그리하여 이 시의 시인은 시의 뒤쪽에 가서,

노예들아 너희들의 얼굴을 보여 다오
욕설이라도 좋다
노예들아 너희들의 목소리를 들려다오

라고 외치거니와 이러한 외침은 현실을 암시하는 작은 사물들과의 연계 속에서 설득력을 얻는다. 사실 사물과 사물의 큰 테두리와의 관계는 여러 가지이다. 다시 말하여 그것은 이미지즘에서와 같이 뚜렷한 감각적 심상일 필요가 없다. 또는 그것은 거의 추상적인 주장일 수도 있다. 그것이 새롭고 날카로운 투시력으로 현실의 구조를 지칭할 수 있으면 그만이다. 가령 브라질의 젊은 시인 칼로스 네하르(Carlos Nejar)의 시에서 예를 들어 보면,

피에 매이지 마라.
너를 선택하는 땅에 매이라.
너의 육체는 잠들지 않는
바람의 불에 낙인(烙印)되었다.

— 「증언」

여기에서 첫 두 줄은 혈연(血緣)이 아니라 사람으로서의 대우를 해 주는 곳을 스스로의 고국(故國)으로 생각하라는 단도직입적인 명령이지만, 이것은 그런대로 실감 나는 명령이다. 그렇다는 것은 이 명령이 한편으로 혈연과 인간적 대우 사이에 방황하는 인간의 실상을, 그 실상의 견디기 어려운 딜레마를 민감하게 의식하고 있으면서, 다른 한편으로는 그러니만큼 더욱 냉철해져야 하는 당위를 꿰뚫어 내고 있기 때문이다.

시적 구상물의 인상의 선명성은 다분히 응시력, 또는 통제된 정열의 압력이 가능하게 하는 응시력에 달려 있다. 시의 구상물을 뚜렷이 하는 것은 논리적으로 분석되어 나열되는 사물의 속성이 아니다. 그것은 시인의 체험의 깊이, 기억의 깊이에서 건져 내지는 사물의 모습이다. 이 모습은 그것이 시인의 체험의 어떤 편향으로 하여 포착되는 사물의 새로운 국면이다. 그러면서 그것은 사물의 진실의 일부를 이루는 것이다. 그러니만큼 그것은 일반적 타당성을 가지면서도 늘 새롭다. 흔히 이야기되는 바, 시에 있어서 모든 것이 새로워야 한다는 것은 옳은 관찰이다. 그런데 이 새로움은 신기를 쫓는 데에서 오는 것이 아니라 시인이 사물과 체험이 부딪치는 세계의 원초적인 펼쳐짐에 참여함으로써 얻어지는 것이다. 다시 말하여 시인은 그의 창조적 열정으로써 사물의 다양한 국면을 하나로 용접해 낸다. 그런데 용접된 것들은 자의적인 것이 아니라 사물 자체에 의하여 용납되는 것들이다. 이러한 조응(照應)은 시인의 창조적 과정이 어쨌거나 사물의 창조적 있음에 맞닿아 있다는 증거가 아니겠는가? 우리가 여기에서 이야기하고자 하는 것은 시에 있어서의 구상물이 단순히 외적으로 나열되는 속성들로 이루어지는 것이 아니라는 점이다. 그것은 사물과 체험이 끊임없이 용해되어 가는 창조의 근원에서 주어지며 또 만들어지는 것이다.

7

우리가 되풀이하여 이야기한 것은 여러 가지 갈등과 모순을 포용한 채로 시적 언어가 구체적인 것을 지향한다는 것이었다. 구체의 우위성은 단순히 시적 언어에서만 의의를 갖는 것이 아니다. 그것은 보다 넓은 의미에서의 사람의 삶의 모습, 물건의 존재 방식에 연결되어 있다. 사실 시의 구체성의 의미는 이러한 보다 넓은 존재론에서 나온다. 단정적으로 말하여, 사람의 행위는 그 테두리를 이루고 있는 여러 가지 범주 — 생물학적, 사회적, 문화적 범주들에 의하여 결정된다고까지는 할 수 없을는지 모르지만, 크게 영향받고 제약된다. 이러한 것은 생물학적 인간학, 사회학 또는 인류학들에서 자주 지적되는 사실이다. 그중에도 가장 강력하게 인간 행위의 외적 한정을 이야기한 것은 사회학적 관점이다. 이것은 문학에 있어서도 큰 세력을 떨치고 있는 견해로서, 문학의 사회적 요인에 대한 또는 사회적 임무에 대한 논의에 흔히 나타나는 것이다. 그러나 이러한 결정론의 오류는, 문학 활동을 포함한 사람의 활동이 외적인 요인에 의하여 결정되거나 한정된다고 하여도, 그것이 분명히 주제화된 의식 작용을 통해서 그렇게 하는 것이 아니라는 사실을 놓치는 데에서 일어난다. 사람은 대체로 그때그때의 지각의 흐름 속에 있다. 그가 사는 세계는 극히 구체적인 것이다. 그리하여 그는 희귀한 분석적 노력을 통하지 않고는 매 순간 지대한 직접성으로 나타나는 구체적 체험들이 사실상 많은 일반적 범주를 숨겨 가지고 있다는 것을 의식하지 못한다. 설사 의식한다고 하더라도 그것은 어렴풋한 지평으로 주변적인 의식으로 감지될 뿐이다. 이것은 생물학적 요건이나 사회적 요인이나 — 일반적 범주가 우리의 삶에 나타나는 방식에 관한 이야기이지만, 이런 현상은 우리의 지각 작용에서 가장 잘 증거되는 것이다. 게슈탈트 심리학은 우리가 어떤 독립된 사물을 지각하는 것은 늘 그 배경과의 관계에서라고 말한다. 그런데 이 사물(figure)과 배경(background)은 서로 배타적인 관계에 있다. 즉 우리가 하나를 전경(前景)으로 지각하면 다른 하나는 배경이 되는 것이다. 두 개를 동시에 주제화(主題化)된 대상으로 본다는 것은 극히 어려운 일이다. 이러한 현상은 우리의 행동에서도 볼 수 있다. 가령 노란 불이 밝혀져 있는 방에 들어가면 우리는 처음에는 이 특별한 조명을 의식하지만 곧 조명과 관계없이 바라보게 된다.

우리가 어떤 운동 경기에 들어가는 경우도 이에 비슷하다. 우리는 처음에는 경기의 규칙을 대상화해서 검토하고 문제 삼고 의식하게 되지만, 우리가 그 규칙을 내면화하고 그에 숙달하게 될수록 우리는 그것을 대상적으로 의식하기보다는 내면화하여 규칙 속에서 이루어지는 하나하나의 동작에 주의를 기울이게 된다. 이것을 확대시켜 말하면, 많은 불합리한 체제속에 사는 사람이 그 체제를 대상화하고 전체화해서 의식하기보다는 그것을 당연한 것으로 내면화하고 체제 내에서의 유리한 전략적 움직임에 몰두하게 되는 것도 같은 원리라고 할 수 있다. 요약하여 말하건대, 우리의의식과 삶은 감각적 구체성의 차원에 밀착해 있으며 그것을 규정하는 일반적 범주는 내면화하여 무의식 속에만 간직한다고 할 수 있다. 그리고 이러한 작용은 불수의적이고 강박적인 것이어서, 일상적 생활에서는 우리의삶의 결정적 테두리를 달리 고쳐서 바라보기가 극히 어려운 것이다.

시에 있어서의 구체도 이러한 관점에서 말하여질 수 있다. 그것은 배경앞에 나와 있는 전경의 사물이다. 그러나 이 배경은 대개는 암시될 뿐이고적극적으로 우리의 응시의 대상이 되지 아니한다. 그럼에도 불구하고 시적 구체의 의미는 이 배경과의 관련에서만 일어난다.(일상적 의식에서 이 배경은 한껏 뒤로 물러나 있는 것으로 생각될 수 있다.) 이러한 관련이 시의 인식적 기능 —— 과학과는 다르게 우리의 정서와 욕망의 장에 나타나는 바, 사물에 대한 진실을 드러내 주는 시의 인식적 기능의 초점을 이루는 것이다.

사람의 삶에 있어서, 특히 정치나 사회 규범과 대비해서 시가 갖는 의의도 여기에서 찾을 수 있다. 우리의 모든 사회적인 테두리는 일반적이며 보편적인 언어에 의존한다. 그러한 언어가 가능하게 하는 추상화 없이는 사회의 규범이나 조건은 하나의 실체로서 생각하기 어렵다. 그러나 이러한 일반적 범주 또 언어는 개체적인 실존에 대하여 또는 그러한 실존 속에 실현되는 집단적 현실에 대하여 모순된 것일 경우가 많다. 시는 구체적인 실존의 언어이면서 또 이를 넘어서는 일반적 범주를 그것이 구체적이고 직접적인 생존에 용해되어 있는 만큼을 기술해 낸다. 시적 재현이 표현하고 있는 것은 구체적 전체성이다. 여기에서 전체성의 원리가 되어 있는 것은 평균화, 추상화가 아니라 우리의 육체와 욕망과 기억 —— 더 나아가 느낌과 세계의 상호 교섭에서 우러나는 끊임없는 현재이다. 시가 이러한 현재에 집착하는 만큼 그것은 사물의 가짜 구체성에 속을 수도 있다. 그러나 참으로 민감하게 깨어 있는 시인에 있어서 이 구체성은 하나와 여럿의 모순을 거머쥔 구체적 전체성이다. 이러한 전체성은 가장 폭넓은 시적 상상력에 있어서 우리의 생존을 규정하는 외적인 조건들을 다 포함하는 전제로서 성립한다. 또 그것은 우리에게 직접적인 감각으로 주어지는 생존의 실감을 넓게 또 예민하게 포함할 수 있다. 그럼으로써 그것은 우리의 생존의 참다운 조화의 의식, 참다운 행복의 의식의 장이 된다. 그리하여 공적인 수사(修辭)가 말하는 사회적인 행복에 맞서는 비판이 된다. 시의 언어의 건전성은 한 사회의 참다운 인간적 행복 —— 개인적이고 사회적인 행복의 척도가 되고, 아니면 적어도 당대의 불행과 있을 수 있는 행복의 약속에 대한 척도가 된다.

(1981년)

시의 내면과 외면

시와 사회에 대한 한 생각

1

예로부터 시인들이 노래해 온 것은 대체로 같은 것들이었다. 그들은 꽃과 나무와 산과 하늘과 물을 노래하고 사랑을 노래했다. 시인들의 노래가 우리에게 중요한 것은 번거로운 일상적 삶 가운데 잊혀지기 쉬운 이러한 근원적인 것들을 우리에게 상기시켜 주기 때문이다. 진실로 이러한 것들과의 끊임없는 새로운 만남이야말로 삶의 보람인 것으로도 생각되는 것이다. 미국의 월리스 스티븐스의 「일요일 아침(*Sunday Morning*)」의 구절을 빌려 말하건대, 삶의 보람은

비 오는 때의 격정,
내리는 눈 속에서의 감흥
외로움 가운데서의 슬픔, 숲에 피는
꽃과 더불어 오는 알 수 없는 흥분,

가을 저녁 비에 젖은 길에 부는 감정

여름의 잎사귀와 겨울의 나뭇가지를

기억하며 느끼는 온갖 즐거움과 괴로움

들로 이루어진다.

그런데 시는 왜 이러한 소박하면서도 근원적인 것들에서 끝나지 않는
가? 사실 시의 주제는 이러한 자연의 감흥을 핵심으로 하면서도 늘 그것을
넘어간다. 우리는 단순히 "비 오는 때의 격정, 내리는 눈 속에서의 감흥"에
만족하지 못하는 경우가 많다. 그리하여 사람들은 더 열광적인 기쁨, 더 영
속적인 열복을 갈구한다. 스티븐스가 「일요일 아침」에서 묻고 있는 것도
같은 질문이다. 그리고 이러한 질문에 대한 스티븐스의 답은 공동체적 의
식의 필요, 종교적인 초월에 대한 갈구 —— 이러한 것들이 우리의 불만족의
뒤에 숨어 있는 동기라고 말한다.

이러한 답변은 다 일리가 있는 것으로 생각하지만, 그 답변이 시적 언어
를 떠나서 독자적인 설득력을 가지고 있다고 할 수는 없다. 그런데 이에 대
한 우리 나름의 답을 찾기 전에(결국 못 찾고 말는지도 모르지만) 여기서는 우
선 다른 물음을 물어보자. 그것은 열광적인 기쁨, 영원한 열복 이전에 어찌
하여 우리가 "비 오는 때의 격정, 내리는 눈 속에서의 감흥"과 같은 소박하
고 원초적인 것에서 오는 기쁨을 쉽게 가질 수 없게 되느냐 하는 것이다.
우리가 원하는 것이 이러한 원초적인 것을 떠나기 때문이기도 하지만, 우
리는 이러한 것에서 기쁨을 느낄 수 있는 능력을 상실하기도 한다. 잡다한
일, 바쁜 나날에서 우리는 얼마나 자주 또 얼마나 싱싱하게 산천과 계절의
뉘앙스에 감동하는가? 바로 시의 중요성은, 이미 말한 대로, 이러한 것에
감동할 수 있는 능력을 유지시켜 주는 데 있다. 그러나 우리는 흔히 그러한
감동의 능력 그리고 시적인 능력도 상실하게 된다.

말할 것도 없이 시적 향수의 능력의 상실은 우리의 감각이나 느낌이 일상의 번거로운 일 속에 무디어지고 그것에 찌들기 때문이다. 이것은 매우 상식적인 답변이지만, 그것 나름으로의 지혜를 담고 있다. 여기에서 간단히 생각할 수 있는 것은 시적 향수와 일상생활 사이에 무엇인가 안 맞는 것이 있다는 점이고 또 한 가지는 이것이 서로 안 맞으면서 다른 한쪽을 마멸시키는 것은 두 가지 활동이 끝내는 같은 원천 —— 어떤 하나의 감각이나 느낌에 이어져 있기 때문일 것이라는 점이다. 즉, 바쁘고 골치 아픈 일들에 대한 느낌과 여름의 무성한 잎이나 겨울의 앙상한 가지에 대하여 우리가 갖는 느낌은 서로 하나로 이어져 있으면서, 하나가 다른 하나를 억압하는 작용을 한다. 이것은 우리가 일상적으로도 흔히 체험하는 일이다. 바삐 움직여 가는 일상의 궤도에서 우리는 벌써 물러가고 있는 봄의 아름다움이나 가을의 색깔을 드문 기회밖에는 느끼지 않는다. 금강산도 식후경이란 말은 더 간단히 배고픈 사람에게 미적 향수가 불가능함을 말하여 준다. 또는 우리가 깊은 생활의 걱정에 시달릴 때, 미술관의 그림들은 아름답게 보일 것인가.(인공적인 아름다움보다도 자연은 우리에게 변함없는 감흥을 주는 것으로 보인다. 그리하여 그것은 생활의 간구함으로부터 우리를 한때나마 해방시켜 주고 위안을 제공해 주지만, 그것은 극히 간헐적인 해방이요, 위안일 수밖에 없다. 나날의 근심 속에서 보는 아름다움에는 감옥의 창살 너머로 보는 자유로운 하늘처럼 완전히 내 것일 수 없는, 먼 아름다움이 주는 애처로움을 가지고 있다. 이러한 대조가 아름다움에 예리함을 더할 수는 있지만, 그것은 여전히 우리의 삶의 계속적인 기반이 될 수는 없다.) 어떻든 우리 주변의 작은 것들의 아름다움을 느끼려면 마음의 전체가 평안해야 한다. 아니면 적어도 마음의 깊은 곳이 아름다운 것을 느낄 수 있는 상태에 있어야 한다.

이와 관련하여 우리는 무엇을 보는 일이 수동적인 현상이 아니라 능동적인 탐색과 선택과 구성의 작용이라는 것을 상기할 수 있다. 본다는 것은

"보이지 않는 손가락으로 우리 주변의 공간을 지나 사물들이 있는 먼 곳으로 나아가서 그것들을 만지고, 쥐고, 거죽을 훑어보고, 가장자리를 따라가 보고 그 결을 시험해 보는" 행위라고 루돌프 아른하임(Rudolf Arnheim)은 말한다. 우리가 무엇을 아름다운 것으로 볼 때, 또 아름답다고 느낄 때, 우리의 마음은 벌써 그것에 나아가 있다. 우리의 마음의 에너지는 이미 그것에 투입되어 있는 것이다. 이 에너지는 우리의 마음 또는 마음과 몸의 전체에서 투입될 수밖에 없다. 작은 아름다운 것들을 아름답다고 느낄 수 있는 마음의 에너지가 우리 마음의 전체적인 안녕감에 연결되는 것은 이러한 연관에서일 것이다.

이러한 연관은 다른 면에서도 더 강화된다. 말할 것도 없이 아름다움의 느낌은 조화의 느낌이다. 이 조화는 아름답게 보이는 것이 드러내는 조화, 그 부분과 부분의 조화이기도 하지만, 그것과 아름답다고 느끼고 있는 나와의 조화를 말하기도 한다. 그런데 나와 사물과의 조화의 느낌을 가지려면, 우리는 나와 사물을 한꺼번에 파악할 수 있어야 한다. 두 가지 것의 조화와 부조화는 그 둘을 한꺼번에 봄으로써만 알 수 있는 것이다. 다시 말하여 아름답다는 느낌은 나 자신의 상태에 대한 느낌에 깊이 관계되어 있는 것이다. 위에서 우리는 본다는 일이 수동적이 아니라 능동적인 것이라고 말하였다. 그러나 이것은 보는 작용에서 우리가 쉽게 느낄 수 있는 것은 아니다. 그리하여 시각 작용이 사진기가 사진을 찍듯 수동적인 모사의 과정이라고 착각하는 일도 생기는 것이다. 여기에 대하여 아름다움의 지각은 자신에 대한 의식을 많이 포함하고 있다. 물론 이것이 무슨 지적인 의식이라는 말은 아니다. 그것은 나르시스의 자기 향수에 가깝다. 하여튼 아름다움의 느낌은 한편으로는 사물에 관한 것이면서 또 우리 자신의 쾌적한 상태에 관한 것이다. 그리하여 아름다움은 우리 마음 가운데 일어나는 즐거움이나 기쁨이라는 순전히 주관적인 듯한 느낌으로서 번역되어 표시되기도 하는 것이다. 서양 말에서 흔히 그렇듯, 즐기는 것은 스스로를 즐기는 것이 될 수도 있는 것이다.

그런데 아름다움 속에 움직이는 마음의 에너지는 또 그것대로 단순히 수동적으로 거기에 나타나고 수동적으로 향수될 뿐만 아니라 적극적으로 추구될 수도 있다. 그리하여 그것은 한편으로 적극적으로 마음의 에너지 (아마 육체가 없는 단순한 의식 상태로 나타나는 것도 아니고 육체적 감각으로만 나타나는 것만도 아닌)의 기쁨에 대한 관능적인 추구가 되기도 하고 그것을 조금 능동적으로 파악하려고 하는 지적인 추구가 되기도 한다. 위에서 우리는 스티븐스가 「일요일 아침」에서 열광적인 기쁨, 영원한 열복의 문제를 제기한다는 점을 말하였다. 이러한 기쁨이 우리의 마음과 마음을 사로잡는 기쁨을 지칭한다면, 그것은 우리의 마음의 에너지가 전체적으로 또는 깊은 곳으로부터 투입되는 경우에 느껴지는 것이라고 할 수도 있다.(그렇다면 "비 오는 때의 격정, 내리는 눈 속에서의 감흥"과 "영원한 행복"은 서로 상치되는 것이 아니라 보완되는 것이다.) 우리는 이러한 큰 기쁨을 추구하여 마지않는다. 또 이 기쁨의 축적은 그대로 사람의 마음의 깊은 근원과, 이러한 근원과 세계의 일치에 대한 지혜로 발전하기도 한다. 어떤 종류의 종교적 지혜의 정점도 이에 비슷한 과정의 지혜를 가리키는 것일는지 모른다.

2

아름다움의 느낌은 사람의 삶의 전체에 관한 느낌과 완전히 같은 것은 아닐지라도 그것에 깊이 이어져 있다. 그런데 이 느낌은 다른 어떤 것이라기보다는 즐거움이나 기쁨의 관점에서의 삶의 전체에 대한 느낌이다. 즐거움은 '무엇을 즐기다'와 같은 말에서 알 수 있듯이 대상과의 관계에서 오는 좋은 느낌을 말하고 기쁨은 대상과의 직접적인 관계가 없는 더 주관적인 상태를 말한다. 그러면서도 즐거움은 대상을 이용하거나 사용한다는 뜻을 가지고 있어서 대상을 나에게 종속하게 하는 행위를 포함하는 데 비하여 기쁨은 대상에 대하여 보다 사심 없고 공정한 태도를 유지하는 상태를 상정하는 것 같다. 참으로 미적으로 엄정한 인식에 이르면 사물은 사물대로 있으면서, 우리의 느낌은 느낌대로 완전히 스스로만 있는 것이 되는 것일까? 이런 고려에서 우리는 기쁨이 아름다움의 느낌을 더 적절히 나타내는 것이라 할 수 있다. 이 즐거움이나 기쁨은 세상의 모든 것에서 일어날 수 있다. 그러나 모든 것이 그대로 기쁨의 원천이 되는 일은 쉬운 일이 아니다. 위에서 말한 것을 다시 말하여, 기쁨은 마음의 깊은 에너지가 능동적으로 작용할 수 있는 대상에서만 일어난다. 그리고 이것은 일정한 시간과 개체화를 조건으로 하는 듯하다. 그렇다는 것은 기쁨이 가능하기 위하여서는 마음이 작용할 만한 시간적 여유가 있어야 한다는 것이고 대개 그 대상이 뚜렷하고 독자적인 것으로 느껴질 수 있는 것이라야 한다는 말이다.

이러한 조건은 우리의 사람에 대한 관계에서 가장 전형적으로 나타난다. 우리가 어떤 사람을 안다고 할 때(단순히 이력서를 안다거나 전기적 사실을 안다는 뜻에서가 아니라 정서적으로 가까이 안다고 할 때), 그것은 그를 하나의 개체로서 다른 사람과 혼동할 수 없는 개체로서 안다는 것을 뜻한다. 그리고, 이렇게 안다는 것은 어느 정도의 사귐을 전제로 하는 것이다.(물론 이 친숙함이 도를 지나치면 우리의 앎에서 신선한 느낌은 사라져 버리고 만다.) 또 능동적 에너지의 투입이란 면에서 볼 때, 사람과의 주고받음 ── 말과 정과 물건의 주고받음 이상의 것이 있겠는가? 그리하여 우리는 많은 것에서 즐거움이나 기쁨을 느끼지만, 그것이 사람과의 관계에서 일어나는 즐거움이나 기쁨을 넘어설 수는 없다. 또는 능동적 심리 에너지의 투입에서 오는 기쁨의 전형이 사람과 사람의 관계에서 발견되는 것이 아니라, 이러한 관계가 모든 기쁨의 근본 모형이 된다고 할 수도 있다. 어린 시절 우리와 부모와의 관계는 우리의 체험의 원형을 결정한다. 또 모든 즐거움 또는 기쁨의 절정은 아무래도 사랑하는 사람들의 사랑의 관계에서 찾을 수 있다. 이것 또한 모든 쾌락의 근본 충동이며 근본 모형이다.(부모와의 사랑과 연인과의 사랑의 연계성은 정신 분석학자들의 탐색의 주제의 하나이다.) 사람이 갖는 즐거움과 기쁨의 느낌은 사람과의 교섭에서 정점을 이루고 또는 거꾸로 세상의 모든 것들과의 기쁨의 교환은 사람과의 교환의 관계에 의하여 그 원형이 결정되고 그 에너지의 공급을 얻는다. 사랑의 체험이 세상의 면목을 어떻게 일신하여 주는가 하는 것은 많은 사람들이 자주 이야기하는 바이다. 또는 사랑의 실패가 어떻게 많은 것을 어둡고 괴로운 것으로 보이게 하는 것인가는 새삼스럽게 말할 필요도 없는 것이다.

그러나 아름다운 것을 새롭게 보는 데 중요한 것은 이러한 절정의 체험만이 아니다. 우리의 내면은 끊임없이 진행되고 있는 세계와의 교섭을 종합하여 스스로를 새로운 전체로서 만들어 낸다. 이것은 많은 경우 기분이라는 엷은 농도의 정서적 상태로 표현되기도 하고 물론 어떤 때는 좀 더 의식화된 판단으로 세상에 대한 우리의 태도 가운데 자리 잡기도 한다. 그리하여 이 내면에 성립하는 종합의 감각이 아름다운 것들에 대한 우리의 반응을 그때그때 결정한다. 물론 이러한 내면의 감각은 쉽게 알 수 있는 것이 아니라고 할 수 있다. 왜냐하면 이 감각의 종합은 우리 생존의 가장 깊은 곳에서 참된 종합으로 이루어지기도 하고, 또는 그러한 깊이보다는 훨씬 피상적인 지점에서 이루어지기도 하기 때문이다. 우리가 참으로 깊은 종합의 지점에 이른다는 것은 부분적으로 항진되는 감각의 혼란과 시대적 상투형의 껍질과 어쩌면 사변적인 논리와 의식을 깨뜨리고 참으로 원초적이고 중첩된 우리의 생존의 기층에 이른다는 것을 의미한다. 시인은 이것에 능한 사람이다.

우리의 세계와의 관계가 종합되는 과정은 다시 말하여 기쁨의 관점에서 이루어진다. 그것은 세계를 즐기고 거기에서 기쁨을 가질 수 있는가 하는 관점, 다시 말하여, 향수의 가능성에서의 세계의 측정의 과정이다. 그러나 말할 것도 없이 세계의 모든 것이 향수의 대상이 될 수 있는 것은 아니다. 따라서 우리의 기쁨의 능력과의 관계에서 세계는 그 부정적인 모습을 드러내기도 한다. 즉 세계는 나와의 정적인 교감, 능동적이고 창조적인 에너지의 교환을 허용하지 않는 것으로 드러난다는 말이다.

이러한 소외는 우리와 사물과의 관계에서 일어난다. 우리가 보는 사물은 어떤 때 친밀한 느낌을 주지 못한다. 그것은 역설적으로 사물이 그 독자성을 잃었다는 말이기도 하다. 독자성은 — 위에서 개체성이라고 부른 것에 비슷한 것인데 — 언제나 다양한 특성의 유기적 종합으로 성립한다. 이 다양성이 우리의 마음을 능동적으로 끌어들인다. 또 사물의 단일성은 버티는 힘의 표현으로서, 모든 힘이 그러하듯이 신비한 마력의 근원이 된다. 다시 말하여 사물은 어떤 힘으로서 지속하는 다양성으로 하여 우리를 끌고 이 끌림에 따라 그 경이를 익히는 데에서 조금씩 우리에게 친숙한 것이 된다. 이러한 사물은 어떤 때 우리에게 단순히 거추장스러운 장애물이 되고 적의를 가진 것이 되고 또는 아무래도 좋은 것이 되고 구역질을 일으키는 것이 된다. 이러한 사물의 변화는 여러 가지 원인으로 일어나지만 그러한 변화의 원인 중 하나는, 방금 말한 것을 거꾸로 하여, 사물의 단순화이다. 이 단순화는 대개 우리의 의지 작용에 관계되어 있다. 즉 우리가 세운 일정한 목적에 의하여 모든 것을 그것에 맞는 관점으로 단순화하는 것이다. 이러한 의지 가운데 가장 큰 것은 사물에 대한 단순한 공리적인 태도이다. 오늘날의 사회는 모든 것을 상품화한다. 일체의 것이 금전과 금전이 상기시키는 어떤 인위적인 생활의 편의나 생활 양식의 표현이 되는 것이다. 그리하여 우리는 사물과 만날 때 그것대로의 신비한 힘이 아니라 금전과 금전에 기초한 사회 제도의 힘이 거기에 들어앉아 있음을 곧 알게 된다. 그 힘은 우리에게 적대적인 것으로 느껴지기도 하지만 조만간은 그것이 모든 것을 단순화하는 것인 까닭에 우리로 하여금 사물에 대하여 무관심한 태도를 가지게 한다. 물론 사물과의 향수의 관계는 우리의 기본적인 욕구의 하나이므로 물건과의 관계가 영 끊어져 버리는 것은 아니다. 우리는 한없이 물건을 갈구하지만, 우리가 얻는 것은 상품화의 힘에 의하여 단순화된 물건의 껍데기 또는 그 껍데기가 싸고 있는 금전을 향한 사람의 의지일 뿐이다. 오늘날 우리의 물건에 대한 관계는 그림자만을 먹게 되어 있는 「아라비안 나이트」의 어떤 잔치와 비슷하다.

우리의 사람에 대한 관계도 물건에 대한 관계에 유사하다. 사람과 사람의 관계는 오늘날에 있어서의 물건에 대한 우리의 관계와 똑같다고 우리는 간단히 말할 수 있을 것이다. 사람은 한편으로 한 사람 한 사람이 독특한 존재이기를 그친다. 사람은 제도의 압력 또는 제도를 관류하고 있는 지배적인 의지에 의하여 단순화된다. 여기에서 사람은 제도의 의지에 쓸모가 있는 만큼만 값이 있는 것으로 인정된다. 그런가 하면 다른 한편으로 참으로 능동적인 사귐 속에서의 사람과 사람의 유대는 사라진다. 이것은 사람의 인격의 다양한 독자성과 그 신비에 기초하여서만 이루어질 수 있는 관계이기 때문이다. 여기에 대하여 사람과 사람의 관계는 제도와 명령과 강압의 관계 또는 기껏해야 이익과 이익의 관계로만 성립한다. 이러한 소외된 상태의 사회에서의 유일한 질서는 일사불란의 경직된 질서이다. 그러면서 역설적으로 그것은 늘 혼란의 그림자로서 존재한다. 왜냐하면 경직된 질서에 있어서의 획일적 의지는 늘 다른 의지들의 똑같은 폭력성을 제압함으로써만 성립하기 때문이다.

소외된 사회에 있어서의 마지막 소외는 물론 사람의 사람 자신으로부터의 소외이다. 그는 그의 육체를 빼앗긴다. 그리고 사람은 정신적으로도 향수의 공간을 잃는다. 사물은 적의나 무관심의 대상이 되고 사람은 적대적 억압의 근원이 되고 제도는 사람의 편의를 위한 것이 아니라 커다란 금지의 기구가 될 때, 사람이 어디에 몸을 붙일 것인가? 물론 지금 이야기한 것은 하나의 이론적 모형에 불과하다. 어떤 곳에서도 사람은 완전히 소외된 존재가 될 수는 없다. 그는 그의 환경을 인간화하면서 살게 마련이다. 그리고 이 인간화의 힘에 의해서 다시 세상을 향수의 고장으로 바꾸려는 시도를 계속한다. 때로는 이것이 단순히 폭발적인 감각의 탐닉과 혼란, 난폭한 폭력의 분출로 표현되기도 하지만, 궁극적으로 사람은 그의 삶의 전체적인 가능성과의 관계에서 그의 삶을 살려는 몸부림을 버리지 않는다.

3

제목에 나와 있듯이 우리가 문제 삼고자 하는 것은 삶 그 자체라기보다는 시이다. 그러나 시의 문제의 이해에는 위에서 소묘해 본 바와 같은 삶의 심리적 계기에 대한 전제가 필요하다. 시는 삶의 향수적 접근의 언어적 보완이라고 볼 수 있는 면이 있기 때문이다. 또는 더 나아가 시의 본질은 바로 세계를 즐김과 기쁨의 관점에서 파악하려는 데 있다고 할 수도 있다. 시인은 세계의 전체와 그 뉘앙스에 귀기울인다. 그러면서 끊임없이 자기 자신의 목소리에 귀기울인다. 자기 자신의 목소리에 귀기울이는 것은 자신의 기쁨의 능력이 시인에게는 세계를 알고 세계와 교섭하는 가장 주요한 수단이기 때문이다.

시인은 이런 이유로 하여 다른 사람들에 비하여 주관적이고 자기도취적인 사람들로 보인다. 그의 전형적 이미지의 하나는 나르시스이다. 그 단초로부터 말하면 시의 체험은 내면의 체험이다. 대부분의 시인의 시인으로서의 첫 시작은 사춘기의 각성과 일치한다. 사춘기의 각성은 자신의 육체에 대하여 깨어나는 것이라고 할 수 있지만, 그 깨어남은 또 내면의 깊이에서 움직이는 어떤 크고 작은 물결처럼 경험된다. 이것은 많은 시작(詩作)에서 처음에 느끼는 시적 충동과 비슷하다. 시가 어떤 불확정한 내적인 움직임의 체험으로 시작된다는 것은 여러 사람의 시인들에 의하여 보고된 바 있다.(시의 리듬은 관습적인 형식 속에 고정되지만, 내적으로 한 편의 시의 리듬을 규정하고 선택하고 있는 것은 이처럼 마음의 깊은 곳에 처음에 일었던 막연한 움직임의 맥동이라고 할 수 있을는지도 모른다.) 이러한 분명치 않은 리듬은, 언어의 움직임으로 조금씩 바뀌어 간다. 또는 어떤 언어가 이러한 리듬을 불러일으키고 그것이 또 새로운 언어를 낳는 원동력이 되기도 한다. 사춘기에 있어서 성적 충동이 마음에 일으키는 물결과 시적 충동의 움직임은 쉽게 일치하는 것으로 보인다. 그리하여 대체로 이때에 우리는 그리움, 사랑, 고독 등에 관한 시가 시작되는 것을 보고 또 이러한 내면적 주제는 시인의 일생에 있어서 흔히 시작(詩作)의 기조를 이루게 된다.

물론 젊은 시인의 각성은 자신의 내면의 움직임에 한정되지 아니한다. 누구나 알다시피 젊은 시절은 세상 만물이 어느 때보다도 신선하고 강하게 느껴지는 때이기도 하다. 베데킨트(Wedekind)의 「봄의 깨어남」에서 잠재적인 시인 모리츠는 깨어나는 젊은 감각을 표현하여 말한다.

······나는 떨고 있다. 모든 것이 신기해 뵌다. 내 온 감각도 그것에 화합하는 듯하고······ 나를 잠깐 만져 봐······. 응?······ 나는 공기가 내 피부를 누르고 있는 것을 느낄 수 있어······. 나는 물건들의 다른 쪽을 넘겨볼 수 있어······. 잎 하나하나가 움직이는 것이 들린다······. 정원이 달빛 속에 펼쳐지는 모습을 안다 ── 그렇게 고요히, 멀리멀리 펼치며, 영원 속으로 사라지는······ 저 아래 움직이고 있는 사람들이 있어 숲에서 나왔다가 다시 되돌아

가고 있어. 바쁘게. 밤나무 아래 모임이 있는 것 같애…….

젊은이의 깨어남은 스스로의 성적인 힘, 쾌락의 가능성에의 깨어남이지만 동시에 세상의 뉘앙스에 눈뜨는 것이기도 한 것이다. 세상의 사물들은 그의 즐김과 기쁨의 능력을 통해서 비로소 그 모습들을 드러내 보여 주게 되는 것이다. 물론 기쁨에 깨어남은 젊은 날에 있어서 소박한 낭만주의의 어리석은 환상에 불과한 것인지도 모른다. 그러나 세계 또 세계 안의 사물에 대한 우리의 관계가 젊은 날의 기쁨에의 깨어남, 사랑의 자각에 의하여 근본적으로 규정된다고 말하는 것은 옳은 이야기일 것이다. 적어도 시는 우리로 하여금 이러한 관점에서 세계에 맺어지는 것이 귀한 일이라는 것을 잊지 않게 하려 한다. 다만 우리의 사랑, 우리의 기쁨의 느낌은 보다 순수해지고 객관적이 되어 보다 사물에 즉하게 될 수는 있다. 그리하여 그것은 공기나 햇빛처럼 투명한 존재의 공간으로 바뀔 수는 있을 것이다. 르네상스의 플라토니즘이 그 사랑의 철학에서 이야기한 사랑의 단계는 이러한 사랑의 객관화를 말한 것으로 생각될 수 있다.

그러나 다시 한 번 어떻게 하여 모든 것이 사랑의 관계 속에서 또 기쁨의 주제로서 있을 수 있겠는가? 그가 현실의 세계에서 사는 한, 시인은 소외의 세계로 하강할 수밖에 없다. 소외의 세계에서 그에게 사랑으로 소유될 수 있는 것은 극히 한정된다. 그의 표현은 기쁨보다 아픔으로 찬다. 또는 그의 금욕적 참음 속에서 세상은 그 소외의 어두운 모습을 드러낸다. 또는 한 걸음 더 나아가 그는 소외된 세계의 근거를 객관적으로 검토할 수도 있다. 이때 그는 그의 내면의 세계로부터 밖으로 나와야 한다. 그는 그것을 규정하는 소외의 현실에 부딪치고 소외의 범주들을 습득하여야 한다. 그의 현실과의 대결은 단순한 이론적 이해를 넘어가기 쉽다. 그가 사실상의 실천가든 아니든 그는 실천적인 관점에 선다. 왜냐하면 시인의 당초의 세계와의 관계도 실천적인 것이기 때문이다. 즉 기쁨의 관계는 능동적인 에너지의 주고받음에 기초한 향수의 관계이다. 실천이나 행동은 세계의 과정 속에 능동적으로 참여하는 것을 지칭한다.

그러나 소외 세계와의 연루는 그것대로의 난점과 위험을 갖는다. 소외의 세계로의 하강은 소외를 받아들이고 또는 소외된 상태로 소외에 맞선다는 것을 뜻한다. 이것은 그대로 헤어날 수 없는 함정이 되기도 한다. 시의 관점으로만 보아도 여러 가지 문제가 일어난다. 추상적 개념으로 표현되는 소외의 범주들을 어떻게 시적 과정의 열도 속에 용해할 것인가? 사회 통계적 일반론으로 요약된 넓은 규모의 현상들을 어떻게 시적 대상으로 수용할 것인가?

위에서 우리는 우리의 기쁨의 능력 또는 시적 능력이 움직이게 되는 것은, 개체화된 사물과 사건 또는 사람을 중심으로서라고 하였다. 전통적으로 시가 자연과 시인의 외로움과 기쁨과 슬픔을 노래하고 사랑을 이야기했다는 것 자체가 이것을 말하여 준다. 이러한 것들은 모두 우리가 개체 대 개체로서 정서적 관계를 가질 수 있는 주제들이다. 옛날에도 서사시나 영웅시는 개인적 정서의 테두리를 넘어가는 정치나 사회의 주제를 다루었다. 그러나 우리가 기억해야 할 것은 이러한 주제들도 분명하게 개체화된 인물, 감정, 행동을 통하여 다루어졌다는 점이다. 전통적 서사시나 영웅시는 정치적 소재를 일반화된 다수 또는 추상적으로 정립된 사회 문제의 관점에서 다루지 아니하였다. 이러한 시에 사회가 등장한다고 하여도, 그것은 다수의 익명 인간으로 이루어져 있는 사회가 아니라 하나하나 개체로서 알아볼 수 있는 사람들의 공동체였다. 그러나 오늘날 시인을 기다리고 있는 것은 이러한 익명의 사람들의 문제다. 이들이 익명이란 것은 단순히 사회가 그들을 그렇게 만들었다는 뜻만은 아니다. 그렇다면 우리가 그들을 알게 된다면 이것은 곧 극복될 것이다. 시인이 이들의 소외와 비인간화를 이야기하고자 한다면, 그는 필연적으로 소외의 범주, 사회적으로 규정된 집단의 범주 속에서 그럴 수밖에 없고 그렇게 하는 것은 사람을 개체적으로 독자적인 존재가 되게 하는 원리인 자유의 원리 —— 운명의 결단에 참여하는 힘으로서의 자유를 박탈하는 것이 된다. 그러면 어떻게 할 것인가? 여기에서 이 문제를 자세히 캐어 나갈 여유가 우리에게는 없다. 다만 시인은 언제나 본래의 기쁨의 능력으로부터 이야기한다는 것을 잊지 말아야 한다고 말하는 것으로 우리는 만족할 수밖에 없다.(그러나 이것은 인위적인 사랑의 감정의 확대나 희석화와 같은 것을 뜻하는 것은 아니다. 사랑의 조건은 단순한 고백 이상으로 복잡하다.)

4

기쁨은 우리의 기쁨의 능력과 향수의 대상으로서의 세계가 맞아떨어지는 상태이다. 이 맞아떨어짐은 단순한 대응이나 조응의 상태가 아니라 능동적인 에너지의 교환이 이루어지는 과정이다. 그러나 향수라는 말에는 아직도 그것이 수동적인 상태, 밖으로부터 안으로 수용하는 일이라는 뜻이 강한 것으로 보인다. 그런데 우리가 기쁨의 능력으로부터 세계에 새로운 것을 만들어 낸다면, 그러한 창조의 과정과 소산에서 보다 더 뚜렷하게 우리의 능력과 그 능력에 화답하는 세계의 조응이 드러날 수가 있겠는가? 역사의 유적들이 그것이 지나간 삶의 삶다움을 보여 줄 수 있는 한, 우리에게 갖는 의의의 문화적인 의미는 바로 이 조응에 있다. 그것들은 우리에게 사람이 세계 속에 스스로를 창조하고 사는 존재란 것을 증명해 준다. 또 그것은 세계가 그러한 창조를 허용하였음을 증명해 준다. 그리하여 세계가 우리 자신의 일부라는 것을, 우리가 친근할 수 있는 곳이라는 것을 알게 하여 준다.

위에서 말한 바와 같이 우리가 세계를 기쁨의 능력으로 파악하고자 할 때 가장 근본이 되는 것은 사람과 사람의 관계이다. 그것은 우리의 사물에 대한 느낌의 모태이며 종착점이다. 이것은 우리의 심리에 기초해 있는 것이지만, 그렇다고 이것으로 하여 우리가 세계의 다른 것으로부터 유리, 단절되는 것은 아니다. 우리가 다른 사람과의 관계에서 가장 큰 행복을 얻는다면, 그것은 어느 정도로는 그 다른 사람이 우리가 생각할 수 있는 가장 능동적이고 창조적인 존재이기 때문이다. 마음의 주고받음이 가능한 것은 바로 사람이 이러한 능동적, 창조적 존재로서, 서로 능동적으로 대응할 수 있기 때문이다. 그런데 이러한 능동적, 창조적 과정은 정도를 달리하여 세계의 어디에서나 있는 것이다. 단지 사람에서 우리는 이것을 유독 용이하게 발견할 뿐이다. 그리고 우리는 사람의 관계를 통하여 세계의 능동적 과정을 더욱 쉽게 이해하게 될 뿐이다. 인간의 문화적 업적은 사람이 자연과 교섭하고 그 바탕 위에서 새로운 것을 만들어 낸 흔적이다. 우리는 이 흔적을 통해서 인간과 세계를 이해하고 이것을 내 것으로, 나의 기쁨, 나의 내연 속에 포용될 수 있는 것으로 만들게 된다. 이러한 문화적 업적을 통한 세계의 내면화는 시의 작업 중의 하나이다. 그러면서 시는 또 세계와 과거의 문화적 업적에 기초하여 새로운 세계와 문화의 가능성을 빚어 낸다. 시의 언어는 기록하면서 형성된다.

사람은 그의 편의를 위해서 말을 쓰지만, 말에 의해서 형성된다. 그리고 이 형성의 모체가 되는 것은 살아 움직이는 삶에서 우러나온 말이다. 이것은 삶의 현실에 직면해 있는 민중의 말이다. 또 다른 한편으로 살아 있는 말은 그들의 넘치는 삶의 느낌으로부터 빚어 낸 시인들의 말이다.(굳어 버린 추상어와 거짓 구호가 교육에 크게 동원이 되지만, 그것은 옹졸하고 답답하고 죽어 있는 문화와 삶을 만들 뿐이다.) 시인의 언어가 인간을 형성하는 것은 단순히 그의 주제와 내용을 통하여서만이 아니다. 그는 무엇보다도 스타일을 만들어 낸다. 주제와 내용은 하나의 고착된 느낌과 생각과 사물을 보여 준다. 그런 데 비하여 스타일은 느끼고 생각하고 사물화하는 법을 훈련시킨다. 서사시들은 인간의 영웅적 이상을 표출하고자 하면서 또 동시에 높은 스타일을 만들어 내고자 했다. 높은 언어는 높은 생각과 행동을 형성하기 때문이다. 르네상스의 많은 사랑의 소네트는 그 부드럽고 절제된 음악으로 하여 벌써 유럽인의 사랑을 순화시키는 작용을 했다. 단테의 언어의 이상은 문명된 삶의 매체, 이성과 도덕의 가르침에 따라 공동체에 봉사하는 데 필요한 말, '드높고, 중심 있고, 점잖고, 지체 있는' 말의 창조였다. 실제 『신곡(神曲)』의 언어는 이것보다 훨씬 폭넓은 것이었지만, 그의 시가 이탈리아의 공적 생활을 내내 보다 더 높은 차원으로 올리는 데 중요한 역할을 한 것임에는 틀림이 없다.

물론 시인이 만들어 내는 언어는 이런 공적인 차원에서의 느끼고 생각하고, 행동하는 것을 미묘하게 생성하는 매체만을 창조하는 것이 아니다. 특히 우리 시대에 있어서의 새 시어는 영원한 것과 아울러 가장 인상적이고, 덧없는 것들, 가장 섬세하고 거친 것들의 생명에 높은 통일을 부여할 수 있는 것이라야 한다. 릴케는 「두이노 비가」에서 말한 바 있다.

> 우리는 말하기 위하여 여기에 있는 것인가,
> 집이라고 다리라고, 그리고 샘, 물동이, 과일나무, 유리창이라고.
> 또는 가장 높게는 기둥이며 탑이라고 말하기 위하여⋯⋯

또 그는 말한다.

> ⋯⋯그에게[천사에게] 보이라.

한 세대에서 다른 세대로 이어지며 만들어진

단순한 것은 우리의 손에 눈길에

우리 것으로 있는 것. 그에게 말하라, 사물들을.

그는 더욱 놀라 서리라. 그대가

로마의 새끼꼬기 또는 나일의 도공 옆에 그렇게 섰듯이.

그에게 보여주라. 하나의 물건이 얼마나 행복할 수 있는가.

아무 잘못도 없이 우리 것으로서

어떻게 비탄의 괴로움도 형상이 되며

사물이 되고 또는 사물 속에 죽고 피안에서

행복하게 바이올린은 벗어져 가는가.

이 사라지면서 사는 물건들을 이해하라, 그들을 찬양할 수 있도록.

덧없이 있으며 그들은 우리를, 우리 또한 덧없는 존재로서,

우리를 구원자로 믿거니, 그들은

우리의 보이지 않는 가슴속에서

그들을 변용해 줄 것을 ─ 끊임없이

우리 자신으로 변용해 줄 것을 바란다.

결국 우리가 무엇이든지 간에

대지여, 이것이 그대가 원하는 것이 아닌가.

보이지 않게 우리 속에 살아 일어설 것을,

언젠가 보이지 않게 되는 것

이것이 그대의 꿈이 아닌가. 대지여! 보이지 않는 것이여!

릴케는 세계는 시인의 내면에서만 그 의미를 얻는다고 생각하였다. 「제
7의 비가」에서 말하듯이, "세계는 어느 곳에서도 내면으로밖에 존재하지

않는다." 그러나 이 뜻은 세계는 우리의 사랑 속에, 기쁨 속에 또는 내적인 소유 속에서만 살 만한 곳일 수 있다는 것일 것이다. 시인은 그의 커다란 사랑 또는 커다란 슬픔을 통하여 모든 것을 내면 속에 살릴 수 있다. 아름 다움과 함께 덧없음도 고통도 금융 시장도 또는 죽음까지도. 그러나 그가 사는 터전이 이 세계인 한, 그는 이 세계가 사람의 친밀한 집이 되게 하는 실천적 작업을 위하여 내면에서 외면으로 걸어 나올 수밖에 없다. 이 작업 은 오늘의 문제와 내일의 언어 속에 있다.

(1982년)

시인의 보석

예로부터 시인의 말은, 사랑이라든가, 봄이라든가, 꽃이라든가, 또는 맑은 물, 바람, 산, 하늘과 같은 것을 환기하는 것들이었다. 이러한 것은 말할 것도 없이 아름다움과 행복을 암시해 주는 심상들이다. 시인은 그가 갖고 있는 아름다움과 행복에 대한 소망을 이런 말로 표현하였던 것이다. 그리하여 그는 으레껏 그리움의 인간으로 생각되었다. 그러나 시인을 이렇게 말하는 것은 그가 비현실적인 인간이라고 말하는 것이다. 그는 그가 그리는 아름답고 행복한 것들에 대한 환영으로 인하여, 추하고 불행한 현실에 대결할 수 없는 사람이 된다고 생각하는 것이다. 시인의 아름답고 행복한 것들은 현실을 피하고 호도하려는 충동만을 만족시켜 주는 것일까? 어쩌면, 이러한 것들은 ─ 물론 중요한 것은 정황의 문제라고 하겠는데, 정황에 따라서는 추하고 불행한 현실을 직시하고 그 앞에서 흔들리지 않게 살아가는 한 힘의 원천이 되었던 것이 아닌가 하고 생각해 볼 수도 있는 일이다.

사람들은 추하고 불행해 뵈는 세계에서 버티어 갈 힘을 어디에서 얻는가? 전통적으로 서양의 경우를 생각해 보면, 그것은 궁극적으로 어떤 초월적인 도덕적 질서에 대한 신념 ─ 또는 더욱 간단히 말하여, 신에 대한 믿음에서 얻어질 수 있었다. 세상이 아무리 험해도 그것을 부정하는 정의와 평화의 질서가 있다면…… 이러한 믿음은 기독교가 사람에게 줄 수 있는 힘의 원천이 된다. 또는 사람들은 역사에 대한 믿음을 가질 수도 있다. 오늘날의 시련은 역사의 궁극적 구원을 위한 예비 단계이다. 결국 정의는 이 시련을 견디고 이겨 나가는 쪽에 있는 것이다. 이렇게 생각할 수도 있다. 다른 정치적인 소신이나 도덕적 확신도 현실을 이겨 나가는 힘을 줄 수 있다. 대개 그렇다면 시인의 아름다움과 행복을 향한 그리움도 이러한 역할을 할 수 있지 않을까? 사실 동양 전통에 있어서, 시인의 음풍영월은 단지 즐거움의 환영에 대한 추구가 아니라 어려운 세상을 살아 나가고 버티어 가는 데 필요한 현실에 맞서는 심상에 대한 추구라는 면을 가지고 있던 것이 아닌가 한다. 말할 것도 없이, 중국이나 한국의 시 전통에 있어서, 자연의 아름다움과 그곳에 안주하는 데서 얻어지는 행복에 대한 이미지는 지배적인 것인데, 이것은 특히 비초월적인 세계관 ─ 모든 것을 이 세상 속에 정립하고자 했던 동양적 세계관 속에서 필요한 것이 아니었는지 모른다. 이 세상의 혼탁에 맞서는 심상을 찾는 데 있어서 ─ 말하자면, 신 중심의 세계에 있어서의 초월적인 것, 신적인 것에 대응하는 어떤 것을 찾는 데, 시는 중심적인 역할을 했고, 이 초월의 심상들을 시는 아름답고, 온화하고 맑고 단단한 자연의 이미지들에서 찾은 것이었다. 유교의 세계에서, 세상의 혼란에 맞서는 데 필요한 윤리적, 도덕적 규범은 어디에서 오는가? "천지(天地)가 합하고, 해와 달이 빛나고, 네 계절이 순서를 따라 바뀌고, 별들이 행로를 따라 운행하며, 강물이 아래로 흐르고, 만물이 번창하며, 사랑과 미움이 순치되고, 기쁨과 미움이 제자리를 지키는 것 ─ 이 모든 것이 예(禮)에 의한 것이다."고 순자는 말했다. 이것은 자연이 인간적 윤리 규범을 따른다는 것이지만, 거꾸로 인간이 윤리 규범의 예감을 갖는 것은 여러 자연 현상의 암시로부터라고 말할 수도 있다. 그리고 이 암시는 위의 예에서도 보듯이 대체로 맑고 밝고 온화하고 정연한 것, 도도한 것에 대한 것이었다. 이것은 시인들이 어느 시대에 있어서나 관심을 가져 온 것들과 일치하는 것이다. 다만 시인들은 아마 윤리가들이 관심을 가져 온 것보다는 더 무상하고 미시적인 것에 주목한다고 할 수 있다. 가령 시인은, 계절의 정연한 운행보다는 그 테두리 안에서 벌어지는 꽃 피고 잎 지는 일 또는 거기에 따르는 정서적 파문에 관심을 가져 온 것이다. 물론 이것도 시대에 따라서는 정형화되어 정서적 감흥보다는 윤리적, 도덕적 규범을 직접적으로 의미하게 되는 수도 있었다. 동양 문학의 주요한 모티프로 등장해 왔던 사군자와 같은 것이 그 한 예이다. 그러나 대체로 시인들은 어떤 도덕적 교훈을 위해서라기보다는 그들의 뜻이 움직이는 대로 마음과 사물의 어울림을 기록하여 왔다. 그러면서도, 의도적이든 아니든, 그러한 어울림의 기록에 어떤 정신적 자세가 드러나게 되는 것도 자연스러운 일이다.

20세기의 한국 시의 하나의 큰 특정은 조선조 교훈주의 ── 인간과 자연 모든 것을 도덕화하고 윤리화하는 교훈주의로부터 벗어나고자 했다는 것이다. 그러나, 되풀이하여 말하건대, 사물과 심성의 자연 발생적 교감에 대한 강조에도 불구하고 그러한 교감의 추구와 기록은 도덕적 또는 윤리적이라고까지는 할 수 없을지라도 적어도 정신적 의미를 암시적으로 가지고 있다. 대체로 사랑, 봄, 꽃, 가을, 맑은 물, 소나무에 이는 바람, 산, 하늘 등의 이미지들을 통하여 시인들은 부드럽고, 아늑하고 따스한 것, 또는 고요하고 맑은 것, 맑고 단단한 것을 향한 의지를 투영해 보여 주었다. 이러한 부드러움과 맑은 것에 관한 그리움에 대하여, 도취와 열광과 행동을 추구

1　Donald J. Munro, *The Concept of Man in Early China*(Standford, 1969), p. 33에서 재인용.

하는 시적 충동은 또 다른 하나의 흐름을 이루었다. 거칠고 차가운 것 가운데 격렬한 의지를 확인하고자 하는 것이었다. 그러나 대체적으로 말하여, 시적인 추구는 부드럽고 맑은 것을 향하는 것이었다.(이것은 전통적인 시적 관심을 계승하는 것인데, 어쩌면, 갈등과 복합성에 의하여 특징지어지는 현대 사회에서 사라져 가는 또 사라질 수밖에 없는 시의 원천인지도 모를 일이다. 동양에 있어서나 서양에 있어서나, 현대 시의 역사는 정적인 안주의 충동으로부터 동적인 투쟁의 충동으로 옮아 가는 과정으로 쓸 수 있을지도 모른다. 그러니까 여기서 '대체적'이라고 말한 것은 시대적 제약과의 관계 속에서 이해되어야 할 말이라고 할 수 있을 것이다.)

우리 현대 시에서 아름다움과 행복의 충동에 의하여 동기 지어지는 시는 청록파로 대표될 수 있다. 물론 청록파 시인들의 이것에 대한 그리움은 단순히 그러한 그리움으로, 즉 내면적인 갈구로만 표현되지 아니하였다. 그것은 자연의 여러 암시를 통하여 포착되었다. 이것은 그들로 하여금 우리 시에서 대표적인 이미지스트들이 되게 하였다.

　　머언 산 청운사(靑雲寺)
　　낡은 기와집

　　산(山)은 자하산(紫霞山) 봄 눈 녹으면
　　느릅나무
　　속ㅅ잎 피어가는 열두 구비를

　　청(靑)노루 맑은 눈에
　　도는 구름

박목월(朴木月)의 「청(靑)노루」의 자연 풍경 주조는 고요함이다. 이 고요함은 말할 것도 없이 단순히 소리가 없음을 이야기하는 것이 아니다. 그것은 여러 가지 요소가 합쳐서 이루는 하나의 내적 외적 상태를 가리킨다. 이 시의 고요의 느낌은 묘사의 객관성에서부터 우선 생긴다고 하겠지만, 이 객관성은 서술자의 심리적 태도에 밀접하게 관계되어 있다. 달리 말하여 「청노루」의 고요는 관조의 기율을 그 모태로 한다. 이 기율은 사물을 정확히 보며, 또 통일된 인상에 관계없는 것을 보지 않는 기술이다. 그러나 이러한 기율과 절제가 서술의 포괄성을 해치는 것은 아니다. 시적인 전달은, 그것이 고요에 관한 것이든 소란에 관한 것이든, 또는 그것이 고요에 관한 것이면 고요에 관한 것일수록, 집중된 에너지로서 전달되는 것이기 때문에, 사실 절제와 포괄성의 긴장은 이 시에서 매우 중요한 것이다.

> 머언 산 청운사(靑雲寺)
> 낡은 기와집

이러한 구절은 풍경을 하나의 포괄적인 파노라마 속에 간결하게 제시한다. 그런 다음, 이 시는 자하산(紫霞山)의 봄 눈, 그리고 느릅나무로 그 시각을 근접시키고 드디어는 속잎이라는 미시적인 것으로 옮아 간다. 이러한 큰 것과 작은 것의 대조는 마지막 연,

> 청(靑)노루 맑은 눈에
> 도는 구름

에서 반대 방향으로 되풀이된다.

그런데 사실 여기에서 내가 지적하려고 하는 것은 단지 이러한 고요함의 암시만이 아니다. 위에서 말한 바와 같이 이것은 자연의 고요함이면서

시인이 투영하고자 하는 어떤 상태 ─ 심리 상태 또는 삶의 상황이다. 이 것은 정신적인 경지이면서도, 그것보다는 조금 더 세속적으로 행복에 대한 소망으로 이야기될 수도 있다. 「청노루」의 풍경은 고요하고 맑은 것이면서 부드러운 것이다. 녹아내리는 봄 눈, 피어나는 느릅나무의 속잎, 청노루의 눈, 구름 ─ 이것들은 모두 연하고 부드러운 것이다. 이러한 것들의 배경이 되어 있는 자하산은 물론, 멀리 있음으로 하여 희미하여지는 청운사, 새것의 예각성이 무디어진 낡은 기와집 등도 부드러운 조화의 느낌을 북돋워 주는 것들이다. 박목월의 시는 전체적으로 이러한 부드러움에 대한 그리움으로 차 있다. 이것이 그의 고요하고 맑은 것에의 이미지와 섞이는 것이다. 같은 고요에 대한 지향은 조지훈에서도 볼 수 있다.

목련(木蓮)꽃 향기로운 그늘 아래
물로 씻은 듯이 조약돌 빛나고

흰 옷깃 매무새의 구층탑 위로
파르라니 돌아가는 신라천년(新羅千年)의 꽃구름이여

한나절 조찰이 구르던
여흘물소리 그치고
비인 골에 은은히 울려오는 낮종소리.

바람도 잠자는 언덕에서 복사꽃잎은
종소리에 새삼 놀라 떨어지노니

무지개빛 해ㅅ살 속에

의희한 단청(丹靑)은 말이 없다.

—「고사(古寺) 2」

　　그러나 우리는 조지훈의 시적 경력의 전개를 통해서 그의 고요에 대한 관심이 박목월의 그것과는 상당히 다른 것임을 알고 있다. 박목월의 고요가 양식화되어 있는 것이기는 하면서도, 직접적으로 느껴지고 경험된 것인 데 대하여, 조지훈의 고요는 다분히 전통적으로 양식화된 관습으로부터 출발하고 거기에 환원되는 것으로 보인다. 그리하여 조지훈이 아쉬워하는 것은 그러한 고요를 가능케 했던 전통적 생활 양식이다.

　　파르롭은 구름 무늬 고이 받들어
　　네 벽에 소리 없이 고요가 숨쉰다.

　　밖에는 푸른 하늘 용(龍)트림 우에 이슬이 나리고
　　둥글다 기울어진 반야월(半夜月) 아래 설음은 꽃이어라

　　당홍 소복(素服)에 검은 사모(紗帽) 옷깃 바로잡아
　　소리 이루기 전 눈 먼저 스르르 내려감느니

　　바람 잠간 뒤 바닷속 같이 조촐한 마음
　　아으 흘러간 태평성세(太平盛世)!

　　위의 「고조(古調)」의 구절에서 우리는 고요한 것에 대한 관심과 "흘러간 태평성세"의 풍물에 대한 관심이 합치는 것을 보거니와, 사실 이러한 일치의 흔적은 조지훈의 시의 도처에서 볼 수 있을 것이다. 앞에서 인용한 「고

사(古寺) 2」는 거의 박목월의 시와 구별할 수 없는 것이지만, 여기에서도 우리는 고풍한 것에 대한 인유(引喩)를 볼 수 있다. "파르라니 돌아가는 신라천년(新羅千年)의 꽃구름이여"라든가 "의희한 단청(丹靑)"과 같은 언급에서 현재적 지각은 양식화된 유형과 중첩이 되는 것이다. 이것은 박목월의 언어에 대하여 조지훈의 보다 장중한 언어, 가령, "종소리에 새삼 놀라 떨어지노니"의 '……노니' 하는 어미, 또는 박목월에 비하여 더 길고 율동적인 시행 등에도 나타난다.

물론 옛 풍습에 대한 인유가 박목월에 없는 것은 아니다. 그러므로 두 시인의 차이는 미묘한 것에 불과하다. 말하자면 박목월의 중심은 현재적 지각에 있고 조지훈의 중심은 전통적으로 양식화된 정서에 있다. 전자에 있어서 전통적인 것은 현재의 체험을 보강하는 역할을 함에 비해 후자에 있어서 현재는 전통적 정서의 환기를 위한 수단이 된다. 이러한 차이는 미소한 것에 불과하지만, 어쩌면 그것은, 두 시인의 시적 경력의 전개와 그들이 오늘날의 독자에 대하여 갖는 의의의 차이에 은근히 연결되어 있는 것인지 모른다. 한편으로 조지훈의 시적 편향은 그로 하여금 도덕적인 관점에서도 전통적인 정신 자세를 보다 쉽게 가질 수 있게 하여 그의 생애 전체에 지사적 품격을 부여하였다. 그러나 다른 한편으로 그 결과 그의 시는 다분히 상투적인 것이 되고 또 경험적 깊이의 복합성이 부족한 것이 되었다.

박목월의 경험적 태도는 그로 하여금 세속의 부침과 영욕에 더 가까이 하게 하였으나, 다른 한편으로 경험 세계의 불확실과 뉘앙스를 포용할 수 있는 것이 되게 하였다. 고요하고 부드러운 것의 심상은 세상을 살아가는 데 있어서 위안의 원천이 되고 또 은밀한 힘의 근원이 되지만, 이것만으로 험난한 세상을 헤쳐 가기는 어려운 일이다. 세상의 험난함 속에서의 단련에는 좀 더 단단한 심상의 도움이 필요하다. 그리하여 고요하고 부드러운 것보다는 맑은 것, 어둠 가운데 빛나는 밝은 것, 차가운 것 가운데 굳어

지는 맑음, 이러한 것들이 중요한 심상이 된다. 굳고 차가우면서 맑은 것이
우리 의지의 지주가 되는 것이다.

　　위에서 말한 바와 같이, 조지훈은 전통적 정신 자세의 보호 속에서 그의
삶을 지탱하였지만, 이러한 필요를 차고 맑은 것의 이미지로 표현하기도
하였다.

> 눈물은 속으로 숨고
> 웃음 겉으로 피라
>
> 우거진 꽃송이 아래
> 조촐히 굴르는 산골 물소리……
>
> 　　　　　　　　　　　　　　　　　　　　　　　—「꽃 그늘에서」

　　이런 구절에서 꽃송이보다는 산골 물소리가 시인의 상징이 된다.

　　박목월의 경우, 그의 시가 현실적이 되는 「난(蘭)·기타(其他)」에서, 그의
심상은 밤, 밤비, 찬 하늘, 안개, 싸락눈 등 흩어짐의 심상들이지만, 이러한
것들은 동시에 "잔잔히 내 안에 고인 것의/ 그 측은하게도 보배로움"(「생일
음(生日吟)」)으로, "골짜기에 만년설(萬年雪) 눈부신 영하(永河)"(「서가(書架)」)
로, 또는 하나만이 높이 떠 있는 "초밤별", "내가 잠드는 지붕 위에" 있는
"성좌(星座)"(「정원(庭園)」)로 결정화하기도 한다. 그러나 박목월의 후기 시
에서 중요한 심상은 돌이나 자갈과 같은 것이다.

> 춥고 어두운 강 건너
> 황량한 들판에 내팽겨쳐진
> 한덩이 돌……
> 　　　　　　　　　　　　　　　　　　　　　　　—「강(江) 건너 돌」

은 근대화의 과정 속에 있는 인간에 대한 박목월의 이미지이다. 이것은
말할 것도 없이 팍팍한 인생 조건, 값싸진 삶, 우발적인 존재로서의 인
간 ("불모지(不毛地)의/ 이편 땅끝까지/ 그 중심에서/ 나의 발길에 채이는/ 한덩이의
돌"—「중심(中心)에서」)과 같이 천하여진 인간을 말하지만, 박목월에게 돌
의 의미는 여기에 한정되지 아니한다. 돌은 끈질기고 근원적인 평범한 인
간의 삶을 나타낸다.「자갈돌」,「자갈빛」과 같은 시에서 이것은 조금 더 적
극적으로 투박하게 지속하는 범상한 인간의 근원적 정직성, 소박한 인간
성을 나타낸다. 또 하나의「자갈돌」이라는 시에서 돌은 조금 더, 효과적으
로, 즉 교훈적 우화의 상징이 됨이 없이 어려운 시대의 삶을 나타내 준다.

> 눈으로 덮힌 돌개울에
> 가지가 물에 잠긴 채
> 얼어붙은 갯버들의
> 그 인고(忍苦)는 우리의 것이다.

이러한 풍경의 일부로서 자갈은 찬 얼음물 속에 잠겨 있다.

> 막사에서 칫솔을 물고
> 세수하러 내려오는 병사들
> 그들조차 잊어버린 것이
> 차고 맑은 물에 잠겨 있는
> 그것은 자갈돌만이 아니다.

여기에서 자갈 이외의 것이 물속에 잠겨 있다면 그것은 우리의 삶이겠
는데, 이 삶은 단지 견디는 것이 아니라, 차고 맑은 물에 의하여, 그것의 전

파력에 의하여, 그것 자체가 맑은 어떤 것으로 변화된 것이라는 느낌을 준다. 이러한 역설은 박목월의 경험주의가 즉물적 이미지와 화합하여 제시하는 놀라운 지혜 중의 하나이다. 돌은 경험의 수련을 통하여 불투명을 버리고 단단하고 맑은 것으로 바뀔 수 있다. ── 박목월의 도덕적 교훈의 하나는 이러한 것이다. 그는 사람은 돌을 갈아 이를 맑은 거울이 되게 하여야 한다고 한다.(「돌」, 「평단시초(平旦時抄)」) "자갈돌이나 닦으며/ 한 생애를 보내"는 것이야말로 가장 평범하면서도 모범적인 삶의 모습이 된다. 이렇게 하여 돌은 단단한 것에서 다시 맑은 것으로 바뀐다.

김현승에 있어서 차고 맑고 단단한 것은 가장 뚜렷하게 고난 속에 버티는 정신의 상징이 되어 있다.

이 겨울은
저 별의 보석(寶石) 하나로 산다.

끝까지 팔지 않고
멀리 차겁게 떤다.

—「겨울 보석(寶石)」

가장 대표적인 맑음의 상징으로서의 별 또는 보석의 의미는 이러한 선언에서 단적으로 주어져 있다. 그러나 그 의미가 늘 여기에서와 같이 직접적인 것은 아니다. 사실 보석과 그에 유사한 맑고 단단한 것의 이미지는 김현승의 시에서 가장 빈번히 등장하는 이미지이지만, 그것은 동시에 여러 가지 변용을 보여 준다. 그리고 이 변용은 단순히 장식적인 의미에서의 다양성을 위한 것이라기보다는 맑음의 자세가 존재하는 방식을 복합적으로 드러내 주는 일을 한다.

위의 「겨울 보석」에서 별은 겨울이라는 어둡고 차가운 계절에 대조되는 어떤 것이지만, 더 흔히 그것은 바로 어둡고 차가움으로 하여 존재하게 되는 어떤 것이다. 다시 말하여 그것은 어둠에도 불구하고가 아니라 어둠으로 하여 존재하는 것이다. 김현승에 있어서, 맑고 단단한 것, 보석이나 별, 또는 빛은 어둠과 부재로부터 나오는 것으로 이해되는 것이다. 이것은 「이별(離別)에게」에서 가장 단적으로 표현되어 있다.

지우심으로
지우심으로
그 얼굴 아로새겨 놓으실 줄이야……

흩으심으로
꽃잎처럼 우릴 흩으심으로
열매 맺게 하실 줄이야……

비우심으로
비우심으로
비인 도가니 나의 마음을 울리실 줄이야……

사라져
오오,
영원(永遠)을 세우실 줄이야……

어둠 속에
어둠 속에

보석(寶石)들의 광채(光彩)를 길이 담아 두시는
밤과 같은 당신은, 오오, 누구시오니까!

어둠과 빛, 부재와 충만의 역설은 「이별에게」에서 보듯이, 처음부터 김
현승의 시적 사고의 핵심을 이루지만, 이것은 그의 시적 경력의 진전, 또
경험과 지혜의 진전과 더불어 더 철학적이고 치열한 깨우침으로 변모한
다. 「이별에게」에서의 서정적 긍정을 '보석'의 이미지와 대조해 보자. 여기
에서 '보석'은 이별의 슬픔보다는 더 격렬한 과정에서 태어나는 것으로 이
야기된다.

그것은 탄소(炭素)빛 탄식들이 쌓이고 또 쌓이어
오랜 기억의 바닥에 단단한 무늬를 짓고.

그것은 그 차거운 결정(結晶) 속에
변함없이 빛나는 애련한 이마쥬.

그리하여 탄환보다도 맹렬한 사모침으로
그것은 원만한 가슴 한복판에서 터진다.

「이 어둠이 내게 와서는」은 "애련한 이마쥬"를 더 직접적이고 격렬한
종교적 체험으로 옮겨 놓는다.

이 어둠이 내게 와서
요나의 고기 속에
나를 가둔다.

새 아침 낯선 눈부신 땅에
나를 배앝으려고,

이 어둠이 내게 와서
나의 눈을 가리운다.
지금껏 보이지 않던 곳을
더 멀리 보게 하려고,
들리지 않던 소리를
더 멀리 듣게 하려고.

그리고 만년의 시들, 특히 「견고(堅固)한 고독」, 「절대(絶對) 고독」의 시들에서는, 김현승은 완전한 부재와 어둠과 고독의 세계에 이르려고 하지만, 이러한 부정의 상태에서 그가 이르는 절대적 객관성, 절대적 명징성은 또한 그대로 맑고 단단한 것을 향한 강인한 지향의 다른 표현임을 우리는 느낄 수 있다. 가령,

낡은 의자(椅子)에 등을 대는
아늑함
문틈으로 새어 드는 치운 바람,
질긴 근육(筋肉)의 창호지,
책을 덮고 문지르는 마른 손등

이러한 낡고 줍고 질기고 마른 것들의 이미지는, 그가 말하듯이, "남을 것이 남아 있는" 상태이고, 이 상태는 맑음의 상태는 아닐망정 적어도 단단함의 상태이고 또 그러니만큼 서정적인 맑음보다도 더 가열한 맑음 아

니면 적어도 명징성의 상태이다. 이것은 「연(鉛)」과 같은, 김현승으로는 실로 드물게, 어둠과 부재로부터 거의 아무런 위안도 끌어내지 않고 있는 시에 있어서도 마찬가지이다.

나는 내가 항상 무겁다.
나같이 무거운 무게도 내게는 없을 것이다.

나는 내가 무거워
나를 등에 지고 다닌다,
나는 나의 짐이다.

맑고 고요한 내 눈물은
밤이슬처럼 맺혀보아도,
눈물은 나를 떼어낸 조그만 납덩이가 되고 만다.

가장 맑고 아름다운
나의 시(詩)를 써보지만,
울리지 않는다 ─ 금(金)과 은(銀)과 같이는

나를 만지는 네 손도 무거울 것이다.
나를 때리는 네 주먹도
시원치는 않을 것이다.
나의 음성
나의 눈빛
내 기침소리마저도

나를 무겁게 한다.

내 속에는 아마도
납덩이가 들어 있나부다,
나는 납을 삼켰나부다,
나는 내 영혼인 줄 알고 그만 납을
삼켜 버렸나부다.

김현승의 부재에 대한 탐구는 서정성의 면에서는 초기 시로부터의 후퇴를 나타낸다고 할 수 있지만, 그 철학적 정열과 의지에 있어서는 우리 시에 드물게 보는 깊이를 더해 주는 것이다. 이 부재에의 투시에서, 모든 것은 어둠 속으로 사라진다. 그것은 "모든 빛깔에 지친 / 너의 검은 빛 ─ 통일의 빛"(「재」) 속으로 잠겨 버린다. 여기에 단단하고 맑은 것, 빛나는 것이 있다면, 그것은 이 어둠을 정시하는 눈의 명징성으로나 암시될 수 있을 뿐이다. 또는 그것은 신비스러운 음영으로,

……붉음보다도 더 붉고
아픔보다도 더 아픈,
빛을 넘어
빛에 닿은
단 하나의 빛

―「검은 빛」

으로 존재할 뿐이다. 그러나 일반적으로 말하여, 이러한 드러남과 없음의 형이상학적 탐색보다는 김현승에 있어서 맑고 밝은 것의 이미지는 좀 더

인간적으로 근접할 수 있는 것으로 나타나는 것이 보통이다.

> 내가 가난할 때……
> 저 별들의 더욱 맑음을 볼 때.
>
> ─「내가 가난할 때」

여기에서 별의 맑음을 돋보이게 하는 것, 달리 말하여, 어둠은 나의 가난이다. 가난은 우리의 상황과 마음에 명징성을 부여한다. 이 명징성이 말하자면, 별처럼, 어둠 속에서의 정신적 지주가 되는 것이다.

> 모든 것은 나의 안에서
> 물과 피로 육체를 이루어 가도,
>
> 너의 밝은 은빛은 모나고 분쇄되지 않아,
>
> 드디어는 무형(無形)하리만큼 부드러운
> 나의 꿈과 사랑과 나의 비밀을,
> 살에 박힌 파편처럼 쉬지 않고 찌른다.
>
> ─「양심(良心)의 금속성(金屬性)」

김현승은 양심을 이와 같이 금속성의 빛나는 이미지로 나타낸다. 또는 이러한 쉬우면서도 건조한 비유보다도 더 따스한 느낌을 주는 비유도 있다. 세상의 모든 것들은 시인의 추억 속에서 빛나는 보석이 된다.

> 내 마음은 사라진 것들의

푸리즘을 버리지 아니하는

보석상자 ─

사는 날, 사는 동안 길이 매만져질,

그것은 변함없는 시간들의 결정체!

─「고전주의자(古典主義者)」

「겨울 실내악(室內樂)」에서도 시인의 경험들은 추억 속의 보석이 되어 위안의 근원이 된다. 그것들은 외로운 겨울에 되새길 "마음에 깊이 간직한/ 아름다운 보석(寶石)들"이 되는 것이다.

김현승은 우리의 현대 시인 가운데에서 가장 집요하게 맑고 밝은 것의 심상을 모색한 시인이라 할 수 있다. 그는 이것을 녹음에 내리는 햇빛이나 눈물이나 별과 같은 데서 발견하고 이를 마음가짐의 지표로 변모시킨다. 이것들은 사람이 양심적으로 살거나, 아름다운 추억을 간직하는 일에 있어서의 암시가 된다. 그리고 이것들은 더 나아가 가난 속에 마음과 몸을 가지며, 세상을 있는 그대로 보며, 그 어둠을 받아들이는 결의에 있어서도 시인의 마음을 다지는 지표가 된다.

우리의 시인들은 이와 같이 부드럽고 따스한 것 또는 차갑고 단단한 것 그리고 맑고 밝은 것들의 심상을 탐구해 왔다. 그중에서도 보석의 심상과 같은 것은 시인의 탐구에서 늘 중심적인 것이었다. 그것은 한편으로 화사한 것을 나타내면서 다른 한편으로는 세상의 혼탁 속에 빛날 수 있는 의지와 정신의 지표가 되었다. 이러한 심상은 우리 시인들의 중심적 심상일 뿐만 아니라 실로 오랫동안 인간의 삶의 좌표에서 중요한 것이었다. 서양 중세 전통에서 학문적 탐구의 한 중심은 연금술에 있었고, 연금술의 중심은 소위 '철학자의 돌'이라는 투명한 보석을 찾거나 만들어 내려는 노력에 있었다. 연금술자(鍊金術者)가 찾고자 했던 것은 세속적인 의미의 보석이기도 했지만 동시에 세상에 있으면서도 세상에 오염되지 않는 정신의 실체였다. 한 해설자가 설명하듯이, 이 빛나고 단단한 돌은 "완성된 인격으로서의 인간의, 가장 범상하고 가장 불유쾌한 일 가운데에서도 의미와 가치를 지각할 수 있는 능력"[2]을 나타냈었다. 동양 전통에서도, 오물 가운데에도 오염되지 않고 있는 지혜의 상징으로서 금강석(金剛石)이 등장하는 것을 본다.(가령『선가구감(禪家龜鑑)』53장)

그런데 박목월이나 특히 김현승에서 보듯이 이 정신의 보석이 존재하는 방식은 여러 가지이다. 바깥 세상에서 볼 수 있는 모든 맑은 것이 우리의 삶에 대한 교사가 된다. 그러나 동시에 바깥의 맑은 것은 정신의 기율에 대응하여서만 지각된다. 어떤 경우에, 실제 바깥 세상의 변모로 하여, 또는 정신 상황의 여건의 변화로 하여 맑고 빛나는 것은 전혀 인지되지 못하는 수도 있다. 그러나 김현승의 시가 보여 주듯이 그러한 상황에서도 정신은 어둠을 있는 그대로 인지하려는 결의와 명징성 속에서 새로운 보석을 발견할 수 있다. 그라고 기실 어둠과 부재야말로, 사람이 자기를 죽이고 참다운 밝음에 이르는 길이라는 계시도 여기에서 얻어질 수 있다.

김현승의 시적 경력에서, 서정적 보석에서 부재의 역설적 보석에로의 이행은 인간의 자기 인식과 완성의 역정을 보여 주는 것이지만, 동시에 우리 시대의 변화를 나타내 주는 것이기도 하다. 김현승의 만년에 있어서, 우리 사회는 어둠과 부재를 통하여서만, 맑음과 밝음을 시사할 수 있었다. 어느 경우에나 그것은 어떤 정신적 응축과 기율로써 찾아질 수 있는 것이었다. 그러나 1970년대와 1980년대를 거치면서, 우리 사회는 또 하나의 내

---

2   Edward F. Edirger, *Ego and Archetype*(Penguin Books, 1973), p. 267.

적인 변화를 겪은 것으로 보인다. 김현승에 있어서, 시인의 보석은 밖에서, 안에서 또는 단순히 시인의 결의에서 찾아질 수 있는 것이었다. 그러나 이 것은 개인적인 것이 아니다. 지금에 와서 정신의 응축과 기율은 확대와 분 방으로 바뀌었다. 새로운 시인들은 그것이 빛의 확대이든 어둠의 확대이 든, 이 확대되는 에너지 속에서 그들의 탐구를 계속해야 할 것으로 보인다.

(1984년)

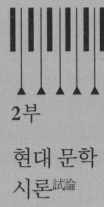

2부

현대 문학

시론試論

한국 현대 소설의 이론을 위한 서설
사회와 문화의 관계에 대한 한 고찰

사회와 문학이 밀접한 관계를 가지고 있으며, 특히 변화의 시기에 이 관계의 양상이 현저하게 드러나는 것임은 새삼스럽게 이야기할 필요도 없다. 그렇기는 하나 이 관계의 여러 구체적인 양상은 더 연구되어야 할 과제에 속한다. 이것은 한국 문학의 경우에 특히 그렇다.

문학과 사회의 대응 관계는 여러 면에서 성립할 수 있다. 주제, 인물, 장면 묘사, 장면의 소도구 이러한 것들이 사회의 변화와 더불어 변하는 것임은 말할 것도 없고, 이러한 것이 시대와 더불어 어떻게 바뀌었는가를 조사하는 것은 매우 흥미로운 일일 것이다. 그러나 더러는 관심의 대상이 되면서도 연구하기 까다로운 문제 중의 하나는, 문학의 내용만이 아니라 어떤 문학 장르의 형식적 특성마저도 어떻게 시대의 사회적 상황 속에서 형성되는가 하는 문제이다. 이하에서 우리가 생각해 보고자 하는 것은 한국의 현대 소설이 어떻게 사회적 상황에 의하여 규정되었는가 하는 문제이다. 어떠한 입장에서는 이러한 문제 자체가 옳지 않은 것으로 여겨질지 모른다. 왜냐하면 소설은 하나의 항구적 표현 양식으로 생각되기도 하고, 또 그것은 우리나라의 경우에는 서구에서 그대로 수입되어 와서 곧 쓰이기 시작한, 안정된 표현 양식으로 생각되기도 하기 때문이다. 이미 서구라파에 있어서, 소설이 역사적으로 형성된 것이라는 것은 자주 이야기되어 온 것이다. 그렇다면 우리나라에서도 이것은 역사와 사회의 환경 속에서 형성되어 온 것으로 생각하는 것이 마땅한 일이다. 물론 소설이 수입되어 온 것이라는 사실도 부정할 수 없는 것이기 때문에 문제가 간단한 것은 아니다. 적어도 우리가 할 수 있는 것은 어떻게 소설이 수입되어 한국의 소설로 정립되어 가는가를 따져 보는 일이다. 그러나 본고에서 하고자 하는 일은 이 경로를 경험적으로 일일이 추적하는 것이 아니고, 한국 소설의 한두 가지 특징을 가설적으로 추출해 보려는 데 불과하다.

한국 소설의 특징을 따져 보기 전에, 우리의 논의를 위하여 필요한 것은 서양 소설과 또 소설의 일반적 미학적 조건에 대하여 잠깐 살펴보는 일이다. 이것은 우리의 사고에 하나의 편리한 대비점을 제공해 줄 것으로 생각된다. 대체로 어떤 문학적 표현 양식이 어떤 사회적 조건하에서 발생, 발전, 쇠퇴, 소멸하느냐 하는 것은 그렇게 많이 연구된 논제는 아니다. 다만 소설의 경우는 조금 예외적이다. 소설은 비교적 일천한 장르이기 때문에 그 발생의 조건들을 살피기가 쉬운 것이어서, 서양에 있어서, 많은 연구의 대상이 되었다. 그리하여 하나의 문학 장르로서의 소설의 성립 경위와 그 전개는 사회와 문학의 관계를 거시적 유형 속에 드러내 보여 줄 수 있는 전범이 되었다.

여기에서 소설이라 함은, 약간 순환 논법의 혐의가 있는 대로, 일상적 삶의 사실적 묘사를 바탕으로 하는 이야기를 말한다. 이야기는 어느 시대 어느 곳에나 존재하는 것으로서, 이 사실만으로도 이미 그것이 인간 실존의 근저에 깊은 관계를 가지고 있는 현상에 속한다는 것을 말해 주고 있다고 할 수 있는 것인데, 이것이 하필 18세기 영국에 있어서 일상적 사실주의의 성격을 가진 소설로 발달한 것은 영국에 있어서의 중산 계급의 경제적, 사회적, 정치적 진출에 힘입은 것이다. 이간의 사정은 이제 고전적인 연구서가 된 이언 와트(Ian Watt)의 『소설의 대두(*The Rise of the Novel*)』(1957) 등을 비롯한 여러 연구를 통하여 널리 확인된 바 있다.

중산 계급의 사회적 진출이 가져온 것은 특정한 종류의 문학에 대한 시장의 창조였다. 그러나 문학의 내용의 관점에서 볼 때 중요한 것은 이 시장이 요구한 읽을거리의 성격이다. 이 성격은 대체로 일상적 사실주의라는 말로 특징지을 수 있는 것이다. 물론 이것은 중산 계급 생활의 전체적 방향에 맞아 들어가는 것이었다. 어떤 시대의 어떤 사람들에게 있어서나 사람의 삶의 밑바닥을 이루는 것은 일상생활이라고 말할 수 있다. 말할 것도 없이 먹고 자고 성적 욕구를 만족시키고 사회적 관계를 맺는 일들은 삶의 기본적인 요구이다. 이러한 요구는 대체로 삶의 일정한 조직화를 통하여 만족되게 마련이다. 이것이 우리의 일상생활이다. 그러나 이러한 삶의 근본적 필요가 반드시 일상생활의 구조 속에서 충족되어야 하는 것은 아니다. 더구나 이러한 일상생활이 적극적인 의미에서 주제화되고 추구의 대상이 된 것은 중산 계급의 사회 진출과 때를 같이한다. 이런 중산 계급의 관심이 그들이 요구하는 문학에 반영된 것은 자연스러운 일이다.

그러나 또 하나 우리가 주목할 것은 어떤 경우에 있어서나 일상생활의 사실적 묘사가 그대로 문학이 되기는 어렵다는 사실이다. 사람이 이야기에서 기대하는 것은 새로운 모험이다. 이것은 중산 계급 독자의 경우에도 마찬가지이다. 일상적 사실주의는 이러한 요구를 만족시키기 어려운 것으로 보인다. 일상성의 의미는 바로 비정상적인 것의 구조적 통제에 있다. 그렇다고 일상생활에 새로운 모험이 전혀 없는 것은 아니다. 어느 때에 있어서나 사람의 삶에 일정한 기복이 없을 수는 없지만, 어떻게 보면 중산 계급이 이룩한 사회는 봉건 사회에 비하여 이러한 기복이 더 많은 사회라고 할 수도 있다. 그것은 고정된 신분의 사회가 아니라 개인주의적 경쟁과 비교적 자유로워진 계층 이동에 의하여 특징지어지는 사회였다. 중산 계급의 소설은 돈과 지위를 위한 중산 계급의 로맨스를 그릴 수 있었다. 이러한 것은 중산 계급이 창조한 일상생활의 구조가 그렇게 안정된 것도 아니고 또 사회 일반에 공통된 것도 아니라는 것을 말하여 준다.

그러나 여기에서 중산 계급의 생산물로서의 소설의 이러한 두 가지 특징을 하필 골라서 새삼스럽게 거론하는 것은 보다 항구적인 이야기의 요소들과 그것들이 어떻게 맞아 들어가는가를 주목하고자 하는 뜻에서이다. 말할 것도 없이 모든 이야기의 밑바닥에는 새로운 모험에 대한 요구가 들어 있다. 이것은 원시적 설화로부터 가장 현대적인 소설에까지 공통된 것이다. 또 한 가지 이 모험의 이야기는 구체적인 인물에 의하여 행하여지는 것이다. 시대의 변화에 따라서 이야기의 주인공들의 인격적 특징은 달라진다고 하여야 하겠지만, 적어도 그들이 구체적 실감을 줄 수 있는 인물이어야 한다는 점에 있어서 그들은 인간의 일상적 특징을 그 인물 됨의 최소한의 근거로서 가지고 있게 마련이다. 결국 충분한 것은 아니면서 필요한 조건으로서 우리의 실존적 현실감은 생물학적 특징과 욕구와 감각적 현재에서 오는 것이기 때문이다.

소설은 이야기의 가장 원초적인 이러한 특성을 시대적 요청에 맞게 변형시키면서 그대로 물려받고 있다. 다시 말하여 모든 이야기의 근본적 특징은 그것이 누군가 구체적인 인간의 모험에 관한 것이란 것이다. 이것은 아마 한편으로는 인간 실존의 특성에서 저절로 나오는 것일 것이다. 사람은 행동하는 존재이다. 그의 삶은 행동을 통하여 여러 외적인 조건과 부딪치는 일로 이루어져 있다. 그리고 이 행동의 주체는 불가피하게 구체적인 인간이다. 이 구체적인 인간은 집단적 운명의 담당자일 수 있고 또 집단 속에서 움직일 수 있지만 근본적으로는 개체적 존재이다.

그러나 이러한 인간 실존의 특징 그것만으로 이야기가 성립하지 않는다. 이야기는 결국 허구이거나 적어도 행동이 끝난 다음의 언어를 통한 회상 또는 재구성이다. 그것은 극히 원초적인 의미에서 일방적 지적 작업 또는 의식의 작업이다. 이야기를 만들고 듣고 하는 작업의 기본적인 요소는 이미 있었거나 또는 있을 수 있는 일들을 그대로 묘사하는 것일는지 모른다. 그러나 묘사라는 작업은 이미 현실 그것을 넘어가는 일이고 현실을 단순화한 것이라고 할 수 있다. 그리고 무엇보다도 중요한 것은 그것이 하나의 통일성을 지향하는 행위라는 점이다. 이때의 통일성은, 그것이 허구적 구성이니만큼 꿈의 작업(Traumarbeit)의 통일성에 비슷한 것일 수도 있고 또는, 의식적 작업으로서, 좀더 분명한 유형과 의미에 접근하는 것일 수 있다.

이러한 의미에의 접근은 이야기의 모험적 요소에 의하여 이미 부여되게끔 되어 있는 것이다. 왜냐하면 이야기에 있어서의 모험의 충동은 묘사되는 현실에 일정한 방향을 주고 또 묘사될 현실 속에 선택의 원리로 작용하기 때문이다. 이 모험은 당초부터 단순한 구체적 목표의 추구로부터 보다 정신적인 추구 또는 적어도 삶과 세계에 대한 탐색과 의문으로 넘어설 가능성을 가지고 있었던 것이다. 노스럽 프라이(Northrop Frye)는 모든 이야기는 궁극적으로 '탐색(Quest)'의 이야기라고 하였지만, 이 탐색은 물질적 모험이면서 동시에 정신적 모험의 과정이 된다.

지금까지의 이야기는, 시대적 변화에 관계없이 모든 이야기에 내재하는 요소와 구조에 관한 것이었다. 이야기는 다시 요약건대, 한편으로 개체적 인간의 현실을 재현하면서 이것을 어떤 전체적인 목표나 의미 속으로 초월하려는 움직임을 가지고 있다. 이것이 이야기의 지속적인 미적 구조를 이루는 것이다. 중산 계급의 문학적 표현으로서의 소설은 이러한 구조를 시대적으로 변조시킨 것이다. 소설에 있어서, 이야기의 개체의 '극(極)'

은 감각적인 관찰과 현실적 이해관계에 의하여 더욱 강조된다. 또 의미의 '극'을 두고 볼 때, 그것은 어떤 고정된 의미로서 생각되기보다는 경험적이고 문제적인 전체성, 전체의 맥락으로 생각된다. 다시 말하면, 소설은 전통적 이야기에 비하여 세속주의적이고 경험주의적인 것이다.

그러나 여기에서 덧붙일 것은 그것의 경험주의는 완전한 것이 되지 못한다는 것이다. 소설에 있어서 인간은 완전히 물리적 법칙이나 그에 비슷한 본능과 충동에 의하여 움직이는 것으로 파악되지 아니한다. 그것이 경험주의적 세계에서 정당화되든 안 되든, 가치에 대한 물음은 소설에 빼어 놓을 수 없는 것으로 보이는 것이다. 의미의 차원이 소설에 있는 한 그것은 결국 인간 행동의 윤리적 의미에 관한 물음을 포함하는 것으로 생각된다. 다만 이 윤리는 연역적인 것이 아니며 또, 가령 서사시의 덕성과는 다른 성질의 것일 수밖에 없다. 서사시에 윤리 규범은 용기라든지 명예라든지 공동체적 의무를 규정하는 것이다. 이에 대하여 소설의 윤리적 물음은 부정형적이고 막연하면서 포괄적인, 삶의 전체적 의미에 대한 것이다. 이것은 주어진 처방으로보다 소설 탐구의 대상으로 존재한다. 그렇기는 하나 소설적 구조에 있어서의 이러한 물음의 내재는 소설로 하여금 단순히 주어진 중산 계급적 현실의 재현이 아니라 그것에 대한 윤리적 평가와 비판의 수단이 되게 한다. 이러한 맥락에서, 더러 불리듯이 유럽에 있어서 18세기 소설의 주류는 '비판적 리얼리즘'이 된다.

위에서 이야기한 것은 매우 도식적으로 몇 개의 특징만을 들어 서구에 있어서의 소설과 사회 변화와의 맞부딪침에 관해 언급해 본 것이다. 이것은, 이미 말한 바와 같이, 소설과 서구 사회의 상호 작용을 본격적으로 따져 보자는 것보다도 우리의 상황에 대한 하나의 대비를 마련하고자 하는 뜻에서 시도해 본 것이었다.

말할 것도 없이 지난 백 년 동안의 우리 사회는 아마 우리 역사에 있어서 가장 극적이고 급격한 변화를 겪은 것일 것이다. 이러한 사정이 문학에 영향을 미치고 또 거꾸로 문학이 이러한 사정에 영향을 미치려고 했었을 것은 너무나 당연한 일이다. 이러한 관계는 서구 소설에서 보는 바와 같이 시대적 경험의 내용과 문학 고유의 구조와 충동 사이의 절충과 수용으로 성립하였다. 이 절충과 수용의 양상이 그 세부에 있어서 서구에서 보는 것과 다를 것은 말할 것도 없다.

우리는 위에서, 소설이 일상적 현실의 묘사와 그것을 넘어서는 전체적 의미의 탐구라는 두 극을 가진 것으로 말하였다. 그런데 서구 소설의 발달에 있어서 중요한 것은 이미 비친 바와 같이 일상적이고 경험적인 사실이다. 이것은 소설의 특성을 이루는 것이기도 하지만, 소설을 생겨나게 한 정황과도 관계 있는 것이다. 이미 말한 바와 같이 중산 계급의 삶에서 일상적 사실이야말로 가장 중요한 관심거리였던 것이다. 그런데 이 것은 어떤 의식적 선택에 의한 것이라고 할 수 없는 것이었다. 차라리 일상적 사실은 18세기 영국의 중산 계급에게 절대적인 현실로 비쳤던 것이라고 하는 것이 좋을는지 모른다. 이안 와트가 지적한 것이지만, 중세로부터 근대로 넘어오면서 180도의 의미 전환을 보여 주는 '리얼리즘'이란 말에서 이것은 가장 잘 드러난다. 중세 스콜라 철학에 있어서 '리얼리즘'은 '유명론 ─ 노미날리즘'에 대하여 보편자의 실재성을 옹호하는 말이었으나, 17세기, 18세기에 있어서 그것은 보편자가 아니라 경험적 사실의 실재성을 주장하는 말이 되었다. 이것은 17, 18세기에 있어서 보편자가 그 현실성을 상실하고, 인간에게 절대적인 현실이 경험적 사실 하나하나가 되었다는 것을 뜻한다고 할 수 있다. 소설은 이 변화된 실재를 계시하는 수단으로서의 의의를 가지고 있었다.

이러한 사정을 생각할 때, 우리나라의 사회 변화는 문학과의 관련에서 매우 흥미로운 대비를 제공해 주지 않나 한다. 즉 서구에서 소설은, 보편자 또는 전체성이 사라진 곳에서 부분적 사실의 기록으로부터 출발하여 적어도 잠재적으로는 전체성을 회복하고자 하는 움직임을 보여 주는 표현 양식으로 성립하였다. 이에 대하여 우리나라에 있어서 소설은 보편자 또는 전체성을 기록하거나 아니면 적어도 그것의 위기를 기록하는 문학 양식이 되어 온 것으로 보인다. 그 대신 부분적 사실에의 충실이라는 소설의 다른 면은 제2차적인 것이 되었다. 그것은 우리 현대의 작가들에게 절대적인 현실이 계속적으로 사회 전체의 위기였기 때문이었다. 작가는 이 위기에 관심을 기울이지 아니할 수 없었다.

여기에는 전통적인 사고방식도 작용하였다. 그렇다는 것은 우리의 전통적 사회는 그 정치 이념과 윤리관과 생활 현실에 있어서 아직도 공동체적 통일성을 두드러지게 드러내 주는 것이었기 때문이었다. 달리 말하여 대부분의 공적 언어는 정치와 윤리의 공적 명분만을 정당한 내용으로 받아들이고 있었던 것이다. 더욱 중요하게는 우리의 근대사는 너무나 분명하게 개인적인 체험보다는 집단적 경험으로서 이해될 수밖에 없는 변화의 연속이었다. 개화기의 근대화 노력은 사회 전체의 구조를 위로부터 바꾸어 놓으려는 것이었고, 일제 점령의 충격이나 좌우의 이념 투쟁이나 분단 전쟁이나 산업화 등은 전부 너무나 분명하게 사회 전체에 걸친 것이었다.

우리의 작가들은 궁극적으로 변화하는 전체를 그들의 작품 속에 표현하지 않을 수 없었다. 이것이 우리 현대 문학의 작품들을 정치적이게 하며 도덕적이게 하는 중요한 요인이다. 이것은 비단 의식적으로 그러한 것을 그들의 문학 속에 수용하려고 했던 작가에게만 해당되는 것이 아니다. 이광수, 염상섭, 김동리, 황순원, 최인훈, 비교적 비정치적인 작가들을 들어 보아도 근본적인 사실은 마찬가지이다. 이광수의 『무정(無情)』에서 벌써 우리는 개인적인 이야기가 어떻게 사회 전반의 개혁에 대한 관심과 혼효하여 존재하게 되는가를 보게 된다. 그 외에 염상섭의 『삼대(三代)』나 김동리의 『사반의 십자가(十字架)』, 황순원의 『카인의 후예』, 최인훈의 『광장(廣場)』 등은 모두 어떤 급진적인 의미에서 정치적인 것은 아니면서 사회의 전체적인 운명에 대하여 깊은 관심을 표하고 있는 작품들이다.

그런데 여기에서 우리가 흥미롭게 주목하게 되는 것은 우리의 현대 문학이 정치와 도덕적 관심을 표하는 것이 아니라도 대체로 추상적 전체성 속에서 움직인다는 점이다. 되풀이하건대, 모든 문학적 사고의 변증법의 양극을 이루는 부분과 전체, 구체와 추상, 경험과 이념 사이에서 우리 문학은 후자의 부분에 절대적으로 매달려 있다는 말이다. 방금 우리는 비교적 순수 문학을 지향한 작가들의 정치 또는 사회적 인력에의 순응을 말하였지만, 얼핏 보기에 그렇지 않은 경우에도 일반적이며 추상적 경향을 관찰할 수 있는 것이다. 가령 김동인의 심미주의적 작품은 이념적 문학에 대하여 감각적 인간을 옹호한 것이라 말하여진다. 그러나 실제 『배따라기』, 『광염(狂炎) 소나타』, 『광화사(狂畵師)』 등에서 우리가 보는 것은 감각적 인간보다는 추상적 심미주의이다. 1950년대 전쟁기의 작가들은 사회 전체보다는 인간 개개인의 체험을 중시한 실존주의적 경향을 띠었던 것으로 말하여진다.

그러나 손창섭이나 장용학의 작품들은 얼마나 추상적인가 또는, 이청준과 같은 근래의 작가를 들어 보면, 그는 이념적인 작가가 아니라고 알려져 있다. 이것도 반드시 그렇다고 말할 수는 없다. 다음과 같은 묘사를 보자.

하지만 섬 안에서 꼭 한 사람 그 분홍색을 저주 않는 사람이 있었다. 그는 분홍색을 저주하기는커녕 진짜로 무슨 꽃잎 자국이라도 되는 듯 그것을 소중하게 기리고 다녔다. 봄철이 되어 섬거리가 온통 벚꽃무리로 뒤덮이고 나면, 그는 마치 그 분홍색에 넋이 빠진 사람처럼 시를 쓴다. 그림을 그린다, 함부로 그 분홍색과 분홍의 섬을 입에 올리고 다녔다. 그는 이를테면 분홍색 미치광이였다. 무엇보다도 그는 바로 그 자신에게서 분홍색을 기다렸고, 끝내는 그 분홍색의 절망까지도 다른 사람과 똑같이 경험을 하고 난 위인이었다.[1]

위의 구절은 『당신들의 천국』에서, 문둥이의 피부 반점과 봄철의 꽃을 중복시켜 묘사한 부분인데, 이러한 부분에서 우리는 어떻게 추상적 도식이 감각적 체험의 구체성을 대체하는가를 보게 된다. 여기에서 봄에 피는 꽃은 인위적으로 문둥이의 피부의 반점에 연결되고, 이것은 다시 형이상학적 과장 속으로 통합된다. 이것은 『당신들의 천국』에 있어서의 전체적 구도에도 그대로 해당되는 것이다. 이 소설은 소록도의 생활을 취급한 것이지만, 작가가 말하고자 하는 사의(寫意)는 소록도의 생활에 있을 수 있는 구체적인 느낌 일체를 압도해 버리고 만다. 이러한 현상은 1970년대의 많은 작가들에서 흔히 볼 수 있는 일일 뿐만 아니라 시의 경우에도, 구체적 사실의 묘사보다는 작가의 추상적 의도가 앞서게 되는 것을 우리는 1970년대의 시인에서 많이 보게 된다. 우리나라에서는 누구나 죽어서 노래가 된다.

살아서
살아서
꽃이 된
남단(南端)아침바다
마라분교(馬羅分校) 마당에 오른 소식

---

1 이청준, 『당신들의 천국』(문학과 지성사, 1976), 48쪽.

꽃이 피어
북으로
북으로
오르는 꽃소식이여[2]

이러한 시구에서 꽃은 완전히 추상적 의도 속에서 파악된다. 이것은 너무나 대표적인 것으로서 새삼스럽게 언급할 필요도 없는 것이다. 이러한 사정은 비평에 있어서도 마찬가지이다. 우리의 문학에 대한 연구가 일제 이후 계속하여 일정한 주의, 낭만주의, 상징주의, 자연주의, 리얼리즘, 민족 문학, 모더니즘 등의 추상적 개념을 통하여 진행되어 온 것은 주지의 사실로서, 한편으로는 비평과 이론이 갖는 일반화의 필요라는 관점에서 불가피한 것이라고 할 수도 있으나 다른 한편으로, 이러한 경향은 우리의 필요와 특성을 독특하게 나타내 주고 있는 사실로서 지적될 수 있을 것이다.

방금 비평의 경우를 두고 말한 것은 대체로 문학 일반에 확대시켜 적용할 수 있는 일이다. 그런데 이러한 추상화, 일반화의 경향은 우리의 깊은 필요에 연결되어 있는 것이었다. 이미 비추었던 대로, 우리가 필요로 했던 것은 사물의 전체적인 양상에 대한 파악이었다. 이것은 한편으로 우리의 전통에도 관계되어 있으면서, 우리가 지난 백 년간에 겪었던 변화가 밖으로부터 부과된 것이며 또 너무나 급격했던 것에 관계되어 있다. 자연스러운 감각과 인식이 소멸할 때, 우리의 인식의 질서에 필요한 것은 이념과 도덕 또는 일반적으로 추상적 개념이기 때문이다. 전체적인 변화는 이러한 수단으로 파악될 수밖에 없다. 또 이러한 파악에 기초하여 잘못되어 가는 듯한 사회의 방향에 도덕적 반작용을 보여 주는 것이 급선무가 되는 것이다.

---

2 고은, 「화신북상(花信北上)」, 『고은시전집 2』(민음사, 1983), 558쪽.

이러한 사정이, 표면에 내거는 것이 무엇이든지 간에, 우리 현대 문학을 이념적 문학이게 한다. 이것은 앞에서 언급했던 대로 서양의 근대 문학에 근본적으로 대비되는 우리 현대 문학의 중요한 특징을 이루는 것인데, 그것은 그 나름의 문제점과 또 긍정적 가능성을 가지고 있는 것이다. 어떤 경우에 있어서나 우리 문학의 미래를 생각할 때 이러한 양면적 가능성을 일단 생각해 보는 것은 의미 있는 일이다. 결국 우리 문학이 좀 더 성숙한 단계에 이를 수 있다면, 이러한 가능성들의 지향과 발전이 이룩된 연후일 것이기 때문이다.

이미 말한 대로 우리 현대 문학이 전체성에의 지향에 의하여 특징지어진다고 한다면, 그것은 구체적 사실과 체험의 재현이라는 면에서 부족한 바가 있다는 것을 의미하는 것이다. 어떤 경우에 있어서나 구체적 사고는 이야기에 있어서 또는 시에 있어서, 대체로 문학적 사고의 특징을 이루고, 이것이 없는 데에서 심미적 효과와 작품의 현실감이 높을 수는 없는 노릇이다.

구체성이 단순히 사실적 묘사의 퇴적으로만 얻어지는 것은 아니다. 이것은 서양에 있어서의 한 문학적 발전의 결과에 불과하다. 위에서 말한 바와 같이, 서양 소설의 일상적 리얼리즘은 중산 계급의 생활 방식과 가치에 깊이 관련되어 있다. 그리고 서양의 리얼리즘에 있어서 경험적 사실이 중요시된다면, 그것은 서양의 자본주의적 발전이 점진적이며 안으로부터 성장한 것이라는 데 깊이 관련되어 있는 일이다. 또는 다른 각도에서 말하면, 사회 전체의 변화는 서양에 있어서 그 점진성과 자생성으로 하여 위기적 주제화를 요구할 만한 것이 아니었다고 말할 수도 있다. 그렇기는 하나 어떤 경우에나 미적 인식이나 사고가 반드시 서구 리얼리즘의 방식으로 그러한 것이 아니라고 하더라도 우리의 구체적 체험의 세계에 뿌리를 내리고 있는 것이라는 것은 초시대적 타당성이 있는 사실로 생각된다.

이 구체성은 우리의 오관이나 개체적 자아에 대응하여 파악하는 낱낱의 사실에 의하여 주어진다. 그러면서 또 여기에 중요하게 작용하는 것은 개체적 사실을 파악하는 주관의 작용의 예리한 힘이다. 가령 간단한 시 구절을 통하여 이 문제를 생각해 보자.

문 열자 선뜻!
먼 산이 이마에 차다.

정지용의 「춘설(春雪)」의 이런 구절은 짧은 대로 감각적 인상을 매우 신선하게 포착하고 있는 구절이라고 할 수 있을 것인데, 여기의 신선함이 사실적 묘사의 정밀성이나 정확성보다는 인상을 포착하는 힘에서 오는 것임은 분명하다. 이것은 이러한 세부에서만이 아니라 보다 큰 느낌이나 체험의 포착에 있어서도 마찬가지라 할 수 있다. 이것은 구체성이 어디에서 오는가에 대한 한 가지 암시에 불과하다. 아마 문학적 기술이 구체적 느낌을 만들어 내는 방법은 더 연구되어야 하는 사항일 것이다. 다만 되풀이하여, 그것은 사실적 자료의 퇴적만으로 얻어지는 것이 아니고, 어쩌면 여러가지 방식의 구상화가 가능한 것일 것이다.(주관의 힘은 늘 하나의 통합의 힘 또는 적어도 게슈탈트를 만들어 내는 힘으로 작용하는 것인 까닭에 세부적 실감은 궁극적으로 전체적 구조를 만들어 내는 힘으로서만 존재한다는 것이 드러날 수도 있다.)

그런데 이렇게 말하면서, 중요하게 생각되는 것은 구체적 사실을 묘사하는 힘이, 다시 한 번 주관의 힘, 지각하고 지각을 체험화하고 언어로 표현하고 하는 주관의 힘에 달려 있다는 것이다. 달리 말하면 우리 현대 문학이 구상적 힘에 있어서 부족한 바가 있었다면, 그것은 우리의 주체적 삶의 힘이 온전한 상태에 있지 않았다는 것을 의미한다. 또 문학의 작업이 인간의 자기 이해와 형성과 삶의 방식에 깊이 관계되어 있다고 할 때, 그것은 우리가 만족할 만한 삶을 영위할 수 있는 조건을 충분히 가지고 있지 않았다는 말이 되기도 한다. 말할 것도 없이, 지난 백 년 동안에 변한 것은 삶의 큰 테두리만이 아니다. 큰 테두리의 변화는 불가피하게 우리가 지각하고 느끼고 생각하는 모든 세부에 변화를 가져왔을 것으로 짐작할 수 있다. 문학이 삶의 이념적 테두리에만 주의를 기울였다는 것은 이러한 세부적 변화를 의식화하지 못했다는 것을 말한다. 우리의 삶의 가장 구체적 현장은 이러한 세부의 사실이다. 그러니만큼 우리의 삶은 세부의 사실과 이념적 테두리 사이에 분열이 있을 수밖에 없었다. 또 우리는 이러한 세부는 무시되어야 할 삶의 부분처럼 행동할 수밖에 없었다. 모든 것을 일시에 판단해 버리는 이념적 도덕적 접근을 보류하고 세부의 체험으로부터 전체성을 구축할 만한 참을성이 없는 한, 우리의 삶의 일부 또는 개체적 생존은 무시될 수밖에 없었고, 또 모든 사람이 개체적 생존의 기초 위에 있는 한 우리의 이웃의 삶에 대한 이해는 매우 거친 것일 수밖에 없었다.

그러나 다른 한편으로 그것이 어떤 형식의 것이든지, 우리 문학에 있어서 삶의 전체적인 구도에 대한 관심이 그 나름의 강점을 이루고 있는 것은 사실이다. 이것은 오늘날 서양 문학의 어려움에서 대비적으로 짐작할 수 있는 것이다. 오늘날의 서양 문학의 상당 부분은 일상적 세발사와 지엽적 기교의 실험에 깊이 빠져 있는 것으로 보인다. 이것은 오늘의 서양 사회가 작가로 하여금 그러한 것을 넘어가는 구심적이며 총체적인 의미를 제공해 주지 못하고 있다는 것에 관계되어 있다. 오늘날 우리 문학이 서구 문학의 섬세함을 가지고 있지 못하면서도 어떤 거친 활력을 가지고 있다면, 그것은 다분히 우리 문학의 집단성에 대한 집념에 힘입은 것이라고 할 수 있다.(이것은 오늘날 서구 문학에서 발견할 수 없는 활기를 보이고 있는 소위 제3세계의 문학에 일반적으로 적용할 수 있는 말이기도 하다.) 그러나 다른 한편으로 우리 문학이 보여 주는 전체성 지향은, 예외가 없지는 않은 채로, 추상적인 평면에 머물러 있다. 이에 말한 대로 이것은 심미적인 허구와 추상적 도덕, 부분적 인간 이해에 이르게 되며, 궁극적으로는 행복한 삶의 창조에 방해물을 만들어 낼 수도 있는 일이다. 진정한 전체성은 끊임없이 변하는 구체적 사실로부터 참을성 있게 구성되지 아니하면 안 된다. 이것의 구성에 가장 훌륭히 기여할 수 있는 것이 문학이다. 그러나 부분과 구체의 퇴적이 그대로 전체성을 이루는 것은 아니다. 전체성은 부분에 내재하면서 그것을 넘어간다. 부분은 처음부터 전체를 지향하고 전체 속에 포용됨으로써 개체화된 부분으로 존재한다. 그러나 이 부분과 전체의 변증법은 문학가의 머릿속에서만 이루어질 수 있는 것이 아니라는 점이다. 그것은 사회 내에 있어서의 부분과 전체의 자연스러운 교환에 대응하여서만 가능하여진다. 다시 말하여 변증법적 공동체가 부분과 전체를 조화시킨 변증법적 상상력을 가능하게 하는 것이다.

(1984년)

한국 소설의 시간

한국 현대 소설을 보면, 가령 서구 소설에 비하여, 이야기를 전개해 가는 데 있어서 현재 시제가 많이 쓰이고 있는 것이 눈에 띈다. 염상섭의 『삼대(三代)』(1932)의 서두는 다음과 같이 시작된다.

덕기는 안마루에서 내일 가지고 갈 새 금침을 아범을 시켜서 꾸리게 하고 축대 위에 서있으려니까 사랑에서 조부가 뒷짐을 지고 들어오며,

"애 누가 찾아왔나 보다. 그 누구냐? 대가리 꼴하고…… 친구를 잘 사괴야 하는 거야. 친구라고 찾아온다는 것이 왜 모두 그 따위뿐이냐?"

하고 눈쌀을 찌푸리고 못마땅하다는 잔소리를 하다가, 아범이 꾸리는 이불로 시선을 돌리며 놀란 듯이,

"얘, 얘, 그게 무어냐? 그게 무슨 이불이냐?"

하며 가서 만져보다가,

"당치 않은! 삼동주 이불이 다 무어냐? 주속이란 내 낫세나 되어야 몸에 걸치는 거야. 가외 저런 것을 공부하는 애가 외국으로 끌고 가서 더럽게 버

릴 테란 말이냐? 사람의 지각머리가……"

하며 부엌 속에 죽치고 서있는 손주며느리를 쏘아본다.[1]

묘사에 있어서나 사용된 동사의 시제에 있어서나 완전히 현재에 밀착해 있는 이런 구절에 대해, 다음과 같은 소설의 서두를 비교해 보자.

그해 여름에 우리는 강과 들을 건너 산까지 바라보이는 마을에 있는 집에서 살았다. 강가의 들녘에 널려 있는 작은 돌, 둥그런 돌은 햇볕에 바래서 새하얀 색이 되어 있었다. 물은 여러 갈래로 나뉘어 흐르고, 빠르고 푸르렀다……[2]

위에 인용해 본 두 소설의 서두의 서술 동사에 있어서 시제의 차이는 물론, 작가의 의식을 통제하고 있는 언어의 차이, 또 작가가 택하고 있는 묘사 방법 —— 위의 구절에 있어서 또는 소설 전체에 걸쳐서 그들이 택하고 있는 방법의 차이에서 온다고 말할 수 있다. 위에서 『삼대』의 경우는 사건의 복판에 들어가서 일어나는 일을 일어나는 대로 묘사하는 '현장적' 방법을 쓰고 있다. 그런데 중요한 점은 이러한 현재적 방법, 현재적 시제가 '현장적' 방법의 경우에만 사용되는 것이 아니라 『삼대』 전체에 빈번하고 또 나아가 대체로 한국의 현대 소설에 흔히 보이는 것이라는 데 있다. 그것은 한국의 이야기가 전통적 설화로부터 현대 소설로 옮겨 가게 된 사정에 관련되어 있는 것이고, 또 구극적으로는 지난 세기 말로부터 한국 사회가 겪은 엄청난 사회적 문화적 변화에 관련되어서만 이해될 수 있는 것이 아닌가 하는 것이다.

---

1   염상섭, 『삼대』, 한국문학전집 3(민중서관, 1959), 7쪽.

2   Ernest Hemingway, *A Farewell to Arms*(New York: Charles Scribner, 1929), p. 3.

1. 현재적 시제의 생성 배경

말할 것도 없이 유럽과 일본의 영향하에 소설이 도입된 것은 20세기 초두에 있어서이고 소설은 아직도 이야기의 장르로서 자리를 찾아 가고 있는 과정에 있는 중이다. 물론 우리나라에 이야기가 없었던 것은 아니나 당대적 삶을 사실적으로 기술하는 것을 목표로 하는 특수한 이야기로서의 소설 ── 고전적인 유럽 소설의 의미에서의 소설은 존재하지 않았다. 주로 로맨스, 우화 또는 신화라고 할 수 있는 신화적 환상적 이야기와 사실적 소설은 쓰는 사람의 쪽으로나 읽는 사람의 쪽으로나 각각 다른 종류의 정신 자세를 요구하고 또 그것들은 구극적으로 개체적 사회적 삶에 관한 다른 종류의 이해를 전제로 갖는다. 우리나라의 현대 소설의 역사를 보면, 우리는 소설이 18세기 서구라파의 부르주아 사회에서 발생하였다는 사실을 상기하게 된다. 빌려 오는 문학 형식으로나, 빌려 가는 사회로나 상호 적응의 기간을 거치지 않고는 하나의 문학 형식이 한 사회에서 다른 사회로 간단히 건너갈 수는 없는 일인 것이다.

소설이 어느 특정한 사회에 있어서 인간의 체험을 이해하는 적절한 형식이라는 느낌을 주기까지 되려면 선행되어야 하는 여러 가지 조건이 있어야 한다. 그중에 하나는 소설적 표현에 대응하는 시간의 느낌이다. 비평가들이 지적해 온 바 있듯이 유럽에 있어서 소설의 발생은 시간을 인간 실상의 기본적인 주축으로 보게 된 것에 관련된다. 시간을 보는 한 가지 방법은 이것을 개체에게나 사회에게나 변화를 가져오는 것으로, 또 개체나 사회에 대한 최종적인 한계적 조건으로 생각하는 것이다. 이것은 시간을 삶의 과정의 외적인 한계로 또는 그에 대한 구극적인 타자로서 보는 것이다. 여기에서 시간은 밖으로부터 개입해 오는 동인(動因), 스스로 따로 있는 사람의 존재에 제약을 가하는 운수가 된다.[3] 그러나 서양 소설에 드러나는 특

이한 시간의 느낌은 이렇게 밖으로부터 작용하는 객관적인 동인으로서의
시간을 거부한다. 거기에서 시간은 삶 자체의 내적인 원리로서 삶이 잠재
적 상태로부터 현재적 상태로, 또 구극적인 쇠퇴에로 나아가는 과정과 일
치한다. 시간은 인간 실존의 본래적인 시간화에서 나타나며 바로 실존 그
것이다.[4] 이러한 시간의 느낌이 소설의 대두와 함께 불쑥 유럽에 나타났다
고 말하는 것은 아니다. 그러나 18세기에서 조이스(Joyce) 또는 프루스트
(Proust)에 이르는 서양 소설의 경과를 살펴볼 때, 사회 세력에 맞서 싸우는
스탕달의 의지적 주인공들, 교양 소설, '의식의 흐름'의 소설, 구극적으로
프루스트에 있어서의 '삶의 시간(le temps vécu)'에 대한 강박적인 모색을
살펴볼 때, 위에서 간단한 대로 정식화해 본 내적인 시간관에의 추세는 분
명한 것이다. 서양 소설의 내재적 시간의 느낌은 인간 체험의 소설적 진실
을 현재화한 것이다. 한국에 있어서 소설의 토착화도, 삶의 내적 원리로서
내면화된 시간의 느낌의 성장을 수반할 것이라는 것이 이 글의 가설이다.
또는 거꾸로 그러한 시간관의 성숙과 더불어 서구 소설의 토착화가 이루
어질 것이라고 말할 수도 있다. 그렇다고 해서 그것이 서구 소설의 시간관
과 똑같으리란 말은 아니고 그보다도 그것은 한국의 삶과 소설에 맞는 독
특한 내재적 시간관이 될 것이다.

소설이 보여 주는 바 특이한 시간의 느낌은 —— 이것은 의식적이라기보
다는 무의식적으로 일어나는 일이라고 해야겠는데, 시간의 분절, 과거, 현
재, 미래에 주어지는 역점의 차이에 따라서 말하여질 수 있다. 하나의 규범
으로서 우리는 전통적 이야기이든 현대의 이야기이든, 이야기를 통제하

---

3   문학에 나타나는 시간 개념들의 종류에 대해서는, Georges Poulet, *Etudes sur le temps humain I*
    (Paris: Plon, 1949)의 서문을 참고할 것.

4   Ian P. Watt, *The Rise of the Novel*(London: Chatto and Windus, 1957), pp. 20~24 참조. György
    Lukács, *The Theory of the Novel*(Cambridge, Mass.: MIT Press, 1971), pp. 120~127 참조.

는 주된 시간은 과거라고 말할 수 있다. 이야기는 아무렇게나 일어나는 사건들을 마구 모아 놓은 것이 아니다. 이야기는 언제나 방향이나 윤곽을 가지고 있다. 달리 말하여, 이야기가 어떤 종류의 통일성 있는 구조적 질서로 기울게 되는 것은 불가피한 것이다. 그런데 여기서 극복할 것은 구조가 공간의 개념 또는 공간화된 시간의 개념이라는 점이다. 그것은 이야기가 끝장에 이르고, 말하자면 통시적인 조감의 대상이 될 수 있을 때 비로소 완성이 된다. 따라서 흔히 이야기와 회고, 이야기와 역사가 가지고 있는 밀접한 관계에서도 짐작되듯이 완성된 사건의 시간인 과거가 이야기의 틀을 정하는 시간의 분절이 된다.

그러나 이야기에 나타나는 과거는 질적인 차이를 가질 수 있다. 현대 소설과 전통적인 이야기를 갈라놓는 것은 이러한 질적인 차이이다. 이 차이는 과거가 다른 시간의 분절, 특히 현재와 어느 만큼의 유기적인 상호 연관 속에 있는 것으로 이해되느냐에 따라서 뚜렷해진다.[5] 현대 소설은 대체적으로 기억의 한 방식으로서의 이야기를 대표한다고 할 수 있다. 그러나 소설이 기억의 한 가지라고 할 때, 그것은 현재에 긴밀하게 연결되어 있는 기억이다. 왜냐하면 소설적 기억이란 현재의 관점에서 과거의 질서를 부여하는 방법이기 때문이다.

뿐만 아니라 그것은, 단순한 과거의 기록이 아니라 구체적인 체험이기를 원하기 때문에, 과거 그 자체도 현재화하여 파악하고자 한다. 따라서 구체적 체험의 충만감을 추구하는, 따라서 현재적 입장을 어디까지나 고수하려는 소설적 기억은 과거를 그 감각적 현재성 속에서 완전히 회복하고자 하는 — 프루스트적인 용어를 빌려 — 불수의적 기억(mémoire

---

5 인격을 이해하는 데 시간의 유기적 개념이 중요하다는 점에 대하여, 와트는 다음과 같이 말하고 있다. "스턴에서 프루스트에 이르는 많은 소설가들은 과거와 현재의 자아의식의 상호 삼투에 의하여 정의되는 인격의 탐구를 기본적인 주제로 삼았다." Ibid., p. 21.

involontaire) 또는 추억(remembrance)에서 그 본질을 가장 잘 드러낸다.[6] 다른 시간의 분절들과 내적 관계로 얼크러져 있는 과거는 완전히 지나고 사라져 버린 것이 아니라 현재 속에 원인적인 영향력으로 살아 있다. 그리고 현재는 다른 한편으로 과거에 의하여 완전히 규정되어지는 것이 아니라 과거가 그 안에서 구성되고 새로운 의미를 얻는 하나의 살아 움직이는 공간을 열어 주는 매체이다. 또 이 현재에는 끊임없이 미래의 관점이 포함되어 있다. 왜냐하면 현재가 어떤 의미 있는 윤곽을 갖는 것은 미래에의 투기(投企)가 가능케 하는 관점으로 인한 것이기 때문이다. 이 관점은 현재를 통하여 과거에까지도 새로운 의미를 부여한다. 이러한 점, 즉 과거, 현재, 미래의 상호 삼투, 이 삼투 속에서 또 끊임없이 변화하면서도 일정한 윤곽의 구현을 가능케 하는 의미 —— 이것들이 현대 소설의 시간 형성에서 갖는 역할은 빼어놓을 수 없다는 것이다. 소설에서 기억하는 행위는, 그것이 작자 자신의 기억이든 아니면 그가 상상으로 스스로를 투입하는 기억이든, 이야기의 잡다한 가닥을 모아 하나의 통일된 구조 속에 얽어 넣는 행위이다. 이야기의 시점은 현재에 있으면서 과거를 되돌아보고 또 아직 완성되지 아니한 이야기의 미래를 예견하면서 이것을 바야흐로 나타나려는 현재 속에 투입한다. 전통적인 소설 속에서 발견하기 어려운 것은 통합된 시간 과정의 일부로서 과거에 대한 느낌이다.

---

6 발터 벤야민은 그의 보들레르론에서 기억이 경험을 막는 역할을 하고 추억은 이를 보존하는 역할을 한다고 말하면서, 프루스트를 포함한 여러 논자들을 인용하고 있다. "(정서적인 불수의 기억과 다르게) 수의 기억은 지능에 봉사한다."는 것이 프루스트의 견해이고 라이크(Reik)는, "추억(Gedächtnis)의 기능은 인상들의 보존이고, 기억(Erinnerung)의 목표는 인상들의 해체이다. 추억은 근본적으로 보존적이고 기억은 파괴적이다."라고 말한다. *Illuminations*(New York: Schocken Books, 1969), pp. 155~165.

2. '사실적 과거'와 '신화적 과거'

이미 비친 바 있듯이, 전래의 환상적 소설에 있어서 이야기는 과거에 일어난다. 그러나 이 과거는 현대의 사실적 소설의 과거와는 다른 성질의 것이다. 엄밀하게 따져서, 전래의 환상적 소설에서의 과거는 신화적 과거이다. 그것은 돌이킬 도리가 없이 가 버린 시간의 한 단편이라거나 현재가 나타남에 있어서 유기적인 요인의 역할을 하는 세력이라는 느낌이 없는, 따라서 자족적인 시간으로서 성립한다. 시간은 순환적이고 과거의 시간은 다른 모든 시간에 대하여 규범적인 원형이 된다.

과거의 신화화는 여러 가지 방법으로 일어난다. 이야기의 소재 자체가 『구운몽』이나 『심청전』에서처럼 신화적이기도 하고 『춘향전』에서처럼 비역사적인 시간 속에 사는 민중적 상상력에 의하여 채색되기도 한다. 또 문체가 이야기를 신화적인 차원에 머물게 하는 데 한 역할을 맡기도 한다. 가령 '하더라'나 '라'와 같은 어미는 어떤 이야기가 소문이나 기억을 통하여서 간접적으로 전달되는 것이라는 점을 시사하여 그 사실성을 의도적으로 감소시킨다. 이러한 어미는 새삼스럽게 예시할 필요도 없는 것이지만 가령 『구운몽』에서 '라'로써 장면을 설정하고 '엿더라'로 신화적 행위를 묘사하는 예를 들어 보자.

> 텬하의일홈난뫼히다ᄉ이시니동은굴온동악태산이오셔는굴온셔악화산이오가온ᄃᆡᄂᆞᆫ굴온듕악슝산이오북은굴온북악홍산이오남은굴온남악형산이니이닐은오악이라⋯⋯.
> 당시절의셔역즁이텬축국으로부터듕국의드러와형산의ᄲᅢ혀난줄을샤랑ᄒᆞ여년화봉아리초암을짓고대승법을강논ᄒᆞ여사룸을가르치고귀신을제도ᄒᆞ니교홰크게힝ᄒᆞ여 ⋯⋯ 년화봉도량이거륵ᄒᆞ니남븍의읏듬이되엿더라.[7]

'라'나 '엿더라'라는 어미는 기술되는 장면이나 행동을 소문의 과거 속에 두어 그것에 거리를 부여하고 또 이를 신화화한다. 이외에도 다른 문체적인 특징들도 같은 역할을 하는 것을 볼 수 있는데, 작은 문체적 특징들은 이야기의 진행에 이음새 없는 일관성을 부여한다. 이야기에서 중요한 것은 내용에 못지않게 방법이다. 이 방법이 하나의 이야기를 이야기로 통합하는 일을 하는 것이다. 문체상의 작은 특징들은 이야기를 하나로서 통합하는 상상력의 일체성 속으로부터 나온다. 어미보다 더 중요한 문체상의 특징으로 전통적인 이야기의 사건을 신화적 과거의 규범적 차원으로 옮겨 가게 하는 것은 복문과 종속문의 빈번한 사용이다. 이것은 시간 표시를 마지막 동사가 나올 때까지 연기할 수 있게 하여(때로는 이 마지막 동사의 시제도 불분명하다.), 나열되는 사건들을 무시간의 공간 속에 떠 있게 하는 효과를 낳는다. 가령 『춘향전』의 다음 구절을 보라.

악양누고소딕와오초동남슈는동정호로흘너지고연자서북의펑튁이완연한되쏘한곳ㅂ릭보니빅빅홍홍난만즁의잉무공작나라들고산쳔경지둘너보니예구반송솔쎡갈입은아쥬춘풍못이기어흔늘흔늘폭포유슈셔늭가의계변화는굿쌩굿낙낙장송울울ㅎ고녹음방초승화시라.[8]

이와 같은 구절에서 시간과 장소를 분명히 밝힌다는 것은 전혀 문제가 될 수 없다. 이것은 남원이라는 현실의 땅을 묘사하는 것으로 되어 있지만 실제에 있어서는 완전히 전설과 신화에서 나오는 인유만으로 이루어져 있다. 따라서 시제를 밝히지 않은 것은 오히려 당연한 일이다.

---

7   김만중(金萬重), 정병욱(鄭炳昱), 이승욱(李承旭) 교주, 『구운몽』(보성문화사, 1978), 4쪽.
8   구자균(具滋均) 교주, 『춘향전』(보성문화사, 1978), 14쪽.

말할 것도 없이 전통적인 이야기에서도 모든 것이 과거의 시간 속에 집어넣어질 수는 없다. 때로는 이야기를 극적으로 실감 나게 풀어 갈 필요가 있을 때가 있고 그것은 현재 속에 진행되는 사건으로서 형상화되어야 한다. 이야기는 어떤 경우에 있어서나 개략적으로 요약하여 큰 전망이나 개관으로 펼쳐 보이는 부분이 있고 또 사건의 빠른 전개를 늦추어 특별히 선택된 장면을 극적으로 형상화해야 하는 부분이 있다. 퍼시 라보크(Percy Lubbock)는 그의 『소설의 기술(*The Craft of Fiction*)』에서 이야기의 기술의 어려운 점의 하나는 어떻게 개략적인 '개관'과 현재적 형상화의 '현장'을 조화시켜 나가느냐에 있다고 말한 바 있다.[9] 이 '개관'과 '현장'의 양립하기 어려운 요구는, 이야기의 시간이라는 점에서 볼 때는, 시간의 두 분절, 과거와 현재의 상반되는 요구로 나타난다. 개관은 과거 지향적이고 현장은 현재 지향적이다. 전망은 이미 일어난 일을 되돌아 요약하는 태도에 관련되어 있고 현장적 형상화는 벌어지는 일을 일의 추이와 더불어 추적하는 태도에 이어져 있다. 그렇다고 두 요소 사이의 긴장은 될 수 있으면 쉽게 처리해 버리는 것이 최선의 전략이 되는 것은 아니다. 이러한 긴장은, 뛰어난 소설가가 다룰 때에, 시간의 벡타를 느끼게 해 주는 기교적 계기가 되는 것이다. 서양 소설에 있어서 이 긴장은, 위에서 시사했듯이 '추억'의 수법으로 해소된다. 이것은 한국의 전통적 이야기에서 어떻게 다루어지는가?

---

9 라보크는 다음과 같이 말한다. "장면적인(scenic) 수법과 개관적인(panoramic) 수법이 어떻게 교차되며, 어떻게 이야기가 어떤 때는 고지에서 내려다보아지며, 또 다른 때는 독자의 수준에 까지 내려와지는가를 관찰해 볼 수 있다. 여기에서도 이야기가 일정한 방향으로 분명하게 이끌어질 필요가 보이는 것이다. 그리하여 우리는 넓고 일반적인 개관으로 된 책과 특정한 장면의 연쇄로써 이루어지는 책을 보게 된다. 그러나 대체로 우리는 장면이 어떤 연대적 기록이나 요약으로 바뀌고, 또 이것은 장면을 완성하는 계기로 나아가고 할 것을 기대한다." *The Craft of Fiction*(New York: Viking Compass Books, 1975), p. 72.

3. 전통적 방법과 사실적 묘사

극적인 묘사에 대한 요구는, 전통적인 장르 가운데에서도 판소리와 같은 구술 문학에서 강하게 나타난다. 입으로 말하여지는 이야기는 저절로 어떤 사건이나 광경이 눈앞에 벌어지고 있는 듯한 극적인 또는 회화적인 서술 방식을 요구하기가 쉬운 것이다. 현장적 묘사의 기교의 하나는 구체적인 사실들의 면밀한 묘사를 퇴적시키는 방법이다. 이러한 사실 묘사는 독자의 주목을 끌기 위하여서라도 적지 않은 독창성을 가져야 한다. 이 독창성이 말하자면, 독자 또는 듣는 사람의 마음을 집중시켜 이야기되는 사실의 체험적 실체 속으로 이를 끌어들이는 것이다. 그런데 말하여지는 문학에 있어서 현장적 묘사는 현대의 인쇄 매체에 있어서의 그것과는 다를 도리밖에 없다. 구술 문학에서 그러한 묘사는 관습적이다. 묘사의 관습성은 말로 해야 된다는 사실로 하여 필연적인 것이라고 할 수 있다. 귀로 듣는 청중을 상대로 할 때 너무나 독창적인 자료를 흡수하는 데는 심리적인 어려움이 있을 수밖에 없기 때문에 묘사의 독창성은 저절로 제한될 수밖에 없는 것이다. 따라서 구술 매체에 있어서 묘사의 현장성은 독창적으로 관찰된 경험적 자료의 퇴적으로가 아니라 관습적 수사법의 말의 힘으로, 즉 공식이 되어 있는 비유와 상투적 심상의 빠른 나열로써 이루어진다. 이것은 앞에서 광한루의 묘사에서도 볼 수 있는 것이지만, 다음과 같은 묘사도 전형적이라 할 수 있다.

……춘향이도……난초갓치고흔머리두귀를눌너곱게짜아금봉치를정겨ㅎ고나운을둘은허리미양의가는버들심이업시듸운듯아름답고고은틱도아장거려……[10]

---

10 『춘향전』, 14쪽.

여기에서 난초, 금봉채, 미앙궁의 버드나무 — 이런 것들은 모두 젊은 여자를 묘사함에 있어서 관습적으로 쓰이는 이미지들이다. 이렇게 단장을 한 춘향은 이몽룡과 운명적 해후를 하게 되는 장소로 가거니와, 청중을 위하여 묘사된 이 장소도 사실적이 아니라 관습적이다.

(춘향이) 그장임속으로드러가니녹음방초우거져금잔듸자르륵깔인고듸황금갓튼쇠꼬리쌍거쌍늬나라들져……[11]

여기에서 녹음방초, 금잔디, 쌍쌍으로 나는 꾀꼬리 같은 것들이 관습적인 표현들임은 말할 필요도 없다. 이러한 관습적 표현과 심상들은 사건의 전개를 지배한다. 그리고 그것은 수사적으로 묘사된 현재적 장면들을 이야기의 전체적인 상황에 아우르는 같은 역할을 하는 관습적인 정서와 감정에 맞아 들어간다. 여기서 작용하고 있는 것은, 인생의 교훈을 도덕적 규범으로 정형화하기 위하여 집약되고 다시 정확한 묘사에 대신하여 관습적으로 정형화된 적절한 미적 감정으로 흩어지고 하는 하나의 수사적 율동이다. 『춘향전』에서 일어나는 것은 무엇인가? 어떻게 보면 사실적인 의미에서는, 예기치 않던 새로운 것이 일어난다는 의미에서는 아무것도 일어나지 않는다고 말할 수도 있다. 정절은 지켜지고 악인은 처벌되고 모든 것이 행복하게 끝나리라는 것을 우리는 알고 있다. 춘향이나 이몽룡의 성격이나 행동도 크게 관습적인 기대를 넘어가지 아니한다. 설사 경험적인 의미에서의 성격적 특징들이 있다고 하더라도 그걸로 인하여 전체적인 이야기의 도덕적 구조가 깨뜨려질 것은 아니다. 우리가 춘향의 이야기에서 관심을 가지고 있는 것은 어떤 구체적인 경과보다는 수사적 기량의 능숙함

---

11 같은 곳.

이다. 춘향의 이야기는 신화적 차원에서 되풀이되는 어떤 규범적 이야기로서, 전통적 수사의 율동을 크고 작게 다루는 점만이 여기에서 새로운 점이 된다.

전통적 이야기에서의 현장적 수법이 그대로 사실적 소설에 맞아 들어갈 수 없다는 것은 말할 필요도 없다. 물론 전통적 이야기에서의 그러한 수법이 원칙적으로 사실주의와 맞아 들어간다고 말할 수는 없다. 경험적 관찰보다는 수사의 힘에 의하여 이루어지는 사실주의도 작품의 사실적 표면의 중요한 일부인 것이다. 수사의 힘이란 사실을 종합하는 주체적 운동을 가리키고 어떠한 사물로 하여금, 적어도 예술적인 지각에서, 사물로서의 비밀을 드러나게 하는 것은 이 주체적 또는 주관적 구성력의 작용으로 인한 것이다. 그러니까 사실주의란 단순히 경험적으로 관찰된 자료의 문제가 아니라 이러한 자료가 어떠한 방법으로 기술되는가 하는 문제이다. 그리고 이 기술은 작가의 상상력의 힘과 언어 구사력에 의존한다. 『춘향전』의 수사가 전달해 주는 것은 무엇인가 정교하고 화려한 것에 대한 느낌이다. 그것은 지각하는 사람의 마음과 이야기 전체의 신화적 또는 민중적 분위기 속에서 그 나름의 현실성을 갖는다. 그러나 역시 관습적 수사가 현대 생활의 사실적 기술에 적당치 않은 것은 무시할 수 없는 사실이다. 그러한 기술에서 경험적 관찰은 중요할 수도 있고 중요치 않을 수도 있다. 우리가 말할 수 있는 것은 오늘날의 언어 공간의 구성 원리는 그와 다르다는 점이다.

전통적인 방법이 사실적 묘사의 방법에 부적당하다는 것은 당대의 일을 취급하는, 조금 덜 전통적인 수사 기술에 의존하고 있는 이야기를 통하여 예시될 수 있다. 가령 『사씨남정기(謝氏南征記)』 같은 예를 생각해 보자. 『사씨남정기』의 무대는 조선이 아니다. 그러나 그것이 신화적, 민중적 상상력의 무성한 수사력을 갖지 않는, 조금 더 일어나는 일에 충실한 이야기임에는 틀림이 없다. 김만중이 이것을 쓸 때 명종조의 일들을 마음에 두었다는 것은 이런 점에서도 설득력이 있는 주장으로 생각된다. 이 이야기에서 현재적 장면과 구조적 장면은 균형을 잘 잡고 있다. 개관하는 또는 회고적으로 요약하는 부분은 부분적인 삽화들과 거의 규칙적으로 교대되면서 여기에 일정한 틀을 정해 준다. 두 불륜의 남녀, 교녀와 동청이 이야기 전개의 주요한 전기가 될 음모를 꾸미는 장면을 예로 들어 보자. 처음에 전체적인 상황이 과거 시제의 문장에 의하여 요약된다.

이적에 산동과 산서와 하남에 흉년이 들어 백성들이 사방으로 유리하는지라 천자 들으시고 크게 근심하사 조정에 명망 있는 세 사람을 빼어 세 길로 나누어 보내어 백성의 질고를 살피시라 하시니 이때 한림이 그중에 뽑히어 산동으로 나어갈새 미쳐 부인을 보지 못하고 떠나니라.[12]

이러한 전체적인 테두리를 확정하는 상황 요약은 조금 더 계속되고 그에 이어 이야기는 극적인 전개의 수법을 사용하여 현장감을 주는 방식으로 묘사된다.

이에 한림이 집을 떠난 후로 교씨 더욱 방자하여 동청으로 더불어 기탄함이 없이 엄연히 부부같이 지내더니 일일은 교씨 동청다려 말하기를
"이제 상공이 멀리 나아가고 사씨 오래 집을 떠났으니 정히 계교를 베풀 때라, 장차 어찌하면 사씨를 없이할고."
동청이 가로되
"내게 한 묘계가 있으니 족히 사씨로 하여금 가중에 있지 못하게 하리라."

---

12 「사씨남정기(謝氏南征記)」, 박성의(朴晟義) 편주, 『한국고대소설집주(韓國古代小說集註)』(예그린 출판사, 1978), 417쪽.

하고 인하여 가만히 말하되

"이리이리함이 어떠하뇨."

교씨 크게 기뻐하야 가로되

"낭군의 계교는 진실로 귀신이라도 측량치 못하리로다. 그러나 어떠한 사람이 능히 행하랴."

동청이 가로되

"나의 심복한 친구가 있으니 이름은 냉진이라. 이 사람이 재주가 민첩하고 눈치가 빠르니 마땅히 성사하려니와 부대 사씨의 사랑하는 보물을 얻어야 되리니 이 일이 쉽지 아니리로다."

교씨 생각다 가로되

"사씨의 시비 설매는 납매의 동생이라. 그년을 달래어 얻어내리라."

하고 이에 납매로 하여금 조용한 때를 타서 설매를 불러 후히 대접하고 금은 패물을 주어 달래며 계교를 이르니 설매 가로되

"부인의 패물을 넣은 그릇은 방중에 있으되 열쇠를 가져야 할 것이오 다만 아지 못게라. 무엇에 쓰려 하느뇨."

납매 가로되

"쓸 데를 구태여 묻지 말고 삼가 남다려 이르지 말라. 만일 누설하면 우리 양인이 살지 못하리라."

하고 열쇠 여럿을 내어주며

"그중에 맞는 대로 열고 상공도 평일에 늘 보시고 사랑하시던 물건을 얻고저 하노라."

설매 즉시 열쇠를 감추고 들어가 가만히 상자를 열고 옥지환을 도적하야 낸 후 상자를 전과 같이 덮은 후 즉시 나와 교씨에게 드려 가로되

"이 물건은 유씨댁 세전지물로 가장 중히 여기더이다."

하니 교씨 크게 기꺼하야 중상을 주고, 이에 동청으로 더불어 꾀를 행하랴

하더니 마침 사씨를 뫼시고 갔던 하인이 신성현으로 좇아와서 급사부인의 별세하심을 전하고 가로되

"사공자 나히 어리고 다른 강근지친이 없으니 부인이 손수 치상하야 장사를 지내시고 사공자에게 가사를 착실히 살피라 하시더이다."

교씨 납매를 보내어 극진히 위문하고 일변 동청을 재촉하야 빨리 뫼를 행하라 하니라.[13]

4. 시간의 문제, 구조의 문제

이와 같이 교녀와 동청의 음모 부분은 주로 대화로 전개되어 있는데 이 대화는 분명 일어나고 있는 일을 그대로 전달해 주는 느낌으로 기술되어 있어, 여기의 수법은 현재적인 장면의 형상화를 의도하고 있다고 말할 수 있다. 특이한 것은 이 대화로 이루어진 장면에서 동사는 한결같이 서술 어미가 생략되어 있어 시제를 표시하지 않고 있는 점이다. 이것은 현장적 사건들의 시간을 부정확한 상태로 둔다. 그리하여 세 가지의 기복을 가지고 있는 삽화를 맨끝에 나오는 '하니라'의 구조 전체를 규정하는 과거 어미에 동화시키는 일을 용이하게 한다. 그러니까 이야기의 전체적인 움직임을 통제하고 있는 것은 아무래도 '하니라'라는 과거 시제가 되는 것이다.

위에서 본 바와 같이 이야기의 서술 방법의 교호는 『사씨남정기』 전체에 걸쳐 자주 볼 수 있는 것이다.(위에 인용한 '하니라'로 끝난 부분에 이어서 다시 나오는 삽화도 "이때 한림이 산동 지방에 이르러……"[14]로 시작하는 테두리로부터 시작하여 대화로, 대화에서 마무리 짓는 과거 시제의 서술 동사로 나아가는 방식으로

---

13 같은 글, 417~419쪽.
14 같은 글, 419쪽.

되어 있다.) 이러한 교호는, 위에서 언급한 시제 표시의 부재와 더불어, 현장적인 삽화들을 이야기 구조의 틀에 잡아매 준다. 그리하여 이야기되는 사건들은 정연하게 진행된다는 인상을 준다. 그러나 이 정연함은 부자연스럽고 기계적이다. 그것은 경험의 다양한 구체와 구조적 의미 사이의 변증적 상호 작용에서 빚어 나오는 내적인 통일성이 되지 못한다. 달리 말하면 『사씨남정기』의 시간은 정연하지만, 그것은 밖으로부터 부과된 시간이며 구체적인 사건과 사람과 사물들 사이에서 자라 나오는 사건 전개의 내적 원리라고 할 수는 없는 것이다. 테두리가 되는 개관과 현장적 삽화의 기계적인 구분 자체가 이 이야기의 시간의 기계적인 성질을 말해 준다. 『사씨남정기』의 삽화적 장면은 『춘향전』이 갖고 있는 전통적인 의미의 사실성도 가지고 있지 않고 일상생활의 경험적인 사실의 묘사에 뛰어난 현대 소설의 사실성도 가지고 있지 않다. 그것은 그것대로의 독자성이 있는 것이 아니라 단순히 요약의 부분에서 주어진 주제를 예시하는 기능을 맡고 있는 것에 불과하다. 다른 한편으로 요약은 현장적 장면으로부터 저절로, 또는 그것과 긴장과 알력을 가진 채로 자라 나오지 아니한다. 김만중의 세계에서 삶의 구체적인 세부들은 일체적인 시간의 흐름으로 통합되지 아니한다. 삽화적 장면에 자세하고 구체적인 것들의 언급이 부족함을 우리는 보거니와 이것은 스타일의 단순함에 어울려 들어간다. 이 스타일의 단순성은 무엇을 의미하는가? 스타일의 밀도가 이야기에 있어서 현실감을 빚어 내는 유일한 수단은 아니지만, 그러한 밀도가 ── 『춘향전』에서처럼 수사의 힘에 의존하는 것이든지, 또는 예를 들어 파리의 하숙집을 묘사하는 발자크의 글에서처럼[15] 경험적인 사실의 관찰을 통해서 이루어지는 것이든지 간에 ── 현실의 가상을 만들어 내는 데 중요한 역할을 맡는 것임은 틀

---

15 에리히 아우얼바하, 김우창·유종호 옮김, 『미메시스』(민음사, 1979), 177~182쪽 참조.

림이 없다. 어쩌면 작가가 일상생활의 작은 일들에 착안하지 않았던 전통적인 이야기의 세계에서 밀도 있는 스타일은 현실감을 만들어 내는 유일한 방법이었는지 모른다.

『사씨남정기』와 같은 소설의 장단점보다도 우리의 논지의 관점에서 중요한 것은 여기에서 이야기의 진전을 통제하고 있는 시간의 테두리가 매우 정연하다는 점이다. 한국의 현대 소설에서 현장적인 것과 전망적인 것, 개관적인 것을 매개하는 시간의 틀은 붕괴하고 만다. 그 결과 현대 소설은 그 구조에 있어서 매우 무정형적인 인상을 준다. 그러나 이미 말한 바와 같이 『사씨남정기』와 같은 소설의 시간의 틀이 현대 소설에 맞을 수는 없는 일이다. 현대 소설의 시간은 현대적 경험 속에서 탐색될 수밖에 없다. 현대 소설의 효시라고 말하여지는 이광수(李光洙)의 『무정(無情)』은 이미 현대 소설의 시간의 문제, 또는 구조의 문제의 발단을 드러내 준다.

경성학교 영어 교사 이형식은 오후 두 시 사년급 영어 시간을 마치고 내리쬐는 유월볕에 땀을 흘리면서 안동 김장로의 집으로 간다. 김장로의 딸 선형이가 명년에 미국 유학을 가기 위하여 영어를 준비할 차로 이형식을 매일 한 시간씩 가정교사로 초빙하여 오늘 오후 세 시부터 수업을 시작하게 되었음이다.[16]

이러한 『무정』의 서두는 우리로 하여금 몇 가지 것에 주목하게 해 준다. 동사의 시제는 현재이다. 또 이와 더불어 일상생활의 경험적인 세부에 대하여 감각이 예민해져 있다. 직장의 시간표, 주인공의 물리적 환경과 신체 상황, 그의 행동의 동기에 대한 설명이 언급되어 있다. 일상생활 현실의 구

---

16 「무정」, 『이광수전집(李光洙全集) 1』(삼중당, 1962), 7쪽.

체에 주의를 기울이려고 한 작가의 의도는 분명하다. 이것과 현재형 동사가 사용된 것과의 사이에는 연계 관계가 있다. 그런데 현재의 순간의 물결을 타고 나타나는 세부적 사실에 주의를 기울인 결과의 하나는 소설 구조의 질서가 심한 혼란에 빠진다는 것이다. 소설이 진전함에 따라 이것은 곧 드러난다. 구조의 결여는 시간으로 옮겨 말하면 소설이 과거적 시간의 통일성을 되찾지 못하고 만다는 뜻이다.

장면과 개관, 세부의 뉘앙스와 전체적 구조, 구체와 보편, 현재와 과거 — 이런 것들 사이의 긴장은 미학이나 철학이나 사회에서 흔히 보는 것이다. 이것이 한국 소설에서 현저하게 문제적인 것이 된다면 그것은 정도의 차이에 불과하다. 서양 소설의 보다 성숙한 형태에서, 이 긴장은 이미 시사한 바대로, 기억의 틀 또는 추억의 능숙한 처리에 의하여 견제된다. 되풀이하여 말하건대, 어떤 장면의 세부 하나하나가 마치 지금 이 자리에서 눈앞에 벌어져 가는 듯이 형상화될 때, 묘사는 현재 쪽으로 기운다. 그러나 작가가 어떤 장면을 현재화할 때도, 전체적인 의미를 가진 예술 표현의 필요, 또 이에 따르는 서술의 경제가 작가로 하여금 그의 첫 문장을 그다음의 문장에 관련시켜 쓰지 않을 수 없게 한다. 말하자면 그는 그의 첫 문장의 사건을 지나가고 있거나 이미 지난 일처럼 기록하는 것이다. 다른 말로 하여, 구조의 요구 조건이 현재까지도 과거적이 되게 하는 것이다. 이야기에 있어서 과거는 어디까지나 제일위적인 시간의 차원이다. 여기에 대하여, 과거의 사건은 현재의 순간들을 일정한 테두리 안에 가두어 넣으면서 동시에 그러한 순간으로부터 풍부하고 다양한 생동감을 빼앗아 버린다. 과거가 메마른 몇 가지의 신호등에 의거하여 참으로 전모를 드러낼 수 있을까? 과거와 현재의 긴장이 유익하게 조화되는 것은 추억을 통하여서이다. 작가의 수법의 하나는 현재화되는 장면들을 추억의 흐름 속에 능숙하게 삽입하는 것이다. 이 글의 서두에서 『삼대 』와 비교하였던 헤밍웨이의 작품에서 예를 들어 이러한 문제들을 살펴보자.

처음에 인용한 부분에 이어 『무기여 잘 있거라』의 이야기는 한참을 풍경과 전쟁과 전쟁 때의 생활상에 관한 일반화된 회고의 차원에서 계속된다. 제1장은 완전히 이러한 회고로 이루어지고, 제2장도 같은 방식으로 시작된다.

그 다음해는 몇 번의 승리가 있었다. 계곡과 밤나무 숲이 무성한 그 건너편의 산이 점령되었다. 또 남쪽의 들 건너의 고원에서도 몇 번의 승리가 있었다. 우리는 8월에는 강을 건너 고리씨아의 읍에 있는 집으로 옮겼다. 담장이 에워싸고 있는 뜨락에는 샘물이 있고 수목이 울창했고 집의 옆쪽으로는 보랏빛의 등나무가 얽혀 있었다……[17]

5. 작가의 현재와 사실상의 현재

이렇게 회고는 계속된다. 회고의 부분들은 단순한 사실의 나열을 넘어서서 실감을 주는 구체성을 띤다. 이것은 이야기의 줄거리나 어떤 도덕적 또는 추상적 구도에 엄격하게 지배되지 않는 감각적 인상들을 회고의 대상으로 기록하고 있는 것에 관계되어 있다. 그러나 이 구체성은 현장성을 가진 자세한 재생의 상태에까지는 이르지 아니한다. 그러다가 현장적 묘사가 시작되기는 하지만 그것은 일반적 개관의 문장들과 크게 다르지 않게, 눈에 띄지 않는 점진적인 변화로써 등장한다. 처음에 일반화된 회고는 조금 더 특정 지역의 묘사로 좁혀 들어간다. "읍내의 건너편에 있는 산에서 참나무 숲이 사라졌다……" 그리고는 슬그머니 시간이나 공간에 있어

---

[17] Ernest Hemingway, op. cit., pp. 6~7.

서의 특정한 점이 언급된다. "가을 어느날 참나무 숲이 있던 곳에 나갔다가 구름이 이는 것을 보았다." 그리고는 눈이 온다. 그다음 화자는 앞에서 언급했던 지방의 특정한 장소에 있는 것으로 이야기된다.

늦게 읍내에 내려갔다가 갈보집의 유리창 밖으로 눈이 내리는 것을 보았다. 그곳은 장교들을 위한 집이었는데 나는 유리잔 두 개를 놓고 한 친구와 앉아서 아스티 포도주를 마셨다. 느리고 무겁게 내리는 눈을 보면서 우리는 이제 그해는 다 끝났다는 것을 알았다. 강 위쪽의 산은 아직 탈환하지 못한 채였다. 강 건너의 산도 아직 차지하지 못하고 있었다. 이제 모든 것이 다음해로 넘어가야 했다.(여기에서 화자의 기억은 이야기의 배경의 전체에로 돌아가서 현재적 장면을 이야기 전개의 전체적 틀 가운데 자연스럽게 자리잡게 한다.) 내 친구는 우리 부대의 신부가 축축한 눈을 조심스럽게 가려 딛으며 거리로 지나는 것을 보고 유리창을 두드려 그의 주의를 끌었다……

이 다음 이야기는 다시 약간의 회고조가 되고 그날 저녁의 식당의 광경을 요약하고 그런 다음 같은 등장 인물의 이야기로 되돌아온다. 그리고 그것은 인물들 사이의 대화를 통해(대화는 늘 현장성의 가장 중요한 증표 노릇을 한다.) 비로소 본격적인 현장적 장면으로 클로즈업된다.

"신부가 여자들하고 있던데." 대위는 나를 보면서 말했다. 신부는 미소하면서 낯을 붉히고 머리를 저었다. 대위는 신부를 곧장 놀리던 것이었다.
"안 그래요?" 하고 대위는 물었다.
"나 오늘 신부가 여자들하고 있는 것 봤어."
"아니야." 신부가 말했다.

여기에서 보는 바와 같은 장면에 있어서 그것은 개관적인 과거와 간극 없이 조화되고 구극적으로는 소설의 구조적인 의미에 유연하게 맞아 들어가게 된다. 과거를 회상하되, 현장적인 부분에서나 개관적인 부분에서나 현재화된 세부에 주의한다. 구극적으로 과거와 현재를 조화시키는 것은 기억의 특수한 형태, '추억'을 통해서이다.

어떤 현재적인 장면을 실감 나게 보여 주고 이러한 장면들을 과거적인 전체 속에 아우르는 방법은 서구 소설에 있어서도 비교적 현대에 이르러 개발된 것이다. 한국 소설의 경우 단편적 장면에 끌려 구조의 기율을 잃어버리는 것은 어찌 된 이유에서일까? 답변은 간접적으로 생각해 보는 것이 좋다. 주의해야 할 것은 작가가 그리는 현재가 사실상의 현재와는 다른 것이라는 점이다. 그것은 현실적 시간의 흐름의 일부가 아니다. 어떤 작가에게도 눈앞에 벌어지는 일을 직접적으로 기록하는 일은 극히 어려운 일일 것이다. 작가가 현재의 동사로서 현재의 일을 쓴다면, 그것은 하나의 관습을 이용하고 있는 것에 불과하다. 이 관습은 어떤 체험을 유목적적으로 형상화하여야 한다는 규율로부터 작가를 해방시킨다. 시간의 흐름 속으로 몸을 던져 맡기고 그 흐름을 타고 흐르듯 경험을 쫓아가는 것은 그것을 분명하게 형상화된 의미 속에서 파악하는 것보다는 쉬운 일이다. 작가가 구조의 기율을 버리고 장면의 단편적 시간에만 집착하는 것은 극복하기 어려운 유혹이다. 그러나 여기에는 또 문화적 사회적 요인도 작용한다. 유교적 질서의 붕괴가 가져온 한국 사회의 혼란은 작가로부터 사람의 삶과 경험을 의미 있는 단위로 구성하는 데 필요한 규범적인 지침을 빼앗아 가 버렸다. 이러한 규범의 상실은 사람의 기억과 같은 인간 심리의 심층적인 면에 커다란 영향을 끼쳤을 것이다.(경험의 규범적 틀과 기억 사이에 어떠한 관계가 있는가는 조금 더 조심스럽게 탐구되어야 한다.) 하여튼 현재와 과거를 이어주고 경험에 있어서 자연스러운 기율로 작용하는 기억은 손상되고, 그 결과 소설가는 본능적으로 기억이 없는 이야기의 방법을 사용하게 된다. 다른 한편으로 현대 소설에 작용하는 한 가지 충동은 전통적인 세계관의 엄격하고 규범적인 도식으로부터 경험적 현실로 — 현재의 감각적 인상의 단편들 속에 주로 밀착해 있다고 믿어지는 현실로 돌아가고자 하는 충동이었을 것이다. 삶의 보다 큰 통합은 감각적 체험의 다양성 속에서 진화되어 나왔어야 한다. 그런데 감각적 체험의 구체는 구조적 지향의 벡터에 따라서만 포착될 수 있다. 구조적 지향은 작가의 의도 또는 한 작품의 의미로서 주어지지만 그것은 그것대로, 사회적 문화적 규범에 의하여 뒷받쳐져서 일정한 모양을 얻게 된다. 현대 한국 소설의 묘사가 시간의 단편적 파악에 머무르는 것은 불가피하다고 할 수 있는데, 이러한 단편들은, 그것대로 이미 말한 바와 같이 구조적 지향 속에서만 파악되는 것이기 때문에, 이것이 약한 곳에서, 상투적 문구나 정서로 빠져들어 가기가 쉽다.

위에서 우리는 이광수의 『무정』의 서두, 그리고 이 글의 처음에 『삼대』의 첫 부분을 인용한 바 있다. 이들의 다른 작품, 또는 다른 작가의 다른 작품들에서 — 가령 심훈이나 이효석, 김동리, 황순원, 또는 그보다 더 후에 나온 작가들에서 같은 예들을 찾기는 어렵지 않다. 이러한 작가들을 잘 검토해 보면, 상당한 차이가 드러나기는 하겠지만, 한국에 있어서의 소설 형식의 성숙에 관한 재미있는 통찰을 얻어 낼 수 있을 것이다.(가령 심훈의 『직녀성(織女星)』을 보면, 전통적인 가족 상황을 그리는 첫 부분에서 현대 생활을 그리고 있는 나중 부분 사이에 시간과 이야기의 리듬이 눈에 띄게 달라지는 것을 느낄 수 있다. 이러한 것의 검토도 소설 형식의 성숙과 사회 문화 상황과의 관계에 대한 주요한 관찰을 제공해 주는 것이다.)

6. 상황과 소설의 형식

어쨌든 현재 서술 동사는 현대 한국 소설의 특징이 되어 있다. 1965년 에만 해도 박경리 씨의 『전장(戰場)과 시장(市場)』에 대한 서평에서 백낙청 씨는 이 소설에서의 현재형의 사용을 부정적으로 지적하고 이것이 그때그때의 장면만을 부각시키고 전체의 의미를 잊어버리게 하는 흠을 갖는다고 지적한 바 있다.

그렇긴 하나 소설의 토착화는 계속적으로 진전되었다. 주요 문학 장르로서의 소설의 정착과 관련해서 우리가 흥미롭게 생각할 수 있는 것은 1978년의 조세희 씨 작 『난장이가 쏘아 올린 작은 공』과 같은 작품이다. 이러한 작품은 한국의 소설이 자연스러운 토착적 장르로서 자리를 잡아 간다는 하나의 시사를 제공해 준다. 이 작품은 내 생각으로는 하나의 소설이다. 그러나 그것은 분명 '소설집'이라는 분류명을 달고 출판되었다. 물론 『난장이……』가 단편집인 것도 사실이다. 그것은 독립된 단편을 모은 것으로 읽힐 수도 있다. 그러면서도 여기의 단편들은 주제, 인물, 상황들의 면에서 서로 밀접하게 연결되어 있다. 또 여기에는 이 단편들을 소설의 장 (章)이라고 볼 수 있게 하는 이야기의 계속적인 진전이 있다. 이 책은 산업화 중의 근로자들의 고통을 그린다. 그런데 이것은 어떤 정태적인 고통이 아니라, 도시의 변두리 하층 계급(lumpen proletariat)이 본격적인 노동 계급으로 변화해 가는 과정에 일어나는 고통이다. 이야기의 첫 부분에서 도시의 판잣집들의 거주민들은 행상꾼이나 수선공 노릇 같은 것을 하기도 하고 아무 직업이 없이 실직 상태에 있기도 한다. 이야기의 진전과 더불어 우리는 이 사람들 또는 이 사람들의 아이들이 새로 생긴 공업 단지와 공장에서 직공으로, 기술공으로 일하며 노동조합원이 되어 집단적인 노동 쟁의에 말려들어 있는 것을 본다. 이러한 것들이 『난장이……』를 실감 있게 형상화된 세부와 구조적 통일성을 조화시켜 일관성 있게 구상한 소설로 간주할 수 있게 한다. 그러나 이것이 소설집이라는 이름으로 나왔고 또 평자들에 의하여 그러한 것으로 취급되었다는 것은 중요한 사실이다. 위에서 말한 바와 같이 이 소설의 장들은 단편 소설적 성격을 가지고 있다. 각 장은 제한된 숫자의 인물과 사건을 가지고 있으며 한 가지 이야기의 전개에 그친다. 문체도 서정적이며 시적이어서 그 나름으로 독특한 효과를 가지고 있지만 당대적 삶의 사실적 묘사의 매체로서는 너무 연약한 느낌을 준다. 현재형의 동사를 사용하여 묘사된 장면들도 많다. 이야기는 각 장마다 하나의 깨우침을 중심으로 결정화되는 경향이 있다. 그럼에도 불구하고 이 책은 회고적 전체성의 인상을 주고 구체적 통일성을 드러낸다. 그렇다면, 두 가지의 다른 면을 종합해서 이 책을 특징지으려면 그것이 소설과 단편의 중간적 위치에 있는 어떤 문학 형식을 대표한다고 말해야 할 것이다. 바로 우리의 논지와의 관련에서 중요한 것은 이 중간적 특징이다. 그리고 조세희 씨의 작품은 예외적이라기보다는 하나의 일반적인 경향을 대표한다. 소위 '연작 소설'이라는 것이 이 경향의 형식적 이름이다. 이 형식은 한국 소설의 형식적 발전에서 완전한 보다 큰 통일에로, 현재에서 과거로, 외면적 기계적 시간에서 내면적 유기적 시간에로의 진화의 마지막 단계를 나타내는 것으로 볼 수 있다. 한국 소설은 그 형식 —— 당대적 현실을 예술적으로 형상화하는 데 완전히 적절한 형식으로서 완전히 성숙한 것이 아니지만, 이제 바야흐로 그 일보 전에 있지 않나 하는 느낌을 준다.(물론 제한된 숫자의 소설에 근거하여 속단할 수는 없는 일이다. 예외가 있을 수도 있고, 또 형식의 유연성만이 소설의 전부도 아니다. 여기서 추측해 본 것은 소설의 일면, 그리고 시대적 상황과의 관련에서의 일반적인 경향에 관한 것이다.) 소설의 형식을 능숙하게 다루는 것은 단순히 기교의 문제가 아니다. 사회 세력과 그것을 지각하는 방법들이 한데 어울려 소설로 하여금 현실을 담는 그릇이 되게 하는 것이다. 서양 소설이 산업 사회의 중산 계급의 대두와 관련이 있다는 것을 우리는 상기한다. 『난장이……』가 산업 상황을 다룬 작품이란 것도 우연적인 사실이 아니다. 산업 상황의 파악은 현대 생활의 어느 부면보다도 선례를 많이 가지고 있는 부면이다.

소설의 구조는, 말할 것도 없이, 사건의 시간적 분절을 형식적으로 종합하는 것으로 완성되지 아니한다. 그것은 그러한 시간적 형식적 통일을 뜻하면서 동시에 의미의 일관성을 뜻한다. 예술가는, 사람의 개인적 사회적 행동의 결정 요소로서 사회가 허용하는 유형화된 행동의 양식들을 적절하게 배치함으로써 그의 예술적 소재에 형태를 부여하고 또 동시에 의미에 이르게 된다. 전통적인 환상적 이야기에서 행동의 가능성들은 한정되어 있고, 그것들은 원형적 주제나 가치 또는 규범적 윤리적 선택으로 주어지는 것이어서, 구조적 요소들로 활용하는 데 용이하다. 사실적 소설은 소설가로 하여금 훨씬 더 경험적이고 불확실한 상태에 있는 행동 가능성들을 인지하게 한다. 그렇다고 하여 경험의 순수 지속 안으로 가라앉아 버릴 수는 없다. 그러한 위험을 피하려면, 그때그때의 사항에 속하는 의도와 행동의 벡터를 파악하는 보다 섬세한 전략이 있어야 한다. 여기에는 전근대적 사회로부터 근대적 사회로 옮겨 가는 사회 변화 과정의 여러 문제들이 개입되어 있다. 근대 사회에서, 전기와 역사, 또 이 두 가지가 교차되는 궤적은 단순히 규범적인 신화와 시간 속에 끊임없이 되풀이되는 같은 사건의 반복으로 보아질 수 없다. 그러면서도 개개인 사건과 순간은 그것만으로 일어나고 끝나고 흩어져 버리는 것이 아니라 어떤 알아볼 만한 윤곽을 이루는 것으로 생각될 수 있어야 한다. 이러한 윤곽이 손쉽게 얻어질 수 있는 보조적 형성적 요인들 — 소설가의 개인적 노력으로 얻어지기보다는 집단적 사회 과정에서 얻어지는 이러한 요인들이 존재하게 되기 전에는, 한 사회의 이야기는, 환상적 장르에서 소설에로, 신화적 시간에서 역사적 시간에로 이행해 가는 과정에서 현재를 현상적으로 기술하고 그것을 객관적이라기보다는 장면적으로 제시하며, 마지막으로 제대로 된 길이의 소설보다는 단편이나 중편의 소설에 이 기술을 수용하게 될 수밖에 없는 것이 아닌가 한다.

7. 한국적 표현 형식의 탐색

이 가설적인 에세이를 끝내기 전에 한국 소설이 보여 주는 바와 같은 현상적 설화 방식이 완숙하지 못한 설화 방식이란 데 대하여 한 가지 경고를 하여야 될는지 모르겠다. 그것이 과도적 이야기의 방식이며, 완숙을 기다리는 어중간한 형태이고, 그로 인하여 여러 가지로 불완전한 점을 가지고 있다는 것은 사실일 것이다. 그러나 소설의 형식적 완성이 꼭 바람직한 것일까? 여기에 대한 답변이 어떠한 것이든지 간에 소설의 형식적 완성, 또는 모든 예술의 형식적 완성은 희생을 지불한 완성이란 점을 간과해서는 안 된다. 소설이 서양의 체험으로부터 발전되어 나온 형식이란 것을 우리는 기억하여야 한다. 그것은 어떤 플라톤적인 영역에 항존하는 이데아가 아니다. 그리하여 이 소설의 이데아가 서양의 작가들에게 완전한 형태로 계시되고 이제 한국의 소설가도 이 계시에 참여하여야 한다. ── 이런 식으로 말할 수는 없는 것이다. 소설은, 다시 말하여 경험 세계, 18세기 이후의 서양의 경험 세계의 소산이다. 한국의 작가가 이것을 하나의 문학적 형식으로 발견하고 그것을 제 것으로 소유하는 어려운 작업을 시작하였다면, 그것은 그 발견이 한국 현실에 강요된 현대화 또는 서양화와 동시적인 사건이었기 때문이었다. 그것이 그의 현실과 그의 체험에는 아무런 관련이 없는 것이기 때문에, 작가가 소설이라는 문학 형식의 도전에 전혀 아무런 반응을 보이지 않는 경우도 있을 것이다.

소설은 서양인의 뛰어난 문화적 업적의 하나이다. 그러나 그것은 탄생의 상처 ─ 비인간적 근대화의 왜곡을 몸에 지니고 있는 근대의 아들이다. 예술 형식으로서의 소설의 우수성은 그 자족성에 있다. 그것은 개체적 사회적 삶의 여러 가닥들을 얽어매어 하나의 이야기에 종합함으로써 세상의 모습을 그럴싸하게 비추어 준다. 기억이 중요한 것은 그것이 이러한 종합화의 기본 원리이기 때문이다. 프루스트는 누구보다도 '불수의적 기억'을 통하여 삶과 과거를 하나로 묶어 보고자 했다. 그가 신간을 한데 묶어 이를 다시 소유해 보고자 했던 것은 이것을 잃었기 때문이었다. 발터 벤야민(Walter Benjamin)은 프루스트의 '불수의적 기억'의 의미에 대하여 다음과 같이 말하고 있다. "이 개념은 그것을 태어나게 한 상황의 상처를 지니고 있다. 그것은 여러 가지로 고립된 개인의 재산 목록의 일부였다."[18] 그리고 이어서 그는 의식과 축제와 같은 공동체적 삶에 풍부한 삶이 집단적으로 보존되었던 시대에 그러한 삶의 재산 목록은 필요 없는 것이었다고 말한다. 소설은 사람의 집단적 삶의 쇠퇴와 개인의 고립화 현상과 더불어 탄생한다. 소설의 자족성은 거울에 비친 이 고립화의 영상이다. 서양인의 불행의식의 한 표현이 소설이라고 말할 수도 있다. 그것이 이제 한국인의 불행의식의 표현으로 성숙해 가고 있는 것이다.

(1981년)

---

18 Walter Benjamin, op. cit., p. 159.

리얼리즘에의 길

염상섭의 초기 단편

1

염상섭(廉想涉)의 작품들은 한국 사실주의 문학의 가장 중요한 업적의 일부를 이룬다. 특히 보통 시정인(市井人)의 일상생활의 충실한 기술이라는 면에서 그를 추종할 만한 작가를 달리 찾아보기 어렵다. 그러나 다른 한편으로 인간 생존의 범속한 차원을 넘어가지 않으려는 그의 완강한 사실주의는 그의 작품들의 대부분을 따분하고 지리하고 협소한 것이 되게 한다. 그리하여 그것은 현대 문학 초기에 위대한 한 작가를 가질 수 있었던 가능성을 빼앗아 가 버리는 듯하기까지 한다. 염상섭의 사실주의의 협소성과 범속성은 어디에서 연유하는 것일까? 여기에 대한 가장 간단한 답변은 그것을 그의 개인적 실패로 돌리는 것이다. 그러나 염상섭의 경우 그것이 개인적인 실패로 인한 것이라고 하더라도, 결코 생각과 고뇌가 없는 우연적 실패만은 아니기 때문에, 그 실패는 적어도 시대를 조명해 줄 수 있는 중요한 현상으로 생각된다. 다시 말하여, 염상섭의 실패는 신문학 초기의 시대적 문제를 밝혀 주고 또 일반적으로 어려운 시대에 있어서의 작가의 선택에 대한 우리의 생각을 깊게 해 줄 수 있는 종류의 것인 것이다.

사실주의자 염상섭을 이야기할 때, 우리가 주목하여야 할 것은 그가 원래부터 사실주의자로 출발한 것이 아니라는 사실이다. 염상섭은 그의 작가 생활의 단초에는 일종의 낭만주의자였다. 염상섭의 초기 단편들에 대한 인상은 흔히 '침통, 번민, 우울' 또는 '고삽(苦澁), 침통미' 등의 말로써 표현되었다. 과연 그의 초기 단편들은 암울한 분위기와 정서적 고뇌의 외침으로 차 있는 낭만주의적 작품이라고 할 수 있다. 그러던 것이 일정한 시기를 거쳐, 이러한 정서적 요소가 그치고 그의 작품은, 매우 객관적인 수법의 사실주의의 작품으로 바뀌게 되는 것이다. 우리는 이것을 시기적으로 1919년에서 1923년 사이의 일로 확정해 볼 수도 있다.(이것은 뒤에서 다시 구체적으로 논하겠지만, 백철 씨도 이 기간을 염상섭의 제1기로 보고 있다.)[1] 그런데 염상섭의 이러한 변모는 단순히 시대 풍조를 따른 것도 아니고, 또는 자기도 모르게 일어난 변화도 아니다. 이러한 변모는 그 나름의 고민과 고찰의 결과 의도적으로 선택된 것으로 생각된다.

얼핏 읽어 보아, 염상섭의 초기 단편들은 젊은이들의 무절제한 감정의 방출을 기록한 것처럼 보인다. 이것도 사실이긴 하나, 거기에 사실적 인식이 없는 것은 아니다. 그의 감정적 표현은 변화하는 시대와 문화의 어려움 속에 붙잡힌 인간의 고뇌를 나타낸 것이다. 이런 의미에서 염상섭의 낭만주의는 단순한 주관적 감정의 분출도 아니고 외국 문학의 영향을 수용한 결과도 아니다. 그것은 시대 인식의 표현 또는 그 인식에 따르는 충격의 표현이다. 사실상 나중의 사실주의의 밑바닥에도 비슷한 시대 인식이 들어

---

1 『국문학전사(國文學全史)』(신구문화사, 1959), 322쪽.

있다. 다만 여기에서 그러한 인식의 충격은 흡수되고 사라졌다고 말해야 할 것이다. 젊은 염상섭의 고민은 있을 수 있는 삶의 가능성과 현실이 허용하는 것의 갈등에서 나왔다. 이 갈등이 나중에 사라지는 것이다. 그것은 그가 보는 바 시대의 현실에 비추어 다른 가능성들을 포기해 버렸기 때문이었다. 그러나 이 포기는 그 나름으로서의 상황 검토에 따른 것이고, 자의적인 결정이 아니었다. 중요한 것은 이러한 과정의 그 나름의 필연적인 경로를 이해하는 것이다. 이것은 염상섭의 리얼리즘의 의미를 밝혀 줄 뿐만 아니라 시대의 문제를 부각시켜 줄 것이다.

2

위에서 말한 바와 같이 사실주의자로서의 염상섭은 일상적 삶의 표면에 너무 가까이 머물러 있다는 데에 문제점을 가지고 있다. 그의 작가적 주의력은 온통 작은 탐욕과 이중적 인간관계가 만들어 내는 일상적 삶의 자잘분한 파문을 포착하는 데 집중된다. 그는 미시적 감수성과 관찰력의 작가이다. 여기에 대하여, 그의 초기 소설은 삶의 표면을 기는 것이 아니라 삶의 위를 높이 날며, 세계를 거시적 관점에서 내려다본다. 여기에서 세계는 그 세부적 특징을 통하여서가 아니라 전체성의 관점에서 보아진다. 후기의 염상섭이 결여하고 있는 것이 바로 이러한 전체성이다. 초기 염상섭의 중요성은 전체성의 유혹과 위기를 간파한 데 있다. 초기 단편의 변증법적 전개가 드러내 주는 것은 진정한 전체성의 획득의 어려움이다.

초기 단편들의 세계에 대한 관점이 전체성의 그것이라고 할 때, 그것은 모두 세부를 망라하는 것이라기보다는 모든 것을 일시에 포괄하려는 주관적 태도이다. 그것은 주관적 에너지의 확대 속에 세계를 한꺼번에 취하려 한다. 염상섭이 위기로 파악하는 것은 이러한 종류의 전체성이다. 물론 이것은 그것을 반드시 부정적으로 파악하여야 한다는 말은 아니다. 주관적 전체성의 위기는 양의적이다. 그것은 긍정적 가능성과 함께 부정적 가능성도 가지고 있다. 젊은이는 젊음의 자기 인식을 통하여, 또 어떤 특정한 문화적 계기에 자극되어, 스스로를 욕망으로 인식한다. 동시에 세계가 그의 욕망의 실현에 맞는 것이기를 요구한다. 그리하여 세계는 질문의 대상이 되고 스스로를 정당화하기를 요구받는다. 여기에서 젊은 정신은 깊이와 장대함을 경험한다. 그러나 다른 한편으로 그것은 굳어 있는 세계의 억압적 힘들에 부딪쳐 불안, 좌절감, 광증을 경험한다. 염상섭은 이러한 오만, 휘브리스의 의미를 잘 알았던 것이다.

이 휘브리스의 의미는 정신병학의 관점에서 더 잘 설명될는지 모른다. 거시적 태도의 위험과 가능성은 루드비히 빈스방거(Ludwig Binswanger)가 '페르슈티겐하이트(Verstiegenheit)'라고 부른 실존적 증상으로 잘 설명한 바 있다.[2] 빈스방거는 건전한 삶에는 그것을 이루고 있는 두 축이 있다고 한다. 하나는 수직 축으로서 삶을 보다 높고 깊은 차원으로 고양시켜 주는 역할을 한다. 그러나 이 축은 늘 새로운 경험적 현실에 대한 감각, 삶의 수평적 폭에 대한 느낌으로 보완되지 아니하면 아니 된다. 그런데 수직 축은 지나치게 위로 올라갈 수 있다. 인간의 현존은 "그 경험적, 지적 지평의 폭에 적절한 수준 이상으로 높이 올라갈 수도 있는 것이다." 이때 일어나는 것이 '페르슈티겐하이트 과상승(過上昇)'이다. 즉 '오르는 것(Steigen)'이 '잘못되거나 지나치게 되는 것(Ver)'이다. '페르슈티겐하이트'는 한편으로는 올라가는 것을 뜻하지만, 다른 한편으로는 협소화를 뜻한다. 건전한 상

---

2 빈스방거의 에세이 영역본. *Being-in-the World: Selected Papers*(Harper Torchbooks, 1968), 소재 "Extravagance" 참조, 특히 pp. 343~348.

태에서 높이 올라가는 것은 동시에 폭이 넓어짐을 의미한다. 그러나 이 경우에 있어서는 "어떤 경험의 영역에 붙박히고" "협량하고 예각적으로 제한된 입장에 고착되는 것"이다. 이러한 과상승의 태도는 어떤 특정 이념이나 이데올로기에 고정되는 데에서 가장 잘 볼 수 있다. 그것은 "어떤 단일한 결정을 절대화"하는 결과로 일어난다.

일정한 입장이나 결정에의 고착화는 어떻게 하여 일어나는가? 수직적 향상을 위한 노력은 사람의 자연스러운 충동의 하나이다. 이것은 무엇을 이겨 내고 제어하려는 노력에도 나타나지만, 더 중요한 것은 인간 유대감 가운데에 있어서의 자기실현 속에 나타난다. 사실 이 후자의 경우가 그러한 충동이 충족되는 바른 형태인 것이다. 근간이 되는 것은 '사랑의 교감과 우정의 교류'이다. 성취감을 주는 수직적 상승이 인간 유대의 심화와 병행하지 않을 때, 과상승의 위험이 일어나게 된다. 빈스방거의 말에 따르면 하나의 결정을,

　'절대화'하는 것은 현존이 집으로부터, 또 사랑과 우정의 영원함으로부터 '절망 속에' 유배되어, 존재에 대한 무조건적 신뢰, 존재론적 확실성을 배경으로 하여 볼 때의, '위'와 '아래'의 '상대성'을 알지 못하게 될 때, 일어난다.

이와 같이 '과상승'은 실존적인 혼란에 의하여 일어난다. 그러나 염상섭의 초기 단편의 거시적 낭만주의가 일종의 '과상승' 현상의 위험에 대한 의식에서 생겨나는 것이라고 할 때, 그 원인을 단순히 개인적인 차원에서의 실존적 혼란이라고 볼 수는 없다. 그것은 다분히 사람의 안정성을 뒷받침하고 있는 여러 사회적 문화적 요인들에도 연결되어 있는 것이다. 사실 빈스방거의 '집과 사랑과 우정'은 궁극적으로는 '존재에 대한 무조건적인

신뢰'에 뿌리박고 있는 것이지만, 이 신뢰는 또한 집과 사랑과 우정을 에 워싸고 있는 여러 가지 요인들로 하여 구성되는 것이다. 그것은 우리의 문 화, 우리가 물려받은 전통의 가치와 제도와 인간관계에 대한 신뢰에 의하 여 보다 경험적으로 뒷받침되는 것이다. 따라서 '과상승'은 문화의 붕괴의 한 결과일 수 있다. 개체적 삶의 말 없는 고향이며, 닻이 되었던 전통문화 가 해체되는 시기에는 실존의 방향을 정위해 주는 여러 가지 이데올로기 와 이념적 전략들이 속출하고 서로 패권 다툼을 벌이게 된다. 전통문화 해 체의 중요한 원인은 두 문화의 충돌로 인하여 야기된다. 문화란 사회나 개 인의 삶의 일관성의 환영이다. 이 환영은 그것에 맞서는 다른 일관성의 환 영이 없음으로서만 유지될 수 있는 것이다. 따라서 모든 문화의 충돌은 우 리의 삶에 대한 자신감을 흔들어 놓는 결과를 가져온다. 그러나 이미 비친 대로, 이러한 충돌은 단순한 물리적 충돌이 아니라, 모든 주체성의 현상이 그러하듯이, 패권을 위한 투쟁이다. 그러므로 제국주의하에서 일어나는 문화적 갈등은 피침 사회의 문화의 해체 소멸을, 어떠한 시기의 갈등보다 도 촉진하게 마련이다. 제국주의의 희생이 되는 문화는 삶의 질서로서의 위엄을 상실하고 뿌리째 흔들리는 위기를 겪게 되는 것이다.

전통적 문화의 해체는 해방의 가능성으로 느껴질 수도 있다. 그것은 개 인을 탄생시킨다. 문화와 전통의 권위가 회의의 대상이 됨에 따라서, 개인 은 스스로 경험하고 느끼고 생각할 권리를 요구하게 된다. 여기에서 쾌락 적 개인주의가 탄생한다. 즉 단순화해서 말할 때, 모든 외부적으로 가해지 는 제약을 무시하고 제 마음 내키는 대로 한다는 철학이 생겨나는 것이다. 그러나 동시에 주목할 것은 개체적인 것과 더불어 일어나는 보편성의 탄 생이다. 유럽에 있어서 계몽사상은 다분히 여러 문화의 접촉과 충돌에 힘 입은 바 있다. 폴 아자르(Paul Hazard)가 유럽에 있어서의 다문화적 접촉의 효과에 대하여 말한 바와 같이, 그것을 통해서, "경외의 베일은 찢어지고,

베일 뒤에 불합리와 부조리 이외 다른 것이 없음이 드러나게 된다.”[3]

이것은 헌 문화에 대한 비판을 낳고 또 새 가치에 대한 모색을 촉발한다. 계몽주의 합리주의는 그 한 결과이다. 이러한 개체의 탄생과 새 가치의 모색에 있어서, 흥미로운 것은 개체적인 것과 보편적인 것이 더러 일치하게 된다는 사실이다. 위에서 말한 개인은 곧 투쟁적인 입장에 놓이게 되고 그것은 스스로를 하나의 철학적 옹호를 통하여, 즉 보편적 언어를 통하여 방어할 필요를 느끼게 되는 것이다. 따라서 개인은 보편성의 명분을 내세우는 삶의 질서로부터 도망쳐 나오지만, 이 질서의 부정은 보다 높은 보편성의 입장에서 행해질 수밖에 없다는 것을 깨닫는다. 그리하여 데카르트에 있어서 회의하는 자아가 보편적 이성의 담당자가 되듯이, 문화의 해체 속에서의 개체는 바로 회복된 개체성을 통하여 보다 높은 문화의 보편 원리의 담당자가 되는 것이다. 보편적 개체는 그리하여, 이성적 또는 이데올로기적 구성을 통하여 기존 세계를 대치할 수 있는 전체 세계를 지향하게 된다. 이때, 그는 사회의 혁명적 비판과 혁신의 매개체가 될 수 있다. 그러나 동시에 그는 위에서 언급한 바 빈스방거의 ‘과상승’의 정신 증세에 빠질 수도 있는 것이다. 어떤 경우에 있어서나, 이것은 정신적 위기를 조장하게 된다.

위에서 말한 ‘과상승’의 증세는 이렇게 단순히 개인적 실존의 차원을 넘어서 문화적 해석의 가능성을 가진 것으로 말할 수 있거니와, 대체로 신문화 초기에 있어서, 서양 문화와 일본 문화의 제국주의적 침입에 대하여, 우리의 지식인이 처해 있던 위치는 내면적으로 이러한 ‘과상승’의 위기에 의하여 특징지어졌던 것이 아닌가 하고 생각된다. 적어도 염상섭의 초기

---

3 Paul Hazard, *La Pensée européenne au XVIIIe Siécle*(Boivin, 1946), vol. 1, p. 11; 문희경, 『기이한 여행과 풍자문학』(범양사, 1983), 226쪽에서 재인용.

단편의 내면적 구도는 이러한 과상승의 상황에 깊이 관련되는 것으로 해석될 수 있는 것으로 보인다. 그리고 그는 이 위기를 극복하지 않으면 안 될 필요에 놓이게 되었던바, 그 위기를 그 나름으로는 이치가 없는 것도 아닌 하나의 방향으로 결정한 것이다.

3

염상섭의 초기 단편의 주인공들은 모든 관습적인 윤리 규범을 거부한다. 그리고 그 대신 자율적인 개인, 그들의 생각으로 미신이며 허례에 불과한 행동 규범으로부터 해방된 인간의 새로운 도덕을 생각한다. 그러나 이러한 개인주의적 도덕을 따라 행동한다는 것은 쉬운 일이 아니다. 그것은 단순한 향락적 개인주의자가 된다는 것과는 다른 것이다. 사실 개인적 도덕을 추구한다는 것은 우선 개인적 일관성을 요구하는 것이며, 이것은 흔히 세간적 도덕률과의 갈등을 무릅쓰는 것을 뜻한다. 또 개인적 도덕률의 추구는 그 자체로 기성 도덕과 기성 사회와의 갈등과 대결을 각오하는 것이다. 따라서 그것은 개인의 세속적 행복을 도모하는 일이라기보다는 그것을 위태롭게 하는 것이기 쉽다. 뿐만이 아니라, 그것은 사람이 뿌리를 내리고 있는 경험적 현실의 세계로부터 유리되어, 오히려 삶을 협소화하게 하고 또는 불안한 고독에 이르게 하는 과상승으로 나아가게 할 수 있다.

여기에 대하여, 통속적인 의미에서의 쾌락적 개인주의가 불가능한 것은 아니다. 이 쾌락주의자는 심각한 의미에서의 개인주의의 곤경으로부터——그 갈등적 요소와 실존적 왜곡으로부터 벗어나고자 하는 데에서 등장한다고 할 수 있다. 도대체 쾌락적 개인주의자는 기성 질서에 대결할 수가 없다. 왜냐하면 그가 욕망하는 것을 실현시킬 모든 수단을 그 사회가 가시고 있기 때문이다. 그러나 그는 그 사회의 규범을 심각하게 받아들이는 것도 아니다. 그가 관심을 가지고 있는 것은 어떤 사회 질서가 아니라 그 자신의 욕망이다. 그리하여 그는 기성 도덕과 타협이나 기만을 통하여 제휴하고 자신의 쾌락의 요구와 사회의 규범 사이를 교묘하게 헤쳐 나가고자 한다. 물론 이러한 이중적 전략은 반드시 그 당사자의 의식에 그렇게 비추는 것은 아니다. 당사자는 스스로를 기성 질서와 도덕에 반항하는, 그리고 그것에 우월한 선각자로 생각할 수도 있다.

소위 개화라는 신문화의 유입과 더불어, 전통적 제약으로부터 개인이 해방되는 시기에 있어서의 해방된 개인의 불투명한 도덕적 가능성에 대하여 염상섭은 특히 민감했던 것으로 보인다. 염상섭에게 전통 사회로부터의 해방은 영웅적 개인주의 또는 혁명적 사회 개혁 운동의 가능성보다는 두 개의 불가능한 선택 — 실제적 또는 정신적 자기 파괴에 이르는 과상승이거나 또는 속화된 쾌락적 개인주의거나, 두 가지의 선택만을 주는 것으로 보았다. 이것은 염상섭이 긍정적 가능성을 너무 경시한 것처럼 보이기도 하지만, 그의 보수적 현실 감각과 당대의 상황에 비추어 그럴 만한 일이었다고는 하여야 할 것이다. 뿐만 아니라, 전통적 사회 규범의 붕괴의 원인은 어디에 있는가? 염상섭의 주인공들이 새 도덕의 인간, 개인주의적 — 합리적 — 보편적 인간이라고 할 때, 그들의 이러한 입장의 근거는 어디에서 오는가? 그것이 일본과 서양의 제국주의적 문화로부터의 수입일 가능성은 늘 배제할 수 없는 것이었다.

염상섭은 결국 사회가 제공해 주는 선택과 가능성을 고려해 볼 때, 일상적 삶의 따분한 현실로 돌아갈 도리밖에 없다고 생각했다. 물론 그의 귀환은 귀향이라기보다는 모든 초월의 희망을 버리는 비관적 체념의 귀환이었다. 그의 초기 단편들은 분명한 형상과 언어를 결하고 있는 대로, 기성 질서로부터의 해방에서 초월 없는 현실에의 귀환에 이르는 염상섭의 고뇌를 기록하고 있다. 그것은, 위에서 이미 말한 대로, 다른 신문학의 개척자들이 보지 못했던 제국주의 신문화의 내면적 변증법의 한 문제를 드러내 주는 것이었다.

4

염상섭의 최초의 단편은 「암야(闇夜)」이다.(이것은 1922년 《개벽》에 발표되었으나 1919년 일본에서 씌어진 것이라고 한다.)[4] 이것은 이해할 수 없는 울적과 고통으로 가득 차 있는, 줄거리도 없고 주제도 불분명한, 전형적인 젊은이의 낭만적 자기 표현으로 보인다. 그리고 이러한 인상이 단순히 피상적 인상에 불과한 것은 아니다. 초기 염상섭 단편들은 출구를 찾지 못한 느낌과 정열을 객관적 사건과 상황으로 충분히 형상화하는 데 실패하고 있다. 그러나 다른 한편으로 막연한 듯한 감정의 표현 뒤에 그 나름의 예리한 현실 이해와 그에 따른 윤리적 문제에 대한 고민이 들어 있다는 것은 인정하여야 한다. 「암야」의 서두에 있어서의 다음과 같은 주관적 격정의 표현은 전형적인 것이다.

별로 춥지는 않으나 미닫이를 꼭 닫고, 그는 무슨 궁리나 하는 사람처럼 뒷짐을 진 채, 눈을 내리깔고 십분 동안쯤이나, 방안을 빙빙 돌아다니다가, 책상 앞에 털썩 주저앉았다. 그는 일전에 창경원에 놀러갔다가, 동물원에서 본, 철장 안의 검은 곰이 생각나서, 불쾌한 듯이 눈쌀을 찌푸리다가, 기가 막힌 듯이, "아—, 아—" 선하품 같은 한숨을 쉬고 두 발을 내던지며

---

4 작품에 부기되어 있는 연대가 있다. 이 사실은 김종균, 『염상섭연구(廉想涉研究)』(고려대학교 출판부, 1974), 86쪽에 지적되어 있다.

벽에 기대었다. 그 순간에 그는 무엇을 생각하였는지 신랄한 냉소가 입가에 살짝 지나갔다. 누가 곁에서 보는 사람이 있다면, 그는 지금 깊은 사색에 헤엄치거나 혹은 뼈에 맺힌 러브·씩이나 앓는 사람이라고 생각하였을지 모르나, 실상은 그의 머리 속에는, 아무 그림자도 비추지 않았다. 무엇을 생각하는 것도 아니요, 생각하라는 것도 아닌 완전한 실신상태에 포로가 된 것이다. 얼빠진 사람처럼, 팔을 먼지 앉은 책상에 던져놓고, 반시간 동안이나 멀거니 앉았다가, 그래도 무엇을 하여야 하겠다는 듯이, 몸을 소스라쳐, 정신을 차리고, 책상에 정면하여 도사리고 앉았다. 그러나 또 화석같이 두 팔죽지를 책상 위에 짚고 머리를 움켜싸고 앉았다. 그는 대관절 무엇을 해야 좋을지 몰랐다. 다만 머리 속이 불난 터 모양으로 와글와글하며, 공연히 마음이 조비비듯할 뿐이었다. 그러면서도 무엇이든지 하여야겠다는 생각은 한시를 떠나지 않았다. 어느 때까지 머리를 에워싸고 눈만 껌벅거리며 앉았던 그는, 겨우 결심한 듯이 원고지를 꺼내놓고, 잉크 병마개에서 손에 묻은 먼지를 씻은 후에 펜을 들었다……[5]

여기에 묘사된 젊은이의 고뇌와 울적은 과장된 것임에는 틀림이 없지 않지만, 그 원인이 없는 것은 아니다. 이러한 울적의 직접 원인은 이 구절의 바로 앞에, 주인공과 그 어머니의 대화에 암시되어 있다. 그 대화에서 주인공은 어머니로부터 사촌의 혼사와 관련해서 '둘째 집'을 찾아가라 요청을 받았다. 여기에 대하여 주인공은 그러한 요청이 세 번씩이나 되풀이된 것을 상기하고 불쾌한 느낌을 갖는다. 그런 다음 위에서 인용한 바와 같은 울적의 토로가 뒤따르는 것이다.

이러한 토로는 단순한 가족적 의무의 요청에 대한 반발로는 과도하기

---

5 『견우화(牽牛花)』(박문서관, 1924), 107~108쪽. (철자는 현대화하였다.)

짝이 없는 반응으로 보인다. 그러나 주인공에게 그것은 그의 인생 태도 전부가 관련되어 있는 상황 의식의 일부이다. 위에서 인용한 부분은 원고에 글을 쓴다는 대목에서 중단되었지만, 원고에 그가 쓴 첫마디는 "진리의 탐구자여"라는 말이다. 그는 진리의 탐구자이며, 진리의 탐구자인 그에게 전통적 가족적 의무는 비진리로 보이는 것이다. 추측건대, 전통적 제도로부터의 주인공의 소외는 제국주의적 문화의 충격에 깊이 관련되어 있는 것이다. 그러나 이러한 고려와 관계 없이 그에게는 전통적 제도는 다만 비진리의 것으로 보이는 것이다. 이 비진리 또는 개화 이래 우리가 흔히 써 오는 말로 전통의 허례허식은 「암야」의 주인공으로 볼 때는 가장 비속한 상거래의 위선적 겉치레에 불과한 것이다. 주인공이 어머니의 당부를 듣고 집을 나서면서 주고받는 말에는 허례허식의 의미가 분명히 드러난다. 소위 '인간 대사'의 참 의미는 '시비'를 피하자는 것이고 또 그가 누이에게 빈정대며 하는 말에서 비치듯이 "잘나고, 돈 많고, 인물 좋은 …… 그리고 말 잘하는"⁶ 상대를 구하자는 술수의 수단에 불과한 것이다. 또는 "피차에 코빼기도 못 본, 어떤 개뼉다귄지 말뼉다귄지도 모르는 남녀가, 일생의 운명에 간음적 결단을 선고하는 것이 무에 그리 경사란 말인가. 인천 미두(米豆) 이상의 더러운 도박을 하면서도 즐거우니 반가우니……"⁷ 주인공은 나중에 이렇게 독백한다.

이러한 주인공의 태도에서 우리는 그가 자유연애론의 옹호자임을 곧 짐작할 수 있다. 아울러 그는 자유연애가 함축하고 있는 모든 개인적 자유의 지지자이다. 그러나 자유연애 또는 일반적으로 개인주의에 대해서도, 주인공은 무조건적인 찬성을 보내는 것은 아니다. 집을 나선 주인공은 둘

6 같은 책, 116쪽.
7 같은 책, 118쪽.

째 집으로 가는 것이 아니라 친구의 집에 들른다. 이 친구는 화가로서 신문화주의자들의 회합의 한 중심을 이루는 사람으로 보인다. 그의 집에서 그는 기생 제자와 연애 놀이를 펴고 있는 다른 친구의 근황을 듣는다. 또다시 계속되는 방황의 길에서, 그는 또 비슷한 유희를 즐기는 다른 친구들을 만난다. 그리고는 이에 대하여, 주인공들은 신문화의 인간들이 "천박"하며 "영리한 듯한 우물(愚物)"[8]이라고 반성한다. 그는 속으로 말한다.

유희적 기분을 빼놓으면, 그들에게 무엇이 남는다! 생활을 유희하고, 연애를 유희하고, 교정(交情)을 우롱하고, 결혼 문제에도 유희적 태도…… 소위 예술에까지 유희적 기분으로 대하는 말종들이 아닌가. 진지, 진검(眞劍), 성실, 노력이란 형용사는, 모조리 부정하고 덤비는 사이비 데카단쓰다……[9]

전통적 윤리와 마찬가지로 신문화주의자들의 개인주의도 취할 수가 없는 것이라면, 제삼의 길은 없는가? 이 단편의 중심적 관점으로서의 주인공은 그러한 제삼의 길을 나타낸다고 할 수 있다. 그러나 그 자신의 맹렬한 자기반성에서 나타나는 것처럼 반드시 이상적 입장을 나타내고 있는 것은 아니다. 다만 그는 그 자신을 포함한 모든 입장, 모든 선택의 취약점들을 잘 알고 있을 뿐이다. 그는 아마 근본적으로는 다른 신문화주의자들과 더불어 개인적 도덕의 자율성을 믿는 사람일 것이다. 이런 의미에서 그는 개인주의자이다. 그러나 그는 개인의 이익을 추구한다는 의미에서의 개인주의자는 아니다. 그는 자기 친구들의 신문화주의에 대하여 말한다.

---

8 같은 책, 122쪽.
9 같은 곳.

그들은 괴로워 괴로워하며 개성의 자유로운 발현이 무리하게 억압되는 것을 한탄하며, 인생 문제니, 염세주의니 떠드는 것은, 밥이 부족하다는 애소에 분칠하는 것에 불과한 것이다. 주머니가 묵직하면 서재에서 뛰어나오는 사이비 예술가가 아닌가. ……D군의 그 침울하고 비통한 음영도 주권만 폭등하면, 하일(夏日)의 조로(朝露)이다.[10]

주인공의 눈으로 볼 때, 신문화주의자의 잘못은 보수주의자의 그것이나 마찬가지로 그 개인적 이익의 추구에 있다. 그러므로 그가 개인주의자라고 한다면 그 개인주의는 윤리적 이상에 매진할 수 있는 개인에 의하여 대표되는 개인주의라고 할 수 있다. 그것은 개인 이익의 보장이 아니라 오히려 고뇌와 희생과 헌신을 요구하는 것이다. 주인공은 "사랑의 약혼"을 한 사람이다. 그러나 그는 그의 사랑이 이기적 욕심의 가면이 아닌가 하고 반성한다. 그는 그의 애인을 "정열의 방사"의 대상으로 삼고 "정신적 매춘부"로 삼는 것이 아닌가 하고도 생각하는 것이다. 그의 사랑은 "타인에게 자기와 같이하고 강요하는" "전천(專擅)"[11]이며, 타인을 자신의 이용물로 대상화하는 행위일 수 있다고 한다. 또 그는 스스로가 너무 의식적이란 것을 반성한다. 그에게 필요한 것은 행동적 헌신이다. 그는 자기 자신과 동료에 대하여, "우리가 한 번이라도 일생애의 사업을 위하여, 자기의 예술의 궁전을 위하여, 인생의 아름답고 순결한 정서로 발로하는 연애를 위하여, 심각하고, 영원한 고뇌를 위하여, 생사의 문제라고 부르짖은 일이 있었나."[12] 하고 말한다. 그리고 이 단편의 끝에서, 주인공은 본래적 삶을 가능케 할, 어떤 행동적 삶에의 몰입을 바라면서,

---

10 같은 책, 123쪽.
11 같은 책, 114쪽.
12 같은 책, 123쪽.

아 대지에 엎드러져, 이 눈에서 흘러 떨어지는, 쓰고 짠 눈물을, 이 붉은 입술로 쪽쪽 빨며, 대지와 포옹하고 뺨을 문지를까! ……머리 위에 길이 나리운 야광주 같은 뭇 별의 영원히 끊어지지 않는 금은의 굳센 실로, 이 전신을 에워 매우고, '영원'의 앞에 무릎을 꿇고 '영원'이시여! 이 가련한 작은 생명에게 힘을 내리소서, 그렇지 않으면, 이 작고 약하고 추한 그림자가, 영원히 비추이지 마소서, 하며 기도를 바치고 싶다.[13]

고 하는 영탄을 발한다.

그러나 「암야」의 주인공의 상황을 더 적절하게 나타내고 있는 것은 그가 잘못된 것으로 보고 있는 전통적 윤리도, 유희적 개인주의도 또 제삼의 본래적 삶에 대한 희구도 아니라고 하여야 할 것이다. 그것은 그의 행동주의적 헌신에의 갈구에도 불구하고 그를 사로잡고 있는 무력감이며 또 이 무력감을 만들어 내는 사회이다. 이 단편의 서두에 그는 나무에 걸려 있는 어린아이의 연을 보고 이를 그가 사회에서 탈출하는 데 동원하는 크고 작은 수단의 실패에 비유하지만, 그는 산보길에서 보는 서울의 광경을 전반적으로 "가장 추악한, 금시로 거꾸러질 듯한 망량들이, 움질움질하는 뿌연 구름 속을 휘저으면서, 정처없이 흘러가는"[14] 그러한 무덤으로 생각한다. 그리하여 그는 서울에 적절한 것은 결혼과 같은 인간 대사가 아니라 조상(弔喪)과 같은 행위라고 생각한다. 사실 그의 과잉 의식, 무력감은 적어도 그가 보기에는 죽음과 같이 갇혀 있는 사회에서 나타나는 불가피한 결과인 것이다.

다시 요약하여 말하건대 「암야」의 주인공은 전통 사회의 예의와 의무

---

13 같은 책, 136쪽.
14 같은 책, 118쪽.

를 거부한다. 이로부터 모든 개인적인 정열의 방출을 경험한다. 그러나 이 것을 그는 쉽게 유희적인 개인주의에 일치시키지 못한다. 그에게는 전통 사회의 윤리 규범이 이익 거래의 표면에 불과했다면, 새로운 개인주의도 그러한 것에 의하여 특징지어지는 사회의 다른 한 면에 불과하기 때문이 다. 여기에 대하여 그는 개인의 자율에 기초해 있으면서 어떤 커다란 보편 적 이상에 헌신할 수 있는 삶의 가능성을 생각한다. 이러한 삶은 개인과 초 개인적 이상, 자아실현과 타인 존중, 감정과 지성 — 이러한 것들을 융합 할 수 있을 것이다. 또 개인의 자아는 기쁨과 함께 고통을 통해서 실현되고 삶의 원초적 충동은 전체적으로 항진될 것이다. 그러나 이러한 일종의 순 수한 감정의 근본주의는, 이미 본 바와 같이, 무덤과 같다고 스스로 판단하 는 현실에 부딪쳐, 부정형의 정열과 그 정열의 대상의 부재로 인한 무력감 으로 끝나 버리고 만다. 이러한 감정의 변증법은 「암야」 다음에 쓰인 「표본 실의 청개구리」에서 다시 한 번 주제가 된다. 여기에서는 기존 사회의 모 든 것을 소외된 눈으로 보는 일은 단순한 무력감이 아니라 광증으로 끝나 는 것임을 우리는 보게 된다.

5

「표본실의 청개구리」(1921)는 「암야」와 마찬가지로 불투명한 작품이 다. 우리는 그것이 낭만적 고뇌를 표출하고 있으며, 이것이 시대적 상황 에 관련을 가지고 있으리라고 추측할 수는 있다. 그러나 그 고뇌의 성질과 상황 인식의 정확한 인과 연쇄는 분명하게 제시되어 있지를 않다. 그러나 「암야」와 마찬가지로, 작자 자신 그 주제를 분명하게 파악하고 있지 못하 다는 혐의가 있는 대로 이 작품은, 오늘의 독자가 약간의 예각적 구도를 부여해 읽는다면, 그런대로 심각한 상황 진단을 담고 있다.

「암야」의 주인공과 마찬가지로 「표본실의 청개구리」의 주인공의 이야기도 자신의 상황을, 주어진 여건에 대하여 아무런 대응책도 강구할 수 없는 무력한 마비 상태의 상황으로 파악하는 것으로 시작한다. 말할 것도 없이, "해부된 개구리가 사지에 핀을 박고 칠성판 위에 자빠진 형상"[15]은 이 주인공과 그의 동료들의 상황에 대한 가장 적절한 상징이 된다. "뾰족한 바늘 끝으로 여기저기를 콕콕 찌르는 대로 오장을 빼앗긴 개구리(가) 진저리를 치며 사지에 못 박힌 채 벌떡벌떡 고민하는 모양"이 바로 자신의 상황이라고 주인공은 느끼는 것이다. 이러한 느낌은 그를 자살이나 광증의 직전까지 몰고 간다. 그리하여 그가 생각하는 것은 탈출과 방랑이다. "세계 끝까지. 무한에. 영원히. 발끝 자라는 데까지. 무인도. 서백리아의 황량한 벌판! 몸에서 기름이 부지직부지직 타는 남양!"[16] 그는 이렇게 외친다.

이러한 탈출에의 의지가 주인공을 현실적으로 데려간 곳이 평양이고 남포였다. 물론 평양이나 남포라고 어떤 현실적 해방을 약속해 주는 곳은 아니다. 남포에 가서 그가 보는 것은 자신의 상황의 철저한 폐쇄 상태이다. 그는 남포에서 자신의 상황을 확인할 뿐이다. 사실 그의 탈출은 현실에 대한 불만에서 나온다. "어데를 두드리든지 알콜과 니코틴이 내뿜지 않는 곳이 없는"[17] 그의 상태 또 다른 여러가지 퇴폐주의적 증후는 그의 현실 불만의 표현이다. 그러나 그가 참으로 원하는 것은 도피가 아니라 현실과의 진지한 대결이다. 그가 남포에 가는 것도 사실은 일시적인 방편에 불과할 뿐이다. 그는 술병의 모양 '표단(瓢簞)'이 별명이 될 정도로 술에 취해서 지내는 것으로 이야기되거니와, 그가 참으로 원하는 것은 알코올의 위안이 아

---

15 같은 책, 132쪽.
16 같은 곳.
17 같은 책, 131쪽.

니라 "광증이냐, 신념이냐"[18]의 둘 중에 하나의 단호한 선택이다. 남포 여행은 이러한 선택을 위한 한 전주곡이었는지도 모른다. 그러나 남포행이 그에게 확인해 준 것은 그러한 선택의 어려움이다. 거기에서 그는 그가 원하는 신념의 선택이 광증에 이르는 것이라는 암시를 받는다. 사실 광증은 신념을 위하여 무릅쓸 용의가 있다는 것이지, 그가 적극적으로 원하는 것이 아니기 때문에, 그는 다시 서울의 정체 상태로 돌아오게 된다. 그것이 다시 알콜과 방랑의 꿈으로 돌아감을 뜻하는지 어쩐지는 알 수 없으나, 적어도 그가 남포 여행을 통하여 폐쇄된 현실의 움직임을 조금 더 분명하게 이해하게 되는 것은 사실이다.

말할 것도 없이 그에게 주어질 수 있는 것이 광증 이외에 다른 것이 없다는 것을 보여 주는 것은 남포의 광인 김창억이다. 김창억은 왜 미쳤는가? 광증에 이르는 그의 개인적 사정은, 구조, 문체, 또 관점의 일관성의 관점에서는 흠집이라고 할 수밖에 없는 제6부의 직절적인 서술에 설명되어 있다. 그는 방탕한 아버지, 일찍 죽은 어머니, 애정 없는 결혼, 누이의 죽음 — 이러한 불행들로 점철된 어린 시절을 보낸다. 그러나 그는 교사로서, 가장으로서 정상적이고 건강한 청년이 되고, 술을 많이 마시기는 하지만, 학문에도 열중할 정도가 된다. 그러나 아내가 죽자, 그는 일시 술과 방랑을 "자기의 생명이라고 생각하"[19]고 서재를 뛰쳐나간다. 그러나 이내 그는 다시 서재로 돌아오고, 새로운 아내를 맞아 힘에 겨울 정도의 애정의 삶을 꾸려 나가게 된다. 그에게 결정적 불행은 소학교 근속 십 년이 되려는 때에, 이 단편에서 밝히지 않는 이유로 하여 감옥에 들어가고 사 개월은 그곳에서 지나게 된 일과, 그 기간 중에 그의 아내가 다른 애인과 함께 집을

---

18 같은 책, 149쪽.
19 같은 책, 176쪽.

뛰쳐나가 버린 일이다. 이로 인하여 김창억의 인생에 대한 신념은 뿌리째 흔들리기 시작하고 그는 드디어 미친 사람이 되어 버리고 만다.

　이러한 김창억의 이야기가 불운의 애사(哀史)임에는 틀림없으나, 이것이 어떤 특별한 의미를 가질 만한 것이라고 할 수는 없을는지 모른다. 그것은, 그 주인공의 과장된 민감성으로 하여 더욱 애처로운 그리고 그만큼 더 속된 설화에 불과하다고 할 수 있는 것이다. 김창억의 이야기가 의미를 갖는 것은 그것이 화자인 주인공에게 주는 충격을 통하여서이다. 처음 김창억을 보았을 때도, 그는 강한 일체적 동정심을 느끼지만, 나중에 친구로부터 후일담을 전해 듣고도 그는 강한 충격을 받는다. 김창억의 후일담을 들은 후에 그는 "오직 잿빛의 납덩어리를……가슴에 던져" 받은 것으로 느끼고 자신의 음산한 방이 "무겁고 울적한……가슴을, 더욱더욱 질식케 하는 것"[20]같이 여기는 것이다. 그에게, 또 사실상 그와 함께 김창억의 삶에 대하여 관심을 갖는 그의 친우들에게, 김창억의 이야기는 일반화되어 하나의 대표적 의의를 갖는 것으로 생각된다. 주인공은 평양행 열차에서, 김창억의 일을 "현대의 모든 병적 '닥 사이드'를 기름가마에 몰아넣고 전축(煎縮)하여, 최후에 가마 밑에 졸아붙은, 오뇌의 환약이 바지직 바지직 타는 것 같기도 하고, 우리의 욕구를 홀로 구현한 승리자 같기도"[21] 해 보인다고 요약한다. 또 검창억의 마지막 삽화를 전해 들은 다음에 주인공은 울적한 심정을 풀기 위하여 고개 위로 올라갔다가 거기에서 곳집과 무덤에 부딪치는데, 그는 그것이 김창억의 삶의 의미를 요약하는 것으로 느껴, "인생의 전국면을 평면적으로 부감한 것 같은"[22] 생각을 하게 된다. 즉 그에게 김창억의 교훈은 삶의 허무함, 염상섭이 「암야」로부터 「만세전」까지

---

20 같은 책, 203쪽.

21 같은 책, 172쪽.

22 같은 책, 205쪽.

에서 잘 쓰는 비유로서, 무덤과 같은 삶의 상태를 깨닫게 하는 데 있는 것이다.(김창억의 삶은 적어도 이 단편의 관점에서는 당대적 삶의 대표로서, 표본실의 표본으로서 생각되고 있다. 주인공을 비롯한 청년들이 그에게 관심을 갖는 것 자체가 그의 삶의 상징적 의미를 모두 느끼고 있기 때문이지만, 우리는 주인공의 친구 A가 가족과 작별하고 영원한 방랑의 길에 오른다든가, 대동강 가에 장발의 방랑객이 지나가고 하는 일들이 모두 같은 유형의 일들임을 주목할 수 있다.)

김창억의 삶을 전형적인 것이라 할 때, 그의 광증은 무엇을 말하여 주는가? 방금 말한 바와 같이, 그의 삶은 당대적 삶 또는 화자의 관점에서는 인간의 삶의 불모성을 이야기해 준다. 더 구체적으로, 그것은 주어진 여건 속에서, 정상적인 직업을 통하여 사회에 공헌하며, 정상적이고 행복한 가정을 이룩하는 것이 어렵다는 것을 말해 준다. 다른 작품들에 있어서도 염상섭의 관심이 늘 새로운 가정의 가능성에 있는 만큼, 여기에서도 적어도 가정의 성립의 불가능에 대한 교훈이 포함되어 있는 것으로 보는 것이 옳은 것이다. 그러나 다른 한편으로 우리가 주인공과 김창억의 일체적 감정을 중시할 때, 그러한 감정을 유발한 김창억은 위에 말한 바와 같은 개인적 사연을 가진 것이 아니다. 그것은 단순히 광인으로서의 김창억이다. 우선 주인공이 처음에 그에게 끌린 것은 광인이라는 사실 자체 때문이다. 그러나 이에 못지않게 중요한 것은 김창억의 광기의 내용이다. 그는 단순한 광인이 아니라 매우 지적인 광인이며, 어떻게 보면, 그의 마음의 지적인 내용이 그를 광인으로 보이게 하는 것이다.

그의 광증은 그가 가진 거창한 이념들을 통하여 표현된다. 그는 톨스토이즘과 월슨이즘을 합쳐서 세계 평화를 논하고 인류애를 논한다. 그리하여 스스로 동서 친목 회장이라 칭한다. 또 그는 물질 만능의 시대에 인의예지가 없어지고, 도덕과 윤리가 타락했음을 개탄한다. 이에 대하여 '사람의 구실'을 제대로 하기 위하여 필요한 것은 '인(仁)'이라고 주장한다. 그런가

하면 그는 이념이 아니라 현실의 생활 향상에 관심을 가진 인간이기도 하다. 그를 대표하고 있는 것은 서른다섯 냥의 돈으로 한 달 열사흘 만에 지은 소위 삼층집이다. 이것은 서양 문화를 받아들여 조선 민족의 삶을 충실케 하자는 의도에서 지은 것이다. 서양 집을 보니까, "위생에도 좋고, 사람 사는 것 같기에, 우리 조선 사람도 팔자 좋게 못 사는 법이 어데 있겠소?"[23] 하는 생각이 들어 그는 이러한 집을 지은 것이었다. 그런데 그것은 사실 삼층집이 아니라 "새끼오락지, 멍석조각, 장작개비, 삐루궤짝, 깨진 사기그릇 나부랭이"를 엮어 만든 원두막에 불과하다. 이 집은 바로 그를 3원 50전으로 삼층집을 짓고, 유유자적하는 실신자(失神者)로 만드는 것이다. 비슷한 성질은 그의 거창한 생각들에서도 그대로 발견된다. 삼층집이 김창억의 머리 속에서만 삼층집이라면, 그가 말하는 톨스토이즘, 윌슨이즘, 동양의 윤리, 우국론도 그의 머릿속에서만 어떤 의미를 갖는 것이다. 그것들은, 그 자체로 위대한 이념들이면서, 현실에 대하여 아무런 관계를 가지고 있지 못하다. 결국 김창억의 광증은 현실의 힘 속에 그의 소망과 이념이 뿌리를 내리고 있지 못한 데에서 일어나는 현상인 것이다. 김창억의 공상의 삼층탑이 서 있는 곳은 "목욕탕에서 돌아오는 얼굴만 하얀 괴물들이, 화장품을 담은 대야를 들고 쓸쓸한 골짜기를 이리저리 돌아다니는 것이, 부화(浮華)함보다는 도리어 처량"[24]해 뵈는 유곽의 곁이다. 마찬가지로 세계 평화 운운의 그의 이념의 탑은 황폐해 버린 개인적 삶 가운데 서 있고, 전체적으로 막혀 있는 현실 가운데 신기루처럼 솟아 있는 것이다.

「표본실의 청개구리」의 청년들에게 김창억의 의미는 바로 이념과 현실의 괴리에서 오는 광증을 보여 주는 데 있는 것이다. 그들 자신의 조선 사

---

23 같은 책, 162쪽.

24 같은 책, 152쪽.

회에 대한 관계가 바로 그러한 것이다.(물론 김창억의 허황한 생각들은 그의 개인적인 삶의 불행의 결과라고 할 수 있지만, 개인적인 불행은 또 그 나름으로 그의 허황한 이상주의, 삶에 대한 지나친 기대에 관계된 것이라고 볼 수도 있다. 어느 경우에 있어서나, 단편의 화자에게 김창억에 대한 흥미는 제일차적으로 그가 이념적 광인이라는 데 있다.)

「표본실의 청개구리」에서 염상섭은 폐쇄된 현실과 이념 또는 이의 괴리가 불러일으키는 문제를 다루었다. 그러면서 우리가 주의할 것은 이러한 괴리의 잘못을 반드시 현실의 탓으로만 돌리고 있지는 않다는 사실이다. 김창억의 세계 평화론이나 삼층집 건설이 그 자체로 탓 잡을 수 없는 것이기는 하나, 그 비현실성은 너무나 자명한 것이다. 그러나 일반적으로 염상섭은 욕망과 이상의 실현을 용납하지 않는 현실을 절망적으로 보고, 이 절망을 퇴폐주의나 허무주의 또는 심지어 광증으로 발산하려는 젊은 이들에게 완전한 동정을 보낸 것은 사실인 것이다. 김창억의 처지는 문화가 주입한 여러 생각들을 가지고 사회 현실을 바라볼 때의 염상섭의 심경을 그대로 나타내는 것이었다고 할 수도 있다. 감옥에서 나왔을 때에 김창억이 느꼈던 "피로, 앙분, 분노, 낙심, 비탄, 미가지의 운명에 대한 공포, 불안"[25]은 새로운 아이디어를 가지고 현실에 대면한 신지식인의 심경이었는지도 모른다. 그러면서 우리는 「표본실의 청개구리」의 주인공이 김창억 또는 염상섭의 현실에 대한 태도가 극히 주관적이고 추상적임에 주목할 수 있다. 그것은 실험되지 아니한 "미가지의 운명에 대한 공포, 불안"에 의하여 결정된 태도이다. 한편에 생각들이 있고 다른 한편에 현실이 있으며, 정작 이 두 가지가 맞붙어 하나의 과정을 이루기 전부터, 그들은 미지의 갈

---

25 같은 책, 180쪽.

등에 대한 공포와 불안에 싸이는 것이다.

그러나 「표본실의 청개구리」 이후의 단편들에서, 염상섭은 이념과 현실의 얼크러짐을 시험한다. 그 결과는 현실을 그대로 수락하지는 않으면서, 또 동시에 이념도 포기하는 것이 된다. 이념은 현실에서 받아들여질 수 없는 것일 뿐만 아니라 불가피하게 현실 속에서 주관적 객관적 왜곡을 겪어 그 본래의 모습을 상실하게 된다는 것이 드러나게 된다.

6

염상섭의 주관적이며 낭만적인 작품의 마지막이 되는 「제야(除夜)」(1922년 1월)는 현대적 윤리에 따라서 살려고 하는 신여성이 어떻게 타협과 자기 기만에 떨어지고 급기야는 파멸에 이르는가를 보여 준다. 「제야」는 얼른 보기에 방탕한 생활을 하던 한 여성이 결국 파탄에 이르거나 또는 참다운 도덕의 힘의 위력에 감격하여 자신의 잘못된 과거를 뉘우치고 죽음으로써 속죄한다는 멜로드라마인 것처럼 보인다. 그러한 면이 있는 것은 사실이나, 그것이 이야기의 전부는 아니다. 그러기에는 염상섭의 당대적 윤리 도덕에 대한 비판적 견해는 너무나 예리한 것이다. 사실 염상섭은 「제야」의 탕녀의 도덕에 상당히 공명하고 있다. 그녀에게 잘못이 있다면 그것은 한편으로는 이 도덕의 의미를 제대로 고수하지 못한 것이요, 다른 한편으로 또는 부차적으로, 관습적 도덕으로부터 일탈한 것이다.

「제야」의 신여성 정인은 철저한 개인주의자이다. 그녀에게 모든 삶의 결정의 근거는 자아에 있다. 그녀는 말한다.

주관은 절대다. 자기의 주관만이 유일한 표준이 아니냐. 자기의 주관이

용허하기만 하면 그만이다. 사회가 무엇이라 하든지, 도덕이 무엇이라고 경고를 하든지, 귀를 기울일 필요가 어디 있느냐.[26]

또는 그녀는 주어진 삶의 자연스러운 충족을 옹호하여 말한다.

실로 나에게 도덕이란 아무런 권위도 없습니다. 자기의 생을, 절대로 충족시키려는 끓는 욕구 앞에는 모든 것을 유린하고 희생하여도, 아깝지 않다는 것이, 나의 생활을 자율하여 가는 데 최고 신념이었나이다. ─ 우리는 생활한다. 참으로 생활을 열애한다. 열애할 의무가 있다. 함으로 생활의 애를 만족시키기 위하여 취하는 바, 일체의 수단은 가치 않은 것이 없다.[27]

이러한 개인적 삶의 의지의 옹호는 그녀로 하여금 일체의 제도적 제약─사회, 국가, 공동체의 제약을 배격하게 한다. 어떤 경우에 있어서나 사회는 억압과 위선의 미화의 결과에 불과하다. "축첩은 이혼 방지라는 명목하에, 예기(藝技)는 실업가의 사교, 지사(志士)의 위안, 삼문문사의 인간학적 연구, 예술가의 탐미라는 미명하에, 비도(非道)는 정도(正道)가 되고, 타락은 사회 정책이요, 사업의 수단이요, 학문의 호재료가 되는"[28] 것이 당대의 사회이다. 이러한 사회에서 윤리와 도덕도 단순히 삶에 대한 질곡이며, 억압의 수단이며, 위선의 가면에 불과하다.

이러한 이중성은 특히 여성에 관계된 제도와 윤리 규범에 있어서 그렇다. 정인에게 "아무 동기도 수단도 조건도 없는 인습적 혼인은" "철저한

---

26 같은 책, 5쪽.

27 같은 책, 31쪽.

28 같은 책, 7쪽.

죄악"²⁹이다. 그것은 사랑을 억압하고 궁극적으로 배신을 낳을 뿐이다. 또 그것은 자연스러운 충동과 자발적 의사를 무시하고 타기할 만한 거래 관계로써 이루어지는 것이 보통이다. 정인의 남편이 그녀를 배우자로 고른 것은 "다소 미려하다는 외모와 세간에 전하는 바 약간의 명성과 소허(少許)의 지식"³⁰이 있다는 "매파의 감언"에 대하여, 그녀가 첩의 자식이며 과년한 처녀라는 불리한 점에 의지하여 그녀에게 군림하기 쉬우리라는 계산에서였다.

여성에 가장 필요한 것으로 들어지는 정조라는 것은 또 무엇인가? 그것은 여성에게만 강요되는 "노예적 봉사"³¹의 요구이며, "남자가 여자에게 생활 보장을 조건으로 하고 강요하는 소유욕의 만족"³²이며, 여자가 그것을 미끼로 하여 재산과 지위 또는 쾌락을 거래할 수 있는 상품적 수단이다. 이러한 수단화된 도덕의 요구에 대하여, 삶의 충동에 충실한 것만이 참다운 삶의 방식이다. 도덕은 "결코 중심 생명의 전아적(全我的) 욕구"³³가 아니다. "한 연애에 대하여 포만의 비애를 감(感)할 때, 다른 연애에 옮겨 간다 하기로, 거기에 무슨 부도덕적 결함이 있고, 인류 공동 생활에 무슨 파열이 생기겠느냐?"³⁴ 정조가 있다면 차라리 그때그때의 감정에 충실한 것이 정조이다. "A와의 정교가 계속할 때에는, A에게 대하여 정조 있는 정부가 될 것이요, B와 부부 관계가 지속할 동안은 또한 B에 대하여 정숙한 처만 되면 고만이 아니냐. A에게 대하여 벌써 하등의 애착을 갖지 않으면서,

---

29 같은 책, 1쪽.
30 같은 책, 16쪽.
31 같은 책, 31쪽.
32 같은 책, 33쪽.
33 같은 책, 32쪽.
34 같은 곳.

A와 부부 관계를 유지하는 것이야말로 도리어 간음이다……."[35] 또는 애정이 식은 경우에도 상대방을 위하여, 정조를 지킬 수도 있다. 그러나 그것은 "자기 자신에 대한 의무이거나, 도덕성의 요구에 대하여 만족을 준다는 의미"[36]를 가질 뿐이다. 그 경우에 그 값어치는 오로지 자발성에 있다. 따라서 어느 경우에 있어서나 "정조는 상품은 아니다. 취미도 아니다. 자유의사에 일임할 개성의 발로인 미덕이다."[37]

그러면 이러한 자유주의 사상의 잘못은 무엇인가? 우리는 염상섭이 감정의 성실에 기초한 감정의 근본주의를 만들었다는 것을 위에서 말하였다. 사실 마지막 참회를 하는 것으로 되어 있는 이 단편의 여주인공들도 성자유론을 이야기한 다음, "나의 이러한 사상이 그 전부가 틀렸다고는 못하겠지요."[38] 하고 말한다. 그러나 전체적으로 볼 때, 염상섭이 여기의 여주인공의 행각을 부정적으로 보는 것은 사실이고 그럼으로 하여 이야기는 자살 직전에 있는 그녀의 최후의 참회적 진술의 형식을 취하고 있다. 그러나 이야기 내에서 염상섭이 이 여성의 잘못을 분명하게 분석하여 보여 주고 있다고 말할 수는 없다. 다만 그 이유들을 더러 추측할 수 있을 뿐이다. 여주인공 정인의 행각이 관습적 윤리와 도덕에 어긋나는 것은 말할 것도 없거니와, 이미 말한 바와 같이, 염상섭도 관습적 기준의 판단에 어느 정도 동의하고 있음을 우리는 알 수 있다. 그러나 염상섭의 경향으로 보아 무조건적으로 동의한다고 볼 수는 없고 우리는 다른 이유를 적어도 보충적으로 추출해 보아야 한다. 사실 정인 스스로 그녀에 대한 정당한 비판으로 받아들이고 있는 것은, 오히려 그녀가 개인주의적 저항에 철저하지 못했다

---

35 같은 책, 34쪽.
36 같은 곳.
37 같은 곳.
38 같은 책, 36쪽.

는 것이다.

　"만일 너에게, 양심이라는 것이 눈꼽만큼이라도 남아 있었을 지경이면 사(死)로써라도 단연히 항거하였을 것이다. 인습적 결혼에 대하여 굴복하였다는 의미하에, 너는 신녀자의 가치를 잃었고, 결혼을 이용하고 상대자와, 및 그 주위를 사기하였다는 의미하에, 너는 인도(人道)의 적이니, 천주(天誅)를 받음에 합당하다"는 것이 논죄의 중심이겠지요. 과연 지당합니다.[39]

라고 그녀는 말한다. 또 그녀는 타락의 다른 원인으로 그녀의 천성과 어린 시절의 환경으로 인하여 퇴폐적 쾌락주의에 빠려 들어가게 된 것을 들고 있다. "질투와 충돌과 제주(制肘) 없이, 다시 말하면 피차의 행복과 감정을 희생하거나, 피차의 행동을 감시치 않고, 각자의 일종 병적 환락을 무조건으로 보장하는"[40] 환경에서 그녀는 자랐던 것이다. 이것이 그녀로 하여금 수많은 남성과의 애정 행각에 나서게 하는 근본 소지가 된다. 그리하여 그녀는 과도한 환락주의의 길에 들어서고 그녀의 말로는 "육욕(肉慾)이 아니라 수욕(獸慾)"을 만족시키는 데 급급하게 된다. 또 그녀는 이 애정 행각에서 관능적 욕구를 만족시키려 했을 뿐만 아니라 개인적 허영을 만족시키려 했다. 그리하여 그녀는 남자 위에 군림하는 것을 즐기고, "연애를 하는 것이 아니라 경쟁을 하"고 "성벽(性癖)"을 연애하고 승리를 연애하고, 연애를 연애"[41]하였다. 그러나 이 모든 것보다 더 큰 잘못은 자신의 사랑으로 재산과 외국 유학과 사회적 체면을 사려고 한 데 있다. 그녀는 "이해의 타산까지 하고, 남자의 재산에 눈독을 들이고 유괴하였다는 데에 이르러서

---

39 같은 책, 19쪽.
40 같은 책, 21~22쪽.
41 같은 책, 43쪽.

는 사람의 부류에도 참례치 못할 절망적 최후가 아닙니까."[42] 하고 참회한
다. 그녀가 기혼 남성인 P, E씨와 사귄 것은 그들이 재산이 있는 남성들이
며, 독일 유학의 기회를 마련해 줄 수도 있는 사람들이기 때문이었다. 또
마지막으로 남편과의 결혼에 동의한 것은 그가 불륜의 관계를 은폐해 줄
사회적 체면을 줄 수 있을 것으로 생각했기 때문이었다.

그녀 스스로 인정하는 잘못들에 일관되어 있는 것은 결국 그녀가 자신
의 욕망과 허영심과 이익을 추구하는 데 급급했다는 것이다. 이것은 바로
그녀가 사회의 제도와 도덕에 대하여 말하고 있는 동기와 같은 것들이다.
그녀의 감정적 근본주의, 도덕을 넘어서는 도덕의 추구도 결국은 자기의
이익과 욕심을 위한 수단에 불과한 것이다. 결국 그녀가 맹렬하게 요구한
개인적 자발성과 삶의 긍정에 근거한 도덕적 추구는(기성 도덕을 부도덕하다
고 비난하는 것은 보다 순수한 도덕을 위한 추구가 아니겠는가.) 자기만족의 추구
에 불과한 것이다. 그녀로 하여금 죽음에 이르게 하는 것은 남편의 용서가
드러내 주는바, 비열한 타협과 기만에 가득 찬 자신의 이기주의에 대한 깨
달음이다. 그러나 이러한 왜곡이 단순히 개인적인 심리의 일탈로 인한 것
은 아니다. 그것은 주어진 사회적 여건하에서 취할 수 있는 생존의 필요로
인하여 불가피하게 된 것이었다고 할 수 있다. "그러한 위선적 수단을 부
득이 취케 한 원인은, 역시 당신이 취하신 바 인습적 결혼 제도와, 부친의
소위 가장권의 남용과, 폭군적 위압이 아니었겠습니까."[43] ── 그녀는 남편
에게 이렇게 쓰고 있다. 또 그녀가 일본에서 귀국하여 한 연설은 여성의 권
리가 확보되기 위하여서는 여성에게 경제적 독립이 주어져야 한다는 것을
강조하고 있지만, 이러한 독립의 불가능도 그 여자의 사랑의 상품화의 일

42 같은 책, 37쪽.
43 같은 책, 16쪽.

부 원인이라고 할 수 있다.

　이러한 것들을 참조하고, 사실상 작가 자신이 암시하고 있듯이, 주인공 정인의 주장의 상당 부분이 옳은 것이라고 할 때, 그녀의 비극은, 그것이 인습적이든 자율적 개인의 것이든, 도덕적 절제와 균형의 상실에서 오는 것이면서 동시에 사회 현실의 왜곡에서 오는 것이다. 「제야」는 그 의미가 분명하지는 않은 채로, 대체적으로 인습적 도덕을 타파하고 새로운 도덕에 의하여 살려고 하는 사람이 부딪치게 되는 내면적, 외면적 좌절을 그리고 있다고 할 수 있다.

7

　여기에 대하여 「제야」와 같은 해 수개월 후에 발표된 「E선생」은 좀더 현실에 다가가서, 어떤 개인이 가지고 있는 이념이나 이상이 현실에서 어떤 결과를 낳는가 하는 문제를 검토하고 있다. 밖으로부터 온 이념과 주어진 현실의 차이에 관한 주제를 다룬다는 점에서는 앞의 단편들의 경향을 계속한다고 하겠으나 「E선생」은 같은 주제를 내면의 문제가 아니라 사회 현실 — 비록 매우 한정된 사회 현실이기는 하나 — 속에서 다룬다는 점에서는 지금까지의 단편들과는 상당히 성격을 달리한다고 할 수 있다. 이것은 문체에서도 볼 수 있는 일이다. 이제 염상섭의 문체는 주관적 감정으로 굴절된 인상들을 적는 것이 아니라 객관적 상황을 — 그것이 심리이든 사건이든 — 그대로 거리를 가지고 적는 것으로 바뀌어 가고 있음을 여기에서 볼 수 있는 것이다. 이 단편으로부터 시작하여 염상섭은 낭만주의에서 벗어나 사실주의에로 접근해 간다. 다만 이 작품이 완전한 객관성에 이르지 못한 것은 문체에 아직도 주관적 정서의 자국이 많이 남아 있기 때문이며, 또 무엇보다도 객관적이라고는 하지만, 모든 것이 E선생 한 사람의 관점에서 투영되어, 다른 인물이나 또 사건이 충분히 입체적 독립성을 얻지 못하고 있기 때문이다.

「E선생」의 주인공은 일본에서 공부하고 돌아와 미국인 경영의 중학교 교사로 취직한 신청년이다. 그도 귀국하여 이상과 현실의 차이를 경험한다.

그의 학생시대의 이상으로 말하면 결코 중학교 교사라는 되다 찌브러진 교육가가 되려고 아니하였었다. 그러나 동경에서 졸업한 후에 급기야 조선 사회에 발을 들여놓고 보니 모든 것이 꿈이었던 것을 깨달았다.[44]

그렇긴 하나 그는 추상적으로 파악한, 부질없이 높은 이상과 현실의 낙차에 압도되어 곧 낭만적 불만으로 치달아 가지는 아니한다. 그는 주어진 위치에서 맡은 바 일을 그 나름의 이상에 따라 해내려고 한다. 「암야」나 「표본실의 청개구리」의 주인공들과는 달리 그는 "조선 민족성에 대한 신뢰가 없거나 조선 민족의 전도에 대하여 낙담을"[45] 한 것은 아니다. 그는 이 낙담의 거부에 기초하여 그런대로 그의 일을 찾으려 한다.(물론 그가 더 높은 성취를 바라는 마음을 버린 것은 아니다. 그는 미국이나 유럽으로 유학 갈 생각을 가지고 있다. 이것이 그로 하여금 그의 교사직을 잠정적인 징검다리로 생각하게 한다. 그런 만큼 그는 그의 현실에 대하여 우월한 거리를 유지하고 있으며, 그런 만큼 유리되어 있다. 이러한 것은 제국주의 문화의 시대에 있어서 모든 외국 유학생, 또 외국 의존의 지식인의 근본 문제의 하나이다.)

E선생은 동경 유학을 한 소위 개화 지식인이다. 그러나 앞의 두 단편에

---

44 《동명(東明)》 3호(1922년 9월 17일), 14쪽.

45 《동명》 10호, 14쪽.

서 본 지식인들과 같은 내성적이고 주관적인 인물은 아니다. 그는 활달하고 외향적이며, 직선적인 감정과 행동의 힘을 그대로 가지고 있다. 그가 "여성대갈(厲聲大喝)할 때의, 그 원시인의 피가 그대로 쏟아져 나오는 듯한 만성(蠻性)에는 사람을 압도하려는 듯한 위엄이 있었다." 그는 한편으로는 넓은 이해심과 도량을 갖고 있으면서 다른 한편으로는 엄격한 기율을 옹호한다. 그는 크게 분노할 줄 아나, 아무도 미워하지 않는다. 이러한 그의 품성은 거짓 세련과 아유와 거짓 규범, 술책과 음모에 뒤틀린 다른 인물들에 크게 대조되는 것이다.

E선생의 품성은 그의 근원적인 생명관, 그에서 나오는 민주적 철학에 이어져 있다.(E선생의 철학은 염상섭 자신의 것으로서 그의 다른 작품들에 여러 차례 반복되어 나타난다.) 그는 자신을 "이 우주에 충일한 생명의 아름다움과 기쁨에 도취한 자일 뿐"[46]이라고 말한다. 그리하여 이 생명의 권리를 사회의 모든 성원, 모든 사람은 물론, 모든 생명체가 완전하게 또 동등하게 향수할 수 있어야 한다고 생각한다. 채소밭을 짓밟은 학생들로 인하여 학교 이웃의 노인과 말썽이 생기게 된다. 이에 체육 교사는 강압적으로 학생들과 학교의 권위를 옹호하려고 하나 E선생은 노인에게 사과하고 싸움을 말리고 난 후, 훈육 강화 시간을 빌어 풀 한 포기의 생명까지 중요하다는 것을 다음과 같이 역설한다.

식물이라도 감각이 없는 것이 아니오, 존재의 이유와 권리가 없는 것이 아니오. 어느 때든지 무엇이든지 그 존재의 이유와 권리를 주장하고 저항하지 않는다고, 우리에게 그것을 유린할 권리는 없는 것이오. 한 포기의 풀, 한 송이의 꽃을 대할 때에, 우리는 그 자연의 묘리를 경탄하여, 그 생명과

---

46 《동명》 5호, 13쪽.

미에 대하여 경건한 마음으로 애무와 감사의 뜻을 표치 않으면 아니될 의무
는 있어도, 그 존재를 무시하고 생명을 유린할 권리는 조금도 없소.[47]

이렇게 생명은 존중되어야 하는 것이지만, 그렇다고 그 사이에 횡적인
유대가 없는 것은 아니다. 생명은 다른 생명의 토대 위에서만 살아갈 수 있
는 것이다. 그러나 생명의 희생은 강요나 유린이 아니고 큰 질서에의 참여
를 뜻한다. E선생의 말에 따르면, "우주의 만물은 각자의 사명을 다하면서
피차가 희생을 공헌하는 동시에 또한 그리함으로써 자기를 완성하고 실현
하여 가는 것"[48]이다. 이러한 생각에서 민주주의와 자유, 그리고 동시에 엄
격한 윤리가 나온다. 가령, E선생의 관점에서, "사람은 사람의 운명을 좌
우하거나 결정할 권리는 없으니까 어느 때든지 처녀의 정조를 절대로 존
중하여야"[49] 하는 것이다. 이러한 개인의 절대적 자율성의 입장에서 E선생
은 자유의사가 없는 "오늘날의 결혼이 강간과 다름이 없다"[50]고 판단한다.
또 같은 자율과 유대의 사상에서, 그는 군국주의나 침략주의에 반대한다.
그것은 힘이 세다고 "행랑살이 하던 놈이 남의 집 안방에 들어가서 자빠
지"[51]는 것과 같은 것이다.(이러한 비유에서, 우리는 염상섭의 보수성을 볼 수도 있
다. 그러나 여기에 문제 되어 있는 것은 그러한 사회 내의 질서가 아니다.)

단편 「E선생」은 이러한 생명의 철학과 윤리로 개진하려는 것보다도 그
것의 현실적 적용의 결과를 보여 주려고 한다. 「E선생」의 이야기에서 중요
한 것은 두 사건이다. 하나는, 위에서 언급한, 학생들에 의한 채소밭 침해

---

47 같은 곳.
48 같은 곳.
49 《동명》 15호, 14쪽.
50 《동명》 12호, 13쪽.
51 같은 곳.

사건인데, 여기에서 E선생은 일단 그의 뜻대로 존중과 화해의 윤리를 현실의 질서로 부과하는 데 성공한다. 그다음의 사건은 시험을 둘러싼 분규이다. E선생은 학교의 각종 과목 시험에 있어서, 한편으로는 학생들이 그것에 얽매여 전전긍긍하면서 또 그 엄격성을 이완시키려고 하는 것은 옳지 않은 것으로 생각한다. 그러나 그는 근본적으로 시험 자체의 의의에 대하여 큰 회의를 가지고 있다. 그의 생각으로는 "오늘날의 시험이란 것은 그 동기는 좋으나 그 결과 옥석을 가리고 수재를 기른다는 것보다 위선을 가르치는 폐에 빠졌다."[52] 시험은 단순히 점수와 졸업, 또 취직과 결혼을 좌우하는 세속적인 수단이 되었다. 그리하여 그것은 위선과 허례허식을 가르치고 생활의 참된 내용을 상실케 하는 결과를 가져왔다. 이러한 비판은 교육 전반에 대하여도 할 수 있는 것이다.

> 오늘날의 교육은 '사람'을 만드는 게 아니라 기계나, 그렇지 않으면 기계에서 사역할 노예를 만들었다. 그리하여 학문이라는 것은 일종의 징역같이 되었다.[53]

그러므로 교육에 있어서 '자율 자발'을 회복하는 것이 급선무이다. 이러한 시험관, 교육관을 가진 E선생은 학생들에게 그의 생각을 피력하고 '시험'이란 주제로 작문을 하게 한다. 이에 대하여, 학생들의 절대다수가 시험의 부당성을 공박하는 작문을 쓰게 되고 급기야는 졸업 시험에 반대하는 투쟁에까지 나아가게 된다.

학생들의 시험 거부는 E선생을 학교 내에서 난처한 입장에 놓이게 하

---

52 같은 곳.
53 《동명》 13호, 14쪽.

고, 결국은 그로 하여금 학교를 그만두게 하는 원인이 된다. 그러나 이러한 사건의 전개에서 역설적인 것은 그것이 반드시 E선생의 고매한 이상의 직접적인 결과가 아니라는 점이다. 학감으로서 학생들의 시험 거부를 만류하려는 E선생에게 학생들은 그가 마땅히 언행을 일치시켜 학생들을 지지하여야 한다고 하지만, 실제 학생들의 동기가 되어 있는 것은 시험이나 교육의 참이상에 대한 이해나 동조라기보다는 단순히 시험의 고통이 싫다는 안이한 이기심이다. 그리고 마지막으로 참으로 시험 거부 사태를 야기시킨 것은 E선생의 이상도 아니고 학생들의 나태도 아니다. 그것은 앞에서 채소밭 사건으로 벌어진 갈등이 계기가 되어 학교를 그만두었던 체조선생의 사주이다. 그는 채소밭 사건에서 자신의 체면을 손상시키고(술수의 일환으로 제 스스로 사퇴한 것이기는 하지만) 직장까지 잃어버리게 한 E선생에게 다른 자기 패 교사와 운동부 학생의 도움을 얻어 복수를 꾀한 것이었다.

시험 사건은 E선생에게 좋은 아이디어가, 부패한 현실 속에서 어떠한 운명에 처하는가를 잘 가르쳐 준 셈이다. 이러한 아이디어와 부패한 현실의 괴리는 E선생이 소중히 생각하는 남녀 관계의 윤리에도 그대로 해당되는 것이었다. 염상섭 자신에게 그랬던 것처럼, 남녀 관계가 자율적이면서 윤리적이어야 한다는 것은 E선생에게 매우 중요한 신조 중의 하나이다. 위에서 본 바와 같이 그는 자율 의지가 없는 오늘의 결혼이 강간과 다름이 없다고 하고 또 "새로운 사람과 오늘날의 가정과는 영원히 융화될 수 없는 소질이 있는 것같이"[54]도 생각한다. 그리고 그는 나이가 삼십에 가까웠지만, 부모가 강청하는 전통적 결혼을 끝까지 거부한다. 그러나 그는 동생 창희의 행동을 통하여 그의 생각이 희화화되어 들어오는 것을 본다. 그의 자유연애의 윤리는 창희의 경우 연애 유희와 경박한 쾌락 추구의 정당화에

---

54 《동명》12호, 13쪽.

사용되는 것이다.

그리하여 부패한 현실에 있어서의 숭고한 이념의 왜곡을 깊이 깨닫지 않을 수 없게 된 E선생은, 이 단편의 마지막에 가서, "창희의 일이라든지, 학교의 분요라든지 결국 그 죄가 누구에게 있을까"라고 스스로 반성하게 된다. 「암야」나 「표본실의 청개구리」에서, 염상섭은 현실에 의한 이념의 좌절을 개탄하고 「제야」에서는 현실과 개인적 불찰로 인한 이념의 왜곡 및 변질을 검토하지만 「E선생」에서 그는 설령 현실에 생각이 맞아 들어간다고 하더라도 그 현실 전체가 이미 거기에 맞게끔 되어 있는 것이 아닌한, 그 거대한 힘으로 우리의 이념이 엉뚱한 다른 것으로 변형되어 버린다는 것을 보여 준다.

8

이러한 발전의 방향으로 볼 때, 염상섭에 있어서 최초의 본격적인 사실주의 단편이라고 할 수 있는 「신혼기(新婚記)」는 우리의 고찰의 마지막 모습을 보여 준다. 이것은 염상섭으로는 한편으로 이념의 포기 —— 또는 이념에 의한 현실의 거부를 포기한다는 것을 뜻하고, 다른 한편으로는 그가 현실로부터 출발하여 현실을 점진적으로 개선할 수 있다는 중도적 개선주의를 채택하였다는 것을 보여 주는 것이기도 하다. 그러면서 이념과 현실, 양편에 대하여 일정한 거리를 유지할 수 있게 된 그는 한국의 현대 문학의 초기에 있어서 놀랍게 객관적이고 사실적인 형상화의 기술을 닦아 내기 시작한다. 「신혼기」의 모든 상황은 「제야」의 그것과 비슷하다. 여기에도 신여성이 있고, 그녀가 하나의 현실 타협책으로 결혼하는 재혼 남성이 있다. 다만 그 행복한 결론과 또 거기에 이르는 느낌의 밝은 균형이 전적으로 다를 뿐이다.

여주인공 최영희도 최정인과 마찬가지로 행동 규범에 있어서 주관의 절대성을 믿는, 동경에서 교육받은 신여성이다. 다만 이 단편에 있어서 여주인공의 신여성으로서의 주장과 또 그 주장이 일으키는 문제는 논설조로 주장되어 있는 것이 아니라 완전히 극적 장면 속에 용해되어 있다. 그녀의 주장은 구체적으로 이야기의 서두에 묘사되어 있는 결혼 의식의 문제를 중심으로 하여 그 갈등의 가능성을 완전히 드러낸다. 그녀는 다른 의식이나 마찬가지로 결혼 의식은 철저하게 무의미하다고 생각한다. 그 결과 그의 남편이 될 순택은 구식 의식 대신 신식 의식을 그녀에게 받아들이게 하지만, 그녀의 철저한 합리주의는 어느 쪽의 의식에도 의미를 인정하지 못한다. 그러나 그녀는 자기의 주장만을 내세울 만큼 고집이 세지는 않다. 그리하여 그녀는 의식을 받아들이지만, 그 과정은 그녀에게는 계속 고통스러운 과정으로 느껴지는 것이다. 가령 생각지 않았던 폐백의 절차에서 그녀의 느낌은 그것을 매우 난감한 것으로만 받아들인다.

소위 결혼식이라는 것을 당초부터 무시하던 영희로서는, 사회와 싸우면서라도 구습과 제도에 반항하여 어디까지나 자기 주장을 내세울 만한 용기가 없어서 그리하였던지, 여러 사람의 눈에 띄는 변화한 예식을 거행하여 보려는 일종의 허영심을 이기지 못하여 그리하였던지, 어떻든 신식으로 예식은 하였다 하더라도, 또 다시 구식으로 폐백을 드리느니, 다례를 지내느니, 하는 것은 의식을 허례라고 배척하여 오니만큼, 자기의 생각과 행동을 스스로 살피고 비평하는 눈이 밝고 날카로울수록, 영희에게 고통이 아니될 수 없었다.[55]

---

55 『신한국문학전집(新韓國文學全集) 2: 염상섭』(어문각, 1976), 247쪽.

위의 인용문에서도 볼 수 있는 바와 같이 여주인공 영희가 결혼 의식에 타협을 한 것은 여러 가지 이유가 있다. 그것은 한편으로 용기의 부족이나 허영심에 연유한 것이다. 그러나 이 허영심에는 더 깊은 이유가 섞여 있다. 즉 이제 더 젊은 시절의 사랑의 용기도 없어진 판국에 결혼식이 없는 동거가 가져올 첩이라는 이름의 불명예를 감내하기가 어려운 것이다. 그렇다고 영희에게 다른 순직한 면이 없는 것은 아니다. 위의 인용문에서도 그녀가 자기비판의 눈에 벗어나는 것에 괴로워한다는 언급이 있지만, 사실 그녀에게는 계속 "사상과 실행 사이에 틈이 빈다는 것, 다시 말하면 자기가 믿는 바의 사상대로 실행하지 못한다는 것은 진정으로 양심에 부끄런 일이요 마음의 고통이었"[56]던 것이다. 그러나 그녀가 허영심을 버릴 수 없는 것은 아니었다. 다만 끝까지 싸울 용기가 없었다는 것은 사실이었다. 그리고 또 타협의 원인에는 더 너그러운 동기도 있다. "순택 씨의 의견을 존중하는 것은 순택 씨를 사랑하기 때문"[57]인 것이다.

이와 같이 영희에게는 결혼 의식에 대한 편집적 주장이 있지만, 그것은 한편으로 순수한 초속주의의 성격을 띠며 다른 한편으로는 다른 여러 가지 고려에 의하여 수정될 수 있는 유연한 신념인 것이다. 즉 영희의 생각에는 이상주의적 주장, 현실적 고려, 다른 사람에 대한 배려들이 두루 혼합되어 있는 것이다. 이것은 결혼 선택에 있어서도 마찬가지이다. 그녀의 결혼은 매우 면밀한 계산의 답이다. 그러나 그 계산은 단순히 메마른 이기적 교활만이 들어 있는 것이 아니다. 그녀는 첫사랑을 잃은 후에 진정한 사랑에 기초한 결혼 생활의 가능성을 포기한다. 그리고 하나의 방편으로서의 결혼을 택하기로 마음먹는다. "좀먹은 행복이 다른 사랑으로 회복될 수 없

---

56 같은 책, 248쪽.
57 같은 책, 249쪽.

다"[58]고 생각한 그녀는 예술에서 위안을 찾고자 한다. 그러나 "예술이 밥을 먹여 주지는 않는다."[59] 따라서 결혼에서 생활의 방편을 구하는 것이다. 이것은 "경제적 독립을 못한 오늘의 여자로는 조금도 불명예랄 것도 없고 불유쾌도 없다."[60] 그러나 이러한 계산에 다른 요소가 섞여 있지 않은 것은 아니다. 그녀는 결혼에서 "예술에서도 얻을 수 없으며, 신앙에서도 얻을 수 없고, 그렇다고 단순한 성욕의 만족만으로 얻을 수 없는 그 무엇…… 있다가 없어진 마음 속의 빈 곳을 채우려거나, 또 있다가 없어지기 때문에 생긴 쓰린 상처를 고칠 만한 무엇……"[61] ——"일생을 위탁할 만한 안온한 무풍지대"[62]를 구하려 한다. 또 거기다가 영희는 그의 남편 순택을 사랑하지 않는 것도 아니다. 다만 그 사랑은 "감사하다, 가엾다, 불쌍하다는 감정에서 나오는 사랑이요, 가슴에서 솟아나오는, 뼈에서 우러나는, 피의 방울방울이 끓어오르는 사랑"[63]이 아닌 것이다. 그러니만큼 그것은 두 사람의 완전한 합일을 약속해 주는 것이 아니라, 영희에게 "자기만 혼자 알고 낙을 누릴 세계",[64] "예술의 세계를 은밀하게 유보해 주는" 이차적 사랑이다.

그러나 이렇게 유보가 있는 사랑은 영희 편에서만 그 실상을 알고 있는 한 하나의 거짓 술책에 불과하다. 그것이 두 사람 사이의 관계에 떳떳한 기초가 되려면, 그것은 그러한 사랑을 받는 남편에 의해서도 인정되는 것이 아니면 안 된다. 남편 순택은 당초부터 영희의 사랑의 한계를 느끼고는 영희가 남편으로 하여금 이것을 기정 사실로, 하나의 아름다운 기정 사실

---

58 같은 책, 254쪽.

59 같은 곳.

60 같은 곳.

61 같은 책, 256쪽.

62 같은 곳.

63 같은 책, 255쪽.

64 같은 곳.

로 받아들이게 하려는 계책에 관한 것이다. 그 계책이란 신혼여행을 대신하여, 영희의 진정한 사랑 홍수삼의 무덤을 찾아가 그녀의 과거의 사랑의 깊이를 인정하게 하고 그 기초 위에서 새로운 결혼의 출발을 하도록 하자는 것이다. 그녀는 이 계책에 성공한다. 이것은 그녀의 슬기롭고 조심스러운 수법에도 기인하지만, 남편 순택의 관용과 사랑에 의하여 가능하여지는 것이다. 그 결과는, 적어도 영희의 관점에서는, 비정상적인 신혼여행에 순택이 끌려 들어온 것이 아니라 두 사람이 참으로 새 삶을 살아갈 수 있는 근본을 얻게 되는 것이다. 왜냐하면 영희는 "남편의 깊은 사랑과 관대한 처사에 대한 감사와 감격이 넘쳐서 새로운 애정이 가슴 속에 흥건히 고이는 것을 깨닫게"[65] 되고, 순택과 홍수삼을 거의 구별할 수 없는 심경에까지 이르게 되기 때문이다. 물론 이것은 위에서 비친 바와 같이 영희의 관점이기는 하다. 사랑과 관용에도 불구하고, 순택은 질투를 포함한 매우 착잡한 심정을 경험하게 되고, 그가 영희와의 관계에 너무 경도함으로써 다른 의무들을 망각했음을 깨닫게 된다. 이야기의 마지막에서, 영희가 다례라도 지냈으면 하고 말했을 때, 순택은 결혼식에서 영희의 기피로 지내지 못했던 다례를 회상하고, 기획했던 신혼여행을 중단하고 서울로 돌아가야겠다고 생각하거니와, 이것은 순택이 사랑의 꿈에서 현실에로 깨어남을 나타내는 것으로 해석될 수 있다. 이러한 작은 불협화음은 염상섭의 사실적 수법이 이제 완숙한 것이 되었음을 나타내 주는 것이다. 그러나 대체로 보아 두 사람이 타협과 화해에 이르는 것은 틀림이 없다. 그것은 염상섭이 이념과 현실의 타협과 화해를 적극적으로 추구하게 되었다는 것을 말하기도 한다. 그런데 「신혼기」나 염상섭의 화해가 특별한 것임에 우리는 주목할 필요가 있다. 「신혼기」의 두 남녀는 자산 계급의 인물들이다. 그들이 누리

---

65 같은 책, 276쪽.

고 있는 경제적 사회적 지위는 그들로 하여금 어느 정도 조화의 삶을 가능하게 한다. 이러한 삶을 가능케 하는 것은 다분히 그들이 동경 유학생이라는 것과도 관계되어 있다. 순택의 여유는 총독부 촉탁이라는 데에서 생기는데, 이것은 그가 일본에서 공과 대학을 졸업한 공학사이기 때문에 얻을 수 있었던 지위이다. 또 영희가 이러한 남편과 결혼할 수 있는 것도 그녀가 동경의 음악 학교 출신이기 때문이다.

그런데 이렇게 말하면서, 우리는 이 두 남녀의 드라마가 거의 전적으로 동경 유학생의 드라마라는 것을 상기하게 된다. 이 둘이 동경 유학을 근거로 하여 타협 화해할 수 있다면, 타협 화해를 필요로 하는 문제도 유학에서 생겨난다고 할 수 있다. 영희의 첫사랑도 예술도 동경 유학에서 얻어지며, 또 사실 그녀의 전통적인 사회 규범에 대한 비판도 거기에서 생겨난 것이라 할 수 있다. 결국 이렇게 하여, 생겨난 현실로부터의 소외가 「신혼기」에서 보는 바와 같은 과정을 통해서 극복 — 적어도 어느 정도까지는 극복되는 것이다.

순택은 동경 유학생이면서 전통적인 면을 가지고 있다. 그의 자의식은 영희의 그것만큼 비판적이지 못하다. 그러면서도 그는 영희를 포용할 만큼의 관용성 또는 융통성을 가지고 있다. 그리고 중요한 것은 그가 변모하는 식민지 사회 현실 속에 현실적 지위를 가지고 있다는 점이다. 그러니까 다시 말하여, 순택은 동경 유학을 했으면서 현실에 뿌리내릴 수 있는 사람이다. 이런 점에서 그는 「암야」나 「표본실의 청개구리」의 완전히 소외된, 발광 직전의 지식인들과는 다르다. 「신혼기」에서 이들과 비슷한 사람은 영희이다. 그러나 영희는, 그녀와 상통하면서 이미 현실에 뿌리내리고 있는 순택을 통하여 현실 속에 수용될 수 있다. 이러한 사정들이 영희에게 타협과 화해를 가능하게 하는 것이다.

이러한 연결에서 염상섭 자신 드디어 현실의 거점을 발견하게 된다. 그러나 이렇게 말한다고 하여 염상섭의 현실관이 일방적이라고 생각하여 서는 아니 된다. 설령 그가 현실의 수락이라는 근본 입장을 취하게 되었다고 하더라도 그의 사실주의의 복합성은 그로 하여금 이 입장에 대한 대위적 반대 주제를 설정하게 한다. 위에서 우리는 「신혼기」에서의 그의 수법이 논설조의 주장이 아니라 극적 형상화임을 언급하였다. 이 단편은 영희의 관점을 동조적으로 느끼게끔 씌어 있지만, 다른 사람들의 입장과 느낌도 객관적으로 실감 있게 묘사되어 있는 것이다. 가령 서두에 있어서의 갈등의 장면의 극적 제시는 우리 소설에서는 가장 최초의 것이면서도 또 원숙한 것이다. 맨 머리에 피로연의 이야기가 나오고 갑작스러운 비밀스러운 대화가 나오고, 그런 다음 대화의 배경 설명으로 신랑 아버지의 결혼식에 대한 소개가 등장한다.

> 원래 신랑 아버지는 이번 혼인에 대하여 절대로 간섭을 아니하였다. "내야 아니, 너 알아 하렴. 이 집안에 주장할 사람이 너밖에 누가 또 있단 말이냐" 하며 못마땅해서 역정이 난 수작인지, 상당히 행세도 하는 장성한 자식일 뿐만 아니라 재취 장가를 가는 노신랑이니까 모든 것을 믿고 그리하는 수작인지 어떻든 끝끝내 "내야 아니, 내야 아니" 하고 머리를 내두르며, 시골 구석에 가만히 앉았었다. 실상 말하면 덮어놓고 간섭을 하려고 덤비는 것보다는 다행한 일이지만 누가 자기를 내대지나 않는가 하는 꼬부장한 생각으로 너무도 야릇하게 구는 데에는 도리어 성이 가셨다.[66]

이러한 묘사는 결혼식을 에워싼 사람들 사이에 이는 갈등을 실감 나게 전달해 준다. 그리고 묘사가 진전됨에 따라, 아버지의 심술은 단순한 심술

---

66 같은 책, 244쪽.

이 아니라 그럴 만한 이유가 있는 것임이 느껴지게 된다.(결국 이런 극적 복선이, 위에서 언급한 바, 맨 마지막의 순택의 다례에 대한 회상으로 이어지는 것이다.) 상황에 내재하는 여러가지 관점과 세력은 신부와 신랑 외에, 신랑의 어머니, 신부의 오빠 등을 통해서 극적으로 제시된다. 그리하여 가히 결혼식 장면은 거의 하나의 전체적 상황으로 제시되는 것이다. 이러한 기교적 요소들이 염상섭을 현실 순응주의자라고 하고 결론짓는 것을 너무 단순화하는 일이게 한다.

어쨌든 염상섭의 현실에의 완전한 몰입은 더 나중에 온다. 우리는 위에서 염상섭이 낭만주의에서 사실주의로 옮겨 가게 되는 경로를 추적했다. 거기에는 어떤 필연적 논리가 있는 것으로 보인다. 물론 그 논리가 선택할 수 있는 유일한 길을 제시한 것은 아닐 것이다. 그러나 그의 사실주의는 주어진 현실 속에서 그 나름의 불가피성을 가진 것으로 보인다. 그는 이념에서 현실로 옮겨 간다. 그럼으로써 젊음과 이념의 위기를 극복한다. 그리고 극적 형상화의 능력과 사실주의의 객관성을 얻는다. 그러나 동시에 젊음과 이념의 급진주의와 전체성을 상실하고 일상적 세말주의, 유종호 씨가 '트리비알리즘'[67]이라고 부른 또 하나의 위험에 부딪치게 된다.

(1984년)

---

67 『동시대의 시와 진실』(민음사, 1982), 198쪽.

괴로운 양심의 시대의 시[1]

시집 『새벽길』에 실린 「밤샘」에서 고은(高銀) 씨는 그와 그의 벗들의 모임에 화제로 등장하는 일들을 다음과 같이 나열하고 있다.

　　지난해 보카사황제 즉위식을 얘기한다
　　이용희라는 장관 거기에 참석했다 이거야
　　배추 한 포기에 글쎄 2천 원이야
　　안양교도소 뺑키통도 얘기한다
　　............
　　최저임금제 눈감고 아웅이야
　　그래도 구조주의 얘기하는 것들보다

---

1 이 글에서 토의의 대상이 되어 있는 것은 다음의 여섯 권의 시집이다. 『새벽길』(고은), 『나는 별아저씨』(정현종(鄭玄宗)), 『나는 바퀴를 보면 굴리고 싶어진다』(황동규), 『왕자(王子)가 아닌 한 아이에게』(오규원(吳圭原)), 『저문 강에 삽을 씻고』(정희성(鄭喜成)), 『인동일기(忍冬日記)』(김창완(金昌完)).

바슈라른가 쥐자른가 얘기하는 것들보다

이대 박물관에 걸린

임정 태극기 얘기가 옳고 말고

이멜닷년 수상 승계권도 얘기한다

카터 땅콩 수입도

베이비 푸드 수입도 얘기한다

냉전시대는 언제나 끝난다지

요즘 세상 돌아가는 것 어질어질해

그들은 독도 영해권도 얘기한다

TB인가 TV인가 탈렌트 계집들도 얘기한다

　

고은 씨의 이러한 열거에서 우리가 알 수 있는 것은 적어도 그와 그의 벗들이 국제 정치, 경제 정책, 행형 제도(行刑制度), 사상의 조류, 역사, 대중 문화 등의 광범위한 분야에 걸친 다양하고 잡다한 사항들을 화제에 올린다는 사실이다. 이러한 화제들이 밤샘의 이야깃거리로서 얼마나 깊이 있게 다루어질 수 있느냐 하는 것은 별도로 하고, 화제의 다양성은 우리에게 몇 가지 중요한 사실을 이야기해 준다. 그 한 가지는 오늘날의 우리 사회 현실이 국내적으로나 국제적으로나 광범위한 연계 관계 속에 짜여져 들어가고 있다는 사실이다. 그런데 이 시와의 관련에서 더욱 중요한 것은, 보편적 의식에의 권리를 그 성립 기반으로 하는 인텔리겐차가 우리 사회에 성장해 가고 또 자신감을 얻어 가고 있다는 사실일 것이다. 물론 보편 의식의 담당자로서의 지식 계급의 사명 의식은 우리 전통에서 늘 두드러졌던 것이지만, 4·19 이후의 여러 정치적 사회적 변화를 거치면서 다시 한 번 그것은 차원을 달리하여 확인되었다. 그리고 근년에 와서는 특히 비록 「밤샘」에서 보듯이 국제 정세 일반을 두고 말하는 것은 아니라 하더라도 적어도 한반도 내에서 일어나는 많은 일들에 대해서 넓은 관심을 가져야 한다고 느끼는 지식인이나 작가가 많아졌다. 이들은 사회 내의 모든 일에 책임을 느끼며 또 거기에 대하여 그들 나름의 합리성과 정당성의 기준에 따라 어떤 태도 확정을 하여야만, 지적인 또는 도덕적인 안정을 얻는다.

문학에 있어서 이러한 관심의 확대를 대표해 온 것은 현실 참여파 문학인이었다. 고은 씨도 지난 몇 년 동안 현실 참여의 주장에 크게 동조해 왔었다. 그러나 우리 사회의 상황 일반에 대해서 시인이나 작가가 일정한 의식을 가져야 한다는 느낌은, 소위 현실 참여파에 속하는 시인이든 아니든, 일반적으로 많은 시인들에 있어서 시적 사고의 기본적인 좌표가 된 것으로 보인다. 적어도 지난가을부터 겨울까지 '문학과지성사'와 '창작과비평사'에서 나온 여섯 개의 시집을 일독한 사람은 이러한 느낌을 가질 것이다. 물론 사회 상황에 대한 의식이 이들 시인에 일관된 것이라고 해도 거기에 역점과 내용의 차이가 있음은 물론이다. 기대한 대로 《창작(創作)과비평(批評)》의 시인들의 적극적인 현실 의식에 비하여 《문학(文學)과지성(知性)》의 시인들의 시적 사고는 현실에 대하여 보다 간접적인 태도를 유지하고 있다. 그럼에도 불구하고 사회 상황에 대한 일정한 몸가짐 또는 마음가짐이 이들 시인에게 중요한 것은 사실이다.(이러한 상황 의식에서 초연한 시인들이 있음은 말할 것도 없다. 이들의 입장에서 볼 때, 《문학과지성》과 《창작과비평》의 시인들은 그 차이에도 불구하고 커다란 의미에서의 한 유파를 이룬다고 할는지 모른다. 그리고 이 유파는, 항의가 없지 않겠지만, 대체로 위에서 말한 인텔리겐차의 보편 의식을 드러낸다는 것으로 특징지어진다고 할 수도 있을 것이다.)

사회와의 관계 또는 세계 전체와의 관계에서 보편 의식과 책임을 지향하는 지식 계층의 대두는 그 나름으로 문제를 가진 것이면서 일단은 발전적인 현상으로 볼 수 있다. 그러나 이러한 보편적 지향을 어떻게 시 속에 구현하느냐 하는 것은 매우 어려운 문제인 것으로 보인다. 1960년대 이후 참여시가 그 이념적 전제를 받아들이면서 어떻게 시로서의 기능을 한껏 수행하느냐 하는 것은 늘 어려운 문제로 남아 왔지만 보편적 지향의 시가 부딪치는 어려움은 다른 나라의 시 또는 1930년대의 우리 시에서도 보는 것이다. 대체로 사회나 세계 또 삶에 대하여 우리가 갖는 보편적 인식은 추상적이고 일반적인 관념으로 표현되기가 쉽고 이러한 관념은 시를 생경하고 획일적인 것이 되게 하는 수가 많은 것이다. 위에 말한 여섯 시인의 작품들은 매우 중요한 이야기를 하는 중요한 업적임에도 불구하고 다시 한번 이러한 어려움의 문제를 생각케 한다.

1960년대 이후에 정치의식을 시 속에 담아 보고자 하는 시인들은 이러한 어려움에 부딪쳐 특수한 표현 방식을 발전시켜 왔다.(물론 의식적인 노력으로 그래 왔다는 것은 아니다.) 그것은 어떤 우화의 방식 또는 새로운 상징의 체계라고 부를 수 있는 구상적인 듯하면서도 사실은 추상적이고 일반적인 시어를 대두케 하였다. 이 언어는《창작과비평》에 관계된 시인들의 경우에 두드러지지만《문학과지성》의 시인에서도 볼 수 있는 언어이다. 가령 우화의 수법은 우선 황동규 씨에서 쉽게 예증될 수 있다. 보통 그를 현실 참여파의 시인이라고 부르지는 않는 듯하지만 그에 있어서 우리 사회 전반의 상황에 대한 의식은 거의 하나의 강박적인 요소가 되어 있다. 이것은 이번의 시집에서도 확인할 수 있는 것이다. 그는 우리의 현실을 암담한 것으로 보는데, 이러한 파악은 즐겨 우화적인 수법으로 제시된다. 가령 그는 억압 정치에 있어서의 불안감과 상호 불신을 다음과 같이 표현한다.

우리는 수상한 아이들
우리는 기웃대는 아이들
이 세상 거리에서
도둑처럼 살며

열린 집 열린 사람 만나면

온몸으로 떨고……

　여기에서 황동규 씨가 지적하고 있는 것은 억압적인 정치 아래에서, 모든 사람이 혐의자, 미성년자, 도망자가 된다는 사실인데, 이것은 길거리를 배회하는 아이들이라는 상황으로 집약되어 있다. 이러한 상황의 특징은 그것이 어떤 구체적인 현실이라기보다는 하나의 비유로 또는 우화로서 설정된, 일반화의 공간이라는 점이다. 이러한 사정은 황동규 씨가 언론의 부자유 상태를 "혀가 망가지기/ 손으로 말하기"라고 표현하거나 우리의 삶의 위기감을 "뒤돌아보지 마라 돌아보지 마라/ 매달려 있는 것은 그대뿐이 아니다"라고 '매달려 있다'는 심상(沈象)으로 집약하거나 또는(이 경우는 조금 더 구체성이 있는 비유라고 해야 할 것이나) 생활에 있어서의 폐쇄감을, 창으로 날아들어와 방벽에 부딪쳐 퍼득이는 참새에 비유할 때도 대개는 비슷하다.

　그러나 우화적 수법의 대표적인 기수는 정현종 씨다. 황동규 씨에서와 비슷하게, 그가 막혀 있는 상황을,

완벽한 철제(鐵製) 비단결 궁륭(穹隆)이다

생각은 떠오르는 듯 천정에 부딪쳐 꺼진다

라고 표현할 때, 여기서 이야기되어 있는 하늘이 일반화된 비유이지 어떤 구체적인 하늘이 아님은 물론이다. 우리의 사상의 공간은 막혀 있으면서 얼핏 보기에 매우 유연한 듯한 느낌을 주며, 이에 따라 우리의 생각도 자유롭게 작용하는 것 같으면서도 사실은 그렇지 못하다. ── 이러한 내용의 주장이 정현종 씨가 의도하는 것이고 하늘이라든가 그 안을 나는 새와 같은

것은 이러한 주장을 집약해 주는 의사(擬似) 상황에 불과한 것이다.

오규원 씨는《문학과지성》의 시인 가운데, 적어도 전체적인 정치 상황을 비판적으로 요약한다는 의미에 있어서의 정치 시인은 아니다. 그러나 그에게 있어서도 일반적인 인생 태도에 대한 주장을 의사 구체성의 상황으로 집약하는 수법은 흔히 발견되는 수법이다.

자꾸만 내려앉는 하늘, 내려앉은 하늘이 빌딩의 사각 모서리에 걸려 있다. 그 밑에서 호흡이 가쁜 사람들이 노란 해바라기 형상이다. 광기(狂氣), 꿈의 흑점이 내리박히는 해바라기, 그 위로 알몸을 드러내는 도시의 권태(倦怠), 몇 사람이 구름에 사다리를 걸고 위로 오르고 있다. 끝없이 ── 어디선가 착각처럼 예루살렘의 닭이 운다. 내 귀의 착각?

이런 시에서 하늘, 구름, 사다리를 오르는 사람, 이런 것들이 일반화된 비유로서 인위적으로 설정된 것임은 자명하다.(다른 경우에서도 그렇지만, 이러한 일반화된 비유의 상황이 초현실주의적인 구상성을 띠는 면을 가지고 있다는 것은 인정하여야 할 것이다. 즉 여기의 묘사가 그대로 기이한 초현실주의의 그림처럼 시각화될 수 있다는 말이다.)

지금까지 이야기한 일반화된 우화의 수법이《창작과비평》의 시인들에서 드러나는 것은 오히려 당연한 것으로 볼 수 있다.《문학과지성》의 시인들은 그들의 현실 인식을 하나의 비유적 상황에 집약한다. 그런데 이 상황은, 특히 위에 든 예들에 있어서 우리가 통상적으로 생각할 수 있는 종류의 상황이지만, 동시에 거기에 독창적인 발견의 요소가 없는 것은 아니다. 그것은 장점으로 생각할 수도 있고 단점으로 생각할 수도 있지만, 이들 상황에 늘 다소간의 기발한 요소가 들어 있는 것은 그러한 발견적인 요소와 관련되어 있다.《창작과비평》의 시인의 경우, 이런 기발한 요소, 또는 발견적인 요소는 거의 눈에 띄지 않는다. 그들이 수법상 《문학과지성》의 시인들과 공유하고 있는 것은 현실 인식이나 주장을 일반화된 상황으로 집약하여 말한다는 점이다. 따라서 그들의 수법은 우화적인 것도 아니고 비유적인 것도 아니다. 어쩌면 그들의 도덕적 정열은 소재로부터 우화적 또는 비유적 거리를 유지하는 것을 허용하지 않는 것인지도 모른다. 그러나 적어도 추상화되고 일반화된 현실 인식을 의사 구체성 속에 집약한다는 점에서, 그들의 방법도 《문학과지성》의 시인들의 방법에서 멀리 떨어져 있는 것은 아니다. 가령 정희성 씨의 「쇠를 치면서」에서 대장간의 쇠치는 모습이,

쇠를 친다
이 망치로 못을 치고 바위를 치고
밤새도록 불을 달군 쇠를 친다

고 이야기될 때, 여기의 대장간의 쇠 치기는 현실 속의 동작이라기보다는 억압과 반항의 의지의 종합적인 표현으로서 상정된 쇠치기를 가리킨다. 똑같이 김창완 씨가 「인동일기(忍冬日記) I」에서,

손바닥에 침 뱉어 쇠스랑자루 거머쥐고
죽은 풀의 이름들과 내 이름 섞어 부르며
덜 썩은 두엄 뒤집으니 온몸에서 땀난다

에서의 쇠 치기 동작과 별로 다르지 않은 우의(寓意)를 가진 동작임을 안다.

또는 고은 씨의 시 「산길」을 보자. 이 시의 산길은,

바람더러 너나들이로 하루 내내 걸었읍니다
등짐도 정들으니 내 등때기 한몸이어요
원통거리 막국수 술 석잔 먹고
해는 깜박깜박 이 물 저 물에 저물었읍니다

하고 구식의 나그네 길로서 묘사되어 있지만, 이것은 실제 어떠한 구체적인 길을 말하기보다는 역사의 이면에 있는 투사의 일반화된 인생행로를 말한다고 할 것이다.

그런데 추상적으로 일반화된 구체들은 이러한 상황 설명에서만이 아니라 세부적인 묘사들에서도 즐겨 사용되는 것들이다. 그중에서도 특히 쉽게 눈에 띄는 것은 기후나 계절 또는 자연물의 상징적 사용이다. 시대를 말하면, 대개 그것은 겨울이고 어둡고 바람이 불고 눈이나 비가 내리는 때이다. 공간적으로는 그것은 텅 빈 벌판, 모래밭, 바다, 얼어붙은 땅이다. 새로운 시대에 대한 희망이나 노력은 말할 것도 없이, 봄, 햇볕, 낮, 새벽, 횃불, 꽃 등으로 이야기된다. 눌려 있으면서 강인한 생명력을 과시하는 민중의 힘은 풀이나 돌멩이로서, 그들의 힘은 창이나 낫과 같은 농기구나 돌멩이나 주먹으로 표현된다. 고은 씨의 「첫닭 울면」은 이러한 여러 상징들을 한데 묶어 놓음으로써 시작한다.

그날 새벽
낫 놓고 기역자 모르는 형제들아
무쇠낫 대창 들고
흰 수건 질끈 동여맨 형제들아
배들벌판 꽝 얼어붙은
그날 새벽 떼과부 서방 형제들아.

김창완 씨의 시집은 그 제목도 『인동일기』이지만, 「인동일기 7」의 풍경은 물론 얼어붙은 겨울이다.

추워서 우리는 손을 잡았다.
어둠과 눈보라가 미아리 넘어온 날
춥고 무서워 우리는 헤어지지 않았다.
행인들 넘어지던 빙판 위에
중단된 공사장 철근 골조가 그림자 누이는
어느 새 밤이다.

「초겨울의 억새밭」에서도 계절은 비슷하다.

죽음도 꼿꼿이 서서 하리라
싸락눈 흩뿌리고 남루 더욱 해질수록
억새들은 꼿꼿이 고개를 들고
부러지면 부러졌지 굽힐 수 없는
억새들은 기어코 칼을 뽑는다.

정희성 씨의 시들에서도 시절과 시절 속에서의 사람이나 식물의 어려움은 마찬가지다.

엉겅퀴여, 겨울이 겨울인 동안
네가 벌판에 서 있어야 한다
바람 속에서 바람을 맞아야 한다
머지않아 천지에 봄이 오리니……

그런데 이러한 상징적인 풍토는 《문학과지성》의 시인에서도 흔히 보는 것이다. 오규원 씨는 「동야(冬夜)」에서 냉혹한 환경에서의 삶을 다음과 같이 이야기한다.

> 용서하라, 아직 덜 얼은 저 뜰의
> 허리와 저 뜰의 입술.
> 용서하라, 담 너머로
> 다리를 내밀다가 동사(凍死)한 가을의 잔해(殘骸).
> 그리고 다시 용서하라
> 덜 얼은 내 입이 얼 때까지
> 가지 않고 머무는 겨울을.

정현종 씨 경우, 어떠한 시적 상황을, 계절의 풍경으로 통일시키는 일은 별로 많지 않으나, 그도 겨울, 밤, 꽃, 풀 등의 상징을 수시로 사용하는 점은 마찬가지다. 가령 「냉정하신 하느님께」에서 납작한 벌판의 찬 흙, 얼음, 겨울 등은 시의 중심적인 이미지가 되어 있다. 「전쟁」, 「감격하세요」, 「광채 나는 목소리로 풀잎은」에서, 풀은 흔하면서도 거역할 수 없는 생명력의 상징이다. 황동규 씨에 있어서 겨울의 풍경은 초기부터 상징적인 의미를 가지고 있었다. 다만 그에게 있어서 풍경은 다른 시인에서보다 풍경 그대로의 서정적 의미를 갖는 것이 보통이다. 「나는 바퀴를 보면 굴리고 싶다」에서 풍경의 현상들, 눈, 비, 겨울, 바다, 밤 등은 다른 시인들에서나 마찬가지로 기호의 역할을 하지만, 풍경으로서 서정성을 더 드러내 보이는 경우도 있다. 가령 「눈 내리는 포구」의 서두 같은 것을 예로 들어 볼 수 있다.

> 그대 어깨 너머로 눈 내리는

세상을 본다
석회의 흰빛
그려지는 생(生)의 답답함
귀 속에도 가늘게 눈이 내리고
조그만 새 한 마리
소리 없이 날고 있다.

　지금까지 우리는 현실의 전체적인 상황에 언급하려는 여러 시인들의
노력이 보여 주는 어떤 표현의 유형을 살펴보았다. 이것은 다시 말하여 시
인의 현실 인식을 추상적으로 일반화된 상황 속에 집약하는 수법인데, 이
러한 수법의 적절 부적절성을 판단하기는 쉬운 일이 아니다. 그것 자체로
는 좋은 것일 수도 있고 나쁜 것일 수도 있다. 이것은 우화적 언어 자체보
다 그것이 전하려고 하는 현실 인식이 얼마나 뛰어난 것이냐 하는 데 따라
서 결정된다. 수법 그 자체로 볼 때 이것은 표현의 경제를 가능하게 하고
많은 사람이 흔히 알고 있는 것을 기억할 만한 상황으로 고착시켜 준다. 그
러나 이것은 동시에, 시인의 현실 의식의 강약에 따라서, 추상적이고 획일
적인 것이 되어 별로 새로운 깨우침을 주지 못할 수도 있다. 앞에서 우리는
황동규 씨의 정치 시 「우리는 수상한 아이들」, 「생략할 때는」, 「뒤돌아보지
마라」에 대하여 언급했지만, 이 시들은 그의 비슷한 정치 시, 가령 「성긴
눈」, 「계엄령 속의 눈」, 「초가(楚歌)」, 「낙백(落魄)한 친구와 자며」 등과 같이
재미있는 시들이면서도 별로 새로운 것을 이야기해 주지 못한다.(새로움이
반드시 좋은 시의 필수 요건인가 하는 것은 생각해 볼 만한 문제이다. 내가 여기 말하
고자 하는 것은 신기함을 좇자는 것이 아니라 무엇인가 새로운 것이 없이는 대부분의
시적 체험이 기억할 만한 충격을 주기 어렵다는 사실이다. 예로부터의 체험도 어떤 새
로운 조명을 통해서 비로소 기억할 만한 깨우침이 된다. 그러나 낡은 것의 되풀이도 그

나름의 시적 기능을 가졌다고 할 수 있다. 이것은 시를 주로 감정 환기의 수단으로 보느냐 또는 이해의 과정으로 보느냐 하는 데 따라서 달라질 수 있는 견해인데, 여기서 이 문제를 자세히 논의할 수는 없다.)

《문학과지성》의 시인에 있어서 추상적 우화적 수법이 어떤 문제를 가지고 있다면, 이 문제는 보다 적극적인 참여파의 시에서 더 심각하다. 참여파의 시가 생경하고 획일적이라는 이야기는 흔히들 말하여지는 평이다. 그러나 이것이 반드시 그들이 받아들이고 있는 이념적 전제 때문이라고 말하는 것은 바른 이해가 아니다. 이 획일성은 다른 종류의 시인의 경우처럼 일반적 상황을 시적인 언어로 표현하려고 할 때, 저절로 일어나기 쉬운 것이다. 그렇지만 위에서도 비쳤듯이, 이것이 반드시 불가피한 것은 아니다. 오히려 중요한 것은 현실 참여의 상징 언어 뒤에 자리한 현실 인식이다. 이 인식이 피상적일 때, 이 언어는 추상적이고 획일적인 것이 된다. 위에서 말한 일반화된 우화적 상황이나 또는 풍토와 계절의 상징들은 사실 지금에 와서는 상당히 따분한 것들이 되었다는 느낌이지만, 이러한 우화와 상징의 따분한 사용은 근본적인 현실 인식의 추상화나 단순화에 연결되어 있다. 주지하다시피 현실 참여시는 민중의 관점에서 오늘의 사회에 접근한다. 참여시에서의 민중은 농민, 농촌이나 도시를 떠돌아다니는, 고전적으로는 룸펜프롤레타리아 또는 서브프롤레타리아(subproletariat)라고 부를 수 있는 부랑인, 공사판의 막벌이꾼, 광산이나 공장의 노동자들이다. 이들은 착하고 직선적이며 울분에 차 있고 때로 독한 술을 마시고 또한 폭력적 저항을 펼치기도 한다. 그들의 어머니는 아들을 위해서 모든 것을 바치는 전통적인 어머니이며, 대개의 경우 아버지는 독립운동이나 소작 쟁의에서 수난의 경험을 쌓았던 사람이다. 그들의 누이는 저임금 공장에서 일하거나 식모살이를 하고 있다. 정희성 씨의 「쇠를 치면서」의 다음 구절은 전형화된 이들의 가족 환경을 집약적으로 넘겨볼 수 있게 해 준다.

나 혼자 대장간에 남아서

고향 멀리 두고 온 어머니를 생각하며

식모살이 떠났다는 누이를 생각하며

팔려 가던 소를 생각하며

추운 만주벌에서 죽었다는 아버지를 생각하며

밤새도록 불에 달군 쇠를 친다.

　　이러한 민중의 내력과 환경이 반드시 틀렸다는 것은 아니다. 또 이러한 사실이 상기되어서 안 된다는 것도 아니다. 다만 많은 참여시에서의 이러한 민중의 상은 좀처럼 위에 요약한 것 이상의 깊이나 복합성을 얻지 못하고 또 그것이 너무나 자주 반복된다는 것이다. 물론 다른 종류의 묘사가 없는 것은 아니나 그것은 대개 위에 요약된 원형의 부분적인 재현에 불과하다. 가령 고은 씨의 「새벽길」에서의 어머니의 묘사를 보자.

서울 가서 으리으리 잘되라고

주먹밥 노잣돈 주신 어머니

어머니

어머니의 아들 떠난 뒤

천년이나 영검없이 빤짝거리는

북두칠성 흰 머리에 이고

찬물 한 그릇에 정들도록 빌고 빈 어머니

또는,

언제까지나 서낭당 마루에 서서

떠나는 아들 바라보시는 어머니……

　같은 시에서의 아들의 처지와 심경 그리고 결심의 묘사도 어머니와 비
슷하게 일면적이다.

　　어머니의 아들은 술주정뱅이입니다.
　　천 사람의 권리 몽땅 먹은 권세
　　만 사람의 돈벌이 다 삼킨 부자
　　단추 하나 누르면
　　누구요 하는 열두대문집 아니어요
　　어머니의 아들은
　　밤마다 발길로 채이는 술주정뱅이입니다
　　그러나 어머니
　　한 마리 이백만원 하는 금붕어 없더라도
　　바깥 경치 돌고도는 응접실 없더라도
　　문둥이 눈썹 다 빠지더라도
　　어머니의 아들 마흔살 되어
　　어느날 술잔 꽉 쥐어 깨어버리고
　　새 세상 같은 붉은 피 흘렸읍니다
　　가슴팍도 이마빡도 들이받아 피흘렸읍니다
　　더 이상 기다리지 말아야 합니다
　　술주정뱅이로 기다리지 말아야 합니다

「썰매」에서,

저 건너 가면 있다

기다리는 순이가 있다

일송정 노래 부르는 아내가 있다

할 때의 순이라는 여인상, 그리고 「범」에서의, 시집갈 때 가지고 갈 베갯잇
에 범의 수를 놓으며 범 같은 사내를 꿈꾸는 처녀의 이미지, 또는 "등잔불
석유도 없이/ ……소작료로 공출로 지푸라기만 쌓인 마당을 떠나/ 이놈의
머슴살이 때려치우고/ 대바구리 어깨에 멘 채/ 홍성장 대천장으로 울음도
없이 건너"(「자화상」)간 아버지, 또는 사글세 오막살이에 살며 엑슬란 한 벌
없이 찬바람에 떨며 풀빵 열 개로 배를 채우는 "어린 바우"(「어린 바우에게
2」) 등은 다 같이 일반화된 민중상의 테두리를 크게 벗어나지 못한다.

　그런데 다시 말하여 민중상의 일반화 또는 상투화는 반드시 민중적 관
심에 따르는 불가피하고 직접적인 결과는 아니다. 아마 이러한 일반화를
탈피하는 것은 이 관심을 더 구체화하는 데에서 이루어질 것이다. 그러
나 이것은 민중의 편에서 문학과 역사에 참여한다는 도덕적 정열의 냉각
을 필요로 하는 것일지도 모르는 일인 까닭에 매우 미묘한 모순을 내포하
는 조작이라고 할 수도 있을 것이다. 그렇다는 것은 내 생각으로 민중상의
상투화는 바로 그들의 투쟁에 기여한다는 도덕적 정열에 연결되어 있는
것으로 보이기 때문이다. 그리하여 민중이나 민중의 상황은 도덕적 정열
이 내세우는 도덕적 명제의 예시(例示)로서의 의미를 갖는다. 민중은 객체
적으로 파악되고(진정으로 주체적인 발언에서 발언자의 모습, 그것은 대개는 보이
지 않거나 간접적으로 추측될 수 있을 뿐이다.) 좋은 의미에서든 나쁜 의미에서
든 단순화된다. 이런 과정에서 여러 가지 구체적 사실은 주어진 명제의 진
행에 오히려 장애가 될 수도 있는 것이다. 고은 씨의 「자장가」와 같은 시는
이런 과정을 잘 보여 준다. 여기의 등장인물들은 다시 한 번 유형화된 민중

상에 맞는 사람들이다. 여주인공의 눈을 통하여 이야기된 주인공의 모습을 보자.

비록 아빠 떠돌이로 장삿군이 되었으나
우리 아가 너한테는 못난 아빠 되었으나
이 세상 온갖 마을 사람들의 일용품을
파는 일은 거룩하여라
만드는 이 거룩하고
파는 이도 거룩하여라
나쁜 사람 곱으로 남기는 그런 장사 옳지 않고
그런 장사 밀어주는 벼슬아치 목매어라

또는 주인공의 결심을 들어 보자.

너를 두고 아빠는 도둑 거지 안될 테니
착한 백성 누르는 힘 그 힘도 안될 테니
금덩어리 흙덩어리 논밭 곡식 빼앗는 것
저 혼자 잘났다고 임금인 체하는 짓도
저 혼자 으뜸이라고 모든 뜻 내버리는
불한당 망나니 미친놈도 안될 테니
우리 아가 잘 자라

또는 두 사람의 회고를 보자.

사랑해요 말 한마디 그 말이 사랑이어라

서로 만난 첫날밤에 굳게 다진 약조 하나
참답자던 그 약조가 오늘밤 솟아올라 어둔 밤을 타올라라.

이러한 시구들의 도덕적 진술이 다 바른 것이기는 하겠으나, 이것이 민중적 인간의 속성으로 말하여질 때, 그것은 극적인 타당성을 얻기 어려울 뿐만 아니라 거짓 감정의 표현과 같은 인상을 낳을 수도 있는 것이다.

그러나 고은 씨에게 중요한 것은 객관성보다도 도덕적 정당성일 것이다. 사실 그의 시의 주제는 도덕적 결의이다. 그의 시에 되풀이하여 표현된 것은 그 자신의 도덕적 결의의 다짐이고 또 이 결의의 모형에 따라 생각된 민중의 행동 의지이다. 「단식」에서 그는 "서너발쯤 나가는 내 곱창 말려서", 이를 "우리 역사 제삿날 지방 삼으리"라는 결의를 표명하고 있지만, 이러한 자기희생적인 처참한 결의는 다른 시들에서도 되풀이하여 표현되어 있고 또 민중의 행동을 이야기하더라도 그에게 이것은 늘 이런 자폭적 (自爆的)인 폭력의 발산으로 생각된다. 이러한 발상들은 어디까지나 주관적인 심정의 결의에 중점을 두고 객관적인 생존의 질서에 있어서의 성패를 제2차적으로 본다는 점에서 매우 도덕적인 근원을 갖는 것이다. 이것은 민중의 생존에 대한 관심에서 출발하면서 이것을 도덕적 결의 속에 폭발시킨다. 이 폭발에서 생존은 일단 뒤로 물러난다. 같은 논리로 민중의 묘사에 있어서도 생존의 아기자기하고 자질구레한 모습은 그다지 중요하지 않은 것이 되는 것이다.

그런데 도덕적 태도는, 적극적인 의미의 현실 참여주의자든 또는 단지 현실주의자든 우리 시대의 시인 일반의 특징을 이룬다고 할 수 있다. 우리가 지금 고려하고 있는 여섯 시인의 경우에도 마찬가지다. 김창완 씨의 『인동일기』의 기조(基調)가 되어 있는 것은 행동 없는 양심의 괴로움이다.

야윈 볼 시멘트벽에 문지르며
당신이 부르던 이름을
아무도 못 듣게 가만히 나도 불러 봅니다.
비겁한 나와 용기 없는 우리 대신
겨울 숲에 이르러 숨져 가는 햇살 한 올기가
고목을 끌어안고 사랑하는 그 이름의 뺨에
눈물 바르며 당신의 아내마저 흐느끼게 하고
시대의 어느 끝으로 바람이 붑니다.

—「어느 시인(詩人)에게」

이러한 양심적 인간의 부끄러운 고뇌는 다른 한편으로는 "분노의 불길을 태우고, 그리하여 내가 받은 목숨을 육체를 영혼을 남김없이 태워 버리고, 한 줌의 재가 되고 싶"(「그녀」)다는 자폭의 의지로 이어지기도 한다.

정희성 씨가 민중의 삶을 노래할 때, 그것은 주로 그들의 삶의 슬픔 또 암울한 시대에 사는 그 자신의 슬픔이라는 형태를 취한다. 그러나 여기에서도 양심의 갈구는 이 슬픔에 섞여 들어간다. 그는 한밤에 일어나 얼음 밑의 물고기의 삶을 확인해 보고,

이곳에 살기 위해
온갖 굴욕과 어둠과 압제 속에서
싸우다 죽은 나의 친구는 왜 눈을 감지 못하는가

하고 괴로워하는 사람이다.(「이곳에 살기 위하여」)

황동규 씨는 다른 또 하나의 양심의 시인이다. 「성긴 눈」에서 그는 가정과 속세를 버리고 행동에 뛰어든 사람에 대하여 "부끄러워라"고 외치고

또 "깨어 있자 깨어 있자"라고 뇌고 있거니와 이러한 양심의 괴로움과 다짐은 그의 시의 가장 중요한 모티프의 하나를 이룬다. 「돌을 주제(主題)로 한 다섯 번의 흔들림」의 마지막 시 「1974년 여름」에서 그가 표현한 바에 따르면, 그의 부끄러움은 "다들 망가질 때 망가지지 않는 놈은 망가진 놈뿐"이라는 의식에서 온다고 할 수 있는데, 그에게 있어서도 양심의 직감과 자폭에의 결의는 큰 갈등의 원인이 되어 있는 것이다.

　도덕적 충동은 분명한 정열이나 양심의 고통과 같은 형태를 취하지 않은 발언들 속에도 잠복해 있다. 가령 우리는 이들의 시에서 이들 시인이 빈번하게 인생 일반에 대한 어떤 태도 결정의 요구를 또는 양심으로부터의 충동을 받는다는 점에 주목할 수 있다. 이러한 내적인 요구는 이들의 시로 하여금 자주 인생론적인 진술이 되게 한다. 이것은 특히 《문학과지성》의 시인들에 있어서 그렇다. 가령 황동규 씨가 「꿈, 견디기 힘든」에서 삶에 대한 일반적인 명제로서, "꿈을 견딘다는 건 힘든 일이다"라고 말할 때, 우리는 그것을 꿈꾸고 있는 듯한 그의 입장을 설명하라는 현실에 대한 자기 정당화로 들을 수도 있는 것이다. 그는 또 「사랑의 뿌리」에서는 "고향도 얼굴도 모두 벗어버리고/ 몸에 충만"을 남기는 상태를 언급하기도 하고, 사랑이 이루어질 수 없는 상황에서도 최소한도의 사랑 또는 움직임을 유지하는 것이 중요하다고도 하고, "우리는 이쁜 아이들이야/ 우리는 이쁜 아이들/ 우리는 이쁜/ 아아 이뻐라/ 우리는 열려 있다" 하고 개방된 마음가짐을 가지고 있는 사람을 옹호하기도 한다. 이와 비슷하게 「저 구름」에서도 그는,

　　용에도 외로운 용이 있겠지

　　채 용 못 되고

　　도시(都市) 상공에 떠돌다 여백(餘白)으로

　　사라지는 놈도 있겠지

좀 모자라는 용도 이뻐라
구름과 구름이 만나
같이 흐를 때
끼이지 못하는 구름도 이뻐라

하고 관용성을 찬양한다. 「김수영(金洙暎)의 무덤」에서도 "……풀들이 흔들린다/ 뿌리 뽑힌 것들은 흔들리지 않는다"라고 그는 개방적 고뇌의 태도를 옹호한다. 이러한 것들은 모두 다 시대의 압력에 대한 양심의 변호로 보인다.

정현종 씨는 내적인 고뇌의 노출을 그대로 드러내기를 꺼려하는 시인이지만, 그의 시에서도 인생론적 태도 표명은 도처에서 볼 수 있다. 어떻게 보면, 정현종 씨의 시는 거의가 인생론적 진술로 이루어진다고 할 수도 있다. "세상에서 가장 쓸쓸한 일은 사랑 사랑하는 일이어니", "눈물은 합심(合心)해서 거부합시다/ 답답하다고 하면 못써요", "겨울은 추울수록 화려하고/ 길은 멀어서 갈 만하니까요", "그래도 살아 봐야지/ 너도 나도 공이 되어/ 떨어져도 튀는 공이 되어", "내 할 일은 단 하나/ 내 가슴에 뛰어드는 저 푸른 풀잎을 껴안는 바람처럼/ 고요히 고요히 춤추는 일", "슬픔이 없는 낙천이 없어……", "새는 울고 꽃은 핀다. 중요한 건 그것밖에 없다" — 이러한 진술들은, 얼른 보기의 인상과는 달리 정현종 씨가 상당히 끈질긴 도덕가라는 것을 말하여 준다. 위에 따온 발언들에서도 보이듯이, 도덕의 제약으로부터 벗어나 삶 자체에 이르려는 그의 철학적 결의에도 불구하고 그 또한 시대가 가하는 괴로운 물음에 대하여 응답하여야 할 필요를 느끼는 것일 것이다. 이러한 느낌은 양심의 자기 착반이나 감정의 내향화에서 초월하려고 하는 오규원 씨의 경우에도 찾아볼 수 있다. 「당신을 위하여」, 「보물섬」, 「이 시대의 순수시(純粹詩)」, 「커피나 한잔」, 「버리고 싶은 노래」,

「등기되지 않은 현실」 또는 「돈 키호테 약전(略傳)」 등에서 그가 이야기하고 있는 것은 한편으로는 있는 그대로의 일상성(日常性)의 수락의 중요함이고 다른 한편으로는 환상과 쾌락과 자유의 중요성이다. 이러한 시들은 이런 문제에 대한 조금 기발한 도덕적 에세이라고 생각할 수도 있는 것이다.

결국 우리의 이야기는 다시 한 번, 오늘날 쓰이고 있는 시의 추상화 경향과 도덕의 관계로 돌아간다. 다시 말하여 추상화는 오늘날의 시인들의 도덕적 충동 또는 정열을 적어도 그 일부 원인으로 가지고 있는 것이다. 사실 따지고 보면, 시인들로 하여금 도덕적으로 민감하지 않을 수 없게 하는 것은 우리 시대의 움직임 그 자체에서 온다고 해야 할 것이다.

일반적으로 시적 사고의 추상화를 우리는 어떻게 생각해야 할 것인가? 시인에게나 독자에게나 도덕적으로 '깨어 있다'는 것은 가장 중요한 일의 하나일 것이다. 그리고 이것이 우리 시대의 요청이며 또 아마 지금에 있어서 시대가 허용하는 유일한 행동 방식인지도 모른다. 이런 도덕적 각성을 위하여 시가 추상화될 수밖에 없다면 그것은 그럴 수밖에 없는 일이다. 뿐만 아니라 시가 존재하는 곳은 어떻게 보면 시 그 자체라기보다는 시와 다수 독자 사이의 공감 속이라고 할 수 있다. 위에서도 비쳤듯이 시가 할 수 있는 일의 하나는 공적 감정의 환기이다. 시가 추상화되고 더 극단적으로 상투화된다 하더라도 그것이 우리의 기본적인 도덕적 각성에 기여한다면, 그것은 일단의 기능을 수행하는 것이라 할 수 있다. 그러나 여전히 우리는 이것으로써 적어도 시의 관점에서는 모든 것이 끝났다고 말하기는 어렵다는 느낌을 버릴 수 없다. 위에서 말한 바와 같이, 우리는 시에서 일반화된 감정의 환기가 아니라 새로운 체험 또는 체험의 새로운 확인도 기대하는 것이다. 시의 기능은 다른 쪽으로는 이해와 식별(識別)의 증진이다. 이것이 많은 것을 추상적인 유형 속에 환원시키는 시적 과정에서 이루어질 수는 없는 일이다. 그리고 보다 깊은 의미에 있어서, 이해의 진전은 도덕적 진전의 일부가 된다.

그러면 시가 일반화, 추상화 경향을 넘어서는 것은 어떻게 가능한가? 일단 그 답은 간단하다. 우리가 요구하는 것은 사물과 경험의 구체에 대한 충실성이다. 물론 이것이 어떠한 방법으로 얻어지느냐 하는 것은 간단치 않다. 그러나 우리가 지금 생각하고 있는 시인들에 있어서도 이러한 충실의 증거는 많이 찾아볼 수 있다.

김창완 씨는, 현실 참여주의의 기치 아래에서 시를 쓰고 있다고 해야겠지만, 그 감성에 있어서 주관적 서정주의의 시인이다. 그러나 주관적 감정과 객관적 관찰이 맞부딪쳐 이루어지는 구절들이 없는 것은 아니다.

추수 끝난 들에는
숨어 있던 논둑들이 나타나서
성난 사람들의 핏줄처럼 꿈틀거린다
공판장에 다녀와서 마루를 치던
형님의 손등에도 저런 것이 나타나서
푸르던 시절의 들판 같은 색깔이 짙어……

이런 구절에서 논둑과 손등의 중첩은 별로 커다란 의미의 계시가 없다고는 하지만 우리의 지각을 날카롭게 해 준다.

황동규 씨는 정치적 상황에 대한 일정한 태도를 선언해야 할 필요에 쫓기지 않을 때 서정과 객관적 관찰을 섬세하게 조합하는 데 뛰어난 능력을 가진 시인이다. 가령 「여름 이사」의 마지막 부분, 새로이 아파트로 이사한 그의 심정을 이야기하는 구절을 보자.

조그만 아파트 방 책상머리
새벽 두시의 무거운 공기 속으로
읽던 책 모두 띄우고 웅크리고 앉아
어깨에 아이들과 나를 얹고 서 있는
철근의 식은 힘을 느낄 것이다.
웅크리고 앉아
평면으로 누운 세계의 얼굴을
만질 것이다.

아파트의 무거운 철근과 세계를 맨 아틀라스의 고통과 시인의 곤비한 심정이 겹치는 이러한 구절은 오늘날의 도시 생활의 중압을 매우 실감 있게 그리고 있다. 그의 보다 정치적인 감수성을 보여 주는 시에서도 구체적인 것들에 대한 주의는 양심적인 지식인으로서의 시인을 보다 실감나게 느끼게 해 준다. 「지붕에 오르기」의 마지막 부분과 같은 것은 그 좋은 예가 될 수 있다. 이 시에서 시인은 버스 정류장에서 만나는 초라한 소년, 10층 창 위에서 유리를 닦는 노동자의 처지에 동정하고 그러면서도 그들을 위하여 아무것도 하지 못하고 직장과 가정의 안이함 속에 잠겨 지내는 자신을 부끄럽게 생각한다는 것을 표현하고 있다. 마지막 부분에서 시인은 그의 가책의 한 원인이 되는 가정에 돌아와 가사를 돌본다. 그는 집수리 공사에 사용되었던 사다리를 치우다가 그것을 딛고 먼 시가지를 바라본다.

사다리 둘 곳을 찾다가
이사온 후 처음으로
슬라브 지붕에 올라간다
각목이 모자라 두 칸은 베니어를 겹으로 붙여

내 가벼운 무게도 모르고 마구 떤다

떨림이 멎지 않는다 동남쪽으로
모래내 골짜기가 펼쳐져
있다 묘사 덜 된 소설처럼 그러나
신기하게 하나도 빠짐 없이 지붕과
굴뚝을 달고 집들이
모여 있고 헤어져 있다 어스름이
내린다 손이 흔들린다 어디선가
낙엽 한 장이 날려와 흔들리는 손에
잡힌다 메말라 붙은 신경이
선명하게 보이는,

신경이 모두 보이는 이 밝음,
공포, 생살의 비침, 이 가을 한 저녁.

시인은 사다리의 떨림에서 일상생활 속에 잠복해 있는 위험을 느낀다.
이 위험을 피할 수 있는 것은 오로지 그의 체중이 가벼움으로써다. 이것
은 그의 마음에서 잠시나마 양심의 영웅적인 작업에 참여하지 못하는 연
약함과 중첩되어 느껴진다. 그러면서도 그는 인간의 근원적인 작업이 일
상적인 평화 속에 있다는 것을 깨닫는다. 그러나 이 깨달음은 비극적인 것
이다. 왜냐하면 일상적 평화의 집들이 사람들을 함께 있게 하면서 또 이들
을 따로따로 갈라놓는 것이기 때문이다. 이런 깨달음은 "신경이 모두 보이
는……밝음"의 순간이 되지만, 그의 도덕적 딜레마에서 그를 구출해 주지
못한다.(그러나 이 딜레마를 해결하려고 할 때, 이 시의 섬세한 관찰은 보다 넓은 배려

의 선택을 가능하게 할 것이라고 말해야 할 것이다.)

이미 위의 몇 가지 예에서 볼 수 있듯이, 시의 구체성은 단순히 객관적인 사물에 대한 수동적인 충실성만으로 얻어지지 아니한다. 구체를 만들어 내는 것은 사실과 마음의 부딪침이다. 그러나 어떤 때는 마음의 힘만으로도 구체성은 생겨난다. 위에서 우리는 현실 인식을 비유적인 상황으로 집약하는 수법을 길게 말하였지만, 여기서도 문제는 수법 자체가 아니라 이때의 비유적 상황이 상투적인 것이 되기 쉽다는 점이다. 이 상황의 설정이 충분히 창의적일 때 우리는 새로운 깨우침의 체험을 가질 수도 있는 것이다. 정현종 씨의 뛰어난 점은 그 창의적 고안력에 있다. 그는 일반적인 현실 인식을 매우 독창적인, 그래서 흔히는 초현실주의적인 시각성을 얻는 상황이나 이미지로 요약하는 데 뛰어나다. 뛰어난 풍자시 「공중에 떠 있는 것들 1~4」가 그 가장 적절한 예로 들어질 수 있을 것이다. 가령 세 번째의 「거울」을 보자.

뜻 깊은 움직임을 비추는 거울은
거의 깨지고 없다
다만 커다란 거울 하나가 공중에 떠 있고
거울 윗쪽에 적혀 있는 말씀 ─
축와선(祝臥禪), 낮을수록 복이 있나니

공중에 걸려 있는 커다란 거울은 조지 오웰의 「1984년」에서의 독재자의 감시용 텔레스크린과 비슷하다. 이 거울은 모든 사람에게 동일한 얼굴이나 자세를 가질 것을 요구한다. 그러나 각각의 사람들은 제 나름대로의 거울을 가져야 마땅한 것이 아닌가. 「공중에 떠 있는 것들 4」, 「집」의 이미지도 희한하다.

지붕마다 구멍이 뚫려 있다.
지붕 바깥으로 손들기 위해서이다.
손 들고 있는 편안함!

비가 새니까 막으라는 겁니다라고
스피커가 말한다……

　밖으로 두 손이 내밀어져 있는 집이라는 기괴한 이미지를 통하여, 정현종 씨가 말하고 있는 것은 국가 권력이 우리의 자유를 제약하는 것은 생활의 필요를 통하여서라는 것이다. 말하자면 권력이 경제 성장을 핑계하여 기본적인 자유를 제한하는 경우와 같은 것이 정현종 씨의 희화적인 이미지가 지적하는 경우가 될 것이다.

　여기서 주의할 것은 이러한 예의 효과가 반드시 시각화로 인하여 생겨나는 것이 아니라는 점이다. 중요한 것은 고안력이며, 마음의 힘이다. 또 그것은 언어의 힘이라고 할 수도 있다. "축와선(祝臥禪), 낮을수록 복이 있나니"——이러한 진술의 효과는 바로 그러한 힘을 단적으로 예시해 준다. 이러한 말은 그 자체로 재치 있고 재미있는 것이지만, 오늘날의 사회에서 행해지는 도덕과 정치적 조종과의 밀접한 관계에 대한 날카롭고 풍자적인 의식에서 나온다.(이것은 위에서 본 바와 같이 국민 복지의 이름으로 행해지는 억압의 유형에 맞아 들어간다.) 이러한 우스개 같으면서도 날카로운 진술은 이제는 정현종 씨의 등록 상표 격이 되었다고 할 수 있다.

네 눈은 상처이다
네 입은 상처이다
귀도 머리털도

─사람의 오관이 삶을 향수하고 활달하게 하는 조건이 못 되고 괴로운 부담이 되게 하는 현실을 그는 이렇게 말한다.

옛날엔
별 하나 나 하나
별 둘 나 둘이 있었으나
지금은
빵 하나 나 하나
빵 둘 나 둘이 있을 뿐이다.

자연에서 경제에로 바꾸어진 우리의 이상은 이렇게 말하여진다.

서커스 구경 온 새처럼
나는 말한다 ─
아니다
나는 새 보는 곡예사(曲藝師)처럼
나는 말한다 ─

밥 먹고 있는 사람 밥 많이 먹어요
놀고 있는 사람 잘 놀아요
걷고 있는 사람은 어서 걸어요.

표현, 관념, 윤리적 명제 ─ 이런 것들보다는 삶 그 자체가 원초적이라는 말의 흥미로운 표현이다.

지적인 대상화의 명증성은 오규원 씨의 시에서도 볼 수 있다. 오규원 씨가 가장 주지적(主知的)인 시인이지만, 그의 지적인 관찰이 분명한 형태에 정착되는 경우보다 혼란과 난해성에 떨어지는 것은 유감이지만, 어떤 때 그의 사회에 대한 관찰은 과감하게 상투형을 깨뜨리는 것이다.

나에게는 어머니가 셋. 아버지는
여자(女子)는 가르쳐 주었어도 사랑은 가르쳐 주지 않았다.
사랑이란 말을 모르고 자란 아버지와
사랑이란 말을 모르고 죽은 아버지의 아버지의 나라.

또는 같은 「한 나라 또는 한 여자(女子)의 길」에서,

나에게는 어머니가 셋. 어머니가 많아 행복하다.
어머니는, 내 어릴 때부터의 모순의 나무, 그 나무들의 그늘 밑에서 나는 동화책을 읽었다. 왕자(王子)는 왕(王)이 죽을 때까지 어릴 필요가 있는 왕(王)의 나라의 이야기, 아버지보다 먼저 아버지가 되기 위해서는 술이 담배가 여자(女子)가 필요하다는 왕(王)의 나라 이야기.

모순—나에게는 그러나 물이 흐르고 바람이 부는 나라. 시장(市場)이 큰 중동(中東)의 무더운 흙냄새가 바람을 일으키는 나라. 발레리의 안경을 수리해준 나라.
이 나라에서 지금도 나는 동화책을 읽는다. 군신유의(君臣有義), 장유유서(長幼有序), 부자유친(父子有親), 부부유별(夫婦有別), 붕우유신(朋友有信)의 동화. 떼를 지어 숲속에 노니는 예(義)·서(序)·친(親)·별(別)·신(信). 숲의 나무들이 부르는데, 아 어디로 갔나 여기 있어야 할 사랑 애(愛)·충(忠)·효(孝)는 지금도 있는데, 아 어디로 갔나. 사랑 애(愛), 미운 오리새끼.

이러한 오규원 씨의 관찰은 낭만적 사랑, 국제 무역, 지적(知的) 고답주의(高踏主義)를 포함하는 서구 중산 계급의 가치를 무비판적으로 수용하는 듯한 인상을 주지만, 다른 한편으로는 부권주의(父權主義), 남성적 호탕주의(豪蕩主義), 강요되는 미성숙, 성과 감정의 억압, 이러한 것들을 내용으로 하는 전통 윤리의 허구성을 적절하게 지적하고 있는 것이다.

구체성이나 지적 투시력이 《문학과지성》의 시인의 전유물인 것은 아니다. 고은 씨의 「달밤」에서 이야기되어 있는 북한산의 봉우리들은 현실의의 봉우리이면서 동시에 그로 하여금 "……기어올라가/ 허공 꽉 찬 달빛 때려부수고/ 외마디 비명으로 떨어"지게 할 높은 이상의 상징이다. 또는 「얼음」에서 고은 씨가 자신을 "백담사 앞 돌마다 부딪친 피투성이 물"이라고 하고 이 물을 얼려서,

쩡! 얼어붙은 얼음 한 덩어리로
서울바닥만한 얼음 한 덩어리로
서울바닥 네 패거리 때려……

부셔야겠다고 할 때, 이러한 시상은 한편으로는 의지의 냉철함을 얼어붙는 피에 비교하여 그 사실에 거의 물리적인 구체성을 주고 또 다른 한편으로는 그 얼음덩어리로 적을 때려잡겠다는 비유의 독창성으로 하여 매우 효과적인 것이 된다. 그러나 고은 씨의 시의 특징이 이러한 감각적, 지적 견고함에 있는 것은 아니다.

정현종 씨와 같은 시인에서 묘사나 느낌의 구체성 또 관념과 언어의 명증성은 어디에서 오는가? 황동규 씨의 「지붕에 오르기」의 구체성이나 정현종 씨의 날카로운 관념은 현실에 대한 어떤 냉정성의 유지를 필요로 하는 것으로 보인다. 어떻게 보면, 우리가 구체적이고 명증한 시적 표현의 예

로 들었던 것들은 바로 현실에 스스로를 던지는 자유분방한 정열의 결여를 증표해 주는 것이라고 말할 사람도 없지 않아 있을 것이다. 이것은 일단 인정될 수밖에 없다. 정현종 씨는 유리창의 본질을 다음과 같이 말하고 있다. "자기를 통해서 모든 다른 것들을 보여준다. 자기는 거의 부재(不在)에 가깝다. 부재를 통해 모든 있는 것들을 비추는 하느님과 같다. 이 넓이 속에 들어오지 않는 거란 없다. 하늘과, 그 품에서 잘 노는 천체(天體)들과, 공중에 뿌리 내린 새들, 자꾸자꾸 땅들을 새로 낳는 바다와, 땅 위의 가장 낡은 크고 작은 보나파르트들과……" 창은 스스로를 괄호 속에 넣음으로써 — 세계의 많은 것에 감각과 감정과 의지, 이런 것들을 통해서 정신 없이 말려 들어가 있는 자신을 거기로부터 거두어들임으로써 얻어지는 지적 명증성, 이 명증성 속에 사물의 모습을 비추어 보려는 자세의 상징이다. 구체성과 명증성이 이러한 조작을 필요로 하는 것은 사실이다. 그러나 감정이나 의지의 절제가 아니라 탐닉이 현실에 나아가는 방법인 것은 아니다. 정현종 씨의 명증성은 "눈물은 합심(合心)해서 거부합시다 / 답답하다고 하면 못써요" 하는 감상(感傷)의 거부에 연결되어 있다. 또 이 거부는 단순히 거부를 위한 거부가 아니라 "슬픔 없는 낙천이 없어 / 덤벙덤벙 웃는다"는 비극적이면서 낙천적인 삶에의 의지를 위한 것이다. 그에게 감정이나 의지의 절제 또는 중단은 그것을 집중적으로 사용하자는 의도의 다른 면에 불과하다. 사실 명증성을 지향하는 사고 작용도 하나의 의지 작용 — 절제를 통하여 강한 집중을 이루는 의지 작용인 것이다. 그러나 이러한 사고 또는 시적 사고에 있어서의 의지 집중이 곧 삶의 의지와 일치하지는 않는다. 아마 이 의지의 보다 단적인 표현은 삶의 실천 그것일 것이다. 고은 씨의 시가, 위에서 보았듯이 그 발상에 있어서 상투적 유형화에 떨어지기 쉬우면서도 우리에게 강력하고 믿을 만한 에너지를 전달해 주는 것은 그의 실천적 의지에 연결되어 있다. 알다시피 그는 근년에 자주 현실 참여의 의지를 행동적으로 증거해 보여 주었지만, 이것은 그의 시에도 그 자취를 남기고 있다. 민중의 이념에 입각한 그간의 시들에는 감상적인 요소가 많았다. 그러나 고은 씨의 「새벽길」의 감상주의(感傷主義)를 우리는 민중에 대한 감상주의라고 할 수 있을는지는 모르지만 스스로의 양심의 고뇌를 자기 연민에 종식시키는 자기 탐닉의 감상주의라고 할 수는 없을 것이다. 고뇌와 자기 연민의 감상주의는 행동에 의하여 극복되었다.

> 난들년들 떠돌며 찾던 것이
> 여기 있으니
> 개가죽나무 잎새 날리는 날
> 푸른 관복 입고 나서 창살을 쥔다
> 쓰디쓴 술 퍼마시고
> 한밤중 깨어나 찾던 것이
> 여기 있으니
> 오 자유! 어느 망나니 칼 치켜들어도
> 두려움 없이 내 겨레 하늘을 본다
> 한평 반짜리 마룻바닥 박차고 일어서서
> 하늘 한쪽 보고 나면
> 얼씨구 절씨구 하늘에 내가 있다

적어도 이러한 구절이 고은 씨의 결의를 구체적인 체험을 통해서 전달하고 있는 것은 부인할 수 없다. 그러나 여기에서 우리가 주의해야 할 것은 이런 구절의 현실성이 결의의 표명보다 구체적 상황의 형상화에 힘입고 있다는 것이다. 이 형상화는 구극적으로 시적 인식의 문제이다. 그리고 이 인식은 사물이나 상황에 대한 일정한 거리감을 유지함으로써만 명증화될 수 있다. 우리가 시를 아무리 실천적으로 파악한다 하더라도, 시는 현실적 정열의 있는 그대로의 표현일 수는 없다. 그것은 그러한 정열을 인식으로 전환시키고 그렇게 하여 새로운 방향을 주는 작업이라고 생각된다. 여기에는 객관화 형상화를 위한 일단정지가 불가피하다. 이런 의미에서 정현종 씨에서 보이는 바와 같은 지적인 태도는 다시 한 번 필요한 것이다. 다만 지적인 태도는 주관적으로 기발한 우화(寓話)에 작용할 것이 아니라 현실을 있는 그대로 그 전체적 맥락 속에서 들추어내는 데 작용하여야 할 것이다.

우리는 여기서 지적인 정지(靜止)의 태도가 참으로 실천적 의지와 양립할 수 없는 것인가를 생각해 볼 필요가 있다. 이것은 서로 갈등을 일으키며 양립할 수 없는 경우도 많으나 또 다른 한편으로는 서로의 보완적 요소로서 또는 하나의 변증법적 과정의 두 계기로서 작용하는 것이 아닌가 한다. 우리가 여기서 확실히 해야 할 것은 실천이 — 물론 여러 가지 의미 내용을 지닐 수 있고 여러 가지 양상을 띨 수 있는 사실이라는 것을 인정하고 — 구극적으로는 현실 질서, 생존 질서의 재조정에 관계되며, 이러한 재조정의 노력에 있어서 전략이나 방법의 문제는 가장 중요한 고려의 대상이 된다는 사실이다. 끊임없는 의도의 확인도 중요한 일임에는 틀림이 없으나 그리고 개인의 도덕적 실천이라는 관점에서는 그것이 모든 것일 수도 있으나, 구극적으로 새로운 생존 질서의 확립이라는 관점에서 볼 때, 의도는 하나의 출발에 불과하다. 그리고 생존의 전략에 있어서 지적 태도는 불가피한 요건의 하나이다.

시의 형상화에 필요한 지적 태도 또는 객관적 태도가 반드시 현실 질서를 분석하는 비판적 지성과 일치한다는 것은 아니다. 아마 후자보다도 더 그것은 실천적 정열과 그 불가피한 단순화로부터의 관조적 거리를 요구하는 것일 것이다. 거기에도 실천적 관심이 서려 있을 수 있으나, 그것보다도 시의 지성은 사물이나 상황과 우리 내면의 깊은 욕망의 사이에 대한 어떤 종합적인 직관과 같은 성질을 띠는 것으로서, 실천적 관심이 발생하는 근원이 되는 것일 것이다. 이런 까닭에 시적 인식은 분석적인 도식성보다는 우리의 삶 그 자체에 대한 직접적인 자기 지각(自己知覺) 비슷한 것으로 나타난다. 그리하여 그것은 율동과 감각과 서정을 아울러 가진 언어로써 가장 적절하게 파악된다.(서정성의 면에서는 황동규 씨나 정희성 씨 또 김창완 씨가 서로 비슷하면서 다른 범례를 보여 준다.) 이렇게 생각해 볼 때, 이것저것 두루뭉수리로 종합하고 절충하는 것이 좋다는 의미에서가 아니라 우리가 원하는 시는 진정으로 실천적 의지에 의하여 동기 지어지는 것이면서 냉정한 객관성에 이를 수 있는 지성의 통찰을 감각적, 서정적 언어로 구상화할 수 있는 시라고 말할 수밖에 없다.

(1979년)

오늘의 한국 시

서정에서 현실로

1

이 사화집[1]은 오늘날 한국 시단에서 활동하고 있는 현역 시인 가운데 대표적인 시인들의 작품을 선택 수록한 것이다. 오늘날 한국 시가 역사적으로 중요한 시기를 형성할 만큼 커다란 흐름을 이룰 것인지 어쩐지는 알 수 없지만, 매우 활발한 상태에 있음은 틀림없는 사실이다. 우선 양적으로만 헤아려 보아도, 오늘날과 같은 산문의 시대 또는 대중 매체의 시대에 있어서, 시집이 베스트셀러 목록에 오르고 또는 2만 부 이상이 팔리고 하는 일은 세계적으로 매우 희귀한 일이라고 할 것이다. 또 시의 내용에 있어서도, 한국 문학사에 오를 만큼 다양한 시적 표현이 시험되고 있는 일도 드문 일이다. 그리하여 오늘날 한국 시는 어느 때보다도 풍성하고 다양한 모습을 드러내고 있다.

---

1 이 글은 앞으로 출간될 유네스코 간행의 『한국 현역 시집』(프랑스어판)의 서문으로 쓰인 것이다.

그러나 이미 비친 바와 같이 오늘의 시대를 어떤 한 큰 흐름으로 특징짓기는 어려운 일이다. 특징이 있다면, 그것은 어떤 고전적 균형이나 완성으로 이야기될 수 있는 것이 아니라 혼란과 모순과 갈등으로서 말하여질 수 있는 것이다. 시대의 난기류는 크게 말하여 산업화에 그 원인이 있다고 할수 있다. 그것은 단순히 산업 구조의 변화에 그치지 않고 우리의 감수성, 우리가 사물을 지각하는 방식, 우리의 언어에 아직도 분명히 짐작할 수 없는 방식으로, 근본적인 변화를 가져왔다. 다른 언어 표현의 노력이나 마찬가지로, 우리의 시는 이 변화가 나타내는 깊은 인간적 의미를 가늠하고 이를 표현하고 또 이에 대처하려고 하였다. 그러나 우리의 시적 언어가 가장 근원적인 고민과 모색에도 불구하고, 이것을 충분히 포착했다고 할 수는 없다. 오늘의 시에 비상한 활력이 있다면, 그것은 다분히 이 모색의 에너지에서 온다. 물론 거기에 허세와 유치와 조야함이 따르는 것도 불가피한 일이다.

지난 백 년 동안의 한국 역사는 계속적 위기와 격동의 역사였다. 아마한국의 역사에서 그와 같이 심한 변화가 사회의 근본 조직을 계속적으로 흔들어 놓은 시기는 달리 찾아 볼 수가 없을 것이다. 조선조 말의 사회적 혼란, 서양과 일본 제국주의의 충격, 식민지화, 세계 대전과 민족 내부의 전쟁 ── 이러한 것들이 수천 년까지는 아니라도 수백 년래의 전통적 사회 체제에 연속적 타격을 가하고 그 붕괴를 촉진하였다. 1960년대 이후의 강권 체제하의 산업화는 이러한 일세기 이상에 걸친 사회 변화에 종지부를 찍으면서 또 새로운 편성을 시작하는 일이었다고 할 수 있다. 그러나 그 분명한 외부적 표현들이 분명히 나타나기 시작했다는 의미에 있어서, 구체제의 쇠퇴하는 연속이 아니라 새로운 조직화의 시작이라는 의미에 있어서, 삶의 일상적인 조직의 구석구석을 바꾸어 놓음으로써 느낌의 방식 자체가 영향을 받게 되었다는 의미에 있어서, 1960년대 이후의 산업화는 확실히 가장 중요한 역사적인 변화라고 할 수 있는 것이다. 이것은 밖으로부터의 충격과 안으로부터의 반응을 어떠한 질서 속에 통합하고자 하는 노력인 문학 또는 시에 있어서도 느낄 수 있는 것이다.

2

한국 현대 시는 흔히 최초의 현대적 문학 잡지 《소년》이 출간되고, 거기에 최초의 자유시인 최남선(崔南善)의 「해(海)에게서 소년(少年)에게」가 실렸던 1908년에 시작된 것으로 이야기된다. 말할 것도 없이 이러한 특정한 시기, 특정한 잡지, 특정한 시에 역사의 단초를 두는 것은 문학사가들의 속기술에 불과하지만, 대체로 20세기 초로부터 현대적인 시가 쓰이기 시작한 것은 사실이다. 현대 시의 특징은 우선, 이미 비친 바와 같이 형식적으로 자유시란 데에서 찾을 수 있다.(물론 현대 시가 리듬의 정형성에의 지향을 일체 포기한 것은 아니다. 여기서 자유시는 전통적 시의 리듬 형식에서 풀려난 새로운 형식에 대한 탐구까지를 포함하는 것으로 생각되어야 한다.) 형식의 자유는 물론 내용의 자유 —— 관찰하고 느끼고 생각하는 자유를 말한다. 시의 내용이 전통적 소재(topoi)에서 벗어나 크게 확대된 것은 우리가 쉽게 생각할 수 있는 일이다. 그러나 소재가 그 대체적인 윤곽에서 크게 달라진 것이라고 말할 수는 없다.(도대체 시의 소재는 어느 시대에나 영원하여 같은 것일 수밖에 없다는 생각은 일리가 있는 것이다.) 언제나 그렇듯이 시인이 말하는 것은 일차적으로는 자연과 사랑이며, 이차적으로는 사회 또는 국가이다. 20세기와 더불어 한국 시에 달라진 것이 있다면, 그것은 이러한 소재 자체보다 이런 소재를 대하는 시인의 태도이다. 여기에서 아마 가장 중요한 것이 되게 된 것은 시인이 이런 소재를 그의 체험과 감성을 통해서 변조함에 있어서 두드러지게 된 개인적 뉘앙스라고 해야 할 것이다. 이것은 말할 것도 없이 시대 전체에 있어서의 개인주의의 대두와 관계되는 일이다. 여기에는 어디에서나 볼 수 있는 일로 한 문명의 쇠퇴에 일어나는 개인주의적 요청이 있고, 개인보다는 공동체와 사회에 압도적인 중요성을 인정했던 조선 시대의 사회적 억압으로부터의 해방에 대한 요구가 있었고, 특히 문학에 있어서 서양문학의 강한 유혹이 있었다. 그렇긴 하나 새로운 시에 표현된 개인적 관찰과 느낌과 사고는 여전히 전통적 시적 정서의 세련을 벗어나지 않는 것이었다. 그것은 다시 말하여 새로운 요구에도 불구하고 전통적 느낌의 훈련을 그대로 지키는 것이었다. 20세기 초의 실험을 거쳐, 한용운(韓龍雲), 김소월, 청록파의 시들이 곧 하나의 유려한 시적 표현을 얻을 수 있었던 것은 방금 설명한 바와 같이 새로운 시대의 개인적 표현의 요구가 전통적 느낌의 유형에 쉽게 통합될 수 있었던 사정으로 인한 것이 아니었던가 생각되는 것이다. 물론 그렇다고 하여 20세기의 새로운 시와 전통적인 시 사이에 확연한 단절이 보이지 않는 것은 아니다. 이것은 말할 것도 없는 일이다. 그리고 이 단절 또 차이 가운데 또 점진적인 변화가 없는 것도 아니다. 한용운의 형이상학적 장인성과 정치적 도덕적 헌신, 김소월의 개인적 서정과 시대적 울분 등은 모두 한국 시의 새로운 업적이 되었고, 이러한 것들은 청록파 시인에 있어서 보다 조용한 향토적 서정이 되었다. 이들이 표현하고자 한 것들은 모두 전통적인 시에서도 발견되는 것이면서 이들의 손에서 새로운 개인적 명징성을 얻은 것들이었다. 이러한 전통과 개인의 결합은 그들의 언어에서도 나타난다. 그들은 그들의 개인적 체험에 새로운 표현을 주고자 하였고 또 그들은 그에 필요한 새로운 언어를 얻는 데 성공하였다. 그러나 그들의 언어는 새로운 것이기는 하지만, 역시 전통적 시의 이념에서 크게 벗어나지 않는 유려한 선율과 화음의 달성을 목표로 하는 언어였다.

그러나 20세기 한국 시의 주된 흐름은 한마디로 특징지어 말한다면, 리얼리즘에의 근접이라고 할 수 있다. 이 리얼리즘은 말할 것도 없이 변화하는 시대의 체험을 시 속에 적응하려는 노력을 나타낸 것이었다. 광범위하게 볼 때, 이 리얼리즘은 새로운 내적 체험의 진실된 표현까지를 포함하는 것이라고 할 수 있는데, 위에 언급한 시인들도 이 내적 리얼리즘을 나타낸다고 할 수 있다. 사실 서구 문학의 영향으로 초기 한국 현대 시에 나타난 낭만주의나 상징주의와 같은 것도 이러한 테두리에서 생각될 수 있다. 그러나 다른 한편으로 새로운 시대의 현실을 시 속에 수용하려는 노력은, 삶의 외적인 상황을 주시하고자 하는, 좁은 의미에서의 리얼리즘, 사실주의에서 본격적으로 나타난다고 할 수 있다. 20세기가 진전됨에 따라, 시인들은 그들의 시 속에 비속한 일상의 세계와 그것을 결정하는 ─특히 격변하는 시대에 있어서, 그것을 결정하는 사회적 정치적 상황에 대하여 직설적으로 말하여야 할 필요를 느꼈다. 이러한 것들은 한편으로 서정적 정서만으로는 처리될 수 없는 것이어서 사물에 대한 사실적이고 지적인 접근을 요구하였고, 다른 한편으로는 서정적 유려함에 의하여 제약되지 아니하는 언어 ─산문적인 것들과 협화음이 아니라 불협화음까지도 포함하는 언어를 필요로 하였다. 1920년대 후반에는 이미 정치 투쟁에 기여할 수 있는 시가 씌어져야 한다는 마르크스주의적 문학관이 대두하고, 그 주문에 맞는 시가 씌어지기 시작하였다. 1930년대에 김기림은 영미의 모더니즘의 영향하에 감각적 체험과 시대적 상황을 지적인 정밀성을 가지고 묘사하는 시를 썼다. 1950년대부터 김수영은 정치적이며 일상적이며 산문적인 시를 썼다. 이들은 대체로 1960년대부터 그 기원을 잡을 수 있는 오늘의 시의 중요한 선구적 업적을 쌓았다. 이중에도 김수영은 개인적 체험과 사회 상황의 인식, 난해성과 대중성, 지적인 관심과 비속성 ─이러한 것들 사이에 있는 장벽을 깨뜨려 버림으로써 그 후의 시의 여러 경향에 가장 중요한 모범을 보여 주었다. 시와 문학에 대한 마르크스주의적 접근이나 현대의 복합성에 대한 모더니즘의 실험적 접근 등은 모두 현실의 수용을 위한 문학적 예비 작업에 불과한 것으로 볼 수도 있다. 김수영은 지식인의 개념적 자세를 완전히 버리지는 못하면서도 그 나름대로 그가 처했던 시대와 사회를 그의 완전치 못한 시 속에 담고자 했던 것이다. 이것이 그 이후의 시인들에 의하여 조금 더 철저하게 실천에 옮겨지는 시적 프로그램의 토대가 된 것이다.

말할 것도 없이 한 시대의 시가 하나의 경향으로 집약된다고 생각하는 것은 역사적 정리의 필요에 따른 단순화에 불과하다. 위에서 간단히 언급한 오늘의 시의 선구하는 경향들은 오늘날에도 그대로 대체되는 것이 아니라 병존하는 상태로 존재하고 있다. 그러면서 거기에는 위에 말한 바 시기적 역점에 의한 구조가 존재하는 것이다.

박두진(1916년생)은 청록파 3인 중의 한 사람으로 출발하였다. 그의 시적 고향은 다른 청록파 시인의 경우나 마찬가지로 자연이었다. 다만, 다른 두 시인 박목월이나 조지훈의 경우, 자연은 전통적 삶 또는 당대적 농촌의 삶을 환기하는 것이었는 데 대하여, 박두진의 자연은 강한 도덕적 의미를 가지고 있는 것이어서, 그것은 정치적 억압과 도덕적 부패에 대한 반대 이미지의 성격을 가지고 있었다. 이것은 그가 소수파 종교로서의 자의식을 강하게 가지고 있는 크리스천이라는 것과 관계되는 일이다. 그러나 박두진의 초기 시는, 적어도 표현의 표면에 있어서는, 자연의 순진과 자유와 생명을 찬양하는 데 전념하는 것이어서, 그것의 비판적 의미는 분명하게 드러나는 것이 아니었다. 하여튼 여기에서 지적하고자 하는 것은 그의 후기의 시들은 강하게 사회적 정치적 내용을 담는 것이고, 이것은 시대와 더불어서 바뀐 그의 변모를 나타내면서 동시에, 이미 비친 바와 같이, 그의 초기에 숨어 있던 도덕적 동기에 이어지는 것이라는 사실이다. 박두진은 1930년대부터 시를 써 온 세대의 시인 가운데에서 가장 직접적이고 가장 신랄하게 정치적 상황에 비판적 반응을 보여 온 시인이라 할 수 있을 것이다. 다만 그의 정치적 비전은 사실은 정치적이라기보다는 도덕적이고 종교적인 동기에서 나오는 것이기 때문에, 그의 시에서 현실 정치나 사회 상황에 대한 구체적인 언급을 찾을 수는 없다.

비슷한 연배의 시인인 서정주(徐廷柱)(1915년생)는 그 나름대로 변해 가는 한국의 현실에 시적 표현을 주고자 하였다. 대부분의 현대 한국 시인들이 그러하듯, 서정주도 낭만주의적 시인으로 시작하였다. 그의 낭만주의는 다른 시인들의 경우보다 격렬한 것이어서, 그의 기질은 프랑스의 퇴폐주의 시인에 가까운 것이었다. 그러나 이 점이 바로 서정주를 한국의 현실로 돌아가게 하는 데 도움이 되었다. 왜냐하면 그의 낭만주의는 처음부터 단지 관념이나 정서의 문제라기보다는 격렬한 상태로 사는 삶의 문제였기 때문이다. 적어도 그의 시에 의하면 그는 그러한 삶을 관능과 허무의 황홀에서 찾았다. 그의 영감은 한편으로 보들레르와 같은 서구의 시인이었으나, 다른 한편으로는 식민지의 막힌 상황과 한국의 불교와 샤머니즘의 전통이었고, 또 종교와 도덕의 체계와 관계없이 연면한 민중적 생활의 활력이었다. 서정주에 리얼리즘이 있다면, 그것은 박두진이나 기타 더 젊은 다른 시인에게서처럼 개념적으로 파악된 사회 상황이나 정치적인 문제에 대한 의식에서 나타나는 것이 아니라, 민중 생활과 언어의 뉘앙스에 대한 민감성 ─ 그것도 언제나 매우 평범하면서도 관능적 또는 형이상학적 작은 깨우침, 작은 열광을 숨겨 가지고 있는 작은 삶의 계기에 대한 민감성에서 찾아지는 것이다. 그렇기 때문에 서정주의 시는 주제나 모티프에 따라서 요약되기보다는 한 편 한 편을 구체적으로 읽어 봄으로써 그 취향을 직관하는 것이 마땅하다. 가령 「신부」에서 서정주는 얼마나 자연스럽게 민간 전설의 간략한 기술(記述)을 통해서 사랑의 마음의 기복과 사랑에의 매운 결의에 서린 미묘한 계기들을 밝혀 주는가. 「보들레르의 묘」에서는 그의 근년의 여행의 기록에서 나온 삽화를 이야기하고 있지만, 그 특유의 유머를 가지고 약술된 삽화는 자연스럽게 인간의 운명의 멍에와 그 순응에 대한 알레고리가 된다. 「?」이나 「삼바춤에 말려서」도 가장 하잘것없는 일상의 일에 대한 유머러스한 기술이면서, 심각한 그리고 또 육체의 비근한 희비극을 잊지 않게 하는 형이상학적 성찰을 드러내 준다. 이러한 예들에서도 볼 수 있듯이, 서정주는 관능적 열광과 선(禪)의 고요와 일상의 의미를 두루 탐색하고 이를 높은 서정성과 일상 언어의 끈끈함을 종합하는 언어로써 표현하였다. 이러한 그의 업적은, 그 나름의 제약이 없지 않은 채 그를 한국 현대 시인 가운데 가장 뛰어난 시인의 하나이게 한다.

1920년 이전에 태어난 위의 두 시인 이외에도 그다음 십 년 사이에 태어난 시인들도, 앞의 두 시인의 경우와 비슷하게 사실주의적 요소를 점점 더 많이 도입하기는 하면서도, 대체로 전통적 또는 현대 시 초기에 수립된 서정적 양식 속에서 시를 쓴다.

김종삼(金宗三)(1921~1985)은 아마 오늘의 한국 시단에서(그러나 그는 이 사화집이 준비되고 있는 기간 중에 작고하였다.) 가장 낭만주의적 시인이라고 할 것이다. 그러나 그의 낭만주의는 한용운, 김소월, 김영랑(金永郎), 박용철(朴龍喆) 등의 낭만주의와는 상당한 거리를 가지고 있다. 이들 한 세대 앞선 시인들의 정조(情調)가, 서구 문학의 영향에도 불구하고 근본적으로 한국의 영탄적 정조인 데 대하여, 김종삼은 적어도 한국의 독자에게는 전적으로 서구 문학의 낭만적 정조를 표현하고 있는 것으로 말할 수 있다. 그가 생활하고 쓴 것은, 그 나름의 독자적인 변용을 거친, 서양의 보헤미안주의였다. 그는 일체의 세속적 부르주아적 세계의 가치를 버리고 소외된 단독자의 관점을 추구하였다. 그러나 그에게서 발견하는 것은 무거운 실체가 있는 반항이나 주장이나 오만이 아니고, 표류와 체념이었다. 이것은 그로 하여금 유달리 연약한 낭만적 인간이라는 인상을 준다. 이것이 많은 독자들에게 그는 기이한 딜레탕트이지, 중요한 시적 업적을 이룬, 일가(一家)의 시인이 아니라는 인상으로 이어진다. 그러나 그의 보헤미안주의는 하나의 허세이면서, 사회 혼란 속에서 그럴 수밖에 없었던 생존 투쟁의 살벌함을 멀리하는 한 방법이었다. 「앙포르멜」에서 그가 말하고 있듯이, 그가 세자르 프랑크, 말라르메, 고흐, 사르트르를 가까이 생각했다는 것은 그들을 잘못 알아본 그의 '무지(無知)'의 탓이었고, 그의 현실은 이들 서양 예술가의 그것과는 다른 것이었다. 그것은 그가 살아온 일제와 한국전쟁과 사회 질서의 혼란이 만들어 낸 실존적 불안이었고, 그는 이것을 극도의 초연과 체념으로 극복하려 하였다. 그것의 시적 결과는 한편으로 그의 시의 섬약성이고 다른 한편으로는 좁은 범위 안에서일망정, 시각의 투명성이다. 그는 가장 하찮은 광경이나 사건 속에서도 빛날 수 있는 순수한 각성의 순간을 그의 시 속에 포착한다. 그는 사원의 한구석에 내리는 잎사귀에 주목하고, 거지 소녀가 받은 두 개의 10전짜리에 주목한다. 사소하며 섬세한 아름다움에 대한 그의 감각은 「아우슈비츠 2」와 같은 시에서는 독특한 비극적 아름다움을 그려 낸다. 이 시는 아우슈비츠의 만행에 대하여서는 아무것도 언급하지 않고, 그러한 곳에도 존재하는 가냘픈 아름다움 ─ 비둘기와 교회와 푸른 뜰과 정연한 보도와 우체부와 골목에 노는 아이들, "어린것들과 먹을 거 한 조각 쥔 채" 제네바로 간다는 사람들에 대해 언급할 뿐이다.

 김춘수(1922년생)는 근본적으로 개인적인 감정의 표현에 관심을 가지고 있다. 이것은 상황적으로 볼 때 그가 살아온 시대, 일본 제국주의와 전쟁과 다른 사회적 불안정을 통하여 경험되는 고통과 슬픔에 속하는 감정이다. 그러나 이러한 사정은 그에게 있어서 희석화되고 순화되어 형언하기 어려운 실존적 정서로 변형되어 투영될 뿐이다. 그러면서, 그의 시의 특징이 되는 것은 이러한 감정이나 정서가 철학적인 기율 속에 억제되어 나타난다는 것이다. 이러한 것은 그의 초기 시의 하나인 「부재」와 같은 데에서도 쉽게 볼 수 있다. 그것은 하나의 경치 묘사이며, 고요함과 허무의 정조를 표현하는 것이면서, 인간 생존의 전체에 대한 철학적 판단을 나타내고 있는 것이다. 그러면서도 김춘수의 관심은 근본적으로 철학 자체에 있는 것은 아닌 것으로 생각된다. 「나목(裸木)과 시(詩)」에서 그가,

> 이름도 없이 나를 여기에다 보내놓고
> 나에게 언어(言語)를 주신
> 모국어(母國語)로 불러도 싸늘한 어감(語感)의 하나님

하고 말할 때, 그것은 로고스의 세계를 향한 갈구, 로고스에 의해서 포용될 수 없는 비합리적 실존의 파토스에 대한 불안, 로고스와 파토스를 넘어가는 포괄적 질서에 대한 열망 등을 교묘하게 표현하고 있지만, 그 밑에 들어 있는 감정은 어려운 시대에 있어서의 고독과 불안의 감정이다.

김종길(1926년생)은 낭만적 정서와 기율을 적절하게 결합하고 있는 또 하나의 전통적이면서 현대적인 시인이다. 김춘수의 기율이 릴케류의 철학적 명상과 실존적 직관에서 온다면(사실 그는 그의 시에서 릴케를 몇 차례 언급한 바 있고, 이 시인의 영향을 부인할 수 없게 받고 있다.), 김종길의 기율은 보다 상식적인 지적인 절제에서 온다. 이것은 그가 뛰어난 영국 현대 시의 학도이며 영문학 교수라는 점에 관계되어 있을 것이다. 「지중해소견(地中海所見)」에서, 그는 전쟁과 평화가 혼재하는 현대를 생각하면서, 파리의 길거리에 터지는 플라스틱 폭탄과 알지에 앞바다의 요트를 대비하여 보고, "포르투갈의 전함(戰艦)"이라는 이름을 가진 평화로운 해파리를 재미있게 여기지만, 그러한 흥미로운 대비와 중첩 이상의 평가나 주석을 거기에 덧붙

일 것도 거부하고 있다. 이렇게 절제된 지적 태도는 주정적(主情的)이며 도덕주의적인 한국 현대 시에서 또 현대라는 혼란한 시대에 있어서 매우 희귀한 것이다. 사실 김종길은 영국 현대 시의 사화집을 낸 일이 있지만, 이 사화집에서도 영국 시는 한국 현대 시의 광상시적(狂想詩的) 열도에 비할 때, 거의 에세이적인 지적 통제를 보여 준다. 「지중해소견(地中海所見)」에서의 김종길의 초연한 지적 자세는, 그 국제적 풍경에 대한 언급과 함께, 그의 영시적 배경을 생각게 하는 것이다. 그러나 이러한 영시적 요소는 다른 한편으로 한국 전통과 완전히 이질적인 것은 아니다. 김종길의 정신적 토양은 영시와 똑같이 한국전통 —— 한국의 전통적인 시에 의하여 이루어진다고 할 수 있다. 「백운대」, 「이앙가」 등에서, 오늘의 사회, 정치 상황과의 관련에서 그가 취하고 있는 태도는 전통적인 선비의 그것이다. 그의 초기 시 「성탄제」는 이미 서양의 축제인 크리스마스에 한국의 전통적 농촌의 풍경을 중첩시키고 있다.

> 어두운 방안엔
> 바알간 숯불이 피고,
> 외로이 늙으신 할머니가
> 애처로이 잦아드는 어린 목숨을 지키고 계시었다.

1930년대 초에 태어난 시인들도 대개는 그 앞 시인들이 열어 놓은 서정의 줄기를 계속한다. 그러나 이들에 있어서 1920년대 이후에 일단의 완성에 이르는 커브를 그렸던 서정적 언어는 그 형식적 균형을 잃거나 쇠퇴하는 것으로 보인다. 박성룡(朴成龍, 1932년생)과 박재삼(朴在森, 1933년생)은 주관적 서정의 마지막 대변자에 속하는 시인들이다.

이중에도 박재삼의 경우가 더 대표적이라고 할 수 있다. 20세기의 한국 시를 논의함에 있어서, 그 주제로서 자주 지적되는 것이 한(恨)인데, 박재삼은 바로 이 한의 전통 속에 있다고 할 수 있다. 한은 공인된 한국적 감상주의라고 할 수도 있고 또는 보기 나름으로는 한국적 현실주의라고 할 수도 있다. 그것은 삶의 현실을 고통으로 받아들인다. 그러나 이 고통은 객관적 조건의 관점에서 파악되기보다는 이루어지지 아니한 욕망의 관점에서 파악된다. 그리고 고통으로서 또는 욕망의 좌절로서의 인생은 슬픔과 영탄 또는 체념 속에 승화된다. '한'은 슬픔의 정조를 나타내지만, 그것이 극한적인 비극성까지에 이르지 아니한다. 왜냐하면, 그것은 욕망의 정당성을 인정하고 은밀하게 그것의 궁극적인 충족 가능성에 대한 믿음을 가지고 있기 때문이다. 박재삼은 이러한 한의 여러 모습들을 어릴 때의 개인적 기억과 전설 등을 통해 서정주로부터 시작된 특유한 서정적 언어로써 이야기하였다. 그러나 근년에 이르러 그의 시는 한결 객관적 사물들에 주의하고 서정적 언어의 감미로움도 상당 정도로 사라지게 되었다. 박재삼의 점진적 변모에 있어서, 중간적 위치에 있는 것이 다음의 「소곡(小曲)」과 같은 것일 것이다.

먼 나라로 갈까나
가서는 허기(虛飢)져
콧노래나 부를까나

이왕 억울한 판에는
아무래도 우리나라보다
더 서러운 일을
뼈에 차도록 당하고 살까나

고향의 뒷골목
돌담 사이 풀잎 모양
할 수 없이 솟아서는
남의 손에 뽑힐 듯이 뽑힐 듯이
나는 살까나

박성룡은 박재삼보다는 객관적인 시인이다.

나는 끝끝내
이 지상(地上)의 풀섶에 맺혔던 이슬들을
보석(寶石)이라 부르다가

밤마다 항(恒)과 유(遊)의
붉고 푸른 천체(天體)들이

그 칠흑(漆黑)의 천상(天上)을 장식(裝飾)하는 동안
이 지상(地上)의 수풀 위에 머물렀던 이슬들을
나는 끝끝내 꽃이라 부르다가……

이와 같이 「이슬」이라는 제목의 시에서 박성룡이 이야기하고 있는 이슬은 전통적인 자연 시에서 아름다움과 그 덧없음의 상징이 되어 왔던, 우리가 익히 알고 있는 소재이다. 그러나 이슬의 덧없음을 강조하기 위하여 도입되어 있는 정경은 현대적인 천문학의 관점에서 파악된 하늘이다. 여기에서 볼 수 있는 것은 분명히 지적인 기율을 내면화하고 있는 시적 감성이다. 박성룡은 나이와 더불어 현실을 이야기하게 되지만, 그것도 격렬한 저항이나 비탄의 느낌 속에 파악되는 것이 아니라 조용한 일상성 속에 관찰되는 현실이다. 그러면서도 이러한 일상성 속에서 그가 그리는 것은 그의 초기 시에서나 마찬가지로 조용한 거리 속에 파악된 자연이다. 「비가 오는 여름 밤은」에서 그는,

> 일찍기 등(燈)불을 끄고
> 창가에나 조용히 누워 있는 것이 멋이 있네

하고 말하고 있거니와, 일상적 행위의 거리 저편의 자연을 생각하는 자기 억제는 박성룡의 낭만주의의 대체적인 특징이다.

3

오늘의 한국 시에서 시대의 변화를 대변하는 새로운 시적 감수성의 등장을 극적으로 나타낸 것은 1960년대부터 드높은 목소리를 내기 시작한 정치 시이다. 그의 시에 의하여서만이 아니라 그로 하여금 감옥 생활에까지 이르게 한 정치적 행동주의로 하여, 말할 것도 없이 김지하(金芝河, 1941년생)는 이 정치시의 유파에서 가장 유명한 시인이다. 고은(1933년생)은 원래 비정치적인 낭만주의에서 시작하였지만, 1960년대의 정치적 격동기에 정치 시인으로 탈바꿈하고, 또 그의 행동주의로 하여 감옥에서 고생하지 아니하면 안 되었다. 신경림(申庚林, 1936년생)과 이성부(李盛夫, 1942년생)도 정치적 행동주의에 관계하고 그로부터 비롯되는 관심을 그들의 시 속에 계속 표현하여 온 시인들이다.

김지하라고 하면 우리는 그의 시를 생각하기보다는 정치적 저항을 통

하여 그가 겪은 수난을 먼저 생각하게 된다. 물론 그의 시에 있어서도 중요한 요인이 되고 있는 것은 저항의 실존적 고뇌이다. 그리하여 그의 시의 상당 부분은 이 점에 관계되어 있다. 사실 하나의 강력한 체제에 맞서는 데 있어서 가장 중요한 문제의 하나는 그에 따르는 실존적 공포와 고독의 극복이며 끊임없이 약화할 우려가 있는 의지의 재확인이다. 이러한 실존적 상황의 문제가 김지하의 시의 전부는 아니지만, 그의 시의 상당 부분은 이러한 정치적 실존의 확립을 위한 작업에 관계되어 이러한 관련이 그의 다른 종류의 시에도 시적 강렬성을 부여하는 것일 것이다. 「녹두꽃」은 그의 절망과 의지의 개인적이면서 공적인 확인을 보여 주는 시의 한 예가 된다.

> 모질수록 매질 아래 날이 갈수록
> 홉뜨는 거역의 눈동자에 핏발로 살아
> 열쇠 소리 사라져버린 밤은 끝없고
> 끝없이 혀는 잘리어 굳고 굳고
> 굳은 벽 속의 마지막
> 통곡으로 살아
> 타네
> 불타네
> 녹두꽃 타네

그러나 김지하의 작품에서 더 중요한 부분은 시대의 상황에 대하여 언급하는 시들이다. 그것은 「타는 목마름」에서와 같이 당대의 정치적 과제를 높은 격정의 외침으로 읊은 것일 수 있다.

> 신새벽 뒷골목에

네 이름을 쓴다 민주주의여

내 머리는 너를 잊은 지 오래

내 발길은 너를 잊은 지 너무도 너무도 오래

오직 한 가닥 있어

타는 가슴 속 목마름의 기억이

네 이름을 남몰래 쓴다 민주주의여

그러나 김지하의 본령이며 또 순전히 시의 관점에서 김지하의 가장 중요한 업적을 이루는 것은 「오적(五賊)」으로부터 「대설(大說) 남(南)」에 이르는 담시(譚詩)들이다. 그는 이러한 시들에서 한국의 전통적인 시 — 판소리 등의 리듬과 어법을 되살리려고 하였는데, 이것은 단지 전통의 뿌리 — 그것도 민중적 전통의 뿌리에 스스로의 시를 접목시키려 했다는 점에서만, 중요한 것이 아니다. 더 중요한 것은 그가 이러한 전통적인 언어를 통해서 민중적 현실에 가까이 가려고 했다는 것이다. 20세기 한국 시의 전통은, 이미 말한 대로, 일방적으로 서정적인 것이어서, 그것은 인간의 사회적 현실을 그려 내는 데는 그다지 적절한 것이 아니었다. 김지하는 아름다운 선율의 음악보다는 말하여지는 언어의 리듬에 더 가까운 판소리의 어법을 살림으로써 해학적이며 풍자적이면서 가차 없이 리얼리스틱하고 또 동시에 더 근원적인 시의 리듬을 한국 시에 다시 도입하려는 것이다. 이것은 틀림없이 중요한 시도이다. 이것이 참으로 성공한 것이냐 아니냐 하는 것은 더 두고 보아야 할 일이다.

고은의 정치 시는 김지하의 실존적 시와 비슷하다. 그것은 정치적이면서도 개인적 서정의 시법을 크게 벗어나지 아니한다. 그는 본래, 다른 어떤 시인보다도, 서정적 유연성과 모더니즘의 멋을 결합한 종류의 시에 능했었다. 절의 풍경을 읊은 「천은사운(泉隱寺韻)」에서,

그이들끼리
살데,

골짜구니 아래도 그 우에도
그이들이 얼얼이 떠서
바람으로 들리데,

그이들은
밤 솔바람소리

바위 꼬아
비인 산허리

하고 그가 읊을 때, 사실 이러한 구절은 우리 시에 있어서 거의 익명의 것이라고 할 만큼 전통적인 것이다. 고은의 조금 더 분명한 개성적 시풍은 그가 제주도의 생활을 주제로 하여 시도한 반은 서사적이며 반은 서정적인 시들에서 보이는 듯하였다.

오늘 새벽 수수잎새 같은 옷을 서걱서걱 걸치고
나는 사세마(四歲馬) 한쓰를 타자 마구 달렸다
처음 콩밭 곡식을 거둔 빈 밭에는 채일 것이 없었다.

—「애마(愛馬) 한쓰와 함께」

여기의 행동적 장면의 묘사는 그 나름의 활기에 찬 정서를 환기해 준다. 이러한 시행은 대체로 관조적이거나 주정적인 한국 시에 드문 것이다. 그런데 이 드물다는 것은 그것이 한국 생활과 한국적 지각의 일부가 아니라는 사실을 말하여 주는 것일 것이다. 위에서 한쓰라는 말의 이름 자체도 외국의 것이지만, 말을 타고 달리는 행동 자체도 한국의 흔한 현실로부터는 멀리 있는 것임에 우리는 주목할 수 있다.

고은의 시는 1960년대와 1970년대에 있어서 그가 정치적 행동주의에 가담함으로부터 달라지게 된다. 그는 김지하의 시가 그러했듯이 자신의 결의에 관하여 이야기하기도 하고(가령 「얼음」에서 "쩡! 얼어붙은 얼음장 하나로 서울 바닥만한 얼음장 하나로/ 서울바닥 네 패거리 때려부수고") 또는 눌려 있는 사람들에 대한 유대감을 표현하기도 하고(가령 「어린 바우에게」에서 "너 열다섯 살짜리 돌아가는 밤길/ 너에게는 기다리는 등잔불 누나도 없다") 또는 전통적 이야기시의 리듬을 빌려 역사적 저항의 이야기를 다시 이야기하기도 한다.

이야기의 수법을 말할 때는 신경림의 업적을 말하여야 한다. 신경림에서 장시가 없는 것은 아니지만, 여기에서 이야기시라고 하는 것은 그의 시에 있어서의 서사적 요소를 두고 말하는 것이다. 그것을 제외할 때, 신경림은 근본적으로 서정시인이다. 다만 그는 그의 느낌을 간단한 이야기적 요소를 통하여서 전하는 것이다. 그러면서 이야기적 요소는 공연히 거기에 있는 것이 아니다. 농촌의 여러 광경들 — 장터, 씨름판, 술집, 잔칫날, 노름판, 이러한 계기에 벌어지는 농촌의 삶을 그는 면밀하게 관찰한다. 그의 시는 한국 농촌의 풍물기이며 세시기라고 할 수 있는 데가 있다. 그가 그리는 농촌은 절망과 어둠과 분노가 범벅이 되어 이글거리고 있는 곳이다. 이러한 것의 묘사를 통하여 신경림은 보다 정의로운 농촌의 필요를 암시한다. 그러나 그에게 있어서, 어떤 특정한 저항의 방식이 처방되는 것은 아닌 것으로 보인다. 그는 한편으로 농촌과 또 다른 눌려 있는 계층의 곤경을 깊이 느끼면서, 다른 한편으로는 그것을 해결하는 데 스스로 강한 힘이 되지 못함을 죄의식으로 느낀다. 「시외버스 정거장」은 신경림의 일면을 잘 나타내고 있다. 그는 버스 정거장에서 시골 노인을 만난다.

난로도 없는 썰렁한 대합실
콧수염에 얼음을 달고 떠는 노인은
알고보니 이웃 신니면 사람
거둬들이지 못한 논바닥의
볏가리를 걱정하고
이른 추위와 눈바람을 원망한다

그는 이러한 고향 사람을 만나서, "어쩐지 고향 사람들이 두렵다"고 느끼고, 그 자리를 슬그머니 빠져나가는 것이다.

이성부의 정치적 비판에 있어서 핵심이 되는 것은 앞의 시인들 누구에게서보다 더 강력하게 저항의 의지이다. 이것은 위에서 본 바와 같이 행동주의에 있어서 결의의 지속이 가장 중요한 것이기 때문만이 아니다. 그에게 이 의지는 사람의 삶의 근원적 활기에 이어져 있는 것으로 생각된다. 그는 「승리 2」라는 시에서, 힘을 다음과 같이 소리쳐 부른다.

오 힘이여, 그리하여 다른 곳에 태어난
다른 힘이여, 땅은 무쇠보다 강하게
독수리의 죽지는 보복처럼 아물게
소년의 무르팍은 더욱 건강하게……

힘에 대한 집념은 이성부의 어린 시절의 경험에도 관계되는 것으로 보인다. 「좀 더 술마셔야지」에서, 그는 "눈물을 떠나 당당한 말을 해야 한다"고 말하며,

어린 시절에는 나도

머리가 터져 피를 흘렸고, 기어이 그녀석을 때려 눕혀

이긴 적이 있었다. 이기고도 나는 피가 흘렀다.

고 옛날을 회고하고 있다. 물론 이성부의 힘에 대한 관심은 단순히 개인적인 것이 아니다. 그것은 그의 삶에 대한 비전의 일부를 이룬다. 그의 시에서 우리는 "뼈마디 굵은 손" "튼튼한 가슴팍" "부끄럽지 않은 삶" 당당한 삶, 우뚝 일어섬 ── 이러한 건강한 육체로 힘있게 서 있는 인간의 모습에 대한 많은 언급을 보게 된다. 이성부에게 이상적 인간은 반항의 역사(力士) 장길산(張吉山)과 같은 사람이다.

아직도 세상의 모든 소리를

모아 듣기에 튼튼한 귀를 가지고서

세상의 모든 근심걱정

모든 그리움, 그 모든 노여움을

그대의 것으로 생각하는

넉넉한 가슴을 가지고서

미래(未來)를 가지고서

그대 비록 묶여 있으나

갈수록 싱싱하고 싱싱하고녀!

이러한 눌려 있으면서도 싱싱한 힘에 차 있는 사람에 대한 비전으로부터 이성부의 정치적 비판은 시작되는 것이다.

앞에 언급한 시인들처럼 분명하게 정치적이지는 않으면서, 1960년 이후에 분명한 목소리를 가지고, 오늘의 가장 중요한 시인으로서의 위치를 확보한 두 시인이 있다. 황동규(1938년생)와 정현종(1939년생)이 그 두 시인이다. 이들은 직접적인 의미에서 정치적인 시인들은 아니지만, 이들도 훨씬 더 복잡한 끈으로 하여 시대에 연결되어 있고 또 시대의 감수성을 나타내고 있다. 어떤 의미에서는 이들과 이들에 비슷한 시인들이야말로 새로운 한국의 감수성을 더 잘 표현하고 있다고 할 수도 있다. 적어도 이들의 시적 감수성의 핵심은 순화된 서정적 감정에 있지 않다. 갈수록 복잡해지는 시대의 상황이 그러한 것을 허용하지 않는 것이라고 할 수도 있다. 하여튼 이들이 드러내고 있는 것은 일상적 사건과 다른 출전의 관념들과 정보로 하여 잡다해진, 그러니만큼 전 시대의 단순성과 그 단순성이 가능하게 해 주었던 서정적 완벽성을 잃어버린 시대의 마음이다. 그러니까 이들에게서 발견하는 것은 앞에 언급한 시인들에 비하여, 더 복잡하고 포괄적인 경험과 경험 방식이다. 그러나 이러한 복잡성과 포괄성을 일관하고 있는 것은 정치적 상황 또는 적어도 시대적 상황에 대한 민감성이라고 하여야 한다. 따라서 이들의 작품에 대한 이해도 그러한 관점에서 가장 쉽게 접근될 수 있다. 다만 이들은 동시대의 조금 더 직접적으로 정치적인 시인들처럼 정치를 하나의 단순화된 정열로 밀어 올리지 못할 뿐이다.

황동규와 정현종은 매우 다른 시인이다. 그러나 그들을 비교하여 말하는 것은 매우 흥미있는 일이다. 정치라는 관점에서 볼 때, 황동규는 정현종에 비하여 더 정치적이다. 그러나 이것은 단지 전체적인 경향에 있어서 그렇다는 것이고, 어떤 시들에 있어서는 정현종의 정치적 풍자는 더 직접적이고 더 날카롭다. 관점을 달리하여 두 시인의 차이는 두 시인에 있어서의 낭만주의적 요소가 존재하는 정도의 차이에 있다고 생각해 보는 것이 좋을는지 모른다. 이렇게 볼 때, 황동규는 더 낭만적 기질을 가졌다고 말을 시작해 볼 수 있다. 그렇다는 것은 경험에 대한 그의 접근은 더 내면적이고 더 감성적이라는 말이다. 이에 대하여 정현종은 경험을 밖으로부터 파악한다. 여기에서 그의 무기는 지적 분석이고 추상적 개념이다. 그러나 그의 지적이고 분석적인 태도는 절제와 기율보다는 형이상학적 기지(機智)와 거의 초현실적인 지적 아라베스크를 위한 것이기 때문에, 황동규의 경우보다 더 환상적인 효과를 낳을 수도 있다. 황동규는 이미 그의 초기 시에서 군의 말단 사병으로 전국을 돌아다닐 때 조국의 현실이,

도처철조망(到處鐵條網)
개유검문소(皆有檢問所)

임을 발견했음을 이야기하였고, 여기에 대하여 그가 할 수 있는 일은 단지 "눈보다 더 차가운 눈이 내리고 있음"에 주의하는 일이었음을 말하였다.(「태평가(太平歌)」) 비교적 근년의 시에서, 그는 정치적 행동자들의 고뇌와 그 영웅적 고귀함을 꽃에 비하여 노래한다.

창살 뒤에 누워 있는 꽃 한 송이
창살 앞에 누워 있는 꽃 한 송이
창살 옆에 누워 있는 꽃 한 송이
그 옆에 누워 있는 꽃 한 송이

정현종은 1970년대의 정치 상황을 다음과 같은 추상적이면서 초현실적인 이미지 속에 요약한다.

뜻 깊은 움직임을 비추는 거울은

거의 깨지고 없다.
다만 커다란 거울 하나가 공중에 떠 있고
거울 위쪽에 적혀 있는 말씀——
축와선(祝臥禪), 낮을수록 복이 있나니

　이러한 이미지에서 주목할 수 있는 것은 정치 상황이 처절한 감정이나 영웅주의의 심각성을 통하여서가 아니라 풍자와 해학을 통하여 파악되어 있다는 것이다. 그렇다고 상황에 대한 인식이 예리함이 없는 것도 아니고, 또 그 나름의 절실함을 가지고 있지 않은 것도 아니다. 정현종은 풍자와 해학, 기지 또는 단순히 감상성의 거부로서 주어진 경험을 복잡하게 굴절시키는 방법을 우리에게 보여 주었다.
　가장 최근에 시 활동을 시작한 시인들은 오늘의 한국 시를 어느 때보다도 오늘의 현실에 근접시켜 가는 것으로 보인다. 그들에게 오늘의 현실은 정치적이면서, 일상적이며, 구조적으로 결정되면서, 세말사(細末事)에 복잡하게 굴절되는 것이다. 그들의 시는 건조한 산문의 언어를 거리낌 없이 사용하고 시의 시적 성격을 서정적으로 순화된 감정과 아름다운 언어의 율동에서 찾는 것이 아니라, 관찰의 정확성, 기지(機智)와 야유, 지각의 명징함을 언어의 간결함 속에 결정시키는 능력 등에서 찾는다. 이들 젊은 시인 가운데 대표적인 사람은 한국과 독일에서 독문학의 전문적인 연구에 젊은 시절을 보내고 늦게야 시단에 등장한 김광규(1941년생)이다. 그는 20세기 한국 시의 흐름에서 볼 때 아무런 시적 감흥을 일으킬 수 없는 소재를 가지고 거의 순수한 일반적 진술로 이루어진 시를 쓰는 데 성공한 최초의 시인이다. 「묘비명(墓碑銘)」은 전형적이다.

　한 줄의 시(詩)는커녕

단 한 권의 소설도 읽은 바 없이

그는 한평생을 행복하게 살며

많은 돈을 벌었고

높은 자리에 올라

이처럼 훌륭한 비석을 남겼다.

그리고 어느 유명한 문인이 그를 기리는 묘비명을 여기에 썼다……

　　최승호(1954년생)의 시는 김광규의 시에 보이는 기지의 반짝임까지도 억제하고, 갈수록 무거워지는 일상적 생활의 현실에 충실하려고 하는 것처럼 보인다. 그는 고철로 버려진 수레바퀴, 지하철 정거장의 의자들, 폐수의 호수를 지나가는 화려한 관광객, 교회당 그늘에 거적을 덮고 누운 거지들을 아무런 정서적 주석이 없는 사진기처럼 기록한다. 그가 보는 오늘의 인간은 활력과 정서와 자유를 빼앗기고 묵묵히 견디고 있을 뿐이다.

기계는 재롱이나 떨고

노예처럼 봉사하다 죽는 것이 아닌가

광산의

부두의

사막의

달나라의 노동자

혹은 대도시의 막벌이꾼과 함께

묵묵히 평생 일하다 죽는 것이 아닌가

　　황지우(黃芝雨, 1952년생)는 김광규나 최승호에 비하여 더 강한 정치적 관심을 가지고 있다. 이것은 서울대학교 재학중에 이미 학생 운동에 관여

했던 그의 경력에서도 그 동기가 나오는 것이지만, 그 상상력 자체의 자유분방함에도 연유하는 것일 것이다. 행동주의 — 특히 위험을 품은 행동주의는 정열적 마음의 소유자에게는 피할 수 없는 매력을 가진 것이다. 그러나 황지우의 정치적 관심은 도덕주의, 감정주의, 영웅주의 또는 자기 연민으로 표현되지 아니한다. 그의 시는 자유분방한 지적 실험에 의하여 특징지어진다. 그는 그의 개인적 체험과 인상적 관찰의 결과와 당대의 슬로건이나 신문의 보도, TV의 연속극 대본 또는 광고를 모두 다 실험적인 시의 자료로 삼는다. 가령 그는 신문에 실린 광고를 그대로 베끼는 일로(또는 광고 비슷한 것을 만들어) 자신의 시를 대신할 수도 있다.

> 김종수 80년 5월 이후 가출
> 소식 두절 11월 3일 입대 영장 나왔음.
> 귀가 요 아는 분 연락 바람 누나
> 829-1551
>
> 이광필 광필아 모든 것을 묻지 않겠다.
> 돌아와서 이야기하자
> 어머니가 위독하시다……
>
> —「심인」

얼핏 보아 이러한 시는 시라기보다는 일종의 장난처럼 보인다. 그러나 황지우는 이러한 광고에서 우리 시대의 페이소스를 읽는 것에 틀림없다. 황지우의 실험 밑에는 시대의 삶에 대한 큰 분노와 인간의 고통에 대한 깊은 동정이 들어 있다.

(1985년)

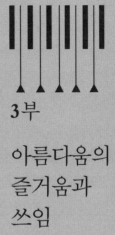

3부

아름다움의
즐거움과
쓰임

문학의 발전

문학적 지각의 본질에 대한 한 고찰

문학의 발전이란 제목을 내걸고 보면, 우선 문학이란 것이 도대체 발전하는 것이라고 할 수 있는 것인가 하는 데 대한 의문을 가질 수 있을 것이다. 이러한 의문의 여지를 인정하는 것은 문학이, 다른 예술의 경우나 마찬가지로, 영원한 것이라고 한다거나 또는 그것이 순전히 개인적인 천재의 산물이라고 보는 입장에서 본다고 할 때 문학의 발전이라는 말 자체가 성립할 수 없는 것이겠기 때문이다.

문학이 발전할 수 있는 것이라는 것을 일단 받아들이고 그것을 문제 삼는 경우에도, 문제와 그 해답에 대한 우리의 태도는 문학 발전의 시간적, 공간적 범위를 어떻게 잡느냐에 따라서, 상당히 달라진다고 해야 할 것이다. 가령 세계를 통틀어 하나의 역사적 과정에 있다고 보고 문학이 어떤 세계사적인 맥락을 이룬다고 볼 수 있느냐, 또는 한 문화권, 이를테면 호메로스에서 제임스 조이스까지, 굴원에서 노신까지 문학이 계속적으로 발전한다고 볼 수 있느냐, 또는 한 나라에서 말하여, 향가에서 청록파까지, 베어울프에서 엘리엇까지 어떤 발전이 있었다고 볼 수 있느냐, 또는 한 시기만을 잡아, 최남선에서 황동규나 정현종 또는 신경림까지 어떠한 발전이 있었다고 볼 수 있느냐 — 이런 식으로 시공간의 범위를 제한하여 문제를 제기할 때 우리가 생각하여야 하는 발전의 의미는 상당히 다른 것이 될 수밖에 없는 것이다. 여기에서는 그 근거를 낱낱이 밝혀 볼 만한 여유가 없는 일이지만 조금 독단적으로 말한다면, 나는 이러한 모든 질문에 일단의 긍정적인 답변이 가능하다고 생각한다. 물론 이때 중요한 것이 가부의 답변보다는 역사 발전의 구체적인 양상임은 말할 것도 없다. 또 이러한 양상의 사실적 검토에 있어서, 비로소 발전이라는 말도 사전적인 의미를 넘어서서 현실 구조의 구체적이며 보편적인 이념으로 이해될 수 있을 것이다.

그런데 우리가 문학이라는 것이 발전하는 것이냐, 또 그렇다고 할 때 어떤 의미에서 그렇다고 할 수 있느냐 하는 문제를 떠나서, 특정한 사회의 특정한 시기에 문학의 번성을 보게 되는 경우가 많다는 사실은 역사에서 쉽게 확인할 수 있는 일이다. 고전 시대의 그리스, 아우구스투스 시대의 로마, 중국의 당·송대, 셰익스피어 시대의 영국 등 — 우리는 이러한 시대를 그 예로써 머리에 떠올릴 수가 있다. 이러한 시대의 문학이 긴 역사 속에서의 누진적인 발전의 결과로 이루어진 것이냐 하는 문제는 거창한 연구의 과제로서만 접근될 수 있는 것이지만, 여러 가지 좋은 조건이 중첩하여 이러한 시대로 하여금 유달리 뛰어난 문학의 개화를 보게 한 것이라는 사실을 인정하는 일은 비교적 간단한 일일 것이다. 그러고 보면, 되풀이하건대, 어떤 특정한 시기의 문학의 형성에 여러 발전적인 요인이 작용할 수 있다는 것은 확실한 것으로 생각된다.

어떠한 사회적, 정치적, 경제적, 문화적 또는 문학사적 조건이 문학의 발전에 기여하는가? 이것은 문학 사회학의 문제로서, 여기에 대한 답변은 문학의 황금기를 하나하나 또는 비교적으로 연구해 봄으로써 주어질 수 있을 것이다. 이것은 문학의 역사적 발전에 대한 질문과는 다른 종류의 질문이나, 그것 나름으로 물어볼 만한 값이 있는 물음이며 또 오늘의 문학의 상태에 대하여 관심을 가지고 있는 사람에게는 더 긴급한 물음이라고 할 수도 있을 것이다. 여기에서 우리가 물어보고자 하는 것은 이러한 문학 발전의 조건에 대한 한정된 물음이다. 그러나 나에게 위에서 말한 바의 과학적인 답변을 제시할 준비가 되어 있는 것은 아니다. 그리고 사실상, 시대와 문학의 관계에 대한 연구가 없는 것은 아니지만, 문학의 개화의 여건에 대한 과학적인 연구가 괄목할 만한 업적을 내놓고 있지는 못하고 있는 것 같기도 하다.(가령 자연 과학이 성립할 수 있는 사회적 여건에 대한 연구만 한 정도의 연구도 아직 없는 것이 아닌가 한다.) 보다 과학적인 연구를 기다리면서, 여기에서 내가 간단히 시도해 보고자 하는 것은, 문학의 속성에 대한 고찰로부터 시작하여 그러한 속성을 북돋워 줄 수 있는 것이 무엇일까에 대하여 간단히 생각해 보는 일이다.

문학을 생각함에 있어서 간단한 출발점이 될 수 있는 것은 그 보편성이다. 물론 문학의 보편적 가치와 호소력이 어디에서 연유하는 것인가를 가려내는 일은 쉽지 않은 일이다. 이 보편적인 호소력은 양면으로 생각해 볼 수 있다. 문학 또는 예술은 인간의 모든 것을 가장 집약적으로 나타내는 활동이다. 그렇다는 것은 문학 또는 예술이 인간의 모든 실제적, 지적, 정서적 업적의 핵심적인 결정으로서 성립한다는 말이다. 그렇다면 이러한 업적이 이미 이루어졌거나 이루어지고 있는 곳에 문학이 개화한다는 것은 자연스러운 일이고 이러한 인간 활동의 중심을 관류하는 작업으로서의 문학이 보편적 호소력을 갖는 것도 이해할 만한 일이다. 그러나 여기에서 주목할 것은 문학이 반드시 인간 활동의 여러 방면에서의 업적과 그대로 일대일로서 병행하는 것은 아니란 점이다. 다시 말하여 문학은 인간의 실제적, 문화적 업적의 '집약적 표현'이고 '핵심적 결정'이다. 즉 문학은 이러한 업적 이외에 그러한 업적을 압축할 수 있는 능력에 관계된다는 말이다. 그렇다고 하여, 그 능력이 많은 것을 기계적으로 요약할 수 있는 능력이라는 말은 아니다. 차라리 그것은 모든 방면에서 훌륭한 일을 해낼 수 있는 창조적인 능력의, 있는 그대로의 표현이다. 여기에서 중요한 것은, 이미 있는 것의 압축이 아니라 모든 업적으로 하여금 부분적으로 있으면서도 전체적인 가능성을 나타낼 수 있게 하는, 통일의 힘이다.

그런데 문학을 인간의 창조력의 압축된 표현이라고 할 때, 우리는 서양 문학에서 예를 들어, 단테의 『신곡』과 같은, 한 문화의 지적 업적을 집약하여 상상적 구조물을 다져 낸 예를 생각하기 쉽다. 이러한 작품이 증거해 주는 위대한 압축과 통일의 상상력이 문학의 정점을 기록하는 능력임에는 틀림이 없다. 그러나 문학이 한 사회의 문화적 업적을 집약한다고 할 때 그것보다는 훨씬 낮은 일상적인 차원에서의 현상이 포함된다는 것을 잊어서는 안 될 것이다. 즉 보통 사람의 일상적인 감각 그것이 문화적인 업적에 관계되는 것이고 또 그 최선의 순간에 있어서는 그것이 그러한 업적의 핵심적인 결정으로서 존재한다는 사실 말이다.

이렇게 하여 우리는 다시 한 번 문학의 보편적인 호소력에 대하여 좀더 너그러운 고찰을 시도할 필요가 있다. 알다시피, 문학의 호소력이 보편적이라는 것은, 그것이 문화적 업적의 집약적인 표현이라는 뜻이라기보다는, 여러 사람에게 말을 걸 수 있는 힘을 가지고 있다는 것을 뜻한다. 즉 문학은 될 수 있는 대로 많은 사람에게 호소하며 또 최선의 상태에서는 그 감동에 접하기 위하여 특별한 훈련이나 준비가 필요 없는 것으로 생각된다는 말인데, 이것은 조금 과장된 주장이면서도 근본적으로는 타당한 것이다. 문학 또는 예술은 보통 사람의 미적 감각에 작용한다. 이렇게 말하는 것은 보통 사람의 감각에 작용한다는 말이다. 그렇다는 것은 우리의 일상적 생활 감각의 핵심을 이루고 있는 것이 심미 감각이기 때문이다. 등산길이나 소풍길에 좋은 경치를 보고 상쾌한 느낌을 갖는다거나 꽃을 즐긴다거나 하는 일이 심미적인 감각에 관계되는 일이라는 것은 자명하다. 그런데, 어떤 집을 보고 마음에 든다고 생각하거나 처음에 만난 사람에게서 좋은 인상을 받는다거나 하는 경우에 작용하고 있는 것도 심미적 판단이다. 시장에서 물건을 살 때도 사실 우리의 마음에 크게 작용하는 것은 실용적 기술적 고려에 앞서 심미적 호소력이다. 이외에도 사실 사람이 살아감에 있어서 가장 많이 사용되는 사람의 기능이 심미적 판단력임은 의심할 여지가 없다. 문학이나 예술은 이러한 심미적 판단력의 표현 또는 이러한 심미적 판단력의 능동적이고 창조적인 표현의 소산이다. 그리고 그러한 만큼 그것은 널리 호소력을 가질 수 있고, 다른 한편으로는, 보편적 능력의 집중화며 세련화로서 훈련된 감식력에 의하여서만 식별될 수 있는 면도 갖는 것이다.

심미적 감각이 사람의 삶에 있어서 근본적인 것임에는 틀림이 없으나, 그것이 늘 바른 상태에만 있는 것은 아니다. 우선 심미적인 감각이 우리의 일상생활에서 끊임없는 지표로서 작용하고 판단의 기준이 된다면, 그것이 믿을 만한 것이어야 한다는 요청이 곧 성립할 것임을 알 수 있다. 그런데 심미적인 판단력은 얼마나 믿을 만한 것인가? 이것은 믿을 만한 것이기도 하고 믿을 수 없는 것이기도 하다. 우리는 이미 일상적 경험을 통해서 겉으로 좋아 봐는 물건이나 사람이 곧 그대로 믿을 만한 것일 수 없다는 것을 잘 알고 있다. 따라서 우리가 온전하게 살아가려면, 심미적 기준 이외의 여러 기준, 가령 실용적, 실증적, 과학적 기준을 필요로 한다. 그러나 이러한 기준들은 심미 감각이 제공하여 주는 기준에 비하여 매우 불편스럽고 또 우리의 행복감에 기여하는 바가 적은 것임은 분명하다. 가령 우리가 우리의 애인과 배우자와 친구를 막연한 심미적 느낌으로가 아니라 정확한 배후 조사를 통하여 선택한다면 그것이 매우 부자연스럽고 불행한 일일 것임은 말할 것도 없다. 또는 물건이나 집의 구매에 있어서도 직관적으로 파악하여 우리의 마음에 드느냐 안 드느냐에 따라 결정하기보다는 전문가의 안전도 평가나 복덕방의 시세 감정에 따라 결정하여야 한다고 한다면, 우리의 삶은 적잖이 따분한 것이 될 것이다.(오늘날의 우리의 삶에서 느끼는 울적은 이미 이러한 상태에 관련되어 있다.) 그런데 미적 판단력이 믿을 수 있는 것이냐 아니냐 하는 것은 한편으로 미적 감각 그것의 성질에 달려 있고 다른 한편으로는 그것을 에워싸고 있는 사회적 여건에도 달려 있다. 미적 감각 자체가 왜곡될 수 있는 것임은 오늘날의 사회에서 우리가 무수히 보아 오는 일이다. 그러나 미적 감각이 사람의 삶의 신장에 참으로 기여하는 형태로 작용한다고 하더라도 사회의 모든 여건이 외형과 내실, 참과 거짓, 생명과 그 왜곡을 끊임없이 혼동케 하는 상태에 있다면, 미적 감각은 적어도 그러한 사회에서는 믿을 만한 삶의 지침이 될 수가 없을 것이다. 결론부터 말하면, 미적 감각은, 삶의 상황을 집약적이고 대표적으로 표현하는 것일 수 있을 때 믿을 만한 것이 된다. 그러면 어떠한 조건하에서 이것이 가능한가? 여기에 답하기 위하여 우리는 다시 한 번 미적 감각의 본질과 구성을 살펴볼 필요가 있다. 그리고 이러한 살펴봄은 곧 우리의 최초의 질문, 어떤 조건 하에서 문학이, 또는 예술이 가장 활발히 개화할 수 있느냐 하는 질문에 해답을 시도하는 일이 될 것이다.

위에서 든 일상적인 예에서 보듯이, 심미 감각도 일종의 판단이다. 그러니만큼 그것은 외부 세계의 여러 대상들의 있음새에 관계된다. 그러나 그것은, 여기에 대비될 수 있는 과학적 판단에 견주어 주관적인 성격이 강한 인식 작용이다. 일상생활에서의 미적 판단은 결국 매우 원시적인 차원의 호불호의 느낌에 환원되는 것으로도 생각된다. 그러나 이러한 주관적 요소가 바로 미적 판단이 구극적으로는 실제적인 의미를 가지며, 생물로서의 사람의 삶의 이해관계에 연결되어 있으리라는 추측을 가능하게 하기도 한다. 그러니만큼 심미적 판단도 바깥 세상의 있음새에 대한 어느 정도 까지는 믿을 수 있는 정보를 전달해 주는 것이라고 해야 할 것이다. 그런데 그것이 얼마나 믿을 수 있느냐 하는 것은 바로 그것이 독특한 주관성의 구조를 가진 데에서 연유한다. 우리는 이 점을 살펴봄으로써 미적 판단의 본질을 어느 정도 규지(規知)할 수 있을 것이다.

이미 말했듯이, 미적 인식이 그 주관성을 하나의 특징으로 하는 것은 사실이나 다른 하나의 대비, 즉 우리의 실제적인 이해관계에 의하여 행동할 경우를 생각해 보면, 그 주관성은 주관적 의도의 직접성에까지는 이르지 않은 종류의 것이다. 쉬운 예를 들어, 우리가 물건이나 사람을 마음에 들어하는 경우, 반드시 그러니까 어떻게 하자는 것은 아닌 것이다. 심미적 판단에서의 주관적 요소는 매우 이완되고 간접적인 것이다. 우리가 갖는 좋고 나쁨의 판단도 당장에 실제적인 선택을 강요하는 긴급성을 띤 감정이라기보다는 우리의 현실 지각의 색조를 결정하는 경향 정도로서 나타난다. 물론 심미적 인식이 실제적 의도에 전혀 관계되지 아니하는 것은 아니다. 실제적 의도나 선택의 요소는 심미적 판단에 있어서, 삶의 자연스러운 관심, 또는 삶 본래의 지향성으로 존재한다. 이러한 관심이나 지향성은 실제적인 태도에 있어서 직접적인 이해와 지향으로 바뀌고 또는 이론적 태도에 있어서는 사물의 법칙적 관련에 대한 객관적인 관심으로 추상화된다. 말하자면, 심미적 인식은 실제적 조작이나 이론적 설명의 전 인식(前認識)의 장(場)이 되는 것이다.

그렇다고 하여 그것의 인식론적 가치가 낮다는 것은 아니다. 전 인식으로서의 심미적 인식은 그것 나름으로서의 타당성을 가지고 있다. 이것은 인식 주체의 면에서 그렇고 그 인식 내용에 있어서도 그렇다. 위에서 말한 바와 같이, 심미적 인식은 주관적인 것이나, 여기에서의 주관은 하나의 특정한 태도로 단순화되거나 추상화된 자아의 관점을 나타내는 것이 아니고, 막연하게 분산되어 있는 자연스러운 상태 속에 있는 자아에 가깝다. 따라서 우리의 인식이 인식 주체와 객체의 대응 속에서 일어난다고 할 때, 이러한 자아의 산만한 상태, 그러니만큼 잡다한 자아의 충동이 그대로 작용하고 있는 상태는 그에 상응하는 독특한 인식 과정을 허용한다. 우리가 실제적인 의도에 따라서 생각하고 행동할 때, 우리는 일정한 의도와 목표에 의하여 제한되는 합목적적 행동 체계 속에 스스로를 편입시켜야 한다. 이때 잡다하고 복합적인 자아는 일정한 관점에서의 단순화를 겪지 아니하면 안 된다. 우리가 사물을 이론적으로 접근하고자 할 때, 여기에 따르는 이론적 태도가 모든 실제적 삶의 가능성을 일단 괄호 속에 넣어야 되는 극히 금욕적인 추상화를 요구하는 것임은 새삼스럽게 말할 필요도 없다. 여기에 대하여, 심미적 인식은 삶의 복합적인 요인들이 그대로 작용하는 것을 허용하는 주관과의 대응 속에서 일어난다.

물론 우리가 사물을 아름다움의 관점에서 대할 때도 거기에 따르는 특유한 '판단 정지'가 필요한 것은 사실이다. 심미적 태도는 말할 것도 없이 실제적 태도나 이론적 태도와는 다른 것이고 어쩌면 배타적인 관계에 있다고 할 수 있을는지 모른다. 아름다움의 관점에서 세상을 보는 데 필요한 태도의 조정 또는 '현상학적 환원'을 흔히 관조적인 태도라고 규정하는 것을 보거니와 관조는 세상에의 사실적인 개입을 중단한 상태를 말한다. 그렇긴 하나 심미적 인식이 관조의 태도에 연결되어 있다고 하더라도, 그것은 있는 그대로의, 단순화되거나 추상화되지 아니한 자아가 의식에 나타나도록 하기 위한 매우 특이한 태도의 조정을 지칭한다. 그것은 있는 그대로의 복합적 자아의 지향성을 드러나게 하기 위한 역설적인 단순화로서 성립하는 것이다. 그리하여 심미적 인식에 있어서, 우리의 주관은 가장 복합적으로 또 전체적으로 작용한다. 심미적 인식이 우리 자신과의 관련 속에서, 주어진 사물에 대하여 일정한 판단을 내리는 것이라고 한다면, 이때의 '우리'는 '우리'의 전체적인 필요를 지칭하는 것이다. 심미적 판단은 전인간적이다. 그렇다고 심미적 판단이 완전한 것이라는 것은 아니다. 그것은 실제적이거나 이론적인 판단의 진지성, 그리고 그러한 진지성이 가능케 하는 진실을 가질 수는 없다. 다른 단순화된 관점이나 마찬가지로 심미적 태도도 일정한 대가를 지불한다.

심미적 인식의 주관이 갖는 이러한 특징들은 그것의 인식 내용에도 나타난다. 그것은 비슷한 너그러움과 피상성을 갖는다. 조급한 실용성에 의하여 지배되는 것이 아닌 만큼, 심미적 태도는 실제적 태도에서보다 넓고 정교한 인식을 가능하게 한다. 아름다움의 관점에서 사물을 본다는 것은, 행동적 조작을 위하여, 어떤 한정된 대상 또는 대상의 부분에 대하여 주의를 집중하는 경우보다 더 넓게 사물을 전망한다는 것을 의미하고 다른 한편으로는 주의의 대상이 좁아지는 경우에도 보다 섬세한 식별을 행한다는 것을 의미한다. 그러나 다른 한편으로 심미적 지각은, 그것이 조급한 실제적인 의도나 이론적 관찰의 금욕적 훈련에 의하여 규제되는 것이 아닌 만큼, 무책임하고 피상적인 것이기 쉽다. 아름다움이란 주로 밖에 나타나는 것, 현상 또는 가상의 문제라고 하는 말은 옳은 말이다. 그것은 주로 밖으로 지각되는 것의 형식적 정제성에 대하여 관심을 기울인다. 따라서 그것은 자칫 잘못하면 착오와 오류의 근원이 될 수도 있는 것이다.

그러나 동시에 생각하여야 할 것은 미적 인식에 있을 수 있는 안과 밖, 진실과 가상의 괴리가 반드시 본질적인 것은 아니라는 점이다. 우리가 어떠한 외면의 세계, 보임의 세계에 대하여 좋은 느낌을 갖는다고 한다면, 그것은 보이는 것이 안 보이는 실상에 대한 증표가 되기 때문이다. 자연의 풍경에 대한 우리의 감각은 유기적 환경에 대한 인간의 오랜 체험과 무관하다고 할 수 없을 것이고, 사람의 풍모에 대한 우리의 느낌도 건강이나 선의의 체험들과 무관한 것이 아닐 것이다. 또는 거꾸로 아름다움에 대한 체험이 주어진 현실의 진상과 어긋나는 것이 될 때에는, 점차적으로 우리의 아름다움에 대한 느낌 자체가 수정되지 않을 수 없을 것이다. 결국 따지고 보면 아름다움은 실재의 증표로서의 의미를 갖는 것이라고 할 수 있다. 아름다움의 가치는 구극적으로 진실을 전달할 수 있는 데서 오는 것이다.

이것은 심미적 체험도, 그것이 인간의 모든 체험 중에도 가장 중요한 체험인 만큼, 근본적인 삶의 충동에 깊이 관련되어 있으리라고 전제하는 일이다. 그런데 이런 전제는 미적 체험의 형식과 자아에 대하여 좀더 설득력 있는 접근을 가능하게 해 주는 것이 아닌가 한다. 가령 우리는 심미적 체험의 중요한 요소가 형식에 관계되는 것을 알고 있는데, 이때의 형식은 결코 죽은 형식, 기계적인 형식을 뜻하는 것이 아니다. 그것은 부분과 부분의 상호 조화를 뜻하면서도 그러한 조화가 하나의 의도에 의하여 통일된 것이기를 요구한다. 그렇다고 하여 그러한 의도가 어떤 실제적인 목표에까지 예각화된 것일 수는 없다. 보통의 심미 체험에서 지나치게 의도적이거나 작위적인 것은 혐오감을 일으킨다. 아름다움의 체험에서 감지하는 형식은 이미 말한 것처럼 기계적일 수 없는 형식이지만 다른 한편으로 그것은 지나치게 강한 주체의 의지에 의하여 구성된 것이어서도 아니 되는 것이다. 우리는 예술 형식의 유기적 성질에 대해서 듣지만, 유기적 형식이란 밖으로부터 부과된 것이 아니라 사물 자체에서 우러나오는 것 같은 합목적적 형식을 말한다. 예술이나 자연 현상에 있어서의 형식적 통일 원리로서의 목적은 칸트의 용어를 빌려, '목적 없는 목적성'이라고 불려질 수 있는 것이다. 고쳐 말한다면, 사물에 있어서의 형식 체험은 특정한 실제적 목적으로 단순화되지 아니한, 삶의 무규정적 지향성에 대응하는 세계의 형식적 균제감의 체험이다. 예술 작품에서 요구되는 또 하나의 특질은 자연스러운 느낌인데 이것은 예술에 작용하는 주체적 의도가 자연 발생적인 듯한 인상을 주어야 한다는 것이다. 이것은 형식의 유기적인 요청에 대응하는 것이다. 이러한 것도 미적 체험에 있어서의 합목적적 형식의 특질을 규정하는 요청이다. 다시 요약하여 말하건대 미적 체험에서의 형식은 한편으로는 합목적적인 것이면서도, 그러한 목적이 유기적이며 자연 발생적인 인상을 상실할 정도로 강력한 것이어서는 아니 된다는 것이다.

이러한 아름다움의 형식 체험에 대한 관찰은 다시 우리로 하여금 그러한 체험의, 삶의 세계에 있어서의 뿌리를 다시 생각하게 한다. 위에서 살펴본 특징들이 이야기하고 있는 것은 결국 주어진 상황과 인간과의 조화의 상태이다. 이 상황은 인간 의지의 다양하고 복합적이며 자연스러운 상태에 대응하는 어떤 순진한 경지를 말한다. 이것은 물론 사람이 생각하는 이상적인 경지를 투영한 것이지만, 모든 이상이 그러하듯 그 현실적 의미는 그때그때의 현실을 저울질하는 기준으로서 하나의 중요한 의의를 갖는 것이다. 그런데 이러한 심미 체험의 이상은 우리에게 주어진 현실을 거시적으로 헤아려 보는 데에도 기능을 갖는 것이지만, 우리의 그때그때의 삶에 있어서도 끊임없이 작용하는 것이고, 적어도 우리의 일상적인 삶에 있어서는 이 미시적인 작용이 더 핵심적인 것이라고 할는지도 모른다. 미적 감각의 특징은 논리나 추론에 의하여 구성된 것이라기보다 직관적으로 감각, 정서, 기분으로 주어진다는 데에 있다. 그러면서도 그것은 위에 살펴본 바와 같이 사물의 균형에 대한 폭넓은 인식과 주체적 필요에 대한 배려를 담고 있다. 그것은 어떻게 보면 하이데거가 '기분(Stimmung)'이라고 부른 것과 비슷하다. 하이데거는 '기분'을 "현존재가 '거기' 있는 것으로서 존재 앞에 계시되는" 방법[1]이라고 말한 바 있지만, 달리 설명컨대 기분은, 사람이 처해 있는 상황의 전체와 사람이 어떻게 '맞아 들어'가는가를 알려 주는 한 경보 장치이다. 이러한 기분보다는 조금 더 주체화되고 초점이 주어

---

[1] M. Heidegger, *Sein und Zeit*(Tübingen, 1957), p. 134.

진 형태로, 우리의 심미 감각도 비슷한 역할을 하는 것으로, 즉 주어진 상황과 우리의 필요와의 균형에 대한 근원적인 판단을 직관적으로 제공하는 역할을 하는 것으로 생각될 수 있다. 적어도 우리가 서두에 들었던 일상적인 예, 즉 낯선 얼굴을 그 인상으로 판단하고 물건을 살 때에 그 심미적 의장에 주의하고 집이나 집터나 경치나 고장을 판단할 때에 그 쾌적감을 헤아려 보고 하는 일에 작용하는 것은, 그때그때의 삶을 자연스럽게 살아가는 데에 있어서 한시도 빼놓을 수 없는 중추적인 균형 감각으로서의 심미 감각이라 할 수 있다.

지금까지 우리가 생각해 본 것은 일상생활 속에 작용하는 심미 감각이었는데, 말할 것도 없이 미적 체험의 본바탕을 이루는 것은 예술 작품이다. 그런데 예술 작품에 있어서의 지각 작용도, 그것이 일상적인 것을 한층 뚜렷하게 주제화해 보여 준다는 이외에는 근본적으로 같은 성질의 것이며, 또 구극적인 의의를 같은 근원에서 얻는다고 말할 수 있다. 되풀이하여 말하건대, 예술 작품은 우리와 우리의 삶을 이루는 지평의 일치(Stimmung), 불일치(Verstimmung)를 표현하되, 그 표현이 보다 의식적이고 방법적인 경우라고 할 수 있을 것이다. 물론 문제는 심미적 체험의 사실보다도 심미적 감각으로 매개되는 체험을 어떻게 실감 나게 그리고 의미 있게 재현하느냐 하는 데에 있고, 이것은 체험의 종류와 작가의 직관력과 기량 등의 구체적인 조건에 따라서만 결정될 수 있는 것이다. 그러나 일반화하여 말하면, 심미적 체험의 예술적 재현은 그러한 체험의 구조적 마디를 분명히 하는 행위라 할 수 있다. 이것은 일상적인 체험에 있어서 보다 형식적 요인에 주목한다는 것을 말한다. 즉 예술의 작업은 창조의 주체와 주어진 상황의 부분과 전체의 조화된 파악과 표현에 보다 주제화된 주의를 기울이는 것이다. 그렇게 함으로써, 그것은 예술가 자신을 위해서나 예술의 향수자를 위해서 자아와 세계의 현실의 지향적인 구조를 더욱 쉽게 알 수 있게 하고 또 그러한 구조의 파악에 핵심을 이루는 심미 감각의 도야에 기여한다.

어떻게 하여 예술을 통하여 생체험의 구조가 조명될 수 있는가? 표현 행위 자체는 이미 그러한 기능을 수행한다. 표현은 하나의 현상을 다른 현상으로 옮겨 놓는 과정을 빼어놓을 수 없는데, 이 옮김의 과정은, 그것이 똑같은 재현이 아닌 한, 의식적으로나 직관적으로나 구조적 대칭 관계의 설정을 불가피하게 한다. 그럼으로 하여 구조적 형식적 지각은 고양되게 마련인 것이다. 대개의 예술 행위에 있어서(무용과 같은 경우는 별도의 고려를 요구하는 것이나), 표현은 매체 속에 이루어진다. 매체는 아무리 현실에 유사한 것이라고 하더라도 현실을 일대일로 재생할 수 있는 종류의 것은 아니다. 현실에 비하여 커다란 제약을 가지고 있는 매체는 현실의 단순화를 강요한다. 이러한 매체가 가하는 제약은 많은 예술가들에게 불만의 요인이 되지만, 이러한 제약은 어떻게 보면 꼭 필요한 것이다. 주어진 현상을 구조적 형식적으로 파악한다는 것 자체가 단순화한다는 것을 의미한다. 그리고 표현의 의의는 현상의 본질 파악에 이른다는 데에 있는데, 이것은 이질적인 매체 사이의 전사, 확대, 축소, 단순화, 정교화 등의 변형 과정을 통해서 쉽게 얻어지는 것이다. 시각적 인상을 고정시키는 수단으로서의 그림이나 사진은 삼차원을 이차원으로 옮기고, 복합적인 현실의 색채를 단순화하고 분해하고 재조정함으로써 현실을 변형의 실험에 붙이는데, 이런 실험 과정을 통해서 시각적 체험에 내재하는 크기, 광도, 형상 등의 착잡한 관계들이 밝혀지게 되는 것이다.(흑백 사진은 기계적인 조작에 의하여 시각 현상을 광도의 차이라는 한 가지 척도에 의하여 잴 수 있게 한다. 그리고 이러한 한 척도로만 재어질 때, 눈앞의 광경은, 적어도 한 면에 있어서의, 구조적 상관관계를 얼마나 분명하게 드러내 주는가.) 방금의 예는 시각의 분야에서 들어 본 것이지만, 아무리 옮김의 과정을 수반한다고 하더라도 역시 동질적 제시의 테두리 속에 있는 미술의 경우와는 달리 음악의 경우 또는 언어 예술의 경우는 옮김이나 변형의 과정이나 본질을 가려내기는 쉽지 않은 일이다.

　여기에서 우리의 관심은 주로 언어를 통한 미적 체험의 재현에 있으나, 이 재현을 완전히 분석 해명해 내는 것은 내 능력을 넘어가는 것이다. 지금은 대개 그 특징적인 면모에 대한 약간의 성찰을 시도하는 것으로 만족할 수밖에 없다. 위에서도 말한 바와 같이 현실의 예술적 재현이나 표현에 있어서 매체의 기능은 매체 자체의 제약을 통해서 현실을 단순화 또는 질서화하는 일이다.(매체의 제약은 그 물질적 한계 또는 다른 한계에 기인한 질서의 함수이다.) 언어적 표현이 체험을 질서화하는 것임은 새삼스럽게 말할 필요도 없다. 언어는 세계를 질서 속에 파악하는 주된 수단이며 지표이다. 이 언어의 질서란 언어를 이루고 있는 음운, 의미, 문법 등의 짜임새이지만, 이것을 뒷받침하고 있는 것은 물론 사람의 현실, 물질세계와 사회와 내면세계의 질서이다. 어떤 체험을 언어로 표현한다는 것은 이러한 질서의 맥락을 가려낸다는 뜻이다. 다만 위에서 일상적 심미 체험을 이야기하면서 설명하고자 한 바와 같이, 문학의 관심은 이러한 질서의 이론적인 체계화나 그 실용적인 가능성에 있는 것이 아니라 그러한 질서를 삶의 구체성 속에서 있는 그대로 파악하는 일이다. 이론적 체계나 실제적 행동의 구조가 여기에 무관계한 것은 아니나, 그것들의 관련은 구체적인 삶의 현실 속에서만 의미를 갖는다. 주어진 삶은 이러한 체계나 구조를 포함한 여러 세력들이 구체화되는 시간의 지속 속에 성립하고, 다른 예술의 경우나 마찬가지로 문학은 이 구체화되는 삶의 균형을 중요시한다. 따라서 문학의 언어는 체험의 법칙적, 구조적, 형식적 연관에 주목하면서 동시에 구체적인 삶의 실감을 놓치지 않으려고 한다. 따라서 문학의 언어는 구조적 질서를 가지면서도 여러 감각적 환기를 돕는 언어의 특성, 소리, 이미저리 또는 삶, 세계의 구체적 관심이 전개되는 맥락으로서의 사건, 인물, 이야기 등에 많이 의존하게 된다. 이렇게 하여 문학은 여러 각도에서 삶을 가로지르고 있는 일반적이며 보편적인 규칙성을 의식하면서, 이러한 것들이 그때그때의 균형 속에서 삶의 구체적인 현실을 이루고 또 삶의 느낌으로 나타나는 것을 포착하고자 하는 것이다. 이것이 가능한 것은 언어가 한편으로 가장 정교한 이치 내지 로고스의 체계를 나타내고 있으면서 다른 한편으로는 우리의 육체적 물질적 현실의 표면에 밀착해 있기 때문이다.

지금까지 우리는 상당히 긴 우회로를 더듬어 온 셈이지만, 다시 당초에 내어놓은 질문 — 어떤 조건하에서 문학 또는 예술이 가장 활발하게 피어날 수 있는가 하는 질문에 돌아가 보면, 결국 지금까지 설명해 보고자 한 예술적 충동의 작용이 가장 활발해질 수 있는 상황에서 예술적 개화가 가능하다는 말로써 일단 소박한 대답에 갈음할 수 있지 않은가 한다. 그러면 어떤 조건하에서 이러한 예술적 충동이 가장 활발할 수가 있는가? 이것은 위에서 살펴본 바 그것이 지니고 있는 여러 계기에 의하여 저절로 암시된다. 미적 인식도 대상에 관한 인식이며, 특히 그러한 인식에 따르는 특별한 '판단 정지'로 하여, 주어진 대상에 대한 상당한 폭의 구조적, 형식적 이해를 허용하는 것이라면 우선 필요한 것은 사물에 대한 전체적인 이해를 허용하는 상황이다. 이것은 미적 인식이, 부분화되고 왜곡된 단편으로만 이루어진 상황에 있어서는 작용하기 어렵다는 말이 되기도 한다. 다시 말하여 우리의 인식은 어떠한 대상이라도 그 테두리 속에서 파악할 수 있는 것이다. 그러나 특별한 이론적 또는 실험적 훈련이 없는 자연스러운 심미적 상태에서는, 대상이 그 당연스러운 맥락 속에서 벗어날 때, 조화 있는 인식에 이르기는 매우 어려운 일이다. 다른 한편으로 우리는 미적 인식에 있어서, 인식 주체가 삶의 다양하고 복합적인 충동과 지향의 전체성을 잃어버리지 않는 상태에 있다고 말하였다. 이를 거꾸로 말하여 이것은 미적 인식은 자아가 억압되고 단편화되고 한 상황에서 바르게 진행될 수 없다는 것을 말하기도 한다. 미적 인식에서의 주체는 삶을 전체적으로 포용하여, 이것을 그때그때의 순간 속에 자연스럽게 용해하고 있어야 한다. 여기에서 우리는 심미적 지각의 조건으로 강요되지 않은 자연스러운 상태에 주의할 필요가 있다. 왜냐하면 대상의 다양한 면모가 그 모습을 있는 대로 드러내고 우리의 주체적인 삶의 여러 충동들이 억압되지 않고 어울리게 되는 것은 이러한 자유스럽고 자연스러운 상태에서인 것으로 보이기 때문이다. 흔히 미학에서 '관조'라는 섬세한 수용의 심리 상태를 강조하는 것도 이러한 사정에서일 것이다. 그렇다고 여기에서 우리의 의지가 완전한 수동 상태에 빠지는 것은 아니다. 사물과 마음의 복합적인 힘이 있는 대로 작용하게 하는 데에는 매우 특이한 종류의 집중력이 필요하다. 또 있는 그대로의 대상과 의지의 조화는 우리의 보다 큰 생명 충동의 지향성 속에서 이루어진다. 그리고 여기에서 우리의 현실적인 의도들은 배제되어 버리는 것이 아니다. 이러한 의지들은 잠시 동안 괄호 속에 들어가면서 동시에 심미적인 인식을 성립하게 하는 근본 장으로서 그 밑에 숨어 있게 된다. 하여튼 여기에서 우리가 주목하고자 하는 것은 미적 인식이 다른 종류의 삶의 지향, 실제적이며 이론적인 지향을 배제하는 것이 아니면서, 그것만이 작용할 수 있는 자유의 공간을 요구한다는 것이다.

지금까지 이야기한 것은 대체로 심미적 인식의 계기들을 다시 한 번 회고해 본 것인데, 이것들의 보다 현실적인 의미를 검토하는 일은 삶의 필요성이라는 관점에서 심미적 인식의 의의를 살펴봄으로써 조금 더 접근될 수 있다. 위에서 이미 말한 바와 같이, 심미적 인식의 생물학적 의의가 대상과 자아의 일치, 불일치에 대한 직관적 측정에 있다면, 그러한 인식은 그 자체로 의미가 있다는 말이 되겠지만, 그렇다고 수동적인 인식 또는 조금 나아가 그러한 인식이 가능케 하는 새로운 적응이 심미 체험의 종착점이라고 할 수는 없다. 사람의 삶이 창조적으로 영위되는 것인 한, 미적 인식도 새로운 현실의 창조에로 나갈 수 있는 것이다. 또는 이러한 의도가 미적 인식의 선행 조건을 구성하는 것일 수도 있다. 삶의 형식적 요소에 대한 인식이 미적 체험에서 중요한 것은 바로 그것이 현실의 요소의 새로운 조합, 창조에의 계기가 되기 때문이다. 형식적 가능성은 구극적으로는 논리적 가능성 또 나아가 실천적 가능성과 같은 것이다. 심미적 형식에 있어서의 가능성의 인식은 논리적 법칙이나 자연의 법칙 또는 실천의 계획에 대하여 전 인식(前認識)의 관계에 있으며 또 최종적 삶의 목표에 대한 예시의 의미를 갖는다.

이러한 성찰은 다시 한 번 우리로 하여금 심미적 체험의 전제 조건으로 자유를 생각게 한다. 여기서 자유라 함은 형식적 가능성을 억압 없이 널리 검토할 수 있는 자유를 말하는데, 이것은 물론 이미 시사한 대로 이론적 실천적 자유에 연결되어 있다. 그런데 형식적 가능성은 단순히 우리의 개인적인 눈길 속에서만 드러나는 것이 아니다. 가능성의 폭은 여러 사람의 눈길이 합쳐짐으로써 더욱 넓게 확인될 수 있다. 또 우리가 어떤 대상의 자유로운 변형을 시험하고 그 가능성을 검토해 본다는 것은 다른 사람의 관점과 눈길을 이미 우리 속에 내면화해서 본다는 말이기도 하다. 이렇게 생각해 볼 때, 서로 다른 관점에서 사물을 바라보며 서로 다른 삶의 충동의 실현을 생각하는 다른 사람의 존재는 우리가 세계를 보다 풍부한 가능성 속에 사는 데에 있어서 필수 불가결한 것이다. 실천에 있어서와 마찬가지로 심미적 또는 이론적 체험에 있어서도, 서로 다른 개체들은 삶의 진실과 가능성에 공동으로 참여하고 있는 것이다. 그런데 여기에서 다른 사람들이란 단순히 동시대인만을 뜻하는 것이 아니다. 우리가 사물과 자아의 가능성을 풍부하고 섬세하게 바라볼 수 있는 것은 이미 우리를 앞서간 사람들이 그들의 체험을 우리에게 남겨 준 바 있기 때문이다. 우리가 일상으로 쓰고 있는 언어 자체가 세상을 바라보고 느끼고 변형해 가는 데 대한 수많은 사람들의 체험을 지니고 있는 것이지만, 일체의 문화유산이 또 여기에 관계되는 것이다. 이러한 모든 것들이 심미적 지각의 활발한 작용에 영향을 주고 또 예술과 문화의 개화에 근본 토양을 이룬다.

이러한 생각을 조금 더 사회적인 조건으로 옮겨 보자. 심미적 체험이 가능하고 예술이 개화할 수 있는 사회는 우선 자유로운 사회라야 한다. 이것은 사물의 형식적, 이론적, 실천적 가능성을 자유로이 검토하는 것을 허용하고, 이러한 가능성의 실천자로서의 개인의 다양하고 지속적인 성장과 발전을 북돋워 주는 사회라야 한다.(여기에서 개인의 성장이란 개인의 인간적 진실 속으로의 성장을 의미한다는 말로 단순한 개인주의를 지칭하는 것이 아니란 점을 강조해 두어야겠다.) 예술이 개화할 수 있는 사회가 다원적인 사회라야 한다는 것은 이미 비교적 분명하게 지적되었다. 이것은 한편으로 예술이 자랄 수 있는 사회는 여러 사람의 감수성이 서로 영향을 줄 수 있는 다양한 관점이 성립하는 사회란 말도 되고 또 문화적 유산이 풍부하게 살아 있는 사회란 말도 된다. 그런데 여기서 당대의 또는 전통적인 문화적 업적은 예술뿐만 아니라 과학적, 사회적 업적을 포함하는 것이다. 사회 제도나 이론의 발명, 또는 과학적 발전이 예술에 직결되는 것은 아니지만, 이러한 것들이 같은 문화적 토양에서 성장해 나옴은 틀림이 없는 일이다.

여기에서 우리가 특히 주의해야 할 것은 이러한 다양한 문화적 표현이 서로 교류하고 삼투하는 상태에 있어야 한다는 점이다. 그렇다는 것은 그것이 예술적 문화적 개화에 도움을 준다는 말이기도 하지만, 다른 한편으로는 그러한 삼투만이 모든 인간 활동, 특히 예술 활동의 진실성을 보장해 준다는 말이기도 하다. 우리는 위에서 심미적 감각이 우리를 오류에로 유혹할 수 있다는 점을 말하였다. 그것은 심미 감각이 사물의 바깥 모양과 우리의 내면만을 이어 주고 있는 것이기 때문이다. 우리는 이론적 훈련을 통하여 세계의 물질적 법칙을 파악하고자 하고 실제적 의도를 통하여 물질

세계에 개입한다. 달리 말하면 이것들은 바깥 모양을 넘어서서 물질세계의 안으로 들어가는 방법에 속한다. 우리의 심미적 감각이 믿을 만한 실제적 감각에 연결되었다면 우리는 심미 감각에 속지 않을 것이고 또 실제적 행동에 있어서 미적 의미의 중요성을 놓치지 아니할 것이다.

예술과 문학이 발전할 수 있는 사회적 조건은 계속하여 더 말하여질 수 있을 것이다. 그러나 단순한 대로 그것을 가장 간단히 말한다면, 예술의 개화는 오로지 참다운 민주적 사회에서만 가능한 것이다. 문화적 업적이 비민주적 사회에서 이루어진 과거의 예가 없는 것은 아니지만, 잘 들여다보면, 그것도 부분적으로나마 자유롭고 다양한 정신적 물질적 생활이 허용된 곳에서 이루어진 것이라는 것이 드러날 것이다. 다만 오늘날에 있어서 이러한 자유에 대한 요구는 보편적인 것이 되었을 뿐이다.

(1980년)

언어, 사회, 문체

토착어를 중심으로 한 성찰

1. 이질적인 두 개의 층

우리말을 쓰는 사람이면 대개 우리말이 두 개의 층으로 이루어져 있으며 이 두 층이 완전히 조화롭게 섞이는 상태에 있지 않다는 것을 느낀다. 우리가 중국에서 한자를 빌려 와 쓴 것이 대략적 짐작으로 이천 년 또는 천삼사백 년이 되고, 또 성리학을 정통 사상으로 삼고 한문을 교육의 핵심으로 한 것만도 오백 년 이상이 된다고 할 때, 아직도 우리말에서 합치될 수 없는 두 층이 느껴진다는 것은 놀라운 일이다. 이러한 점에서 우리는 한 나라의 말이라는 것이 얼마나 끈질기게 일체적인 유기체이며, 그러니만큼 이질적인 것의 침입을 거부하는 것인가를 생각하게 된다.

두 다른 말이 하나로 섞이기 어렵다는 것은 다른 나라 말에서도 볼 수 있다. 가령 영어에 있어서도 원래의 영어는 프랑스어, 라틴어, 또는 그리스어 등의 영향으로 크게 바뀌게 된 일이 있는데, 오늘날의 영어에서도 이두 가닥은 어느 정도까지는 서로 다른 지층으로서 따로따로 존재하고 있다. 물론 영어에 있어서 토착어와 외래어는 그 역사가 우리의 경우보다 더 짧음에도 불구하고 상당히 성공적으로 혼합되어 있다고 할 수 있다. 여기에는 물론 영어와 프랑스어, 한국어와 중국어의 어족상의 원근 차이가 작용하고 있다고 할 수 있다. 그러나 이러한 일반적인 관찰 외에 우리는 현대 한국어의 두 층의 이질성을 설명하는 데 다른 가설들을 생각해 쓸 수 있다. 아래에서 우리는 이러한 가설들을 조금 생각해 보려고 하거니와, 이것은 우리말의 문체적 기준을 검토하는 데 작은 도움을 줄 수도 있을 것이다.

2. 한자어는 왜 이질적인가

우선 토착어와 한자어의 차이는 그 의미 전달의 과정에 있어서 다르다는 점을 생각해 볼 수 있다. 즉 토착어는 소리만 가지고 의미가 전달될 수 있는 데 대하여 한자어는 그것만으로는 부족한 느낌을 준다. 그리하여 후자의 경우 우리는 소리 이외에 시각적 표기의 확인을 필요로 하는 수가 많다. 물론 여기서 음성적인 것 외에 시각적인 요소가 있다는 것은 우리 머릿속에서 순간적으로 일어나는 어떤 회상 작용에 그치는 일이 보통이기는 하다. 금방 '음성적'이라고 한 것은 한자어로 '音聲的'일 수도 '陰性的'일 수도 있는데, 우리는 이 가운데 어느 쪽이냐 하는 것을 문장의 전후 맥락에서 짐작하는 것이기도 하지만 그와 동시에 머릿속에 등록되어 있는 이 두 말에 대한 시각적 기호를 연상하여 그것으로 식별하는 것이다. 우리가 한국인의 이름을 듣는 경우를 생각해 보자. 이때도 우리는 시각적 기초를 연상하지 않고는 분명한 의미의 이미지를 갖기가 어렵다.

한자어에 붙어 다니는 시각적 잔상은 표기 자체에 있어서 이미 한문이 매우 시각적인 체계를 가지고 있다는 데도 관계되지만, 이러한 표기가 중요한 역할을 하는 것은 더 근본적으로는 한자어에 많은 동음어 —— 특히 중국어가 우리말로 건너오면서 성조가 없어진 때문에 더욱 많아진 동음어 때문이다. 그러나 한자어의 이러한 특징은 단순히 이러한 물리적으로 또는 음성학적으로만 생각할 수 없는 의식상의, 그리고 더 나아가 문화적이고 역사적인 측면을 가지고 있는 것으로 보인다. 여기서 우리는 다시 한 번 어떠한 인간 현상도 물리적인 것으로만 존재하는 것이 아니라는 사실을 상기하게 된다. 한자어와 토착어는 참으로 소리에 있어서 다른가?

'꽃'이라는 말을 들으면 우리는 곧 이것이 한자음일 수 없음을 안다. 그러나 '화'라고 하면 어떤가? 이것이 꽃을 의미한다면 그것은 우리의 귀에 비토착적인 소리로서 들리는 것으로 말할 수 있다. 그러나 '화를 내었다'라고 할 때, 이 '화'는 훌륭히 토착적인 소리로 들린다. 해와 바다의 대비를 생각해 보자. '바다'는 '해'에 비하여 얼마나 좋은 순수한 우리말의 느낌을 주는가. 그러나 '해'도 '海'가 아니라 '태양'의 뜻으로 생각한다면, 토착어의 소리로 바뀌어 들린다.

이러한 현상들은 사실 한자어와 토착어의 소리의 차이가 아니라 맥락의 차이이고, 궁극적으로는 두 개의 의미 체계, 두 개의 언어 체계의 차이라는 것을 알게 한다. 즉, 이 차이는 이런 다른 언어 체계에 대한 의식이 있음으로 하여 유지되는 것이다. 그리고 이 의식은 그저 있는 것이 아니라 사회 체제를 통하여 유지되는 것이다. 다시 말하여 한자어는 소리와 그림 사이에 존재한다고 하겠는데, 그것이 그런 중간적 존재로 있으면서 완전히 소리가 되지 않는 것은 그림의 체계, 즉 한문 글자의 체계가 존재함으로써이다. 이 체계는 늘 의미의 원천으로서 참고되어야 할 권위로서 존재한다.

한자어 사용에 있어서 사실 작용하고 있는 것은 권위의 원천으로서의 한문이라는 상위 언어 체계이다. 우리말에는 한자어 외에도 토착적인 말이 있지만, 이러한 말들은 한자어보다 더 자연스럽게 우리말이 된 것을 볼 수 있다. 가령 '구두' '노깡' '노다지'와 같은 말들이 그렇다. 이러한 말들의 경우도 그 의미를 소리와 사물의 세계가 아니라 그 원어, 즉 일본어나 영어의 원형을 생각하면서 써야 한다면, 그러한 말들은 곧 즉각적인 전달 능력을 상실하고 반드시 시각적은 아니라도 적어도 사전적 참조의 중간 매개를 통하여 의미를 전달할 수 있게 될 것이다.

이러한 관찰은 비토착어의 비토착어적 성격은 말 자체에서 오기보다는 완전히 우리의 창조적 주체 속에 흡수되지 아니한 이질적 체계에 대한 의식의 예종에서 일어난다는 것을 말하여 준다. 우리말에 토착어와 한자어가 섞이지 않는 층이 있다면, 이것은 단순한 음성적 현상이 아니라 한자 문화에 대한 예속 현상, 곧 문화적 정치적 현상인 것이다. 어떤 외래어의 경우도 그것이 문제가 되는 것은 빌려 온 외래어의 기원이 기억되는 한 기원의 권위가 수용 언어에 구속력을 가하게 되기 때문이다. 그러나 이 기원은 잊혀지게 마련이고, 또 음운과 의미의 변화를 겪으면서 수용 언어에 흡수되게 마련이다. 이러한 과정이 중단 또는 지체되는 것이 외래어의 소리와 의미가 학문적 문화적 정치적 권위로서 인위적으로 유지될 경우이다. 우리말에 있어서 이제야 의미 질서의 상위 체계로서의 한자 문화는 사라져가고 있다. 따라서 우리말의 두 층은 얼마 안 가서 하나가 되지는 않는다고 하더라도 지금처럼 이질적인 것으로 남아 있지는 아니할 것이다.

3. 말이 글로 바뀔 때

오늘의 우리가 느끼는 바와 같이 말이 서로 화합이 되지 않는 두 층으로—특히 그 한 층이 늘 시각적 또는 사전적 참조를 필요로 하는 두 층으로 이루어졌다고 할 때, 그것은 우리 언어생활에 어떤 영향을 미치는가?

그것이 직접적인 전달을 조금이나마 어렵게 한다는 것은 이미 위에서 지적한 대로이다. 외적인 권위에 대한 참조의 필요는 의사소통과 전달 과정에서 자연스럽고 자발적인 면을 감소시킨다. 그리고 이것은 전달을 실제적 상황에서 벗어져 나가게 한다. 이 실제적 상황은 그때그때의 사물, 다른 사람과의 관계뿐만 아니라 우리의 육체까지도 포함한다. 즉 현재적 순간의 뿌리가 되는 육체에서 확산되어 나오는 느낌이 아니라 기억을 저장하고 있는 머리가 전달에 있어서 중요한 기능을 담당한다는 말이다. 이러한 현상들은, 달리 표현하건대, 글에 의한 말의 간섭이라고 설명될 수 있다. 그리하여 언어의 중심이 말로부터 글로 옮겨지는 것이다.

그러면 말과 글의 차이는 무엇인가? 이미 비친 바대로, 그 차이는 실제적인 상황과의 거리에 있다. 말은, 그것이 궁극적으로 비록 추상적 체계에 의하여 규정되는 것이라고 하더라도, 언어의 테두리 안에서 일어나는 것이 아니라, 사물과 인간의 상호 작용이 구성하는 실제적 상황에서 일어나고 또 이 실제적 상황의 일부를 이룬다. 그렇기 때문에 말의 전달 행위는 실제적 상황을 빼 버리면 매우 난해한 것이 되어 버리고 만다. 글의 경우, 이것은 물론 실제적 상황으로부터 완전히 독립하여 존재한다고 할 수는 없는 채, 여기로부터 잠깐이라도 떠나는 것을 조건으로 하여 가능하여지는 행위이다.

글을 쓸 때 우리는 사람이나 사물을 보지 않고 그것으로부터 눈을 떼어 종이를 본다. 그리고 이 종이를 통하여 응시하는 것은 언어 자체이다. 글을 쓸 때, 우리는 말을 생각하고, 말과 말의 이음새를 생각하고 궁극적으로는 언어의 체계 전체를 생각한다. 다시 말하건대 글은 말이 자기 자신으로 돌아갈 것을 요구하는, 적어도 어느 정도까지는 자기 회귀적 또는 재귀적 활동인 것이다.(물론 글로서의 말이 사물이나 사람을 지칭하지 않는다는 것은 아니다. 그것이 일단 우리 의식 속에 내면화되어 존재한다는 말이다.)

다시 말하건대, 말이 사물 사이에 있다고 한다면, 글은 의식의 내면에 또는 그것의 객체화로서 종이 위의 기초로서 존재한다. 이렇게 보면, 말은 글을 통해서 내면화되고 주관적이 된다. 그러니까 글을 통해서 사람은 비로소 내면의 발견과 탐색에의 새 길을 열 수 있게 된다. 이 내면화는 단순히 철학적 문학적 의미에서 자의식이 등장한다는 것을 말하는 것이 아니다. 이것은 과학의 경우에도 해당이 된다. 과학적 인식의 특징인 형식화 내지 이론화는 인간 의식의 자기 동일을 그 바탕으로 한다. 즉 의식이 의식으로 돌아오는 것을 필요로 하는 것이다. 이것은 이미 말한 대로, 말이 글이 됨으로써 쉬워지고 가속화된다.

이렇게 생각해 보면, 글은 개인으로나 종족적으로 인간 의식의 발달에 매우 중요한 역할을 담당한다고 말해야 한다. 글이 돕는 내면화, 형식화, 이론화를 통하여 우리는 보다 높은 단계의 의식을 얻게 되는 것이다. 그러나 다른 한편으로 글로 인하여 잃어지는 것도 있다. 말할 것도 없이, 그것은 우리로 하여금 주어진 현실로부터 떠나게 하는 계기가 될 수도 있다. 이 현실은 이미 비친 바와 같이 우리 자신의 육체, 다른 사람, 즉 사회와 자연을 포함한다. 그런데 이러한 것들은 사실상 우리에게 직접적으로 드러나기보다는 언어를 통하여 매개된다. 알다시피, 언어는 우리 자신이나 사회나 자연에 대한 인식을 넓히는 데 가장 중요한 수단이 된다. 뿐만 아니라 이러한 것들은 언어에 의하여 구성된다. 그러면서도 언어화된 인식 또는 언어를 통하여 구성된 세계가 사물 자체의 세계로부터의 유리를 가져온다는 것은 여전히 사태의 한 측면을 이룬다. 여기에서 언어가 어떻게 세계를 드러내며 또 감추는가 하는 문제를 상세히 논의할 여유는 없지만, 적어도 여기의 논지와 관련해서 우리가 말할 수 있는 것은, 언어를 통하여 잃는 것은 우리가 사는 세계에서도 가장 언어적 구성으로부터 또 의식적 구성으로부터 먼 부분이라는 점이다. 그러니까 우리의 자아 가운데에서도 육체가, 또 사회에서도 가장 직접적인 삶의 현실 속에 있는 민중적 삶이, 또 인간을 넘어서는 자연의 신비가 언어, 특히 형식화되고 이론화된 글에서 사라지기 쉬운 것이다.

4. 언어의 창조적 사용과 외국어

말할 것도 없이, 말이나 글의 의의는 그것이 말 이외의 것들을 지칭할 수 있다는 데에서 찾아진다. 그러나 언어의 심화는 이 지칭적 기능을 감소시킨다. 그러니까 살아 있는 언어는 이것의 심화를 기하면서(이 심화가 없이는 높은 의식이나 인식은 불가능하기 때문에), 동시에 언어를 넘어서서 삶 자체를 또는 침묵을 지향한다. 언어가 창조적일 수 있는 것도 이 모순된 지향의 긴장을 통해서이다. 말을 잘 쓴다는 것이 이미 있는 말 또는 그 체계에 숙달하는 것이라고 생각하는 것은 언어의 창조적 사용을 생각하지 않는 것이다. 모든 것이 이미 말로 표현되어 있고 그것을 배우는 것만이 중요하다면 새로 표현될 무엇이 있겠는가? 말은 한편으로 말 자체를 향하면서, 다른 한편으로는 침묵을 지향함으로써 비로소 창조적이 되는 것이다. 또 말을 통한 인식이나 의식은 그것을 넘어서는 인식이나 의식 — 다시 말하면 무의식을 통해서 새롭고 창조적일 수 있다.

말은 원초적인 상태일망정 이러한 언어의 창조적 변증법을 그 안에 지니고 있다. 그러나 글의 자기 회귀는 심화의 가능성을 열면서, 이러한 창조의 변증법을 닫아 버릴 위험을 갖는다. 그런데 글의 자기 회귀 가운데도, 외국어로 돌아간다는 것은 이러한 위험을 가장 크게 무릅쓰는 일이다. 아무리 우리가 글로 잠겨 들어간다고 하더라도 모국어는 우리가 수용하고 적응하고 창조적으로 변형하면서 거기에 거주하는 삶의 상황을 완전히 떠날 수 없다. 그러나 한문과 같은 외국어는 우리에게 우선 우리 내면의 극히 제한된 부분, 그것도 우리의 심성 가운데 비교적 기계적인 부분이라고 할 수 있는 두뇌 작용 또는 기억을 통하여 매개된다. 또 이러한 제한된 정신 작용이 매개하는 것은 전적으로 실제적 상황에서 떨어져 있는 이질적 언어 체계이다. 그리하여 외국어에 의한 언어생활은 우리의 총체적인 자아가 사회와 자연의 침묵에 접합으로써 갖게 되는 창조적 새로움의 계기를 얻지 못하고 만다. 물론 외국어를 창조적으로 쓸 수 없다는 말은 아니다. 또 외국어 그 자체가 창조성이 없다는 말도 아니다. 다만 자아와 사물이 함께 있으면서 스스로를 보존 적응 변형하는 언어의 근원이 나와 나의 현실에 있지 않기 때문에 외국어의 권위에 의지해야 하는 우리의 언어는 기계적 숙달과 모방으로 그치기가 쉽다는 말이다.

5. 표현에 있어서 토착어의 강점

위의 분석은 조금 지나치게 장황한 감이 있는데, 이러한 분석을 떠나서도 우리가 글을 쓸 때에, 한자어보다는 토착어의 글이 뛰어난 전달력과 호소력을 갖는다는 것은 새삼스럽게 지적할 필요도 없는 일이다. 김소월의 시의 뛰어난 점이 그의 언어가 토착적이란 데 있다는 것은 유종호 씨가 이미 지적한 바 있다.

저 산(山)에도 까마귀, 들에 까마귀
서산(西山)에는 해 진다고
지저귑니다.

앞강(江)물, 뒷강(江)물
흐르는 물은
어서 따라오라고 따라가자고
흘러도 연다라 흐릅디다려.

여기에 대하여 현대 시인 가운데 가장 사상적인 시인으로 알려져 있는 유치환의 시를 대비해 보자.

어디서 창랑(滄浪)의 물결 새에서 생겨난 것.
저 창궁(蒼穹)의 물결 새에서 생겨난 것.
아아 밝은 칠월(七月)달 하늘에
높이 뜻 맑은 적은 넋이여.

이러한 시행들의 한자어는 조금 심한 편이지만, 교과서에도 실리는 「기(旗)발」을 보자.

이것은 소리없는 아우성
저 푸른 해원(海原)을 향(向)하여 흔드는
영원(永遠)한 노스탈쟈의 손수건

여기에서 '해원(海原)'과 같은 말이 참으로 우리말이라고 할 수 있을까?(앞으로 바로 이 시에서 쓰였기 때문에 그것이 우리말이 될 가능성이 있다고 할 수도 있다. 그러니만큼 이러한 말을 쓰는 것이 잘못된 일이라고 일방적으로 규정할 수는 없는 일이다.) 위의 시행들의 대비가 말하여 주는 것은 토착어가 한자어에 비하여 전달효율이 높다는 사실 외에 뛰어난 정서적 호소력을 갖는다는 말이다. '남벽(藍碧)'과 같은 말은 의미를 전달할 수 있을는지 몰라도 그 외의 다른 구체적인, 즉 감각적이고 정서적인 느낌을 전달할 수는 없을 것이다.

6. 토착어의 전달 능력과 단순성·상투성

토착어 사용에 있어서 더 중요한 것은 감각적 정서적 호소력보다도 사실의 정직한 전달에 있어서 뛰어나다는 점일 것이다. '죽인다'는 말의 한자 대응어를 생각해 보자. '타살(打殺)'은 '죽인다'보다는 더 강할지 모르지만 '때려죽인다'라는 말만큼 구체적이지 못하다. 합법적 살인에 붙여지는 말, '사형에 처한다', '교수형에 처한다', '사살한다' 하는 말들은, 그 근거가 어떠했든지 간에, '죽인다'는 끔찍한 일의 직접적인 사실성을 변형하고자 또 거기에 어떤 정당성과 위엄을 부여하는 역할을 한다. 요즘에도 '자율화(自律化)' '면학 분위기(勉學雰圍氣)' '개방 사회(開放社會)' 등 매우 모호한 한자들을 자주 듣지만, 정치적 수사가 한자어를 즐겨 쓰는 것은 이해할 만한 일이다.

토착어라고 우리에게 감각적이고 정서적이고 사실적인 묘사를 보장해 주는 것은 아니다. 한자어가 대체로 사물 자체에 다가가기보다는 그것을 들어 올려 어떤 체계 속에 일반화한다면, 토착어도 그러한 작용을 할 수 있다. 이것은 특히 소위 고운 말이라는 테두리에 드는, 정서적 호소력을 한껏 높이려는 말들에서 흔히 볼 수 있는 일이다. "냇사 애닲은 꿈꾸는 사람"과 같은 표현, 또는 더 길게 예를 들어,

기인 한밤을
눈물로 가는 바위가 있기로

어느날에사
어둡고 아득한 바위에
절로 임과 하늘에 비치리오

와 같은 시 구절들은 그 유려한 토착어의 음악으로 하여 의미를 전달하기 전에 이미 우리에게 정서적으로 호소해 오는 언어이다. 그러나 이것은 동시에 우리의 감정을 일반화 또는 상투화하고 사실적 세계의 복합성이 아니라 감상의 단순성 속으로 우리를 이끌어 간다. 따라서 이러한 순우리말의 문장들이 상품의 광고에 점점 많이 사용되는 것은 그럴 만한 이유가 있는 것이다.

잘 먹는 것은 배불리 먹는 것만은 아닙니다. ……따뜻한 차와 맛이 깊은 양식과 향기로운 술이 실내 음악과 함께 손님의 마음을 어루만지는 그곳……

이것은 어느 음식점의 광고이다. 이러한 광고가 기대하는 것은, 대개의 정서적 호소가 그렇게 되듯이, 어떤 상투화된 감정의 유발이고 그에 따른 미화 효과이다. 이러한 언어들이 가장 문화적인 향기가 높은 언어들이고, 이러한 언어를 사용하는 것이 우리말을 바르게 쓰는 것처럼 생각되는 경향이 있는 것은 매우 유감스러운 일이다.

이러나저러나 고운 말만을 찾아서 그것으로 문체의 규범을 삼으려고 하는 것이 우리의 언어생활을 좁고 왜곡된 것이 되게 하는 것은 새삼스럽게 논의할 필요도 없는 일이다.(필자 자신 이러한 문제를 다른 자리에서 여러 해 전에 논의한 바 있다.) 고운 말만을 쓴다는 것이 삶에 대한 인식과 또 우리의 삶 자체를 좁고 왜곡된 것이 되게 한다면, 거친 표현으로 된 토착어의 효과는 어떠할까?

　　그러니까, 돈푼깨나 남아 돌아가는 계집 중에는 속없는 년들이 더러 있어 뱀집에 적을 올리고 젊은 제비들을 낚아 올려 구렁이처럼 칭칭 젊은 놈 몸을 감고 시퍼런 눈으로 방바닥 뚫어보며 헐떡치는 년들도 있다는 것이었다.

이러한 순우리말의 글들이 그 나름으로의 리얼리즘과 언어적 에너지를 가지고 있음은 부인할 수 없다. 사실 우리 문학에 있어서 실감 나는 문장들은 염상섭 이후 정도를 달리하여 이런 종류의 비속체의 문장들이었다. 이러한 비속체 문장을 토착어가 아니라 한자어로 쓸 수 있을까? 그것은 여간 어려운 일이 아닐 것이다. 이러한 데서 우리는 고유 언어만이 실제적 상황의 끈적끈적한 현실을 나타낼 수 있다는 것을 깨닫게 된다.

7. 비속어와 문학의 격

　　그렇긴 하나 문학의 의의가 비속한 문체로 비속한 현실의 현실감을 전달하는 데에서 그칠 수 있을까? 또 문학뿐만 아니라 대체로 글의 목적이 여기에서 끝날 수 있을까?

언어는 근본적으로 전달을 목적으로 한다. 그것은 우리로 하여금 나로부터 남으로 나아가게 한다. 이것은 나와 남이 공유하는 근본 바탕을 통하여 가능해지는 것이다. 그러니까 언어는 단순히 나로부터 남으로 나아가는 길이 되는 것이 아니고, 나와 남을 포함하는 보편적 공간에로 나아가게 하는 길이다. 그것은 나나 남으로 하여금 좁은 데서 넓은 데로 나아가게 하는 움직임이다. 또 직접적인 의미에서의 전달을 목표로 하지 않는 언어의 경우도 그것은 하나의 사물로부터 다른 사물로, 또 이 두 사물이 공유하고 있는 어떤 바탕에로 이끌어 가는 작용을 한다.

언어의 실존적 의미는 보편성에로의 초월에 있다고 할 수 있는 것이다. 보편성에로의 초월은 사물의 전체성에로의 움직임이고 또 그 안에서의 인간적 가능성의 모든 것에로의 움직임이다. 이 전체성 속에서의 균형이 인간의 윤리적 완성이다. 문학에 있어서 '격(格)'이 문제되고 '대(大)스타일 (Grand style, Große Stil)'이 문제되는 것은 글 자체가 위에서 말한 의미에 있어서의 인간의 윤리적 완성에의 발돋움이고 그 수단이기 때문이다.

사실 따지고 보면, 우리 문학의 비속체에도 초월에의 충동이 들어 있지 않은 것은 아니다. 위에 인용한 소설의 묘사의 리얼리즘은 다분히 묘사의 정확성보다는 묘사 대상에 대한 숨은 경멸과 증오의 강도에서 온다. 이것은 일반적으로 다른 비속체에도 해당시킬 수 있는 것이다. 우리 현대 시에서 가장 박진감이 있는 구절의 하나는 서정주의 「자화상(自畵像)」의 서두일 것이다.

애비는 종이었다. 밤이 깊어도 오지 않았다.

여기에서 첫 문장은 자기 자신의 아버지에 대한 진술로는 지극히 상스럽고 퉁명스러운 것이다. 두 번째 문장은 일반적인 형용을 피하고 단도직입적으로 한 삽화적인 사실로 뛰어들어 가는데, 그 효과가 얼마나 강력한가. 「자화상」의 첫 줄은 비속한 문체의 진술로 되어 있다. 그러나 그것은 거기에 머물러 있지 않다. 여기의 비속성은, 모든 사회적 인습, 또 인습이 강요하는 위선을 깨뜨리고, 스스로의 참모습을 정면으로 마주 보겠다는 도덕적 결단으로 하여 가능해지는 것이다. 그리하여 앞의 소설의 묘사와도 달리, 여기의 비속성은 오히려 웬만한 격조의 글이 이를 수 없는 높은 경지로 이 시를 끌어올리는 작용을 한다.

그런데 이러한 역설적인 방법을 통하지 않고(오늘에 있어서 이것은 유일한 방법일는지도 모르지만), 대체로 글의 격을 높이려 한 것과 한자어 또는 한문의 사용 또는 우리말의 아어적(雅語的) 어미의 도입과 같은 현상과는 서로 이어져 있는 일이라 할 수 있다. 이육사의 「광야(曠野)」에서,

지금 눈 내리고
매화향기(梅花香氣) 홀로 아득하니
내 여기 가난한 노래의 씨를 뿌려라

와 같은 구절은 상투적인 흠이 있는 대로 품격을 유지하고 있는 시행이라 하겠는데, 이 품격은 한자어 또는 적어도 한문적 연상이 없이는 이룩하기 어려운 것일 것이다. 앞에서 우리는 '죽인다' 대신에 '사형', '교수형', '사살'과 같은 한문어를 사용하는 경우에 언급했지만, 이러한 대치는 사실의 은폐를 조장하기도 하지만, 다른 한편으로는 '죽인다'는 생물학적 사실을 인간의 제도의 위엄 속에 승화시키려는 노력의 표현이라고 할 수도 있다.

8. 우리말을 갈고닦는 길

그러나 한자의 일반화, 보편화의 장점은, 위에서 길게 이야기한 결점을 수반한다. 오랜 역사적 깊이와 세련을 지니고 있는 한문의 가능성을 갖지 못하는 것은 사실이지만, 결국 우리가 돌아가야 할 곳은 우리말이다. 앞으로 우리말을 닦고 빛낼 미래의 시인들에게 기대해야 한다. 우리는 보편성의 가능을 기대해야 한다.

그러나 다시 한 번 여기서 우리말을 닦고 빛낸다는 것은 고운 말 또는 토착어만을 쓴다는 말이 아니다. 이미 길게 설명했듯이, 한자어의 잘못은 그것 자체에 있는 것이 아니다. 잘못은 우리의 현실적 자아와 민중적 삶과 사물의 신비로부터 밖에 있는 경직화된 빌려 온 언어 질서에 의미 창조의 권위를 맡긴 데 있다. 이것이 오랜 역사에도 불구하고 근본적으로 우리말에 있어서 한자어와 토착어의 화합을 방지한 것이다. 앞으로의 문제는 토착어의 문제가 아니다. 그것은 이질적 두 층의 구조를 가지고 있는 우리말이 하나로 되는 일이다.

그러나 이 가능성에 대하여 우리는 별로 걱정할 필요는 없을 것으로 보인다. 지난 백 년간의 우리말 문체의 변화를 보면, 우리말이 급속한 속도로 한자어와 토착어를 통합하여 하나의 덩어리로 되어 가고 있다는 것은 분명하다. 이것은 문학에 있어서 그렇고, 무엇보다도 신문 문체에서 가장 뚜렷하게 그렇다. 얼른 보아 언어의 비속화 현상의 — 나쁜 의미에서의 — 증표로 보이는 상품들의 이름 '살로만', '타미나', '아맛나' 등도 우리말이 표의적인 데에서 표음적인 데로, 그리하여 보다 자연 발생적이고 일체적인 의사 전달의 공간에로 나아가고 있다는 것을 보여 준다.

물론 이러한 충동 외에 우리말의 자기 소외를 조장하는 경향들이 없는 것은 아니다. 이것은 하나로 통합되는 우리말 안에 보이지 않는 이질화 층을 만들어 낸다. 경직된 정치, 정보의 점유를 유지하기 위한 목적의 전문어, 불필요하고 소화되지 아니한 종류의 외래어, 기타 소외의 언어들이 우리말의 유연성과 창조성, 따라서 우리 자신의 유연성과 창조성을 잃게 하는 작용을 한다. 그러나 대체로 더욱 뚜렷한 것은 민주적 의사 전달의 공동체에 대한 열망이다. 이것은 이미 우리말의 일체화의 움직임 가운데 표현되어 있다.

(1983년)

문학과 유토피아
문학적 상상력의 정치적 의의에 대한 한 고찰

1

정신 분석학의 관점에서 가장 쉽게 문학을 설명하려고 할 때, 문학은 꿈을 통한 소원 성취(wish-fulfillment)와 동류의 현상이라고 이야기된다. 현실 속에 실현되지 아니한 우리의 무의식의 욕망을 언어를 통하여 대리 실현하는 행위가 문학이라는 것이다. 이것이 지나치게 단순화된 문학관이라는 것은 이러한 설명을 시도한 프로이트 자신도 시인하고 있는 것이지만, 대략적으로 말하여, 이것은 적어도 일리가 있는 해석이다. 정신 분석적인 의미에서 억압된 충동의 대상적 충족은 아니라고 하더라도, 문학이 우리의 소망에 관계되어 있는 것임은 분명하다. 도대체 우리가 현재의 처지를 넘어서서 무엇인가 높고 깊고 넓고 새로운 것을 바라는 바가 없다고 한다면, 문학 작품을 읽을 생각이 어디서 나올 수 있을 것인가?

물론 문학이 현실을 묘사하는 것이라는 생각은 문학의 본질에 대한 설명에서 대종을 이루는 것이다. 그렇다면 우리가 문학 작품에서 찾는 것은 우리의 모습을 있는 그대로 확인하는 일이다. 그러나 그 경우에도 우리가 참으로 원하는 것은 그것을 새로운 모습으로 확인하는 것이다. 그리고 이 경우에 있어서 우리는 우리가 확인하는 세계의 모습이 은근히 우리가 원하는 모습의 것이기를 원한다. 이것은 인간의 상징이다. 그러나 다른 한편으로 아무리 오늘의 처지를 넘어서는 새로운 차원, 새로운 모습을 원한다고 하더라도 우리가 바라는 새로운 세계가 오늘 아는 현실과 아주 동떨어진 것이기를 우리는 원치 않는다. 소망은 이 세상에서 생겨난다. 그것은 그것을 넘어가면서 그것을 아주 넘어서기를 원하지 않는다. 바라는 것은 오늘의 세계에 비슷하면서 더 나은 세상이지 그것과 단절된 어떤 것이 아니다. 우리의 소망은 세상을 넘어서는 것이 아니라 세상을 향한 것이다. 착잡한 방식으로 문학은 소망과 현실에 동시에 관계된다.

다시 정신 분석으로 돌아가서, 우리가 꿈을 통하여 또는 문학을 통하여 실현하고자 하는 욕망은 대체로 개인적인 것이다. 그러나 이것은 특히, 문학에 있어서 초개인적인 것에 대한 것일 수도 있다. 즉 확인하고자 하는 바람직한 모습은 우리 자신, 우리의 사랑하는 사람, 우리의 이웃 또는 우리가 살고 있는 사회 또는 세계 전체의 모습에 관한 것일 수 있다. 이때 우리의 욕망이 펼쳐 내는 백일몽의 대상이 되는 것은 유토피아가 될 것이다. 유토피아는 이렇게 하여, 문학이 사람의 욕망의 실현에 관계되는 한, 문학에 매우 친숙한 요소인 것처럼 보인다. 실제 문학에는 비록 어떤 이상향에 대한 분명한 청사진이 있는 것은 아니라고 하더라도 어떤 바람직한 세계에 대한 소망이 들어 있는 것이 보통이다. 문학이 우리의 개인적인 소망을 원동력으로 한다고 할 때, 개인적 소망을 생각하면서 그러한 소망이 쉽게 달성될 수 있는 사회를 생각하는 것은 용이한 일이다. 바람직한 상태를 그리기보다는 현실 생활의 가장 가치 없는 폭로를 주안으로 하는 자연주의 문학도에 그러한 폭로의 원동력이 되는 것은 보다 나은 삶에 대한 그리움이다.

가령 졸라는 삶의 냉혹하고 적나라한 묘사를 목표로 하고 또 그러한 관점에서 『선술집』이나 『제르미날』과 같은 소설에서 당대 사회의 비참을 기록해 나가지만 그러한 폭로적 기록의 동기가 되어 있는 것은 비참을 극복한 새로운 삶의 가능성, 새로운 사회에 대한 신념이다. 다만 이러한 새로운 질서에 대한 신념이 직접적으로 기술의 대상이 되는 것이 아니라 그것은 당대의 어둠을 비추는 배경의 빛으로 존재하는 것이다. 아마 어떤 위대한 사실적인 문학도 유토피아적 핵심을 가지고 있지 않은 문학은 없을 것이다.

2

그러나 다시 생각해 보건대, 문학의 소망과 유토피아적 소망이 반드시 일치하는 것은 아니다. 문학의 소망이 개인적인 것이라면, 이것이 유토피아에 대한 꿈으로 나아가기 위해서는, 그것의 개인적인 것에서 사회적인 것, 또는 집단적인 것으로 바뀌어야 한다. 이 바뀜의 과정은 반드시 연속되는 것이 아니다. 거기에는 긴장과 알력이 있을 수 있다. 이 점을 살펴보는 것은 중요한 일이다.

이러한 점을 구체적으로 검토하기 전에 일반적인 조감을 해 보더라도 실제 문학사에 있어서 유토피아를 그려 그대로 문학 작품으로 인정되는 작품이 별로 없음을 우리는 주목할 수 있다. 서양 현대 문학에서 유토피아를 다룬 작품을 들어 본다면, 영문학의 경우에는, 올더스 헉슬러의 『아름다운 새 세상』 또는 조지 오웰의 『1984년』과 같은 것을 들 수 있을 터인데, 이것들은, 알다시피 이상향에 관한 것이 아니라 이상향의 불가능에 관한 것이어서 흔히 '반유토피아' 소설이라고까지 불리는 것이다. 위에서도 비친 바와 같이, 문학은 어디까지나 유토피아로 떠나기보다는 현실에 남아 있어서 비로소 문학이 되는 것으로 보인다. 또는 더 나아가 문학과 유토피아 사이에는 깊은 간격이 있는 것으로 생각되기도 한다.

반유토피아 소설들이 대표하는 것처럼 문학이 유토피아에 대하여 반감을 가지고 있다면 유토피아 사상도 많은 경우 문학을 탐탁하게 생각하지 않음을 우리는 지적할 수 있다. 플라톤이 그의 『공화국』에서 시인을 추방한 것은 유명한 이야기다. 이 점에 대하여 분명한 언급이 없다고 하더라도 가령 베이컨의 『뉴 아틀랜티스』나 토머스 모어의 『유토피아』, 캄파넬라의 『태양의 도시』, 에드워드 벨라에의 『옛일을 되돌아보며』 등에 그려 있는 이상 사회에서 시인은 플라톤의 『공화국』에서와 비슷한 대접을 받을 것으로 생각할 수 있다. 사실 플라톤이 기휘(忌諱)한 것은 격정적인 또는 낭만적인 시인 그리하여 세계 어느 곳에서나 시인다운 시인으로 생각되는 종류의 시인이었는데, 모어나 캄파넬라의 이상국(理想國)에 용납될 수 있는 시인은 기껏해야 매우 절제된 시인이었을 것이다. 유토피아에서 시인이 환영받지 못하는 이유는 간단하다. 대부분의 이상 사회는 이성에 의하여 계획된 사회이다. 거기에서 시인은 비이성적인 것, 즉 정서, 감정 또는 격정을 대표한다. 이러한 것들은 이성적 질서를 깨뜨리기 쉬운 것이며, 따라서 위험 요소로서 간주되게 마련이다. "시인은 영혼의 나쁜 부분을 부추기며, 이성적 부분을 파괴한다. 그럼으로 하여 그는 잘 통치된 사회에서는 용납될 수 없는 것이다." — 플라톤은 이와 같이 말하였다. 이에 대하여 유토피아적 구상에 대한 문학의 정의도 같은 근거에서 나온다. 반유토피아 소설들은 사람이 만들어 내는 유토피아가 얼마나 비인간적인가 하는가를 지적하려고 한다. 여기에서의 유토피아는 물론 이성적으로 계획되고 통제된 사회이다. 그것은 서양의 과학과 기술의 발달의 연장선상에 설정된 역사의 최종적 산물이다.

앞에서 우리는 문학이나 유토피아가 다 같이 인간의 소망으로부터 나오는 것임을 말하였다. 그러나 방금 우리가 본 바로는 그것은 서로 대립되는 것일 수 있다. 그리고 그 대립은 삶의 비이성적인 요소와 이성의 대립으로 옮겨 볼 수 있는 것이다. 그런데 어떻게 하여 인간의소망은 이 두 대립되는 것으로 나타나게 되는가?

문학의 소망이나 유토피아를 향한 꿈에 공통되는 충동은 근본에 있어서 비이성적인 것이다. 그러나 이것은 그 충족을 찾는 과정에서 이성적인 것으로 변화하게 된다. 문학의 원동력이 되는 욕망은, 위에서 말한 것처럼 본래 개인적인 것이다. 이 욕망은 또 즉시적인 것이다. 그것은 오늘, 이곳의 현장적이며 즉시적인 충족을 요구한다. 여기에 대하여 유토피아 사상의 핵심에 놓이는 충동은 보다 장기적이고 다면적인 연관 속에 있는 충동이다. 이 다면적 연관의 개입은 충동의 만족을 상당히 오늘 이곳으로부터 다른 때 다른 곳으로 옮겨 놓는 일을 하게 된다. 문학과 유토피아적 구상의 대조는 그러니까, 욕망의 즉시적 만족과 연기된 만족 사이에 있다고 할 수 있다. 유토피아적 사고 — 이미 비친 바와 같이 그것은 백일몽 속에 그려지는 환락의 세계보다는 일정한 사회 공학을 통하여 이루어질 수 있는 합리적 조직 사회를 두고 하는 말인데, 이러한 유토피아적 사고에 있어서의 욕망의 충족의 연기는 당초에 욕망 충족을 위한 현실적 조건에 대한 고려에서 나온다. 욕망의 충족은 우선 그것을 위한 현실적 수단이나 자원에 대한 고려를 필요로 한다. 사람이 사회 속에서 사는 한, 이러한 고려는 단순히 자연 조건에 대한 것일 수 없고 그것보다도 자연적 조건의 사회적 조직 또 그 정치적 조직과 체계에 대한 것이 된다. 이렇게 하여 욕망 실현을 위한 구체적 수단에 대한 고려는 사회화된다. 그리고 이러한 자연적, 사회적 조건에 대한 고려는 저절로 우리의 본래의 개인적인 충동에 제동을 가하게 된다.

우리의 가공되지 아니한 충동의 시간적, 공간적 연관과 요인을 가장 손

쉽게 순치하는 능력은 이성이다. 여기에서 이성은 본래의 충동에 대립된다. 그러니까 이성은 본래의 욕망과 충동에 봉사하는 현실적 수단이면서 그것에 제약을 가하는 것이다. 그런데 이때의 이성은 단순히 냉철한 계산을 통해서보다 다시 정서적 호소를 통하여 작용할 수도 있다. 그것은 본래의 충동을 현실적 고려에 있어서, 또 현실을 우리가 원하는 모습으로 봐주는 일에 있어서 강력한 추진력으로 전환시킨다. 다른 한편으로, 이미 말한 바와 같이 이성은 충동의 즉시적 만족을 억제하면서 도덕적 성격을 띤다. 도덕은 단순히 이성적 계산이 아닌 독자적 에너지를 갖는 삶에 대한 판단이라고 하겠는데, 이때의 에너지도 본래의 충동의 전환에서 나온다. 이성의 현실 탐구에 대한 관심, 현실 개조의 에너지, 그리고 도덕주의는 하나이면서 다른 것일 수 있다. 이것이 서로 다른 결합 속에 나타날 때, 다른 사회관이 성립한다. 즉 공리주의와 혁명적 사회 개혁론과 보수주의적 질서 옹호가 그것이다. 이중에도 이성의 도덕주의와 혁명적 정열이 가장 두드러지게 나타나는 것은 유토피아적 구상에 있어서이다.

이렇게 하여 되풀이하여 말하건대 유토피아적 구상은 원초적 소망 또는 파토스에서 시작하여 이성적 통제 또는 로고스로 끝나게 된다. 여기에서의 양극의 연속과 불연속은 이미 비친 대로, 사회 혁명의 계획에서 가장 두드러지게 나타난다. 그것은 당초에 구속으로부터의 해방을 의미한다. 그 내적 충동은 아나키스트적이다. 그러나 해방에 대한 아나키스트적인 욕망은 결국 혁명적 기율의 필요에 부딪치며, 그것에 순응할 수밖에 없게 된다. 욕망의 아나키즘이 혁명적 금욕주의에 굴복하는 것이다.

내적 충동과 현실적 필연의 변증법에서 문학은 기율이 아니라 해방에, 금욕이 아니라 욕망의 충족에 가까이 있는 것으로 보인다. 사회 혁명에의 요구는 그것이 해방과 욕망의 달성에 호소하는 한, 문학과 궤를 같이한다. 그러나 그것이 이성적, 도덕적 금욕주의, 특히 억압적 형태의 금욕주의로 옮겨 갈 때, 문학은 이 변화에 쉽게 적응할 수 없다. 사회 전체에 대한 유토피아적 계획으로 출발하는 사회 혁명의 과정에서 문학이 거의 필연적으로 박해의 대상이 되는 것을 우리는 흔히 보아 왔거니와, 거기에는 이러한 내적인 필연성이 있는 것처럼 보인다.

3

물론 문학이 그 근본 충동에 있어서 전적으로 쾌락의 즉시적인 해방만을 요구하는 것으로 말하는 것은 상대적인 관찰이며 하나의 속기술에 불과하다. 책임 있는 문학은 쾌락을 가능하게 하는 현실적 조건에 대한 고려를 포함한다. 그러한 의미에서 이성은 문학의 한 중요한 원리이다. 시인은 프로이트의 말대로 욕망의 꿈을 꾸는 사람이다. 그렇기는 하지만, 그는 눈을 뜨고 꿈을 꾸는 사람이다. 프로이트의 예술관을 비판하면서, 미국의 평론가 트릴링이 말한 바와 같이 억압된 꿈의 대리 실현에 골몰하는 몽상가 또는 신경병 환자와 시인의 차이는 전자가 꿈에 의하여 소유되어 있는 데 대하여 후자는 꿈을 제어하고 있다는 점이다. 이 제어는 벌써 이성은 아니라고 하더라도 의식이, 또 의식은 이성적인 것일 수밖에 없는 까닭에, 이성적인 것이 시적 과정에 개입된다는 말이다. 그러나 여기에서의 이성적인 것은 뉘앙스에 있어서 앞의 이성적 원리와는 상당히 다른 것이다. 문학에 있어서 꿈이 문학이 되는 것은 언어로 표현됨으로써이다. 표현은 벌써 꿈이 언어의 질서 속에 편입된다는 것을 말한다. 그것은 꿈을 언어의 로고스로 순치하는 것이다. 이 로고스가 보편적 설득의 가능성을 열어 준다. 이해 가능성, 전달, 형식, 의식적 선택에 의하여 꿈은 보편적 형태로 고정된다. 물론 다른 한편으로 꿈이 표현으로 옮겨 감에 있어서 그것의 현실과의 전체적 관련에 대한 고려는 중요한 역할을 한다. 그러나 이 고려는 외부적으로 추가되는 것이 아니라 문학적 표현의 보편적 가능성 속에 포함되어 있는 것이다. 어떻게 하여 우리의 꿈이 보편적 형태를 얻는가? 그것은 우리가 다른 사람과 함께 같은 사회, 같은 세계 속에 살고 있기 때문이다. 이 같은 삶의 원리가 이성이라고 할 수 있다. 다만 이성을 단순히 사물의 법칙으로서 밖으로부터 파악할 때와는 달리, 여기에서 이성은 사람의 삶과 사람이 사는 세계를 안으로부터 맺어 주는 내부의 원리이다. 그것은 언어의 형식적 정합성의 원리이면서 그 정합성이 우리의 삶의 정합성과 일치함으로써 성립하는 것이다. 그러니까 여기에 이성이 있다면, 그것은 단순히 이론적인 것도, 현실적인 것도, 또는 도구적인 것도 아니다. 그것은 인간의 가능적 삶의 전체화의 원리이다. 이것은 이론적으로 추상화된 전체적인 구도의 원리로서보다 그때그때의 삶의 과정의 전체로서 성립한다. 이러한 문학적 이성의(사실 이것은 흔히 상상력이라고 부르는 것이지만) 성격을 우리는 욕망과의 관련에서 다시 생각해 볼 수 있다.

위에서 우리는 유토피아적 사회 구상이 욕망의 금제를 요구한다고 하였다. 이것은 현실적 조건을 생각할 때 불가피한 것이다. 문학적 이성은 그것이 현실적 조건을 고려하는 한 욕망의 금제를 요구한다. 다만 이때의 현실 조건은 단순히 자연과 사회의 제약 조건을 말하지 아니한다. 문학적 상상력에서 고려되는 것은 오히려 욕망 자체의 내적 연관들이다. 욕망은 여러 대상과의 관련 속에서 존재한다. 또는 하나의 욕망은 다른 욕망들과의 관련 속에서 존재한다. 지금 이 순간의 욕망이 충족된다고 하더라도 다음의 순간들에 일어난 욕망은 어떻게 할 것인가? 이것들의 균형을 어떻게 할 것인가? 문제 될 수 있는 것은 외적인 문제 이외에 많은 욕망들의 균형 또는 그것들의 지속되는 시간 속에서의 균형이다. 또 여기에서의 균형은 나의 욕망의 균형에서 나의 욕망과 다른 사람들의 욕망과의 균형을 말할 수도 있다. 사람의 삶이 다른 사람과의 관련 속에서 유지되어야 하는 한, 나의 욕망의 추구는 다른 사람의 욕망의 추구와 갈등을 일으킬 수 있다. 그리하여 일어나는 치열한 경쟁력 관계는 사람의 삶을 하나의 악몽으로 바꾸어 놓을 수도 있다. 그러나 이러한 점에 대한 고려는 오히려 외부적인 것이다. 그보다도 우리의 욕망은 다른 사람의 욕망에 안으로부터 섬세하게 이어져 있다.(가령 사랑에서 이것은 가장 전형적인 모습을 보여 준다.) 이때 이 이유의 문제는 외부적 제약의 문제가 아니라 섬세한 내적 화합과 균형의 문제이다. 이러한 고려에서 나오는 한 결과는 우리의 욕망이 조화되고 수정될 필요가 있다는 것이다. 욕망의 조건에 대한 외적인 고려에서 욕망은 억제될망정 수정되는 것이 아니다. 그것은 유보되었다가 적절한 외부 조건의 성숙과 더불어 충족되리라는 약속을 받는 것이다. 이러한 차이는 구체적 사례에서 더 잘 드러날 수 있을는지 모르겠다.

되풀이하건대, 문학은 다른 어떤 인간 활동보다도 더 집요하게 인간이 리비도적인 존재임을 확인하여 왔다. 그러면서도 적어도 그 전통적 표현에 있어서 문학은 이 리비도의 적나라한 표현보다는 그것의 수정 또는 변화 가능성에 대하여 주목하여 왔다.(사회적 이성에 있어서는 리비도는 그대로 유보되고 충족되는 것으로 생각된다고 말하여질 수 있다.) 그것은 다시 말하건대 인간의 다른 충동과 현실적 조건에 관련되어 어떻게 변화되고 또 거기에 조화되는가에 관심을 가져 온 것이다. 예를 들어 문학의 영원한 주제는 이성 간의 사랑이다. 이 관계는 단순한 섹스의 관점에서 파악될 수도 있고 또는 매우 추상적이고 이상주의적인 사랑이라는 관점에서 파악될 수도 있다. 문학의 오랜 전통에서 찾아볼 때, 우리는 문학이 이성 간의 관계를 섹스의 관점에서보다는 이상주의 관점에서, 아니면 적어도 섹스가 사람의 다른 욕망, 다른 현실에 어떻게 관련되는가 하는 관점에서 파악했음에 주목할 수 있다. 르네상스 플라톤주의자에게 육체적 사랑은 보다 높은, 간단히 말하여 정신적 사랑에로 나아가는 과정에 있어서의 최초의 단계라고 생각되었다. 이 사랑의 승화 과정은 단순히 육체적 관능으로부터 정신적 순화 상태로 옮겨 가는 수련과 금욕의 과정보다는 감각적인 쾌락이 전체 인격 속으로 통합되어 가는 과정을 지칭한 것이다. 한 욕망은 그것의 다른 것들과의 횡적 관계와 지속적 시간에 있어서의 종적 관계에 의하여 변형되지 아니할 수 없다. 관능적 사랑의 변형도 이러한 필요에서 불가피한 것이다. 어떤 쾌락의 충동도 우리가 일체적 삶을 살고자 하는 한, 결국 일체성의 요구에 의하여 수정 변형될 수밖에 없는 것이다.

문학의 근본 동기가 되는 쾌락은 일단 피상적일 수도 있는 자극과 충족에서 출발하지만, 그것은 인격의 핵심에 이어지는 과정에서 더욱 심화된 삶에 대한 충동으로 바뀐다. 이와 같이 문학은 리비도와 동시에 리비도의 승화를 이야기한다. 이 승화 작용은 리비도를 즉시적인 데에서 전체에로 끌어올린다. 그런 의미에서 그것은 이성적인 것이라 할 수 있다. 그러니까 그 나름대로 문학도 파토스에서 출발하여 로고스에서 끝난다.

4

그러나 다시 한 번 우리는 문학의 로고스가 유토피아적 사회 공학의 이성과 일치하면서 일치하지 않는다는 것을 강조할 필요가 있다. 서로 같으면서 다른 까닭으로 하여 이미 지적한 바와 같이, 둘 사이에는 긴장이 있게 되고 다른 한편으로 보완 관계 ─ 온전하고 너그러운 삶을 살고자 할 때, 반드시 필요하게 될 보완 관계가 성립한다. 문학도 유토피아적 사고도 인간의 욕망과 충동의 즉시성을 넘어간다. 그리고 보다 넓은 관점에서 또는 궁극적으로는 전체적인 관점, 그것의 현실적 연관을 고려할 것을 요구한다. 그러나 문학은 주로 이 연관의 내적인 조화에 관심을 두는 데 대하여, 유토피아적 사고는 그것의 외적 조건에 관심을 둔다. 후자는 외적 조건에 대한 지나친 집중으로 하여 인간의 욕망 자체를 떠날 수 있다. 처음에 욕망의 현실로부터 출발하였다고 하더라도 그것의 관심사는 외부적 관련의 이성적 정합이고, 이것에 몰두하면서, 일단 억제될 필요가 있었던 소망을 억제된 채 버려두기 쉽기 때문이다. 이에 대하여 문학은 이성이나 도덕이나 실천을 외부적 조건의 개조에만 관계되는 것으로 좁게 해석하기를 거부한다. 그것은 욕망의 내적인 조화의 원리이다. 그러니만큼 이 조화가 부분적으로나마 성립하는 한 욕망의 현실을 떠나지 아니한다. 그리고 외부적인 기율, 사회의 기율로 하여금 욕망적 존재로서의 인간을 송두리째 억압하고 부정할 정도로 삶을 지배하게 하는 것을 거부한다.

그리하여 문학적 이성은 사회 공학적 사회관에 중요한 교정 작용을 가할 수 있다. 사회 공학의 이성은 객관적 사물들의 기능적 조정에 관심을 가지고 있으며, 이것은 일단 이론적 청사진으로 표현될 수 있다. 그러나 알다시피 근본적으로 비이성적 에너지와 이니시어티브의 분출로서의 인간의 삶은 어떠한 청사진에도 맞아 들어가기를 거부하는 면을 가지고 있다. 문학의 이성은 이성적인 것과 구체적인 삶의 내용과의 끊임없는 대화로써 성립한다. 이 대화에서 육체와 정신, 개인과 사회, 부분과 전체가 서로 갈등을 일으키면서 또 하나의 질서 속으로 종합 지양되고 과거와 현재와 미래가 하나의 살아 있는 시간 속으로 혼용된다. 문학이 유토피아적인 것에 가까이 간다면 그것은 유토피아의 계획이 이러한 움직이는 전체성을 포용하는 한에 있어서이다. 그것은 적어도 이성적 계획으로서의 사회를 생각하면서 구체적인 인간의 삶, 개체적이며, 육체적이며, 현재적인 삶으로부터 끊임없이 솟구쳐 오는 정보에 의하여, 이 이성적 계획을 — 전체적이며, 이론적이며, 미래 지향적인 계획을 수정할 용의가 있는 그러한 것이어야 하는 것이다.

그러나 이러한 경우에 있어서도 문학이 반드시 현재를 넘어가는 사회의 이성적 계획에 대하여 열려 있는 것만은 아니다. 문학이 삶의 부분과 부분의 구체적인 조화에 관심을 갖는다고 할 때, 이 조화는 반드시 현재의 질서를 넘어갈 필연성을 가지고 있는 것이 아니다. 그보다는 그것은 오히려 오늘의 것들의 조화로 끝날 가능성이 더 크다. 문학적인 전체성 또는 일체성의 느낌은 보수적인 것이기 쉬운 것이다. 물론 문학의 조화와 종합의 관점은 기존 질서의 결여 사항들에 대한 비판을 제공할 수 있다. 그러나 그것은 어디까지나 현실의 틀의 한정 속에서 이루어지는 것이다. 서구에서 현대적인 의미의 심미적 이상의 문제를 중심으로 다루었던 최초의 중요한 소설, 괴테의 『빌헬름 마이스터』의 궁극적인 교훈은 체념이다. 욕망이 현실의 부적합 속에서 방황할 때, 조화의 이상이 요구하는 욕망의 수정은 체념을 의미할 수 있다. 이것은 단순히 내적 조화를 위한 것일 수도 있지만, 체념이 우리의 일체성이 아니라 현실과의 타협을 뜻하는 것이 아니라는 보장은 아무 데도 없다. 사실 모든 문학은 알게 모르게 현실 긍정적인 요소를 가지고 있다고 할 수 있는 것이다. 현실에 대한 비판은, 위에서 말한 바와 같이 제약을 갖는 대로 문학이 가지고 있는 조화의 입장에서도 가능하지만, 문화 고유의 리비도에 대한 충실이라는 면에서도 가능하다. 인간의 욕망의 면에서의 주어진 현실과의 갈등이야말로 모든 비판과 개조에 대한 요청의 출발이기 때문이다. 이렇게 볼 때, 욕망의 순치가 아니라 욕망의 그대로의 인정과 폭발이야말로 현실 비판의 가장 신랄한 무기가 될 수 있는 것이다. 마르쿠제가 「문화의 긍정적 성격」이라는 논문에서 보다 높은 조화와 평화라는 이름으로 쾌락의 충동을 억제하는 것은 바로 현실에의 순응을 종용하는 것이라고 지적하고 있는 것은 이와 같은 논리에서이다.

쾌락에 대한 욕망은 프로이트의 지적을 빌리지 않더라도 여러 가지 요인의 사실적 균형으로서 성립하는 현실에 대하여 적대적인 관계에 있다. 그것의 폭발은 이러한 균형의 현실을 파괴한다. 그리하여 쾌락 원리의 타협 없는 추구는 반사회적인 일이 된다.(또 사람이 현실을 떠나서 살 수 없는 한, 그것은 자기 파괴의 행위가 된다.) 욕망의 비판적 계기는 이러한 데서 생겨난다. 그러나 이 반사회성, 자기 파괴성은 단순히 억압적인 사회만이 아니라 모든 사회적, 집단적 기율의 부정이 될 수도 있다. 현대의 서구 문학은 대체로 반사회적이며, 자기 파괴적인 경향을 띠고 있다고 할 수 있겠는데, 이 경우에 우리가 보는 것은 부조리의 사회에 대한 비판이며, 또는 그보다도 더 강하게 반사회적 니힐리즘이다. 이렇게 볼 때, 다시 한 번 문학의 비판적 기능에는 커다란 모호성이 깃들어 있는 것을 생각하게 된다.

뿐만 아니라 있는 그대로의 충동과 욕망을 있는 그대로 받아들인다고 할 때, 그러한 충동과 욕망의 근원을 조심스럽게 살펴볼 필요가 있다. 이것을 그대로 받아들이고 또 그것의 비판적 기능을 인정한다는 것은, 원시적 생명을 찬양하고자 하는 문학이 전제하는 것처럼, 우리의 충동과 욕망이 자연스러운 것이며, 인간 본연의 것이라는 것을 전제하는 것이다. 그러한 전제 아래서 이 자연으로 하여금 인위적인 왜곡을 담은 제도에 부딪치게 하는 것이다. 그러나 모든 것이 당대의 문화에 의하여 수정 변형되는 마당에, 하필 우리의 충동과 욕망만이 본연의 모습으로 남아 있을 수 있는가. 그것들도 일부 본래의 에너지를 유지한 채로, 전체적인 인격 조직 속에 변화되어 또 인격도 사회적으로 조직되는 것인 한, 사회 조직 속에 변화되어 그 일부로만 존재한다.

오늘날에 있어서, 사회는 우리의 인격과 우리의 본능의 조직에 원천적으로 간섭하려는 시도로 가득 차 있다. 우리의 욕구가 소비문화에 의하여 자극되고 조정된다는 것은 이미 많이 지적된 바 있는 사실이다. 소비재에 대한 강박적인 욕구야말로 우리 시대의 지배적인 욕망이 되었다. 그리고 이것은 우리의 근원적이고 본능적인 필요에까지 깊이 영향을 끼치고 있다. 이러한 것까지도 소비문화의 편의, 다시 말하여, 이윤 증대에 편리한 방향으로 변형 왜곡되는 것이다.

물론 욕망의 왜곡과 변형은 그것을 우리 스스로 받아들이는 한 탓할 바가 없는 것이라고 말할 수 있을는지 모른다. 어떤 경우에나 욕망의 변형은 사회적 존재로서의 인간이 받아들여야 하는 숙명이라고 할 수 있다. 그러나 문제는 조화에 있다. 전통적 교양에 있어서의 인간 욕망의 변형은 전체와의 조화 속에서 이루어진 데 대하여, 소비문화에서 인간의 내적인 조화에 대한 고려는 별로 참고되지 아니한다. 욕망의 변형이 자기 형성의 과정에서 나오는 것이 아니라 외부로부터의 조종에 의하는 것인 한, 이것은 그럴 수밖에 없다. 이러한 조종 아래서 사람은 순간순간의 암시에 놀아나는 찰나적 존재가 된다. 이러한 인간의 비연속성, 비일체성은 욕망의 사회 조직에 그대로 반영이 된다. 소비문화는 욕망은 순간화하고 그것의 시간적 공간적 조화가 필요하지 않은 것이라고 암시한다. 다시 말하여, 욕망의 그때그때의 충족이 무제한으로 허용될 수 있다는 인상을 준다는 말이다. 과연 소비문화는 욕망 충족의 기회를 역사상 어느 때보다도 확대 확산하였다. 그러나 어떠한 형태의 것이든지 욕망의 무제한적 충족이 가능한가. 이것은 소비문화도 보장해 줄 수 없는 것이다. 소비문화는 우리 욕망의 제한의 필연을 한편으로 감추면서 이것을 다른 한편으로 무자비하게 부과한다. 그것은 한편으로 욕망을 조장한다. 그리고 이것의 견제와 균형을 가르치기를 거부한다. 그러는 한편으로 일방적으로 조장되기만 한 욕망에 따라서 행동하는 소비자들을 물리적 또는 정신적 자기 파괴로써 징벌한다. 욕망 추구자에 가하여질 징벌의 은폐는 소비 조장 이외에 다른 이유에 의하여서도 필요한 것이다. 즉 우리가 우리의 삶에 받아들이는 제약은 보편적 관점에서 정당화될 수 있는 것이어야 한다. 그러나 경쟁적이고 불평등한 사회에서 삶에 대한 제약은 보편적 필연의 모습을 띨 수가 없다. 그것은 불평등의 철폐를 의미하기 때문이다. 이러한 소비문화의 풍토에서 문학은 쉽게 의도적이건 아니건 자기 파괴적인 욕망의 조장에 도움을 줄 수 있다. 그것은 우리의 욕망이 현실의 제약으로부터 풀려나와 즉각적으로 충족되어야 할 것으로 이야기한다. 또는 그보다도 그러한 충족이 교활한 계책을 이용하여서라도, 주어진 질서 속에서 가능할 것이라는 것을 암시한다. 그리하여 한편으로는 문학은 소비문화의 일방적인 욕망 증대에 발을 맞추기도 하고 다른 한편으로는 개인적으로나 사회적으로나 혼란과 갈등과 파멸을 초래하는 데 — 그것도 비건설적인 혼란과 갈등과 파멸을 초래하는 데 기여한다. 이와 같이 문학은, 상업주의 문학이라고 불리는 문학에 한정된다고 할 수 있을는지도 모르지만, 정도의 차이는 있을망정, 대체의 문학적 표현은 소비문화의 무책임과 모순과 파괴적 효과에 가담할 수 있는 것이다.

이런 때에 문학을 구출할 수 있는 것은 무엇인가? 여기에 대한 답변이 간단히 주어질 수는 없는 일이다. 그러나 유토피아적 미래에 대한 자기 투입이 현실의 수렁으로부터 문학을 끌어내는 데 일단의 도움을 줄 수 있다고 말할 수 있을는지 모른다. 이것은 문학이 문학적 상상력 또는 심미적 감성이 매개해 주는 조화에만 만족할 수 없다는 말이다. 이미 말한 바와 같이 심미적 조화는 이미 있는 것들의 자연스러운 종합화로서 성립한다. 이것은 우리의 구체적인 삶, 육체적이고 현재적인 삶의 거의 무의식적인 전체화로 성립한다. 여기에 대하여, 전체의 의식적 구성이 필요한 것이다.

5

이렇게 말하는 것은 문학이 비문학적이 될 필요가 있다는 말이다. 1970년 이후의 우리 문학에 대두한 강한 정치적 의식은 이러한 요청에서 나온 것이라고 말할 수 있다. 그것은 시대의 타락상으로부터 비문학적인 수단으로나마 새로운 이념에로의 발돋움을 나타낸 것이었다. 그리고 시대적 성격의 변화에도 불구하고 우리 문학에는 아직도 이러한 비문학적인 요청이 작용하고 있다고 해야 할 것이다.

그렇기는 하나 문학과 비문학적인 것의 집합을 쉽게 생각할 수는 없다. 사회의 이성적 구성, 유토피아적 구성의 인간성을 보장해 줄 수 있는 것은 무엇인가? 그것은 그때그때의 구체적인 삶의 느낌이다. 문학은 이 구체적 삶의 로고스에의 전환이다. 그러니까 적어도 이상적으로 생각하여, 유토피아의 인간성을 보장해 줄 수 있는 것은 문학이라고 말할 수 있다. 그러나 이것은 문학이 문학으로 남아 있는 한 가능하다. 물론 이성이 설계하는 미래의 세계가 그대로 삶과 관계없는 공학적 계획인 경우는 매우 드문 일이라고 해야 할 것이다. 이상 사회에 대한 설계의 밑바닥에는 삶에 대한 가치판단이 들어 있다. 이것은 구체적인 삶에서 일어나는 소망으로부터 온다. 가령 우리가 바람직한 세계의 원리로서 일단 생각해 볼 수 있는 자유, 평등, 사랑 또는 정의나 진리 등은 근본적으로는 이성적 원리이기보다는 가치의 이념들이다. 다른 한편으로 이러한 가치는 다시 말하여, 절대적이고 초월적인 원리나 이상이 아니다.(이렇지 않다는 것이 잊혀질 때, 이것들도 유토피아적 성격, 또는 비인간적 성격을 띨 수 있다.) 그것은 구체적 삶의 원리이다. 또는 그래서 마땅하다. 문학은 이성이 인간적 가치의 실현의 수단이며 인간적 가치는 감각적이고 구체적인 삶, 궁극적으로는 지금 이 자리의 리비도의 움직임에 이어져 있다는 것을 상기시키고자 한다. 이것을 망각으로부터 구출해 내는 것이 문학의 사회적 기능인 것이다. 시대는 문학으로 하여금 문학 이외의 것에 봉사할 것을 요구한다. 이 요구는 정당하다. 이것은 문학 자신을 위하여서도 필요한 것이다. 그러면서도 역설적으로 문학은 문학으로 남아 있음으로써, 시대적 기능을 다할 수 있다.

요즘 우리나라에서 많이 읽히는 그의 저서 『열린사회와 그 적들』에서 칼 포퍼는 유토피아적 사회 공학에 부분적, 점진적 사회 공학을 대조하여 말한 바 있다. 경험적 통제를 통한, 그러니까 부분과 부분의 조정이 계속적으로 이루어지는 것을 허용하는 사회 개혁이 근본적 설계에 의한 모든 것의 변화를 획책하는 유토피아적 접근보다 인간적 정당성을 갖는다는 말이다. 포퍼가 말하는, 유토피아적 사회 공학과 부분적 사회 공학 사이에 절대적 대립이 있는지 없는지는 분명치 않다. 그렇다고 하는 것 자체가 독단론일 가능성이 있다. 전체적인 사회 공학의 발상은 맞을 수도 있고 틀릴 수도 있는 것이나, 그것이 틀린 경우는 물론 맞는 경우에도, 부분의 공학은 보완적 기능을 수행할 수 있을 것이다. 전체적 계획은 현실 과정의 부분적 정보의 끊임없는 역류에 의하여 수정되어서 비로소 참다운 전체 계획이 될 것이다. 문학은 구체적 삶 가운데 자리할 수밖에 없다는 사정으로 하여 저절로 부분적 사회 공학에 있어서 중요한 정보 수단이 될 것이다. 전체적인 공학의 테두리 안에서 그럴 수도 있고, 그것이 없는 상태에서의 현재적이고 즉흥적인 인간 현실에의 충실에서 저절로 그럴 수도 있다. 그리하여 다시 한 번 문학은 개인적 소원 성취의 형식이다. 또 이 소원은 실제에 있어서 성취되지 않는 소원이기 때문에, 문학은 고통의 표현 양식일 수도 있다. 여기에 충실하는 것이 문학의 본령이다. 그러나 우리의 소원이나 고통이 궁극적으로 구현되는 것은 보다 넓은 의미의 전체성 속에서이다. 보다 나은 사회에 대한 비전은 이 전체성 중의 하나이다.

(1985년)

아름다움의 거죽과 깊이
심미 감각과 사회

"시는 세상의 숨은 입법자"라는 셸리의 말은 낭만적 상상력의 과대망상에서 나오는 과장된 표현이라는 인상을 준다. 모든 사람이 다 알다시피 세상을 움직이는 것은 시 또는 일반적으로 아름다움이 아니다. 그것은 정치며 경제이다. 이것은 사회나 국가의 차원에서 그렇고 또 개인의 차원에서 그렇다. 힘과 재화와 아름다움을 다 가질 수 있다면, 그 이상 좋은 것이 없겠지만, 이러한 것들이 양립할 수 없는 것일 때 사회나 개인이나 기꺼이 아름다움을 버리고 힘과 재화를 택하는 것이 통상적인 일이다. 그렇기 때문에 아름다움을 위하여 다른 것을 버린 사람들의 이야기는 별스러운 이야깃거리가 된다.

힘과 재화의 목적은 무엇인가? 힘의 무한한 행사, 재화의 무한한 획득은 오늘날의 사회를 특징짓는 인간 활동처럼 보인다. 그러나 이것은 또한 아름다움 자체만의 추구가 그러한 것처럼 보통 사람의 감각에 정상적인 일은 아닌 것으로 느껴진다. 그리고 힘이나 재화의 의미는 결국 그것이 그 소유주에게 아름다운 것을 쉽게 확보하여 주거나 적어도 그에 유사한 내적인 만족을 가능하게 하는 것으로 생각되는 것이다.

특히 재화 추구의 궁극적인 목적은 아름다움에 있는 것처럼 보이기도 한다. 가장 통속적으로 생각하여도 돈을 많이 번 사람이 할 수 있는 마지막 일의 하나는, 단순히 어떤 물건을 모은다든지 돈을 무작정 계속 모은다든지 하는 것보다는 아름다운 물건들을 모으고, 또 아름다운 물건을 아름답게 보이게 할 수 있는 집과 터를 만드는 일로 생각된다. 좀바르트가 지적했던 바, 자본주의의 원동력이 사치에 있다고 한 것은 그 역사적 진실이 어떠한 것이든지 간에 인간 행동의 심리적 동기 또는 자본주의적 발전에 있어서의 한 중요한 심리적 동기를 지적한 것임에는 틀림이 없는 것이다.

1. 인간적 아름다움의 탐닉

재화 획득의 한 최종적 목표가 그렇다고 할 수 있는 바와 같은 뜻에서 권력의 목표가 아름다움에 있다고 할 수는 없을는지 모른다. 사실적인 입장에서 볼 때, 권력의 절대적인 추구의 끝에 아름다움에 대한 탐닉, 특히 인간적 아름다움의 탐닉이 오는 것은 흔히 볼 수 있는 일의 하나이다. 폭군의 최후가 관능의 아름다움 속에 끝나는 예는 교훈적 역사책의 한 부분을 이룬다. 또는 이와는 조금 다르게 권력자의 최종적인 야심이 아름다운 궁전 또는 아름다운 도시의 건설로 표현되는 예들도 역사에 볼 수 있는 예이다. 네로나 히틀러가 가졌던 것도 그러한 야심이지만, 조금 더 나은 예로는 르네상스 이탈리아의 많은 건축물과 미술품들의 경우이다. 이것들의 많은 것이 권력자의 최종적 야심으로서의 아름다움을 과시하려는 욕망의 소산인 것이다. 아마 이렇게 이야기하면서 의심이 가는 것은, 아름다움이 인간 행동의 최종적 동기 중의 하나인가 아닌가 하는 것보다는 그래서 마땅한 것인가 — 적어도 재벌의 아름답고 값비싼 물건의 맹목적 취득이나 폭군의 관능적 쾌락의 탐닉이라는 형태로 나타나는, 아름다움에 대한 추구가 옳은 것인가 하는 것일 것이다.

이러한 일들의 비속성 또는 부도덕성에 대하여 우리가 어떻게 생각하든지 간에, 부자나 폭군의 경우와 같은 퇴폐적인 경우를 빼놓고 보더라도 아름다움에 대한 사람들의 욕구는 근원적인 것이라 할 수 있다. 우리가 자연의 작은 물건, 풀 한 포기, 꽃 한 송이, 돌 하나를 볼 때, 아름다운 사람에게 끌릴 때, 아름다움은 우리 마음속에 작용하고 있는 것이다. 또는 이렇게 분명하게 심미적 태도를 불러일으키는 계기가 아닌 경우에도, 아름다움은 알게 모르게 중요한 작용을 하고 있는 수가 많다. 가령 틀림없이 실용적인 목표를 위해서 실용적인 물건을 산다고 할 때도, 물건의 미적 호소력은 우리의 선택에 얼마나큰 영향을 주게 되는가. 악명 드높은 부동산의 경우를 생각해 보자. 부동산에 투자하는 사람은, 그 행위의 도덕성 여부는 우선 접어 두기로 하고, 가장 냉혹한 이윤의 동기에 따라서 땅이나 집을 사고 판다. 그러나 내 느낌으로는 궁극적으로, 궁극적이란 것은 당장의 주거와 돈의 긴급성은 조금 벗어난 단계에 있어서, 부동산의 값은 심미적 가치에 의하여 결정되는 것이 아닌가 한다. 구미의 도시에는 도시 중심부에 버림받고 퇴락한 부분들이 있지만, 그렇게 된 데에는 당초에 그러한 지역이 심미적으로 매우 살벌한 곳이었던 점에 중요한 원인이 있는 것으로 보인다.(물론 버림받은 것이 미적 퇴락을 가져왔다고 할 수도 있고 또 이 버림받음은 사회적 경제적 원인을 가지고 있는 일이라고 할 수 있다. 다만 그 궁극적 원인이 어디 있든지 간에 도시 중심부의 퇴락에 의하여 가속화된다고 말할 수 있을 것이다.)

2. 삶의 깊은 충동

하여튼 되풀이하건대 아름다움의 감각이 사람의 근본적 감각에 드는 것임에는 틀림없다. 그렇다면 그것은 사람의 삶의 깊은 충동에 이어져 있는 것일 것이다. 그리고 하나의 가설로 생각해 볼 때, 사람이 살아가는 데 필요한 하나의 전체적 감각이 아름다움이라고 할 수 있을는지 모른다.

방금 나는 아름다움의 감각이라는 말을 썼지만, 아름다움은 감각에 관련되어 있는 느낌이다. 아름다움의 느낌은 어떤 대상물이 감각을 통하여 자극할 때 일어난다. 이런 의미에서 이것은 늘 직접적이다. 꽃이 아름답다는 것은, 정상적인 상황에서는 깊이 생각하여 결론적으로 이르게 되는 판단이 아니다. 이런 반면 아름다움이 순전히 감각적인 현상이 아님도 분명한 것으로 보인다. 그것은 뜨겁다든지 차다든지 하는 감각과는 달리 대상을 보는 사람의 기분, 심리 상태, 선입견, 심지어는 지적인 훈련에 따라서 크게 달라질 수 있는 느낌이다. "금강산도 식후경"이란 말은 아름다움의 지각에 있어 대응하는 주체의 상태의 중요성을 나타낸 말이고, "제 눈에 안경"이란 말은 아름다움의 지각은 거의 전적으로 주관적 기호에 달려 있다는 것을 뜻하는 말이다. 서양에서도 아름다움의 식별 능력이라고 생각되는 "기호나 취미는 논란의 대상이 될 수 없다."라는 말은 모든 미학적 명제 중에 가장 유명한 것의 하나이다. 익숙한 상태와 이해의 깊이에 따라 아름답지 않던 것이 아름답게 또는 아름답던 것이 아름답지 않게 느껴지는 것도 우리가 잘 아는 체험이다. 또는 감각을 완전히 벗어난 아름다움을 우리가 생각할 수 있다는 것도 아름다움의 비감각적 관련을 짐작하는 데 중요한 사실이다. 여기서 내가 말하려는 것은 아름다움의 여러 측면에 대한 이론적 변별이 아니라 하나의 가설이다. 그것은 이미 말한 바와 같이 아름다움의 감각이 삶의 중심 감각이라는 것인데, 그것은 감각을 통해서, 직시적으로 작용하기 때문에 우리에게 끊임없이 변하고 있는 환경에 대한 정보를 수시로 전하여 주고, 외부의 정보를 내부에 포개어 주는 일을 한다. 그리고 이러한 안팎의 정보는 두 다른 계열의 정보의 비교와 계산에서 성립하는 것이 아니라 그때그때의 직접적인 아름다움의 느낌으로 나타난다. 또 덧붙여야 할 것은, 아름다움의 느낌이 하나의 숨은 정보라고 할 때, 그것은 단순히 우리의 삶의 일면 —— 가령 생명의 위협에 대처하여 생명을 보존하려면 어떻게 하여야 하느냐 또는 어떤 수학의 문제를 푸는 데 필요한 적절한 방법이 무엇이냐 하는 바와 같이, 어느 하나의 관점에서 추상화되고 단순화된 삶의 일면의 문제에 관계되는 것이 아니라, 우리의 삶의 모든 기능의 평형과 신장 또 이것과 환경과의 적절한 평형에 관계되는 것일 터이다.

아름다움은 다른 말로 말하여 어떤 쾌적감 또는 행복감과 비슷하다고 말할 수도 있는 것이다. 다만 그것은 이러한 쾌적감이나 행복감보다는 조금 더 외부 세계의 영향을 스스로 속에 포용하고 있는 느낌이라고 하여야 할는지 모른다. 그런 의미에서 이것은 조금 더 객관적인 것이다. 또 아름다움은 단순히 현재적인 대상에 대한 느낌이 아니라 앞으로의 대상을 지향하는 느낌일 수도 있다. 즉 그것은 눈앞에 있는 대상과 나와의 관계에서만 느껴지는 것이 아니라 마땅히 있어야 할 대상에 대한 느낌으로 나타날 수도 있다는 말이다. 이것은 쾌적의 느낌에도 해당되는 것이다. 우리가 쾌적을 좋아한다면 이것은 불쾌를 싫어하는 것의 다른 면일 뿐이다. 따라서 불쾌의 상태는 그것을 벗어나려고 하는 움직임을 낳는다. 마찬가지로 아름답지 못한 것, 추한 것은 그것으로부터 떠나 아름다움을 향하는 움직임을 낳는다. 다만 이 경우에 이 움직임은 조금 더 분명하게 대상 지향적이고 의도적이다. 뿐만 아니라 아름다움의 느낌은 사람이 스스로 아름다운 대상을 창조하는 데에서 충족되기도 한다. 다시 말하여 그것은 창조적인 것이다.

3. 삶을 향한 소망

하여튼 이러한 관찰을 통해서 우리가 생각하려는 것은, 아름다움의 감각이 일반적인 만큼 삶의 어떤 원초적인 충동에 이어져 있다는 사실이다. 다시 말하여 아름다움은 우리의 삶에서 나오고, 또 보다 나은 삶을 향한 소망에서 나온다는 말이다. 그것은 사람의 행복, 그것도 전면적인 행복의 느낌이며, 또 스탕달의 말을 빌려 행복의 약속이다. 또 그것은 더 적극적으로는 행복의 창조이다. 사람이 추구하는 것 가운데 가장 중요하고 보편적인 것을 행복이라 하고 그것을 알려 주고 그것을 추구케 하는 것을 아름다움의 감각이라고 한다면, 아름다움의 핵심적 원리를 시로써 대표할 때, "시는 세상의 숨은 입법자"란 말도 전혀 지나친 말이 아니라고 할 수 있는 것이다.

그렇다면 우리가 아름다운 것을 즐기고 이를 그리워하는 것은 당연한 일이다. 그러나 이것이 당연한 것이고 또 보다 나은 삶을 위하여 보탬이 되는 것이라고 하기 전에 또는 더 나아가 아름다움의 삶이야말로 가장 좋은 삶이라고 말하기 전에 아름다움의 형태들을 더 잘 생각해 볼 필요가 있다. 다 알다시피 아름다움의 종교가 없었던 것은 아니지만, 그것이 시대나 인간의 건강한 상태를 나타내기보다는 병적인 상태를 나타내는 것일 경우를 우리는 본다. 서양의 문학 운동에서 19세기 말에 심미주의 운동이라는 것이 있지만, 이 말은 퇴폐주의와 거의 동의어로 쓰인다. 그리고 이것은 어떤 특정한 사람들의 편견에서 나온 용법인 것만은 아니다. 역사상의 심미주의의 출현은 대개 한 문명의 쇠퇴와 일치하였다. 또 보통 사람의 느낌으로도 아름다움만의 강조에는 무엇인가 옳지 않은 것이 있다. 그리고 이 느낌에는 진리의 한 면이 있는 것으로 생각되는 것이다.

4. 삶의 핵심적 감각

아름다움은, 위에서 말한 바와 같이, 맨 먼저 감각의 문제이다. 그것은 보기에 좋고 듣기에 좋고 만지기에 좋은 것이다. 그러니까 그것은 주로 사물의 표면에 관계되는 특성이다. 그것은 또 어떤 상황의 피상적 인상의 문제이다. 서양 미술에서, 비단이나 우단의 휘장이 내려쳐져 있는 느낌을 화면에 재현하는 일은 많은 화가들의 주요한 기술적 야심의 하나였다. 여기에서 주안이 되는 것은 스스로의 무게로 내려쳐져 있는 비단의 결을 물감으로 재현하는 일이었다. 아름다움의 창조에는 이와 같이 표면이 중요한 것이다. 또는 조금 더 일상적인 차원에서, 잘 다듬어진 나무의 결, 정확히 잘려지고 닦여진 쇠붙이의 표면, 투명한 피부 —— 이러한 것이 모두 우리에게 미적 쾌감의 원천이 된다. 그러나 말할 것도 없이, 표면의 아름다움은 그야말로 표피적 또 피상적인 것에 불과하기 쉽다. 아름다움이 우리 삶의 전체적이고 핵심적 감각이라는 것을 전제하고 볼 때, 표면의 아름다움은 우리에게 직접적이고 즉시적인 정보를 제공해 준다는 의미를 갖는다. 우리와 세계가 이어지는 최전선은 우리의 감각과 사물이나 세계의 표면이 맞닿는 데이다. 그러나 이 맞닿는 표면이 우리에게 전해 주는 정보는 무엇인가? 그것은 단순히 표면에 대한 것이 아니라 우리에 대하여 있는 사물과 세계의 실상에 대한 정보가 됨으로써 가치가 있는 것이다. 표면은 표면의 뒤에 있는 알맹이의 증표로서 의미를 갖는다.

그러나 표면이 표면에 그치는 예는 얼마든지 있을 수 있다. 자연의 세계에서 자연의 아름다움은 대체로 그 뒤에 있는 어떤 유기적 실체를 나타낸다. 꽃이나 열매의 아름다운 색깔은 향기와 꿀과 먹이를 나타낸다. 물론 아름다움이 약속하는 행복을 가짜로 이용하는 자연의 장치가 없는 것은 아니다. 가령 어떤 독버섯, 독 있는 꽃, 열매 또는 열대어 같은 것은 이러한 범주에 넣어 볼 수 있다. 그러나 이 경우에도 이러한 독 있는 동식물은 그 표면이 지나치게 원색적임으로 하여 그 본색을 드러낸다. 그리고 독식물이나 독동물의 참뜻은 그 지나친 화려함을 통하여 적에게 그것이 가짜임을 알리는 데 있다고 할 수도 있다. 자연에서보다 가짜가 횡행하는 것은 인공의 세계에서이다. 인공의 세계에서 표면이 번지르르한 데 속아 넘어가는 것은 쉽게 있을 수 있는 일이다. 남의 눈에 드는 물건을 만드는 것이 중요한 교환 가치의 세계에서, 물건의 겉과 속은 쉽게 달라지게 된다. 물건이 다른 사람의 손에 들어가고 돈이 내 손에 들어올 때까지만, 거죽의 번지르르함이 거죽에 그치는 것이 아니라는 인상을 주면 족한 것이다. 지속성이 없는 관계 속에 기능적으로 잠깐씩 이어지는 도시의 인간들은 사람의 외모를 중시한다. 중요한 것은 외모와 치장으로 형성되는 잠시 동안의 실체의 환영을 이용하는 것이다.

5. 예술 심미주의

예술의 심미주의는 이러한 사회 현상의 일부를 이룬다. 즉 뜨내기들의 사회, 현란한 표면의 환상에 의하여 실체가 감추어지는 시대에 예술적 이상으로 등장하는 것이 심미주의이다. 물론 감각과 관능의 표피적 자극에서 아름다움을 찾고자 하는 노력이 의도적으로 가짜의 아름다움을 찾고 또 그러한 것을 만들어 내려는 것이라는 것은 아니다. 상업주의 사회, 도시 사회의 혼란 속에서 그러한 아름다움의 이상은 저절로, 무의식적인 간절한 욕구로서 생겨나는 것이다.

그러나 아름다움의 이상이 보다 나은 삶의 이상과 일치하지 않음은 당연한 일이다. 방금 말한 것처럼 그것은 의도 때문이 아니라 그 결과와 절차 때문이다. 성급한 근대화의 추구를 비웃는 농담으로, 어느 후진국의 지도자가 선진국을 찾아왔다가 수도꼭지만 틀면 아무 데서나 물이 나오는 편리함을 보고 그 수도꼭지를 선물로 얻어 가고자 했다는 이야기가 있다. 아름다움의 경우에도 이것은 좋은 우화가 된다. 아름다움의 마지막 발현 지점은 그 표면이지만, 그 뒤에는 그러한 표면을 가능케 하는 실체의 세계가 있는 것이다.

거죽과 속이 상부되지 않을 때, 그것은 상품의 경우, 써 보면 조만간에 드러나게 마련이다. 사람이 가짜인가 진국인가 하는 것은 오랜 사귐 속에서는 알려질 수밖에 없다. 어느 도시의 가짜 아름다움도 살아 보면 느껴지게 된다. 그러나 유독 예술 작품에 있어서 이것은 드러나기가 어렵다. 예술 작품에 있어서 가짜와 진짜를 구분하기는 쉽지 않은 것이다. 왜냐하면 예술 작품은 이러나저러나 표면뿐이라고도 할 수 있기 때문이다. 그림에서, 비단이나 우단의 휘장이 아무리 그럴싸해 보인다고 하더라도 그것은 비단이나 우단이 아니다. 소설의 주인공이 아무리 사실적이라고 하더라도 묘사의 표면의 너머에 실재 인물이 존재하는 것은 아니다. 예술 작품은 그것이 보여 주는 것이 진짜가 아니라는 전제에서 출발한다. 예술 작품은 소박한 의미에서의 진위의 문제와 그에 따르는 책임의 문제는 면제되어 있다.

그렇다고 주지하다시피 가짜 예술이 존재하지 않는 것은 아니다. 예술 작품이 어떻게 하여 얼크러진, 그러나 알아볼 정도로 분명한 현실의 매듭으로 성립하는가를 보여 주면서 표면으로 그려질 때, 이러한 표면을 보여 주는 예술 작품은 진짜가 된다. 그리고 우리가 사물의 표면 또는 사물의 부분을 보면서 거기에 작용하고 있는 현실의 총체, 현실 세력의 총체를 보는 것은 흔한 일이 아니므로, 어떤 경우에 우리는 예술 작품을 현실보다도 더 현실적인 것으로 느끼기까지 한다. 또 예술 작품이 그러한 현실의 맥락을 보여 주는 만큼 그것은 불가피하게 현실 그 자체보다는 단순화되고 추상적인 것일 수밖에 없다. 예술 작품은 현실보다 현실적이면서, 현실의 다양성과 밀도를 갖지는 못하는 것이다.

6. 참다운 아름다움

예술 작품의 참다운 아름다움은, 다시 말하여, 감각적 표면으로 구성되는 것이면서 현실의 구조 속에서부터 나오는 것이라야 한다. 이것은 비단 예술만이 아니라 우리 삶에서 숨은 동기와 충동으로 작용하고 있는 모든 아름다움에 두루 해당되는 것이다. 아름다움은 감각적 표면이면서 삶의 구조적 심부로부터 나오는 것이어야 비로소 참다운 것이다. 이것은 아름다움의 인지에서도 그렇지만, 아름다움을 창조하는 데 있어서도 그렇다. 한 예술 작품은 그것이 묘사하고 있는 구체적인 것을 통해서 그에 관련되어 있는 다른 사물들의 존재를 암시하고 또 한 시대의 힘과 움직임을 느끼게 한다. 또는 의식적으로 예술 작품으로 의도된 것이 아니라고 하더라도, 하나의 인공 구조물, 가령 건물은 그 환경에 어울리고 또 그 시대의 삶을 표현함으로써 참으로 아름다운 것이 된다. 자연의 한 조각도 그것이 사람이 사는 환경의 일부가 되었을 때, 사람이 자연에 대하여 갖는 어떤 태도, 한 시대가 자연과 공존하는 방식을 비춤으로 하여, 아름다운 것이 된다. 칸트는 자연이 저절로 아름다운 것보다 도덕적 품성을 닦은 사람에게만, 아름답다고 했지만, 이것도 자연을 보는 눈이 삶의 총체적인 태도에 이어져 있다는 것을 말한 것이다.

그러나 한 사물의 표면이 표면 뒤에 있는 모든 것을 암시한다고 할 때, 이 모든 것은 무엇을, 또 얼마만의 것을 말하는가? 한 사물이 그 한 사물이 되는 데에는, 가깝고 멀고 직접적이고 간접적인 차이는 있을망정, 동심원적으로 한없이 확산되는 삶 전체, 세계 전체가 거기에 관계된다. 이것의 어떤 것이 한 사물의 부분, 삶의 한 부분을 결정한다고 한정될 수 있을 것인가?

부분을 한정하는 전체를 나타내는 한 방법은 그것을 보편적 법칙이 되게 하는 것이다. 가령 꽃 한 송이는 꽃의 구조나 그 꽃이 속하는 종을 대표하는 것으로서, 또는 그 꽃의 실생활의 쓰임새를 예시할 목적을 위해서, 묘사 기술될 수 있다. 그러나 미적인 대상의 전체성을 말할 때, 우리가 생각하는 것은 이러한 실용적, 법칙적 또는 확정된 관계가 아니다. 그것은 그때그때의 사물들이 현상적으로 이루는 나타남의 전체성이다. 그것은 구체적이며 일회적이다. 또 어떻게 보면 그것은 부분과 부분의 우연적 집적 또는 총화이다. 그럼에도 예술 작품 또는 심미적 지각의 대상에는 하나의 통일성이 들어 있는 것으로 생각된다. 그것 없이는 부분은 부분에 그칠 뿐이고 그 이상의 것을 암시할 수 없다. 그런데 위에서 우리는 이 암시의 힘이야말로 아름다움의 요체인 것으로 말하였다.

7. 심미적 대상

심미적 대상에 통일성을 부여하는 것은 그것을 지각하는 주체라고 할 수 있다. 그러나 이렇게 말해 버리면, 심미적 경험을 극도로 주관화하는 결과가 된다. 거기에 주관적 요소가 강하게 있는 것은 사실이나 그것만이 미적 체험의 전부가 되는 것은 아니다. 설령 그것이 극히 주관적인 것이라고 하더라도 그것은 세계 속에 있다. 주관적 체험이 전달될 수 있는 것조차도, 그것이 세계의 객관성 속에서 일어나기 때문이다. 그러니만큼 아름다운 것을 보는 눈은 세계 속에서 단련된 것이어서, 완전히 주관적이고 자의적

인 것은 아니다. 미적 체험의 통일성은 주관의 통일성이고 주관의 통일성
은 세계의 통일성이다. 이런 의미에서 미적 지각의 대상은 전체성을 갖는
다. 다시 말하여, 그것은 세계를 배경으로 하여 일어난다. 물론 이때 세계
는 우리의 미적 체험에 실재적 대상으로 존재하는 것은 아니다. 그것은 우
리의 지각 속에 세계가 나타나는 방식으로 존재한다. 콜리지가 상상력을
원초적 상상력과 제이차적 상상력으로 구분한 것은 이러한 관계를 설명하
기 위한 것으로 생각될 수도 있다.

> 상상력을 나는 원초적인 것과 이차적인 것으로 나누어 생각한다. 원초적
> 상상력은 모든 인간 지각의 살아 있는 힘이며 원초적 동인이라고 생각한다.
> 그것을 무한한 존재의 영원한 창조 행위가 유한한 마음속에 되풀이되는 것
> 으로 보는 것이다. 제이차적 상상력을 나는 전자의 메아리 ── 의식적인 의
> 지와 병존하는 메아리이면서, 그 움직임의 질에 있어서 원초적 상상력과 동
> 일하며, 정도에 있어서 또 그 작용의 방식에 있어서만 다른, 제일차적 상상
> 력의 메아리라고 생각한다…….

미적 창조의 원리로서의 상상력은 우리 지각의 원리이다. 그러나 이 지
각의 원리는 우주 창조의 원리이다. ── 이것이 여기에서의 콜리지의 주장
의 요지이다.

아마 우리가 여기에 덧붙여야 할 것은 이러한 상상력에는 사회적 차원
이 있다는 점일 것이다. 어쩌면 가장 중요한 것은 이것이라고 할 수도 있
다. 그것은 사람이 사회에서 겪는 모든 것에 의하여 영향받고 모든 것에 의
하여 형성된다. 우리가 사회 속에서 생활하며 겪게 되는 하나하나의 일은
그것으로 그치는 것이 아니라 우리의 삶의 태도에 영향을 끼친다. 또는 그
것들이 모여 하나의 삶의 태도를 형성한다고 할 수도 있다. 말하자면 사람

이 겪는 모든 일은 그것 자체에 한정되지 않는 초과 가치를 갖는다. 이것은 하나의 경험적 의미가 되어 다음의 일을 겪는 방식에 영향을 주는 것이다. 이것이 감각적인 것과 결부되고 사물의 외관과 균형에 관계될 때, 심미적 감각이 된다. 또 이것이 예술 창조와 관련해서 나타날 때, 상상력이 된다.

8. 현실 감각과 심미 감각

물론 이런 과정에서 중요한 것은 사회 현실만이 아니다. 이 현실의 일부를 이루고 있는 것은 예술 작품의 전통이다. 이것이 우리의 현실 감각과 심미 감각과 상상력을 형성하는 데 참여한다. 따라서 이러한 것들의 현실에 대한 관계는 일방적인 것이 아니다. 이것들은 사회의 감각과 정신을 형성하고 또 이러한 감각과 정신이 사람이 하는 일의 원리가 되느니만큼, 사회 현실을 형성한다.

다만 이러한 미적 감각, 상상력의 자족성을 지나치게 강조하는 것이, 수도의 하부 시설이 없는 수도꼭지만을 이야기하는 결과를 가져올 수는 있다. 그것은 숱한 가짜 아름다움을 만들어 내는 원리가 될 수 있는 것이다. 그러니까 다시 말하여, 미적 감각이나 상상력은 우리의 삶의 깊은 현실로부터, 개인적인 창의력과 자연에 대한 깨우침과 사회의 총체적 구조로부터 저절로 나오는 것이라야 한다. 그러나 이러한 것들이 갈등과 부조화에 가득 차 있는 것일 경우 어떻게 할 것인가? 사람의 심미적 능력은 갈등과 부조화로부터도 조화를 만들어 낼 수 있다. 다만 이것은 조화된 인식과 창조의 구조물 속에 흡수되면서도 갈등과 부조화의 모습을 그러한 것으로 지칭할 수 있어야 한다. 여기에서 그것은 현실에 대한 비판으로, 앞으로의 과업으로 나타날 수 있다.

중요한 것은 우리의 미적 감각이 우리의 삶의 깊은 곳으로부터 형성되는 것이다. 예술적 상상력은 이러한 상상력이 형성될 때까지는 삶의 전체에 이르려는 노력에도 불구하고 부분적인 것으로 남아 있게 될 것이다. 그리고 참으로 위대한 작품은 그러한 것이, 또는 적어도 그와 비슷한 것이 형성될 때까지는 유보될 것이다. 우리 삶의 모든 것을 통합하는 미적 감각의 성립은 여러 가지로 중요한 것이다.(이것은 다시 말하여, 우리의 삶, 특히 사회적 삶의 조화를 통하여 이루어지고 위대한 예술 작품에 의하여 또는 작품들에 의하여 이루어진다.) 말할 것도 없이 우리는 조화되고 활달한 삶을 원한다. 이것을 가능케 하는 기초 조건의 하나가 조화된 미적 감각 또는 적극적으로 말해 예술적 상상력이다. 여기의 조화되고 활달한 삶은 단순히 개인적인 삶을 말하는 것이 아니다. 그것은 사회의 삶을 말한다. 그러면서 또 그 사회의 삶은 개체의 삶을 포함한다. 이 두 가지를 동시에 포괄할 수 있는 것이 심미 감각이며 상상력이다.

어떤 경우에 있어서나 사회 생활은 일정한 질서를 필요로 한다. 사람의 삶은 사회를 필요로 하고 또 사회를 통하여 질적으로 심화되고 양적으로 확대 신장될 수 있다. 그러나 이것은 개체적 삶이 사회에 관계되어 들어가는 길이 분명할 때 가능하다. 알아볼 만한 맥락이나 구조가 없는 사회는 곧 마비 상태에 이르게 되고 개체적인 삶이나 집단적인 삶에 억압의 요인이 된다.

사회에 일정한 질서와 구조가 주어지는 방법은 여러 가지가 있다. 말할 것도 없이 가장 간단히 질서를 세우는 방법은 물리적 강제력을 사용하는 것이다. 이것은 강제력을 행사하는 주체와 일부 정신 도착자 이외에는 아무도 환영하지 않는 종류의 질서 유지 방법이다. 이에 대하여 법률 원칙, 정치적 원리, 역사 이해 또는 도덕적 명제에 입각하여 사회 질서를 세워 볼 수도 있다. 이것을 우리는 한마디로 진리에 의한 질서 유지라고 말해 볼 수 있다. 대부분의 물리적 방법에 의한 질서 유지는 가짜 진리의 방법에 의하여 보강되기 마련이지만, 참으로 어떤 진리에 입각하여 사회 기강을 세우고, 이를 교육의 방법으로 강화하려는 노력이 있을 수 없는 것은 아니다. 조선조 시대는 인간과 사회에 대한 어떤 도덕적 진리를 정치 질서의 기본으로 삼고자 했던 시대로 생각된다. 아메리카에 이민 온 영국 사람들이 신대륙에 세우려 했던 것도 도덕적 원리에 의하여 통제되는 사회였다. 로베스피에르의 혁명 정부 또는 20세기의 많은 혁명 정부들이 표방한 것도 도덕적 진리에 입각한 사회였다.

9. 감성의 원리

그러나 이러한 진리의 사회가 반드시 살 만한 사회가 아닌 것은 역사의 실례들이 우리에게 가르쳐 주는 교훈의 하나이다. 이것은 진리의 본질로부터도 연역될 수 있는 교훈이다. 정치권력을 진리의 기반 위에 올려놓고자 하는 사람들의 주장에도 불구하고, 진리는 하나이기가 어려운 것이다. 그것은 사람에 따라서, 상황에 따라서 크게 또는 작게 달라질 수 있는 것이다. 따라서 정치 공동체에 진리의 원리가 작용한다고 할 때, 중요한 것은 어떤 진리를 누가 진리로 내세우느냐 하는 것이다. 그리고 이 진리의 옹호자와 해석자의 위치에 있지 않은 사람에게 진리는 억압적인 것으로 느껴질 수밖에 없다. 물론 정치 원리가 되는 진리는 최대한으로 포괄적인 것이 될 것이다. 정치 수사에서 국민, 민중, 인민이라는 말이 꼭 등장하게 마련인 것은 내세워지는 정치 원리가 모든 사람, 아니면 다수자를 포함한다는 것을 증명하려는 노력 때문이라고 말할 수 있다. 그런데 진리는 어떤 경우에나 사람의 생존의 모든 것을 포함할 수는 없다. 그것은 어떻게 보면,

일반적이 되고 보편적이 되면 될수록 구체적 생존의 현실에는 맞아 들어가지 않게 된다고 할 수도 있다. 진리는 불가피하게 단순화한다. 이 단순화 속에서 삶의 많은 것은 버려지고 억압되게 마련이다. 또 진리가 풍부한 경험적 사실에 충실한 것이라고 하더라도 진리의 존재 방식 자체가 사람의 생존의 어떤 면에 안 맞아 들어가는 것일 수도 있다.

진리는 필연성에 의하여 움직인다. 그러나 사람은 필연성에 매이기를 거부한다. 일찍이 에드거 앨런 포는 이러한 사람의 심보를 '삐뚤어짐의 마귀(imp of perversity)'라고 부르고, 이를 사람의 원초적 충동의 하나라고 하였다. "몇 백 번이고, 단순히 해서는 안 될 일이기 때문에 저열하고 어리석은 행동을 하고야 마는 경우를 경험하지 않는 사람이 있는가? 단순히 법이 법이기 때문에, 우리의 최선의 판단에도 불구하고, 법을 깨뜨리고 싶어 하는 영원한 충동을 우리는 경험하지 않는가?" 그는 이렇게 그의 독자에게 물었다. 아마 '삐뚤어짐의 마귀'와 자유에의 충동이 같은 것은 아닐 것이다. 그것은 자유에의 충동보다는 훨씬 넓은 자아의 원리, 개체의 원리에 관계되는 것일 것이다. 그러나 우리가 법에 매이고, 필연성에 매이는 것을 싫어하는 것은 사람의 자유롭고자 하는 충동에도 관계되어 있는 일이다. 사람은 진리에 얽매이는 것도 원하지 않는 것이다. 이러한 관찰은 우리에게 감성의 원리야말로 사람이 자유로우면서 또 사회적 질서 속에 조화되게 하는 가장 적절한 원리가 아닌가 생각하게 한다.

10. 감각적 인상

우리의 그때그때의 삶의 현실을 충만하게 하는 것은 감성으로 들어오는 감각적 인상들이다. 우리의 현재, 우리의 실존은 순전히 감각에 의하여 지탱된다고 할 수 있을는지 모른다. 감각의 가득한 흐름이 우리에게 개체적 실존의 독자성을 부여하는 것이다. 그러나 감각적 인상을 받아들이는 감성 작용은 일단은 매우 수동적인 작용에 불과하다. 그럼에도 불구하고, 그렇지 않은 순간들이 없는 것은 아니나 감각에서 우리의 생존의 현실감을 얻는다는 것은 사람이 본래적으로 외부 세계에 열려 있는 존재라는 것을 의미한다. 그러나 다른 한편으로 감각의 작용은 그 대상 선정에 있어서 선택적이다. 그것은 유쾌 또는 불쾌한 대상에 대하여 다르게 반응한다. 뿐만 아니라 감각적 인상은 수동적으로 감각 기관에 투사되는 것이라기보다는 우리의 심성에 의하여 통합된다. 이 통합적 기능은 우리의 삶의 깊은 핵심에 연결되어 있다. 이것을 좀 더 아름다움에 관계되는 관점에서 우리는 앞에서 미적 감각이라고 불렀다. 미적 감각의 차원에서 아름다움은 이미 무의식적으로 작용하는 삶의 원리로부터 의식적인 주체의 원리로 작용하는 상태에 와 있다. 그런데 보다 적극적으로, 이것이 아름다움과 관계하여 판단을 내리고 예술 작품을 창조하고자 할 때 그것은 취미라든가 판단력 또는 상상력으로 작용하고 있는 것이다.

11. 사회·역사·문화적 환경

여러 가지 이름으로 불리며 또 표현될 수 있는 감성의 원리는 이와 같이 감각적 세계에 깊이 뿌리내리고 있으면서 또 우리의 가장 깊은 의미에서의 주체성, 단순히 의식만이 아니라 무의식과 육체를 포함한 우리 자아의 핵심적 원리로서의 주체성과 일치한다. 그러므로 감성적으로 행동하는 것은 일단은 가장 절실하게 육체적이며 정신적 존재로서의 인간의 주체적 자유에 맞게 행동하는 것이다. 이러한 감성적 자유의 근본은 감각적 체험을 형성하는 주체적 지속성이라고 할 수 있는데, 이것은 그렇다고 하여 완전히 절대적인 자유의 원리인 것은 아니다. 위에서 이미 말한 바 있듯이 감성이나 그것의 능동적이며 창조적 표현인 상상력은 나의 주체의 원리이면서 자연에 의하여 조건 지어지고 사회적 역사적 상황 속에서 형성되는 것이다. 형성이라는 관점에서 볼 때, 가장 중요한 것은 사회적 역사적 사정이다. 자연의 조건도 이것이 우리의 감성의 생물학적 근본으로 작용하는 경우를 제외하고 우리에게 사회적, 역사적 환경, 문화적 환경의 일부로서 나타나게 마련이다. 우리가 보고 듣는 것은 감성 속에서 통합된다. 그러나 다른 한편으로 우리가 보고 듣는 것의 초과 가치 그것이 우리의 감성 자체를 이룬다. 그러니까 우리가 보고 듣는 것이 여러 사람에게 공통되거나(또는 중요한 것은 통합의 내용보다도 통합의 원리이기 때문에), 우리가 보고 듣는 것이 하나의 조화된 스타일 속에 통합될 수 있는 것이 될 때, 사람들이 그들의 감성의 시킴에 따라 행동한다고 하더라도 그들은 하나의 통일된 조화와 질서 속에 있을 것이다. 물론 감성은 어디까지나 감각적 체험과 그 통일의 개체적 역사에 의존하는 것이기 때문에, 이때의 조화나 질서가 완전한 일치를 의미할 수는 없다. 또 그러니만큼 그것은 더욱 다양하고 풍부하며 인간적인 것일 수도 있다. 그것은 개체가 개체로 있으면서 사회적 질서에 들어갈 수 있게 하는 원리일 뿐만 아니라 개체의 다양성에 의하여 집단적 질서가 풍부하게 되는 원리이다.

12. 감성의 형성

이러한 감성의 형성에 있어서 예술 작품은 매우 중요한 역할을 맡는다. 감성을 통한 개체적 삶의 실현과 집단적 삶의 형성은 예술 작품을 통하여 단순히 무의식적인, 그러니만큼 어느 정도는 정태적일 수밖에 없는 조화가 아니라 의식적이며 동적인 조화 가능성을 얻게 된다. 예술 창조의 원리인 상상력이 감성과 삶의 근본에 이어져 있는 것임은 위에서 누누이 이야기한 바 있다. 그것은 우리의 삶의 능력을 적극적으로 고양시킨다. 물론 이때 고양되는 능력은 현실과의 관련에서가 아니라 그것의 표상과의 관련에서이다. 감각적인 체험을 표상하는 힘과 또 이것을 의미 있는 형상으로 통합할 수 있는 힘이 고양되는 것이다. 보다 중요한 것은 통합하는 힘이다. 그리하여 그것은 단순한 감각적 체험이기보다는 지적인 체험의 성격을 띤다. 그리하여 상상력은 인간의 온갖 정신 능력의 자유로운 놀이가 된다.

예술 작품의 기능은 두 가지이다. 예술 작품은 우리에게 아름다운 영상을 준다. 그러면서 그것은 스스로의 삶을 아름답게 하며, 새로운 아름다움을 만들어 내는 힘을 깨우쳐 준다. 다시 말하여 우리는 예술 작품을 보면서, 그러한 아름다움이 우리 스스로의 삶의 깊이에서 나올 수 있다는 것을 깨닫는 것이다.

그렇다고 아름다움의 교훈이 우리에게 행복만을 가져다주는 것은 아니다. 예술 작품의 아름다움은 우리에게 우리 현실의 추함을 깨닫게 한다. 그것은 우리로 하여금 현실의 모든 추함과 왜곡을 견딜 수 없는 것이 되게 한다. 그리하여 예술 체험은 현실 비판의 한 중요한 기초가 된다. 그러나 예술 체험의 비극은 여기에 그치지 아니한다. 아름다움이란 주로 감각적 표면과 지적인 통일의 문제이면서 그러한 표면과 지적인 원리에 의하여서만 성립하는 것이 아니다. 그것은 삶 전체의 균형과 통일 —— 나의 삶뿐만 아니라 나를 에워싸고 있는 삶의 환경, 다른 사람의 삶을 포함한 삶의 환경으로부터 자라 나오는 것이다. 그러므로 아름다움의 이념에 기초한 우리의 비판은 미추의 세계를 떠나서, 현실적 삶을 만들어 내는 동력학의 세계로 나아가야 한다. 이것은 어떤 경우 아름다움과 추함의 세계를 영영 떠나는 것을 의미한다. 그리고 현실의 냉혹한 움직임 속에서, 아름다움이란 일시적인 환영에 불과했던 것으로 보이게 될 수도 있다. 그리고 아름다움이 배제된 현실 세계는 그것이 권력과 경제의 힘에 의하여서만 움직이는 곳이 된다.

(1984년)

문학의 즐거움과 쓰임

　우리는 어릴 때부터 글을 읽으라는 말을 들으면서 자란다. 글을 읽는 일의 의의가 어디에 있든지 간에 이 말이 그렇게 되풀이하여 이야기되어야 한다는 것은 글 읽기가 자연스럽게 저절로 되는 것이 아니라는 것을 말하여 준다. 물론 힘들고 괴롭던 글 익히기도 그것에 능숙해짐에 따라 괴로움이 아니라 즐거움의 원천으로 바뀌어 가기는 한다.

　그러나 모든 글 읽기 가운데서도, 일단 기초적인 것만 익히고 나면 가장 쉽고 즐겁게 할 수 있는 글 읽기가 있다. 이것은 이야기를 읽는 일이다. 많은 아이의 경우 이야기는 읽지 말라고 하여도 읽게 되는 읽을거리이다. 이야기책 읽기를 즐기고 이 즐기는 정도가 지나쳐 다른 일을 게을리하게 되어 어른들의 걱정의 대상이 되던 일은 우리들의 추억의 일부이다. 물론 이야기가 하필 글을 통해서만 우리 어린 시절의 즐거웠던 추억의 일부를 이루는 것은 아니다. 할머니나 할아버지 또는 어머니나 아버지의 옛이야기는 우리가 몹시도 애타게 기다렸던 사건이었다. 우리의 문학에 대한 관심의 기원에는, 또 더 성장한 다음의 우리의 문학에 대한 관심의 밑바닥에는 이러한 듣고 읽은 이야기의 즐거움이 있는 것이다.

아이들이 옛이야기를 듣고 싶어 하는 까닭은 무엇일까? 물론 이러한 질문 자체가 잘못된 것일 수도 있다. 왜냐하면 즐거움이 어떤 까닭으로 하여 일어난다고 상정하는 것은, 그것을 어떤 원인으로부터 나오는 것으로 또는 어떤 목적에 봉사하는 것으로 만들어, 그 자발성을 빼앗아 버리는 일이 되기 때문이다. 즐거움의 궁극적인 형태는 그저 즐겁다는 것이다. 그것은 그 자체로서 하나의 가치이다. 우리는 그 자체로서의 즐거움의 모습을 예술 작품에서 발견한다.

그러나 말할 것도 없이 세상에 있어서 공리적 목적이나 이유와 향수를 딱 갈라 말하기는 어려운 일이다. 근본적인 의미에 있어서 삶의 목적에 부합하는 것은 그러한 목적에 관계 없는 즐거움의 형태를 띠기 쉽다. 사람의 생물학적 기능 또는 목적의 대부분이 즐거움을 통해서 수행된다. 사람은 먹는 것 자체를 즐긴다. 그러나 이것이 사는 데 직결되어 있는 것은 언급할 필요도 없는 일이다. 사람은 그의 오관을 활용하는 것을 즐긴다. 사람은 눈을 가진 한 보는 것을 즐긴다. 그러나 잘 본다는 것이 생존에 관계되고 있다는 것을 추정하기는 어렵지 않다. 사랑은 그 자체로서 사람이 가장 즐기고 가치 있게 생각하는 것이다. 그러나 이것이 이성에 대한 사랑이든 이웃에 대한 사랑이든 생물학적 의의를 가지고 있다는 것도 자명한 일이다. 그러면 우리가 이야기를 즐긴다면, 그 까닭은 무엇인가. ── 이러한 물음은 물어볼 만한 물음이다. 그리고 이러한 물음에 답하면서 우리는 즐거움과 공리적인 효용이 별개의 것이 아니라는 것을 발견하게 될 것이다. 사실 즐거움이란 삶의 공리적 기능의 어떤 특정한 존재 방식이라고 할 수도 있다.

이것은 문학의 경우에도 마찬가지이다. 예로부터 사람들은 문학이 즐거움을 주는 것이냐 아니면 교훈을 주는 것이냐 하는 문제를 가지고 씨름해 왔는데, 이것도 이러한 구분을 넘어선 차원에서 그 답변이 찾아질 것이다. 우리는 문학의 즐거움에 대하여 언급했지만, 이 즐거움의 근원에 대하여 묻는 것은 불가피하게 그 효용에 대하여 따지는 것이고, 또 이것은 즐거움이 어떻게 하여 곧바로 효용에 관계되는가를 생각하는 일이다.

이러한 즐거움과 효용의 일치는 강조할 필요가 있다. 왜냐하면 우리는 이 두 개가 분리되어서만 존재하는 소외된 세계에 살기 때문에, 이 둘의 일치를 이해하기 어려운 것으로 생각하기 쉽기 때문이다. 다시 말하여 우리는 인간의 행동을 생각할 때, 주로 그것을 도구적 질서 속에서 생각한다. 이 질서 속에서 하나의 행동은 무엇을 위하여 이루어질 때만 의의를 얻는다. 이에 대하여 즐거움은 이러한 도구적 행동의 질서에서 벗어나는 것으로 생각되고 또 그러니만큼 낭비적이고 파괴적인 것으로 생각된다. 그리고 사실상 우리의 즐거움은 그러한 것이 되기 쉽다. 그러나 이미 위에서 비친 바와 같이, 이상적 상태에서 사람의 행동은 그것 자체로 즐거울 수 있으며, 동시에 삶의 기능과 보람을 높이는 것이 될 수 있다. 문학의 참재미도 이러한 곳에서 찾아질 수 있는 것이 아닌가 한다. 그것은, 다시 말하여, 문학이 삶의 깊은 충동에 관계된다는 것을 말하는 것이다. 그러니까, 문학의 재미가 어디에서 오는 것인가를 따져 보는 것은 그것이 어떻게 삶의 깊은 움직임에 관계되는가를 살펴보는 일과 같은 일이 될 수 있다.

그러면 문학의 즐거움은 어디에서 오는가? 이것이 단순히 피상적인 자극이 아니라 우리의 실존적 관심에서 나오는 것임은 당연하다. 다시 아이들이 동화에 대하여 갖는 흥미로 돌아가서 생각해 보자. 아이들은 동화에서 무엇을 발견하는 것일까? 미국의 정신 분석학자 브루노 베텔하임은 아이들이 동화에서 발견하는 것은 그들이 살아가면서 부딪치는 실제적 또는 심리적 상황을 이해하고 극복하는 데 필요한 암시들이라고 한다. 그림 동화의 「라푼젤」은 열두 살짜리 소녀 라푼젤이 마녀의 손으로 외로운 탑에 갇히게 되는 데에서 사단이 벌어진다. 그런 다음 라푼젤은 왕자에 의하여 구출된다. 그런데 이 왕자가 라푼젤의 탑 위에 올라갈 수 있었던 것은 라푼젤의 긴 머리칼을 밧줄 대신으로 쓸 수 있기 때문이었다. 다시 말하여 라푼젤에게 그녀의 머리카락은 구원의 수단이 되었던 것이다. 이것은, 베텔하임이 한 어린아이의 반응을 분석하여 끌어낸 교훈에 따르면, 자신의 육체가 자구 수단이 될 수 있다는 것을 암시하여 어린아이의 자신감을 길러 주는 역할을 한다.[1] 이미 비친 바와 같이 이것은 한 아이가 「라푼젤」에서 얻은 교훈의 일부이다. 그렇다는 것은, 이야기를 듣고 읽는 아이 또는 사람에 따라서 교훈이 달라질 수 있다는 말이다. 그러나 오랫동안 살아남고 널리 읽히는 동화는 아마 가장 보편적인 실존적 상황을 포용하는 것일 것이다.

보다 넓은 의미의 이야기, 가령 소설과 같은 것도 동화와 같은 교훈을 담고 있는 것일까? 세련됨이나 복합성의 차이는 있을망정 일단 그렇다고 말할 수 있다. 다만 우리는 교훈의 방식에 대하여 더 자세하게 생각하여야 한다. 우리는 우선 동화나 이야기가 실존적 교훈을 주는 것이라고 하여도, 이때의 교훈이 결코 추상적이고 일반적인 명제로 표현된 것이 아니라 어디까지나 이야기의 이야기로서의 면모를 손상시키지 않는 형태를 띤다는 점에 주목하여야 한다. 그 교훈은 이야기 속에 숨어 있는 것이다. 숨겨 놓은 것이 아니라 정말 찾아도 찾아내기 어렵거나 여러 가지 형태로 애매하게밖에 포착되지 않는 것으로 암시될 뿐이다. 그리고 베텔하임도 그 동화 분석에서 지적하고 있듯이, 동화의 교훈은 교훈으로서 의식될 때 그 효과를 상실해 버리고 만다. 그것은 의식화되는 순간 우리의 감정 생활 전체에 일치하고 우리의 삶의 깊이에 침투할 힘을 잃어버리는 듯하다. 그것은 의식의 표면에서 가볍게 취급되어 버릴 수 있는 것이 된다. 무의식은 우리의

---

1 Bruno Bettelheim, *The Use of Enchantment: The Meaning and Importance of Fairy Tales* (New York: Vintage Books, 1977), pp. 16~17.

삶의 보다 근본적인 부분을 지배하고 그것은 그것 나름의 언어를 갖는다. 추상적, 일반적 명제는 이 무의식을 비껴갈 뿐이다. 어떤 심리학자는 의식이란 경험의 충격을 피하기 위한 수단이라고 말한 일이 있다. 막연한 공포감이 이성적으로 해명되어 분명한 원인이 있는 위협으로 바뀌는 경우를 생각해 볼 일이다. 그러나 다른 한편으로 많은 경험 또는 체험의 무게를 견디기에 사람의 감성은 너무 연약한 것으로 보인다. 무의식적 무게의 체험은 의식화되어서 비로소 가볍게 처리될 수 있는 것이 된다. 우리가 듣고 보는 이야기는 우리의 체험에 형태와 질서를 부여하고 일정하게 알아볼 수 있는 것이 되게 한다. 그러나 알아보는 일은, 모든 능숙한 이야기꾼과 시인들이 잘 알고 있듯이, 암시를 통하여 이루어지는 경우가 가장 효과적이다. 그때 그것은 단순한 지식도 아니고 불투명한 체험도 아닌 것으로서 우리의 의식 속에 자리하게 된다.

이야기의 즐거움은 이러한 조건하에서 교훈에 이어져 있다. 그러나 다시 이 교훈이, 교훈이 아니라 이야기가 되어야 하는 이유는 무엇보다도 우리의 삶에 대한 관심이 실천적이라는 데 있다. 우리는 살아가면서 구체적인 문제에 부딪치고 이에 대한 구체적인 해결책을 추구한다. 물론 이것은 일반적 명제로부터 연역될 수도 있다. 그러나 우리는 사례나 모범이나 시범으로부터 더 쉽게 배운다. 사는 일에 관계되는 수많은, 또 끊임없이 변화하는 요인들이 삶에 대한 일반 명제의 효율성을 감쇄하여 버리고 이에 대신하여 수없이 새로운 예들의 효율성을 높인다. 그리고 어떤 명제가 옳은 것이라 하더라도 그것은 구체적인 사람에 의한 구체적인 행동으로써 구체적인 일이 되었을 때 비로소 일정한 삶의 가능성을 표현하는 진실로서의 설득력을 얻는다. 이야기는 이러한 범례적 인간 진실의 문학적 구현이다. 그것은 어떤 이론적 명제를 확립하려는 것이 아니라 사람의 실제적 행동의 범례를 보여 준다. 그리고 이 범례를 통하여 교훈을 준다.

그렇기는 하나 우리는 이야기에서 어떤 문제의 해결에 대한 가르침을 찾는다고 말하는 것은 말할 것도 없이 과장된 주장이다. 동화를 듣는 어린아이의 경우 이것이 어느 정도 맞는지는 모르지만, 더 성숙한 인간의 경우일수록 이야기의, 이러한 직접적인 교시의 면은 약화된다고 하여야 할 것이다. 「라푼젤」에서 어린아이가 배우는 것은 위에서 말한 바와 같이, 자신의 힘, 자신의 육체에 대한 자신감일 수 있다. 그러나 어린아이가 여기에서 현실 삶에 있어서 직접적으로 구체적인 문제의 해결을 얻거나 그에 대한 해결책을 얻는다고 할 수는 없다. 잘 생각해 보면, 그가 배우는 것은 문제의 해결책보다는 문제의 해결에 필요한 어떤 태도이다. 이 태도는 어떤 특정한 문제에 대한 비교적 구체적인 태도일 수도 있고 일반적으로 어떤 일에 대한 또는 인생 전체에 대한 태도일 수도 있다. 베텔하임의 분석으로는 어린아이가 동화로부터 배우는 것은 상당히 특정한 문제 ── 부모에 대하여 갖는 애증, 상반된 양의적(兩義的)인 감정, 부모의 세계로부터 벗어나는 데 대한 불안감, 자신의 능력에 대한 불안 등등의 문제에 대한 어떤 심리적 암시이다. 그러나 비교적 성숙한 독자의 경우, 듣고 보는 이야기에서 무엇을 배운다면, 그것은 급박한 문제에 관계되는 어떤 구체적인 행동 방안을 배운다기보다는 조금 더 여유 있는 입장에서 일반적인 어떤 것을 배우는 것일 것이다. 그리하여 가장 극단적인 경우, 어떤 문제가 있어서라기보다는 문제가 전혀 없는 상태에서 단순한 마음의 훈련, 감성의 세련 같은 것을 배우는 수도 있을 것이다. 물론 이러한 마음의 훈련, 감성의 훈련은 앞으로의 어떤 문제의 해결에 도움을 주는 것이 될 수 있다.

그러면 이러한 마음의 훈련 또는 다시 조금 더 구체적인 차원으로 되돌아가서 일반적 의미에 있어서의 어떤 문제나 일에 대한 태도는 어떻게 얻어지는 것일까? 널리 보면 아이들이 이야기를 듣고 싶어 하고 어른들이 이야기 또는 소설을 읽는 것은 정보를 수집하는 행위로 생각할 수 있다. 발터 벤야민은 이야기의 한 기원을 농경적 사회에 있어서 장꾼들이, 이 장 저 장을 다니면서 여러 가지 정보를 주고받던 일에서 찾고 있다.[2] 정보의 소통이 원활하지 못하던 시대에 있어서, 먼 고장으로부터 온 장꾼의 이야기가 넓은 세상의 소식을 전하는 데 중요한 역할을 했으리라는 것은 쉽게 상상할 수 있다. 다만 이야기의 정보 수집 기능은 오늘날 상당한 정도로 대중 매체의 발달에 의하여 대치되었다. 그럼에도 불구하고 이야기가 죽어 없어진 것은 아니다. 그러나 대중 매체에 의하여 대치되는 부분을 제외한다고 하더라도 이야기의 정보적 기능이 완전히 사라진 것은 아닌 것으로 보인다. 이야기의 정보로서의 의미는 우리의 개인적인 요구에 깊이 연결되어 있는 것으로 생각된다. 사람은 자신이 사는 세계에 대하여 납득할 만한 심상을 갖고자 한다. 이것은 세계에 대한 그의 근본적 방향 감각의 지표가 되는 것이다. 그의 행동에 대한 결정은, 분명하게 의식되지 않은 채로 이러한 세계에 대한 심상 또는 세계상의 지평 내에서 이루어진다. 이 세계상의 구성에는 대중 매체나 학문적 저술을 통하여 얻어진 사실적 정보가 한 중요한 역할을 한다. 그러나 삶의 끊임없는 흐름에서 우리의 마음 가운데 좌표로서 작용할 수 있는 심상으로서의 세계는 이러한 사실적 정보로 이루어진 것보다는 조금 더 개인적이고 개인적인 생활 감각의 정서에 의하여 한정되는 세계이다. 그것은 우리가 감각하고 느끼고 생각하고 생활하는 구체적인 세계의 심상이다. 이것은 감각적으로 정서적으로 느끼고 생각할 수 있는 정보로 이루어진다. 여기에 제일 가까운 것은 체험적으로 얻어지는 정보이다. 그러나 그다음으로, 또는 더 앞서는 것으로는, 다른 사람의 체험을 통하여 느껴지고 정리된 정보일 것이다. 이것은 위에서 말한 대로, 사람

---

2   Walter Benjamin, "The Storyteller: Reflections on the Works of Nikolai Leskov", *Illuminations* (New York: Schocken Books, 1969), pp. 83~110 참조.(상기의 책은 독문의 영역본.)

의 실존적 체험을 통하여 증명된 것, 또는 그러한 느낌을 주는 것만이 구체적인 가능성의 성격을 띨 수 있기 때문이기도 하고 또 아마 사람의 선천적, 후천적 사회성이 그의 모든 지식을 사회적으로 가령 부모, 교사, 친구 등을 통하여 얻게 하는 때문이기도 할 것이다. 그리고 이렇게 다른 사람들로부터 얻은 지식은 어떤 의미에서는 나의 체험보다도 더 중요한 정보의 의미를 가질 수도 있다. 그렇다는 것은 그것이 우리 자신의 체험보다 더 포괄적이고 더 객관적일 수 있기 때문이다. 나아가 이러한 포괄성이나 객관성은 역설적으로, 허구적으로 구성된 다른 사람의 체험에서 가장 높은 것이 될 수도 있다. 하여튼 우리는 객관적 정보 이외에 개인적이며, 개인의 정서의 관점에서 처리된 정보를 필요로 한다. 그리고 그러한 정보 수집의 수단은 우리가 매일매일 사람들과의 교섭에서 주고받는 잡담, 소문이나 단편적 이야기로부터 세계 문학의 고전에 들 수 있는 문학 작품까지를 포함한다. 장꾼들이 장터에 가져오는 이야기는 잡담과 문학적 걸작의 중간 어디쯤에 놓이는 것일 것이다.

이야기가 정보 제공의 기능을 가지고 있다고 하더라도 그 정보의 성질은 또 다른 관점에서 사실적 정보와는 다를 수밖에 없다. 이미 말한 대로 이야기의 정보가 직접적인 의미에서 현실의 구체적인 문제의 매듭을 푸는 데 소용되는 것이 아니라 우리의 태도 결정에 중요한 것이라면, 그 정보는 지나치게 구체적인 것이라기보다는 어느 정도의 일반성 또는 적어도 전형성을 가질 것이 요구된다. 이 정보가 우리 행동의 일반적 좌표로서의 세계상의 구성, 수정, 변화에 관계된다고 한다면, 이것은 특히 그러할 것으로 생각된다. 우리가 이야기를 듣고 보고, 의식적이든 무의식적이든 '이런 것은 이러한 것이구나.' 하고 느낄 때, 이것은 구체적인 사례에 대한 느낌이면서 동시에 일반화될 수 있는 가능성에 대한 느낌이다. 다시 말하여 이야기의 일반성이나 전형성은 구체와 일반을 아울러 가지고 있다는 뜻에서 범례성이라고 하여도 좋다.

　그런데 이야기의 일반성은 더 구체적으로 어떤 것일까? 일반적이라거나 전형적이라는 것은 여러 가지를 뜻할 수 있다. 어떤 일이 대개의 사례에 있어서 어떻다고 할 때, 우리는 일반적인 경우를 말하면서, 여러 사례에서 귀납되는 평균적인 양상을 말하는 것이다. 그러나 우리는 일반성으로써 좀더 형식적인 규범성을 의미할 수도 있다.

　가령 "이 지방의 산들의 높이는 대개 800미터에서 1500미터 사이이다." 라고 할 때, 우리는 평균적 현상에 대해 언급하고 있는 것이다. 그러나 어떠한 산의 높이를 다른 산에 비하여 이야기하면서, "A라는 산은 B라는 산보다 높거나 낮거나 같다." 그리고 이 세 가능성 이외의 다른 가능성은 있을 수 없다고 할 때, 여기에서도 우리는 개체적 사례를 넘어서는 일반성 또는 규범성에 접근하고 있다. 이러한 형식적 규범성은 경험적 평균성과 연결해서 성립할 수도 있다. 가령 이 고장의 산의 높이가 800미터에서 1500미터라고 하고, 그 전제하에서 어떤 특정한 산을 이야기한다고 할 때, 우리는 그것이 절대로 1501미터일 수 없다고 말할 수 있다. 그러니까 경험적 평균치가 규정하는 사례들에 있어서, 어떤 특정한 사례에 대한 구체적 판단은 비경험적이고 형식적인 일반성을 가질 수 있는 것이다. 다시 말하건대, 어떤 명제는 경험적 현실을 널리 말함으로써 일반적인 성격을 띠고 또 다른 명제는 어떤 사례가 위치해 있는 모체의 형식적 가능성을 드러냄으로써 일반적인 성격을 띨 수 있다.

　이야기 또는 문학의 일반적인 의미를 말할 때에도 우리는 경험적 평균성과 형식적 가능성에 관계된 규범성을 생각해 볼 수 있다. 이야기나 문학에서 우리는 사람이란 대개 어떤 것이라든지, 지금 세상 형편이 어떻다든지 또는 어떤 계급의 사람, 어떤 직업의 사람이 어떻게 살며 느낀다든지 하는 일반적 지식을 얻을 수 있다. 그러나 동시에 우리는 문학에서 어떤 사람이 어떤 일을 했을 때 어떤 결과가 있을 것인가 하는 어떤 행동의 가능한 전개에 대한 성찰을 보기도 한다. 어떤 청년이 하나의 철학적 편견과 경제적 빈곤으로 하여 사회적으로 아무 쓸모가 없는 것으로 보이는 노인을 살해했을 때 어떤 심리적, 사회적, 개인적 결과가 따를 것인가. ── 이러한 문제를 소설은 전개할 수 있다. 다만 이 경우에 가능성의 탐구가 논리적 명제의 절대성에 이른다는 것은 불가능하다. 어떠한 인간 행위의 경우에도 그에 관계되는 요인들은 너무나 많고 또 이러한 요인들을 종합하여 일정한 행위의 궤적을 만들어 내는 행동자의 선택은 너무도 다양하다. 그럼에도 가능한 선택의, 필연적이라고까지는 하지 않더라도 그럴싸한 전개가 있으리라는 것은 생각해 볼 수 있는 것이다. 문학이 어떻게 매우 구체적인 체험을 다루면서 동시에 일반적 의미를 띨 수 있느냐 하는 문제는 자주 논의되는 것인데, 이 경우의 일반적 의미란, 이미 말한 대로, 평균적이고 대표적인 사례를 보여 주는 일에도 관계되고 다른 한편으로는 어떤 특정한 삶의 문제가 가질 수 있는 가능성의 한계를 밝히는 일에도 관계되는 것으로 옮겨 볼 수 있다. 그런데 사실상 문학적 탐구는 후자의 면이 더 강한 것이 아닌가 여겨진다. 물론 더 자세히 검토해 보면, 사람의 행동의 평균적 양상은 곧 여러 가지 가능성에 비추어서 이야기되기 쉽고 또 행동의 가능성들은 평균적인 것을 확대 투영하는 데에서 인식된다고 할 수도 있으므로, 두 개의 일반성이 전혀 다른 것은 아니다. 어떤 경우에나 확률과 선험적 확실성은 서로 밀접한 관계에 있는 것이다.

다 아는 사실로, 동화에서 소설에 이르는 이야기들은 대개 우리가 일상생활에서 경험하는 것보다는 격렬한 성격의 사건이나 사람들에 관한 것들이다. 이야기에 나오는 과장된 내용들, 잔인하고 도착되고 극렬한 것들은 지나친 경우 값싼 센세이셔널리즘의 소산이라고 비난을 받는다. 이것은 물론 옳은 비난이다. 그러나 상궤를 넘어서는 이야기의 격렬성은 어쩌면 이야기의 성질에서 나오는 것이 아닌지 모른다. 사람의 주의력은 정상적 평형 상태를 넘어가는 자극에 의하여서 비로소 각성한다. 그러니까 예술 작품의 센세이셔널리즘은 사람의 주의의 경제에 이어져 있는 것일 것이다. 그러나 이보다도 더 중요한 것은, 위에서 비친 바와 같이, 인간 행동의 가능성의 검토에 이야기의 한 기능이 있다는 점일 것이다. 어떤 일의 가능성은 그 한계에서 가장 선명하여진다. 이것은 형식적 관계의 가능성을 탐구하고자 하는 수학이 극한의 개념에 많은 관심을 기울이는 것과 비슷하다. 서양 문학에 있어서, 문학의 가장 뚜렷한 전범이 비극에서 찾아질 수 있다고 한다면, 그 한 이유도 이런 데에 있는지 모른다. 희랍의 비극은 어떤 다른 시대의 문학 또는 장르보다도 현저하게 극한적인 상황을 다룬다. 그것은 인간의 정상적인 규범의 상태를 벗어나서 아버지를 죽이면 어떻게 되는가, 어머니를 죽이면, 어머니와 결혼한다면, 혈육을 위하여 국법을 어긴다면, 국가의 필요를 위하여 혈육을 희생한다면…… 하는 등의 물음을 제기한다.

문학의 극한 상황에 대한 관심은 단순히 인간 행동의 형식적인 가능성에 대한 호기심보다도 실존적 동기에서 나온 것이라고 할 수 있을는지 모른다. 어떤 경우에나 사람은 그의 삶에 대하여 외로운 결단을 내려야 할 경우가 많다. 이것은 불안한 일이다. 우리는 삶의 일반적 불안으로부터 한편으로 도피하기를 바라면서, 다른 한편으로는 그 불안이 취할 수 있는 극단적인 형태를 상상하여 그것으로 반복적으로 되돌아가고자 한다. 이 후자의 경우 우리가 원하는 것은 가장 험악한 사태에 대하여서도 대비하자는 것이기도 하고, 또는 가장 험악한 상태에서도 어떻게든지 빠져나오는 길이 있다는 보장을 얻고자 하는 것일 것이다. 사람은 행복을 추구하지만, 행복의 약속에 대하여서는 조금 느긋한 태도를 가질 수 있다. 이에 대하여 우리가 급히 알고 싶은 것은 일어날 수 있는 최악의 사태이다. 미국의 비평가 라이오넬 트릴링은 비극의 한 기능으로서 '미트리다테스적 기능'을 말하고 있는데, 이것은 폰투스의 왕 미트리다테스가 계속적으로 소량의 독을 취함으로써 독에 대한 면역을 길러 독살의 음모를 이겨 낼 수 있었다는 전설을 빌려, 비극의 기능이 사람의 고통에 대한 순응력을 기르는 데 있다는 것을 말하는 것이다.[3] 트릴링이 같은 자리에서 지적하고 있듯이, 비극이나 문학은 물론 이렇게 사람으로 하여금 고통의 현실을 받아들이게 하려는 소극적인 기능만을 가졌다고 할 수는 없다. 그것이 고통 또는 다른 극렬한 인간 경험을 이야기한다면, 그것은 그러한 고통을 되돌아봄으로써 이를 극복할 방법을 찾거나 또는 극복할 수 있다는 심리적 보장을 얻으려 하는 의도에서이다. 트릴링은 이 심리적 동기를 어린아이들이 고통의 장면을 되풀이하여 연출하여 이를 제어하려고 핸 것과 같은 일에서 볼 수 있는, 반복 강박 관념(repetition compulsion)에서 찾았다.[4]

이야기 또는 일반적으로 문학이 삶의 가능성 또는 이 가능성의 한계를 탐구한다고 할 때, 이를 사람의 자유로운 행동에 대한 현실의 궁극적인 제약을 탐구하는 일에 한정하는 것은 매우 일방적인 관찰에 불과하다. 문학은 현실의 탐색이지만, 이에 못지않게 그것을 넘어서는 자유에 대한 탐색이다. 위에서 비극에 대해 언급하면서도 우리는, 어쩌면 비극이 삶의 한계를 더듬어 보는 일에 관계되는 것일 것이라고 했지만, 이러한 탐색의 다른 동기는 극한적 한계에도 불구하고 사람이 이를 극복할 수 있다는 보장을 얻으려는 것이다. 다시 말하여 결국은 현실의 탐색은 현실에의 순응과 함께 현실의 극복을 목표로 하는 것이다. 그리하여 그것은 현실 원칙을 좇으면서도 희망의 차원을 지니게 마련이다. 그러나 '극복'이라는 말에 들어 있는 희망은 너무나 비장한 느낌을 준다. 사실 문학은 이것보다도 훨씬 더

---

3 Lionel Trilling, "Freud and Literature", *The Liberal Imagination*(New York: Doubleday Anchor, 1957), p. 53.

4 Ibid., p. 52 참조.

순탄한 의미에서, 희망에, 달리 말하여 삶의 가능성에 관계되어 있다. 꿈을 그리는 것이 문학이라는 상식적 문학관은 일리가 있는 문학관이다. 물론 이런 경우에도 꿈은 단순한 환상으로서보다는 삶의 가능성으로 이해되는 것이 옳을 것이다.

이 삶의 가능성의 한 표현은 우리가 삶에 대하여 갖는 신비감에서 발견된다. 삶은 대체로 완전히 잊어버린 것, 알아 버린 것들로 이루어진 것이 아니라 무엇인가 새로운 것, 새로운 가능성을 지닌 것이라는 느낌이 우리의 삶을 살 만한 것이 되게 한다. 문학의 매력은 이미지의 가능성에 대한 느낌을 살려 나가는 데에서 발휘된다. 가장 소박한 차원에서, 어느 나라에서나 기이한 일들의 이야기들이 동화나 다른 이야기들의 중요한 부분을 이루고 있음을 우리는 보거니와 이것은 문학의 본질에 이어져 있는 것일 것이다. 옛날의 장꾼들이 전하는 이야기들은 먼 고장, 먼 시대의 이야기들이며, 그것들은 으레 전기적(傳奇的) 성격을 강하게 띠고 있다.

곤륜(崑崙)의 언덕은 실은 천제(天帝)의 지상리궁(地上離宮)으로 신(神) 육오(陸吾)가 이것을 관리하였는데 그 신(神)은 모양이 호신(虎身)으로 아홉 개의 꼬리가 달리고 사람의 얼굴을 하였으나 호랑이 발톱이었다. 이 신(神)은 천(天)의 구부(九部)와 제(帝)의 궁성(宮城)을 맡아보고 있다.[5]

원시적인 형태의 기괴한 전설을 많이 보존하고 있는 중국의 기록에는 이런 종류의 짧은 기술이나 이야기가 많은데, 노신은 그의 『중국소설사(中國小說史)』에서 이러한 것들을 많이 소개하면서 이러한 전설들을 소설의 시초로 보고 있다. 이러한 이야기는 얼핏 생각하여 소설이나 이야기로는

---

5 노신(魯迅), 정래동·정범진 옮김, 『중국소설사(中國小說史)』(서울: 금문사, 1964), 22쪽.

너무 짧고 황당한 것 같으면서도, 이야기의 한 본질을 보여 주는 것으로 생각된다. 우리가 세계를 하나의 납득할 만한 심상으로 파악하는 데 있어서, 가장 기본이 되는 것은, 위의 「산해경(山海經)」의 경우에서처럼 지리지(地理誌)이다. 그런데, 여기에 공상적 요소가 첨가되는 것은 이해할 만하다. 우리의 마음에 비치는 세계는 하나의 상상적 이미지로 존재함으로써 비로소 내면생활의 일부가 된다. 그리고 이때의 세계는 단순한 사실의 공간이 아니라 가능성의 공간이다. 그리고 가능성은 제일차적으로 상상 또는 더 나아가 공상의 가능을 말한다고 할 수도 있는 것이다.

환상적 이야기는 갖가지 공상 가능한 일과 존재로 세계를 채움으로써 우리가 사는 세계가 일상적 질서 이상의 것으로 이루어진 것임을 암시하여 준다. 그러나 이야기는 그 형식 자체에 이미 삶의 가능성의 감각을 감추어 가지고 있다. 가령, 이야기에 필수적인 서스펜스와 같은 형식적 특징은 가능성으로서의 삶을 전제로 한다. 오늘날 서스펜스는 통속 소설만의 특징처럼 여겨지기 쉽지만, 이것은 모든 이야기의 원형적 특징이다. 옛이야기에 관계되는 어린 시절의 정경을 생각해 볼 때, "그래서?" "그래서?"라고 물으면서 할머니의 입에 매달리는 아이들의 모습은 가장 쉽게 상상되는 정경이다. 다른 한편으로 행동적 서스펜스의 요소가 최소한도로 나타나는 지적인 소설에서도, 하나에서 다른 하나로 옮겨 가는 움직임은 소설의 기본적인 조건이 된다. 이 움직임이 어떠한 것이든지, 이 움직임의 에너지는 역시 소박한 서스펜스에 동원되는 에너지와 같은 것이다.

그러면 서스펜스는 무엇을 뜻하는가? 이야기는 인간 행동의 기술이다. 그런데 이 행동은 인과관계의 연쇄 속에서 정해진 길을 따라 이루어지지 아니한다. 행동의 시작에 따르는 결과는 여러 가지로 다른 것일 수 있다. 이것은 사람이 사는 세계가 복잡하고 다양한 요소로써 이루어졌다는 것을 뜻하기도 하지만, 다른 한편으로는 인간이 주어진 환경에서 수동적으로 밀리기만 하는 것이 아니라 주체적으로 스스로의 길을 선택하는 존재라는 것을 뜻하기도 한다. 다시 말하여, 서스펜스는 인간이 주체적이며 자유로운 행동자라는 데 관계되어 있는 것이다. 물론 인간의 자유는 완전히 조건이 없는 자유는 아니다. 그것은 흔히 주어진 상황 안에서의 선택자의 선택에 한정되는 것일 수 있다. 그럼으로 하여 바로 행동적 존재로서의 인간의 자유는 서스펜스로 경험된다. 왜냐하면 한편으로 서스펜스는 스스로 통제할 수 없는 미래에 대한 인간의 불안을 의미하고 다른 한편으로 미래에 대하여 불안을 느낄 정도로 자신의 운영을 스스로 통제하고 창조하고자 하며 또 이러한 통제와 창조를 기획하는 자로서의 인간의 자유를 의미하기 때문이다.

그런데 이야기를 듣고 보는 사람이 이야기를 통해서 주체적이고 창조적인 삶의 불안과 자유를 경험한다는 것은 실제의 삶에서 그것을 경험하는 것과는 다른 것이다. 이야기의 체험은 자신의 것이라기보다는 주인공의 체험 또는 다른 사람이 가졌던 체험이고 또 실세계에서의 체험이 아니라 그 자신의 마음속에서의 체험이다. 따라서 이야기에서의 행동의 불안은 현실의 어려움에 대한 체험이 아니라 현실을 이겨 내고 빚어 내고 향수하는 주체의 자유의 체험이다. 말할 것도 없이, 이야기는 사실의 세계를 그대로 옮겨 놓는 것이라기보다는 사실의 세계를 그리면서 동시에 교묘한 방법으로 그 세계를 구극적으로는 사람의 꿈을 용납하는, 최악의 경우에도 사람이 그것을 스스로 이해하고 받아들인다는 의미에서, 사람의 의지에 대응하는 어떤 것으로, 다시 말하여, 사람과의 교섭이 가능한 것으로 꾸며 놓는다. 이렇게 하여 이야기는 보이게든 보이지 않게든 환상적 요소를 가지고 있게 마련이다. 이 환상적 요소가 주체적 자유를 연습하고 보장하는 수단이 된다. 이러한 연습은 사실의 세계가 아니라 가공의 세계 속에서 이루어지는 만큼 더욱 용이한 것이 된다. 물론 이것이 너무 용이해져서는 안 된다. 그 경우 그 허구성이 너무 분명해지고 이야기의 또는 자유의 설득력은 떨어지게 마련이다. 사실적 세계의 무게와 양상은 실감 있게 제시되어야 한다. 주체적 의지의 적수로서 또는 방해물로서의 사실의 세계가 무겁고 실감 있는 것일수록 그 시련 속에서 살아남은 주체의 모습은 든든한 것으로 여겨진다. 달리 말하여 이야기의 재미, 소설의 재미는 사실의 다양한 변주 속에서 확인되는 주체적 지속에 관계되어 있다. 이렇게 보면 이야기는 결국 그것이 사실이든 거짓이든 인간의 자신의 주체적 능력을 경험하는 공간이다. 이야기나 소설의 재미는 주체의 자기 확인의 재미이다. 이 재미의 한 가지로서의 서스펜스 또는 이에 비슷한 전유감은 주체의 자기 확인의 표지가 되는 것이다.

이런 확인은, 이미 비친 바와 같이, 이야기의 줄거리의 기복에서 경험된다. 이 줄거리는 예기치 않는 곡절을 가지고 있어야 한다. 그러나 이 곡절이 통일성 — 결국 주체의 지속에 대응하는 통일성을 흐리게 할 정도로 과다하여도 아니 된다. 물론 주체성의 확인에 기여하는 것은 이야기의 줄거리만이 아니다. 어떻게 보면, 잘된 이야기의 모든 형식적 요소가 여기에 관계되는 것으로도 생각된다. 이야기의 리듬, 변화와 지속을 유연하게 유지해 주는 스타일, 등장인물의 성격의 발전적 전개, 이미지들의 상호 관련, 전체 구조의 균형 — 이 모든 것들이 이야기를 하나의 통일된 체험, 즉 하나의 일체적 주체성에 대응하는 것이 되게 한다.

이야기의 한 쓰임새가 주체의 자기 확인, 독자의 자기 확인에 있다고 한다면, 도대체 왜 이야기가 필요했던 것일까? 극단적으로 보면, 독자의 주체는 원래부터 거기에 있었던 것인 까닭에 스스로를 확인하기 위하여 하등 이야기를 필요로 하는 것이 아니었다고 할 수도 있다. 그러나 사람의 주체적 자유는 세계와의 교환을 통해서만 스스로를 확인한다. 그것은 밖으로 나갔다가 다시 자신에게 돌아온다. 그러나 외적 표현이 사실적인 것으로만 이루어진다면, 우리의 주체적 자유는 스스로를 느낄 여유를 갖지 못한다. 또 실제에 있어서, 우리에게 의미 있는 세계는 우리의 느낌이나 의식에 대응하여서만 존재한다. 사실로만 가득 찬 세계는 죽은 세계로 비치게 될 것이다.

그리하여 잘된 이야기는 이야기의 전개 과정에서 이야기를 듣는 사람으로 하여금 끊임없이 자기 스스로의 주체적 자유에로 돌아갈 수 있게, 그리하여 그 자유를 창조적으로 사용할 수 있게 하는 전략을 숨겨 가지고 있다. 이야기의 줄거리에 서스펜스가 있다면, 그것은 우리의 예상과 실제 일어나는 일과의 상호 작용 속에서 가능해지는 효과이다. 하나의 상황은 우리에게서 실천적 과제에 대한 예상을 촉발한다. 그 상황의 다음 단계의 발전은 이 예상에 맞는 것일 수도 있고 맞지 않는 것일 수도 있다. 그러나 어떤 경우에도 이 새로운 발전은 주체적 예상의 지평 안에서 이해된다. 말하자면 그것은 예상의 긴장으로 하여 깨어나게 된 주체성의 공간에서 구성된다. 독일의 문학 이론가 볼프강 이저는 한 작품의 효과는 작품 안에 숨어 있는 불연속성의 함정에 다분히 달려 있다고 말한다.

문학 작품은 예기치 않았던 곡절과 얽힘과 빗나간 예상을 가지고 있다. 가장 간단한 이야기에도 막힌 데가 있다. 이것은 어떤 이야기도 전부를 이야기해 버릴 수 없다는 점에서 그렇다. 실제 어떤 이야기가 살아 움직이게 되는 것은 불가피한 생략 부분으로 인한 것이다. 이야기의 흐름이 깨어질 때마다 우리는 예기치 않았던 방향으로 끌려가고 그럴 때면 하나와 하나를 연결시키는 우리의 능력, 이야기의 텍스트에 생긴 구멍을 메우는 우리의 능력이 작동하게 된다.[6]

그런데 사실상 어떤 이야기의 전체는 하나의 커다란 구멍이 아닐까? 이

6 Wolfgang Iser, *The Implied Reader*(Baltimore: Johns Hopkins University Press, 1974), p. 280.

야기를 들으며 보며 하는 행위에서 우리에게 주어진 것은 말에 불과하다. 즉 기호에 불과하다. 이 기호의 의미는 우리 자신에 의하여 해독되어야 하고 그 해독은 구극적으로 우리 자신의 세계에 대한 체험에서 온다. 사르트르가 문학의 체험을 분석하면서 말한 것처럼, 소설에서 라스콜리니코프가 기다리고 있다면, 그것은 곧 우리 자신의 기다림이다. 그가 그를 심문하는 경찰관에 대하여 강한 증오를 느낀다면, 그것은 또한 우리 자신의 증오이다.[7] 라스콜리니코프는, 말하자면 우리의 초조함, 우리의 증오를 빌려서 비로소 현실적 인물로 구성된다. 다만 이야기하는 사람에 대한 우리의 반응은 너무나 즉각적인 것이어서 이야기를 만들어 내는 우리 자신의 힘을 우리가 의식하지 못할 뿐이다.

여기에서 우리는 덧붙여서, 시의 근본 원리에 대하여 잠깐 생각해 볼 수 있다. 시의 원리는 리듬에 있다. 이것은 어떻게 보면 소리와 침묵의 교차에서 일어난다. 어색한 조어에 산문을 '줄글'이라고 하는 것이 있다. 산문은 말에 말을 줄줄 달아서 쓰는 글이라는 말일 것이다. 그러면 이에 대하여 시는 줄을 바꾸어서 쓰는 글, 다시 말을 만들어 본다면 '줄바꿈 글'쯤이 될 것이다. 그런데 공간이 남아 있는데도 줄을 바꾸는 뜻은 무엇인가? 문자 그대로 공간을 남기자는 것이다. 즉 일정한 말의 뒤에 침묵의 공간을 두자는 것이다. 그러나 이 침묵은 시적 표현의 도처에 서려 있다.

나 보기가 역겨워 가실 때에는……

여기에서 우리는 "나 보기가 역겨워"와 "가실 때에는" 사이에 간격이 있음을 안다. 또 "나 보기가"와 "역겨워" 사이에 보다 작은 간격이 있음을 안

---

7 Jean-Paul Sartre, *Qu'est-ce que la litterature?*(Paris: Gallimard, 1948), pp. 57~58.

다. "나"와 "보기가", "역"과 "겨워"——이러한 사이에도 미세한 간격이 있음을 우리는 어렴풋이 느낀다. 시는 간격의 언어인 것처럼 보이는 것이다.

다시 말하여, 시는 침묵에 싸여 있는 말, 또는 침묵과 말이 짜여져서 이루어지는 말이다. 이것을 우리는 리듬을 통하여 간단히 암시하고자 한다. 그러나 시는 그 일체가 침묵의 언어임을 그 특징으로 한다. 그 짧음은 무엇을 뜻하는가? 말할 것도 없이, 모든 언어는 언어적 사실적 콘텍스트에 의하여 비로소 의미를 전달한다. 시는 의미의 콘텍스트 없이 의미를 전달한다. 이 콘텍스트는 우리의 상상력에 의하여 구성된다. 이것이 시가 짧은 이유의 하나이다. 여기에 덧붙여야 할 흥미로운 점은 시의 콘텍스트를 우리가 구성한다고 해서 그것이 제 마음대로 되는 것은 아니라는 점이다. 이 상상적 구성은 이미 주어져 있는 언어의 최소한도의 지시에까지 주의를 기울임으로 하여 가능하다. 거꾸로 말하면 시의 말의 표현적 암시의 모든 것이 침묵 속에서 살아나 상상의 세계를 구성하는 것이다. 또는 시적 언어의 표현적 암시는 이러한 침묵을 상정하여 비로소 그 기능을 발휘한다.

이 침묵은 무엇인가? 이미 비친 대로 그것은 주체적 자유, 모든 기획과 예상과 불안과 결단이 부유 상태에 있는 주체의 공간을 가리킨다. 또 이 침묵의 공간은 우리의 기억과 희망에 관계되는 정서들이 서려 있는 공간이기도 하다. 시는 말하고 또 이 말을 침묵 속에 잠기게 하여 우리의 의미 가운데 말의 의미로 되살아나게 한다. 이렇게 볼 때, 시는 사실 이야기보다도 더 직접적으로 주체적 체험의 성격이 강한 문학 형식이다.(시에 관계되는 행동이 실제적이라기보다는 상징적인 데 한정된다는 것도 이러한 시의 주관성을 강화하게 된다.)

그렇다고 시가 완전히 주체의 주체로서의 확인에 끝나는 것은 아니다. 그것은, 이미 비친 대로, 말이 불러일으키는 의미에 주의하면서 다른 한편으로 이 의미를 만들어 내는 자신의 주체적 자유를 의식하는 이중적 의식 작용을 거친다. 우리는 이미 어떻게 시의 모든 표현적 가능성이 침묵 속에서 살아나는가 하는 점을 이야기하였다. 이것은 세계와 세계의 사물들에 대하여도 할 수 있는 이야기이다. 즉 세계가 진정으로 사는 것은 우리 자신의 주체적 공간에서 재구성됨으로써이다. 그렇기 때문에, 우리는 여기에서 주체의 반성적 자기의식이 곧 사물에로 나아가는 방법이 되는 역설을 본다.

이미 말한 바와 같이, 우리의 내면세계는 온갖 무정형적 충동과 소망과 정서가 서려 있는 곳이다. 또 여기에는 밖으로부터 오는 인상들이 퇴적되어 있다. 이러한 것들은 시에 의하여 유발되는 주체적 작용을 통하여 일정한 질서로 형상화된다. 이때의 주체적 작용은 우리의 주관적 충동들을 포용하면서 이를 넘어서고 또 객관적 세계와 그 사물에 주의하면서 이것들을 넘어선다. 이러한 것들을 포용하고 넘어서는 끊임없는 형상화의 힘 — 이것을 우리는 흔히 상상력이라고 부른다. 시는 이 상상력의 구상화이다. 또 모든 문학 활동은 이 상상력의 자기 확인 이외의 다른 것이 아니다.

문학은 다른 모든 의식 활동에 비하여 일의 성격보다는 놀이의 성격을 가지고 있다. 그것은 즐거운 활동이다. 그러나 이 즐거움은 삶의 일로부터 해방되었다는 데에서보다는 오히려 삶의 원초적 기능에 밀착되어 있다는 데에서 온다. 이야기, 또는 시, 그리고 일반적으로 문학은 사람이 세계에서 사는 근본 방식에 깊이 관계되어 있다. 사람은 세계와의 교섭 속에서 산다. 그런데 이 교섭은 객관적 사물의 제약 속에서 이루어지지만, 다른 한편으로는 창조적 존재로서의 인간의 주체적 통합 작용을 통하여 이루어진다. 문학의 즐거움은 이 주체적 작용에서 온다. 이것은 세계와의 활발한 교섭으로 하여 확인되는 주체적 작용이다. 물론, 문학은 현실과의 직접적인 교섭이 아니라 이 교섭의 언어를 통한 재현이고 연습이다. 그럼으로써 오히려 삶의 근본에서 사람이 세계에 대해 갖는 관계를 더욱 분명히 드러내 준다.

(1984년)

인용에 대하여

문화 전통의 이어짐에 대한 명상

　우리가 하는 모든 말은 역사 속에서 이루어진다. 그것은 우리의 말이 역사라는 상황 속에서 이루어지며, 그것에 영향을 받고 또 그것에 영향을 끼친다는 의미에서 그렇다. 그러나 다른 한편으로 언어 자체도 역사적인 산물이다. 그것은 그것 나름의 소리와 의미의 역사 속에서 형성되며 변화하는 것이다. 이 세상의 모든 언어는 다 역사를 가지고 있다. 그러나 어떤 말은 그 역사를 조금 더 의식할 수 있고, 또 다른 말은 그것이 역사적 소산임에도 불구하고 자신의 역사에 대한 별다른 기억을 가지고 있지 아니할 수도 있다. 언어의 역사적 자의식은 우리가 말을 쓰는 데 커다란 차이를 가져온다.

　순전히 문학적 효과의 관점에서 볼 때, 어떤 수사적 표현은 그것이 환기하는 역사의 깊이로 인하여 우리를 감동시킨다. 그러나 언어의 역사적 자의식의 의의는 그것이 보다 인간적인 표현을 가능하게 한다는 데에 있다. 그리고 보다 인간적인 표현이란 보다 인간적인 삶을 가능하게 하는 기초가 아니고 무엇이겠는가. 역사 속에 메아리를 갖는 언어가 보다 높은 수사적 효과를 갖는다면, 그것은 가장 쉽게 말하여 기억이 갖는 인간화의 효과에 다른 것이 아니다. 기억은 오늘 이 시간의 긴절한 속박으로부터 우리를 해방시켜 준다. 그리하여 오늘 이 순간을 보다 긴 시간의 행렬 속에 한 고리를 이루는 것으로 드러내는 것이다. 보다 더 넓은 것으로 열리는 것은 우리에게 늘 감동을 준다. 그러나 기억의 참뜻은 우리로 하여금 우리가 처해 있는 상황을 보다 다각적으로 여러 시간의 관점에서 살필 수 있게 한다는 데 있다. 그렇게 함으로써 우리는 한 상황에 대하여 보다 유연하고 섬세한 판단을 내릴 수 있게 되는 것이다. 이러한 기억은 개인의 생애에 있어서 성장과 완숙을 나타내지만 한 사회의 집단적 삶에 있어서도 같은 것을 뜻한다. 과거 없는 현재만의 삶은 시간 속에 성숙하는 모든 인간적 기미들을 사상한 것인 까닭에 삭막할 수밖에 없다. 문화의 전통이 있어서, 이러한 삭막함은 극복되고, 비로소 인간적 세계를 만들어 낼 가능성이 생겨난다. 이 문화 전통의 계승은 ── 전통의 파괴가 필수적인 경우도 있고 또 우리의 현대사의 경험은 무엇보다도 이 필요의 자각에 기초해 있다고 하겠으나 ── 여러 복합적인 요인들의 작용을 통해서 비로소 가능하다. 그중에도 사람다운 삶이 가능하기 위한 절대적 기초가 되는 것은 언어의 역사적 자의식이다. 이 자의식의 유지는 어느 한 가지의 방법만으로 이루어지는 것은 아니다. 그중에 하나는 옛사람의 말로부터의 인용이다. 그것은 한 작은 방법에 불과하다. 그러나 그것은 작고 구체적인 공간 속에 하나의 재미있는 보기를 제공해 준다. 이 글에서 내가 하려고 하는 일은 이 작은 보기를 통하여 언어와 역사의 자의식이 이어지는 방법에 대하여 간단한 생각을 줄여 보는 일이다.

1. 언어 행위로서의 인용

대체로 논문이라고 하는 글을 보면, 다른 출전에서 남의 말을 끌어오는 인용 부분을 포함하지 않는 글이 없다. 어떻게 보면, 이것은 초보적 단계의 이야기라고 하겠지만, 공부가 많이 들어 있는 논문일수록, 다른 출전으로부터의 인용을 많이 포함하고 있다. 인용이 많다는 것은 앞서간 다른 연구들을 많이 참조하였다는 증거가 되는 것일 것이기 때문에 일단은 호감을 가지고 보아 줄 수 있는 일이다. 물론 다른 한편으로 이러한 인용들은 하나의 통일된 맥락 속에 일관성 있게 통합되어야 한다. 이런 통합이 결여된 곳의 인용구나 문장들은 뿔뿔이의 단편으로 와해되어 버리고 만다. 좋은 논문의 요체는 다른 데서 오는 인용 부분과 이를 종합하는 필자 자신의 사고를 적절하게 조화시키는 데 있다고 할 수 있다. 다만 밖에서 오는 부분과 안에서 종합하는 부분의 비율은 상당한 정도의 차이를 가질 수는 있는 것이다. 조금 극단적으로 말하여, 적어도 최종적 산물로서의 논문의 관점에서 볼 때, 학문의 한 척도, 따라서 교육의 한 척도는 적절한 인용의 기술을 길러 내는 데 있다고 할 수 있을는지도 모른다.

학술적 논문이 아니라도 인용은 글에서 빼놓을 수 없는 것으로 보인다. 적절한 인용은 의미의 단락을 만들고 글의 시작과 끝을 두드러지게 하는 한 중요한 기술인 것이다. 말하는 경우에도, 정도는 다를망정 비슷한 인용의 활용을 본다. 옛날에는 이것을 문자를 쓴다고 하였지만 문자가 쇠퇴한 후에도, 말에 속담이나 격언이 섞여 나오는 것은 흔히 보는 일이다. 사실 인용이 없는 경우에도 우리가 쓰는 말에는 보이지 않는 인용이 많다. 가령 간접화법적 문법 구성은 인용구 없는 인용을 포함하는 것이다. 따지고 보면, 우리가 쓰는 언어 자체가 그러한 것이라고 할 수 있다. 그런 뜻에서는 일체의 언어 행위는 인용 행위가 되는 것이다. 이렇게 볼 때, 인용이라고 하는 것은 매우 중요한 언어 현상이고, 여기에 대한 관찰은 언어에 대하여 작지 않은 통찰을 줄 듯하다. 학문 활동 또는 더 나아가 언어 행위의 의의를 추찰할 수 있는 계기가 여기에 주어질 수 있는 것인지도 모른다.

2. 인용의 기능

학술 논문에서 인용의 기능은 그것이 우리의 주장에 권위를 부여한다는 데 있다. 이것은 자명한 일이다. 뒤집어 말하면, 인용의 필요는 우리 자신의 권위에 대한 자신감의 결여에서 나온다. 그러나 사실상 어떤 권위자에게도 권위의 문제는 단순히 심리적 자신감의 문제는 아니다. 권위는 우리가 말하는 것의 진리 됨에서 오는 것이다. 그러나 많은 경우에 있어서 진리는 객관적 사실에의 대응에서 오기보다는 단순히 진리의 주장에서 온다. 진리는 진리를 주장하는 용기에 기초해 있다. 권위의 필요는 이러한 진리의 성격에서 온다.

오스틴(J. L. Austin)은 사실 문장(constative)과 실행 문장(performative)을 구분하여 앞의 것이 검증될 수 있는 종류의 문장인 데 대하여, 뒤의 것은 말하는 것이 곧 행동을 하는 것이 되는 문장을 말한다. 그것은 그 자체로는 검증될 만한 진리 내용을 가지고 있느냐 아니하느냐와 별 관계가 없는 것이다. 결혼을 하겠다, 이 배의 이름을 엘리자베스 여왕호라고 명명한다, 이 시계를 나의 동생에게 남기겠다 하는 등의 의사 표시가 이 실행 문장에 속하는 것들이다. 이러한 의사 표시들은 나의 의사와 내 의사의 실천 여부에 따라 참이 될 수도 있고 거짓이 될 수도 있다. 검증이 불가능한 것은 아니지만, 그것은 어느 정도의 시간이 경과한 후에야 가능하다. 그런데 이러한 실행 명제에 비하여, 사실 명제의 경우 이러한 불확실성은 없는 것일까?

그 성격이 모호한 어떤 대상물을 두고 내가 "이것은 책상이다."라고 했다면, 이것의 의자로서의 가능성을 배제하는 것이고 또는 하나의 연료로서의 화학 실험 자료로서의 가능성을 일단은 배제하는 것이다. 여기에서 나의 말은 여러 가능성 가운데에서 하나를 선택하는 역할을 한다. 이보다 더 비교적 분명한, 또는 분명한 것처럼 보이는 사실에 관한 문장의 경우에도 마찬가지다. 내가 창을 내다보면서 "비가 온다."고 했을 때, 하필이면 그것에 대하여 언급하는 것은 그것을 주목할 만한 현상으로서 선택하고 또 그것을 전달 가능한 것으로, 전달이 허용되는 것으로 받아들인다는 것을 말한다. 비가 온다는 것 대신에 나는 온갖 다른 것을 이야기했을 수 있고 또 비가 온다는 것도 내가 주목하는 수많은 다른 것과의 관계에서, 여러 가지 다른 의미를 가질 수 있다. 어떠한 언어 진술이든지 간에, 이러한 선택적 요소를 갖는다는 것은 이미 시적 언어의 사용에 있어서 널리 주목되어 온 사실이다. 셸리(Shelley)가 말한 바와 같이 시인의 눈으로 볼 때, "만물은 지각되는 바대로 존재"하며, 지각되는 것은 시인의 마음 가운데 있는 깊은 충동에 의하여 선택되는 것이다. 그러므로 신이 "빛이 있으라." 하는 말로써 빛을 있게 하고, 세계를 있게 했다면 시인들은 그들의 언어로써 언어에 의하여 지칭되는 것을 있게 한다고 할 수도 있는 것이다. 말하는 일의 어려움은 창조의 두려움에 연결되어 있다. 어떻게 감히 새로운 것을 명명하며 그것을 하나의 창조된 것이 되게 하는 무거운 책임을 질 수 있는가? 이렇게 말하는 것은 조금 과장된 것이다. 그러나 말에 따르는 더듬거림, 수줍음, 두려움 등이 여기에 이어져 있다는 것은 틀림이 없다. 우리가 속담이나 격언이나 권위자 또는 적어도 이미 이루어진 말을 끌어오려는 것은 이러한 새로운 말의 불안을 가볍게 하려는 것이다.

그러나 근본적으로 불안을 덜어 주는 것은 진리이다. 우리가 말을 함부로 하지 못하는 것은 그것이 맞는 말일까를 두려워하기 때문인데, 이것은 다시 말하여, 우리의 말이 세상 모든 탄탄한 사물들과 그 불변의 이치 가운데, 또 하나의 탄탄한 사물로서 또 불변의 이치로서 ― 적어도 그것의 일부로서 자리할 수 있을까 하는 점에 대하여 자신이 없기 때문이다. 그리하여 검증의 확실성은 우리가 의지할 수 있는 하나의 근거가 된다. 그러나 이미 말한 바와 같이 말하는 것이 이미 있는 사실에 대하여 말하는 것이 아니고, 새로운 있음을 창조하는 것이라고 한다면, 어디에서 무엇을 검증할 것인가? 아마 이때 이 검증에 대신할 수 있는 것은 다른 사람들의 수긍일 것이다. 물론 이 수긍도 근본적으로는 이 다른 사람들이 지각하는 세계, 다른 사람들이 가지고 있는 개인적, 역사적 체험, 또 이것들의 연장선상에 있을 수 있는 가능성의 예감에 기초한 것일 수밖에 없다. 우리가 다른 사람에게 말하고 또 그들의 말에 귀를 기울인다고 하더라도, 궁극적으로 우리가 귀착하는 곳은 진리이다. 그러나 우리에게 다른 사람의 말이 일단의 보장을 주는 것임은 틀림이 없다. 특히 사람이 사는 세계가 물리적 세계만이 아니고 사회이며 역사라고 한다면, 이것은 더욱 그렇다.

3. 인용의 사실적 견고성

도대체 왜 말을 하는가? 그것은 그것 나름의 필요에서 나오는 일이다. 말은 우리의 내적인 필요 또는 사람의 운명적 조건에서 출발한다. 그것은 외면화의 필요이다. 발레리(Valéry)는 한 편의 시는 출판이라는 외적인 조건을 통하여서만 끝난다고 말한 바 있다. 우리의 정신생활이 한이 없듯이, 시인의 시적인 작업은 한이 없는 것이다. 시인의 한없는 독백과 수정의 작업은 외적인 한정으로서만 일단의 멈춤에 이른다. 그러나 말 이전의 말, 시인의 마음 가운데 말이 되지 아니하고 수런대는 말들의 경우는 어떠한가?

그것의 무한한 내면성은 표현되는 말로 인하여 어느 정도의 한정을 얻는다. 또 표현되는 말의 한정, 그것의 규정성은 말의 형태에 따라서 달라진다. 말하여지는 말과 글로 쓰는 말이 다르며, 친구 사이의 말과 공적인 자리에서의 말이 다르고, 스스로를 위한 각서와 인쇄되어 출판된 말이 다르다. 원고에 씌어진 글과 인쇄되었을 때의 글이 서로 다른 인상을 주는 것은 글 쓰는 사람이면 다 경험하는 것이다. 위에서 든 몇 가지 예에 있어서 앞쪽에 든 것은 뒤쪽에 든 것보다 그 규정성의 정도가 더 높은 인상을 준다. 우리의 내면의 충동은 독백의 말, 말하여지는 말, 글로 쓰인 말, 인쇄된 말들을 거치는 사이에 점점 더 탄탄한 느낌과 필연성을 얻게 된다. 그 말은 외부 세계와 물질적 수단에 결부함으로써 객관적 존재의 자리에까지 밀어 올려지는 것이다. 말의 굳어짐은 ─ 독일어의 '시(Dichtung)'라는 말은 '굳게 하다(verdichten)'와 관계되어 있다고 한다. ─ 이러한 외부적인 조건과의 관련에서 이루어지기도 하지만 말 자체의 일이기도 하다. 가령 말소리의 되고 부드러움이 말의 물질적 질감에 차이를 가져옴은 다 아는 일이다. 또 말의 형식적인 요소 ─ 리듬, 음절, 휴지(休止), 운(韻), 간결, 압축, 적절성 등도 말의 질감을 높이는 작용을 한다. 속담, 격언, 시구, 소위 문자 등의 힘은 다분히 이러한 높은 질감에서 온다. 인용은 대체적으로 이러한 말의 견고화 성향의 맥락에서 생각되어 볼 수 있다. 인용된 것은 이미 말하여진 것 또는, 더욱 적절하게는 글로 씌어진 것, 인쇄된 것이라는 점에서 우리의 주관적 자의성을 벗어나 객관적 사실이 되어 있는 말이다. 비가 온다고 하는 나의 말은 사실에 대조해서 옳을 수도 있고 옳지 않을 수도 있다. 그러나 내가 비가 온다고 말했다는 것은 그러한 사실 여부의 시험을 초월하여 이미 말했다는 사실적 견고성을 높인다. 동시에 인용되는 말은 인용성이 높은 말 ─ 그러니까 그 표현 방식에 있어서 형식적, 질료적 단단함이 높고 기억하기 좋은 말이 되는 것이 보통이다. "낮말은 새가 듣고 밤말은 쥐가 듣는다." ─ 이러한 속담의 힘은 주로 그 문법, 심상, 개념의 대칭적 구조의 균형에 힘입고 있는 것이다. 형식적 단단함이 언어를 안과 밖을 넘나드는 부정형의 흐름으로부터 구출해 내는 것이다. 이러한 경향은 외래 문구 의사용에서도 볼 수 있다. "일이 잘됐어, 사필귀정(事必歸正)이지."라고 말할 때, 한문 문자는 그 시각적 밀도, 네 개의 문자 사이의 균형 이외에도 그 이질성으로 하여 이미 끝없는 언어의 흐름 가운데 하나의 굳은 자리를 이루는 것이다.

물론 말의 굳어짐의 의의는 이와 같이 우리의 일시적인 혼란에 어떤 버팀을 준다는 데 끝나는 것이 아니다. 그것들은 쌓이고 쌓여서 하나의 자연 환경 속에 사람이 사는 집과 도시를 이룩하듯, 우리는 언어로써 문명의 세계를 이룩해 낸다. 이것은 굳어지는 말들을 쌓아 올림으로써 가능하다.

4. 인용의 효용

인용이 우리의 말과 글에 단단함을 더하여 준다고 하더라도 그것은 지나칠 수도 있다. 글 쓰는 연습이 충분치 않은 학생들의 논문을 받아 보면 논문이 여러 전거로부터의 계속적인 인용으로 이루어져 있는 경우가 많음을 본다. 그들은 그들 자신의 말을 주장할 용기가 없다. 그리고 그들이 인용한 전거들을 하나의 일관성 속에 비판적으로 통일해 본다는 정도의 대담성도 없는 수가 많다. 이러한 것은 어쩌면 우리의 문화적 특성인지도 모른다. 헝가리 태생 프랑스의 중국학자인 에티엔 발라스(Etienne Balazs)는 중국 역사가의 인용벽에 대하여 재미있는 관찰을 한 바 있다. 전통적인 중국사가들은 어떤 문서를 다룰 때, 그 내용을 요약하는 것이 아니라, 인용하는 것으로 대신한다. 문서 전부를 인용할 수는 없으므로, 문서에 요점을 드러내 주는 구절만을 발췌하여 이를 나열하는 것이다. 그럼에도 불구하고 결과는 간결하기보다는 장황한 것이 보통이다. 요약보다는 인용이 주된 방법이기 때문이다. 그리하여 전형적인 중국의 사가는 "'그 지방의 남부에 동시에 세 건의 농민 반란이 일어났다.'라고 하는 대신 '모시기(某時期)의 모년(某年) 모월(某月) 모일(某日)에 장모(張某)의 자(子) 장모(張某)가 모현(某縣)을 점거하였다.'고 쓰고 다시 이모(李某), 왕모(王某)에 대하여서도 그에 비슷한 경위를 나열하는 것이다." 중첩되는 인용의 결과는, 발라스가 지적하는 바와 같이, 중국의 사서들로 하여금 개인적 감각이 결여되고 종합적 개관을 위한 추상적 사고가 없으며, 상투구와 상투적 생각으로 가득 찬 책들이 되게 한다. 이것은 역사책뿐만 아니라 다른 종류의 저작에서도 볼 수 있는 것이다. 경서에 대한 주석이라는 형식을 취하는 철학서들에서 우리는 원문의 되풀이를 철저하게 존중하는 경우를 보거니와, 이것 또한 인용의 다른 형식이라고 할 수도 있는 것인데, 이러한 주석 방식이 종합적, 창의적 사고를 저해하는 것에 우리는 주목할 수 있다. 어떤 종류의 한시(漢詩)에 보이는 상투적 구절 등도 일종의 인용의 효과를 갖는다고 볼 수 있다. 이러한 것들이 동양 전통 문학에 있어서, 창의성과 유연성을 감소시키는 요소로 적지 않게 작용하는 것이다.

그러나 인용은 글의 효과를 굳게 하기보다는 부드럽게 하는 수가 많다. 인용의 본령은 여기에 있다고 해야 할 것이다.(물론 여기서 인용이라 함은 문자 그대로의 인용이라기보다는 인유(引喩, allusion)를 말하는 것이기 쉽지만 이미 있었던 말에 의하여 우리 자신의 말을 강화한다는 뜻에서는 같은 성찰의 대상이 되어 무방하다.) 가령 김상용(金尙鎔)의 「남(南)으로 창(窓)을 내겠오」는 여러 시들에 이어져 있음이 분명하다.

남(南)으로 창(窓)을 내겠오

밭이 한참가리
괭이로 파고
호미로 풀을 매지오

구름이 꾀인다 갈리 있소
새 노래는 공으로 들으려오
강냉이가 익걸랑
함께 와 자셔도 좋소

왜 사냐건
웃지요

이 시와 관련해서 우리는 예이츠(Yeats)의 「이니스프리」나 보들레르 (Baudelaire)의 「이방인」 등을 생각해 볼 수도 있겠는데, 아마 가장 분명한 관련은 마지막 연의 이태백(李太白)의 「산중답속인(山中答俗人)」에 대한 것 일 것이다.

문여하사서벽산(問余何事栖碧山)
소이부답심자한(笑而不答心自閑)
도화류수완연거(桃花流水宛然去)
별유천지비인간(別有天地非人間)

김상용의 시는 그 구체성으로 하여 어쩌면 우리에게는 이태백의 시보 다 더 직접적인 호소력을 갖는다고 하겠지만, 마지막 연의 "왜 사냐건/ 웃 지요"는 갑작스러운 추상적 태도의 표현으로 하여 적지 않이 공소한 느낌을 준다. 물론 그것이 이태백의 시구와 연결됨으로써 약간의 여운을 얻는 것은 사실이다.

아마 인유(引喩)의 효과를 훨씬 더 분명하게 느끼게 하는 것은 이태백의 시 자체일 것이다. 여기에서 이태백의 미소는 그 이상 설명되지 아니하는 미소가 아니다. 그것은 그 가운데 한가로움을 지닌 미소이다. 그러면서 그 것은 그 한가로움의 공간을 통하여 옛 도화원(挑花源)의 비경(秘境)으로 열리는 것이다. 김상용의 경우와는 달리, 이태백에 있어서 도화원에 대한 인유는 분명하고, 이것은 시의 울림을 더해 주는 작용을 한다. 김상용의 공소한 웃음은 이태백에 외면적으로 이어지면서, 정작 그 내면에는 들어가지 못하는 것으로 보인다.

김상용이든, 이태백이든, 인유의 효과는 정확히 어떤 것인가? 그것은 우리의 평면적인 지각에 어떤 깊이를 부여하는 데 있는 것으로 보인다. 김상용의 웃음은 부족한 대로 자연 속에서 행복한 삶을 발견한 이태백의 웃음을 비추어 보이고, 이태백의 웃음은 다시 도연명(陶淵明)의 전원적 삶에, 그 삶에서 그가 그려 본 보다 행복한 삶의 꿈으로 열린다. 이러한 중첩된 연상은 우리의 현재적 지각에다 몇 개의 역사적 기억을 중첩하게 하여, 현재의 지각의 윤곽을 몽롱하게 하는 것이다. 이렇게 볼 때, 우리의 현재적 지각이야말로 굳어 있는 것으로 보인다. 역사적 언어의 도움을 통하여 이 지각은 부드러운 것이 된다. 여기에 관련되어 있는 것은 기억이며, 시간이다. 같은 현상에 대한 우리의 지각도 시간의 프리즘을 통하여 볼 때, 새로운 감동의 원천이 된다. 그것은 단순히 과거에 이어진다는 사실만으로 "과거적 격정"(테니슨)을 환기하여, 우리의 마음에 "부질없는 눈물"이라도 가져오고야 마는 것이다. 기억에서 체험되는 것은 주체의 연속성이다. 그러나 이 주체는 추상적인 것이 아니고 세계의 과정 속에 긴밀하게 말려 있는 주체이다. 주체의 움직임에 따라 세상의 모습은 다른 것으로 나타난다. 그것은 어떤 특정한 개인, 특정한 체험의 순간에만 고유한 모습을 가지고 있다. 그러면서도 우리의 삶의 모든 순간, 모든 주체적 존재의 전체화 작용은 하나의 세계 속에서 일어난다.

우리의 지각 작용은 일회적이면서, 공통의 세계로 열려 있는 것이다. 뉘앙스란 이 공통성과 공통성 안에서의 일회성을 깨닫는 일을 말한다. 그리하여 기억 속에 일어나는 지각은 뉘앙스를 지니며, 뉘앙스는 현재적 지각의 분명한 윤곽을 몽롱하게 한다. 우리의 개인적인 기억이 우리에게 주는 뉘앙스의 감각은 매우 전달하기 어려운 것이다. 시인은 주체와 객체의 상호 작용에서 일어나는, 독특한 뉘앙스를 가진 체험을 전달하는 능력을 가진 사람이다. 이러한 체험들의 역사적 기록은 조금 더 객관적으로 우리에게 수많은 전체화의 퇴적으로서의 세계를 우리에게 돌려준다. 문화 전통의 의의도 이러한 데서 발견된다고 할 수 있다.

5. 살아 있는 문화적 기억

말할 것도 없이, 제일 간단히 생각하여 인용은 문화적 기억의 지속성을 나타내는 가장 단적인 증거이다. 그러나 그것은 죽은 기억이 아니라 살아 있는 기억일 수 있어야 한다. 그렇다는 것은 외면적으로 기록되는 것이 아니고, 세계에 대하여 지각하고 생각하고 기획하면서 작용하는 주체적 행위의 표현으로서 그러한 행위의 소산물로서 생각되어야 마땅하다. 그리하여 그것의 참뜻은 안으로부터의 일치를 통하여 비로소 체험될 수 있다. 이것은 인용자의 심리적 조작 또는 이해에도 관계되어 있지만, 인용구의 종류에도 달려 있다. 대체로 주체적 과정의 흔적으로서의 표현은 그것 나름의 특징을 가지고 있다. 이것은 한편으로는 하나의 세계, 어떤 일관성을 가진 세계를 시사하고, 다른 한편으로는 그러한 세계를 구성하는 데 작용한, 주체의 어떤 편향, 버릇 또는 태도를 암시한다.

위에서 든 예에서 김상용의 시나 이태백의 시는 단지 어떤 일시적인 인상을 기록한 것이라기보다 더 일반적인 인생 태도와 세계를 보여 준다. 그러나 이태백의 시에서 이 세계는 조금 더 풍부하고 조금 더 유연한 것으로 보인다. 비슷한 대조는 이재(李在)의 시조와 도연명의 시에서도 볼 수 있다.

> 샛별 지자 종다리 떴다. 호미 메고 사립 나니
> 긴 수풀 찬 이슬에 베잠방이 다 젖는다
> 아히야 시절이 좋을손 옷이 젖다 관계하랴

이 시조의 시상은 도연명의 「귀전원거(歸田園居)」의 일부 시상에 비교될 수 있다.

> 종두남산하(種豆南山下)
> 초성두묘희(草盛豆苗稀)
> 침신이황예(侵晨理荒穢)
> 대월가서귀(帶月苛鋤歸)
> 도협초목장(道挾草木長)
> 석로첨아의(夕露沾我衣)
> 의첨부족차(衣沾不足借)
> 단사원무위(但使願無違)

이재와 도연명의 시는 다 같이 어떤 종류의 자연적 삶을 표명하고 있다. 그러나 여기에서는 시적 지각의 깊이에 있어서의 차이보다는, 그 묘사의 깊이로 하여, 도연명의 시가 더 전체적인 삶의 스타일을 보여 주는 것으로 생각될 수 있다. 20세기 영미 시에서 인유를 가장 많이 쓰기로는 엘리엇(T. S. Eliot)이나 에즈라 파운드(E. Pound)이지만, 그들의 인유의 효과도, 하나의 삶의 태도를 섬광처럼 비추는 데 있다. 「황무지(荒蕪地)」 등에서 엘리엇이 옛 작품에 대한 언급을 많이 한 것은, 본인이 설명한 바와 같이, 현대와 고대를 병행 관계 속에서 대조하는 데 목적이 있지만, 파운드의 목적도 대개 이와 비슷하다고 할 수 있다. 다만 파운드는 엘리엇의 추상적이고 철학적인 시에 비교하여 한결 생생하게 전 시대의 삶의 에너지를 환기하는 데 능하다. 가령 그의 「칸토」의 첫 시에서, 희랍의 영웅 오디세우스에 대한 언급은 곧 지략과 모험의 에너지로 가득한 그의 성격을 환기한다. 맨 첫머리 갑작스럽게 시작하는,

> 그리고는 배로 내려가서,
> 파도에 배를 띄우고, 이내 성스런 바다로……

하는 급한 행동적 묘사에서, 또는 망자(亡者)들을 위하여 돼지들을 제물로 바치고

> 좁은 칼을 집에서 뽑아
> 바닥에 앉아 맥없는 귀신들을 쫓았다.

는 동작에서, 우리는 오디세우스의 조급한 행동적 성격을 곧 느낄 수 있는 것이다. 물론 이러한 희랍 영웅의 행동은 파운드에게 오늘의 시대에 다시 의미를 갖는 것으로 생각되었다. 그러니까 인용이 살아나는 것은 그것 자체의 의미로 인한 것이기보다는 그것이 열어 주는 또 하나의 세계를 암시

함으로써이다. 인용과 지문의 부딪침은 두 세계의 부딪침이다. 그러면서 그것은 사람이 살 수 있는 하나의 세계의 두 가능성인 것이다. 어떻게 보면 인용의 효과는 우리를 스쳐 지나가는 다른 생존의 가능성에 대한, 우수 어린 동경에 연결되어 있다고 할 수 있을는지도 모른다.

6. 인용의 객관성과 주관성

위에서 말한 바와 같이, 인용은 권위의 출처이다. 그 권위는, 우리 자신의 말이 갖는 주관성에 대하여 이미 이루어진 언어와 행위로서의 인용구가 갖는 객관성 또는 객체성에서 온다. 그러나 다른 한편으로 인용이 살아나는 것은 우리가 그 뜻을 이해함으로써이다. 이해한다는 것은 우리 자신이 그 인용구의 주인이 된다는 것이다. 우리는 인용구를 말하는 사람의 입장에서 그것의 의미 연관을 생각하게 되는 것이다. 이러한 이해 작용을 통해서, 인용구는 다시 한 번 우리의 주관의 언어 과정 속으로 흡수된다. 그리하여 그것은 당초에 그것의 권위의 근거가 되었던 객체성을 잃어버리게 된다. 여기에 이르러, 우리는 밖으로부터 주어질 수 있는 권위란, 우리의 언어 행위에 있을 수 없다는 것을 알게 된다.

그러나 모든 것이 주관성 속에 완전히 해소되는 것은 아니다. 우리에게 주어지는 것은 주관의 한없는 자유라기보다는 책임이다. 권위 있는 인용의 의미는 결국 그것의 활자와 객관적 세계와의 상호 작용의 과정에서 규정된 것이다. 우리 자신 주어진 객관적 세계에 대한 의미 규정을 해야 하는 요청을 받아들여야 하는 것이다. 나의 의미 규정은 인용구에 표현된 것과 같은 것일 수 있고 다른 것일 수도 있다. 아마 그것은 같기보다는 다를 수밖에 없을 것이다. 인용구가 지칭하는 생활에 대하여, 내가 객관적 눈길을 돌린다고 하더라도 나의 눈길은 다른 개인사(個人史)와 다른 집단적 역사로부터 태어나는 것인 만큼 본래의 인용구의 함축되어 있는 눈길로부터 어떤 편차를 가질 수밖에 없을 것이다.

인용구의 의의는 우리에게 같은 상황에 대한 여러 진술이 가능하다는 것을 알게 해 주는 것이다. 그러나 이 여러 진술은 잡다한 진술의 횡적인 나열만을 뜻하지는 않는다. 그것들은 하나의 대상의 여러 양상을 이루는 것이다. 말하자면 한 입방체의 여러 면들이 점차적으로 드러나는 것과 같은 것이다. 이 여러 면 또는 양상들은 역사적으로 발전 전개되어 온 것이다. 이것은 어떠한 대상의 경우에도 생각할 수 있는 것이지만, 특히 문화적 대상의 경우에 그렇다고 말하여야 할 것이다. 그리고 다른 한편으로 이러한 발전과 전개는 거기에 대응하는 주체적 노력의 지속 — 개인에 의하여 되풀이하면서, 그것을 초월하여 형성되는 역사적 주체, 일종의 초월적 주체를 말하는 것이기도 하다.

살아 움직이는 문화적 전통이란, 이 모든 것을 지칭한다. 그것은 사람이 살아가는 데 있어서 중요한 계기를 이루는 것들에 대한 많은 고전적 진술을 포함한다. 이 진술은 세계의 객관적 상황에서의 인간의 윤리적 미적 체험들을 기록한 것이다. 이것은 말할 것도 없이 오늘을 살아가는 데 도움을 줄 수 있는 기록이 된다. 그러나 고전적 진술의 기능은 그 자체의 진술적 가치보다는 우리의 판단력을 길러 주는 데 있다. 우리의 미적 윤리적 판단력은 고전적 진술의 굳은 외면을 깨고 그 안으로 들어가려는 이해의 노력을 통하여 훈련된다. 그리고 그것은 이미 비친 바와 같이 대체로 고전적 진술의 표현에 포함된, 권위 있는 판단에 대한, 편차로서 성립한다. 이 편차의 집적이 우리에게 궁극적으로 판단의 자유를 주며, 우리에게 우리 스스로의 세계를 형성할 수 있게 해 준다. 그러면서도 우리의 세계는 고전적 세계와 비슷하며, 거기서부터 발전되어 나오는 역사적 소산임에 틀림이 없다.

7. 문화 전통으로서의 인용

인용할 고전적 구절들이 있는 모든 사회 ─ 또는 더 적절하게는, 위에서 비친 바와 같이 인용이 드러내고 있는 것은 하나의 삶의 형성 방식이기 때문에 고전적 구절을 통하여 지시되는 고전들이 있고, 고전들의 세계가 있는 사회에 있어서 문화 전통은 저절로 존재한다고 할 수 있다. 그러나 우리는 그것이 단절되고 소멸될 수 있는 가능성도 생각하지 않을 수 없다. 20세기에 와서 우리가 겪은 경험이 바로 그러한 것이기 때문이다. 이것은 하나의 문화적 전통이 외적인 충격에 의하여 하루아침에 쓸모없는 것이 될 수도 있다는 것을 말한다. 이것은 인류 역사에서 여러 차례 경험된 것이다. 가령 서양의 고대의 종말에 서양인들은 그들의 고전적 사유의 전통이 갑자기 쓸모없는 것이 되었음을 발견하였을 것이다. 이것은 중세적 세계가 끝나고 르네상스를 거쳐 근대적 세계에 들어섰을 때도 마찬가지였다.

또 이러한 갑작스러운 변화는 더 작은 규모의 역사적 전환점에서도 발견되는 것일 것이다. 문화의 단절적 전환은 우리나라의 역사에서도 몇 번 되풀이되었다. 이 전환의 가장 최근의 것이 지난 백 년 동안에 일어난, 오늘도 우리가 경험하고 있는 전환일 것이다. 이러한 전환은 인문적 사고의 패러다임의 변화 또는 인간 생존의 상부 구조와 하부 구조 사이의 미묘한 관계들에 의하여 설명될 수 있을는지 모른다. 그러나 문화 작업의 내면의 관점에서만 볼 때 문화의 살아 있는 진행은 그것의 외면화에 의하여 정지 상태에 들어간다고 할 수 있다. 문화는, 다시 말하여, 퇴적된 언어의 벽돌로서 이루어진다. 그러나 이 벽돌을 하나의 구조물로 통합하는 것은 그것들의 외면적 견고성을 안으로부터 풀어 나가는 주체적 이해의 작업이다. 또 이러한 이해의 작업을 통하여 새로운 세계의 가능성이 열린다. 그러나 사회적으로 정치적으로 외면적 권위만이 지배하는 세계에 있어서, 우리의 사고는 정해진 틀, 정해진 글, 심지어 정해진 문자, 인용구들로부터 벗어나지 못한다. 이런 경우에 고전의 권위는 우리가 새로운 삶을 살아가는 것을 방해할 뿐이다. 새로운 상황의 도전에 쫓기는 당대인들은 고전적 진술들을 빈껍데기에 불과한 것으로 버리고야 만다. 이런 상태에서 유일하게 가능한 것은 데카르트가 한 바와 같은 새로운 시작일 것이다.

데카르트의 사고에서 모든 것은 주체 ─ 철저하게 합리적으로 사고하는 주체로부터 시작한다. 그것에 의하여 확인되는 명증한 것만이 우리가 의지할 수 있는 유일한 진리가 된다. 여기에 밖으로부터 오는 권위가 있을 수 없고, 인용되는 고전적 전가가 있을 수 없다. 모든 권위, 모든 다른 사람의 말은 자의적이며 억압적인 것일 수밖에 없다. 그러나 합리적 사유가 이룰 수 있는 업적이 얼마나 크고 섬세할 수 있는가? 합리적 사고의 세계는, 특히 유일한 주체 앞에 정당화되어야 하는 진리의 세계는 뉘앙스가 없는 단순한 세계일 것이다. 그 안에서 개개인 간의 섬세한 정신은 숨을 곳이 없을 것이다. 그러나 그것은 사고도 언어도 없는, 물리적 힘의 세계보다는 나은 것이다. 그렇기는 하나 사람이 보다 사람답게 사는 것은 크면서 섬세하고, 물리적이면서 정신적이며, 일직선적이며 유연한 언어를 만들면서 사는 일이다. 지금에 있어 이러한 일은 전적으로 미래를 향하여서나 기대할 수 있는 일로 보인다.

(1985년)

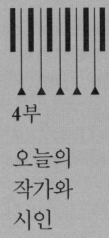

4부

오늘의
작가와
시인

밑바닥의 삶과 장사壯士의 꿈

황석영의 민중적 삶에 대한 탐구

황석영 씨는 사회 현실, 특히 1960년대 이후의 사회 변화 속에서 밑바닥에 깔리거나 변두리로 밀려난 삶에 주목하고 많은 작품 속에서 이러한 삶을 사실적으로 기록하였다. 또 이러한 기록은 단순한 기록이라기보다는 그러한 삶에 대한 일정한 태도 또는 관점을 전달하고자 함이었다. 이런 의미에서, 황석영 씨는, 널리 일컬어지는 바와 같이, 현실주의의 작가이고 민중주의의 작가이다. 그러나 이렇게 말하고 보면, 우리는 그가 현실주의의 작가임과 동시에 낭만주의의 작가라는 것을 상기하게 된다. 그의 낭만주의는 『장길산(張吉山)』과 같은 작품에서의 전설과 모험에 대한 관심에서도 나타나지만, 그의 작품에 일관하는 자기실현의 삶을 향한 집요한 추구에서 오히려 분명하게 느껴진다. 그러나 이 낭만주의가 그의 현실주의와 따로 존재하는 것은 아니다. 전자는 후자의 근본 동력으로 작용한다. 황석영 씨의 현실주의 소설에서, 주어진 사회 현실을 절단하여 하나의 단면을 제시할 수 있게 하는 것은 그의 낭만적 삶의 비전이다.

그러니까, 다시 말하여, 황석영 씨의 작품들을 특징짓는 것은 한편으로 사회적 진실에 대한 관심이며, 다른 한편으로는 개인적으로 절실한 어떤 낭만적 삶을 향한 발돋움이다. 이 두 충동은 서로 합쳐지기도 하고 따로 있기도 하면서 그의 작품의 옷감을 짜 낸다. 그리고 이러한 짜임은 그의 작품에 독특한 진실성을 부여한다. 그것은 그의 작품들로 하여금 통념적 진부성에서 벗어나 개인적 시각의 정직성을 가지게 하고 또 우울한 사실주의나 감상주의에서 벗어나 발랄한 힘과 넓은 폭을 가지게 하는 것이다.

첫 작품 「입석부근(立石附近)」(1962)은 황석영 씨의 주제적 전개에 있어서 여러 가지로 시사하는 바가 많은 작품이다. 첫 작품으로는 드물게 성숙한 기율과 투시력을 보여 주는 이 작품은 그의 다른 작품들에 나타나는 모티프들과, 이 모티프들의 전형적인 상관관계를 보여 준다. 「입석부근」은 어떤 종류의 강렬한 삶에 대한 추구를 그 주제로 한다. 여기에서 추구되는 강렬한 삶은 무절제한 감각의 탐닉이다. 정열의 분출보다는 행동에서 찾아지는 것으로 생각된다. 이 행동은 어떤 목적의 달성을 위한 수단도 아니고 그렇다고 무목적적인 모험을 뜻하지도 않는다. 행동은 하나의 정신적 기율이다. 그러나 이것은 밖으로부터 부과되는 억제의 기율이 아니라 사람의 여러 가지 기능을 통합하는 기율이다. 이것은, 그것이 사람의 전 기능을 하나로 집중하는 한, 감각의 예민화도 배제하지 않는다. 그것은 오히려 그것의 고양화를 가져온다. 주인공이 등산에서 경험하는 것은 "동물적인 깨끗한 감각과 생명력"(「입석부근」)의 막힘 없는 발산이다. 그러나 감각의 신선함은 그 자체로 의미가 있는 것이 아니다. 행동의 기율은 보다 적극적으로 사물의 세계에 일치하는 일이며 자아의 진실 속으로 들어가는 일이며 또는 더 적절하게 세계와 자아의 구별을 넘어선 일체적 과정에 이르는 일이다. 감각의 의미는 여기에 있다. 주인공은 암벽 등반의 의미를 다음과 같이 말한다.

사람들은 산을 그저 올려다보는 것으로 만족했다. 그것은 피와 살을 가지고 있지 않는 산이며, 그림 엽서나 사진 같은 창조가 없는 산이었다. 모든 사랑은 밖에서 바라보는 것이 아니고, 그 속으로 파고들어가서 점점 그것과 갈등을 불러일으키는 행동에서부터 출발한다는 것을 차츰 알게 되었다.

이 사랑은 산과 관조적인 바라봄에서 얻어질 수 없는 근본적인 일치에 들어가는 방법이다. 그러나 이것은 또한 자아의 과정에 밀착하는 방법이기도 하다. 투쟁을 통해서 대상들에 애착을 느끼는 것은 무슨 까닭인가? 주인공은 이렇게 묻고 그에 대한 답변으로 "그것은 사람들이 자기들의 집념을 몹시 사랑하고 있었던 때문은 아닌가." 하고 반문한다. 그러나 암벽 등반은 단순한 의지의 확인보다는 깊은 의미에서의 자아의 체험 또는 그것을 넘어서는 어떤 것을 뜻한다. 주인공은 등반에 열중한 시간이 "눈에 보이는 세계가 아닌 가슴 깊숙한 곳 어디선가 들려오는 내 목소리에 귀를 기울이는 시간"이 된다고 말한다. 그런데 이러한 자아 침잠의 시간은 다른 사람들에 의하여 깨어져 버린다. 다른 사람의 목소리는 "……외로운 시간 위에 던져진 나를 깨우쳐 주고, 내가 자유스러운 것과 나밖에는 믿을 것이 없다는 불안감을 느끼게" 하는 것이다. 그러니까 이러한 외롭고 던져지고 고립되고 불안하고 열등감을 느끼고 하는 자는 앞에서 말한 더 깊은 자아와는 다른 것이다. 이것은 오로지 이 깊은 자아에 의하여 극복되고 이 깊은 자아의 느낌은 강력한 행동의 순간 속에만 나타나는 것이다. 그는 말한다. "내게는 자신을 잊을 정도의 강력한 몸짓만이 평온한 마음을 가져다 주는 것이었다."

그러나 행동에의 의지는 단지 이러한 깊은 자아의 체험이나 정신적 평온에의 갈구만을 나타내지 않는다. 주의하여야 할 것은, 그것이 기계적인 객관성에의 예속은 아니면서도 객관적인 것에의 움직임을 나타낸다는 사실이다. 「입석부근」의 행동 철학이 의도하는 것은 행동 속에 자신을 던져 놓음으로써 일상적 자아를 넘어서며 동시에 객관적인 것에의 움직임을 나타낸다는 사실이다. 「입석부근」은 객관적인 세부 묘사에 가득 차 있지만, 우리는 이러한 묘사에서 어떻게 등반 과정에의 집중이 하나의 자기 초월의 계기가 되며 동시에 사물의 자세한 모습을 드러내 주게 되는가를 보게된다. 가령 다음과 같은 구절은 하나의 예가 될 것이다.

바른손에 손톱으로 긁어 쥔 바위 부스러기가 시원치 않으면, 곧 그 반응이 오른발에 왔다. 오른발 뒤축이 허전해진다. 그러면 왼손, 오른손은 정확하게 바위의 돌출부를 찾아낸다. 이 순간들은 내가 끝내는 게 아니다. 다만, 이 바위 부스러기들이 이젠 '끝났다' 하고 내 손끝에 알려줄 따름인 것이다……

이러한 구절에서 필자는 행동의 의미를, 그것이 우리로 하여금 객관적 사물의 질서에 복종케 한다는 데에서 찾고 있음을 보거니와, 이러한 객관에의 움직임은 「입석부근」의 철학의 다른 차원을 이해하는 데도 잊지 말아야 할 사항 중의 하나이다. 「입석부근」의 철학은 일단 실존적 행동주의라고 부를 수 있겠는데 , 객관에의 지향은 모든 실존적 태도가 떨어지기 쉬운 자기 탐닉적 주관주의에 대하여 강한 제동을 가하는 역할을 한다. 그리하여 「입석부근」의 철학은 실존적 요구에서 출발하면서 인간을 객관적 사물의 세계로 내던지고, 더욱 중요한 것은, 계약이 있는 데로, 여러 사람이 공존하는 세계로 나아가게 한다. 이렇게 말하는 것은 「입석부근」은 개체로서의 사람의 있는 방식에 대하여 일정한 발언을 하고 있을 뿐만 아니라 사람이 같이 있는 방식에 대하여도 하나의 규범을 설정하고 있기 때문이다.

위에서 인용한 바 있는 구절에서, 우리는 다른 사람들의 소리가 주인공의 깊은 자아에의 침잠 또는 행동적 열중의 몰아 상태를 혼란시키는 것을 보았다. 여기에서 참다운 의미에서의 행동은 다른 사람과의 교섭을 배제하는 것으로 생각된다. 어떤 차원에서 이것은 옳은 말이다. 주인공은 이렇게도 말한다. "사람이 방 속에 앉아서 자신과 얘기한다거나, 사교장에서 지껄이고 있다거나, 저자에서 떠들 때라거나 대부분은 거짓말투성이다." 이러한 구절의 대중 경멸은 노골적인 것이지만, 이것은 다른 차원에서의 인간 유대 의식에 의하여 보상된다.

인간의 본래적인 실존의 의미를 '요설' 속에 상실한 인간에 대한 경멸이 「입석부근」에 있다면, 그것은 행동으로 이를 극복한 사람들 사이의 강한 연대를 확인하는 배경이 된다. 「입석부근」의 등산 이야기에, 등산이 가능케 하는 개인적인 실존의 모험 이외에 또 다른 가닥을 이루고 있는 것은, 바로 행동가들 사이의 연대 의식이다. 여기에 등장하는 등산가들은 혼자보다는 집단적으로 산에 오른다. 그들이 단순히 사교적 목적을 위해서 그렇게 하는 것은 아니다. 그들은 많은 위험한 지점에서 공동 보조를 취하여 길을 헤쳐 나가지 않으면 아니 된다. 서로의 몸을 자일에 함께 묶고 암벽을 오를 때면, "지금 그가 찾고 있는 부분이 곧 나의 확보물이며, 내가 딛는 한 발이 그의 전진이다."라고 해야 하는, 문자 그대로의 생명의 연대 속에 들어가는 것이다.

그러나 이들이 이루는 동아리의 관계는 약자들의 무정형적이고 무개성적인, 정서적인 융합이 아니다. 그것은 자유로이 받아들인 공존의 책임으로 이루어진 것이다. 이 관계는 죽음을 통하여 가장 분명하게 정의된다. 위에 말한 바와 같이, 위험한 등반길에서 그들은 서로의 생명을 서로에 의지하게 된다. 그러나 그들은 하나의 독립된 인격체로서 홀로 죽음을 맞이할 용기를 가지고 있다. 이것이 그들을 묶어 주는 것이다. 가령 이 이야기의 마지막 부분에서, 자일로 서로를 연결하고 바위를 오르던 이들 중 한 사람이 공중에 매달려, 자기 자신과 함께 동료 등반원들을 동시에 아래로 굴러 떨어지게 할 위험에 놓이게 된다. 그러자 그는 자일을 풀고 죽음을 무릅쓰고 아래로 뛰어내린다. 다행히 살아났지만, 이때 그에게 죽음은 한순간 거의 틀림없는 현실이 된다. 그는 이 고독한 죽음의 가능성을 단연코 무릅쓰는 것이다. 다른 등반원들도 이러한 동료의 고독한 죽음을 미련 없이 받아들인다. 그들도 그 자신의 죽음과 다른 사람들의 안전에 대한 자신의 책임을 한 번에 받아들일 용의가 되어 있기 때문이다. 주인공은 죽음을 무릅쓴 친구의 희생에 대하여 말한다.

    희생하는 것은 어려운 일이다. 더구나 자기의 위험을 혼자만이 해결하기 위해서 동료들에게서 스스로 떨어져 나가는 것은 무엇보다도 훌륭했다.
    안락한 때에 위험스럽던 날의 기억을 불러일으킨다면 진지하고 충실할 수 있을 것이다. 남의 피 값으로 살고 있다는 것은, 또 우리가 그런 행위들을 자기의 안락을 위해서 은근히 기대하고 있다는 것은 얼마나 참지 못할 것인가.

이와 같이 스스로 받아들이는 희생의 영웅적 결단은 연대 의식의 기초가 된다. 다시 말하여, 여기의 집단은 자유로이 선택한 행동적 용기를 통하여 높은 윤리적 완성을 이룩한 개인들의 집단이다. 물론 개인의 희생은 유대 의식에 의하여 보상된다. 이 이야기에서도 주인공은 뛰어내린 대원을 위하여 새로운 구출의 고난을 각오한다. 그러나 희생과 희생적 동지애의 보상은 서로 일대일의 수수 관계에 있지 아니한다. 그것은 죽음의 위험으로 하여 개체화된 인간들의 자유로운 주고받음일 뿐이다.

지금 본 바와 같이 「입석부근」의 실존적 행동주의가 규정하는 인간관계는 영웅적 인간들의 개인적 자유와 책임, 그리고 그것에 입각한 동지애의 결속에 관한 것이다. 동시에 이것은, 이미 말한 바와 같이, 이러한 차원에 이르지 못한 사람에 대한 배타적 정의로서 성립한다. 그렇다고 이들의 속중에 대한 관계가 일률적으로 경멸과 무시의 관계는 아니다. 가령, 우리는 주인공이 산에 혼자 남아 있으면서, 새삼스럽게 인간의 공존적 유대를 확인하는 다음과 같은 구절을 볼 수 있다. 그는 먼 도시의 불빛을 보면서 생각한다.

별처럼 깜박거리는 희미한 점들이 사방으로 뿌려져 우주를 이루고 있었다. 그 남은 빛이 거의 하늘까지 훤하게 비추었다. 이렇게 사람들은 모여서 사는 편리한 방법을 생각해 냈다. 그렇지만, 이 거대한 밤 가운데 모든 사람들이 서로 더욱더 가깝게 살고 있다는 것은 모르고 있으리라.

위의, 다분히 생텍쥐페리에 영향된 구절에서, 행동적 영웅들의 공동체는 후반부에 지적된, '거대한 밤' 가운데 있는 공동체다. 그들은 죽음과 고독에 의하여 서로 단절되어 있으면서 바로 그러한 것을 받아들이는 용기에 입각하여 하나의 공동체를 형성한다. 그러나 이러한 공동체가 도시의 불빛이 이루는 인간의 공동체를 부정하는 것은 아니다. 어떤 의미에서는 밤의 공동체는 불빛의 공동체의 의미를 심화한 것에 불과하다. 이에 비슷한 차이와 일치의 느낌은 다음과 같은 산의 의미에 대한 묘사에도 나와 있다. 주인공은 산에 오르는 것은 사람들의 협소함에서 벗어나 "사람들을 내려다보기 위해서"라고 한다. 그러나 참다운 의미는 다시 돌아오는 데 있다.

우리들의 목적은 오르는 과정뿐이며, 도달했을 때엔 출발점으로 되돌아가고 싶어지는 것이다. 정상에 섰을 때, 우리들의 발 밑을 튼튼히 받쳐 줄 오직 하나의 근거지인 땅이 귀하고 고마운 곳임을 깨달았다. 하산해서 내려오면 우리 몸과 걷는 길이 새롭게 변해 있었다. 나무와 시냇물은 반갑게 그대로 있었다. 전에는 으레 있었던 사물이나, 눈에 띄지도 않던 것들이, 모두들 제자리를 지키며 신선하게 주장들을 하고 있었다.

이렇게 산에 오르는 의의는 산 밑의 '인간의 대지'를 재확인하는 데 있는 것이다. 물론 여기에서 확인되는 것은 주로 사람이라기보다는 사물들이다. 그리고 사람에 관한 한은, "나는 이 많은 사람과 다른 사람이라고 느끼듯이 자기가 새 사람이나 된 것 같은 기분을 느끼곤 하"게 되는 때의 자긍심에 등산의 의미가 있다고 할 수도 있다. 「입석부근」이 여기의 모순을 완전히 해결하지 못하고 있다고 하는 것이 옳겠지만, 등산에서 확인되는 것이 근본적으로 단순한 대지가 아니라 '인간의 대지'임에는 틀림이 없는 것이다.

그런데 사람을 두 부류로 나누어 놓은 행동이란 무엇인가. 그것은 단순히 스포츠, 일종의 오락으로서 행하게 되는 등산과 같은 것만을 뜻하는 것은 아니다. 그것은 우리 자신의 집중적 초극을 요구하는, 모든 투쟁적 갈등을 말한다. 그것은 자연과 일치하는 심미적, 정신적 경험, 노동, 생존 — 이러한 것 속에 있는 투쟁적 노력을 지칭한다. 「입석부근」의 주인공은 등산의 의미를 이런 보다 넓은 행동의 일부로 파악하면서 다음과 같이 말한다.

사람들은 때때로 자기네 관념과 말이 가지는 그 무의미한 허구에서 빠져나와, 분명하진 않지만 꼭 우리 눈에 용해될 수 있는 자연의 품 안이나 오랜 시간에 걸친 노동이나, 살아가기 위한 세상의 온갖 장애와의 순수한 투쟁 안에서 무언으로 해방될 것을 갈망하고 있는 것이다.

그렇다면 이러한 허구를 벗어나 진정한 자기에 이르는 과정으로서의 행동은 사람이 사는 곳 아무 데서나 발견될 수 있는 것이라 할 수 있다. 여기의 단계적인 구분은 연대기적인 것이라기보다는 논리적인 것이지만, 다음 단계에 있어서 황석영 씨의 탐구는 등산과 같은 특수 상황에서가 아니라, 사람이 사는 데에 있어서의 '행동'에 관한 것이다. 즉 그는 자연과의 일치, 그것을 지향하는 스포츠에서 노동이나 순수한 투쟁으로서의 생존에로 나아가는 것이다. 이렇게 하여 그의 생텍쥐페리식 또는 실존적 행동주의는 민중주의가 된다. 그러나 두 가지의 이음새는 확연한 것이 아니다.

위에서도 언급한 바 있지만, 황석영 씨는 밑바닥과 변두리의 삶을 주로 그려 왔다. 그런데 그의 이러한 삶을 다룬 소설에서 삶의 왜곡과 고통, 또는 원한이나 연민과 같은 부정적인 면보다도 악조건 속에서도 손상되지 않고 남아 있는 건강한 삶이다. 그에게 건강한 삶은, 위에서도 살펴보았지만, 다시 말하건대, 제일차적으로 일종의 근본적 경험주의, 래디컬 엠피리시즘의 입장에서 본, 의식과 현실이 일치되는 그러한 삶이다. 즉 그것은 감각과 대상, 생존의 필요와 그 충족, 관념과 행동이 일치하는 상태의 삶이다.

이러한 삶은 민중적 삶에서 가장 잘 실현된다. 「가화(假花)」의 중심적인 상징을 빌자면 모든 인위적인 세련과 간접화에 왜곡된 가화(假花)에 대하여 민중의 삶은 소박하고 직접적인 생화(生花)와 같은 것이다. 건강한 민중의 삶은 어떤 것인가? 이것은 반드시 어떤 투쟁적인 삶만을 의미하지는 않는다. 또는 그것은 문화적 세련이 없는 원시적인 본능의 삶을 말하는 것도 아니다. 그것이 이러한 것들을 포함할 수도 있지만, 일단은 어떤 순진한 삶 「입석부근」의 말로, "동물적인 깨끗한 감각과 생명력"의 삶이다.

「섬섬옥수(纖纖玉手)」는 오늘날의 삶에 있을 수 있는 여러 가능성 가운데, 어떤 종류의 삶이 선택될 만한 것으로 간주되는가를 가장 쉽게 보여 준다. 그것이 부르주아적 생활이 아닌 것은 물론이지만, 결코 관능과 본능의 강렬한 삶이 아니라는 점은 이 소설에서 특히 강조되어 있는 바다. 사실 이러한 주장이 이 소설의 요점이 된다고 할 수 있다. 그러한 삶 대신에 이야기되어 있는 것은, 이미 비친 바와 같이, 민중적 인간에서 발견되는 순진한 삶, 청결한 삶이다.

이 소설에서 이러한 삶의 모습을 나타내고 있는 것은 수리공 상수다. 그는 "기름투성이의 검게 물들인 작업복을 입고" "코끝과 뺨에 모빌유가 검게 묻었고, 바닥이 시커멓게 더럽고 끝이 다 떨어진 목장갑을 끼고 있"는 그런 몸차림이지만, 그가 나타내고 있는 것은 오히려 어떤 청결감―「입석 부근」의 표현을 다시 써서, "동물적인 깨끗한 감각과 생명력"이다. 여대생 박미리에게 그는 "숙맥 같은 동작과 큰 덩치가 꼭 어릴 적 시골집의 턱없이 양순하기만 하던 잡종 개"의 인상을 준다. 상수가 미리와 놀러 갔을 때의 행동도 동물적인 단순성에 의하여 특징지어진다. 버스에서 그는 곧 잠이 들어 코를 골고 "어린이같이 방심한 얼굴"을 드러낸다. 그는 "싸구려 빵을 비닐 봉지째 삼킬 만큼 열중해서 먹"는다. 그들이 강가에 갔을 때, 미리는 단둘이 호젓한 곳으로 가는 데 대하여 망설이기도 하고―유혹도 느끼기도 한다. 그녀는 "울창한 숲, 찢긴 옷, 상처난 다리, 달음박질, 짓눌림, 바람소리"로 얽히는 폭력적 관능의 꿈을 꾼다. 그러나 상수는 그러한 관능의 환상과는 관계없이 자연 속의 소년이 되어 낚시에 열중한다. 그에게 중요한 것은 차라리 낚시한 고기를 산 채로 고추장에 찍어 먹는 일이다. 종국에 상수와 미리는 포옹하게 되지만, 그것도, 미리의 관능의 꿈에 미치지 못하는 극히 청결한 것이다. 미리에게

그의 입술은 서투르고 딱딱했다. 무미건조했다. 내 가슴 위에 얹힌 손과 머리 밑의 팔이 입술보다 훨씬 가까웠다. 생선의 비린내와 왕골의 쓴맛이

감돌았다. 그의 손놀림은 무의식적이고 기계적이어서 청결했다.

　이러한 상수는, 한편으로 자스민인가 루즈 레브론인가 화장품의 향기를 식별할 줄 알고, 약혼자의 집안 사정을 속속들이 뒷조사를 할 만큼 용의주도하며 때로는 깡패를 동원하여 다른 사람을 다스릴 줄도 아는, 미국 유학을 한 장만오와 대조되고, 다른 한편으로는 "과단성 있고 신념이 강한 자가 최후의 승리를 차지"한다는 생각 하나와 자신의 저돌적인 의지와 노력을 밑천으로 가난을 탈출하여 중산 계급의 생활을 획득하고자 하는, 그리하여 "똑똑하고 아름답고 최고의 수준으로 교육받은 여자…… 그것은 바로 남자가 얼마쯤의 신분으로 직결되는 선을 통과했느냐 하는 물적 증거 자체"라는 생각으로 미리에게 접근하는 김장환에 대조된다. 박미리는 이 두 사람을 거부하고 상수를 택하려 하지만, 이 선택을 지키지는 못하고 만다. 그것은 미리에게 상수의 일체성, 삶과 의식과의 일치를 이루고 있는 경지는 가까이할 수 없는 것이기 때문이다. 이미 위에서 본 바와 같이, 미리와 상수의 사이에는 미리가 가지고 있는 원시주의적 관능의 환상이 끼어들어 교감을 막는 것이다. 이것은 마지막 포옹의 장면에 가장 잘 나와 있다. 잠에서 깨어난 미리는 "관능의 입구를 활짝 열어 놓고" 관능의 세척 작용을 기다린다. 그러나 상수의 포옹과 애무는, 이미 위에서 인용한 구절에서 보듯이 너무나 단순하다. 그녀는 그러한 행위 속에 자신을 용해하지 못한다. 따라서 그녀는 "나 혼자 누워 있는 것" 같다고 느끼고 "감각의 결핍 상태"를 경험한다. 그리하여 그녀는 마음속에서 다시 "사람들이 물결쳐 빌려 오가는 번화가"로 돌아간다. 그러한 번화가의 과도로 자극된 감각과 관능―또는 그것에 대한 환상은 그녀로 하여금 상수의 단순한 청결을 받아들이지 못하게 하는 것이다. 이것이 상수로 하여금 그녀에게 마지막으로, "똥치 같은 게 겉멋만 잔뜩 들어 가지구"라고 내뱉게 하는 이유다.

「섬섬옥수」에 있어서 삶의 선택은 현실의 착잡한 얼크러짐 속에서보다도 이상화된 철학적 가능성들 속에서 이루어지는 것이라 할 수 있다. 특히 상수로 대표되는 순진한 삶은 하나의 철학적 가능성이라는 혐의가 짙다. 이야기의 전개라는 점에서 볼 때, 이 이야기는 상수의 관점에서 그의 삶을 완전히 그리려는 것이 아니고 그의 삶이 박미리의 삶과 교차되는 단면, 그중에도 그녀의 생각과 선택의 대상으로 나타난 면만을 투영하는 것인 까닭에 그의 삶의 이상화는 정당화될 수 있는 것이다. 상수와 같은 노동자의 생활을 더욱 현실적으로 또 안으로부터의 관점에서 묘사하는 경우 그의 삶은 목가적인 단순성을 잃을 수밖에 없을 것이다. 황석영 씨의 다른 소설들—비슷하게 밑바닥의 삶을 다룬 소설들에서 밑바닥의 삶은 조금 더 복잡한 갈등과 긴장 속에 존재한다. 그렇다고 「섬섬옥수」에서 시사되어 있는 목가적 핵심이 완전히 사라진다는 것은 아니다. 위에서도 이미 비쳤듯이, 이러한 요소는 그의 소설의 현실감을 어느 정도 저하시키지만—동시에 그것으로 하여금 단순한 연민과 원한의 기록 이상이 되게 하는 것이다.

「장사(壯士)의 꿈」은 보다 순수하고 소박한 육체적 삶에 대한 꿈이지만("바다처럼 유순하고 산맥처럼 굳건한 애기를" 갖고 건강한 육체로 "적을 모조리 쓰러뜨리고 늠름한 황소의 뿔마저도 잡아 꺾고, 가을날의 잔치 속에 자랑스럽게 서" 보고……) 오늘의 도시 속에서 이 꿈은 목욕탕의 때밀이 또는 도색 영화의 주인공의 역할밖에 얻어 주지 못한다는 것이 드러난다. 이 소설에서 꿈과 현실의 차이는 너무나 큰 것이어서, 이 차이는 소설의 실감을 크게 손상시키는 결과를 가져온다. 적어도 작자가 이야기하고 있는 형태로는 장사의 꿈이 현실로부터 자라 나오기는 어렵다는 느낌을 우리는 금할 수 없는 것이다.(물론 농촌적인 꿈과 도시의 현실과의 갈등은 얼마든지 있을 수 있는 현실 사회 속의 주제이지만, 이 소설에서 이 주제는 사실적으로보다는 우화적으로 취급되어 있다.)

그러나 정작 현실적 갈등 속에서도 존재하는 민중적 삶의 건강성은 「돼지꿈」,「밀살(密殺)」,「몰개월의 새」와 같은 작품에서 성공적으로—현실적 갈등의 요인들을 놓치지 아니하면서 동시에 구도와 목가적 비전의 선명함을 잃지 않는 형태로 형상화되어 있다.「돼지꿈」은 가난한 사람들의 생활의 한 단면을 소묘적으로 그린 것이다. 이 단면은 다른 비슷한 보고의 내용에서도 흔히 보는 그러한 것이지만, 그럼에도 이 이야기를 특이하게 하는 것은 고난 가운데에도 긍정되는 강한 삶의 에너지 때문이다.

벌거숭이 붉은 언덕과 공장 굴뚝과 폐수와 쓰레기더미를 이루는 삭막한 풍경 가운데 자리 잡은「돼지꿈」의 움막촌에는 밑바닥 서민의 온갖 고초가 다 우글거린다. 강씨 집에는 일숫돈을 부모에게 안기고 가출했던 딸이 미혼모가 되어 돌아온다. 그것은 도덕적인 문제뿐만 아니라, 일하지 못하는 식구가 느는 데에서 오는 경제적인 부담을 가져온다. 생활상의 압력은 부자, 부녀, 부부간에 쉴 새 없는 불화를 일으키고 동네 사람 사이에 분쟁의 원인이 된다. 젊은 노동자 근호는 공장에서 손가락 셋을 잃어버린다. 그러나 그는 손가락을 잃어버린 사실에 원통해하기보다도 그에 대한 보상금을 반가워한다.(보상금은 동생의 빚과 결혼 비용에 쓰이게 되지만.) 공권력을 대표한 순경은 포장마차집에 나타나서 돈을 뜯어 가고 시청은 움막촌을 철거하겠다고 위협한다. 움막촌의 삶은 거대한 정치적, 사회적, 경제적 압력의 가장자리에서 위태롭기 짝이 없게 영위된다. 한 등장인물이 생각하듯이, 그들은 "날마다 죽을 둥 살 둥 하면서 그래도, 가난 때문에 온가족이 뿔뿔이 흩어져야 할 위기를 몇 번이나 넘기면서도 용케 살아나왔던 것이다." 그러나 「돼지꿈」의 핵심을 이루는 것은 고생담보다도 고물 장수 강씨가 얻어 온 셰퍼드 개고기로 하여 벌어지는 동네 잔치다. 이것은 동네 사람들이 한데 모여 술과 고기와 놀이의 흥겨운 한때를 가질 수 있게 한다. 황석영 씨는 다음과 같은 묘사에서 보듯이, 이러한 잔치가 어떻게 동네의 모든 사람들을 한데 모이게 하고 그들의 삶의 활기를 풀어놓아 주는가를 강조한다.

하천 건너편 빈터에서 모닥불이 타고 있었다. 마을 사람들이 사과 상자를 패어 살려놓은 불이었다. 이미 캄캄해진 공장부지의 들판 가운데서 불길이 기세 좋게 타올랐다. 쓰레기더미와 이곳 저곳에 어른 키만큼 자란 잡초가 불빛에 드러났고, 불 주위에 모인 마을 남자들의 법석대는 소리와 낄낄거리는 웃음, 콧노래들이 들려왔다. 연기가 그치고 고운 화염이 솟아오르자 그들은 개를 불 위에 얹고 그슬리기 시작했다. 불이 있고, 술과 고기가 있으니, 그 주변은 자연히 성성한 활기가 돌게 마련이었다. 모여 선 어른들은 서리를 끝내고 돌아온 짓궂은 시골 소년들처럼 낄낄대며 농지거리들을 주고받았다. 아낙네들도 이런 저녁마다 시큰둥해서 풀이 죽어 있던 동네 남자들 사이에 쾌활한 모임이 벌어지고 있는 광경을 대견스레 구경했다. 여자들은 하천 건너편에 남아 있었지만, 극성스런 아이놈들이 벌써부터 건너와 어른들 뒷전에 살살거리며 모여 있었다. 개털의 노린내가 불가에 가득 찼고, 붉은 불빛이 그들의 벗은 몸과 얼굴에서 일렁였다.

그런데, 이러한 개고기 잔치는 움막촌 사람들의 삶의 축제의 한 정점이 될 뿐 이들의 삶은 원래부터 — 이렇게까지는 말할 수 없다고 하더라도 적어도 낮의 고난에 대하여 이들만이 모이는 밤의 시간에는 축제적인 성격을 가지고 있는 것으로 그려져 있다. 모닥불은, 위의 개고기 잔치의 묘사에서 중심적인 상징이 되지만, 불꽃의 상징은 처음부터 등장한다. 처음의 장면 묘사 "……해가 저물고 있었다. 기와공장의 굴뚝에서 솟은 불티가 어두운 하늘 속에서 차츰 선명하게 반짝였다……." 하는 구절에서부터 모닥불의 불꽃은 피어나기 시작했었다. 그리하여 마지막,

빈터에는 묘한 활기가 가득 차 있는 것 같았다. 불이 모두 꺼져서 쇠솥이 차갑게 식을 때까지 그들은 노래하고 춤을 추고 주정을 했으며 핏대 올려

말다툼도 하였다. 드디어는 하나 둘씩 지치고 피곤해져서 야기 때문에 비교적 시원해진 방안을 찾아 돌아갔다……

여기에서 비로소 모닥불은 꺼진다. 이렇게 볼 때, 우리는 움막촌 사람들이 겪은 고초는 이러한 활력 속에서 그 무게를 상실할 뿐만 아니라, 오히려 어떤 의미에서는 그들의 근본적인 삶의 활력을 터뜨리게 하는 계기가 되고 또 그 표현이 된다는 것을 깨닫게 된다. 위의 인용에서 보듯이 '핏대 올려 말다툼'하는 것도 그들의 축제의 일부인 것이다. 사실 이들 사이의 갈등과 긴장은 ─ 이것은 주로 외부에서 오는 압력 밑에서 일어나는 것인데 ─ 삶의 리듬의 한 고리를 이룬다. 고물 장수 강씨가 처음 아들을 볼 때, 그는 엿목판에 달라붙는 아들을 내리치고, 아들은 아버지에게 질세라 "아부지 개새끼야, 아부지 씨비씨비" 하고 욕을 퍼붓는다. 그러나 한참 후에 우리는 강씨가 "밖에 나가자, 아부지가 엿주께." 하고 아들을 어르는 것을 보게 된다. 또 강씨는 그의 처가 데리고 온 딸 미순이로 하여 생기는 부담에 분노를 느끼지만, 나중에 "내심으로는 미순이의 그런 꼬락서니에 약간의 가책"을 느끼고 그녀의 일숫돈을 갚을 생각을 하고 또 미순이의 혼례 결정에 대한 축하의 술잔을 받는다. 강씨와 그의 처 사이도 극심한 불화와 갈등을 노정하는 사이지만, 그녀의 아들 근호가 "효자보다도 못된 영감이 낫다."고 인정하고 있듯 그들의 관계는 근본적으로는 든든한 것으로 남아 있다. 미순이는 강씨 집안에 큰 걱정거리를 가져오지만, 낙태시키라는 주변의 권고와 압력을 물리친다. 그리고 그녀는 다른 사람의 아기를 배 속에 가졌다거나 하는 작은 이해 계산을 개의치 않는 양아치 왕초와 결혼한다. 이러한 맥락에서 볼 때, 근호가 손가락 셋을 잘리고 그 보상금 탄 것을 기뻐한다든가, 움막촌 사람들이 시청의 철거 위협에도 불구하고 철거 보상금을 탈 것을 즐겨 계산한다든가 하는 어처구니없는 반응도 반드시 처참한 것이라고만 할 수는 없는 일이다. 사실 강씨 집안 식구 사이, 또는 덕배와 그 아내, 공장 여공들의 거칠게 주고받는 수작들마저도 활력의 한 표현이라고 볼 수 있는 면이 있는 것이다.

「돼지꿈」은 이미 말한 바와 같이 밑바닥 삶의 고난과 갈등이 그러한 삶의 활력의 축제와 공존하고 또는 축제의 일부임을 보여 준다. 「밀살」은 삶의 필연성을 사실에 밀착한 수법으로 그려 낸다. 여기에서, 누구에게보다도 가난한 사람들에게 가차 없이 작용하게 마련인 삶의 법칙은 법률이나 도덕을 초월하는 것으로 생각된다. 그것이 법이나 도덕의 차원에서 갈등을 일으키지 않는 것은 아니다. 그러나 그것은 삶의 밑바닥의 엄격한 사실성 속에 초월되고 만다. 삶은 무엇보다도 제일의적이며 절대적이다. 「밀살」은 이러한 것을 극히 담담하고 간결하게 이야기한다.

남의 소를 훔쳐 죽이는 일은, 말할 것도 없이 법을 위반하는 행위다. 그러나 이것보다도 더 중요한 것은, 그것이 농민과 농민을 서로 갈등 속에 들어가게 하는 사회 평화의 교란 행위며, 자신의 이익을 위해 다른 사람의 삶을 손상케 하는, 양심에 위배되는 행위라는 점이다. 세 사람의 밀살꾼 중 '신마이'가 마음 내켜 하지 않는 것은 바로 이러한 점 때문이다. 밀살의 대상이 되는 것이 닭과 같은 작은 짐승이 아니라 암소라는 것을 안 때부터, 그는 주저하는 빛을 보이게 된다. 그는, "농우는 농가집 기둥뿌리나 매한가지여, 아무리 굶어죽게 됐지만서도, 농우 째비는 일은 사람 못헐 노릇이여." 하고 주춤거린다. 주모자 칼잡이는 여기에 대하여 "이 사람아 워쩔거여? 대처루 나갈 터인즉슨 쐬가 있겄어, 양식이 있는가. 이삭이나 영글면 행편 필래나 했더니만. 요짓으로 이력이 났지만, 자녠 딱 한 번뿐여, 알 것나?" 하고 그 불가피함을 말하고 '신마이'도 "여편네 배때지를 봐서라두…… 허긴 그럴 도리밖에 없구만이라우." 하고 그러한 설득을 받아들인다. 그럼에도 불구하고 처음에 두 사람이 주고받는 말에 표현되는 모순은 끝까지 해소되지 않고 이들의 무의식에서 꿈틀거린다. 그러나 끝까지도 「밀살」이 우리에게 보여 주려고 하는 것은 도덕적 갈등에 우선하는 삶의 절대성이다.

그런데 이 절대성은 도덕적인 차원에서보다 사실적인 차원에서 설득된다. 밀살 행위는 법과 도덕에 관계되는 행위면서, 그것보다는 더 근본적인 차원에 있어서, 어떠한 삶이나 그 근본에 놓여 있는 죽임에 관계되는 행위다. 이 단편의 가장 많은 부분은 소를 끌어다 죽이는 경과를 자세히 그리는 사실적 묘사로 이루어져 있다. 밀살꾼들은 버티며 따라오기를 거부하는 소를 끌어내고 이를 기둥에 비끄러매고 칼로 내리쳐 죽인다. 마지막 소의 죽음과 죽음의 뒤처리는 특히 자세히 묘사되어 있다.

소는 여전히 최후의 힘을 내어 땅바닥에서 허우적거렸다. 그들의 상반신은 소나기를 맞은 것처럼 온통 피에 젖어 버렸다. 조수가 양손으로 기둥을 붙잡고 힘이 빠져가는 소의 목을 두 발로 타눌렀다. 칼잽이가 꼬챙이를 소의 정수리에 뚫어진 구멍 속으로 깊숙하게 찔러 넣었다. 그리고 소의 두개골 속을 사방으로 쑤셔댔다……

이런 식으로 쑤셔진 쇠머리에서는 뇌수가 흘러나오고 뇌수를 맛본 칼잡이는 "어 고소하다……" 하는 탄성을 발한다. 완전히 뻗어 버린 소의 머리에서 피가 뭉클뭉클 솟아나고 밀살꾼들의 몸은 피에 젖는다. 그런 다음 소의 목덜미가 찍히고 다시 동맥에서 피가 솟구쳐 나온다. 이 피를 사발에 받아 마시면서 칼잡이는 "아직도 따땃하구만, 마셔 봐, 몸에 좋다니께." 하고 피맛에 대한 감상을 말한다. 그리고 밀살꾼들의 소감은 피범벅 속에서 소의 고기와 뼈와 내장을 도려낸 후, "하여간에 목심이 모질다. 먹어야 살지 않는가. 산 것은 전부 요모양이라니께…… 앗따, 참말로 파리 목숨이라

더니 죽어지면 먹도 못혀." 하는 말에 요약된다. 산다는 것은 죽임의 냉혹성을 포함한 강인함을 요구하며 그것은 그런 요구에 순응하는 길인 것이다. 밀살꾼들의 소박하고 직설적인 말은 이러한 근원적인 삶의 진실을 표현한다.

이렇게 밀살꾼들은 소를 죽이면서 삶이 불가피하게 냉혹한 결심을 요구하는 것이라는 점을 깨닫거니와, 그들은 다시 이러한 깨달음을 사회생활 일반에까지 확대시킨다. 밀살의 체험을 간단히 삭여 버릴 수 없는 신마이에게 칼잡이는 그러한 체험의 의의는 '대처'에 가면 이해할 수 있는 것이라고 말한다. 결국 그 교훈은 "살려면 못할 짓이 없고 잉? 못헐 짓 허자니 목숨이 질다는 이약"이다. 또는 조수가 말하듯이 "염라대왕도 먹어야 대왕인" 세상에서 목숨의 한계에 부딪쳤을 때 가릴 수 있는 것은 많지 않은 것이다.

「밀살」이 말하는 삶의 절대성이 반드시 어떤 원색적 환희나 열광을 가져오는 것은 아니다. 그것은 죄의식과 회한을 무릅쓰는 일이다. 삶의 냉혹한 진실에 대한 호언에도 불구하고 밀살꾼들은 "어느 결엔가 맥이 빠져" 집으로 돌아간다. 그러나 이야기의 핵심을 이루는 피의 잔치에는 목숨의 요구에 대한 강한 긍정이 있다. 삶의 극한적인 관점에서 볼 때, 인간 생활의 다른 요구들은 이차적인 것이 될 수밖에 없다.

「삼포(森浦) 가는 길」이나 「몰개월의 새」가 이야기하고 있는 것도 형태를 달리한 누를 길 없는 민중적 삶의 싱싱한 충동이다. 황석영 씨는 「섬섬옥수」, 「돼지꿈」, 「밀살」 등에서 민중적 삶의 활기와 강인성 — 그 순진성, 그 공동 축제적 성격, 손쉬운 선악의 가림을 넘어서는 절대성들을 말했다. 그러나 이러한 긍정은, 이미 비친 대로 원색적인 열광, 파괴적인 도취 또는 폭발적 관능과는 다른 것이다. 이것은 우리 문학에 있어서의 여러 가지 생명주의나 행동주의적 표현과 황석영 씨의 생각을 크게 다르게 하는 것 중의 하나다. 황석영 씨의 삶의 비전에는 금욕적인 정결성과 기율에 대한 충동이 작용하고 있다. 이것은 「입석부근」에서부터 이미 그의 생각을 정위하고 있던 충동이다. 두 가지를 구분하여 말하는 것은 어려운 일이지만, 그가 삶에서 그리는 것은 선악의 피안에 있는 열광의 연속이기보다는 소박한 착함이 통용되는 정상 상태다. 「삼포 가는 길」은 모든 기존 사회의 가짜 기준이 사라진 떠돌이 노동자의 세계 속에서 쉽게 흐르는 인정의 교류를 이야기한다. 「돌개울의 새」는 조금 더 어려운 상황 속에서 밑바닥의 인간이 갖는 착하고 정상적인 삶에 대한 갈구를 그린다. 화자가 '돌개울의 새'라고 부른 이 이야기의 주인공은 월남에 출전하기 위하여 훈련을 받는 병사들에 기식하는 매춘부 중의 한 사람, 병사들의 말로, '똥까이'의 한 사람이다. 그녀는 타락한, 또 타락하게 하는 환경에서 밑바닥의 삶을 영위한다. 그러나 그녀와 알게 되는 이 이야기의 화자가 발견하는 것은 밑바닥의 인생에 있을 수 있는 정상적인 삶을 향한 소망이다. 흥미로운 것은 소망되는 정상적인 삶이 중산 계급의 생활 형태 ─ 또는 그 상투적인 형태의 삶이란 것이다. 주인공이 깨닫는 것은 단순히 어떤 추상적으로 생각되는 싱싱한 삶, 또는 부르주아의 삶에 대비되는 다른 새로운 삶이 아니라, 그것에 매우 가까운 형태의 건전한 삶에 대한 소망이 밑바닥의 삶에서 그 나름으로의 진실을 가지고 있다는 사실이다.(이런 점에서 이것은 「섬섬옥수」의 미리의 소망과는 반대 방향으로 움직이고 있는 것이다. 「섬섬옥수」에서도 미리의 식모 아이 순자는 바로 미리가 거부하려고 하는 부르주아적 삶을 그리는 것으로 이야기되어 있다.)

'똥까이' 미자를 화자가 처음으로 만나게 된 것은 술에 취해 빗속에 넘어져 있는 그녀를 구해 줌으로 해서다. 미자가 있는 갈매기집 주인이 이야기하듯이 그녀는 "술만 먹으면 개차반"인 그러한 여자다. 그러나 그녀의 흐트러진 생활상은 환경에 의하여 충분히 정당화된다고 할 수 있다. 주인공이 구경하게 되는 한 술좌석에서 미자는 그녀의 최소한도의 명예를 지키려다 뺨을 얻어맞고 코피를 터뜨린다. 이때의 그녀의 ─ "개새끼들 즈이들이 뭘 잘났다구…… 야아, 나두 살아야잖아, 밤엔 벌어먹구 살아야잖아." 하는 외침은 그녀의 생존의 정당성에 대한 처절한 호소로 들린다. 하여튼 화자 '나'는 이러한 환경의 이러한 미자에게서 이와는 다른 면들을 발견하는 것이다. 미자가 음식을 가지고 그를 찾아왔을 때, 그는 그녀의 행동에서 "여염집 여자 같은 얌전하고 예의 바른" 모습을 본다. 또 그녀의 빨래하는 모습에서 그는 그녀가 "무슨 가정주부 같다……"는 인상을 받는다. 또는 미자에게는 거친 환경 가운데에서도 서정적으로 바다의 풍경에 젖어드는 그러한 순간도 있다. 이런 것을 보며 '나' 자신도 그녀와의 정서적인 교감 속에 들어간다.

이런 인간화 작용을 통해서 '나'의 미자에 대한 태도는 근본적으로 다른 것이 된다. 그는 그녀를 '먹을 수' 없게 되는 것이다. 그는 이에 대한 설명으로 "식구를 먹어 주는 놈이 어디 있겠는가."라고 말하고 있거니와, 화자는 이렇게 하여 병사와 창녀의 근본 관계인 '먹고 먹히는' 관계가 바른 인간관계가 아님을 깨닫는 것이다.

미자와 '나'와의 인간적 관계는 창녀들과 병사들의 관계에서는 희화적으로 과장된 상투형으로 나타난다. 몰개월의 창녀들은 각각 제 나름으로 애인을 정하여 사랑의 편지를 띄우고 상대편이 죽었다는 소식을 들으면 비탄에 잠긴다. 이것은 병사들이 그들의 사랑에 대하여 어떤 진지한 반응을 보이든지 안 보여 주든지 상관이 없는 일이다. 이런 연애 놀이의 절정은 몰개월의 창녀들이 거행하는 이별의 의식에 나타난다. 이들은 병사들이 떠날 때 가장 좋은 옷을 입고 도열해서 꽃이며 손수건을 흔들고 선물을 던져 준다. 미자도 이러한 의식에 참가하고 '나'에게 선물로서 오뚝이 한 쌍을 던져 주지만, 그는 이것을 바다에 던져 버린다. 그러나 이것은 '나'의, 삶에 대한 이해가 모자랐던 때문이었다. 그는 이렇게 회상한다.

그 무렵에는 아직 어렸던 모양이다. 나는 그것을 남지나해 속에 던져버렸다. 그리고 작전에 나가서 비로소 인생에는 유치한 일이 없다는 것을 알았다.

화자는 어색한 대로 창녀의 이별의 의식이, 그가 서울역에서 보았던 연인들의 진지한 이별처럼, 하나의 심각한 삶의 표현이란 것을 나중에야 깨닫는 것이다. 이 삶의 표현은 부르주아적 삶의 의식의 희화화된 모방일 수도 있고 문화적으로 거친, 유치해 뵈는 삶의 몸짓일 수도 있지만 그것은 존중되어 마땅한 것이다.

지금까지 살펴본 단편들은 민중적 삶의, 삶의 양식으로서의 우월성, 또는 고난의 조건 아래에서도 거칠게 또는 유치하게 이루어지는 건전한 삶의 활력을 말해 주는 것들이었다. 다시 말하여 어떤 경우에 있어서나 소박하고 직설적인 민중적 삶은 스스로를 표현하게 마련이라는 직관이 이 단편들에 들어 있는 것이다. 그렇다면 어떤 여건 아래에서도 활력 있는 삶은 가능한 것이고 이 여건이 어떤 것인가는 삶의 활발한 실현과 관계없다고 할 수 있을 것이다. 그렇다면, 밑바닥의 삶을 규정하고 있는 억압적인 조건은 이래도 저래도 좋다는 것인가? 그러나 민중적 삶이 단순히 부정적인 상태, 결핍되어 있는 상태가 아니라고 말하는 것과, 그것이 개선되고 시정되어야 할 어떤 상태라고 말하는 것은 반드시 모순된 관계에 있는 것은 아니다. 민중의 삶이 적극적 가치를 가지고 있다면 그것은 악조건에도 불구하고 실현되는 가치지, 그것 때문에 실현되는 가치는 아니다. 또 다른 한편으로 민중적 삶은 적극적인 가치를 가진 만큼 더욱 활발하게 스스로를 펼 수 있는 공간을 확보하여야 하는 것이라 할 수 있다. 이런 각도에서 파악된 민중적 삶이 내거는 요구는 다른 삶의 형태에 대한 시기나 부러움의 표현이 아니다. 또 민중적 삶은 그의 고유한 순진함 또는 거칠음을 타락한 사회의 문화와 세련으로 대체하기를 원하는 것이 아니다. 이런 의미에서 황석영 씨의 민중적 삶의 이념은 매우 독특하며 또 정당한 것이다. 그리고 그가 그러한 삶의 적극적 가치를 옹호함과 동시에 그러한 삶의 활발한 개진을 제약하는 조건을 공격의 대상으로 삼는 것은 당연하다. 실제에 있어서, 어떤 조건 아래에서도 삶의 삶으로서의 가치는 일단 발휘되게 마련이라고 하지만, 어떤 경우에 있어서 그것은 전혀 불가능한 것이 되기도 한다. 「낙타누깔」에서 보여 주는 것은 도둑질과 술과 섹스만이 있는 세계에서의 퇴폐와 타락과 우울이다. 「철길」은 빠져나갈 수 없는 한계까지 쫓긴 인간의 자폭을 냉혹한 수법으로 그린다. 「객지(客地)」나 「야동(夜動)」 같은 작품은 아직 희망이 없지 않은 채로 노동 현장에서의 억압적인 조건에 낀 사람들의 투쟁을 그린다.

「객지」(1970)는 1960년대와 1970년대에 있어서의 거대한 사회 변화 기간 중 노동 쟁의의 문제를 선구적으로 다룬 작품으로, 그 나름으로의 역사적 의의를 지녔을 뿐만 아니라 그 나름의 현실감을 지니고 있는 작품이다. 사건의 관점에서 「객지」의 중심에 놓여 있는 것은 노동 조건 개선을 위하여 노동자들이 벌이는 쟁의다. 제방 공사, 노동자들의 노동 조건이나 생활 조건은, 대개 이러한 일들이 그렇듯이, 얼마간의 숫자나 공식화되는 조목으로만 충분히 표현될 수 없지만, 우선 저임금과 그 저임금에 작용하는 여러 가지 중간 착취의 압박으로 요약될 수 있다. 「객지」의 숫자에 따르면 도청에서 책정한 공사장 임금은 150원이다. 그러나 노동자에게 지급되는 것은 일당 130원이고 다시 전표로 지급되는 것을 물건으로 바꾸려면 이것은 120원으로 할인되고 현금으로 바꾸려면 다시 110원으로 할인된다. 시간 외 노동으로 받는 임금의 경우, 그 몇 할은 십장에게 상납되어야 한다. 또 웃개일이라는 도급을 맡은 경우, 일의 알선 비용이 지불되어야 한다. 그런데다가 그때 그때 일의 진척을 기록하는 자들은 억지로 작업량을 적게 기록하고 거기에서 생겨나는 지급액 중의 차액을 착취한다. 이런 상황에서 노동자는 하루에 숙박비 40원, 식사대 60원, 최소한도 100원을 지출해야 한다. 그러나 그들은 이러한 지출도 감당하지 못하고 점점 검은 빛 구렁으로 빠져 들어가게 마련이다. 이것은 노동력을 확보해 두려는 회사의 계획과도 맞아 들어가는 일이다. 게다가 제방 쌓기 작업은 중노동이다. 노동자들이 빈혈과 일사병으로 쓰러지는 것은 흔한 일이다. 도급 공사라도 맡으면 조금이라도 더 벌어야 한다는 압력은 노동의 한 걸음 한 걸음을 죽을 힘으로 버티는 시련이 되게 한다. 가령 나이가 든 노동자 장씨가 이러한 일에서 겪는 고통은 그 한 예다.

……장씨가 부교 위를 허청대며 내려와 무릎을 꺾고 주저앉았다. 그는 백태가 끼인 혀를 보이도록 입을 벌리고서 아직 높이 떠 있는 해를 올려다보았는데, 뺨과 이마는 땅이 말라붙은 소금의 결정으로 얼룩져 있었다. 그는 등을 받치는 푸대자루를 머리 위에다 얹고 구부린 두 다리와 어깨로써 이루어진 짙은 그늘 속에 고개를 처박으려고 애썼다…… 장씨는 머리를 쳐들지 못한 채 헛구역질을 했다.

이러한 임금과 노동 조건에서 공사를 강행하자면, 경제적 압박 이외에 물리적 위협이 필요하다. 공사판에는 선의의 노동자들 이외에 감독조라는 것이 조직되어 있어서, 이들이 폭력의 위협으로써 작업 기율을 과한다.

노동자들이 원하는 것은 말할 것도 없이 이런 부당한 조건들을 시정하는 일이다. 그들의 요구는 어디까지나 합법적으로 시정될 수 있는 종류의 것에 한정되어 있다. 물론 더 깊이 살펴보면 구체적인 문제점들의 해결만이 그들이 원하는 전부는 아니다. 그들이 찾고 있는 것은 인간적인 삶이다. 그들이 생각하는 인간적인 삶이 얼마나 소박한 것인가는 「객지」의 주요 인물 대위와 동혁이 읍내에 나가서 상점을 둘러보는 장면에서 서정적으로 시사되어 있다. 이들은 식료품과 잡화가 진열된 상점에서 특별한 감흥을 갖는다. 신선한 과일을 보는 그들은 곧 감격하고 향수에 젖는다. 과일의 "향기는 마치 아득하게 잊었던 날의 기억에 연관되어 그들이 비에 흠씬 젖은 것과 꼭 같은 만큼 그들을 적셔 주는 것처럼 느껴졌다." 그다음 그들은 "가슴 부근에 수놓인 국화 무늬와 레이스가 달린 금방 날아갈 듯 아름다운" 잠옷을 본다. 이것을 보고 대위는, "세상에 자기 집이 있는 게 제일 좋은 거야." 하고 탄성을 발한다. 이런 상징적 물건에 대하여 대위와 동혁이 보이는 감흥에 나타나는 것은 계절과 가정에 대한 단순한 향수다. 그들이 원하는 것은 이러한 향수를 현실화하는 것이다. 그러나 이것이 이들에게는 불가능한 것이다.

이것을 불가능하게 하는 것은 무엇인가? 근본적으로 노동자들이 사람다운 삶을 확보할 수 있느냐 하는 것은 경제, 사회, 정치의 전체적인 구조에 관계되어 있는 일이다. 그러나 「객지」의 노동자들의 당면 문제는 좁게 한정하면 곧 해결될 수 있는 것들로 보인다.(달리 보면, 이 후자의, 국지적인 문제는 전자의, 구조적인 문제에 연결되어 있기 때문에 쉽게 해결되지 않는 것이라고 말할 수도 있다.) 하여튼 이것은 기존 질서의 바른 유지를 위해서도 해결되어야 할, 그것도 극히 미세한 조정으로 해결될 수 있는 문제들로 보이기 때문이다. 따라서 노동자들에게도 그들의 불만은 건의서와 같은 것으로 해소될 수 있다는 생각이 든다. 그러나 이에 대하여 동혁의 의견은 다음과 같다.

……건의서를 본사에 보내는 경우엔 다시 현장 사무소로 되돌려져 인부들 의견과 접해 보라는 소극적인 대답이 고작일 테고, 따라서 서명자의 이름이 원활한 건설 행정에 지장을 주는 대상 분자로서 찍히는, 불리한 결과

밖엔 남는 게 없을 것이었다. 또한 도청에 보낸다면 관이란 워낙 느림보에다 노사 분쟁 같은 사건에는 되도록 개입을 꺼리는 편이니까 미결 서류함이나 보류철에 끼워 썩을 테니 그야말로 벽에다 달걀 던지는 격이 될 거였다.

그리하여 동혁의 판단으로는 쟁의를 불러일으켜 실력 대결로써 문제를 개선할 도리밖에 없는 것이다. 그러나 어떻게 노동자를 조직화하여 일정한 목표를 위하여 움직이는 단체 행동을 하게 할 수 있을까? 큰 난관은 노동자들 사이에 팽배해 있는 패배주의다. 동혁이 현장에 도착했을 때는 이미 사흘 동안의 파업이 아무 성과 없이 끝난 뒤였다. 장씨가 생각하는 것, 즉 "개선이니 진정서니 서명이니 하는 짓들이란 그가 십여 년을 노동판에 굴러다니면서 한 번도 성사하는 꼴을 못 보았다."고 하는 것은 이 쟁의 경험을 다른 때의 일에 결부하여 요약하는 말이고 또 이 작품의 도처에서 여러 사람에 의하여 형태를 달리하여 되풀이되는 말이다. 어떻게 보면 종기와 같은 일문의 기회주의도 패배 의식의 한 변형이라 할 수 있다. 그가 배신을 정당화하기 위하여 하는 말 "……설치던 놈들도 나중엔 하나같이 노동 뿌로카나 해 처먹더란 말이야." 또는 "아무 쪽이든 좆도 참견하고 싶지 않아……." 하는 말들은 결국 노동자의 집단 행동이 아무런 효과를 가져오지 못한다는 관찰에서 나오는 말이라고 할 수 있기 때문이다. 다른 한편으로 장기적인 전략이 없는 충동적이고 단견적인, 무모한 행동도 문제의 해결보다는 일시적 감정의 만족을 주안점으로 한다는 점에서 일종의 패배주의를 나타낸다고 할 수 있다. 또는 구극적인 문제 해결보다 부분적인 타협에 안주하려는 태도도 같은 범주에서 보아질 수 있다. 쟁의 지도자의 한사람인 대위가 거기에 떨어지려고 하는 것은 이런 단기적인 감정 해소나 타협의 위험이다. 성공적인 쟁의를 위하여서는, 노동자들의 내부에서 배신이나 기회주의는 물론, 수동적 패배주의, 단기적 감정주의 그리고 타협주의가 극복되어야 한다. 「객지」에서 이러한 경향들은 종기, 장씨(물론 장씨보다 더 적극적으로 무관심한 노동자도 있다.), 대위에 의하여 대표된다.

이러한 것을 다 초월하여 장기적이고 전체적인 안목을 가지고 있는 것은 동혁이다. 따라서 그는 자연스럽게 쟁의에 있어서 총수가 된다. 대위가 "좌우간 한판 벌일 수 있다면 나는 개피를 봐도 좋소." "…… 감독조 새끼들을 사그리 쓸어 버려야겠어." 하고 말할 때, 그는 "폭동으로 변해선 안됩니다." "개선을 위해 쟁의를 해야지, 원수 갚는 심정으로 벌이다간 끝이 없어요." 하고 합리적인 목적에 의한 단체 행동의 통제를 주장하는 것이다. 그리고 쟁의의 마지막 고비에서 회사 측의 유혹을 물리치고 허위 타협을 거부하도록 지시하는 것도 동혁이다.

그런데 쟁의에 있어서의 동혁의 역할은 이 이상의 중요성을 가지고 있다. 그는 부분적인 패배주의의 순응과 지나친 감정적 폭발을 조정하는, 집단의 이성으로 작용할 뿐만 아니라 이 집단의 행동을 조정하는 음모가 노릇을 한다. 이 음모가라는 것은 적에 대하여 일정한 전술과 전략을 꾸미는 사람일 뿐만 아니라 아군의 심리, 이해 그리고 생명을 조정하는 사람이란 말이다. 처음에 대위는 건의서에 노동자들의 서명을 받아 이것을 쟁의에 이용하자고 한다. "……쟁의를 선동할 때에는 일단 속임수가 필요하고 그들을 억지로라도 가담하게 한다는 주장이었다." 이러한 속임수가 필요하다는 주장에 동혁은 동의한다. 또 그는 쟁의의 촉발에 "아무나 본보기로 피를 보"는 것이 중요하다고 하고 노동자와 감독조 사이에 싸움이 벌어지고 노동자 한 사람이 반죽음이 되게 맞을 때, "…… 누가 죽도록 맞으면 어떻단 말요? 한 사람쯤 머리가 깨져 죽은들……" 하고 구타를 방치 또는 조장하고 "천천히 지나면서 될 수 있는 한 많은 사람들에게 보여야 한다."고 하며 구타당한 오씨의 참상을 선동에 이용하기를 주장하고 나중에까지도 이를 대 회사 협의에 있어서 큰 미끼로 삼는다.

큰일에 작은 희생이 없을 수 없음은 일에 있어서 불행한 필요악일 수 있다. 그러나 이것이 의도적인 속임수로써 계획되는 일이 될 때, 그것이 정당한 것일까? 황석영 씨는 「돛」에서 작전상의 필요에 따라 의도적으로 희생되는 병사들의 목숨의 이야기를 그리고 있다. 이런 작전의 필요나 마찬가지로 제방 공사 자체는 공익사업으로서 정당화될 수 있는 것이 아닌가? 여기에서 저임금과 열악한 노동 조건으로 일어나는 노동자들의 희생도 유감스럽지만 불가피한 일이라고 하여야 할 것이 아닌가? 우리는 동혁이 이러한 역습의 가능성을 생각한다는 증거를 가지고 있지 않다.

　　만의 하나, 공동 이익을 위하여 정확하게 계획된 목표를 위하여 속임수로 조종되는 희생이 허용될 수 있다고 하더라도, 동혁의 계획과 목표는 바르게 생각된 것일까? 그의 구극적인 전략은 분명치 않지만, 적어도 이 이야기에 나타난 것으로는 그것은, 국회의원의 방문일에 대비하여 쟁의를 연장하고 노동자의 문제를 호소할 수 있게 하자는 것으로 보인다. 이까짓 정도의 목표를 위하여, 의도적으로 사람의 목숨을 희생시키는 것이 허용될 수 있는가? 뿐만 아니라, 동혁의 계획은 수포로 돌아가고 만다. 이것은 벌써 그의 목표가 비현실적이고 부정확한 것이었다는 증거라고 말할 수도 있다. 오히려 "개선이니 진정서니 서명이니 하는 짓들이란…… 한 번도 성사하는 꼴을 못 보았다."는 노동자들의 견해가 동혁의 생각보다는 사실의 진행을 정확히 예견한 것이다. 이런 것을 앎에도 불구하고 동혁이 속임수의 작전을 쓰고 일을 밀고 나갔다면 그는 그야말로 무책임한 감정가요 패배주의자라고 할 수밖에 없다. 그는 자기 혼자 은밀히 작정한 어떤 추상적 구도에 의해 고통과 목숨을 가지고 놀 자격이 전혀 없는 사람인 것이다.

　　하여튼 노동 운동의 목표가 노동자의 그리고 인간의 평등한 생존의 권리를 내적으로 외적으로 확보하려는 데 있다고 한다면, 그리고 그것이 속임수와 조종이 아니라 스스로의 각성을 통하여 이루어지는 것이고 노동자의 무의식화와 도구화에 대한 거부를 포함한다면, 동혁은 매우 엉뚱한 노동 운동가라고 해야 할 것이다. 사실 우리는 그가 직업적인 노동자가 아니라는 점에 주목할 수 있다. 처음에 등장했을 때부터 그는 "어느 곳에 가 있거나 낯설고 두려운 느낌을 가져 본 적이 없는 듯" 따라서 뿌리 없는 고독한 인간이며 그의 하루하루에 ×표를 해 나가면서 사는 방법적 인간이라는 것을 본다. 또 그는 "희망을 잃지 말자. 세월이 좀먹나, 생각을 말아야지." 하는 식의 군대 시절의 격언을 필요로 하는 사람이다. 그가 찾는 것은 노동자의 생존권에 대한 공감보다 흐트러짐이 없는 삶의 완성 — 자기실현으로 보인다. 그의 냉소적인 작전 구도도 이러한 자기실현의 계획의 일부라는 면을 갖는다. 이것은 이야기의 마지막 부분에서 계속적인 투쟁보다도 자폭을 택하는 점에서도 넘겨 볼 수 있는 일이다.

우리는 동혁이 근본적으로 「입석부근」의 실존적 행동주의자의 연장선상에 있는 것으로 생각해 볼 수 있다. 「입석부근」의 행동주의자는 의식과 삶의 빈틈없는 일치를 보장해 주는 행동의 순간 속에 자기를 실현한다. 그리고 그는 「섬섬옥수」나 「돼지꿈」의 민중적 단순성에서 같은 계기를 발견한다. 그러나 「객지」의 주제가 되는 사회적 행동에서 민중적 단순성은 그것만으로는 부족한 것으로 판명된다. 민중의 자발성은 전혀 믿을 수 없는 것이기 때문에 그것은, 외로운 행동주의자의 보다 높은 기획에 의하여 지도 조종되어 마땅한 것으로 생각된다.

이것은 유감스러운 일이다. 그렇다는 것은 「객지」와 같은 작품이 전하는 사상적 내용으로도 그렇고 또 작품의 현실감으로도 그렇다.(이 작품의 사고 내용의 무리는 작품 구성의 인위성 — 한 사람의 조종으로 동료 노동자의 반죽음이 그대로 방치되는 것을 몇 번의 기회에서 허용한 군중의 움직임은 상당히 인위적인 것이라고 할 수밖에 없는데, 생각의 무리가 이러한 인위성으로 나타나는 것이다.) 그러나 여기에 작가 자신의 개인적인 문제가 아닌, 상황 자체의 문제가 커다랗게 개재되어 있는 것을 우리는 간과할 수 없다. 집단 행위를 말할 때 흔히 거론되는 자발성과 계획성(또는 이성적 기율)과의 긴장과 갈등에서 일어나는 문제가 여기에 개재되어 있는 것이다. 「객지」의 상황은 주어진 조건 속에서 패배주의적 순응만이 유일한 지혜가 되는 상황처럼 보인다. 부패와 억압과 순응의 철쇄를 깨뜨릴 아무런 자발적 움직임도 불가능하고 또 가능하더라도 아무런 현실적 효과를 가져올 수 없는 그런 상황에서 어떻게 하여 그것을 깨뜨릴 단서를 찾을 것인가. 속임수의 희생을 생각하는 장면에서 동혁 자신도 첩첩한 악조건의 연쇄를 다음과 같이 말한다.

인부들 중, 누군가의 희생이 잘 이용되기만 한다면 모두들 필사적으로 쟁의에 가담할지도 모를 일이었다. 그런데 누가 희생을 원할 것인가. 모두들 어떤 자가 대신해 주기를 기다리는 동안에 기회는 지나가 버리고 말 것이다. 또한 누군가 희생한다 하더라도 요구 조건이 확실히 실현되리라고는 믿지 못할 것이며 임시로 수락을 받게 된다 할지라도 그 조처가 얼마 동안이나 적용될지 알 수 없는 일이었다.

쟁의의 전 경과로 보건대, 대위의 말대로 "문과 담벽은 어느 곳에서나 요지부동이었던 것이다." 이것은 동혁이나 대위의 개인적인 느낌이 아니다. 쟁의의 마지막, 독산으로 후퇴한 후 황석영 씨는 노동자들의 모습을 묘사하며, "주위가 완전히 캄캄해지자 인부들은 자기들이 고립되어 있다는 걸 실감했다."고 말한다. 밤 속에 타는 그들의 모닥불은 과연 쓸쓸하기 그지없다. 독산 위에 고립한 이들의 정의를 향한 부르짖음은 사회의 어느 곳에도 들릴 것 같지가 않게 외롭고 처절하기만 하다. 이런 판국에서 동혁의 외로운 행동주의는 하나의 답변으로, 그것이 결국은 실효 없는 영웅주의에 끝날망정 하나의 답변으로 생각될 수 있을 것이다.(계획적 희생이 필요하

다는 병적인 망집과 속임수와 조종이 아니라 참으로 대중과 함께 움직이는 영웅주의
라면.) 그러나 이것은, 위에서 말한 바와 같이 윤리적으로나 현실적으로나
믿음직스러운 답변 같지는 않다. 황석영 씨 자신의 느낌도 그런 것인지 모
른다. 왜냐하면, 작품집 『가객(歌客)』에 실린 비교적 근작에 속하는 작품들,
「가객(歌客)」, 「산국(山菊)」, 「한등(寒燈)」, 「고수(苦手)」 등에서, 희곡 「장산
곶매」에서 그리고 장편 『장길산』에서 황석영 씨는 오늘날의 현실 속에 있
는 인간보다도 전설과 우화 속에 있는 '장사의 꿈'을 쫓기 시작하고 있기
때문이다. 이것은 필요한 꿈이면서 동시에 우리 현실이 이런 장사에 대하
여 문과 담을 요지부동으로 닫고 있다는 느낌에서 꾸게 되는 꿈이다.

(1982년)

근대화 속의 농촌

이문구의 농촌 소설

이문구 씨는 그 작가 생활의 처음부터 농촌을 소재로 한 작품을 즐겨 써 왔다. 그리하여 이제 그의 적지 않은 농촌 주제의 소설들은 우리가 가지고 있는 오늘날의 농촌에 대한 가장 자세한 보고서가 되었다. 처음에 이 보고 서는 삽화적이고 따라서 단편적인 것이었다. 그러나 근자에 올수록 이것 은 단편성을 벗어나 어떤 총괄적인 관점에로 나아가는 것이 되었다. 『관촌 수필(冠村隨筆)』이나 『우리 동네』와 같은 소위 연작 소설이라는 형태로 농 촌의 이야기들이 하나의 다발 속에 거두어들여지게 된 것이 바로 이러한 진전의 형식적인 증거이다. 물론 관점에 있어서의 총괄성이 작품의 질을 보장해 주는 것은 아니다. 그러나 일단 그것이 이문구 씨의 작품을 보다 중 요한 시대의 증언이게 하는 것임에는 틀림이 없다. 한 작가의 작품 세계의 심각성은 그 세계가 사람의 삶에 대하여 얼마나 포괄적인 넓이를 가지고 열려 있느냐에 비례한다고 할 수 있는 것인 만큼 구극적으로 문학 세계의 포괄성은 문학의 깊이와 넓이에도 보탬이 될 수밖에 없다. 사실 이문구 씨 의 농촌 보고서가 포괄적이라면 그것은 단순히 사실적 충실만으로 얻어지는 것이 아니다. 소설의 포괄성은 한편으로는 외면적 사실을 넘어서는 삶의 구체적 다양성을 말하고 다른 한편으로는 삶에 대한 직관적 공감의 넓이를 말한다. 이문구 씨의 소설들이 얻고 있는 것은 그것 나름으로 이러한 포괄성이다. 그리고 우리가 농촌의 문제를 생각함에 있어서 또는 우리 사회의 오늘과 내일을 생각함에 있어서 이것은 빼어놓을 수 없는 준거점이 되어 마땅한 것이다.

1970년대 농촌의 현실에 대한 이문구 씨의 탐구는 『우리 동네』 연작을 중심으로 한 주로 근자의 작품들에서 그 전체 모습을 살필 수 있다. 1970년대 이전의 농촌에 대한 소설도 많지만, 그것들은 1970년대의 이야기처럼 집중적이고 포괄적이라는 인상을 주지 않는다. 이것은 개인적인 관심의 우연적인 결과라고 할 수도 있지만, 다른 한편으로는 1970년대가 우리 농촌에 중요한 변화를 가져온 시기이기 때문이다. 1970년대는 그 얼마 전부터 불던 근대화의 바람이 우리 사회의 곳곳에 침투하여 사회생활의 질을 전적으로 변화시킨 시대였다. 이러한 근대화의 움직임은 농촌에도 하나의 고비를 넘어선 듯한 변모를 가지고 왔다.

모든 문명의 발달은 농촌에 대하여 매우 착잡한 의미를 가질 수밖에 없다. 소위 문명이란 대체로 도시에 있어서의 생활의 편의나 문화 또는 제도의 복합화를 의미하고 이러한 복합화는 근본적으로 인간의 생존의 기본을 이루고 있는 농업 생산의 잉여의 도시 이동을 요구한다. 이때 농촌은 불공평한 이동 과정의 희생이 되기 쉽다. 특히 정치, 경제, 문화의 주체적 결정권을 상실한 농촌의 경우 이러한 불공평한 관계는 더욱 심화될 수밖에 없다. 그리고 이러한 불공평한 관계는 사회적 경제적 변화를 통하여 무작위적으로 일어날 수도 있고 또는 정치적으로 강요될 수도 있다. 우리나라의 농촌의 경우 1960년대, 1970년대의 변화는 자본주의적 근대화와 그것을 촉진하는 정책적 결정이 가져온 것이다. 그리고 이러한 변화는, 그 궁극적인 의미가 무엇이든지간에, 적어도 1970년대까지의 농촌 현실로 보아서는, 많은 부정적인 부작용을 낳는 방향으로, 농촌의 문제를 해결하기보다는 심화하는 방향으로 이루어진 것으로 보인다. 근자의 농촌 문학을 논하는 글에서 염무웅 씨는 일본, 인도 이집트 등의 예에 언급하면서 자본주의적 근대화가 어느 경우에 있어서나 농촌의 희생을 강요했다는 점을 말하고 있지만[1] 1970년대 농촌의 의미는 사실 이러한 관점에서 파악되는 것이 옳은 것으로 보인다. 이 관점은 적어도 이문구 씨가 그리고 있는 농촌의 현실을 설명해 주고 또는 그의 소설에 등장하는 농민들의 상황 판단의 근본이 되어 있는 것이다.

전통적으로 농촌 문제의 핵심은, 그 원인이야 어디에 있었든, 가난이라고 말할 수 있다. 1970년대 농촌에 있어서 전통적인 의미에서의 가난——가령 1960년대만 해도 존재하던, 이문구 씨 자신이 묘사한 바 있는 "해마다 양식은 세 안에 떨어지고, 풋보리 잡아 찧고 말려, 가루 내어 죽쑤어 먹을 때까지는 산나물, 들나물로만 연명……"[2]하던 식의 가난의 힘은 많이 줄어든 것으로 보인다. 그러나 절대적인 것이라기보다는 상대적이라는 성격을 띠게 된 면이 있기는 하지만, 빈곤은 여전히 농촌의 문제로 남아 있다. 그러면서 그것은 그 조건 속에서 사는 사람에게는 옛날에 못지않게 가혹한, 적어도 안정된 생활 양식과 정신 상태를 위협한다는 점에 있어서는 더욱 부정적인 문제로 탈바꿈하여 나타난다. 전통 사회의 빈곤은 흔히 외적인 제약 조건으로 옳든 그르든 하나의 운명으로 정착하고 하나의 안정된 테두리로 작용하여 어느 정도까지는 좋든 나쁘든 그 나름의 일정한 생존 환경을 보존하여 준다. 그러나 근대화는 순전히 그것이 가져오는 사

---

1 염무웅, 「농촌현실과 오늘의 문학」, 『민중 시대의 문학』(창작과비평사, 1979) 참조.
2 이문구, 「담배 한 대」, 『몽금포타령』(삼중당, 1975), 30쪽.

회 변화의 속도만으로도 빈곤으로부터 그 운명성을 제거해 버리고, 한편으로는 소비문화의 유혹을 통하여 빈곤을 깊은 내적인 불행으로 정착시키면서, 다른 한편으로는 늘 새롭게 정의되면서 구극적으로는 벗어날 수 없는 빈곤을 강요함으로써 삶의 질서의 정당성을 앗아 가 버린다. 그리하여 순전히 물질주의적인 세계관에 입각한 근대화가 정의하는 빈곤은 역설적으로 물질의 문제가 아니라 삶의 질서 전반의 문제가 된다. 순전히 물량적인 관점에 선 외면적인 접근이 근대화하는 사회에서의 빈곤의 문제를 그릇되게 파악하는 이유의 하나가 이 점을 잘못 보는 데 있다. 따라서 어떻게 보면 이러한 빈곤의 문제는 소설적 접근에 의하여 비로소 바르게 조명될 수 있다고도 말할 수 있다. 이문구 씨가 그의 연작 소설들에서 보여 주고 있는 것은 바로 이러한 명제의 정당성이다. 이문구 씨의 농촌 보고는 객관적인 숫자로 제시될 수 있는 농촌의 빈곤상을 제시한다. 그리고 그의 진단으로는 이 빈곤이 공평치 못한 발전 정책에 원인한다. 그러나 그의 소설은 이러한 사실에 대한 사실적인 보고서가 아니다.(또 이러한 보고서의 작성이 작가가 가장 잘해낼 수 있는 작업일 수도 없다.) 그가 우리에게 보여 주는 것은 농민들의 생활의 전폭적인 구도에 일어나는 변화이다.

물론 이문구 씨의 소설은, 위에서도 말한 바와 같이, 사실적인 제시에 기초해 있다. 근대화가 강요하는 농촌의 희생은 단적으로 농산물 가격의 정책적 억제로서 대표된다. 하여튼 '우리 동네'의 주민들의 마음에 이것은 그들의 억압된 상태의 가장 근본적인 지표로 느껴진다. 가령 '이십 년 농민' 리낙천 씨의 경우 그의 수입은 일 년에 쌀 스무 가마 정도이고 이것은(소설 내의 시가로서) 오십만 원, 그 자신의 말로 중견 사원 두 달 월급에 해당하는 것이다.[3]

---

3 이문구, 『우리 동네』(민음사, 1981), 56쪽 이하. 이 책의 인용은 본문 괄호 속에 해당 페이지만 표시함.

여기의 리낙천 씨와 같은 경우는 그 농업 경영의 영세성에 어려움의 발단이 있다고 하겠지만, 이러한 영세성이 실질적인 의미를 갖는 것은 리씨 자신의 비교에서 알 수 있듯이 도시 관리직 종사자의 수입에 대조됨으로써다. 리씨 자신이 더 비교해서 이야기하듯이 문제의 사회적인 맥락은 벼 한 가마의 공판 가격이 "제우 연탄 이백 장 값…… 구두 한 켤레 값…… 맥주 열 병 값 …… 모래 한 마차 값…… 먹매 합쳐 들일꾼 사흘 품삯두 채 못"(68쪽) 된다는 데 있다. 이러한 것이 문제가 되는 것은 농민도 공산품을 사용하여야 되며 그러한 교환에서 그들이 불리해진다는 사실 때문이다. 그러나 어쩌면 더 중요한 것은 그것이 삶의 질서의 정당성에 대한 회의를 낳는다는 점에 있을는지도 모른다. 착실한 농사꾼 강만성의 아내는 이 점을 다음과 같은 불평으로 토로한다.

농사꾼은 호적 파갖구 물 건너온 의붓국민인감. 다른 물건은 죄다 맹그는 늠이 기분대루 값을 매기는디 워째서 농사꾼만 남이 긋어준 금에 밑돌어야 혀? 마늘 한 접이 금가면 버리는 푸라스틱 바가지만두 못허니 이래두 갱기찮은 겨 ? 드런 늠덜. 암만 초식장사 제 손 끝에 먹구 산다지만 해두 너무 헌다구. 꼭 이래야 발전헌다는 겨?(191쪽)

공정성에 대한 회의는 정부의 노풍 피해에 대한 농민들의 반응에서도 볼 수 있다. 농민들의 생각에 매우 부적절한 것이랄 수밖에 없는, 정부 강요의 노풍 품종의 흉작에 대한 피해 보상은 다른 산업 분야에 있어서의 정책에 대조된다.

수출 대기업주덜헌티는 대우를 워치기 해주는지 알기나 허남? 신문을 보니께 은행돈 오십 억 쓴 회사가 백 예순 하나구, 제 자본의 삼 배까장 대출받은 회사가 쉰 아홉 개나 된다는 겨. 드러. 그런디 그런 회사헌티는 수출 액 일달러, 그렇게 사백팔십원짜리 일달러 당 구십오원을 보조해주구 사백 이십원에 대해서는 연리 팔, 구부로 융자를 해준다는 겨. 그래서 백억불 수 출헐 때까장 기업체에 무상으로 준 돈이 몽땅 월맨고 허니 무려 구천오백억 원이라……

이러한 근본적인 농공 또는 농상 불균형에 추가해서 농민의 생활을 우 울하게 하는 경제적인 조건으로 우리는 고의적이 아닐망정 결국은 농민에 게 그 피해 부담을 안겨 주는 경솔한 농업 정책의 실수를 들 수 있다. 한때 신문에서도 크게 문제 된 바 있는, 노풍이나 통일벼 재배 장려의 시행착오, 축산 장려나 특정 작물의 권장에 모순되는 농산물 해외 수입 정책 — 이런 것들이 농민들의 사회 질서에 대한 신임을 흔들어 놓는다. 그러나 이러한 신임의 면에서 더욱 중요한 것은 어쩌면 일상생활에 있어서의 여러 가지 부조리 — 손해를 끼칠 뿐만 아니라 인간 생래의 정의감과 위엄에 대한 감 각을 흔들어 놓는 여러 가지 부조리라고 할 수 있을는지 모른다. 농협의 운 영, 농협을 통한 비료나 농약 공급의 방법, 또는 강제로 시행되는 영농 지 도 — 이러한 것들은 농민의 참여 의식을 북돋우기보다는 반발을 사는 계 기가 된다. 농협의 운영이 보편을 잃고 비료나 농약이 특수 이익과의 결탁 으로 수급의 원활한 조정에 실패한다거나 영농 지도에 있어서 관념적으로 보이는 영농 교육을 위하여 농민을 부질없이 동원한다거나 또한 관에서 관이 원하지 않는 품종을 심은 묘판을 짓밟아 버리면서까지 신품종을 강 요한다거나 — 이러한 일들은 모두 다 농민의 생활을 괴롭히는 요인들이 다. 그러나 여기에서도 문제는 국부적인 부조리에만 있는 것은 아니다. 사 실 모든 것을 위로부터 아래로 하향식으로 처리하는 관의 태도 그 자체가 문제가 된다. 그것 자체가 불신의 근본이 되는 것이다. 그것은 농민의 자발적인 결정의 자유와 그러한 자유가 뒷받침하는 위엄을 무시한 것이기 때문이다.『우리 동네』의 최씨의 딸의 친구 명순은 공장에서의 쟁의의 이유를 설명하면서 "단순히 경제적인 불만 한 가지였으면 그러지 않았을지도 몰라요."(93쪽)라고 말하고 있지만, 이것은 농민의 일반적인 곤경에도 그대로 해당되는 것이라 할 수 있다.

농촌의 어려움이 경제적인 것에만 한정된 것이 아니고 그것을 포함하면서, 그것보다 훨씬 더 편재하는 시달림의 경험이라는 것은 가령『우리 동네』연작 중 「우리 동네 유씨(柳氏)」나 「우리 동네 강씨(姜氏)」에서 중요한 삽화로 이야기되어 있는 사건들에서 잘 볼 수 있다. 전자에서는 서울로 가서 부동산 투기 등을 하여 돈을 번 순이가 고향에 돌아와 자기의 어린 딸이 출현하는, 새마을 선전용 영화를 위하여 동네 사람들을 동원하려고 한다. 그러나 그녀의 이질적인 행동에 대한 시기섬도 섞인 반발로 하여 동네 사람들의 협조를 얻지 못하자 그녀는 면사무소의 관권에 호소한다. 동네 사람들로는 며칠에 걸칠 촬영 준비와 스물 대여섯 명의 방문객의 접대로 하등 얻을 것이 없지만, 순이에게 동네 사람들의 비협조는 이해할 수 없는 일로밖에 비치지 아니한다. 그것은 "챙피해서 두 번 다시 이 구석에 발걸음을 말아야" 하고 "좋아졌다고 암만 떠들"어도 소용이 없는 낮은 '민도'를 보여 주는 일로만 생각되는 것이다. 그리하여 그녀는 "촌것들은 누르면 된다!"(174쪽)는 방편을 쓰지 않을 수 없게 된다. 관의 태도는 물론 동네 사람들의 태도와는 전혀 다르다. 자가용으로 면사무소에 닿은 그녀는 가장 융숭한 대접을 받음은 물론 금일봉까지 선사받는다. 그리하여 이튿날 새벽, 동네 주민들은 편리한 스피커를 통하여 즉각 동원된다. "관향리 주민 여러분께 공지 사항을 말씀드립니다. 오늘은 관향리 비상 대청소의 날입니다. 관향리 민방위대원 전원과 예비군 전원은 지금 즉시 작업 도구를 지참하고 본 방송실 마당으로 집합하시기 바랍니다……."(179쪽) 이렇게 하여 온 동네가 동원되는 한편, 촬영반은 생산가에도 못 미치는 보리를 스스로 불질러 태워 버린 유씨의 밭에서 트랙터로 밭갈이를 하는 장면을 찍게 된다. 그러나 이러한 계획은 유씨가 서툰 서울 운전수의 트랙터에 깔리는 사고로 끝나게 된다. 유씨의 사고는 얼른 보기에는 합리적인 동기가 없이 촬영을 저지해 보려고 한 유씨의 잘못으로 일어나지만, 그것은 합리적 계산에 관계없이라도 스스로의 것을 지키려는 작은 의지의 표현이 가져온 큰 희생이었다.

관권과 자주성의 대결은 「우리 동네 유씨」의 삽화에서는 비교적 지엽적인 것 또는 우발적인 것이라 할는지 모른다.(이러한 지엽적이고 우발적인 시달림의 연속이 오늘의 시대의 삶의 중요한 일면을 이루고 있는 것은 사실이지만.) 「우리 동네 강씨」에서 문제는 보다 본질적인 부조리를 중심으로 전개된다. 너무 잡다한 소문들이나 삽화의 나열로 하여 산만해지기 쉬운 다른 이야기들에 비하여 이것은 보다 통일된 전개를 보여 준다. 그것은 강씨와 다른 농민들이 수매 할당량의 보리를 농협 창고에 넣을 때까지의 이야기이다. 정부가 수매하는 보리를 농협 창고에 가져가는 과정은 단순한 운반의 문제가 아니다. 그것은, 쥐꼬리만 한 권력일망정 권력을 한껏 휘두르는 관리들과의 갖가지 실랑이를 거치는 끊임없는 작은 투쟁과 신경전의 연쇄이다.

이문구 씨의 농촌 생활의 보고가 다 그렇듯이, 이야기의 핵심은 권력 남용, 부정, 그러한 일 자체에만 있지 않다. 그가 보여 주는 것은 이러한 작은 실랑이들이 어떻게 분노와 좌절을 쌓이게 하여 농촌의 삶 전체를 병들게 하는가를 보여 주는 데 있다. 사실 이문구 씨가 그리는 농촌의 삶은 이러한 작다고 하면 작은 사건들이 만들어 내는 끈적끈적한 분노와 좌절의 독기 그것 이외의 아무것도 아닌 것처럼 보인다. 강씨의 아침은 연속적으로 실패한 마늘 농사와 보리 농사로 하여 냉장고를 사겠다는 희망을 빼앗긴 아내의 불만과 함께 시작한다. 한껏 애써 농사한 보리 값은 형편이 없다. 보리쌀 한 되에 커피 한 잔의 값인 것이다. 또 이렇게 싼 보리를 탈곡하기는 쉬운가. 현물로 대가를 받게 되어 있는 마을 공동의 탈곡기를 운영하는 기술자는 여간 아쉬운 사정을 해 보기 전에는 움직여 주지도 않는다. 정부에서 수매하는 보리는 여러 가지 얼크러진 사정을 보아—즉 얼마나 순순히 농협의 말을 들었느냐 하는 등의 사정을 참작하여 최소한도로 할당된다. 이것은 보리 경작을 하지 않으면 '찍힌다'고 하던 때와는 딴판의 이야기이다. 수입 고기로 인하여 망하게 된 정부 권장의 축산업의 경우나 마찬가지다. 이러한 여러 답답한 사정을 배경으로 하여 보리 수매의 사건이 벌어진다. 수매장으로 운반된 보리는 우선 검사원의 장벽을 통과하여야 한다. 검사원의 외양 자체가 앞을 가로막는 장애물로 비친다. "검사원은 밀알진 얼굴에 잔뜩 지르숙은 것이 먼빛으로 봐도 유의 귀띔대로 만만해 보이지가 않았"(212쪽)던 것이다. 이러한 검사원은 '주변 좋은' 사람의 손으로만 다루어질 수 있다. 동네 이장의 주변으로 이 난관은 별 어려움 없이 통과한다. 다만 수매품의 등수는 3등인데, 이것도 특별한 방법을 쓰기 전에는 그럴 수밖에 없다는 것이 암시된다. 그다음 단계는 검사원이 내준 입고증을 가지고 보리를 창고에 넣는 일이다. 강씨와 창고지기의 대화하는 장면은 예사스러운 것이면서도 오늘날의 농촌 또는 만인이 적이 된 우리 사회에 숨어 흐르고 있는 긴장과 적의를 실감하게 한다.

"형씨, 우리게서 온 것두 슬슬 들여 쌓봅시다."

강은 어섯만 보고 임의롭게 건넨 말이었다. 얼근한 김에 들며 시시덕대던 창고지기가 대뜸 자웅눈을 지릅떠 보았다. 보매 허릅숭이 같더니와 달리 발칙스러울 정도로 되바라진 태도였다.

"보지두 않구 놓유?"

창고지기는 모지락스럽게 퉁바리를 났다. 아무에게나 내대며 막하던 말투였다. 옛날 성질이 반만 살아 있어도 대번 손을 올려붙이며 어떻게 했겠지만 생각하니 참는 쪽이 어른이었다. 그는 바뀌지 않도록 미리 매끼에 빙과 포장지를 끼워 보람해 둔 보릿가마를 손으로 가리켰다.

"거깃 것은 가마가 허름해서 못 받어유."

창고지기는 가보지도 않고 입에 발린 소리를 했다. 뜻밖에 타짜꾼이 드틴 셈이었다.

하기는 구태여 들여다볼 필요가 없었는지도 몰랐다. 검사가 나기 바쁘게 바로 창고에 들어가고 하여, 그때까지 마당에 처져 있던 것은 서너 부룻, 잘해야 서른 가마도 안 돼 보였던 것이다.

"아따, 쓰던 가마가 다루기두 부드럽다."

장은 정이 내놓은 것 중에 쓰던 가마가 섞여 있던 것 같아 한 번 더 숙어 주었지만

"보지유? 쓰던 것이 부드럽게……"

하고 고개를 외로 돌리며 노래까지 옮조리는 데엔 그냥 둘 수가 없었다.

(213~214쪽)

창고지기의 불쾌한 트집은 결국 창고 근처에 서성거리고 있던 관광 회사 판매원의 관광 예약을 종용하는 하나의 방법이었다. '새마음여성봉사단'의 '실천적 충효 사상 갖기' 운동의 일환으로, 추진하는 관광 사업에 협조하면, 이 관광 판매원의 중재로 보리의 입고가 가능해지는 것이었다. 강씨는 결국 이들의 중재를 받지 않고 있다가 비가 오고 보리가 젖게 되자 억지로 가로막는 창고지기를 밀어젖히고 창고에 보리를 들여놓으려 한다. 그때 보리를 실은 경운기에서 떨어진 보리 가마가 그의 다리를 부러뜨리고 만다.

그런데 '우리 동네'를 살기 어려운 곳이 되게 하는 것은 위에서 살펴본 바와 같은 외적인 원인 때문만은 아니다. 이문구 씨의 작품을 통하여 우리는 삶의 터전으로서의 농촌이 오늘날 내적 붕괴를 일으키고 있음을 알 수 있다. 그것은 사람이 사람과 어울리면서 사람답게 살 수 있는 고장이기를 그쳤다. 여기에서 모든 사람은 모든 사람에 대하여 적이며, 자기 자신과 자신의 이익 속에 숨어 서로 으르렁거리고 있다. 물론 이러한 내적인 붕괴의 구극적인 원인은 밖으로부터 온다. 그것은 도시에서 농촌으로 침투해 들어오는 자본주의의 문화다. 그것은 밖으로부터 오는 억압으로 작용할 뿐만 아니라 사람의 욕망과 심성 자체를 변화시킨다. 그리하여 새로이 깨어난 소비와 소유와 사회적 신분에 대한 개인적 욕망은 안으로부터 모든 것을 바꾸어 놓고 마는 것이다. 농촌은 도시에 대하여 식량과 노동력의 공급처에 그치는 것이 아니라 도시가 생산하는 것들을 소비하는 곳으로서 중요한 몫을 차지하게 된다. 냉장고, 전기밥솥, 텔레비전, 기타 여러 가지 플라스틱 제품이 농가의 상비품이 되고 요구르트, 햄버거 스테이크, 돈까스와 같은 음식이 들어오고 동네 가게들의 이름이 김스 의상실, 아리스노바 미장원, 아티스트 다방 등의 알쏭달쏭 외래어로 바뀌고 농사 용어까지도 평이나 정보가 아니라 헥타르, 또 기타 화학 약품의 외래명을 사용하게 된다. 그런가 하면 또 도시에서 밀려오는 풍습은 크리스마스, 징글벨, 포커 등을 밀어 오고 술과 도박과 관광과 고고와 성에 대한 관심을 만연하게 한다.

어떻게 보면 이러한 풍물의 유입이 일으키는 역겨운 느낌은 두 문화가 부딪치는 과도기에 있어서의 일시적 위화감이라고 치부될 수 있을 것이다. 그러나 도시에서 오는 외래 문화의 운명이 구극적으로 어떤 것이 될는지는 우리가 예측할 수 없지만, 적어도 지금의 시점에서 그것이 농촌의 공동체적 일체감을 정신적으로나 물질적으로나 손상하는 한 요인을 이루는 것임은 틀림이 없다. 할아버지의 행보석(行步席), "어약해중천(魚躍海中天)이란 현판, 동토시, 갈모, 연상(硯床), 까치선 등이나 떡국, 대보름의 약식과 식혜와 갖가지 부름, 칠미죽, 개피떡"[4] 등 — 전통적인 문물의 의미는 도시에서 유입해 오는 현대적인 문물과 어떻게 다른가. 전통적인 풍물이 특수 계급의 전유물인 데 대하여 텔레비전이나 플라스틱 제품이나 요구르트는 보다 광범위한 대중에 의하여 향유될 수 있는 민주적인 물건들이라고 말할 수도 있다. 이것은 사실이고 또 그러한 면에서 삶의 민주적인 다양화에 도움을 주는 점이 있다는 것은 인정될 수 있다. 그러나 전통적인 물건들이 적어도 농촌에서 만들 수 있는 것들이고 또 그때 그때의 기회에 쓸모와 즐거움을 위하여 만들어지는 것이다. 도시의 풍물은 농촌의 스스로의 필요를 충족시키는 힘 — 생산적 창조적 능력을 박탈하고 또 쓸모와 즐거움보다는 화폐 경제의 소모의 열병으로 하여금 사물의 척도가 되게 한다. 한마디로 현대 도시 문화의 유입은 창조와 필요와 쓰임이 균형을 이루고 있는 사회에서 소비의 일방적인 항진에 의하여 특징지어지는 생활 방식에로의 전환을 뜻하는 것이다.

물론 일상적인 차원에서 도시의 문화의 의미가 이러한 각도에서 비치는 것은 아니다. 그것은 우선 막연한 역겨움으로 비치기도 하고 또는 자신의 능력 범위 안에서 살고자 하는 농민의 건전한 보수성에 위배되는 일로도 나타난다. 가령, 리낙천 씨가 "그늠으 크릿스마쓴지 급살을 맞쓴지"(36쪽)를 증오하고 "징글징글헌 늠으 징글벨"(37쪽)을 탓하는 것은 부질없는 소비문화에 휩쓸리지 않겠다는 마음의 표현이고, 김승두 씨가 "평두 있구 마지기두 있구 배미두 있는디, 해필이면 알어듣기 그북허게 헥타르라구 헐 건 뭐냐 이게유."(32쪽) 하고 영농 교육장에서 말썽을 일으키는 것

---

4 이문구, 『관촌수필』(문학과지성사, 1977), 32~34쪽.

은 외래적인 것에 흔들림이 없이 그의 현실 감각과 지식 속에 살겠다고 말하는 것이고, 리낙천 씨가 조합의 융자금을 갚겠다는 계획을 하면서 그 돈을 "농자로나 썼다면 모를까, 겨우 TV나 전기밥솥 따위를 외상지고 연체 이자 늘여주며 이삼태씩 끌어간다면, 뒤통수가 부끄러워서도 못 견딜 일이 그 일이던 것"(47쪽)이라고 할 때, 그것은 경제적으로 자기의 필요와 소비를 맞추어 사는 건전한 균형의 삶을 말하는 것이다. 또 쌀 수매가를 받은 농민들의 반자포자기의 잔치에 맥주가 나오고 과일 사라다가 나오고 억지 근로 봉사에 동원된 학생들이 짜장면을 요구하고 소비 풍조에 놀아난 여자들이 요구르트를 줄대 놓고 마시고, 부동산으로 돈을 벌고 부동산 브로커가 되어 도시화의 물결에 빨려 들어가는 장씨가 "경양식과 왜식집을 번갈아 드나들며 반주로 맥주를 곁들이게"(226쪽) 하고 함박스테키를 먹고 하는 것은 반대로 농촌의 자율적이고 자족적 생활이 허황된 소비문화에 침윤되어 감을 나타내 주는 일이 된다.

역겨움과 반발에도 불구하고 소비문화는 농촌의 내면 속에 깊이 자리 잡는다. 이것은 가뜩이나 빠듯한 가계 수지에 압력을 가하고 농촌의 인간관계를 근본적으로 왜곡시킨다. 소비문화의 유혹은, 이문구 씨의 소설에 의하면, 남자보다는 여자들에게 이겨 낼 수 없는 마력을 가진 것으로 보인다. 전통적으로 남자의 세계는 공적인 것이고 여자의 세계는 사적인 것이었다. 소비문화는 근본적으로 모든 생활을 사적인 것이 되게 하는 경향을 가진 때문이라고 할 수도 있다. 또는 보다 사회적인 해석으로 이문구 씨가 「우리 동네 장씨」에서 설명하고 있듯이 남자보다도 여자가 "제 구실을 빼앗기고 쌓인 암담과 체념"(225쪽)이 큰 때문에 그 보상으로서 소비문화에 끌리는 것이라고 할 수도 있다. 하여튼 여자들에게 냉장고, 전기밥솥, TV 등은 강한 욕구의 대상이 된다. 또 온천에 다녀오는 것은 빼놓을 수 없는 나들이가 된다. 그중에도 전형적인 것은 「우리 동네 유씨」에 이야기되어 있는 바 '이쁜이계'와 같은 것이다. 이것은 성적 매력을 높이기 위하여 음부를 줄이는 수술을 받을 돈을 계로 염출하자는 것인데, 이런 종류의 일이 늘 그러한 것처럼 어느 외과 병원의 돈벌이 작전의 일부로서 추진되는 것이다.

외래 소비문화의 침투는 남녀 관계, 가족 관계에 갈등을 가져온다. '우리 동네'의 가정치고 남편과 아내 사이에 갈등과 긴장이 없는 집이 없다. 이씨의 집이 그렇고 최씨의 집이 그렇고 유씨의 집, 강씨의 집, 김봉모 씨 집이 그렇다. 대개 이러한 갈등은 여자들의 소비품, 유흥, 도시적 사치에 대한 관심과 남자들의 전통적 농촌에 집착하는 보수적 본능 사이에 일어난다.(이 갈등에서 아이들은 대체로, 예외가 없지 않지만, 새 풍조 쪽에 선다.) 리낙천 씨와 그 아내의 갈등은 대표적이다. 이문구 씨는 갈등 자체보다 그것에 관계되는 심리적 불만의 에너지를 표현하는 데 능하다. 그의 문체는 이 점에서 극히 적절하다. 그의 문체가 아니면 그 실감을 전하기 어렵다.

리낙천 씨가 아침에 눈을 뜨는 것은 「징글벨」을 포함한 새마을 방송의 노랫가락과 더불어이다. 그의 농촌적 신경을 자극하는 이러한 방송에 이어 그의 아침은 집 안에서도 아들과 아내의 긴장을 품은 대화로 시작한다.

바깥이 시끄러워 일러 깼는지, 밤새 옆댕이에서 가로 뻗고 자며 거리적 거리던 막내 만근이가, 즤 어매 쭉은 젖을 집적거리며 보챌 채비를 했다.

"엄니, 불 좀 켜봐, 다 밝었잖여."

하는 아이 말에

"다 밝었다메 불은 지랄허러 키라남?"

대뜸 툽상스럽게 지청구부터 하는 꼴이, 아내도 잠 달아난 지 담배 두어 대 전은 진작 되던가 보았다.

잠 못 자는 새벽의 주고받는 말의 거침은 대체적인 생활의 불만 외에 크리스마스라는 소비문화의 욕구 자극에 인한 것이다. 가족 간의 대화는 다음과 같이 아내의 대꾸로써 계속된다.

"얘는 새꼽빠지게 툭허면 장 푸러 가서 시룻전 긁는 소리만 퉁퉁 헌당께. 새벽버텀 가기는 워디를 가자는 겨?"
아내는 동치미 맛본다고 이빨 흔들린 늙은이 암상떨듯 내흉스럽게 아이만 구박했다.……
"크리스마스헌티 가보잔 말여, 딴 애덜은 다 즤 엄니랑 하냥 간다는디 씽."

이러한 아이의 채근에 이씨의 아내는 불만의 화살을 남편에게 돌린다.

"걔덜은 즤 엄니가 쪽 뽑구 나슬 옷이라두 있으닝께 그러지. 니미는 남다 입는 홈스팡지는 워디 갔건, 털루 갓테두리헌 그 흔해 터진 쓰레빠 한 짝 사다준 구신이 읎는디 뭘루 채리구 나스랴?"
하고(아내는) 마디마디 가장 귀 치고 옹이를 박아가며 너스레를 떨었다.
"씽―그럼 오백 원만 줘. 우람이 갈 때 따러가서 징글벨만 보구 올게."

아내의 대답,

"그 오백 원 같은 소리 작작 해둬라. 돈은 왜 나버러 달라네? 동창에 댓진 바른 사람 니 옆탱이 누워 있는디…… 니미는 늬애비 만난 뒤루 돈안부 끊겨서, 오백원 짜리에 시염이 났는지, 천원짜리가 망건을 썼는지, 질바닥에 흘린 것두 못 알어봐서 못 줏는단다."

또 이씨 아내의 불평은 계속된다.

"넘의 집 서방덜은 크릿쓰마쓰 센다구, 지집 새끼 뺑둘러 앉히구 동까쓰를 먹을래, 탕수육을 먹을래, 잠바를 맞추랴, 청바지를 사주랴 허구북새를 피는디, 이 집구석 문패는 생전 마실 중이나 알지 먹을 중은 모르니, 에으──"(35~36쪽)

크리스마스를 두고 생기는 이씨와 그 아내의 갈등은 공업 단지 시찰, 민속촌, 자연농원, 서울의 텔레비전 공개 방송 등을 보러 갈 채비를 하는 관광계, 동네 유지의 기부를 보태어 벌이려고 하는 망년회, 동네의 아낙네가 녹음기를 사서 퍼뜨리는 고고춤 ── 이런 것들로 하여 되풀이 일어난다.

어떤 경우에 갈등은 이미 사다가 쓰는 가전제품의 활용 방식을 두고도 일어난다. '우리 동네'의 남자들은 집 안에 들어온 소비자 품목에 대해서도 최후의 저항을 멈추지 않는 것이다. 가령 「우리 동네 황씨(黃氏)」의 김봉모 씨의 선풍기를 위요한 갈등도 상징적이다. 장면은 김씨가 모깃불을 붙여 보려고 아들 심부름을 시키는 데에서부터 시작한다.

"복셍아, 다 먹었걸랑 게 붙어앉어 저기허지 말구, 저기네 오양 옆댕이 가서 보릿꼬생이나 한 삼태미 퍼오너라. 예 앉어 보니께 모기가 상여메는 소리 헌다. 얼릉……"

김봉모는 누가 세상없는 소리를 해도 잇긋 않고 말 안타는 아이인 줄 번연히 알면서도 참다못해 에멜무지로 일러보았다.

"……"

역시 아이는 쳐다도 안 보는데, 바닥난 상을 대강 거듬거려 뒷전으로 접어 놓고 선풍기 옆에서 턱 떨어지고 있던 아내가 고뿔 땐 넛할미마냥 쪼르르 말대답을 했다.

"보리까락은 넨장—무슨 효자 난다구 그 탑세기를 퍼 오래는 겨."

"저만치루 모깃불이나 놔 보까 허구."

"아침에 치울라면 성가시게 내둥 않던 짓 헐라네…… 게서 모기 뜯기느니 일루루 와 앉지…… 선풍기 틀면 물컷 안 댐벼 십상일레."(279~280쪽)

가족 간의 갈등은 위에서 본 바와 같은 일상적 차원에서만이 아니라 보다 더 큰 도덕적인 문제를 두고 일어나기도 한다. 가령 최씨와 그 아내가 공장의 쟁의로 인하여 감시의 대상이 되게 된 딸의 친구 영순이를 집에다 유숙시키는 문제로 다투게 되는 경우 같은 것이 그것이다. 여기에서 다툼의 씨앗이 되는 것은 최씨의 아내가 가지고 있는 정치적인 불안감 외에 보다 잘살아야 할 생활에 부담이 된다는 점이기도 하다. 그러나 최씨와 그 아내의 갈등은 단순히 여자의 물욕과 남자의 정의감이라는 도식으로 형상화될 수 없는 더 복합적인 차원을 가진 것이다. 그리고 여기에서 이러한 것이 적절히 처리되었다고 할 수는 없다. 그런데 사실상 '우리 동네'의 테두리에서 더 중요한 것은 주제가 뚜렷한 정치적 도덕적 문제라기보다는 일상적 삶의 바탕으로서의 농촌의 붕괴이다. 따라서 크리스마스나 선풍기를 중심으로 한 갈등이나 불화는 더 전형적인 것이라 할 수 있다. 또는 더 주목하여야 할 것은 어떤 특정한 주제나 물건을 두고 일어나는 갈등보다도 일반적으로 '우리 동네'의 삶에 팽배해 있는 불만과 좌절의 분위기이다. 이것은 위에서도 언급했듯이 이문구 씨의 문체 그것으로써 잘 전달되는 것이다.(이문구 씨의 문체에 대하여서는 여러 사람들이 언급한 바 있다. 반드시 거기에 한정할 수는 없지만, 그것은 갈등의 문제이다. 그의 긴 문장은 많은 비유와 인상을 한데 휘어잡는데, 이것은 그러한 비유와 인상이 농촌적이면서 부정적인 것이기 쉽다는 점과 아울러, 화자의 내면을 눈앞에 진행되는 장면에서 떼어 내어 하나의 별개의 계산의 장이 되게 한다. 가령 "재 쳐낸 삼태기를 왁살스레 멨다붙이고, 수챗가에 개수통을 냅다 끼얹는 소리나 하며, 오늘도 아내는 신새벽부터 잔뜩 불어터진 기미가 역연하던 것이다."(69쪽) 하는 문장은 외부의 인상을 종합하는, 불만의 공간으로서의 내연을 곧장 느끼게 해 준다. 이문구 씨의 문체와 염상섭 씨의 언어가 대인 관계의 갈등을 담는 언어라는 점에 주의할 수 있다.)

소비문화 속의 농촌의 갈등은 말할 것도 없이 가정에 한정되는 일이 아니다. 그것은 공동체 전체에 만연되어 있는 것이다. 「우리 동네 김씨(金氏)」는 김씨가 양수기를 빌린 이웃 남씨와 이웃 동네의 사람들과 전기 회사 직원 사이에 벌어지는 자기 이익의 줄다리기를 잘 보여 주고 있다. 여기의 삽화에서 자기들의 물을 빼앗긴 이웃 사람과 전기 회사 직원은 국외자이기 때문에, 우의적인 관계가 없다고 하더라도 이웃 남씨가 술을 받아 오고 이웃 간의 정을 강조하는 듯한 언사를 하는 것은 김씨의 호스를 빌리려는 계산에서이다. 정씨는 농사 비용을 절약하겠다는 생각으로 면장과 교장을 쏘삭여 학생들을 동원하지만, 짜장면 등의 대접을 요구하는 학생들은 묘판을 결딴내 버리고 도망가 버린다. 정씨가 주문해 온 예순 명 분의 짜장면으로 동네 사람들은 잔치를 벌인다. 그러면서 이런 잔치를 마련하였으니 국회의원에 출마하라고 농담을 한다.

강씨가 보리방아를 찧고자 할 때 겪는 어려움도 이해관계에 공동체 아닌 공동체의 모습을 잘 드러내어 보여 준다. 동네 방앗간을 맡고 있는 안동 삼은 강씨의 간절한 요청에도 불구하고,

"되(升)에 사이다 한 병두 안 되는 보리쌀 한 되 뜨러 방앗간을 열라는 겨? 집이 보리 두 가마 깎어 주자구 내 밥 먹구 나와서 즌기 닳리구 지름 축내야 쓰겄구면 ? 나두 새끼들 허구 살으야지……"(204쪽)

이러한 주장에는 강씨의 "동넷일 보는 사람이 워치게 일일이 이해타산을 따져가며 헌다나." 하는 주장도 막무가내인 것이다. 또 농촌에 있어서의 인간관계의 험악함은 특정한 분쟁의 씨가 없는 곳에서도 드러난다. 가령 술좌석의 대화 같은 것도 얼른 듣기에 단순한 희롱이지만, 그 희롱에는 인간에 대한 매서운 평가 절하가 포함되어 있다. 추곡 수매가의 부당성과 등급 매김의 부패성에 화가 난 농민들이 그 울분을 풀 양으로 들어선 술집에서의 대화는 우선, "왔어두 들여다보는 년 하나가 읎네 그려."(148쪽) 하는 욕지거리로부터 시작한다. 또 작부의 "뭘루 올릴까요?" 하고 묻는 말에는 도전적인 "뭘루 올리다니? 왜, 주제꼴이 후줄근허니께 비 오동 같은 감?"(149쪽)이 대답을 대신한다. 그리고 난 다음의 작부들과의 수작은 전적으로 흔히 듣는 음담패설이지만, 거기에 가령 "한갓질 때 목욕이나 해두지 않구(국부의 청결성과 관련해서), 침침헌 방구석에서 무슨 지랄루 하루를 했데?" "지름짜다 말구 오줌 눌 년. 주둥이 하나는 계통 출하해두 안 밑지겠네."(151쪽) 등의 말에 담긴 공격성은 너무 탓할 것은 아닐는지 모르지만, 역시 난폭한 인간관계의 증표가 되는 것임에 틀림없다.

이러한 술좌석에서의 거친 인간관계는 한편으로 사람의 관계가 윤리적이라기보다는 금전에 의하여 규정되는 데에서 온다. 또 다른 한편으로 그것은 힘에 의하여서만 의미를 갖는 사회 구조의 당연스러운 일부를 이루는 것이다. 작부와 농민들이 주고받는 거친 말들은, 이 삽화에서 드러나 있듯이, 사회 전체로부터 농민이 받는 수모에 대한 앙갚음인 것이다. 사실 농촌 사회에 있어서 인간관계가 살벌해진 것은 자본주의 소비문화의 영향인지 아니면 우리 사회의 유일한 질서인 힘의 질서의 하향 여과 현상인지 분명치 않다. 그러나 근본적으로 따질 때, 더 중요한 것은 권력의 질서이다. 이문구 씨의 『우리 동네』에서 늘 가장 극렬한 갈등과 대립은 관이 개재하는 곳에서 일어나는 것으로도 우리는 이를 짐작할 수 있다. 위에서 우리는 이미 관과 농민이 부딪치는 사건들에 대해 언급했지만, 또 하나의 경우를 살펴보자. 이것은 「우리 동네 이씨(李氏)」의 생일잔치의 장면이다. 여기에서 우리가 보는 것은 관의 힘이 어떻게 미묘한 형태로 공동체적 관계에 침투, 이를 타락시키는가 하는 예이다.

윤선철의 생일잔치에 모인 사람들은 으레 하는 방식으로, TV의 권투 이야기, 화투 돈내기의 후일담 등에서 시작하여 농사 문제, 특히 농협 융자금 회수의 문제로 이야기를 뻗어 간다. 마지막 화제는 참석한 사람들의 공격적 에너지를 터뜨린다. 이 에너지가 향하는 것은 멀리 있는 관이 아니라 가까이 있는 관의 대표다. 이 관의 대표는 동시에 동네 구성원의 하나이다. 이들과의 착잡한 관계에서 생기는 문제는 삶의 질서 전체에 독기를 주입한다. 말할 것도 없이 정부의 정책은 밖으로부터 부과되는 것이 아니라 구체적으로 농촌 사람들의 개인 관계 속에 개입하여 작용한다. 가령 이장은 한편으로는 촌락 공동체의 인간관계에 묶여 있으면서 다른 한편으로는 관의 압력의 수납점이 된다. 관은 관의 힘을 공동체의 인간관계에 접합시킬 수 있는 연계점이 필요한 것이다. 이야기가 추곡 수매와 융자금의 상쇄에 이르자 동네 사람들은 이장에게 그 부당성을 따지게 되고 이장과 촌민들 사이에 공방전이 벌어진다. 이장은 자기의 극성스러운 독촉이 없다면, 스스로 상환할 사람은 없을 것이라고 자못 험한 말로 반발한다.

"……연대보증 슨 내가 그 지랄을 안허면 어느 누가 너름새 좋아설랑은이 제발루 댕기메 해결허겄나? 생각적인 측면으루다가 따져 봐. 입춘이 니열 모리여. 슬 세면 고대 우수 경칩 아녀? ……그때 가설랑은이 또 조합돈 좀 쓰게 해달라구 있는 집 옳는 집 죄 나래비 슬 것 아녀? 그래 묵은 이자 새끼 쳐가메 또 조합돈 쓸 겨? 내 인감은 사거릿집 미스 박이여? 아무나 대주게. 내가 저 하늘이나 등기 냈다면 모르까, 무슨 조상 민구 또 빚 보인

슨다나? 올해 빚덜 안 갚으면 내년에는 내 도장 이름두 승두 모를 중 아셔 덜."(54쪽)

이렇게 시작하여 잔치에 모였던 사람의 논의는 농민과 조합, 어느 쪽이 어느 쪽에 이익을 주느냐 하는 데 대한 열띤 논쟁이 된다. 영농 자금이 결국은 조합을 위하여 운영되는 것이라고 이씨가, "영농 자금 대출이 많아 조합 운영이 부실해진다는 건 말두 아니구 되두 아녀. 원제는 조합이 우리 살렸간, 우리가 조합 살렸지."(54쪽)라고 말하면서, 좌중의 분위기는 더욱 긴장된 것이 된다.

그런데 이러한 논의는 인간관계의 문제보다는 공적인 문제의 성격을 띠고 있다고 말할 수 있는데, 나중 부분에서 이장이 개인적인 사정을 호소하면서 촌민에게 협조에 대한 부탁과 협박을 늘어놓을 때, 우리는 더 분명하게 관의 정책과 농촌의 인간관계의 착잡한 얼크러짐을 보게 된다. 가령 이장이 조합을 대표해서 나오는 두 직원들로 인하여 겪는 그의 괴로움을 호소하는 부분을 보자.

"마침 우리 부락 담당 두 양반허구 동넷분덜이 죄 한자리에 뫼였으니 말씀이지만, 나 이 두 양반덜 땜이 증말 죽겄어. 일년 열두달을 하루걸이루 새벽 댓바람에 쳐들어와설랑은이 나만 볶는디, 자, 박다말구 빼는 것은 두째여, 이 양반덜이 올 적마다 아침을 해대는디, 있는 쌀이것다, 밥은 월마든지 해디려. 문제는 건건이라. 짐치 싼지 짐장만 먹는 집에서 증말 죽겄다구. 이양반덜이 입이 질구, 인제는 한식구 거짐 다 돼설랑은이 그나마 숭허물이 읎으닁게 망정이지, 우리 여편네는 환장허여. 동넷분덜 말유, 제발 서주사 지주사 좀 내 집에 안 오게덜 해주셔. 이 변차셉이, 동넷분덜더러, 밥 떠놓으달라구 안헐 탱게 고것만 좀 봐주셔. 두말헐 것 읎이 관에서 시키는 대루만 해주셔. 그러면…… 이 두 양반 앉혀놓구 이런 하소 허겄우. 제발 이 불우이웃 좀 도와주셔. 허라걸랑 허라는대루 좀 해주셔."(57쪽)

이러한 호소에 대하여 이씨는 다음과 같은 제안을 한다.

"니열버텀이래두 저 양반덜이 오걸랑 엄니는 즉은아들네나 딸네집에 댕기러 가 안기시구, 아주머니는 친정이나 큰집에 가 밥 헐 사람 읎다구 굶겨 뻬러. 그러면 다음버텀은 아침 자시구 느직허게 오실 테니."(57쪽)

여기에서 동네 사람들의 주고받는 말이 잔치에 어울릴 친목의 교환보다는 불만의 폭발, 갈등의 노출에 끊임없이 가까이 가는 것은, 근본적으로는 농민이 받고 있는 부당한 대우에서 연유하는 것이지만, 이러한 사실에 못지않게 주목할 것은 그것이 공동체 내의 인간관계를 뿌리째 그릇되게 만들어 버린다는 점이다. 윤선철의 생일잔치에 모인 사람들은 그 본래의 의도야 어찌 되었던, 가해자와 피해자의 대립 관계 속에 있다. 그러면서도 이들은 서로 음식을 대접하고 잔치에 모이고 하여 예의와 공동체적 동락(同樂)의 축의(祝儀)의 가상을 유지하지 않을 수 없는 것이다. 이러한 상황에서 다른 음험한 의도가 숨어 있지 아니한 예의도 친절도 유대감도 있을 수가 없는 것은 당연하다. 모든 것은 이중적이며 냉소적인 의도를 포함하고 있는 것이다. 동네 사람과 이장, 이장과 조합 서기, 조합 서기와 동네 사람은 모두 반은 적대 관계 속에 있고 반은 공동체적 유대 속에 있다. 그런데 이 유대는 자연스러운 화합이나 용서나 관용의 유대가 아니고 관권과의 조정을 위해서 불가피하게 유지되는 유대이다.(관에서는 또 이 유대의 유지를 필요로 한다.) 밖으로부터 오는 숨은 압력이 없다면, 이 이중적인 관계는 진정한 공동체의 관계, 또는 적대 관계 또는 그러한 것으로 분명하게 의식된, 따라서 어느 쪽도 교활과 비굴의 위장을 필요로 하지 않을 타협 또는 관용의 관계로 변화하지 않을 수 없을 것이다. 이 분명해진 관계 속에서 비로소 개인적 예절이나 공동체적 의식은 그 참뜻을 찾을 것이다. 이것이 허용되지 않는 한, 윤선철의 생일잔치에서 보는 바와 같은 갈등 ── 공공연하기보다는 간접적인 책략 속에 새어 나오는 갈등은 당연하고 그 안에서의 인간관계의 타락은 불가피하다. 위에서 살펴본 잔치의 경우, 서기 면전에서 이장과 이씨가 그들에 대해서 하는 이야기는 하나의 인격적 모욕이라고 할 수 있다. 물론 이 모욕은 정당한 이유가 있는 것이다. 그러나 이것은 책임 있는 행동을 수반하지 않는 것인 까닭에 반드시 개운하고 바른 대응안으로만은 생각될 수 없는 것이다.(그 진의는 농담 속에 감추어져 있어서 이것도 일종의 위장 전술이란 면을 가지고 있고 또 이장이나 이씨가 부패한 관계를 완전히 끊어 버리겠다는 단호한 결심을 하는 것도 아니다.) 여기에 대하여 농담으로 그들이 받은 모욕을 얼버무리면서 또 다른 방향으로 공격적 전략을 펼치는 두 조합 서기의 인간적 타락상은 말할 필요도 없는 것이다.

이문구 씨가 그리는 1970년대의 농촌은 위에서 간단히 살펴본 바와 같이 실제적 어려움과 도덕적 혼란에 차 있는 곳이다. 그렇다고 그것이 완전히 암담한 절망의 고장이라고 할 수는 없다. 그것은 최소한도 복합적인 가능성을 포함하고 있는 곳이다. 여러 가지 문제점에도 불구하고 그래도 농촌의 물질적 생활이 향상되었다는 느낌은, 분명하게 이야기되지는 아니한 채로, 이문구 씨의 소설 도처에 배어 있다. 또 농촌의 문제들은 어쩌면 변화기의 과도적 현상인지도 모를 일이다. 『우리 동네』에서 비교적 건실한 농민이면서 부동산으로 치부한 장일두 씨는 다음과 같이 말하고 있다.

무릇 묵은 집을 헐고 새집을 짓기에 즈음하여 반드시 겪지 않으면 안 될 것이 한차례 몸살일진대, 비록 땅을 가져간 돈일지언정 이십년씩 삼심년씩 핍박하던 가난의 횡포가 모처럼 녹으면서 돈맛을 가르친 것이 사실이고 보면, 잠시 헐거워진 듯한 정도는 당연한 생리로 여김이 마땅하겠던 것이다. 그것이 작은 흠집을 덧내어 마침내 오래 가는 흉터로 남게 하지 않을 슬기이며, 아낙네로 하여금 참고 삼가하는 본성을 되살리도록 거들어 스스로 분수를 알게 하는 가장 무던한 방법이요 요령이 아닐까 싶었다.(246쪽)

이것은 부동산에 재미를 본 장씨의 말이고 또 사회 전체에 관한 말이라기보다는 자신의 집안을 다스리는 일을 두고 한 말이지만, 어느 정도는 과도기의 농촌에 그대로 해당될 수 있는 말이기도 하고 또 이문구 씨 자신의 시대에 대한 판단의 일부일 수도 있는 말이다. 그렇다고 하여 이문구 씨가 오늘의 농촌의 현실을 누그러진 마음으로 대하면서 시간의 흐름이 많은 문제들을 풀어 나가 줄 것으로 생각하고 있는 것은 아니다.

이문구 씨의 소설들은 단순한 기록일 뿐만 아니라, 새로운 길에 대한 모색이다.『우리 동네』에서도 우리는 이 모색에서 나오는 암시와 결론들을 여기저기에서 발견한다. 그리고 이 소설에서 그의 농촌 문제에 대한 해결책의 시사는 다른 어떤 곳에서보다 현실적이다.(어떻게 보면 이 현실적이라는 점이 이 계통의 연작 소설의 약점이 된다고 할 수도 있다. 왜냐하면『우리 동네』연작은 별다른 진전이 없이 같은 이야기를 맴돌고 있다는 느낌을 주는데 이것은 사실적이고자 하는 노력에 연결된 일일 것이기 때문이다.)「해벽(海壁)」에서 우리는 자기 나름의 사회적 윤리적 이상에 따라 살고자 했던 사람의 몰락을 본다.「백의 (白衣)」와 같은 단편에서도 어떤 토속적인 윤리적 규범에 의하여 이상화된 인물을 본다.『관촌수필』의 봉건적 농촌 질서에 대한 향수는 윤리적 규범에 의하여 조정되어지는, 따라서 좁으면 좁은 대로 인간 본연의 정직하고 자연스러운 감정과 생활이 서식할 여유가 있는 사회에 대한 향수였다.『우리 동네』에서 윤리적 이상주의가 버려지는 것은 아니다.「우리 동네 최씨 (崔氏)」와 같은 사람은 등장인물 가운데에도 가장 도덕적 규범 의식이 강한 사람인데, 그것은 오히려 관념적인 것이어서 그 현실적인 의미를 우리에게 설득해 주지 못한다. 도덕적이라고 할 수 있을는지는 모르지만, 또 하나의 어려운 시대에 사는 태도로서 이문구 씨에게 중요한 것으로 여겨지는 것은 사람은 제 줏대를 가지고 살아야 된다는 것이다.「우리 동네 이씨」의 이씨에서 이것은 약간 희화화되어 나타난다. 이씨는 자기의 주체성을 강조하기 위하여 이름까지도 남과 같이 '이'라고 하지 않고 '리'라고 쓴다. 그것은 그가 가족에게 설명하는 바대로 "늬덜이나 늬어매는 나를 넘덜허구 똑같이 치는 모냥인디, 나는 원래가 그렇지 않다."는 것을 보여 주고자 함에서이다. "나는 내 양심 내 정신으루, 내 줏대 내 나름으루 살자는 사람이다. 지금까장은 이리 가두 흥, 전주 가두 흥, 허메 살어왔지만 두구봐라, 아무리 농토백이루 살어두 헐말은 허메 살테니……."(50쪽) 리씨의 결심은 이런 것이다. 그러나 그의 이러한 결심이 당장에 그렇게 효과적인 결과를 가져오는 것은 아니다. 장씨도, "제터에서 제물에 살며 제딴을" 이루며 "제구실"(225쪽)을 빼앗기지 않는 것이 옳은 삶의 방식이라고 믿는 사람이지만, 그는 이러한 주체성 또는 가치의 원리를 농촌 전체에 확대해서 이야기하여, "농협과 단위조합에서부터 축산조합 원예조합 엽연초생산조합 산림조합, 나아가 농촌지도소까지도 농사꾼들 스스로 일꾼을 뽑아 농업정책과 농산물의 제값이 농민으로부터 나오게 하고, 농사는 농사꾼의 것임을 분명히 하여 영농의 자유가 보장되며, 정부의 미덥지 못한 통계를 바탕으로 한 농축산물의 무모한 수입정책을 중단함은 물론, 집권자의 업적 선전에 목적을 둔 눈비음 행정과 거리의 농업이 이에서 그치고, 갈피없는 유통 구조의 외면이나 무관심에 의한 농촌의 희생이 이 이상 계속되지 않는다는"(230쪽) 것이 농촌 갱생의 길이라고 말한다.(『관촌수필』에서의 인간과 촌락이 인간적인 넉넉함을 가지고 있는 것은 바로 그것이 주체적인 인간과 질서를 가지고 있었기 때문이었다.)

그런데『우리 동네』의 강점은 이러한 자율의 필요를 단순히 추상적으로 제시하기보다 구체적인 현실로부터 설득하고 그보다 더 중요한 것으로는 그러한 필요가 어떻게 현실의 역학 속에서 태어날 수 있는가를 보여 주는 데 있다. 위에서도 말한 바와 같이『우리 동네』의 연작들은 같은 상황과 주제를 끊임없이 맴돈다는 느낌을 준다. 이것은 주체적인 자기실현이 막혀 있는 사회의 모습을 보여 주고 그러한 실현의 길을 트는 것만이 보다 밝고 활발한 사회의 실현을 가능케 한다는 것을 설득해 주는 역할을 한다고 할 수 있지만, 이러한 면이 이 소설들로 하여금 주장으로나 이야기로나 저으기 지루한 감을 가지게 한다는 점은 무시할 수 없다. 그러나「우리 동네 황씨」와 같은 단편은 다른 단편에 비하여 훨씬 더 역동적인 움직임을 가지고 있는 단편이다. 그리고 또 이것은『우리 동네』연작들이 암시적으로 가리키고 있는 출구가 무엇인가를 보여 준다. 이번 연작 소설집에서 이것이 책의 마지막에 놓이는 것은 잘된 일이다.「우리 동네 황씨」에서 우리는, 농촌 또는 우리 사회 전체가 보다 사람이 살 만한 곳이 되는 데에 필요한 새로운 규범이 사회 밖에서 오는 어떤 힘, 이상 또는 관념이 아니라 얼른 보기에 부정적인 면도 가지고 있는 오늘날의 농촌의 힘 그것에서 나온다는 것을 보게 된다.

「우리 동네 황씨」는 마치 '우리 동네'를 괴롭히는 악몽의 모든 요소를 한데 모아 이것들이 어떻게 하나의 해결책으로 나아가는가를 보여 주는 듯이 전개된다. 이것은 우선 농촌의 삶을 괴롭히는 요소들이 무엇인가를 밝힌다. 그것은 주로 불평등한 노동관계에 기반을 둔 소비문화와 관료 체제로서 진단된다. 이것들은 농촌의 모든 삶의 질서 —— 현실적인 질서와 규범의 질서를 혼란에 빠지게 한다.

농촌의 삶이 바른 상태로 돌아가는 길은 이러한 독소적인 요소들을 행정 명령이나 거짓 친목과 예의의 질서로 감싸고 얼버무리는 것이 아니라 고통스럽고 시끄러운 대로 들추어 내고 대결하여 삼제하는 길밖에 없다. 「우리 동네 황씨」는, 위에서 우리가 간단히 살펴본, 오늘의 농촌이 가지고 있는 문제점들을 어떻게 문제의 도피가 아니라 문제와의 대결로서 극복해 나가는가를 한 단계 한 단계 보여 준다. 그렇다고 해서 이 단편이 추상적인 관념이나 주장으로 이루어졌다는 말은 아니다. 이것은 가장 구체적이고 일상적인 일들에서 또 추상적인 집단적 이상을 위해서가 아니라 자기를 자각한 구체적인 인간들의 필요에서 시정의 변증법이 어떻게 발생하는가를 보여 준다. 그리고 이 변증법은 모든 부조리의 요소를 포용 지양하면서, 사실의 확인—분노의 대결과 투쟁—화해—새로운 주체성의 성립—이러한 과정을 정연하게 제시하여 준다. 이 변증법에서 가장 중요한 것은 분노의 표현이다. 그것은 모든 것을 분명한 빛 속에서 보게 한다. 그리고 이 기초 위에서 자아와 공동체를 돌려 가질 수 있게 되는 것이다.

우선 이야기의 단초에 우리는 소비문화에 의하여 잠식되어 가는 농촌이 어떻게 불화와 갈등의 온상이 되는가를 보게 된다. 앞에서도 언급한 사건이지만, 갈등은 모깃불을 피우겠다는 아버지와 선풍기로 그것을 대신하라는 아내와 아들 사이에 벌어진다. 아버지 김봉모의 고집은 단순히 가부장적인 권위를 내세우기 위한 것처럼도 보이지만 그 밑에 들어 있는 것은 조금 더 유기적인 조화를 이룬 전통적인 삶에 대한 그의 그리움이다. 농약에 가득 찬 농촌에서 여치 소리만 들어도 반가운 그는 "마당에 평상이나 멍석을 펴고 모깃불을 놓으면 절로 땀이 가시고, 끓는 화덕에서 갓 떠낸 수제비를 훌훌 들어마셔도 더운 법이 없(고)…… 뉘 집 마당을 가보아도 으레 이웃집 마실꾼이 있기 마련이고, 가리마 타고 흐르는 은하수나 가끔 훑어가며 논밭 되어가는 이야기, 나가서 묻어들인 시국 이야기로 담배가 떨어져도 심심한 줄을 몰랐"(283~284쪽)던 시절을 생각하는 것이다. 그러나 이러한 옛 농촌 문화는 선풍기, 텔레비전 등이 파괴해 버렸다.

선풍기나 텔레비전으로 생긴 가족 내의 갈등이 전개되는 동안 송충이 퇴치 야간 작업을 위한 동원 명령이 내린다. 그리하여 그는 이장 이주상의 말에 따라 술안주로 고추장과 김치를 준비하여 산으로 간다. 산에는 몇몇 동네 사람이 모여서 관에서 배급한 타이어를 불태우며 술을 나눈다. 이야기는 저절로 농사의 어려움, 특히 불만스러운 농사 정책에 집중된다. 가령 이장은 끊임없는 행정 동원에 시달리는 농민의 사정을 다음과 같이 말한다.

"요새 죽겄어. 퇴비 허라, 하곡 허라, 농약 쳐었어라, 허구 하루에도 두어 패씩 면에서 사람이 나오는디 깨묵셍이나 뭐 내놀 게 있어야지. 올같은 장마 끝이 가뭄에 채미가 열리나 도마도를 따나…… 수박은 쉰 구텡이나 났는디 구경두 못허겄지…… 네미 애매한 쇠주허구 새우깡만 디립다 사나르니, 이런 보리 숭년에 모조 받기두 틀렸구…… 천상 땅문서나 잽히야 쇠주빚 갚구 이장 내놓겄는디……"(294쪽)

또 그의 고충에는 다음과 같은 것도 있다.

"어제는 농수산부 무엇이라나 하는 것이 피서 허러 지나간다구 새벽버텀 어찌나 볶아대는지, 시 부락 사람들이 죄 분무기를 지구 나와설랑 해전 내 논배미에 들어가 후덩거렸더랴. 공동방제 허는 시늉을 내라니 벨 수 있남. 분무기에 맹물만 한 짐씩 지구 나와설랑 신작로 가생이 냄으 논에 들어가 애매헌 베포기만 짓밟었다는 얘기여. 위서 허라는 것은 세상 읎어두 못 배기니께."(296쪽)

또 이외에도 농민들의 이야기는 여러 가지 농촌과 농촌 살림의 어려움, 정부 무역 정책에 흔들리는 누에고치 농사, 농약 공중 살포의 이해득실에 관한 불평과 정보 교환을 화제로 전개된다. 그런 다음 산업계장과 서기 두 사람의 관리가 등장한다. 말할 것도 없이 관과 민의 관계가 순탄할 리가 없다. 드리당장에 산업계장 김씨가 따지는 것은 불을 피워 나방이를 잡으라고 배급한 타이어가 제대로 불지피는 데 사용되었느냐 하는 점이다. 그의 말은 농담인 듯하면서도 순탄하지 않다. "느티울 양반들두 이러시긴가…… 다이야 잽히구 술받어 자셨나뵈." 이렇게 시작하여 그는,

> "하여간 한국 사람은…… 그런 머리 돌아가는 것 하나는 아마 세계적일 거라. 솔나방 잡는디 태워 쓰라구 다이야 줘서, 시키는 대루 허는 걸 여적지 한 번두 못 봤다면 말 다했으니께."

하고 일반적인 매도의 단정을 내린다. 그러나 동네 사람들의 대꾸도 만만치 않다. 다음의 주고받음은 이들의 관계가 얼마나 팽팽한 적의 속에 있으며 그것이 격렬하게 언제나 표면화될 준비가 되어 있는 것인가를 보여준다.

> "구루마 바쿠루도 못 쓰는 흔 다이야를 원제 엿 사먹자구 안 태울 거유. 말씀을 워째 그렇게 듣기 그북스럽게만 허신대유."
> 뒷전에서 조용하던 고가 고개를 거우듬하게 꼬고 눈을 지릅뜨며 뼛성 있게 말했다.
> "왜, 내 말이 틀류? 그렇잖어두 듣기 싫으라구 헌 말이유."
> 계장이 고를 돌아보며 쏘아붙였다. 고도 말다툼엔 이골난 사람이라 직수긋하지 않고 대들었다.

"자세히지 말유. 사는 건 같잖게 살어두 관공리 구박받을 사람은 여기 안 왔유."

"저 냥반이 시방 시비를 허자는 겐가 뭐여?"

오서기가 눈을 부라렸다.

고도 끝내 소주 두어 잔 들어간 표를 낼 셈인지 거듭 말끝을 반미주룩하게 꼬부렸다.

"네밋 ─ 우리 여편네 허구 씨비 헐 새두 읎는 판에 넘허구 시비를 허여?"(297~298쪽)

이렇게 가열되어 가던 대화의 대결은 다시 이완과 긴장의 기복을 되풀이하다가 타이어를 태우고 남은 타이어 심의 철사가 발견됨과 동시에 누그러져 버린다. 이러한 대결은 억압의 질서 밑에 감추어진 분노와 좌절에 심리적 출구를 제공하기 위하여서라도 필요한 것으로 보인다. 그런데 대결의 의식이 보다 심각성을 띠고 또 어느 정도의 현실적인 해결에까지 나아가는 것은 동네의 이기한(利己漢) 황선주가 등장함으로써이다.

황선주는 송충이 퇴치장에 나타나기 이전에 독자에게 소개된 바 있다. 그는 수재민 구호금을 거둘 때에 가장 돈이 많은 사람 중의 한 사람이면서 가장 인색하게 굴던 사람으로서, 그가 내놓은 구호품으로서의 헌 빤스는 그의 인색함을 아니꼽게 생각한 동네 사람들에 위하여 동구에 전시된 바가 있었다. 황선주가 오토바이를 타고 오는 것을 보자 지금껏 동네 사람의 적의의 표적이 되었던 산업계장이 "이장, 나 아쉰 소리 좀 헐라니 들어줄라?"(300쪽) 하면서 자기가 부딪치고 있는 문제를 호소하는 식으로 자기의 어려움을 이야기한다. 즉 황선주가 그의 이종인 단위 조합 참사를 통해서 새우젓과 소금을 동네에 강매하고자 하는데 이 부탁이 귀찮은 문제라는 것이다. 황선주는 이와 같이 관의 힘을 빌려 생필품이나 농기구를 강매하기도 하고 고리채도 놓고 하여 적잖이 치부를 한 사람이었다. 그리하여 산업계장과 같은 사람에게도 그는 그렇게 존경을 받을 수 없는 사람으로 비쳤던 것이다. 그러나 동네 사람들에게 산업계장의 호소는 순순하게 받아들여지지 아니한다. 그의 호소는 복합적인 것이다. 억압의 질서 속에서 억압자도 뻣뻣할 수만은 없는 것으로 정의가 그에게 있지 않은 한 그도 때때로는 피압박자에게 아첨할 필요가 있다. 산업계장의 호소는 이런 의미를 띤 것으로 볼 수도 있다. 그러나 이장의 해석은 좀더 직절적이다. 그는 "계장님은 뒷전으루 물러 앉으슈. 닦어세우는 건 우리게에서 도리헐 텡게 맡겨두시구."(302쪽)라고 말하면서도 속으로는 월급에 맞지 않는 산업계장 김씨의 생활 수준을 생각하고 그의 하소도 황과의 거래 액수를 높이려는 술책에 불과하다는 것을 간파하는 것이다.

황씨가 도착하면서 하는 말들은 표면으로는 특별한 의미가 없는 듯하면서 그의 성품과 태도를 잘 드러내 준다. 가령 "그런디 여게, 손님대접이 위째 이렇다나. 이왕 술을 받을라면 병아리라두 한 마리 볶던지 허잖구는……."(304쪽) — 이런 말 하나에도 한편으로는 그곳의 손님 격인 두 관리에게 아첨하고 주인 격인 동네 사람들을 쳐 내리는 그의 의도가 감지되는 것이다. 더 계속되는 이런 종류의 아첨과 공격 언어는 그렇지 않아도 심사가 좋지 않은 동네 사람들의 반발을 사게 된다. 처음에 양편을 가르고 있는 적의는 농담 비슷하게 시작하여 점점 심각한 공방전으로 바뀌어 간다. 그리하여 황의 힐난과 아첨이 계속되고 다른 한편으로는 동네 앞에 매어단 황의 빤쓰(다른 농민도 비슷한 일을 하고는 있지만), 유달리 간악한 수법으로 농약을 써서 눈속임의 농산품을 만들어 내는 황의 농사 방법 등이 야유로써 언급이 된다.

그러다가 공격의 리듬은 조금 누그러져 세태 일반에 관한 이야기로 화제가 바뀐다. 농약 남용의 농산품에 대해서 "서루 다다 쇡여 먹잖으면 못

살게 마련된 세상"(307쪽)이어서 공산품의 조악성, 또는 김씨의 말로 "사람 사는 디 이롭잖은 건 죄 공해인디"(308쪽) 강도, 살인, 성범죄 등만을 전파시키는 텔레비전의 해독 등에 의하여 농약 남용은 보상이 된다는 주장들이 나온다. 이러한 논의에서 황선주, 장씨, 조합 서기 오씨 등은 새 문화의 혜택을 옹호하는 쪽에 서고 다른 사람들은 이를 비판하는 쪽에 선다. 이러한 일반적 의론은 「우리 동네 황씨」가 보여 주고 있는 대결의 의식에 있어서 긴장과 이완의 리듬을 이루는 것이지만, 다른 한편으로는 대결과 투쟁을 불가피하게 하는 잠재된 갈등의 배경 또는 원인을 보여 주는 역할을 한다.

이야기는 다시 황선주와의 마지막 대결로 옮겨 간다. 이것도 갈등의 노출이 제도적으로 막혀 있는 곳에서 그럴 수밖에 없듯이, 농담과 야유의 형태로 시작한다. 야유는 주로 수재민 구호금 거출할 때의 황선주의 인색함이라든가 그가 구호품이라고 내놓았던 빤쓰를 빗대서 하는 것들이지만, 그 근본은, 가령 그의 빤쓰를 두고 하는 말, "암 — 새우젓 장수가 입던 게라 그런지 그 근처만 가두 코가 썩는다구 야단들이여."(311쪽)와 같은 데에서 보듯이, 새우젓 강매와 같은 반공동체적 행각을 겨냥하는 것이다. 황선주는 처음에는 자신의 인색에 대하여 변명도 하고 하다가 변명이 받아들여지지 않자 나이 많은 사람의 점잖음과 위세로써 동네 사람들의 공격을 막아 내려 한다. 그러나 이러한 어른에 대한 전통적인 예의의 방패는,

"으른은 네미 — 이 자리에 으른은 뉘구 애는 뉘여. 댓진 바를 디다곤지 찍구 있네. 쓰…… 그래 우리 동네 버릴라구 회관 앞에다 코가 쏘는 빤쓰 쪼가리를 내널었다. 그게유?"(312쪽)

와 같은 입바른 공격에 여지없이 무너져 버리고 만다. 이와 더불어 공격은

점점 활발하여지고, 황선주는 이제 "뭣이 워쩌? 이런 배냇적에 간수 먹을 늠의 자식 ──"(314쪽) 하고 화를 터뜨리고 만다. 여기서부터 시작하여, 모든 위선과 위장은 다 떨어져 나가고 사실과 사실이 정면으로 마주치며 눈치와 이중성에 입각한 것이 아닌 바른 질서에의 움직임이 움트기 시작한다. 그리하여 김봉모 씨는 드디어 모든 거짓된 농담과 희롱과 조심을 떨쳐버리고 당당하게 황선주에게 선언한다.

> "……춘자아버지 들으슈, 앞으루는 단위조합 끼구 우리네헌티 장사헐 생각일랑 아예 마슈. 우리가 한두 늠 배지 불리자구 출자헌 게 아녀. 앞으루는 단위조합 것들버덤 더 높은 웃대가리가 와서 벨 소리루 저기해두 속지 않겄다, 이게여. 춘자아버지 잘 생각해 보슈. 비 때 비 주구 눈 때 눈을 주는 하늘두 우리를 안 쇡이구, 쌀 때 쌀을 주구 보리 때 보리를 주는 땅두 우리를 안 쇡여유. 그런디 하물며 사람것들이 우리를 쇡여? 항차 우리에게 뭔가를 보태주려구 뛰어댕긴다는 것들이 우리를 쇡여?……"(314쪽)

이런 말이 있은 다음 동네 사람들의 분노는 황과의 대결을 폭력 직전까지 밀고 간다. 그러나 그것은, "……정신 좀 들어야 되겄어. 암막해두 저기 좀 댕겨와야 정신이 들랑개벼…… 자 뭣이 들어갈려? 당신을 쳐늫으까, 오도바이를 던져 버리까?"(315쪽) 하는 위협에 그친다. 황선주와의 대결은 이 시점에 이르러 절정에 이른다. 이제 모든 거짓된 안개는 걷히고 갑자기 공기가 맑아진 듯한 느낌이 든다.

이장은 지금까지의 심리적이며 사실적인 황선주의 재판(재판은 있는 대로의 세력이 있는 대로의 사실로서 적나라하게 대결하여 하나의 진실에 이르는 경과가 아니고 무엇이겠는가.)을 마무리 지을 필요를 느끼는 듯 황선주의 부패한 속셈을 나무라고 자신의 행동을 스스로 비판하여 보다 떳떳한 이장이 될 것을 다짐하면서, 일반적인 결론을 내려 말한다.

"그러니께 결과적으루 우리 스스로 우리를 보호허지 아니허면 아니되겠
더라 ─ 이게 결론여."(315쪽)

갈등의 드라마 속에서 드러날 것은 드러나고 단죄될 것은 단죄되고 그
런 다음에 오는 것은 화해이다. 이장은 앞엣말에 이어 황선주의 죄를 말하
면서 동시에 "그러나 워쨌든간에 당신은 우리게 사람이여. 우리는 아직두
이웃을 보살피구 동네 사람을 애끼구 싶다 이게여."(316쪽)라고 황선주도
공동체의 배려 속에 포용될 수 있음을 선언한다. 이해와 화해는 다른 반공
동체적 분자에게도 확대된다. 화가 나서 뛰어오른 황을 붙잡아 한편으로
는 폭력을 방지하고 다른 한편으로는 그가 동네 사람의 재판을 받게 하는
데 한 역할을 담당했던 산림계장은 "가만히 봉께 우리두 배울 게 한두 가
지 아녀유."(316쪽)라고 말하며 계속 "대화를 가질" 것을 권유하고 오 서기
는 그날 저녁 벌어졌던 갈등의 드라마에서 느낀 자신의 감동을 요약하여,

"그러믄유. 되는 동네는 이렇다구유. 워떤 사람은 말 많은 걸 질색허구, 가
급적이면 쉬쉬 허려구 허는디, 그것은 워디까지나 둑째…… 하여간 다시 말
하면, 말이 많은 동넬수록 이 일을 끝내면 죄용허더라 이거유……"(316쪽)

라고 말한다.

비판과 자기비판이 있은 다음은 진짜 잔치가 시작된다. 그것은 「우리
동네 이씨」에서의 윤선철의 생일잔치처럼 선의와 간지(奸智)가 섞인 이중
적인 잔치도 아니고 「우리 동네 유씨」에서의 울화가 바친 농민들의 도람
프와 음담의 퇴폐적 잔치도 아닌, 조촐하면서도 참다운 ─ 정의에 의하여

순수하여진 이웃들의 선의를 나누어 갖는 참다운 잔치이다. 최씨는 "츤츤히 얘기 좀 더 허다가" 가자면서 거기에 있는 모든 사람들에게 담배를 돌린다. 홍씨는 "소주 맛두 소주구, 선 채미두 들치근헌 게 괜찮네 그려." 하면서 시원한 기분을 피력한다. 조씨는 "탱자만한 참외 봉탱이"를 입으로 깎는다. 김씨는 이러한 갈등 후의 참다운 이웃의 느낌을 "하늘을 쳐다보구 땅만 믿구 사는 우리찌리는 여전히 경우가 있구, 이웃두 있구, 우정두 있구, 이런 것 저런 것 다 분별이 있는디……"(317쪽) 하는 말로 요약하면서 그러한 이치가 사람의 삶과 역사의 근본 이치임을 확인한다.

이렇게 분석하면서 우리가 마지막으로 덧붙여 생각하여야 할 것은 「우리 동네 황씨」의 뛰어난 것은 단순히 그 마지막 부분의 여러 가지 선언 때문이 아니란 점이다. 물론 이러한 선언도 중요한 발언이기는 하다. 그러나 더 중요한 것은 그것이 이 소설이 그려 내고 있는 구체적인 정황으로부터, 조금도 사실적, 심리적 진실에 무리한 뒤틀림을 줌이 없이, 끌어내진다는 점이다. 작가는 단순히 이러한 선언에서 작품을 출발한 것이 아니라 겸허하고 착실한 사실의 검토에서 이러한 선언에 이른 것이다. 그 검토의 전체가 이 작품이다.

이러한 검토에서 오는 깨우침은 소설만이 줄 수 있는 것이다. 「우리 동네 황씨」는, 위에서 말했듯이, 그것 자체로도 설득력 있는 역동적 전개를 가지고 있지만 『우리 동네』 전체에도 ── 조금 지나치게 반복적이고 진전이 부족하고 이야기가 부족하다는 비판을 허용할 수밖에 없는 『우리 동네』 전체에도 하나의 역동적 결론을 부여한다. 이것은 단순히 소설 미학의 문제만이 아니고 우리의 깨달음의 내용에 관한 것이다. 『우리 동네』 또는 다른 작품들에서 이문구 씨가 그리고 있는 농촌은 문제에 차 있는 곳이다. 또 그러니만큼 불만과 저항과 분노가 질척이는 곳이기도 하다. 그러나 이러한 부정적 세력의 움직임도 공동체의 재생에 보탬을 주기보다는 오히려 그것을 파괴하는 요인으로 작용한다는 느낌을 준다. 물론 이러한 적극적인 파괴의 힘이야말로 새로운 건설을 위한 에너지의 예비적 표현이라고 할 수는 있다. 그러나 우리는 「우리 동네 황씨」가 보여 주는 드라마를 통해서야 비로소 그러한 가설을 실제적인 가능성으로 확인하게 된다. 우리는 농촌의 많은 어두운 힘의 뭉클거림이 무엇엔가 눌려 있는 밝은 충동의 울부짖음이라는 것을 새삼스러이 아는 것이다. 이런 사정을 이문구 씨는 「우리 동네 황씨」의 중심적인 심상으로 다음과 같이 시적으로 표현한다.

둠벙은 무시로 자고 이는 마파람 결에도 물너울을 번쩍거리고, 그때마다 갈대와 함께 둠벙을 에워싸고 있던 으악새 숲은, 칼을 뽑아 별빛에 휘두르며 서로 뒤엉켜 울었다. 으악새 울음이 꺼끔해지면 틈틈이 여치가 울고 곁들여 베짱이도 울었다⋯⋯(315쪽)

(1981년)

내적 의식과 의식이 지칭하는 것

황동규의 시

1

매슈 아널드에게 시가 마땅히 다루어야 할 소재는 "영웅적 행동이나 영웅적 수난의 드높은 사례"와 같은 것이었다. 여기에 대하여, 그는 "수난의 상태가 행동으로 풀려나지 못하는 상황, 정신적 고뇌의 상태가 사건이나 희망이나 저항에 의하여 중단됨이 없이 지속되는 상황, 견뎌 내야 할 것만 있고 해야 할 것은 없는 상황"은 시적인 즐거움을 줄 수 없는 것이라고 하였다. "그러나 상황에는 무엇인가 병적인 것이 있고, 그것을 묘사하는 데에는 단조로움이 있게 된다. 그런 상황이 실생활에서 일어날 때는 그것은 비극적인 것이 아니라 고통스러운 것이 되고 시에 있어서의 그러한 묘사는 고통스럽고 딱한 것이 된다." 아널드의 생각으로는 고대 그리스 문학의 소재는 영웅적인 행동과 수난이었다. 그러나 서양의 근대 문학은 점점 이러한 소재를 떠나 일상의 번설한 것, 또는 위에 말한 바 행동 없는, 수동적인 고난의 심경 등을 시의 주요 소재로 다루게 되었다. 이것은, 말할 것도 없이, 아널드에게는, 시의 타락을 의미하였다. 따라서 고대 시의 이념은 재확인될 필요가 있는 것이었다.

이것은, 단순히 이론이나 비평의 확인으로써가 아니라, 작품의 현실로서 어떻게 구현될 수 있을까? 설령 시인이 아널드가 생각한 고대의 시의 이념을 수긍한다고 하더라도 그것을 당대적인 조건 속에서 작품으로서 보여 줄 수 있을 것인가? 시인이 받는 내적, 외적인 압력은 당대의 소재를 그의 작품에 다루어야 한다는 것이다. 당대에서 영웅적인 것이 발견될 수 없다면, 시인은 어떻게 할 것인가?

19세기의 영시 또는 유럽의 시가 행동 없는 수난의 의식만을 다룬다고 한다면, 그것은 시대의 상황이 과하는 불가피한 제약으로 인한 것이라고 할 수 있지 않은가. 아널드 당대에도 시인이 당대의 소재를 다루어야 한다는 압력은 존재하였다. 아널드는 그럴 필요가 없다는 것으로 이에 답하였다. 고대의 시인이 다루었던 소재를 또는 그와 같은 원초적인 소재를 시대를 넘어서서 다루지 말라는 법은 없다고 그는 생각했다. 물론 그가 참으로 생각했던 것은 고대 시의 이념을 가지고 당대의 시의 품격을 올리자는 일반적인 고려였지 반드시 고대적인 소재를 다시 부활시키자는 의도는 아니었다. 그러나 구체적으로 이 이념이 현대 시의 실제에 있어서 어떻게 구현될 수 있는지에 대해서는 그가 특별한 처방을 갖고 있었다고 할 수는 없다. 하여튼 아널드는 당대의 시와 자기 시를 평가하는 데 있어서 이러한 기준을 적용하였다. 위에 간단히 언급한 아널드의 고대 시의 이념에 대한 동경은 아널드의 시론의 도처에 스며들어 있지만, 특히 호메로스 번역을 논한 글이라든가 그 자신의 시의 서문에 표현되어 있다. 그는 그의 시집에서 「에트나 산상의 엠페도클레스」를 제외한 이유로서 시는 마땅히 영웅적 행동과 수난을 취급해야 한다는 이론을 전개하고 그의 '엠페도클레스'는 행동에 결과하지 않는 지속적인 고뇌의 상태만을 표현하고 있기 때문에 시집에 포함되지 않는 것이 좋다고 말하였던 것이다.

위에 잠깐 살펴본 아널드의 시론은 우리의 현대 시를 생각하는 데 있어서 재미있는 암시를 제공해 준다. 즉 우리 시에 대해서도 우리는 영웅적 행동과 수난이 아니라 계속되는 수동적인 고뇌만으로 시를 쓸 수 있는가 하는 문제를 물어볼 수 있는 것이다. 우리 현대 시는, 부분적인 예외는 인정하여야겠지만, 대체로 '영웅적 행동과 수난의 드높은 사례'보다는 수동적인 고뇌를 표현해 온 것으로 보이기 때문이다. 이것이 사실이라면, 이러한 시의 상태는 시대의 불가피한 제약 때문일까? 그러나 우리의 현대사에 일반적으로 영웅적인 행동과 고난이 없었다고 할 수는 없을 것이므로 시의 상태에 대한 책임은 적어도 그 상당 부분에 있어 시인들 자신에게 있다고 할 수 있을는지 모른다. 동시에 우리는 시인이 영웅적 행동이나 수난을 아무런 전제 조건 없이 표현할 수는 없는 것이라는 것을 생각하지 않을 수 없다. 그가 소재에 있어서 당대적인 일들에 의하여 제약될 수 없다고 하더라도, 적어도 그의 감정의 구조에 있어서 당대의 지평 속에서만 그의 시는 움직일 수 있다. 우리의 현대사는 영웅적 행동의 사례를 많이 가지고 있으면서 그 시적 표현은 허용하지 않는 것이 있었던 것이라고 할 수 있다. 시에서 효과를 갖는 영웅적 이상은 공동체와의 관계 속에서만 존재하는 이상을 지칭하는 것일 것이다. 그것은 한 공동체의 삶을 흠뻑 채우는 것으로서 그 삶의 도처에 배어 있으면서 그것을 넘어서서 있는 것이다. 사실 시가 그리는 것은 어떤 추상적 계율이나 가르침으로 요약하여 표현될 수 있는 영웅적 행위보다는 하나의 삶의 방식으로서의 영웅적인 것이다. 그것은 영웅의 영웅적 순간에는 물론 비영웅적 일상과 공동체와의 교섭 속에도 있는 통일과 종합의 원리로서 존재하는 것일 것이다. 이렇게 말하고 보면 우리는 또 한 가지 영웅적인 것이 하나의 삶의 대긍정의 원리로서 존재하고 단순한 부정의 원리로 존재하기 어렵다는 정도 생각하게 된다. 영웅적인 것이 개체와 공동체의 삶의 에너지를 고양해 주는 어떤 것이라고 한다면, 어떤 특정한 목표를 중심으로 다른 많은 가능성을 억압하는 것으로 존재하기는 어려울 것이기 때문이다. 하여튼 우리의 현대사에 커다란 행동과 수난이 없었던 것은 아니나, 그것은 (비록 큰 고통을 포용하기는 하면서도) 개체적 공동체적 삶의 에너지를 종합하고 포용하는 형태를 쉽게 취하지 못하였던 것으로 보인다. 그럴 수밖에 없었던 것은 우리 현대사의 행동과 수난이 밖으로부터 오는 박해와 그에 대한 반작용의 형태를 취하였기 때문이었다고 말할 수도 있다. 달리 말하여 행동과 수난은 안으로부터 터져 나오는 삶의 에너지의 표현이 되지 못하였던 것이다. 이러한 사정에서 시인의 일은 현실성이 없는 허황된 영웅적 몸짓을 그리기보다는 일상적 자아의 간단없는 고뇌를 토로하는 것이 되었던 것이었다고 해야 할는지 모를 일이다. 하여튼 그것이 시인의 책임이었든 시대적 사정의 불가피한 제약이었든 ── 이것은 보다 정확히 검토되어야 할 일이지만, 우리의 시는 주로 부정적인 상황, "수난의 상태가 행동으로 풀려나지 못하는 상황, 정신적 고뇌의 상태가 사건이나 희망이나 저항에 의하여 중단됨이 없이 지속되는 상황, 견뎌 내어야 할 것만 있고 해야 할 것은 없는 상황" 속에서 쓰일 수밖에 없었고, 그러한 상황으로부터 행동에로, 사건과 희망과 저항에로, 무엇보다도 기쁨에로 나아가기 위하여 몸부림하여야 하였던 것이다.

2

1961년의 『어떤 개인 날』에서부터 1978년의 『나는 바퀴를 보면 굴리고 싶어진다』와 그 이후의 시에 이르는 황동규의 시력(詩歷)을 일별해 볼 때, 우리는 새삼스럽게 우리의 많은 시인들이 부딪쳤던, 또 부딪치고 있는 문제, 즉 수동적인 고뇌의 지속만이 있는 상황에서 시를 쓴다는 것이 무엇을 뜻하는가를 생각하게 된다. 왜냐하면 황동규는 어떠한 시인보다도 이러한 문제에 부딪치고 또 이러한 문제의 해결을 찾아보고자 한 시인으로 볼 수 있기 때문이다.

나중에 더 자세히 살펴보게 될 이유로 해서 황동규의 시적 경력은 일단 1968년의 『평균율(平均律)』을 경계로 하여 하나의 고비를 이루는 것으로 볼 수 있다.(이때의 시는 그의 시선집에서 「태평가(太平歌)」란 이름으로 재분류되어 있다.) 그러면 그의 초기에 속하는 시집으로는 『어떤 개인 날』(1961)과 『비가(悲歌)』(1965)가 있는 셈인데, 이 초기는 일단 『비가』의 스타일이 특징을 이루는 것으로 말할 수 있다.

> 빈 들의 봄이로다
> 밤에 혼자 자며 꿈결처럼 들은
> 그림자 섞인 물소리로다
>
> ——「비가 제1가」

이런 서두의 장중한 스타일——"……로다" 하는 감탄어의 어미, 진술이 아니라 비유에 의지하는 암시적 수법, 단순화된 자연의 심상들로 특징지어지는 성경적 스타일은, 제목 「비가」(「두이노 비가」나 「초사(楚辭)」를 연상케 하는)가 이미 시사하고 있는 바와 같이, 이 시의 소재가 매우 장엄한 슬픔이 될 것임을 예고한다. 그런데 슬픔은 내적인 상태이다. 그리고 이것은 내면으로부터만 파악될 때 크기와 마디가 없는, 표현하기 어려운 감정 상태가 된다. 감정은 그것을 일게 한 외적인 계기를 통하여서만 크기와 마디를 얻게 되기 때문이다. 그러나 슬픔이 그러한 외적 계기에 나갈 수 없는 데에서, 사건이나 희망이나 저항이 없는 고뇌로서만 지속된다면, 슬픔은 어떻게 표현될 수 있을 것인가? 슬픔이 희망과 시도의 좌절에서 오는 것이라고 할 때, 희망과 시도의 가능성이 처음부터 봉쇄된 상태에서 우리가 갖는 슬픔은 어떤 형상을 가질 수 있을 것인가? 그런 경우에 슬픔 그것마저도 깊이도 높이도 원인도 없는 어떤 고뇌의 상태, 급기야는 불분명한 기분의 얼룩으로 사라져 버리고 말 것이다. 「비가 제2가」는 이 연작시의 슬픔을 전형적으로 다음과 같이 말하고 있다.

> 들판에는 한줄기 연기가 오르고
> 연기가 오르고
> 붉은 황토(黃土)길
> 흰 돌산에 오르고
> 머리 위에 어둡게
> 해가 오르고
> 바람 한 점 없는 들판
> 벌거벗은 땅 위에
> 그림자처럼 오래 참으며
> 무릎 꿇고 앉아 있었노라
> 지열(地熱)이여 지열(地熱)이여
> 어두운 더듬음이여
> 등가죽에는 찬 이슬 돋아나고
> 열린 이빨을 허공에 맡길 때
> 빈 머리 문득 수그러진다.

벌거벗은 땅 위에 무릎 꿇고 앉아 있는 자 —— 이 심상은 「비가」의 슬픔의 모습을 단적으로 요약해 준다. 그런데 이렇게 고통하고 슬퍼하는 자의 슬픔의 원인은 무엇인가? 「비가」는 이런 원인에 대한 어떤 해설을 주는 대신 삭막한 이미지의 풍경을 줄 뿐이다. 앞에 인용한 부분에서도 이미 나와 있지만 「비가」는 끊임없이 겨울날과 흔들리는 햇빛과 빈 산과 구름 조각과 '안씨로이' 나는 새와 어둠과 숨죽인 바다와 빈 뜨락과 닫힌 문 ── 이런 것들로 이루어진 풍경을 그려 낸다. 그리고 슬픔을 되뇌이는 자는 이러한 풍경 속에서 외로운 기다림과 방황을 계속한다. 그러나 이러한 기다림과 방황은 아무런 만남이나 행동에 이르지 아니하고 허공 속을 헤매는 느낌을 줄 뿐이다. 그리하여 그의 움직임은 위에 인용한 구절에서 보듯이 빈 들판에 붙박여 서 있는 것과 같다.

슬픔의 원인은 어떤 구체적인 사건으로서가 아니라 풍경으로 제시된다. 이 풍경은 따라서 어떤 사건의 현장이라기보다는 슬픔의 대응물, '교훈화된 풍경(paysage moralisé)'이다. 슬픔은 삭막한 풍경에 의하여 촉발된다기보다는 스스로를 풍경 속에 투영한다. 풍경은 슬픔의 기호이다. 그리하여 풍경에서 중요한 것은 구체적 시공간이 아님은 물론, 객관적이고 구체적인 특징도 아니며, 주로 내면화된 느낌의 일반성에 대응하는 일반화된 암시적 효과이다.

이러한 일반화된 암시성의 중요성은 시행의 세부에서도 작용한다. 위에 인용한 「비가 제2가」의 서두에서 수난자는 어찌하여 땅 위에 무릎을 꿇고 앉아 있는가? 왜 그는 그림자처럼 참으며 있는가? 열린 이빨을 허공에 맡기는 행위는 무엇을 의미하는가? 그의 머리는 왜 비어 있으며 그의 머리는 왜 수그러지는가? 이러한 의문에 대한 답변이 반드시 곧 주어질 필요는 없다. 또 그러한 즉시적 답변이 시적으로 효과적일 수도 없다. 그러나 독자는 이러한 질문이 직접적으로가 아니라면 적어도 시적 전개의 마지막 보상으로서 단지 상징과 암시의 짜임을 통해서나마 답하여지기를 기대하게 마련이다. 위에서 인용했던 「비가 제1가」의 서두를 다시 보자.

빈 들의 봄이로다
밤에 혼자 자며 꿈결처럼 들은
그림자 섞인 물소리로다

여기에서 물소리는 무엇인가? 「비가 제1가」의 다음 부분에서 우리는
다음과 같은 구절을 발견한다.

너는 아직도 알지 못하겠느냐
너의 사랑은 많은 물소리 같고
너의 혼령은
들판 구석구석에 스민 황혼이로다

여기에서 사랑이 물소리 같다는 것은 무엇을 의미하는가. 이것은 앞에
서 꿈에서 듣는 듯한 물소리의 의미에 대하여 어떤 암시를 주는 바가 있는
가. 「비가 제2가」에서 땅 위에 무릎 꿇은 자에서 우리는 그의 몸짓의 많은
것의 사실적 동기를 잘 알지 못하면서도 그가 어떤 커다란 고통 속에 있음
을 느낄 수 있다. 그런데 제1가의 물소리의 경우 그 의미나 느낌 자체가 매
우 모호한 상태에 있다고 할 수밖에 없다. 그러나 이 두 구절이 가지고 있
는 모호성의 근본 원인은 이 시의 세계가 사실적 행동의 동기와 결과, 사물
의 인과 관계에서 분리된, 내면화되어 있는 느낌의 세계라는 데에 있다.
　「비가」의 세계의 문제는 T. S. 엘리엇의 "텅 비어 있는 인간"의 문제에
비슷하다. 이 두 세계는 다 같이 "형식 없는 모양, 색깔 없는 음영, 마비되
어 엉긴 힘, 움직임 없는 몸짓"——즉 시작은 되면서 결정(結晶)이 없는, 되
다 마는 의미나 행동의 세계이다. 또는 이곳에서는 "생각과 현실 사이/ 움
직임과 행동 사이에/ 그림자가 내리는" 곳이고 "욕망과 오르가즘 사이/ 힘

과 삶 사이/본질과 그 현현 사이에/그림자가 내리는" 곳이다. 그리하여 여기에서 모든 것은 마음속에 일고 스러지는 기분, 생각, 또 의도로서만 존재한다.「비가」의 세계도 바로 이러한 "텅 비어 있는 인간"의 세계인 것이다.

3

시의 의미는 어떻게 보면 기분에서 발생한다. 시의 세계에서 사물과 세계는 우리의 내면의 커다란 기분의 리듬 속에 존재하기 때문이다. 기분은 밖으로부터 오는 사물에 의하여 촉발된다. 그런데 내면의 관점에서 밖의 사물은 기분을 자극하는 매개체로서만 존재한다. 그리하여 구체적인 실체로서의 사물은 사라지고 그것은 내면의 반응에 의하여 대체된다. 우리의 기분으로부터 사물을 절단해 내고 또 사물이 죽거나 아니면 저절로 일어날 수 있는 자극을 제거하면 무엇이 남을 것인가? 거기에 남는 것이 완전한 정지 상태, 모든 것이 비어 있는 백지상태는 아닐 것이다. 그것이 아니라 남아 있는 것은 원초적인 내면의 리듬, 삶의 내적인 맥동, 근원적인 기분의 파동이 아닐까. 시적 충동은 한편으로 사물을 향하여 가고 다른 한편으로는 우리의 내면의 심층에 닿고자 한다. 또 그것은 밖의 사물과 안의 삶의 솟아남이 하나로 어울리는 그러한 세계를 창조하려고 한다.「비가」의 세계가 생각과 현실, 움직임과 행동을 차단하는 그림자의 세계라고 한다면, 그것은 모든 외적 대상물이 순수 의식으로, 다시 말하여 시적 영감의 원천에로 환원되는 세계란 말이 되기도 한다.「비가」의 실패가 그 스타일과 의도에 있어서 장엄한 것을 겨냥하면서, 실제에 있어서 장엄을 가능케 해 주는 세상과 의미와 행동과의 겨룸이 없다는 데 있다면, 다시 말하여 스타일과 내용이 상치되는 데 있다면, 이러한 상치를 가져오는 내면화 그것이 반드시 시적 실패로 끝나야 하는 것은 아니다. 방금 말한 바와 같이 그것은 시의 원천에 이르는 한 환원의 방법이기도 한 것이다. 그리하여 우리는 황동규의 초기 시에서 우리의 내면적 삶의 미묘한 리듬을 표현해 주는 예들을 보게 된다. 『어떤 개인 날』의 시들이 전해 주는 것은 바로 이러한 내면적 기분과 태도의 리듬이다. 「어떤 개인 날」의 풍경 또는 그 기조음은 「비가」의 그것을 예견하는 것이다. 거기에서도 풍경은 삭막하고 시의 화자는 기다림과 방황 속에 있다. 그러나 결국은 기다림과 방황과 모색에서 찾아지지 않는 대상으로 하여 화자는 자신의 내면을 응시하고 독백으로 스스로를 달래는 수동적인 고난의 인간이 된다. 다만 「비가」와의 연대적인 관련에서 볼 때, 또 연대적으로 배열된 것으로 보이는 「어떤 개인 날」의 시의 주제적 변모로 볼 때, 시의 화자는 자애와 수줍음으로부터 자아를 깨우치는 내면의 응시자가 되고 그다음 밖을 향해 가려 하나 삭막한 풍경, 불리한 여건에 부딪쳐 좌절되고 끝내 내면의 응시자로 남아 있게끔 강요당한다. 그리하여 그는 내면의 수난자의 모습을 띄우게 된다. 이러한 변모의 과정을 드러내 준다고 보는 것이 옳다고 말할 수 있을 것이다.

「소곡(小曲)」 연작은 모든 것이 내면의 고요 속으로 흡수되는 세계를 잘 예시해 준다.

　　내 처음으로 마음속에 당신을 그렸을 때 나는 불 속을 걷는 것 같았읍니다.

이렇게 「소곡 1」에 고백되는 그리움은 (이 그리움의 대상이 누구인지 또는 무엇인지는 분명치 않다.) 불이라는 격렬한 연소에 비교되지만, 이것은 곧 "바위 위에 하나의 금이 기어가듯 그렇게 가는 것 같"다는 축소된 동작이 되고 다시 이것은 "하나의 조용함"이라고 말하여지고 (불분명한 문맥과 비유를 거쳐) "뜰에 선 나뭇가지의 잎 하나하나가 뒤집혀 재로 사그러지는 외로움에로" 가는 것이라고 자기의 소멸의 소망으로 바뀐다. 즉 외적인 계기로 인하여 촉발되는 폭발적 체험은 에너지를 밖으로 확산해 주는 것이 아니라 안으로 몰아넣어 내면의 밀도를 높여 주는 작용을 하는 것이다. 「소곡 2」는 또 하나의 내면화의 움직임을 보여 준다.

언젠가 지나가는 강물을 들여다보다가 문득 그 속에 또 흘러가는 구름을 보았읍니다.

강물은 들여다보는 나를 들여다보는 당신. 나를 지나가게 하며 또 무엇인가 내 속에 흘러가게 하는, 흐르는 구름 속에 때로 햇빛이 축포처럼 터지고, 소리는 들리지 않는 그런 마음을 다시 내 마음속에 띄우는 당신.

구름이 강물에 비치듯이 자연은 화자의 마음에 비치고 이 마음은 '당신' 가운데 비친다. 다시 말하여 바깥세상은 사람의 마음속으로 내면화되고 이 내면화된 마음은 다시 어떤 선험적 심성(화자의 마음의 지평을 이루고 있는 애인에 대한 생각일 수도 있고 또는 현상학적으로 말하여 선험적 자아일 수도 있다.) 가운데로 내면화된다. 그리하여 황동규의 초기 시 가운데 가장 확실한 진술의 균형을 이루고 있는 이 시에서 우리는 바깥세상의 인식이 마음의 인식에로, 또 마음의 바탕의 인식에로 나아가는 전형적인 움직임을 보는 것이다. 여기서 흥미로운 일로서 주목할 것은 바깥세상에서 축포처럼 터지는 햇빛이 마음속에서는 소리가 없는 것이 된다는 사실이다. 즉 바깥세상의 사실은 고요 속으로 사상(捨象) 환원된다.

자신의 마음을 응시하는 데에는 그 나름의 자애적인 즐거움이 있지만,

그것은 또한 외로움과 좌절의 다른 표현이기도 하다. 「소곡 3」은 사건도 희망도 저항도 없는, 다시 말하여 둥그런 감쌈만 있고 가장자리와 끝이 없는 내면화된 세계의 좌절감을 말한다. 다음의 난해한 구절은 대체로 이러한 모서리가 있는 —— 사물과의 대상적 대결이 있는 세계를 향한 충동을 표현하고 있는 것으로 보인다.

> 내 마음 안에서나 밖에서나 혹은 뒤에서나
> 당신이 언제나 피어 있었기 때문에
> 나는 끝이 있는 것이 되고 싶었읍니다.

이러한 대상적 접촉이 없이는 희망이 있을 수 없고 방황의 끝이 있을 수 없다.

> 아니면 나는 아무것도 바라고 있지 않았던 것을,
> 창 밖에 문득 흩뿌리는 밤비처럼
> 언제나 처음처럼 휘번뜩이는 거리를
> 남몰래 지나가고 있었을 뿐인 것을.

「소곡 4」와 「소곡 5」는 안으로 움츠러든 자족의 상태의 행복과 좌절의 기묘한 균형을 말하는 것으로 보인다. 「소곡 4」에서 화자는 "아무리 걸어도 마을이 가까워지지 않"는 것을 경험하고 이 무한히 걷기만 하고 끝에 이르지 않는 세계에서 "언제까지나 나는 걸어야 하는가" 하고 피로감을 표현하고 다른 한편으로는 이러한 방황의 세계가 '당신'을 깊이 있게 지키게 해 주는 것이란 것을 긍정한다. 이러한 가까워지는 것이 없는 "원근법에서 해방된 한 세계"에 비슷하게 「소곡 6」은 동쪽이나 서쪽, 앞이나 뒤라는 방향이 없는 맴돌이의 세계에 대한 양의적인 자기 만족을 표현한다. 시의 화자는 '당신'을 향하여 끊임없이 가고 있는 듯하지만, 실제 그가 즐기는 것은 그 향해 가는 걸음 자체, 삭막한 풍경을 방황하는 것일는지도 모른다고 말한다.

지금 벗은 나무들 뒤로 걸어가며 보는 하늘, 빈 나뭇가지들이 박힌 겨울 하늘, 어쩌면 지금까지 내 사랑해 온 것은 당신보다는 차라리 이 겨울 하늘의 캄캄한 고요함……

또 「즐거운 편지」에서는 이런 느낌은 "진실로 진실로 내가 그대를 사랑하는 까닭은 내 나의 사랑을 한없이 잇닿은 그 기다림으로 바꾸어버린 데 있었다"는 선언이 된다.

내면 속으로 들어가 기다리는 자의 다른 모습은 바깥세상에 있어서의 수난자이다. 그는 바깥세상의 압력에 대한 방어 수단으로 안을 든든히 한다. 그러고 나면 고통스러운 바깥세상은 그에게 오히려 적극적으로 받아들일 만한 것이 된다. 그것은 그의 기다림을 확인해 주는 역할을 한다. 또 더 나아가 세상의 삭막함이 기다림이나 내면화의 한 단계를 이룬다면, 그것은 바로 기다림, 내면화 작용, 또는 방황의 목표 그것의 일부가 될 수도 있는 것이다. 황동규는 「시월(十月)」에서 "이제 나도 한 잎의 낙엽으로, 좀 더 낮은 곳으로, 내리고 싶다"고 말한다. 「기도(祈禱)」에서는 "당신이 나에게 바람부는 강변(江邊)을 보여주며는 나는 거기에서 얼마든지 쓰러지는 갈대의 자세를 보여주겠읍니다"라고, 어떤 이유에서든지, 밖에서의 패배를 받아들일 수 있는 용의가 되어 있음을 말한다. 그리고 그의 바깥세상에서의 패배와 허무는 그에게 오히려 해방을 준다고 한다.

내 꿈결처럼 사랑하던 꽃나무들이 얼어 쓰러졌을 때 나에게 왔던 그 막
막함 그 해방감(解放感)을 나의 것으로 받으소서

그러고는 그의 허무의 상징으로 몇 개의 물건과 하나의 풍경을 다음과
같이 예거해 보인다.

　나에게는 지금 엎어진 컵
　빈 물주전자
　이런 것이 남아 있습니다
　그리고는 닫혀진 창
　며칠내 끊임없이 흐린 날씨
　이런 것이 남아 있읍니다

이러한 허무의 인식은 때로는 보다 적극적인 의미의 절망에로 나아간
다. 그 진술의 맥락을 정확히 파악한 것인지는 모르겠으나 「얼음의 비밀」
의 "얼음 벽(壁)에 머리 부비고 선 사내" 또는 "이미 취한 것도 아닌 비틀대
는 무릎을 꿇고 엎드려서 배 밑에 깊숙이 얼어 있는 땅의 맥을 짚어보는,
쓸쓸히 기다리는, 그러나 아무런 대답 없는, 우리의 모든 사랑이 일시에 배
반당하는 것 같은, 그래 머리를 언 땅 위에 부딪고 마는 친구"의 이미지는
이러한 절망과 고뇌의 모습을 투영해 주는 것으로 보인다. 이것은 「비가」
의 땅 위에 꿇어 엎드린 자의 모습과 겹치는 이미지이다.
　그런데 내면의 어둠 속의 칩거에 비하면 절망은 바깥세상과의 접촉의
한 방식이라고 할 수 있다. 그리하여 「얼음의 비밀(秘密)」에서 곧 "땅이여,
어디에 엎드려도 나를 밀어내지 않는…… 땅이여" 하는 긍정의 부름이 잇
따름을 우리는 보게 된다. 「겨울날 단장(斷章)」에서는 또 시인은 "나는 여기

있다"라고 자신을 확인하고,

　　네 여기 있다. 네 너의 조그만 손등에 두 눈을 대고
　　네 뒤에 내리는 설경(雪景)에
　　외로울 만치 두근대는 손을 내민다.

라고 밖으로 향한 조심스러운 몸짓을 선언한다. 그리고 같은 「겨울날 단장」의 마지막 부분에서는,

　　요즘 와서는 점점 더 햇빛이 빨라져 조금 살다 보면 어느샌가 어둠이 내려, 만나라 친구들이여, 눈멎은 저녁 모퉁이에서 갑자기 서로 떨리는 손들을 내밀고, 찾아라, 서로 닮은 점들을……

하고 어두운 상황에서 맺어지는 동료 의식을 확인하면서 다른 사람들에로 나아갈 것을 말한다. 이렇게 하여 「이것은 괴로움인가 기쁨인가」에서는 내면으로부터 고뇌로부터, 그것이 비록 어둡고 삭막한 것일망정, 밖으로 나아갈 것을 선언하는 것이다.

　　보여라, 살고 싶은 얼굴을. 보아라, 어지러운 꿈의 마지막을. 내려서라, 들판으로, 저 바람받는 지평(地坪)으로.

4

　　바깥세상의 사물과의 활발한 교섭이 없이 지속되는 내적 고뇌의 표현

은 아널드의 말대로 딱하고 단조로운 것이 될 수밖에 없다. 뿐만 아니라 그러한 표현은 (아널드는 이와 반대로 생각하였지만) 불원간에 모호하고 난해한 사담에 떨어지게 마련이다. 모든 분명한 표현이란 마음과 사물의 만남의 가장자리를 추적하는 일이기 때문이다. 황동규의 시는『태평가(太平歌)』(1968)에 이르러 시적 명료성에 이른다. 김병익은 이 시집의 수작「기항지(寄港地) 1」을 논하면서, "단순하게 사용되던 자연의 이미지가 극히 억제되고 '항구(港口)' '지전(紙錢)' '담배' '용골(龍骨)'과 같은 구체어가 활발하게 사용되고 있으며 즐겨 쓰던 고아체(古雅體) 어미가 지워지고 산문체로 안정되"었다는 점을 지적하고, 이것이 "내적 삶에 침몰하던 그의 시 세계로부터 삶의 구체적이고 보편적인 현실로" 황동규의 시선이 옮겨졌다는 증거라고 말한 바 있다. 물론 황동규의 근본적 세계 인식이 크게 변한 것으로 보이지는 않는다. 그에게 삶의 조건은 여전히 험악한 것이며 그것을 벗어날 수 있는 방도는 별로 없다. 이제 그가 "내적인 삶에 침몰"하는 자가 아니라고 하더라도 그는 여전히 수동적인 관찰자로 남아 있다. 그러나 삶으로부터 별로 기대할 것이 없다는 입장은 그에게 매우 특이한 명징성을 주고 또 어떤 면에 있어서는 행동적 활달함마저도 부여한다. 이것은 초기와 후기의 중간적인 스타일로 쓴 또 하나의 수작「네 개의 황혼(黃昏)」에서 시인 자신 이야기하고 있는 바와 같다. 여기에서 그는 절벽 밑에 큰 돌을 달아 놓고 바라보면서 안목을 기른다는, 즉 죽음 또는 삶의 허무와의 대결이 밝은 눈을 부여한다는 우화를 이야기하고 있다. 시인의 구극적인 태도는 여전히 수동적인 체념의 태도일는지 모르지만『태평가』의 시에서 그것보다 중요해지는 것은 사물의 세계와의 관련에 있어서의 움직임과 구체적 느낌이다. 여기에서 우리는, 사람이 사는 일에 구극적인 테두리가 있고 이것을 문제 삼는 것이 중요한 일이기는 하지만, 다른 한편으로는 개개의 사물과 사건과의 만남의 현실이 더 절실할 수도 있다는 것을 생각하게 된다.

어쨌든 황동규의 새 출발에서 독자는 바깥세상의 싱싱한 또는 거친 공기를 느끼고 그 속에 있는 사물과 사람의 움직임을 보며 또 우리 현실적 삶의 조건들 ── 젊은 시인으로 하여금 무한한 내적 고뇌 속으로만 채찍질해 들어가게 하던 현실적 삶의 조건의 일부를 생각할 수 있게 된다.

걸어서 항구에 도착했다
길게 부는 한지(寒地)의 바람
바다 앞의 집들을 흔들고
긴 눈 내릴 듯
낮게 낮게 비치는 불빛
지전(紙錢)에 그려진 반듯한 그림을
주머니에 구겨 넣고
반쯤 탄 담배를 그림자처럼 꺼버리고
조용한 마음으로
배 있는 데로 내려간다
정박 중의 어두운 용골(龍骨)들이
모두 고개를 들고
항구의 안을 들여다보고 있었다
어두운 하늘에는 수삼개(數三個)의 눈송이
하늘의 새들이 따르고 있었다.

위에 인용한 「기항지 1」의 풍경은 그 이전의 황동규 시의 겨울 풍경과 비슷하지만, 얼마나 간결하고 객관적인가. 여기에서도 이 풍경은 숨은 우화의 한 장면이 되는 것이겠지만, 그것은 얼마나 실재의 풍경에 가까이 가는가. 그것은 이 풍경이 아마 현실 속에 움직이는 사람의 관점에서 그려져 있기 때문일 것이다.(아니면 알아볼 만한 현실의 사물들에 의하여 틀이 주어져 있기 때문이라고 할 수도 있다.) 처음부터 우리는 "걸어서 항구에 도착했다"는 사실적인 무대 지시가 주어졌음을 본다. 이것은 초기의 인과 불명의 "행동 없는 몸짓"일 수도 있지만, 다음의 구체적인 사항들 — 즉 지전을 주머니에 구겨 넣고 담배를 끄고 배 있는 데로 가는 행위는 이를 조금 더 구체적인 것으로 정착하게 한다. 그리하여 앞 시는 참으로 있을 법한 항구에 있어서의 참으로 있을 법한 사람의 일을 묘사하고 있는 것이란 인상을 준다. 물론 이 시가 그것으로 끝나는 것은 아니다. 이미 비쳤듯이 이 시의 풍경과 행동은 하나의 우화이다. 삭막한 삶의 조건, 외로운 방황, 그리고 항구의 안을 들여다보는 배들이 암시해 주는 안정에 대한 그리움, 이러한 모든 것들에도 불구하고 아름다움이 있을 수 있다는 증표로 내리는 눈송이 — 이 시의 우의(愚意)는 이러한 것들에 의하여 암시된다. 그러나 그 우의는 모두 실제 있을 법한 풍경과 실제 관찰될 듯한 사람의 일에서 저절로 우러나온다.

시를 만들어 내는 충동으로서 「기항지 1」에서 중요한 것은 마지막 이미지 — 어두운 하늘의 눈송이와 새들이다. 그 전에도 보던 이미지이지만, 이것은 간결하고 사실적인 풍경의 말미에서 이 시를 사실에서 상상에로 떠오르게 하는 역할을 한다. 그러나 이것이 중요한 것은 그 아름다움 때문만이 아니라 그 적극적인 에너지 때문이다. 싱싱한 에너지만이 사실을 시적 의미 속에 파악하게 하는 것이다.

「기항지 2」의, 움직임의 서경을 가능하게 하는 것도 같은 활동적 에너지이다. 다음의 역동적 묘사를 보라.

다색(多色)의 새벽 하늘
두고 갈 것은 없다, 선창에 불빛 흘리는 낯익은 배의 구도(構圖)

밧줄을 푸는 늙은 뱃군의 실루에트
출렁이며 끊기는 새벽 하늘
뱃고동이 운다
선짓국집 밝은 새벽 취기
누가 소리 죽여 웃는다

단호한 사실에의 에너지는「겨울 항구(港口)에서」의,

······조심히 어시장(魚市場)에 가는 새벽녘의 행복
방파제에 걸린 새벽 달빛
물 위에 오래 뛰어 오르는 순색(純色)의 고기들
소규모의 일출(日出)

과 같은 싱싱한 스케치를 가능케 한다.

물론 이러한 스케치는 낭만주의의 허세가 만들어 내는 상투적 상징들의 나열에 가까이 간다고 할 수 있다. 그러나 이것이 그 이상의 것이 되게 하는 것은 그것을 둘러싸고 있는 냉철한 현실 인식이다. 이 인식은 기묘하게 초기의 낭만 철학의 어휘로 표현된다. 가령 이것은 "이젠 정말 아무 뜻도 없십니더" 하는 아주머니의 잠꼬대, "수리(修理) 안된 침묵(沈默), 사이사이의 수심가(愁心歌) / 결사적인 행복이 없는 즐거움을" 또는 저녁에 보는 바다 위의 "아름답고 헛된 구름 기둥" 등으로 표현된다.

삶의 현실에 별 기대를 걸지 않는 최소한의 철학과 사실을 향하는 삶의 에너지와의 균형은「들기러기」의 다음과 같은 희비 얼크러진 강력한 시행에서도 볼 수 있다.

들기러기 흩어져 사는

다섯 달 겨울

사면(四面)에서 싸움의 자세로 깃 높이 펴고

교미하는 들기러기들

탄대(彈帶) 안의 무서운 조망(眺望)

보고 울고 웃다 기합받았다

포신(砲身) 높이 쳐든

155밀리 포(砲)의 구애자세(求愛姿勢)를

없는 지도(地圖)를

전생애(全生涯)로 꿈꾸고 꿈꾸었었다.

군번(軍番)도 동상(凍傷)도 생명도 잊고

겁없이 기다리고 기다렸었다.

바깥세상으로 향하는 시인의 에너지가 부딪치는 것은 무엇보다도 사회이고 역사의 세계이다. 이제 황동규의 시에서 정치적인 비평은 늘 중요한 부분을 이루게 되지만, 그런 계통의 시의 최초의 것의 하나인 「태평가」만큼 완전한 시적 진술에 이른 것은 별로 많지 않다 할 것이다.(사실 우리 정치 시에서 이 시의 진술적 완성에 이른 것은 찾기 어렵다.) 이 시는 그 나름의 범위에서 (그렇다는 것은 주로 병사의 관점에서 보아질 수 있는 범위에서) 우리 사회의 주요 구역, 국제 정치적 국면, 국내 정치의 군사적 조직화, 그리고 그러한 테두리 속에서 성립하는 일상생활 ── 이 세 구역을 서로 연관된 짜임 속에 포용한다. 그러면서 그것은 지나치게 추상적인 도식의 제시에 떨어지지도 않고 또 지나치게 장황하거나 세말적인 구체에 치우치지도 않는다. 또 그 어조에 있어서도 일률적인 비분강개 조를 피하여 복합적인 대응 태도를 암시하는 데 성공한다.

> 말을 들어보니
> 우리는 약소민족이라드군
> 낮에도 문 잠그고 연탄불을 쬐고
> 유신안약(有神眼藥)을 넣고
> 에세이를 읽는다드군
>
> 몸 한구석에 감출 수 없는 고민을 지니고
> 병장 이하의 계급으로 돌아다녀 보라
> 김해에서 화천까지
> 방한복(防寒服) 외피(外皮)에 수통을 달고
> 도처철조망(到處鐵條網)
> 개유검문소(皆有檢問所)
> 그건 난해한 사랑이다
> 난해한 사랑이다
> 전피수갑(全皮水匣) 낀 손을 내밀면
> 언제부터인가
> 눈보다 더 차가운 눈이 내리고 있다.

「태평가」의 판단에 의하면,(위에서도 말한 바와 같이 병사의 관점이란 것도 작용하여 생기는 판단으로서) 오늘의 삶을 규정하고 있는 것은 한민족을 소위 약소민족이라고 규정하는 국제 정치의 정세이다. 이것이 우리를 냉전의 소용돌이에 말려들게 하고 우리의 삶에 군사적 조직이 강요되게 한다. 그리하여 인생도처개유청산(人生到處皆有靑山)의 자연스러운 삶은 도처철조망(到處鐵條網) 개유검문소(皆有檢問所)의 자연스러운 삶이 차단된 삶으로 바뀐 것이다. 그런데 어처구니없는 것은 차단과 금지가 민족적으로나 개인의 삶에 있어서나 사랑의 이름으로 일어난다는 것이다. 우리의 보호자가 누구이든지 간에, 그는 우리를 보호하고 사랑하기 위하여 자연스러운 삶을 (여기에는 사랑이 포함되어 마땅하다.) 차단 검문한다고 한다. 이 궤변은 이해하기 어려운 것이다.

그러나 이러한 비교적 상식적이지만 말할 필요가 있는 정세 판단이 이 시의 전부가 아님은 물론이다. 가령 '약소민족'이란 것은 피치 못할 사실인가.

말을 들어보니
우리는 약소민족이라드군

'약소민족'이라는 인식은 다분히 되풀이하여 듣고 들려주고 있는 데에서 오는, 말하자면 세뇌 작용의 결과로 하여 생기는 자아 인식이지 객관적인 사실이라고 말하기 힘들다는 회의가 이러한 구절에는 포함되어 있다. 그리하여 시인은 이것이 들은 말에 불과하다는 것을 시사하고, 다시 한 번 "……라드군" 하는 어미에 조소 섞인 회의의 함축으로써 극히 효과적으로 확인한다. 정당화의 근거로서 제시되는 '사랑'이나 마찬가지로 이러한 주장도 난해한 것이랄 수밖에 없는 것이다.

단순한 주장 이상의 착잡한 태도는 또 다른 특징들에 의하여 암시된다. 그중 가장 중요한 특징은 위에 말한 일반적인 정세 판단을 우리의 일상적인 생활이요 몸짓에 관련시킨다는 점이다. 이것은 「태평가」의 첫 두 줄, 곧 '약소민족' 운운의 거시적 언급에 이어,

낮에도 문 잠그고 연탄불을 쬐고
유신안약(有信眼藥)을 넣고
에세이를 읽는다드군

하는 구절에 일상적 몸짓을 언급함으로써 벌써 시인의 분명한 의도로서
제시되어 있다. '약소민족'의 국제 정세가 어떻게 하여 곧 여기에 이야기
되어 있는 바와 같은 일상생활을 낳는가? 이것은 이 시의 다음 부분의 국
내 정치 상황 또는 군사화된 정치 상황을 통하여 설명된다. 그러니까 이 시
의 제2부는 국제 정세와 일상생활의 간격을 이어 주는 설명이 된다고 할
수 있다.

  우리는 여기의 일상생활을 대표하도록 골라진 세부 사실들의 적절함
에도 주의할 필요가 있다. 얼핏 보아 이것들은 적절하기보다는 아무렇게
나 선택된 것으로 보인다. 그러나 여기에서는 이것이 바로 효과적인 것이
다. 우리의 지각은 대개의 경우 행동적 사회적 또는 상징적 의미의 큰 테
두리에 의하여 조직화된다. 그리하여 개체적인 지각의 체험은 이런 조직
화의 결과로 생기는 전형 속에 흡수되어 그 독특한 개성을 상실한다. 그러
나 조직화되고 전형화된 표준적 지각 아래 다른 언표할 수 없는 개성적 지
각 — 라이프니츠의 말로 "가려내기 어렵고 어지러운 작은 지각들의 부진
근(不盡根)"이 존재함을 우리는 막연히나마 의식하지 않는 것이 아니다. 사
실 우리의 체험에 독특한 정서적 색깔을 부여하는 것은 흔히 말로 형언할
수 없다고 느끼는 이러한 지각의 부진근이다. 시가 주는 독특한 감동의 하
나는 이것을 무의미 또는 무의식으로부터 구출해 내는 데서 온다. 이러한
일반론이 맞든지 안 맞든지 간에 「태평가」에서의 일상적 몸짓들은 그것이
너무 확연하게 일반적인 또는 상투적 의미로 흡수되어 버릴 수 없기 때문
에 오히려 효과적이다. 그러나 거기에 전혀 의미가 없는 것은 아니다. "낮

에도 문 잠그고……" 운운의 작은 몸짓들은 무엇을 뜻하는가 분명히 고정하여 밝힐 수는 없지만, 그것이 경계심 없이 문을 열어 놓고 있는 것, 춥지 않은 것, 아니면 강렬하고 독이 없는 연료로써 몸을 데울 수 없는 것, 눈이 잘 보이는 것, 외래의 잡담류의 문학 취미로 자기 위안을 삼는 행위 따위보다는 좀 더 크게 사는 것 ─ 이런 것들에 반대되는 삶의 태도를 시사하는 것이라는 것은 분명하다.(그러면서도 이런 것들은 의미보다는 우리가 실제 느낄 수 있는 구체적 몸짓으로 중요하다.) 이렇게 움츠러든 삶의 근본은 어디에 있는가? 이미 본 바와 같이 좀 더 활달한 공간으로 나가 보아야 거기에는 철조망이나 검문소, 차단과 위축의 시설들이 있을 뿐이다. 그런데 이런 차단과 위축은 다른 구체적인 사실들로도 시사된다. 「태평가」의 시인은 군인이다. 그는 군의 낮은 계급에 의해 낮은 곳으로 밀리고 그의 복장까지도 ─ "방한복(防寒服) 외피(外皮)에 수통을 달고" "전피수갑(全皮手匣)"을 끼고 한 모습까지도 우리로 하여금 직감적으로 그의 제도 속에 갇힌, 그러면서도 외로운 상태를 암시해 준다.(이것은 언어에서도 이미 암시되어 있다. '방한복 외피' '전피수갑'과 같은 일상적인 말에서 떨어진 외래 한자의 특수 언어가 벌써 소외되고 격리되고 조직화되는 삶의 증표이기 때문이다.)

이런 상황에서 할 수 있는 것은 무엇인가? 이 시가 "눈보다 더 차가운 눈"의 매우 모호한 의미의 이미지로 끝나는 것은 적절하다. 시인의 결론은 너무나 갖가지로 조여드는 상황에서 모호할 수밖에 없다. 그가 할 수 있는 것은 얼어붙은 상황을 확인하는 것일 뿐이다. 또는 다른 시에 있어서의 눈의 이미지와 관련해 볼 때, 여기의 눈은 그러한 상황 속에서도 삶이 아름다울 수 있다는 것을 내세워 보는 역설적인 의지의 표현이라고 할 수도 있을 것이다.

지금까지 우리는 황동규의 시적 관심의 변화에 따라 이루어진 시적 결과의 예를 몇 가지 살펴보았다. 여기에서 볼 수 있는 명징성은 다른 예들에서도 — 그것이 위의 경우, 가령 「네 개의 황혼(黃昏)」, 「기항지 1, 2」, 「겨울 항구(港口)에서」, 「태평가」, 「들기러기」에서와 같은, 특히 「기항지 1」이나 「태평가」에서와 같은 경우의 시적 결정화(結晶化)를 이룬다고 할 수는 없지만, 적어도 시적인 에너지의 명료한 분절화에 가까이 가는 예는 다른 시들에서도 볼 수 있다. 그중에도 「도주기(逃走記)」는 모든 헛된 추구, 상류 사회와 외래 사상과 흥분과 금전을 추적하는 일로부터 "빛나는 바램이 모두 파괴된 세계 속으로/ 너희들의 어려움 속으로/ 너희들의 헛기침, 밤에 깨어 달빛을 보는/ 외로운 사내들, 잠과 대치되는 모든 모순(矛盾) 속으로", 즉 어둠과 어려움의 바닥으로 가는 것만이 유일한 최종적 선택일 수 있다는, 시인의 개인적 결심을 역설적으로 그러나 비교적 선명한 논리로써 전술한다. 이러한 선택의 과정을 "판자에 깊이 박히는 못이 떨며 아프게 사라지듯이" 가는 과정이라고 설명한 마지막의 비유는 까다로우면서도 아주 적절하게 이 선택의 고통과 절대성을 드러내 준다. 「비망기(備忘記)」는 적어도 「제일엽(第一葉)」 부분에서, 정치권력이 자연의 삶과 또 구극적인 허무의 인식에 연결되어 있어야 한다는 것을 설파하려 한다. 「구석기실(舊石器室)에서」는 인간의 역사가 표면적인 발전에도 불구하고 구극적으로는 파괴적인 충동에 의하여 지배되어 왔다는 점에 대한 성찰이다. 「전봉준(全琫準)」과 같은 시는 알기 어려운 시이지만, 똑같이 전봉준을 등장시킨 「삼남(三南)에 내리는 눈」은 그다지 시적 여운은 없으면서도 강한 역설과 독설로써, 유식은 비굴한 처세술이 되고 무식은 우직한 정의와 파멸의 수단이 되는 정치 현실을 풍자한다.

이러한 정치적인 비평을 담은 시 이외에 시인의 사사로운 삶을 생각하는 시에서도 우리는 조금 더 탄탄한 언어의 사용과 내면의 기분의 무늬가 아니라 외적인 모습과 상황에 대한 주의를 볼 수 있다. 「도주기」는 이미 언급하였지만, 그것은 시인의 내면적인 결심을 이야기하는 것이면서도 골품

(骨品), 생시몽, 미열, 금전과 같은 알아볼 수 있는 사물들에 이 결심을 연결
시킨다. 그러나 「외지(外地)에서」 연작의 경우에서 보는 것처럼, 단단해진
언어에도 불구하고 이 시기의 많은 개인적 체험에 대한 시가 알아볼 만한
시적 의미에 이르지 못하는 경우가 많음은 유감스러운 일이다. 그러나 「외
지에서 1」은 초기 시의 모호한 정서화, 또는 이 무렵의 시에서 보는바 지나
치게 단단한 표현을 추구하려는 결과 떨어지게 되는 생략법의 난해성을
피하면서, 세계 문화의 제국주의적 집중화 속에서의 시인의 체험을 흥미
있게 기록하고 있다. 가령 첫 줄,

      강렬한 조형(彫型)이 내 뼈에 속삭인다

와 같은 표현을 보라. 이것은 얼핏 보아 지나친 생략법으로 하여 객관적이
고자 하는 언어가 시인만이 알아볼 수 있는 개인적 언어로 변해 버리는 좋
은 예로 생각될 수도 있지만, 실제는 이것이 매우 강력한 표현이라는 것을
이 시의 전체가 증명해 준다. 그것은 외로운 여로에서 밤에 비치는 불빛의
강렬함을 ── 그리하여 뼈 속에 스미는 듯한 외로움을 강조해 주는 효과를
표현한다. 그러면서 그것은 나중 부분의 착잡한 심리적 체험에 대한 포석
이 된다.

      혼자 가는 자에게는
      강해 보인다 세계(世界)가,
      거리의 구도(構圖)를 조이는 주황색 가로등이
      안개 속으로
      싸이클을 타고
      맹속으로 달리는 소년들의 뒷다리가

한없이 비어 있는 공원이,

철원(鐵原) 앞뒤의 포대(砲臺)보다도

이북(以北)보다도 이남(以南)보다도

내 생명(生命)보다도

강해 보인다.

시인에게 외지에서 보는 풍경들이 "강해 보이는 것"은 무엇 때문인가? 그것은 지리적으로나 시간적으로나 멀리 있는 고국의 풍경보다도 목전의 이국 풍경이 압도적이기 때문이기도 할 것이다. 현재 순간의 절대적인 절 실함을 벗어날 수 없는 것이 인간 생존의 한 조건인 것이다. 그러나 그것 은 또한 시인 자신이 말하고 있듯이, 고독한 개체에 맞서는 듯한 이국 풍경 의 크기 때문이기도 하다. 또 여기의 강력하다는 표현은 오늘날의 세계를 지배하는 제국주의 문화의 발상지의 하나인 영국에서 동양의 시인이 느끼 는 소외를 말한다. 그는 그의 고독한 추억이 제국주의 문화의 위력 앞에 저 절로 위축되는 것을 느끼는 것이다. 이와 같이 얼핏 보아 기발함을 노린 것 같은 생략법의 표현, "강렬한 조형(彫型)이 내 뼈에 속삭인다"는 여러 가지 로 사실적이고 의미 깊은 표현이라는 것을 우리는 알 수 있다. 다만, 이미 말한 바와 같이, 이러한 표현과 의미의 응축을 많이는 발견할 수 없는 것이 유감일 뿐이다.

5

황동규의 시력을 추적함에 있어서 우리는 『태평가』 이후 또 하나의 시 기를 잡아 볼 수 있다. 이것은 『평균율 2』(1972), 또는 그의 새 시선집의 구분으로는『열하일기(熱河日記)』이후의 기간이다. 이미 살핀 바와 같이『태평가』에 이르러 그는, 그의 근본적인 상황 판단이 어떻든지 간에 내면으로부터 밖으로 나온다. 이에 따라 그의 생각과 표현은 다 같이 단단한 사실성을 얻는다. 그리고 특히 주목할 것은 그가 이른 바깥세상이 정치색이 강한 현실을 의미한다는 점이다. 물론 그의 정치적 현실에 대한 판단은 위에서 아래로 내려보는 식의 일반적 또는 추상적인 것이라기보다는 개체적 체험(다분히 그 자신의)과 정치적 현실과의 맞부딪침에서 일어나는 것이다. 이것이 그의 시의 강점이 되고 현실감의 근본을 이루는 것이다.

그러나 개인적 체험의 관점은 그 나름으로의 제약을 갖는다. 특히 이 체험의 주체가 행동자가 아니라, 비록 그가 가장 강력히 시대를 고뇌하는 자라 할지라도, 수동적인 고뇌자에 그칠 때 그렇다. 사실의 세계에 있어서의 문제는 고뇌의 원인으로 취급되고, 이것은 다시 심리적 상태나 태도 또는 기분의 문제로 환원되기 쉽기 때문이다.

이미 말한 대로『열하일기』그리고『나는 바퀴를 보면 굴리고 싶어진다』(1978) 그리고 그 이후의 시들은 거의 전부가 정치적 상황에 대한 언급을 담고 있다. 물론 표면적으로는 그렇게 보이지 않을는지도 모른다. 그렇게 보이지 않게 하는 것은 일단 황동규 특유의 생략법과 상징적 수법 때문이다. 이러한 수법이 현실을 간접화하여 그것을 현실로서 알아보기 어렵게 하는 것이다. 이 수법은 말할 것도 없이 부자유스러운 정치적 상황으로 인하여 조장된 것이지만, 다른 한편으로는 황동규의 본래의 경향에도 맞는 것이라고 할 수 있다. 다시 등장하는 것은『어떤 개인 날』이나『비가』의 삭막한 겨울 풍경이다. 다만 전적으로 내면의 상태를 가리키던 이 풍경은 여기서는 정치적 상황을 가리키는 것이 된다. 또는 더 정확히 말하여 내면과 외면의 어떤 혼성 지대를 가리키는 것이 된다고 할 수도 있다.

이미 비친 바와 같이 정치 현실의 상징적 처리는 위험스러운 것이다. 그것은 다시 말하여 현실적 문제를 내면의 상태로 변화시킨다. 그러나 그것도 그 나름의 기능을 가질 수 있다. 대체로 말하여 그것은 어떤 상황을 전체적으로 요약하는 데 있어서 효과적이다. 어떤 경우에 있어서나 사물에 대한 전체적인 인식이란 대체로 하나의 공간적 심상으로 고정되기 쉽기 때문이다.(과학적 인식에 있어서의 모델 또는 패러다임이란 것도 이런 공간적 심상의 성질을 띤다고 할 수 있다.) 가령 황동규의 상징적 정치 시뿐 아니라 1960년대와 1970년대의 정치 시를 형성하는 데 중요한 역할을 한 것으로 생각되는 김수영의 「풀」과 같은 시가 이러한 것이다.

풀이 눕는다
비를 몰아오는 동풍에 나부껴
풀은 놓고 울었다
날이 흐려서 더 울다가
다시 누웠다

이런 시의 의의는 어떤 상황을 하나의 통일된 이미지 또는 상징 속에 거머쥘 수 있게 해 준다는 데 있다. 그러나 이것이 되풀이될 때 그것은 상투형에 떨어지고 또 상황의 구체적인 변증법을 호도하는 작용을 할 수도 있다. 그리하여 그것은 우리에게 새로운 인식과 기쁨을 주는 대신 바르게 보고 느끼고 있는 듯한 환상을 주고, 따라서 자기 만족의 느낌을 주는 일을 한다. 중요한 것은 구체적 현실과의 교섭이다. 그것을 통하여서만 우리는 행동 또는 행동의 이해, 또는 인식이나 태도의 재조정을 얻을 수 있다. 위에서 말한 상황의 상징적 요약의 의의도 그것이 이러한 것들에 연결됨으로써만 발생한다. 무엇보다 고통스럽고 딱하고 단조로운 것이 되는 것은 자기 기분의 확인과 그에 대한 자기 만족을 기약하기 위하여 현실을 상징 속으로 무산시키는 일이다. 황동규의 시는 지금까지 간단히 살펴본바 상징적 정치시의 모든 가능성 ─ 좋은 가능성이나 나쁜 가능성을 다 볼 수 있다.

가령 「논 1」과 같은 시는 김수영의 「풀」처럼 하나의 상황을 간략하게 요약해 준다.

> 쌀이 불쌍하다
> 우리는 논에서 죽었다
> 십삼 촉보다 어두운 가을 어스름에
> 무섭게 밝히는 소리들
> 숨쉬어 보아라
> 낫날이 빛나지 않는다
> 시간(時間)의 전모(全貌)가 빛나지 않는다
> 그러나 움직인다
> ......

실제에 있어서 논이 움직이는 경우는 없겠지만, 상징화된 논과 논에 관계되는 사물들은 빈곤과 억압 속에서도 완전히 죽어 없어질 수 없는 농민의 의지를 요약해 준다.

「세 줌의 흙」에서의 「들불」에서는 상징과 현실의 평행 관계가 훨씬 더 정연하다.

> 얼굴 가린 비들이 내리고 있어요. 잿빛 복면(覆面)들이 불빛 속에 빗물에 젖어 빛나요. 울타리 넘어 번지는 들불을 따라 정신없이 달리다 도처에서 들불이 죽는 것을 보고 있어요. 어떤 불길은 힘없이 쓰러져 찾아들고 어떤 불길은 마지막으로 치솟아 분노에 찬 얼굴처럼 공중에서 눈 흡뜨고 떨며

떨며 오래오래 사라지지 않아요. 작은 불길들은 북치던 손 사라진 잔 북소리들처럼 이리저리 흩어져 울고, 울음의 앞에서도 뒤에서도 얼굴 없는 비가 자주 내려요. 내리고 있어요.

이 시가 이야기하고 있는 것은 대중적 정치 운동과 그 진압 상황이다. 들불과 시위, 비와 진압군은 흥미 있는 유사 관계에 의하여 기술된다. 이에 기초한 전체적인 상황의 요약도 매우 적절하다. 그러나 이러한 유추적 요약에서, 흥미로운 평행 관계 이외에 얻는 것은 무엇인가? 새로운 인식이나 현실적 태도의 조정에는 최소한도의 기여가 있을 뿐이라고 말할 수밖에 없는 것 같다.

「정감록 주제(主題)에 의한 다섯 개의 변주(變奏)」 중 「소형백제불상(小型百濟佛像)」은 우리의 정치 현실에 대한 간접적인 언급을 담고 있고, 이것은 상징적 수법으로 이루어진다. 그러나 여기에서 우리는 안이한 상징화를 발견하지는 않는다. 그것은 차라리 구체적인 예술 작품에 의하여 촉발되는 대로 영원과 시간, 종교와 정치, 예술과 현실에 대한 명상을 정공법(正攻法)으로 시도한다. 그러면서 결코 구체성을 잃지 않는 상징으로서 계절이나 풍경, 또는 농민의 낫 같은 것을 적절하게 사용하고 있을 뿐이다.

　　슬픔도 쥐어박듯 줄이면
　　증발하리, 오른발을
　　편히 내놓고, 흐르는 강물보다
　　더욱 편히, 왼팔로는
　　둥글게 어깨와 몸을 받치고
　　곡선(曲線)으로 모여서 그대는
　　작은 세계를 보고 있다 조그만

봄이 오고 있다 나비 몇 마리

날고, 못 가에는 가혹하게

작고 예쁜 꽃들도 피어 있다

기운 옷을 업고 산(山)들이 모여 있다

그 앞으로 낫 든 사람들이 달려간다

그들은 어디로 가는가

어디로, 그리고 우리는?

그대는 미소 짓는다

미소, 극약(劇藥)병의 지시문을 읽듯이

나는 그대의 미소를 들여다본다

축소된다, 모든 것이, 가족도 친구도

국가도, 그 엄청나게 큰 것들,

그들 손에 들려진 채찍도

그들 등에 달린 끈들도, 두려운 모든 것이 발각되는 것으로,

돌이킬 수 없는 엎지름으로,

엎지름으로, 다시는 담을 수 없는,

　　종교의 관점은, 또는 예술의 관점은 사람의 모든 것을 축소하여 거시적
인 원근법에서 보려고 한다. 스스로가 소형인 불상은 역설적으로 그러한
불상의 관점에서 인간사를 축소시켜 또는 거시적인 관점에서 보여 주는
것이다. 그러한 불상의 눈 아래에서 비로소 산천과 계절이 아름답게 펼쳐
진다. 그러나 왜 꽃들은 가혹하게 피는가? 낫 든 사람들은 어떤 사람들인
가? 왜 불상의 미소의 의미를 깨우치는 것은 극약을 다루듯 다루어져야 하
는가? 그것은 아마 불상의 영원한 관점이 오늘의 세계의 혼란을 넘어선 평
화와 아름다움을 보여 주지만, 동시에 모든 것이 숙명적이란 것을 가르쳐

주기도 하는 때문일 것이다. 꽃이 피고 지는 것도, 낯 든 사람들의 반란도, 억압의 채찍도. 이 시는 이와 같이 종교와 예술이 주는 평화의 이중성을 드러내 주는 드물게 성숙한 성찰을 담고 있다. 단지 유감스러운 것은 "슬픔도 쥐어박듯 줄이면……" 운운의 과장된 재치, "두려운 모든 것이 발각되는 것으로"로 시작하는 숙명론을 지적하는 구절의 불필요한 난해성으로 하여 균형 잡힌 명상의 진실이 충분히 전달되기 어려운 것이 아닌가 하는 우려가 없지 않다는 점이다.

『열하일기』 연작에서는 우리는 『어떤 개인 날』의 상징적 풍경에 가까이 간다.

> 얼어 있는 언덕도 보인다
> 네 강을 건느면
> 물구나무선 초가집들이 어두운 하늘에 연기를 뺏기고
> 주먹을 팔에 달고 서 있는 사내들
> 그들의 마음의 고향 소 몇 마리
> 움직이지 않는 견고한 달구지의 행렬

여기의 "얼어 있는 언덕", "어두운 하늘", "연기" 등은 초기의 상징적 풍경을 연장한 것이다. "주먹을 팔에 달고 서 있는 사내들"은 초기의 수난자들 — 언 땅에 머리를 부딪는 자 또는 땅에 무릎을 꿇는 자와 마찬가지의 인물들일 것이다. 다만 이러한 이미지들은 몇몇의 구체적인 언급, 가령 초가집,(이것은 왜 물구나무를 서는지?) 소, 달구지의 행렬,(왜 이것은 움직이지 않는지? 가도 가도 종착점이 없다는 것일까?) 무엇보다도 『열하일기』라는 제목이 하나의 사실적 틀을 제공해 준다. 그리하여 이러한 상징화, 또는 전형화된 소도구들은 하나의 풍경을 이루어 18세기부터 벌써 암담하게 보였던 우리

나라의 '모든 장래'를 하나로 투시케 한다.

그런데 지금 본 「열하일기 1」 또 「열하일기 2」와는 달리 『열하일기』의 다른 시들은 이와 같은 균형 ─상징과 사실이 균형을 이루어 하나의 전체적인 조감을 보여 주지는 못한다. 이 시들은,

누이여, 네가 넘어지고
너의 타향이 나의 꿈에 나타난다
언제까지 한 계절(季節)씩 절망할 것이냐
계절의 경계선에는 낯선 새들이 날고
그들이 토하는 불빛도 보인다

　　　　　　　　　　　　　　　　　　　　─「열하일기 8」

와 같은 구절에서처럼 생략법과 개인적인 상징과 멋부린 표현에의 편향(가령 "언제까지 한 계절(季節)씩 절망할 것이냐"와 같은 그럴싸한 듯하면서 모호한 표현) 등으로 하여 분명한 시적 발언이 되지 못하고 마는 것이 아닌가 한다. 물론 이러한 구절의 판독은 독자의 개인적인 독서 능력의 높고 낮음에 달려 있다고 할 수는 있다.

그러나 다른 개인적 상징은 난해성 때문에보다는 우리에게 별로 새로운 인식을 주지 못함으로 하여 문제가 된다. 이러한 것은 이 시들이 가지고 있는 특정한 시적 관점에 관계되는 것으로 보인다. 앞에서 우리는 황동규의 상징들이 초기에 그의 내적 상태를 가리키다가 『태평가』 이후에는 정치 현실, 또 이 두 가지의 중간 지대를 가리킨다고 말한 바 있다. 조금 전에 언급한 시들을 제외한 대부분의 『열하일기』의 시들은 무엇보다도 이 중간 지대를 말하는 시들이라고 할 수 있다. 바꾸어 말하면, 이 시기의 시들은 거의 전적으로 정치 현실을 언급하면서도 그것에 대한 직접적인 발언보다

는 시인의 태도 또는 시인과 비슷한 관찰자의 입장에 있는 사람들의 태도
에 비추어지는 한도에 있어서 그러한 현실에 언급하는 것이다.

　　가령 「신초사(新楚辭)」에서,

　　　　손 벌리면
　　　　울다 말고 딸아이가
　　　　종이로 접은 학을 가져다 준다
　　　　아무리 들여다보아도
　　　　눈이 안보인다

와 같은 부분에서 눈이 안 보이는 종이학은 분명 어떤 정치 상황에서 바
르게 보지 못하는 자 또는 보지 않고자 하는 자의 모습에 대한 기호이다.
또는,

　　　　연희 송신탑이 떨고 있다
　　　　비누갑만한 트랜지스터도 떨고
　　　　때 이른 낙엽이 떨며 굴러온다

라고 할 때, 이런 구절은 공포의 정치 상황에 대한 공포의 반응을 기록한
것이다. 또는 같은 「신초사」의 제3부에서,

　　　　어제 죽은 창(槍)을 팔았다
　　　　황금(黃金) 보기를 돌같이 하라던
　　　　돌이 안 보인다
　　　　학생들이 돌을 던진다

높은 축대 위로 돌이

하얗게 뜬다 돌을 맞으며

언덕에서 손수레가 구른다

한 가족이 모두 끌려 내려온다

가게들이 흩어진다

사방을 둘러보면 사방에서

내가 아우성치고 있다

돌이 안 보인다.

줄이고 빗대어 하는 말의 의미를 완전하게 판독하기는 어렵지만, 이것은 대체로 집단 시위의 광경을 둘러서 이야기한 것으로 생각된다. 이렇게 둘러 말하는 데에는 그럴 만한 외적 사정도 있겠지만, 주로 불안한 마음의 소유자의 관점에서 요약되어 말하여지는 결과라고 볼 수 있다. 첫째 줄에서 말하고 있듯이 이 관점은 사회 상황에 대해서 전투적 관점을 버린 사람이 시위가 손수레, 가족, 가게 등으로 상징되는 소시민적 생활의 파괴를 가져올 것을 두려워하면서 동시에 마음속으로 가책을 느낀다는 내용을 말하고 있는 것으로 생각된다. 이런 내용이라면 그것을 이렇게 복잡하게 또는 간접적으로 이야기하여 얻어지는 것이 무엇인가 물어볼 수는 있을 것이다. 「신초사」의 마지막 부분에 대해서도 우리는 똑같은 질문을 할 수 있다.

저녁에라도 끓는 물이여

끓어라

끓지 않는 것은 모두

텔레비전 앞에서 웃고 있다

……

저녁에 끓는 물은 말할 것도 없이 행동은 없는 사람의 괴로운 마음을 지칭한 것이다. 이러한 번역 행위에서 어떤 이점이 있는지는 분명치가 않다. 아마 그것으로 하여 일어나는 자기 인식에 있어서의 진전이 있고, 모든 인식이 그렇듯이 그러한 인식의 조작은 자기 위안이 된다고 말할 수는 있을 것이다.

「신초사」는 다른 시에 비하여 특히 어지러운 상황에서의 괴로운 심정을 적은 시이다. 그러나 좀더 객관적으로 현실에 언급하는 시에서도 우리는 이 시에 비슷한 주관적 편향을 볼 수 있다. 「입술들」에서 "삼각산(三角山)보다 작은 평화를 위해/ 평화의 한 골목을 위해/ 소리내지 않고 울듯이/ 소리내지 않고 말하는 우리들"을 이야기할 때 이것은 부자유스러운 언론의 상태보다는 거기에 순응하는 자의 심정을 지칭한다. 같은 시에서, "다시 쥐지 못하는 주먹"을 말하고, 또 다음과 같이 막힌 상황을 말할 때,

아이들이 숨어 있다
찾아보라, 아이들이 숨어 있다
숨바꼭질하다 돌아오지 않고
입 틀어막혀서 숨어 있다.

라고 할 때도 마찬가지다. 「새들」에서 비슷한 상황은 "할 말을 않고 있는 새들……// 다리를 마른 나뭇가지처럼 꺾어 붙이고/ 한 줄로 날아가는 새들"의 이미지로 상징된다. 「계엄령 속의 눈」에서 계엄령의 상황은 "눈도 코도 입도 아조아조 비벼 버리고/ 내가 보아도 내가 무서워지는/ 물려 다니며 거듭 밝히는/ 흙빛 눈이 될까 안 될까" 같은 구절에 표현된바 양심의 괴로움의 관점에서 파악된다. 「수화(手話)」는 제목에서 벌써 상황에 대한 어떤 대응 태도를 설명하는 아날로지를 제시해 준다. 「정감록 주제에 의한

다섯 개의 변주」에서는 본심을 감추고 살아야 하는 상태는 탈로서 비유되고 괴로워하면서도 가만히 있는 상태는 송장 헤엄에 비유된다. 그리고 이것은 또,

> 끓을까 말까 주저하는 뱃속의 물
> 배 고파도 짖지 못하는 개들의 떼
> 수풀마다 머리를 덤불에 박고
> 숨죽이고 떠는 꿩들

로서 비유되기도 한다. 「우리는 수상한 아이들」은 공포와 불신의 상황을,

> 우리는 수상한 아이들
> 우리는 기웃대는 아이들
> 이 세상 거리에서
> 도둑처럼 살며
> 열린 집 열린 사람 만나면
> 온몸으로 떨고

하는 식의 비유로 이야기하고 있는데, 여기에서도 우리는 무서운 상황이 무서움의 느낌으로 환원되어 표현되어 있음에 주의할 수 있다. 「장마 때 참새 되기」에서는 어지러운 상황에서 소시민적 안녕을 구하는 것을 홍수에 참새로 떠올라 갈팡질팡하는 모습으로 그린다.

앞에서 말한 바와 같이 위에 든 비유와 상징들은 서로 다르면서도 비슷한 어려운 시대의 괴로운 양심을 위한 이미지들이다. 「정감록……」의 '송장헤엄' 부분의 표현으로 양심은 "……마음 한 구석에 박혀/더듬을 때마

다 찌"르는 것이지만, 이 찌르는 양심은 그 나름의 위안과 자긍을 수반하는 것이다. 왜냐면 양심은 "아직 움직이는 심장의 어디/ 아직 덜 먹힌 땅의 어디/ 혹은 철망(鐵網)의 가시처럼/ 무수히 박혀 희미하게 녹스는 저 별들 아래/ 숨쉬는 곳이면 누운 자도" 찌르는 것이기 때문이다. 그리하여 그는 양심의 괴로움을 갖지 않는 자를 두고 "뿌리 뽑힌 것들은 흔들리지 않는다"(김수영, 「무덤」)라고도 하고 "다들 망거질 때 망거지지 않는 놈은 망거진 놈"(「돌을 주제로 한 다섯 번의 흔들림」, 1974년 여름)이라고도 한다. 또는,

> 이렇게 울지 않는 놈들은 처음 본다. 면상(面相)에 완전히 긴 금 간 놈도 울지 않는다. 묵묵히 묵묵히 서 있을 뿐. 한낮의 햇볕 갑자기 타오르며 움직이던 그림자들 문득 정지하고 서로 마주 보며 살던 무리들 수레에 포개져 실려갈 때도 이들은 묵묵히 서 있다.
>
> ─「돌을 주제로 한 다섯 번의 흔들림」

하고 무감각의 군상들을 타매한다. 험한 상황에서 최소한도로 할 수 있는 것은 그것을 양심에 느끼는 일이다. 또는 좀더 적극적으로 '열려 있'는 것이다.(「사랑의 뿌리」)

『열하일기』 이후의 시들에는, 위에서 살펴본 상징적 정치 시보다도 더 개인적인 서정시도 포함되어 있다. 그러나 여기에서도 정치 현실에 대한 언급은 반드시 들어 있다. 상징화를 통한 현실의 일반화된 파악보다도 더 흥미로운 것은 그러한 현실이 생활에 ─또는 지식인의 개인 생활에 압력을 가하게 되는 구체적인 상황을 보여 주는 경우다. 여기에서 정치 현실은 지식인의 양심이나 이성을 자극하는 일반 명제로서가 아니라, 제한된 범위 ─사회적 알력의 틈바구니에 끼인 지식인의 불안정한 관점에 비치는 범위에서나마 생활 조건의 일환으로서 파악되는 것이다. 양심적 지식인의

입장에서 ── 사실은 모든 혼란한 시대에 있어서 모든 사람의 문제이지만, 중요한 문제 중의 하나는 공적인 상황과 사적인 생활 사이의 균열이다. 부정의의 사회에서 모든 사사로운 행복은 공적인 의무의 방기처럼 생각되기 쉽다. 그러나 사람이 행복 없이 살기는 어려운 일이고, 또 그것의 보편적 확보가 사회적 투쟁의 의의라고 할 때, 행복의 이념은 비록 부분적인 것일망정, 완전히 부정되어 버릴 수는 없는 것이다.(소외 노동의 사회는 공적 생활과 사적인 생활의 완전한 분리를 당연한 삶의 조건으로 받아들이게 한다.) 따라서 사람들은 ── 소시민적 안정에의 향수를 버리지 못한 사람들은 그들의 행복을 슬금슬금 눈치를 보며 또는 죄의식을 가지고 취할 수밖에 없다.

「눈 내리는 포구」는 어두운 사회에서 사사로운 행복이 일으키는 긴장을 아름다운 서정시로 기술한다.

> 그대 어깨 너머로 눈 내리는
> 세상을 본다
> 석회의 흰빛
> 그려지는 생(生)의 답답함
> 귀 속에도 가늘게 눈이 내리고
> 조그만 새 한 마리
> 소리 없이 날고 있다

두 사랑하는 사람의 너머에는 겨울의 세상이 있다. 그것은 사랑의 행복에 의하여서도 무시될 수 없다. 겨울 세상과 그 속에서의 고립은 그들의 귓전과 눈앞을 떠나지 않는다.

> 포구로 가는 길이

이제 보이지 않는구나

그 너머 섬들도

자취를 감춘다

꿈처럼 떠다니는 섬들,

흰빛으로 사방에 쏟아져

눈맞는 하늘

자취를 감춘다

그대와 나만이 어깨로 열심히 세상을 가리고

두 사람의 사랑의 저 너머에서는 세상이 사라진다. 사랑은 현실 도피인
가. 그렇다. 그러나 다시 시인은 말한다.

아니 세상을 열고⋯⋯

그대의 어깨를 안는다

섬들보다도 가까운

어떤 음탕하고 싱싱한 공간(空間)이

우리 품에 안긴다.

흔히 말하듯 사랑은 두 사람만의 세계를 구성할 수 있다. 그러나 시인은
"음탕하고 싱싱한" 것이라고 두 개의 모순되는 형용사를 써서 그 세계를
묘사한다. 음탕하다는 것은 그것이 공적으로 규정되는 규범을 벗어나기
때문이다. 싱싱한 것은 그것이 시인에게 행복을 약속해 주는 것이고 또 어
쩌면 어떤 종류의 것이든 삶의 근본이 되는 것이기 때문일 것이다. 여기의
사사로운 사랑에 대한 착잡한 느낌은, 「아이오와 일기(日記) 2」에서 시인
과 그 아내와의 삶을 "그 하늘 아래 앉아/ 서로 이를 잡아주는 그대와 나"

라는 원시적인 이미지로 표현할 때도 들어 있다. 또는 「수화」는 보다 적극적으로 섹스가 억압된 현실의 다른 면임을 말한다.(그놈은 돌아와 마누라를 세 번 조지고 다음날 오후엔 또 오입을 했어⋯⋯.) 물론 「조그만 사랑 노래」, 「더 조그만 사랑 노래」 또는 「더욱더 조그만 사랑 노래」는 사랑의 행복을 보다 적극적으로 서정적으로 노래한 시들이다. 그러나 여기에서도 어두운 현실은 사랑의 배경을 이루면서, 그것이 긴장 또는 분열된 의식의 원인이 되지는 않지만, 적어도 사랑에 비극적 애처로움을 주는 원인이 된다. 어두운 현실에 사는 사생활의 긴장은 「지붕에 오르기」에서 가장 사실적으로 또 다면적으로 취급되어 있다. 예수가 처형당하는 시대에 예루살렘 대학에서 가르치는 이 시의 주인공은 모든 분쟁의 불연속선을 피하면서 살지만, 다른 한편으로는 "목수들이 파업만 했더라도/ 예수를 십자가에 달지 못했을" 거라는 가능성을 알고 있다. 그리하여 그도 괴로운 양심의 인간으로 버스 정류장에서 보던 소년 대신 가죽 잠바를 입은 사내가 그 자리에 나타나도 이 사실의 의미를 생각하고 노동자가 고층 건물에서 일하는 것을 보고 그 위험에 대하여 생각한다. 그러나 구극적으로 그에게는 모든 사건과 의식에도 불구하고 일상적 삶에 집착하는 인생의 공포가 있을 뿐이다. 이 시는 다른 시에 비하여 산문적 느슨함을 가지고 있지만, 또 그런 만큼 정치 현실과 소시민적 생활의 교차를 사실적으로 기록하는 데 성공한다.

6

황동규의 시선집에서 1979년 이후 최근의 작품들은 「겨울의 빛」이라는 제목 아래 분류되어 있다. 제목이 말하듯이 아직도 황동규의 시적 방법은 정치적 상징주의이다. 그러나 그 이전의 시들에 비하여 약간의 변화가 있는 것에 우리는 주목할 수 있다. 우선 그의 상징화 작업은 스스로의 의식이나 양심보다도 그러한 의식이나 양성이 가리키는 밖을 향하고 있는 것처럼 보인다는 것이다. 그러면서 그것은 내면화된 괴로움보다도 고통 속에서 또 기쁨 속에서 밖으로 뻗는 행동과 꿈의 긍정적 에너지를 드러내 보여 준다.「꽃 한 송이 또 한 송이」의,

> 창살 뒤에 누워 있는 꽃 한 송이
> 창살 앞에 누워 있는 꽃 한 송이
> 창살 옆에 누워 있는 꽃 한 송이
> 그 옆에 누워 있는 꽃 한 송이

와 같은 구절에서 적극적 에너지는 분명하다.「따로따로 그러나 모여서서」는「논 1」이나「세 줌의 흙」에서의 '들불'과 같은 상징적 상황 판단이다.「겨울의 빛」은 정치적 움직임의 동력학과 의의에 대한 길고 복잡한 성찰이다. 말할 것도 없이 이 성찰의 언어는 생략되고 상징화된 우화의 언어이다.

> 어느 날 누가 앞에 나서지 않아도
> 모이는 우리들
> 노래하며 모이는 우리들
> 노래에 모여서 각기 다른 목소리로
> 함께 노래 부르는 우리들
> 두려움 속에 삶에서 노래로, 노래에서 삶으로 도주할 때
> 노래 부르지 못하는 자신이 들킬 때
> 혹은 들켜서 도주하지 못하고 노래 부를 때

비로소 우리는 우리가 되는 것이 아닐 것인가

이런 구절들이 우리 정치 상황에 있어서의 어떤 사건에 대한 언급과 그 사건에서 미루어 알 수 있는 집단과 개인의 긴장된 동력학에 대한 관찰을 담고 있음을 짐작할 수 있는 일이다. 그러나 이것이 여전히 모호한 상징주의 속에 숨어 있음은 유감스러운 일이다. 물론 사실이 사실대로 이야기되면서 시적 효과는 그 너머에서 찾아지게 되는 일은 시인의 개인적 취향보다도 우리의 역사 발전에 관계되는 일일 것이다.(사실을 사실로서 이야기하는 것이 시의 정서적 효과를 감소시킨다는 생각으로 사실을 버리고 감정을 상투적으로 과장하는 사회 의식의 시학이 있기는 하지만, 이것은 참으로 시나 정치를 생각한 시학일 수는 없다.) 새로운 역사적 발전이란 시인이 그 행동과 생각과 표현에 제약과 금기를 느끼지 않게 되는 상태를 말한다. 그러나 다른 한편으로 어떤 수동적인 고뇌의 상태에서도 사실적이고 정확한 사고와 표현이 전적으로 불가능한 것은 아니다. 그것을 위하여서는 정신의 에너지가, 오래전에 김병익이 진단한 대로, "내적(內的) 삶에 침몰하던…… 개인적 시세계로부터 삶의 구체적이고 보편적인 현실로" 나아갈 수 있어야 한다. 이미 비친 바와 같이, 우리는 황동규의 근작, 특히 그의 상징적 상황 판단의 시에서 구체성과 보편성이 증대했음을 본다. 또 여기에는 한결 강한 삶의 에너지가 표현되어 있음도 본다. 이러한 점은 이런 종류의 시에서뿐만 아니라 상징적 신상시, 「줄타기」, 「아파트 생전(生傳)」, 「어린 시절 애인의 죽음」 같은 시에서도 볼 수 있는 점이다. 여기에서도 그의 언어는 비탄의 언어가 아니라 그것보다는 조금 더 단단한 언어가 되어 있다. 「눈 감고 섬진강을 건느다」는 모든 정치적 양심의 괴로움에도 불구하고 황동규에게 사물에 대한 신선한 감각이 살아 있음을 보여 준다.

지리산 중턱에는 아직 눈과 바람이 남아 있지만

강 건너 북숭아밭의 검은 줄기들은

꿈의 문자들처럼 싱싱하다

감각의 싱싱함은, 전부가 아니라 뿌리에 불과하지만, 정신의 싱싱함이요, 삶의 싱싱함의 약속인 것이다.

(1982년)

언어적 명징화의 추구

김광규의 시

그것이 한국 현대 시의 역사에 있어서 중요한 구획선이 될 것인지 아니면 작은 구획선이 될 것인지는 앞으로 더 두고 보아야 알 일이지만, 김광규 씨의 시가 일단의 구획선 또는 분계선의 한 획을 이룰 것임은 확실한 일이 아닌가 한다. 대체로 한국 현대 시에서 감정의 토로는 시적 표현의 핵심을 이루어 왔다. 물론 우리의 현대 시가 단순히 내면에서 일어나는 느낌을 털어놓는 데 그치지 않고 밖에 있는 사물과 상황을 다루지 않은 것은 아니지만, 그것은 거의 감정의 매체를 통하여 굴절되어서만 다루어지는 것이 보통이었다. 그리고 이러한 감정주의는 소재만이 아니라 문체에도 크게 영향을 주었다. 그리하여 우리 시의 문체는 ─ 이것은 20세기 초에서 시작하여 1950년대, 1960년대에 오면서 가속화되는 현상인데 ─ 한편으로 간헐적 단편성, 불완전한 또는 비문법적 문장, 무맥락의 도약 등을 특징으로 하고 다른 한편으로는, 무엇보다도 감상적 유려함, 격앙된 스타카토, 또는 고양된 격조의 음악성을 겨냥하는 것이었다. 김광규 씨의 시는 이러한 한국 시에 대하여 하나의 반대 명제를 제시한다고 볼 수 있다. 그의 시는 거의 산문에 가깝다.

이번의 시집에서 외견상으로 가장 두드러지게 산문적인 문체의 예는 「조개의 깊이」의 문체일 것이다.

결혼을 한 뒤 그녀는 한 번도 자기의 첫사랑을 고백하지 않았다. 그녀의 남편도 물론 자기의 비밀을 말해 본 적이 없다. 그렇잖아도 삶은 갈수록 커다란 환멸에 지나지 않았다. 환멸을 짐짓 감추기 위하여 그들은 헤아릴 수 없이 많은 말을 했지만, 끝내 하지 않은 말도 있었다.

여기에 있어서의 정연한 문장, 시에서 흔히 보는 바와 같은 생략이나 도약을 무릅쓰지 않는 정확한 문법, 삼인칭의 사용, 무엇보다도 심정의 토로보다는 일정한 상황을 창출하고자 하는 객관적 서술의 묘사 — 이러한 문체의 특징들은 여기의 글을 시보다는 소설에 가까이 가게 한다. 다만 이것을 어렴풋이나마 시에 가까이 가게 하는 것으로는 지적인 통제를 느끼게 하는 리듬 — 가령 처음의 아내에 대한 언급에 이어, 여기에 대응하는 남편에 대한 언급의 빠른 추적에서 느껴지는 리듬이 있을 뿐이다. 사실 객관적 서술, 이 서술을 위한 거리의 유지, 이러한 조작에 필요한 지적 통제 — 이러한 것들은 김광규 씨의 시적 문체의 특징이 된다.

또 하나의 예를 들어 보자.

누가 그것을 모르랴
시간이 흐르면
꽃은 시들고
나뭇잎은 떨어지고
짐승처럼 늙어서

우리도 언젠가 죽는다
땅으로 돌아가고
하늘로 사라진다

　여기 인용한 「오래된 물음」의 서두 부분도 극히 산문적이다. 줄을 바꾸는 짧은 행으로 쓰인 것, 구두점이 없는 것, 그리고 첫머리에 있어서의 '그것을' 하는 목적어의 예비적 제시, 그리고 '──랴' 하는 비산문적 어미 정도가 이것이 시로서 의도된 것이라는 것을 말하여 준다.

　되풀이하건대, 김광규 씨의 시의 산문적 성격은, 여기의 예에서도 알 수 있듯이, 단순히 단정한 문법의 문체에만 힘입어 이루어지는 것이 아니다. 그것은 그의 지적 통제에 이어져 있다. 위의 인용문에서 김광규 씨는 사람의 삶을 요약하고 있는데, 이 요약은 극히 객관적이며, 이 객관성은 삶에 대한 이해의 냉철함에 기초해 있다. 그는 죽음으로 끝나게 되는 사람의 삶이 흔히 불러일으키는 감정적 흥분을 최소한으로 줄이고 있는데, 이것은 사람의 삶을 시드는 꽃이나 떨어지는 나뭇잎 등의 식물적 생명 그리고 늙어 가는 짐승의 동물적 생명과 같은 차원에 두고 보는 과학적 태도로 하여 가능해진다.(덧붙여, 여기에 지적할 수 있는 것은 시드는 꽃이나 떨어지는 나뭇잎이 구체적인 사물에 대한 언급이라기보다는 일반적 개념을 나타내기 위한 부호에 가깝다는 사실이다. 김광규의 시적 사고는 이만큼 감정이나 직관보다는 머리에 의존하고 있다.)

　문법, 문맥, 간결, 정연함 ── 이러한 것들은 언어의 가장 기본적인 질서에 속하는 것이다. 언어의 의식적 사용을 목표로 하는 글에 있어서 이것은 새삼스럽게 들먹일 필요도 없는 일이다. 그럼에도 이러한 언어의 기본 질서가 잘 지켜지지 않는 것이 우리의 언어생활의 현실이었다. 더 나아가서는, 적어도 시의 경우에, 이러한 기본 질서를 지키지 않는 일이야말로 시적 스타일의 특징처럼 생각되기도 하였다. 거기에 그럴 만한 이유가 없는 것은 아니다. 시적 언어의 중요한 특성이 되는 긴장은 산문적 질서의 원활한 작용보다는 그것의 교란에서 생겨나는 경우가 많다. 감정과 직관의 언어는 연속보다는 단절과 도약을 그 특징으로 하는 것이다. 그러나 참으로 핵심적인 시 언어의 문제, 또는 적어도 고전적인 기준에 있어서의 시 언어의 문제는 언어가 요구하는 질서를 최대한도로 활용하면서 시적 긴장을 전달하는 문제이다. 그리고 어느 쪽이냐 하면, 언어의 기본 임무는 감정의 조성 또는 전달보다는 명징화에 있다. 물론 이 명징화는 사물이나 상황에 대한 우리의 인식과 경험을 분명하게 밝히는 일을 뜻하며, 여기에는 감정 및 기타 내면적 체험이 포함된다. 그런데 감정적 체험의 경우에도 시적 표현은 그것을 단순히 재현하거나 전달하기보다는 그것을 명징화된 상태에서 재현 내지 전달한다. 이런 의미에서 시는, 근원적인 정의를 시도한다면, 감정의 언어라기보다는 정돈된 언어라고 할 수 있다. 다만 시에서 감정이 중요한 것은 사실이다. 그것은 명징화에도 단순한 두뇌의 명징성이 있고 또 전인적인 ― 그렇기 때문에 이론적이기보다는 더 현실적으로 효과적인 명징화가 있으며, 이 전인적 명징성은 균형 잡힌 감정 상태에 크게 관계되기 때문이다. 시대적으로 볼 때, 어떤 때는 시에서 유독 감정이 중요하고 또 어떤 때는 보다 건조하게 정돈된 언어가 중요한 것으로 보인다. 그것은, 적어도 체험하는 사람의 입장에서는 시대가 조화의 상태에 있느냐 갈등의 상태에 있느냐 하는 것에 관계되는 것으로 생각된다. 즉 갈등의 시대는 감정의 시를, 그리고 조화의 시대는 정돈된 언어의 시를 산출한다는 말이다. 아무래도 인간의 감정은 장애물과 좌절에 부딪쳐서 자극되기 때문이다. 이에 대하여 정돈된 언어는 삶의 많은 것에 대하여 공동 이해가 성립하고 (이것은 상투적 개념에 가까이 간다.) 이것이 습관적 확인만으로도 시적 만족을 얻을 수 있는 균형의 시대에 성립한다.

그러나 이러한 일반론에도 불구하고 김광규 씨의 시는 태평성대의 시도 아니고 또 그것을 이야기하고 있는 시도 아니다. 김광규 씨가 보고 있는 세계는 다분히 부정적인 세계이다. 다만 그의 초연한 태도가 이 세계를 정돈된 언어 속에 수용할 수 있게 하는 것이다. 그의 시의 효과는 어두운 세계와 초연하고 객관적인 태도, 둘 사이에 생기는 기묘한 마찰에서 나온다.

김광규 씨의 세계는 근본적으로 일상성의 세계이다. 사람들은 친구와 술을 마시고 세금을 물고 자기 몸이나 남의 몸을 관찰하고, 골목길을 지나고 거기에서 어린아이들의 그림이나 낙서를 보고 자신의 어린 시절을 회상하고, 자신의 벽돌 이층집을 밖으로 아담하면서 실제로 초라한 것으로 평가하고, 보통의 부부간에 있을 수 있는 심연의 깊이를 깨닫고, 친구의 죽음에 별 큰 감동이 없이 문상을 가고, 아이들에게 신발을 신겨 주고 흙을 털어 주고, 수박을 먹고, 바닷가에서 바닷말을 줍고, 비행기로, 자주는 아니지만, 더러 해외여행을 하고, 등산을 하고 산꼭대기에서 커피를 마시며 석양을 보고 커피를 마시며 석양을 보는 사람들을 보고, 구청에 서류를 내고, 돈을 벌고…….

그러나 이 일상의 세계는 행복하고 만족한 것이라기보다는 한계에 의하여 구획 지어진 세계이다. 그리하여 그것은 어두운 또는 잿빛의 전망과 때로는 절망과, 더 흔하게는, 권태로운 갑갑함으로 특징지어지는 세계이다. 다만 시인은 이러한 갑갑한 세계를 보면서도 여기에 크게 흥분하기보다는 초연한 느낌으로 이를 관찰, 분석할 뿐이다. 이러한 초연함에는 일부는 냉철한 객관적 태도가 있고 또 일부에는 삶에 대한 은근한 냉소적 태도가 있다.(이 냉소적 태도는 다시 말하겠지만, 다른 요소들에 의하여 복합적인 것이 된다.)

「겨울날」에서, 화자의 친구는 긴 이야기의 대상으로 적당하였으나 통행금지 폐지 전에 죽고 겨울에 죽어 얼어붙은 땅에 묻힌다. 그의 죽음에 찾아온 손님들은 으레껏 하는 행동을 의례적으로 되풀이할 뿐이다.

　　평토제(平土祭)가 끝나자 저마다
　　수건을 하나씩 받아가지고
　　산지기네 집으로 내려갔다
　　청솔가지를 땐 사랑방에 모여
　　술마시며 떠들어 대고
　　밤에는 놀음판을 벌였다

　죽은 사람은 "살았을 적에도 별로/ 우리들을 기쁘게 하지는 않았다"──화자는 이렇게 말하고 있지만, 이것은 죽은 사람의 따분한 삶에 대한 평가이기도 하고 그럴 수밖에 없었던 인간관계의 냉랭함에 대한 소감이기도 하고 또는 그렇게 말하는 사람들의 차갑고 무감동한 태도의 표현이기도 하다. 화자는 우울한 애수의 느낌으로 친구의 죽음에 대한 그의 총체적인 평을 삼는다.

　　……죽은 이의 가벼운
　　미소를 생각하니
　　슬픔은 언제나 살아 있는
　　이들의 몫으로 남는 것 같다

　「4월의 가로수」에서 화자는 머리가 잘리고 "전기줄에 닿지 않도록/ 올해는 팔다리까지 잘려/ 봄바람 불어도 움직일 수 없"는 가로수를 본다. 「서울 꿩」은 자연으로부터 차단된 도시의 좁은 구역에 갇힌 꿩을 이야기한다. 「돋보기」에서, 화자는 그의 세계가 안개와 같은 짙은 불투명 속에 싸이게 됨을 느낀다.

> 흐려진다 동짓달
> 짙은 안개 속으로
> 낯익은 풍경 차츰 멀어져 가고
> 정든 사람들 하나 둘 사라진다
> 어둠의 나라로 달려가듯
> 세상이 온통 저물어 가는데
> 안경을 쓰고 기웃거리며
> 무엇을 보려고 하는가

이러한, 세상에 대한 잿빛 느낌은 때로는 더 깊은 절망감에로 깊어지기도 한다. 「검은 꿈」은 이러한 순간을 이야기하고 있지만, 여기에서도 특징적인 것은 시인이 그의 절망감을 극히 객관적으로, 하나의 우화나 상황으로 객관화할 수 있는 것으로 초연하게 그려 내고 있다는 점이다.

> 막다른 복도였다
> 컴컴했다
> 되돌아갈 수는 없었다
> 앞으로 간다는 것이
> 이제는 아무런 의미도 없었다

시인은 계속 어두운 방으로 들어간 느낌을 갖고 혼자라는 것을 느낀다. 그리고 그가 어떤 위기, 어떤 한계에 있음을 깨닫는다. 그러나 아마 그의 절망의 깊이나 또 그의 객관적 태도의 철저성은 그가 이 절망을 어떠한 간단한 해석의 틀 속에서도 처리해 버리지 못하거나 않고 있다는 데 가장 잘 나타난다. 다시 말하여 시인은 한계 감정을 이야기하는 것 이상으로 나아가지 않거나 못하는 것이다.

끝이었다
어쩌면 시작이었을지도 모른다
그러나 중간은 아니었다
전혀 의지할 데 없는
나의 속은 그렇게 생겼었다

막힌 상황으로서의 세계는 시인에 의하여 때로는 사회적, 정치적 요인을 가진 것으로 인식된다. 「목발이 김씨」는 공사 중 다리까지 병신이 된 노동자가 자기의 노력이 투입된, 완성된 건물에 들어갈 수조차 없다는 사실에 대해 언급한다. 「이대(二代)」는 운전기사 강씨의 주인에 대한 관계가 근본적으로는 옛날의 행랑아범의 주인집에 대한 관계와 다를 바 없다고 말한다. 2대에 걸친 주종 관계의 특징은 주인과 하인이 따로 밥을 해 먹는다는 것, 즉 먹고사는 일을 함께하지 않는다는 것에 있다고 시인은 지적한다. 「만나고 싶은」은 좀 더 일반적으로 오늘날의 인간관계가 얼마나 피상적이고 냉랭한 것인가를 효과적으로 기술하고 있다. 시인은 오늘날의 인간관계를 서로 모순된 두 줄에 다음과 같이 요약한다.

모두가 모르는 사람들이다
그러나 이상하게도 낯익은 얼굴들이다

오늘날의 사람들은 다른 사람들에게 대하여 여러 가지 장소에서 부딪쳤던 막연한 기억을 가지고 있을 뿐, 깊이 있고 지속적인 만남을 경험하지 못한다.

> 우리는 부딪쳤을 뿐 한 번도 만나 본 적이 없다
> 모두가 낯익은 얼굴들 모르는 사람들이다
> 내가 아는 낯선 사람들이 너무 적구나

위의 마지막 줄에서 시사하고 있듯이, 시인은 다른 사람들이 근본적으로 다른 사람으로, 즉 '낯선 사람들'로 남아 있으면서, 서로 만나는 것이 중요하다고 말한다. 그러나 낯선 사람이 없는 것과 마찬가지로 우리의 '만나고 싶은' 마음도 어디까지나 이루어지지 않는 소망으로 남을 뿐이다.

김광규 씨가 오늘의 상황에 대해서 또는 삶에 대해서 위에서 본 바와 같이 우울한 전망을 가지고 있고 또 여기에 대하여 사회학적 또는 정치적 분석을 가한다고 하여 그를 사회적 정치적인 의미에 있어서 참여시인이라고 말할 수는 없다. 상당히 강력한 정치적 비판을 시도하는 시가 없는 것도 아니고(가령 위에 언급한 것 외에 「누군가」, 「무언가(無言歌)」, 「얼굴과 거울」, 「삼색기(三色旗)」, 「1981년 겨울」 등), 또 「효원(曉原)의 새벽」과 같은 시에서는, 드물게일망정, "어둠을 박차고 솟아오르"며 "부글부글 바닷물 끓이"는 "불타는 햇덩이"와 같은 혁신의 정열, 혁명적 정열을 노래하지 않는 것도 아니다. 그러나 대체로 김광규 씨는 혁신적 변화나 영웅적 행동에 대하여 강력한 회의를 가지고 있다.

「반달곰에게」는 가장 분명하게 혁신적 새 출발을 부정하는 시이다. 여기에서 김광규 씨는 모든 것은 필연적 인과관계의 연쇄 속에 얽혀 있으며, 어느 하나를 원인으로 잘라 내어 말하는 것은 틀린 일이고 또 어느 하나를 새로운 원인으로 내세우는 일도 사물에 대한 부분적인, 따라서 틀린 접근에 불과하다고 말한다. 그러니까, "하늘 아래 새로운 것은 없다."──김광규 씨는 전도서의 말을 빌려 이렇게 결론을 내린다. 그러니 새로운 역사의 시작이 있겠는가. 「태양력(太陽曆)에 관한 견해」도 자연 질서 또는 자연스러운 속도와 질서에 따라 움직이는 사회 질서를 빠르게 하거나 느리게 하려는 노력이 부질없는 일임을 말하는 시로 읽힐 수 있다. 이 시는 1년이 365일이란 것을 너무 짧게 생각하여 이것을 세 배로 늘리겠다는 사람과 1년 365일을 너무 길게 생각하여 이를 세 배로 빠르게 했으면 좋겠다는 사람들의 견해를 아무 논평 없이 대조시키고 있지만, 아마 필자의 의도는 이 두 견해가 다 같이 별 의미가 없으며 부질없는 짓이라는 것을 보여 주려는 것일 것이다. 즉 역사나 사회 진화의 달력을 빠르게 또는 느리게 하려는 것은 다 부질없는 짓이다.──필자의 우의(寓意)는 이러한 것일 것이다. 「늙은 마르크스」는 보다 직접적으로 진보적 역사관을 반박하고 있는 시이다. 시인은 여기에서 늙은 마르크스의 입을 빌려 말하고 있다.

> 여보게 젊은 친구
> 역사란 그런 것이 아니라네
> 자네가 생각하듯 그렇게
> 변증법적으로 발전하는 것이 아니라네
> 문학도 그런 것이 아니라네
> 자네가 생각하듯 그렇게
> 논리적으로 변모하는 것이 아니라네

그러면 마르크스가 발전적 역사관을 부정하는 근거는 무엇인가? 그것은 이미 본 바와 같이 역사가 반드시 법칙적으로 움직이는 것이 아니기 때문이다. 그러나 늙은 마르크스에게 더 중요한 것은 한정된 시간 속에서 한정된 능력으로 영위되는 오늘의 삶이다. 오늘의 삶의 중요성이 미래를 위한 투기를 버리게 하는 것이다. 마르크스는 그의 대화자에게 노년의 지혜를 다음과 같이 말한다.

> 우리의 주장이 서로 달라도
> 제각기 자기 몫을 살아가는 것은
> 얼마나 다행한 일인가
> 그리고 이렇게 한 번 살고
> 죽어 버린다는 것은 또
> 얼마나 아쉬운 일인가
> 우리는 죽어 과거가 되어도
> 역사는 언제나 현재로 남고
> 얽히고 설킨 그때의 삶을
> 문학은 정직하게 기록할 것이네

오늘의 삶이 중요한 것이다. 뿐만 아니라 「반달곰에게」의 설명에 따르면, 오늘의 삶과 다른 삶이 있을 수 있겠는가. 하늘 아래 새로운 것이 없는 것이라면. 오늘의 삶의 중요성, 주어진 삶을 있는 그대로, 그것이 우울한 것일망정, 그 삶의 진귀함을 알고 사는 일의 중요성은 김광규 씨의 인생론의, 현실적이라고 할 수는 없을지 몰라도 적어도 논리적 중심에 놓여 있는 신념이다. 그가 현실에 자주 돌리는 부정적 눈에도 불구하고, 그는,

> 그렇다 절망의 시간에도
> 희망은 언제나 앞에 있는 것
> 어디선가 이리로 오는 것이 아니라

누군가 우리에게 주는 것이 아니라

싸워서 얻고 지켜야 할

희망(······)

이라고 이야기한다. 그리고 그에게 이 희망은 내일보다는 오늘의 삶에 있는 것이다. 「오래된 물음」은 앞에서 비친 대로, 사람의 삶과 죽음을 자연주의적 객관성으로 접근하고 있는 시이지만, 이 시의 핵심은 삶이 "오래된 물음으로 우리의 졸음을 깨운"다는 데 있다. 이 물음은 나쁜 처지에서도 아름다움을 만들어 내는 삶의 경이에 대한 느낌 이외의 다른 것이 아니다. 시인은 말한다.

새롭고 놀랍고 아름답지 않으냐

쓰레기터의 라일락이 해마다

골목길 가득히 뿜어내는

깊은 향기

볼품없는 밤송이 선인장이

깨어진 화분 한 귀퉁이에서

오랜 밤을 뒤척이다가 피워낸

밝은 꽃 한 송이

「바닷말」은 바닷가의 아침에 대한 송가인데, 김광규 씨의 전면적 진실에 대한 감각에 따르면, 아름다운 바닷가에도 좋지 않은 광경들이 전혀 없는 것은 아니다. 적어도 암시된 것을 풀어 보면, 진주는 도시로 팔려 가고 물고기는 숨 쉴 수 없게 오염된 바다에서 죽어 갈 위험에 놓여 있다. 또 고기 값이 문제가 될 수 있다. 그러나 시인은 말한다.

생선값이 얼마냐고 묻지 말고
물가에 널려진 바닷말을
우리의 몫으로 줍자

중요한 것은 하찮은 것일망정 '우리의 몫'으로 주어진 것을 찾아 갖는 일이다. '우리의 몫'은 여기에서 비싼 생선을 못 차지한 사람들의 분수일 수 있지만, 조금 더 적극적으로 그것은 사람이 사람답게 사는 것을 말할 수도 있다. 그런데 이 사람다운 삶은 김광규 씨에게 무엇보다도 사람 이상의 것으로 발돋움하는 것이 아닌 삶을 의미하는 것으로 보인다. 그리하여 그에게 영웅적인 것은 대체로 의심의 대상이 된다. 조금 더 일상적인 차원에서는 비영웅적 삶은 서툰 솜씨로 피아노를 치고 이를 즐기는 것을 뜻할 수 있다. 그리하여,

바크하우스는 벌써 죽었고
루빈슈타인도 이미 늙었는데
어른들의 절망 아랑곳없이
바이에르 상권을 시작하는 아이들

———「5월의 저녁」

은 조촐한 현재에서의 출발이 중요함을 단적으로 말하여 주는 증거가 된다. 또 이러한 조촐한 현재성에 대한 느낌은 「북극항로(北極航路)」에서는 조금 더 직접적으로 오랫동안 기대하던 외국행 비행기에서 비행보다는 지상의 삶이 중요한 것을 깨달았던 시인의 개인적 체험으로 뒷받침되기도 한다.

「물신소묘(物神素描)」는 좀 더 직접적으로 영웅을 비판하는 시이다. 영

웅은 어떤 사람인가?

> 그는 보통사람이 아니다
> 결코 평범한 사람이 아니다
> 보통사람보다 훨씬 너그럽고
> 평범한 사람보다 훨씬 잔인한 그는
> 괴로움을 참으며 짐짓
> 눈물을 감추는 연약한 사람이 아니다

이렇게 영웅은 좋은 면에서나 나쁜 면에서나 평균적 인간의 능력과 자질을 넘어가는 사람이다. 그는 달을 보고 지난날을 회상하고 하루의 일을 마치고 퇴근하고 도로 규칙을 지키는 사람이 아니며, 쓸데없는 말을 하지 않으며, 바다의 신비에 감동하거나 과거의 나에 집착하며, 다른 사람의 말을 추종하는 그런 사람도 아니다. 그는 훨씬 힘 있고 위대하고 거룩하다. 그러나 시인이 결론을 내고 있듯이 그의 큰 결정은 그가 사람이 아니라는 사실이다. 그러면 그는 누구인가? 시의 제목은 그가 물신이라고 말한다.

이렇게 김광규 씨는 영웅의 위대성을 인정은 하면서, 그 위대성이 비인간적임을 말한다. 그것이 비인간적이라는 것은, 애매함이 없지 않은 채로 영웅 숭배에 대한 비판으로 생각할 수 있다. 그러나 김광규 씨가 인간의 영웅적 가능성, 또는 보통의 평범한 인간의 영웅성을 완전히 부정하는 것은 아니다. 위에 말한 시는 '물신화(物神化)'된 영웅을 겨냥한 것이다. 물신은 무엇인가? 그것은 인간의 주체적인 능력을 객체에 투사한 결과 생겨나는 환영이다. 물건이 아닌 것을 물건으로 대상화한 것이다. 얼른 보아 난해한, 그러면서 가장 뛰어난 정치 시의 하나인 「450815의 행방」은 인간의 영웅적 가능성이 어느 한 시대, 어떤 특정한 인간에 한정되어 나타난 것이 아니라 인간의 현재적 가능성으로서 면변하게 계속되는 것임을 말하고 있다. 8·15 해방의 체험은 영웅적 체험이었고 또 사실상 영웅들 또는 영웅의 힘으로 나타나고 있는 것이다. 그리하여, 김광규씨는 8·15 해방을 거인의 모습 속에 집약한다.

힘차게 솟아오르는 아침해를 등지고 당신은 서쪽으로 먼 길을 떠났습니다. 우람한 그림자는 거인처럼 앞장서 당신을 인도했지요.
당신은 부지런히 걷고 숨가쁘게 뛰었습니다.
한낮의 고개 위에 그림자를 밟고 서서 당선은 자랑스럽게 땀을 씻었지요

그러나 영웅적 순간, 영웅적 행동은 오래 지속될 수 없는 것이다. 그리하여 시인은 말한다. "정상에서 모든 시간이 멈출 수 있다면 우리들은 당신과 헤어지지 않았을 것입니다." 석양과 내리막길은 오게 마련이고 거인은 내리는 어둠 속으로 사라지게 마련이다. 그러면 영웅적 순간은 허깨비에 지나지 않는 것인가? 어느 정도까지는 그것은 허깨비이다. 사실 우람했던 것은 영웅 자신보다도 그의 그림자였다. 시대의 빛이 사라질 때 그의 그림자도 사라지지 않았는가. 그러나 영웅적 가능성이 아주 없어져 버린 것은 아니다. 영웅은 다시 "조그만 아기가 되어 조그만 그림자를 이끌고, 해맑은 웃음을 지으며 내 앞에 나타났습니다." ── 시인은 시의 마지막 부분에서 이렇게 말한다. 영웅적인 것이 실체든 환영이든 그것은 언제나 나타나게 마련이다. 앞에서가 아니면 뒤에서, 어제가 아니면 오늘, 영웅의 출현에는 신비스러운 데가 있다.

앞서 간 당신은 누구였읍니까. 이제 나를 뒤따라오는 당신은 누구입니까. 그리고 오늘은 언제인가요.

시인은 이렇게 묻는다.

이렇게 하여 김광규 씨는 물신을 부인하면서도 사람의 영웅적 가능성을 송두리째 부인하지 않는다. 이런 관련에서 그는 4·19의 영웅을 불사의 젊은이로 찬양하기도 하고(「아니다 그렇지 않다」) 작게 편안한 생활보다는 움직임이 있는 삶이 살 만한 삶이라고 그의 자식들에게 충고하기도 하는 것이다.(「나의 자식들에게」)

김광규 씨의 시대에 대한 관찰, 삶에 대한 반성, 정치와 역사에 대한 고찰들은, 우리가 거기에 동의하든 하지 않든, 귀 기울여 마땅한 지혜를 가지고 있다. 그것은 적어도 단순하지 않은 복합적인 탐색의 소산이다. 그러나 아마 더 중요한 것은 이러한 지혜와 탐색이 명징한 문장, 간결한 형태 속에 담겨질 수 있었다는 사실일 것이다. 이러한 명징성은 고전적 조소성을 지향하는 모든 언어의 기본적 조건이다. 이것은 시의 경우에도 마찬가지다. 시는 이 기본 조건 위에서 그것이 허용하는 감정과 음악(이 양자 다 김광규 씨의 시에 들어 있다.)을 지향한다. 물론 이러한 감정과 음악이 늘 성공적으로 구현된다고 말할 수만은 없다. 우리는 김광규 씨의 시에 따분하고 상투적인 부분들이 있음을 인정하지 않을 수 없다. 그러나 그에게 지적인 통제가 결여되는 경우는 드물다. 시는 마술의 표면을 가지면서 그 깊이에 있어서는 우리를 밝은 깨달음에 이르게 한다. 물론 이 깨달음은 단순히 지적인 것이 아니라 전인적인 것이어서 마땅하다. 이것은 감정과 감동을 포함한다. 또 우리가 원하는 것은 이론적 납득이 아니라 인격적 설득, 더 나아가 인격적 변화이다. 그러나 이것이 상투적 감정의 과장과 혼탁으로 얻어질 수 있는 것은 아니다.

(1983년)

관찰과 시

최승호의 시에 부쳐

1

사회적 관심은 우리 전통에서 늘 문학적 표현의 중요한 동기 중의 하나였지만, 1960년대에서 1970년대에 갑작스럽게 가속화된 사회의 자본주의적 발전은 사회에 내재하는 모순과 긴장을 어느 때보다도 첨예화하였고 우리의 시인과 작가 또 비평가들은 이러한 모순과 긴장을 그들의 저작에 적절하게 수용하고자 노력하였다 . 그러한 결과 우리는 어느 때보다도 사회 문제에 대한 관심을 문학적 노력의 동력으로 삼고자 하는 문학의 산출을 보게 되었다. 이렇게 나온 문학 작품들은 당대의 정치적 투쟁에 있어서나 또는 지속적인 문학 유산을 만들어 낸다는 관점에서 그 나름으로 중요한 기여를 하였다. 그렇기는 하나 말할 것도 없이, 사회의식을 가지고 씌어진 모든 작품이 단지 그러한 사실만으로 당대의 관점에서 또는 조금 더 긴 시간의 관점에서 우리 시대와 인간에 대한 진정한 문학적 증언이 되는 것은 아니다.

흔히들 피상적으로나마 인정되는 것은 사회의식의 작품도 문학 작품인 만큼 어떤 문학적 기준에 의하여 재어져야 한다는 당위이다. 그러나 이것은 단순히 '사회의식' 보태기 '문학적 완성'이라는 두 가지의 기준, 두 가지의 요구 조건에 언급하는 일이 아니다. 이상적인 상태에서 이 두 가지 조건 또는 요구는 하나이며, 어느 한쪽이 없이는 다른 한쪽도 온전할 수 없는 것이다. 이상적인 상태에서 그렇다는 것은 현실에 있어서 반드시 그럴 수 없다는 뜻이지만, 이상적 관점을 마음속에 지니는 것은 중요한 일이다. 문학이 사회 발전에 기여하고 사람의 삶의 보람이 될 수 있다면, 그 기여의 특정한 모습은 이러한 이상적 관점을 통하여서 비로소 분명한 구도 속에 파악될 수 있기 때문이다. 그것이 어떤 종류의 문학이든 문학이 문학적인 기준으로 재어질 수 있어야 한다는 것은, 쉬운 차원에서는 기술적인 문제로서 고려될 수 있다. 문학이 어떤 종류의 영향이든 영향을 가지려면 우선 작품이 그리는 현실이 실감 나게 형상화되어야 한다는 조건이 있다. 사실 실감 나는 형상화에 대한 요구는 사회의식의 철저화를 말하는 비평에 의하여서도 자주 논급된 바 있다.

실감은 무엇이며 어떻게 얻어질 수 있는가? 손쉽게는 그것은 어떤 일을 겪는 사람의 생생한 체험을 재생하려고 노력하는 데에서 생겨난다고 여겨진다. 또 이것은, 단적으로 작가가 그리고 있는 대상과 작가와의 일치, 특히 심정상의 일치로 인하여 가능하여진다고 여겨지는 것이다. 그러니까, 달리 말하여, 사회의식을 중요시하는 작품의 경우, 실감의 결여는 흔히 억압적 체제의 희생물로서의 민중과의 보다 긴밀한 심정적 일치에 의하여서만 극복될 수 있는 것으로 생각되는 것이다.

그러나 형상화의 관점에서 심정적 일치의 기능은 이와 같이 긍정적인 것이라고만 보기는 어렵다. 형상화는 알아볼 수 있는 모양을 만든다는 것이고 이것은 객관화 작용을 전제로 한다. 그리고 주체적 일치는 이 객관화 작용에 역행하는 것이다. 우리가 아픈 사람과 심정적으로 일치한다고 할 때, 아픈 사람의 아픔이 크면 클수록, 또 그 사람의 커 가는 아픔에 일치하면 할수록 언어로써 말할 수 있는 것은 신음과 외침에 한정될 것이고 그런 경우 아픔의 내용, 특히 그 객관적 정황에 대해서 전달하거나 검토하는 것은 불가능하게 될 것이다. 아픔의 내용과 정황을 말로 표현한다는 것 ― 그것을 전달하고 진단하며 또는 형상화한다는 것은 아픔으로부터 거리감을 유지한다는 것을 뜻한다. 물론 아픈 사람과의 일치를 전제로 하지 않고는 그것의 객관화는 있을 수 없고, 있다고 하더라도 문학에서 기대하는 바의 직접적인 전달 또는 형상적 직관을 유발하는 것일 수는 없다. 그러나 예술가가 이러한 일치 상태에 머무는 한, 그는 인식이나 형상화에 나아갈 수 없다. 예술은 대상과 일치하며 동시에 이것으로부터 멀리 있는 역설을 그 조건으로 한다. 예술가가 반드시 관찰자, 제3자이어야 한다는 말은 아니다. 대상과 그 대상을 예술적으로 인식하는 자가 같은 사람일 경우도 우리는 생각할 수 있다. 어쩌면 이것이 가장 이상적 상태인지도 모른다. 그러나 이 경우에도 그가 단순한 수난자로 수난의 와중에 있는 한, 그는 예술적 표현을 얻어 낼 수 없다. 여기서 문제 되는 것이 민중이라면, 민중은 예술가가 아니다. 민중적 예술가는 민중이면서 민중을 객관화할 수 있는 자, 그런 의미에서 민중을 넘어선 사람이다.(이것은 민중과 예술가를 갈라놓는 이야기가 아니다. 민중이 스스로의 상태를 깨닫고 스스로의 힘을 안다는 것도 바로 이러한 과정을 통과한다는 것을 말한다.) 다시 비유적으로 생각해 보자. 아픈 사람을 두고 우리가 취할 수 있는 태도는 두 가지가 있다.(우리 자신이 아픈 사람일 때도 대개 비슷한 것으로 생각해 볼 수 있다.) 하나는 아픈 사람과 더불어 아파하고 괴로워하는 일이다. 이것은 본인 자신, 그의 가족, 친지 들이 취할 수 있는 태도이다. 다른 하나의 태도는 의사의 태도이다. 의사는 환자의 아픔에 대해서 주관적, 심정적 일체감을 가질 수도 있고 안 가질 수도 있지만,

그가 그의 전문적 지식이 요구하는 원리에 충실하는 한, 그는 다른 의미에서 환자의 상황에 그의 주의력을 집중 또는 일치시켜야 한다. 그 결과 그는 환자의 아픔의 객관적 조건에 대한 일정한 진단을 제시할 수 있게 된다.(이러한 주관적 일치, 객관적 일치 이외에 우리는 제3의 태도, 무관심의 또는 적대적인 태도를 상정할 수 있다. 그러나 여기서는 환자와의 일치를 문제 삼고 있기 때문에, 이 제3의 태도는 논외로 하여도 좋을 것이다.) 작가 또는 민중적 작가의 입장은 한편으로 환자와 환자의 가족, 그리고 다른 한편으로 의사, 이 두 편의 가운데에 위치한다고 할 수 있다. 그는 아픈 사람과 더불어 느낀다. 그러면서 동시에 이 아픔의 객관적 정황을 파악한다. 그러나 그의 파악은 의사의 그것과는 다르다. 그것은 아픈 당자의 느낌과 사정을 포함하면서 이것을 객관적 관조 또는 연관 속에 포용한다. 그리하여 그가 파악한 아픔의 상태는 환자의 심정의 불투명을 벗어나 있으면서, 의사의 객관성의, 어떤 경우의 사무적 냉랭함을 극복한다. 그러는 한편, 물론 아픔의 한복판의 절실함도, 의사의 냉정이 가능케 하는바, 치료로 이어지는 과학적 명증성도 그것은 갖지 못한다. 그러나 그것은 최대한도로 생생한 아픔의 인간적 맥락, 주관적으로 경험되고 객관적으로 규정되며 보다 넓은 삶의 긍정적 충동 속에서 보아지는, 아픔의 구체적 모습을 우리에게 보여 줄 수 있다.

이러한 비유를 통하여 생각할 수 있는 것처럼 예술적 형상화는 주관적 일치와 객관적 거리라는 서로 상반된 듯한 요구를 조화함으로써 가능해진다. 그러나 이것은 최종적으로는 알아볼 만한 형상을 만들어 내는 데에 귀착하는 한(비록 주관적 또는 주체적인 느낌에서 출발하고 그것에 의하여 계속 뒷받침된다는 점을 잊지 말아야겠지만), 객관화의 과정으로서 다시 요약될 수 있다. 그런데 이러한 관찰은 단순히 기교적인 문제에 대한 관찰이 아니다. 이렇게 말하는 것은 시나 소설이 인식에 관계된다고 말하는 것이다. 다만 이 인식은 추상화되고 형식화된 개념보다는 느낌과 생각이 종합된, 더 정확히 말하여 인간의 삶에 작용하는 전체적인 능력이 개입되어 이루어지는, 하나의 총체적인 직관의 형태를 취한다. 그렇다면 우리는 왜 이런 인식을 필요로 하는 것인가? 우리는 일단 여기에 대한 하나의 단순한 답변으로 사람은 본래적으로 인식에 대한 요구를 가지고 있고 문학은 인간과 세계에 대하여 알아볼 만한 영상을 제공해 주는 일을 한다고 말할 수 있다. 그러나 여기에 대하여 좀 더 실천적인 답변, 즉 우리가 처해 있는 상황에 대하여 어떤 긴급한 문제의식을 가지고 생각하는 입장에서 답변을 시도한다면, 결국 형상화에 대한 요구는 진리의 실천적 호소력을 믿는 일에 관계되어 있다고 말할 수 있을 것이다. 즉 우리는 사람이 객관적 진리 또는 어떤 인간적 상황에 관한 진실에 의하여 — 그 진리 또는 진실이 우리에게 그럴싸한 형태로 제시된다면, 직접적으로가 아니라면 적어도 장기적으로 — 실천적 행동에로 나아가도록 움직여질 수 있다고 믿고 있는 것이다. 그리하여 인간이 안으로 느끼고 밖으로 작용하는 모습을 가장 신빙성 있게 이야기하려는 문학이 우리의 실천적 기획 가운데 의미 있는 자리를 차지할 수 있다고 생각하는 것이다.

물론 물을 수 있다. 사람이 진실에 의하여 움직여질 수 있는가? 여기서 진실이라 함은 어떤 특정한 진실, 즉 직접적인 이해관계에 의하여 나에게 결부되어 있는 진실이 아니라, 인간 일반의 보편적인 진실을 의미하는 것이겠는데, 문학은 우리의 현실이 어떤 것이든지 간에, 사람 모두가 인간 존재의 진리에 직관적으로나, 또는 반성과 교육을 통하여, 참여할 수 있다고 믿고자 한다. 이것은 문학이, 직접적 명령이나 교훈을 통한 전달이든, 어떤 객관화된 심상의 제시를 통한 전달이든, 그것도 물리적 강제력이 없는 마당에서의, 전달의 가능성을 포기하지 않은 데에서 드러난다. 물론 사람의 참다운 모습 또는 그것에 비친바 비뚤어진 모습이 일거에 제시될 수 있고 또는 그것이 제시된다고 하더라도 그것이 그대로 설득력을 가지고 실천적 활력으로 전환될 수 있다고 우리가 순진하게 믿고 있다는 말은 아니다. 다만 근본 바탕에 그러한 순진한 믿음을 갖지 않고는 문학이 성립하기 어렵다는 것이다.

물론 그렇다고 하여 심정적 일치, 객관적 진리, 보편적 인간성을 통한 매개 없이 일거에 이루어지는 심정적 일치가 문학에 중요치 않다는 말은 아니다. 이것은 우리가 진리 또는 진실을 문학의 핵심적인 부분으로 생각하는 경우에도 그렇다. 이미 위에서 생각해 본 의사의 비유에서도 이것은 추출해 낼 수 있다. 즉 의사의 의학적 진료의 밑바닥에 환자의 고통에 대한 깊은 일체감이 — 비록 그것이 환자 자신이나 그 가족 친지와는 다른 성질의 것일망정, 이러한 일체감이 없이는 다른 모든 의학적 기술이 별 의미를 가질 수 없다고 할 수 있다. 어떻게 보면 감정적 일치가 진실을 알아보는 전제가 된다고 말해도 좋다. 이것은 오늘날처럼 신분, 계층, 계급, 권력 등으로 포개지고 갈등을 일으키고 있는 사회에서 특히 그러기 쉽다. 세상의 합리성이 손상되어 있을수록, 믿음 또는 무전제의 일체감이 진리에의 길이 되는 것을 우리는 보거니와 이러한 믿음의 변증법이 오늘의 사회에도 해당된다고 할 것이다. 그러나 문학은 어떤 판국에 있어서나 믿음과 진리를 동시에 구현하려는 언어의 형식이다. 문학적 체험에서 우리가 깨닫게 되는 기본적인 사실의 하나는 문학적 인식의 조건이 '같이 느끼는 일'이라는 것이다. 문학은 같이 느끼게 하면서 우리로 하여금 새로운 인간의 가능성을 깨우치게 한다.

형상화된 진실보다도 심정적 일치감이 강조되는 것은 우리의 사태의 긴급성에 대한 파악에 관련되어 있다. 개념적 진리이든지 형상화된 진실이든지, 이것은, 이미 비쳤듯이, 일어나고 있는 일로부터 어느 정도의 거리를 유지함으로써, 가능해지는 정신적 결정(結晶)이다. 이것은 사태 자체가 우리에게 일정한 거리를 유지하는 것을 허용해 줄 수 있어야 한다는 것을 말한다. 위기의 상황에서, 그것이 현명한 일이든 아니든, 유일한 행동 방식은 위기에 일치하고 거기에 뛰어드는 일이다. 우리 시대의 사회의식의 문학이, 반드시, 행동적인 것은 아니지만, 적어도 심정적으로 피억압 상태의 인간에게 직시적인 일치를 요구하는 것은 우리의 상황이 긴급함을 증표하는 것이라 할 수 있다.

이러한 심정적 일치의 강조는, 방금 말한 대로 그 나름으로의 정당성을 가지면서 동시에 여러 가지 폐단을 가지고 있음도 간과될 수 없다. 그것은, 특히 현실 속에의 움직임, 정치적 이성에 의하여 맥락 지어지는 움직임에 이어지지 아니할 때, 위선과 영웅주의와 단순한 패거리 의식의 거름이 될 수 있다. 그래도 좋은 의미에서 심정적 일치의 강조는 한편으로, 가장 큰 고통을 당하는 사람에게 사회 역학에 있어서의 우선권을 부여하고(이것은 정당한 근거가 있는 일이다.) 또 그러한 사람들을 중심으로 한 유대감을 강화하는 역할을 할 수 있다. 그러나 다른 한편으로 그것은 누가 더 고통에 가까우냐 또는 더 가까이 있다고 주장할 수 있느냐 하는 불건전한 경쟁을 불러일으키고 이 경쟁에서 우리의 자유로운 판단은 그 평형을 상실하게 된다. 그리하여 우리의 본래의 뜻은 상당한 왜곡을 겪지 않으면 안 된다. 본래의 뜻이란 보다 나은 삶을 향한 의지이다. 고통의 유대감이 중요한 것은 그것이 우리에게 부여한 사회 역학상의 또는 도덕적 우위 때문이 아니다. 그것은 우리가 모든 사람이 보다 나은 삶을 가져야 한다고 믿기 때문이며, 이 믿음의 실현을 위하여 필요한 단계로 보기 때문이다. 보다 나은 삶에 대한 믿음은 인간 존재의 어떤 근원적 진리에 대한 참여로부터 나온다. 그것은 고통의 체험에서도 나오는 것이지만, 고통 그 자체에 대한 깨우침이라기보다는 그것을 넘어서는 어떤 가능성에 대한 깨우침이다.

이렇게 말하는 것은, 다시 한 번, 문학이 단순히 고통에 대한 심정적 일치가 아니라 진리의 인식에 관계되어 있음을 말하는 것이다. 진리에 의하여 매개됨으로써, 문학은 고통의 모습을 있는 대로 그리고 그것과 삶 전체와의 관계를 저울질하고 또 보다 나은 삶에 대한 현실적 조건을 생각하고 또 무엇보다 나와 남의 균형 있는 삶 — 어느 하나가 다른 하나에 의하여 구속되지 않는 삶을 투영해 볼 수 있다. 문학에 있어서의 형상화는 이러한 커다란 문제들에 관계되어 있다.

2

위에서 형상화는 객관화 작용을 그 한 계기로 한다고 하였다. 이 객관화는 또 어떠한 조건 아래서 가능하여지는가? 이것도 이미 위에서 비친 바 있다. 작가는 우선 경험 자체에 의해서, 그것이 자신의 것이든 다른 사람의 것이든, 경험 자체에 의해서 어떤 충격을 받는다. 이것은, 어떤 종류의 밀도 높은 경험의 경우, 그 내부에의 깊은 침잠 또는 일치를 의미할 수 있다. 객관화는 이러한 침잠이나 일치가 공간적 거리를 얻으면서, 달리 말하여, 관심의 지평, 열렬하고 집요한 관심의 지평으로 확대되면서 시작된다. 이 지평은 주체적 체험의 충격을 간직하면서 체험을 앞뒤의 상관관계 속에서, 또는 더 넓게는 삶의 전체적인 흐름 속에서 관조할 수 있게 한다. 이러한 관조는 주체의 자신에로의 재귀를 그 바탕으로 하면서 사물과 사물의 맥락에 대한 객관적인 관찰을 포함한다. 어떤 경우에 관찰의 결과는 완전히 본래의 바탕을 이탈하여 생경한 사실로 바뀌어 버릴 수도 있다. 문학에 있어서의 사실적 관찰은 끊임없이 본래의 관심의 지평 또 그것의 전체적인 맥락으로 재귀되어야 하는 것일 것이다.

방금 말한 것은 오늘에 씌어지는 시들의 어떤 양상들을 보고 그 현상학적 구성을 내 나름대로 생각해 본 것이다. 그런데 이것이 옳은 것이든 아니든 오늘의 새로운 시에서, 특히 사회의식의 요구를 흡수하면서 새로운 출발을 시도하는 시에서 객관성이 높아 가고 사실적 관찰의 기율이 두드러져 가는 것을 우리는 볼 수 있다. 이것은, 위에서 길게 살펴본 이유들로 해서, 환영할 만한 일이다. 그러면서 우리는 다른 한편으로 1980년 이전까지만 해도 시대의 분위기 속에 느껴졌던, 어떤 평행한 의지, 사회를 의식하는 시인에게 일정한 행동적 일치 아니면 적어도 심정적 일치를 요구했던, 팽팽한 민중적 의지의 쇠퇴를 감지한다. 이것은 새로운 어떤 시인들에게서 보이는 사실적, 객관적 태도와 어떤 관련을 가지고 있는지도 모를 일이다. 그러니까 사실적, 객관적 태도에서 우리가 반드시 얻는 바만이 있다고 보는 것은 잘못일는지 모른다. 그러나 문학의 관점에서 또 이것은 위에서 누누이 말한 바와 같이 넓은 의미에서의 문학의 사회적 기능에 관한 한 이념에 연결되어 있다. 이것은 바람직한 일로 보아서 마땅한 것이 아닌가 한다. 다만 문학적으로도, 위에 비친 바와 같이, 사실적 관찰은 본래의 체험의 주관적 충격과 그것의 사실적 세계에로 열림을 매개하는 관심의 지평에서 벗어나서 생경하기만 한 기록으로 떨어질 우려가 있다. 그렇다는 것은 결국 시적인 의미는 처음의 주체적 충격에서 나오는 것으로 생각되기 때문이다.(이것은 다른 면에서 볼 때 심정적 일치의 깊이에 관계되어 있다.)

새로운 객관주의의 시인들을 말하면서, 내가 생각하는 시인은 김명수(金明秀), 김광규 같은 시인인데 여기에 우리는 새로 최승호 씨를 추가할 수 있다.(이들이 모두 《세계의 문학》의 '오늘의 작가상'을 수상한 것은 반드시 어떤 계획이나 의도가 작용한 때문이 아니다.) 최승호 씨의 시를 특징짓고 있는 것은 뛰어난 사실적 관찰이다. 이것은 어떤 사람들의 관점에서는 비시적으로 보일 정도로 사실적일는지 모른다. 그러나 위에서 서론적으로 이야기한 이유들로 해서, 이 사실성은, 시의 전부는 아니면서, 우리에게는 시적인 명증성의 확보를 위하여 기술적인 요건이 되는 것이라고 아니할 수 없다. 그리고 이것은, 자세히 들여다보면, 보다 큰 시적인 정열(결국 이것은 삶의 정열이다.)에 이어져 있다.

일단 최승호 씨의 관찰의 대상이 되는 것은 극도로 막혀 있는 삶의 상황이다. 물론 이것은 이미 많은 시인들에 의하여 이야기된 바가 있는 것이다. 그런데 최승호 씨의 시에 특이한 견고성을 주는 것은, 겨울이라든가 봄, 풀잎이라든가 벼포기라든가 하는 유기적 비유를 상징의 자료로 쓰는 다른 참여파 시인들에 비하여, 그의 관찰의 언어가 완전히 상징성을 벗어나지는 아니하면서도 사실적이라는 것이다. 이것이 그의 시에서 어떤 종류의 서정성을 감하게 하는 것이면서 또 상투화된 서정의 단조로움을 피하고 상황의 복합적인 양상에 그 나름으로의 표현을 줄 수 있게 하는 것이다.

최승호 씨는 그의 삶의 상황을 "상표가 화려한 통(桶)조림, 국물에 잠겨 있는 통(桶) 속의 송장덩어리"(「통(桶)조림」)의 이미지를 통하여 이야기한다. 또는 그는 "케케묵은 먼지 속에/ 죽어서 하루 더 손때 묻고/ 터무니없이 하루 더 기다리는/ 북어들"(「북어(北魚)」)에서 오늘날의 서민 생활의 상징을 발견한다. 시인은 북어의 "죽음이 꿰뚫은 대가리", "자갈처럼 죄다 딱딱"한 혀, "말라붙고 짜부라진 눈" 같은 것에 주목한다. 「쥐치」에서는,

쥐포는 딱딱하고
방부제를 잔뜩 발라놓았고
콧구멍도 없다
주둥이도 없고 혀도 없고
귀도 없다 눈도 없다 지느러미조차 없다

라고 모든 오관이 절단된 쥐치에서 사람의 상황을 본다. 또 최승호 씨에게 오늘의 삶의 기호는 석탄 가루, 좁은 방, 독거미 등이다. 이와 같은 것으로

구성되는 삶 ── 그러면서도 가차 없이 지속되어야 하는 삶은 「시궁쥐」에
집약적으로 표현되어 있다.

먹을 거라면 환장하는 새끼들에게
좀 쩝쩝댈 거라도 물어다 주자는 거겠지
아니면 배추잎이라도 장만해서
군색한 살림을 그럭저럭 꾸려나가자는 거겠지

부지런한 맞벌이 부부
시궁쥐 한 쌍이 뭐 물어갈 게 있다고
가난한 백성들의 쓰레기통에
뭐 물어갈게 있다고
눈치를 보아가며 부지런하게 들락거린다

쥐들도 제 새끼에게 젖을 물리나
콧수염을 기르고 털가죽 외투를 입고
피에 젖은 성생활(性生活)까지 뻔질나게 하면서 사나
평생을 그런 짓거리나 되풀이하다가 죽나

좀 쩝쩝거릴 것만 떨어지지 않으면 되겠지
아무리 더러운 똥오줌 진창바닥이라도
제대로 숨도 못 쉬는 쥐구멍 속에서도 모가지만
모가지만 붙어 있으면 되겠지 시궁쥐들은
배가 고프면 서로 잡아먹어도 되겠지

「시궁쥐」는 활달한 가능성은 잃어버렸으면서도 최소한의 생존을 유지해야 하는 삶의 모습에 대한 자조적인 관찰이지만 더 흔히는 최승호 씨의 오늘의 상황에 대한 진단은, 위에서 들어 본 몇 가지 예들에서도 알 수 있듯이, 그것이 자연스럽고 유기적인 삶을 상실하였다는 것이다. 「나는 숨을 쉰다」에서 그는, 제목으로써 이미 최소한도로 줄어든 삶을 가리키면서 자연스러운 삶의 축소와 인위적인 환경의 확대를 다음과 같이 이야기한다.

　신기해라 나는 멎지도 않고 숨을 쉰다
내가 곤히 잠잘 때에도
배를 들썩이며
숨은, 쉬지 않고 숨을 쉰다
숨구멍이 많은 잎사귀들과 늙은 지구덩어리와
움직이는 은하수의 모든 별들과 함께

숨은, 쉬지 않고 숨을 쉰다 대낮이면
황소와 태양과
날아오르는 날개들과 물방울과 장수하늘소와 함께
뭉게구름을 낮달과 함께
나는 숨을 쉰다 인간의 숨소리가
작아지는 날들 속에
자라나는 쇠의 소리
관청의 스피커 소리가 점점 커지는 날들 속에

자연스러운 삶, 유기적인 것의 상실은, 위에서 보듯이 비유기적인 것의 증대에 따르는 한 결과이다. 그리하여, 오늘의 삶을 총체적으로 포괄하는 이미지로서 최승호 씨의 시에서 기계의 이미지가 자주 발견되는 것은 자연스럽다. 「바퀴」에서 개체적인 삶은 무서운 짐을 지고 굴러가는 바퀴에 비유된다. 「만화시계」는 우리 사회를 거대한 톱니들이 맞아 돌아가는 시계와 같은 것으로 파악한다. 「기계(機械)」는 "노예처럼 봉사하다 죽는" 기계를 말한 것이지만, 동시에 기계화된 인간을 가리키는 것임은 새삼스럽게 말할 필요도 없다.

물론 사람이 거대한 조직의 기계 속에서 꼼짝할 수 없게 되고 또 그 스스로 기계처럼 된다는 것은 그렇게 새삼스러운 말이 아닐 수 있다. 그럼에도 불구하고 최승호 씨의 말이 새로운 느낌을 주는 것은 그의 관찰의 즉물성이다. 즉 그의 관찰에서 사물들은 단순히 사람의 상태에 대한 상징물로 바뀌기를 거부하고 그 사물성을 완전히 잃어버리지 않는다. 「바퀴」에서 묘사되는 바퀴,

끌려다니는 바퀴들은 어디서 쓰러지는지
코끼리가
상아(象牙)의 동굴에서 쓰러지듯
고철(古鐵)의 무덤에서 쓰러지는지
삭은 뼈들
녹슨 대포알
덜컥거리며 굴러 떨어지는 텅 빈
두개골

이러한 묘사에서 우리는 어린아이들에서 보는바 사물과의 일치감, 또 사물에 대한 의문감이 유지되어 있음을 본다. 이러한 일치감과 의문감은 자연스럽게 기계의 부속품과 "덜컥거리며 굴러 떨어지는 텅빈 / 두개골"을

단순한 비유로가 아니라, 거의 감각적 일체성 속에서 하나로 볼 수 있게 한다. 그런 다음 기계의 바퀴는 "육중한 하중(荷重)을 짊어진 바퀴들", "끌면 별 수 없이 몽고(蒙古)로/ 끌려가는 공녀(貢女)", "끌려가는 예수", "채찍 맞는 조랑말", "계엄령 속의 폴란드 광산 노동자들"을 연상시키게 된다.

이러한 즉물성은 얼핏 보기에 비시적인, 어떻게 보면 진부한 묘사에서도 볼 수 있다. 가령 「지하철 정거장의 노란 의자」에서 보는,

춥고 찌들은 몽고족(蒙古族)의 얼굴로
……가 웅크린 채 앉아 있는 노란 의자
복권을 구겨버리고
……이 앉아 기다리는 노란 의자

와 같은, 흔한 것을 장식과 흥분 없는 말로 이야기하는 묘사는 산문적 묘사이면서 하나의 즉물성 영상의 느낌을 준다. 또는 「열차번호 244」에서의 차내의 묘사,

텁텁한 기차 안의 공기(空氣),
짐보따리와 가방들은
선반 위에 너절하게 널려 있고
둥글고 큰 주황색 흐린 등불이
삶은 달걀 껍질과 오징어포 포장지
담뱃재가 담긴 빈 맥주깡통을 비춘다.

와 같은 부분도 산문적이면서 회화의 한 장면과 같은 영상감을 준다.

말할 것도 없이 즉물성 묘사는 사실의 충실한 묘사만으로 가능해지는

것이 아니다.(중립적 사실의 묘사라는 것이 가능한 것이라면.) 그것은 상상력의 변용과 통일성 ── 정신의 힘 속에 포착되는 사물의 모양을 지칭하는 것이다. 우리는 위에서 바퀴와 두개골의 동시적 포착을 보았다. 이것은 추상적 유추이면서 동시에 감각적(모양이나 메마른 느낌이나 기능적 작용에 있어서) 인지인 것이다. 지하철의 의자는 사람이 부재하는 사물로서 또 되풀이 속에서 단조로움을 드러내는 것으로 파악됨으로써 영상성을 얻는다. 사실적 보고에 그치는 듯한 열차 내의 풍경에도 상상력의 통일된 눈이 있다. 이 시의 말미에서 시인은 '서산대사 입적(入寂)'(1604)과 '마네 출생(出生)'(1832)이라는 신문의 「오늘의 소사(小史)」에 주목하고 있지만, 열차 내의 풍경은 곤비한 일상성 속에서의 정신적 사건, 또 그 안에서의 회화적 구성의 가능성을 암시하고 있다고 볼 수도 있다.

즉물적 관찰과 상상력의 결합, 또 그것을 통한 새로운 지각과 깨달음에 이르는 과정 ── 이런 것은 「주전자」의 묘사 같은 데에서 가장 잘 드러난다. 여기서 그 주둥이로 김을 내고 있는 주전자는 막혀 있는 삶에 대한 비유가 되어 있지만, 이 비유는, 사실적 정황의 투시에서 나온다.

진눈깨비가 내린다
누비옷으로 몸을 감싼 여인들이
누비옷 속에 아기를 업고 창 밖을 지나간다
증기를 뿜는 주전자
아가리를 뚜껑으로 덮으니
답답해
콧구멍이 뚫렸어도 답답해
증기를 뿜는 주전자가 뚜껑을 들먹거린다
형이상학의 뚜껑 밑에

댓진 냄새 풍기는 파이프

연기를 코로 내뿜는 형이상학자들

그리고 물 위로 콧구멍만 내놓는 소심한 하마들이여

콧구멍만 뚫렸으면 뭘 해

(……)

이러한 묘사에서 주전자는 있을 수 있는 겨울 풍경의 자연스러운 정물로서 등장한다. 그러면서도 풍경과 정물 사이에는 처음부터 미묘한 대응이 있다. 추운 날씨 때문에 두꺼운 옷에 몸을 감춘 사람들, 속에 품은 열기를 뚜껑으로 막고 있는 주전자 ─ 여기에는 강조되지 않은, 그리하여 오히려 효과적인 상사 관계의 포착이 있다. 그다음 주전자의 이미지는 우리의 주의의 중심으로 들어오지만, 여기에서 주목할 것은 주전자의 비유적 의미가 강조되면서도 그 의미의 강조가 영상으로서의 주전자를 동시에 부각시켜 준다는 점이다. 즉,

아가리를 뚜껑으로 덮으니

답답해

콧구멍이 뚫렸어도 답답해

증기를 뿜는 주전자가 뚜껑을 들먹거린다

이 구절은 사물에 대한 공감적 파악과 그 상징적 의미를 동시에 수행한다. 이러한 사물성과 의미의 상호 작용은 그다음의 몇 가지 변용 ─ 주전자에서 실천이 막혀 있는 형이상학자들, 또 물속에 피해 있으면서도 코를 내놓고 숨을 쉬고 있는 하마, 또 약간 바뀌어, 코뿔소에로 이어지는 연상에서도 두드러진다. 더 나아가 우리는 파이프 피우는 형이상학자나 코만 내

놓는 하마에로의 이미지의 초현실적 비약이, 초현실적인 비약이면서도, 더욱 주전자의 사물로서의 영상성을 높여 주는 것을 안다. 그리하여 사실 모든 참으로 사실적인 지각이 그렇듯이 그 사실성에도 불구하고 이러한 주전자에 대한 지각은 우리에게 해학의 해방을 주기까지 한다.

최승호 씨의 시에서 이러한 특징 ──사실성과 의미와 지적 해방감의 기묘한 결합을 두루 발견할 수 있다고 말하지는 못할 것이나, 그의 시적 재능의 한 면이 이러한 것에 있음은 틀림이 없을 것이다. 그런데, 다시 말하여, 이러한 특징의 근간은 사실에 대한 충실한 관찰에 있다. 이 관찰이 때로 지나치게 산문적인 느낌을 주는 것은 유감스러운 일이다. 그러나 위에서 말한 바와 같이 참다운 사실성은 상상력의 날카로운 포착 작용이 없이는 불가능하다. 또 이것이 작용하는 한 사실적 관찰은 사물의 복합성을 섬세하게 가려내는 일을 해낸다. 최승호 씨의 시의 경우에도 얼핏 보아 느껴지는 평면성에도 불구하고 우리의 상황 일반에 대하여 상당히 다양한 식별을 하고 있음을 우리는 보게 된다.

위에서 말한 바와 같이, 최승호 씨에게 우리의 상황은 막혀 있고 위축된 것으로, 또 이것은 한마디로 말하여 커다란 기계 속에 얽혀 있는 것으로 요약된다. 그러나 이것은 비유적인 파악이다. 물론 최승호 씨의 시에는 우리 상황에 대한 보다 직접적인 이해도 표현되어 있다. 「상황판단」에서 그는 우리 시대를,

굵직한
의무의
간섭의
통제의
밧줄에 끌려다니는 무거운 발걸음.

기차가 언제 들이닥칠지 모르는
터널 속처럼 불안한 시대……

라고 말한다.

우리 시대는 창고지기, 파출부, 성냥팔이, 매춘, 택시 운전, 편물 등등을
하며 연명하는 한 가족이,

갈수록 풍랑이 거세어지는 세파(世波) 속에
서로 멀리 멀리 멀어지면서
저마다 통나무를 붙들고 버둥거

리는 시대이다.

몇 편의 시에서는 시대는 부조화에 의하여 특징지어지는 시대로서 파
악된다. 「물 위에 물 아래」는, "관광객들이 잔잔한 호수를 건너갈 때", "호
수를 둘러싼 호텔과 산들의 경관에 / 취하면서 유원지를 향해 / 관광객들이
잔잔한 호수를 건너갈 때", 호수 아래에는 "버려진 태아와 애벌레"와 고양
이나 개의 시체와 "신발짝, 깨진 플라스틱통, 비닐조각 따위"와 ─ 모든 독
과 부패의 찌꺼기들이 잠겨 있다는 것을 지적한다. 「그늘」은,

성가대가 찬송가를 부를 때
목사님이 설교를 하고 연보주머니가 돌아다닐 때
사랑을 배우며
신자들이 고개 숙여 기도를 할 때에도

다른 한편으로는 궂은 일만 하다가 죽어서 버려지는 시체의 운명이 있

음을 말한다.

이러한 시들이 보여 주는 부조화와 대조는 단순히 정태적인 대조에 그치는 것이 아니다. 최승호 씨가 취하고 있는 것은 주로 심리적 억압의 관점이다. 그러나 「사북, 1980년 4월」은 사북의 폭동을 "노동의 기쁨 모르는/ 어두운 손들"의 반란으로 이해하면서, 이것을 다시 갈등의 분출로 파악한다. 「매운탕」은 우리 시대의 모순이 더 광범위하게 오늘날의 인간의 내적 외적 폭력의 소산임을 암시한다. 「매운탕」의 중심 부분은 관광지의 아름다움을 다음과 같이 말한다.

관광버스를 타고 신나게 도망쳐 와서
풍덩
강물에 몸을 던지는 피서객들
반짝이는 모래톱
태양에 말리는 흑갈색 머리
강 건너 골짜기의
풍경의 아름다움에 숨통이 트이고
타조알만한 자갈들은
타조새끼가 알을 깨고 나올 만큼 뜨겁다

그러나 이러한 피서지의 아름다움은 폭력의 한 표현이다. 그것은 "흉기를 품은 건달족(族)에게 능욕당하며/ 버둥거리는 처녀"를 대하는 태도로 잡아먹는 잉어, "뇌 속의 쓸개를/ 독한 소주로 헹구면서/ 얼큰한 매운탕을 한 그릇 해야겠다"고 할 때의 매운탕의 아름다움이다.

최승호 씨는 시대의 증후를, 더 자주는 상황적인 분석보다는 그것이 자아내는 기분의 관찰로써 제시한다. 「옥졸(獄卒)들」은 "눈알이 열 개나 달린 옥졸(獄卒)/손에 피에 젖은 뿔방망이를 쥔 옥졸(獄卒)/그리고 열심히 조서(調書)를 꾸미는 옥졸(獄卒)들"이 환기하는 불안감을 그린다.「이상한 도시」는 보통 사람은커녕 도둑까지도 얼씬거리지 않는 얼어붙은 밤을 말한다.「짙어지는 밤」은 오늘의 불안을 전쟁의 불안이라고 하고 여기에서 유래하는 노이로제의 인간들을,

> 항아리처럼 불쑥 다가왔다
> 항아리들처럼 어둠 속으로 사라지는 사람들.
> 붉은 빛 흉기(凶器)에 지레 눌려
> 꼼짝 않고 가만히 벽에 달라붙어 있는 사람들.

이라 한다.

이런 상황 속에서 사람들은 위축될 수밖에 없다. 그리하여 광부들은 "광물 같은 얼굴"과 "조금씩 굽어가는 등뼈"를 하고 "요일도 없이 돌아"가는 케이블과 같은 힘든 노동과 되풀이의 날을 살고 "아까끼아까끼예비치" 같은 하급 관리는 보이지 않는 상사를 향하여서까지 허리를 굽히는 버릇을 기르면서 산다. 사람들은 "톱니들이 맞물려 돌아가"는 "판박이 삶"(「생일(生日)」)을 살며,

> 수레에 실려가는 목각인형들
> 밤이 오고 긴장한
> 고압전선들이 서로 얽혀드는 밤을 향하여
> 걸어가는 발걸음인 줄 알면서
> 성대한 장의행렬처럼 사람들 속

으로 가는 것이다.(「발걸음」)

그러면 이렇게 온전한 삶을 살지 못하게 하는 것은 무엇인가? 여기에 대한 답은 위에서 비친 대로 억압적 상황이라고 할 수 있지만, 더 정확히 이 억압은 무엇에 대한 억압이고 어떻게 하여 가능하여지는 것인가? 이미 위에서 지적한 대로 최승호 씨는 시대의 억압이 주로 자연스러운 삶의 충동에 대한 억압이라고 생각한다. 우리는 이미 「나는 숨을 쉰다」에서 사람의 목소리가 '쇠의 소리', '관청의 스피커소리'보다 작아진다는 그의 지적에 언급하였다. 또 「시궁쥐」의 시궁쥐는 활달하게 신장되지 못하는 삶의 상징이란 점도 보았다. 「갑피어(甲皮魚)」는 "가짜비늘로 뒤덮인 간판들"에 대하여 "건강한 야만인의 마을"을 말한다. 「숫소」는 순치되지 아니한 황소가 마른 백정 앞에 쓰러지는 것을 마른 어조로 적고 있다.

　　숫소가 풍 하고 드러눕는다.
　　빼빼 마른 백정 앞에서
　　덩치 큰 숫소가 드러눕는다.

「홈통」은 유기적인 삶의 쇠퇴에 대한 또 하나의 시적인 진술이다. 「주전자」에서 보인 것과 같은 즉물적이며 형이상학적인 상상력으로 최승호 씨는 물 내리는 홈통에서 죽어 버린 용의 형해를 본다.

　　용(龍)은 정력제
　　산신(山神)이 분자(分子)들로 변한 만큼
　　인간도 벌거벗겨진 벌건 대낮에
　　죽은 이무기처럼 입을 벌리고
　　서 있는 홈통들을 나는 본다.

이와 같이 최승호씨는 홈통에서 용을 보고 용(동음이어인 용(茸)의 형태로)이 정력제가 되고 산신이 산삼의 구성 분자가 된 오늘을 생각하는 것이다.

그러나 오늘날이라고 생명의 표현이 완전히 사라진 것은 아니다. 다만 최승호 씨의 눈에 이러한 표현은 불리한 여건 아래서 어렵사리 이루어질 뿐이다. 그렇긴 하나 최승호 씨는 여러 편의 시에서 여기에 주의한다. 그의 시는 대체로 비시적이라고 해야 되겠지만, 이러한 생명의 표현에 주목하는 시나 구절에서, 그는 드물게 서정적 아름다움에 가까이 간다. 「여우비」는 "시간 속에 늙어 온 남자"의 감각을 깨우는 갑작스러운 소나기를 이야기한다. 「오늘」은 최승호 씨의 다른 시들이나 마찬가지로 찌들고 피폐한, 특히 광부의 생활과 광산촌을 소재로 하면서, 그러한 생활의 오늘이 "잿더미에 한 번 더 / 불을 지피는 마음으로 살아가는 오늘"이라고 하지만, 다른 한편으로 석탄에서 "…… 고대(古代)의 / 봉인목(封印木)의 향기"가 남에 주의하고 "코 밑이 까만 배달부의 발걸음에서 / 연자매 돌리는 황소의 걸음을 보고" 탄광촌에도 까치들이 둥우리를 트는 것에 주목한다. 「깨꽃」은 광산촌의 피폐한 풍경 속에 핀 깨꽃의 아름다움을 말하며 한편으로는 이것이 "잿더미에 불꽃을 / 피우고 싶은 마음의 불길"을 나타내는 것으로 취하여진다. 또 다른 한편으로는 깨꽃으로 하여 광산촌 자체가 미세하게나마 아름답게 바뀜을 시인은 다음과 같이 말한다.

뚜렷한 거지들이 보이지 않는
누추한 탄광촌
검은 내장을 파헤쳐 올린 광산에
진종일 재가 내리고
황색의 불도우저조차 아름답다

다른 몇 편의 시들은 전체적인 우울 속에도 일어나는 인간적 아름다움의 일들을 이야기한다. 「소풍」은 암기, 도덕, 왕(王), 교과서, 딱딱한 의자, 딱딱한 기율에서 해방된 아이들이 봄소풍 가는 기쁨을 이야기한다. 「병원 회랑」은 죽음과 노년과 병, "폐병을 선고받고 시무룩하게/ 계단을 내려가는 늙은 광부,/ 더러는 흰쥐처럼 뜯겨지는 실험용 시체들"에도 불구하고 아이들은 명랑한 "펭귄 같은 아이들"로서 귀엽게 이야기된다.

음울한 오늘의 삶을 말하면서도 유기적 생명의 진실에 대한 느낌으로 하여 조용한 서정적 밝음과 사회비판의 예리함을 얻는 대표적인 시는 「수리공(修理工)」과 같은 시이다.

나는 모든 노동이 즐거워졌으면 좋겠다.
기름때와 땀으로 얼룩진 노동의
죽어서는 맛볼 수 없는 노동의 즐거움을
노동의 보람을 배웠으면 좋겠다.

쓰러져서 일어나지 못하는 자전차와 함께
빵구난 튜우브와 낡은 페달과
살이 부러진 온갖 바퀴들과 불안한 핸들과 함께
해체된 쇠들의 무덤.

쇠들을 분해하고 결합하다 손가락뼈는
게 같은 손가락뼈는 와르르 분해된다.
삐걱거리며 낡아가는 뼈의 사슬,
나사가 부족한 영혼,
그리고 더러 제 손을 내려치는 나의 망치여, 간섭이여

나는 모든 노동이 즐거워졌으면 좋겠다.

이러한 시는 대표적으로 진술의 간결성, 이미지의 적절성 또 그 즉물성을 보여 준다. "쇠들을 분해하고 결합하다 손가락뼈는/ 게 같은 손가락뼈는 와르르 분해된다"와 같은 구절은 즉물적 느낌을 떠나지 않으면서 영상과 의미를 적절하게 결합하고 있는 좋은 예이다. 그러면서 이 시가 말하고 있는 것은 누구나 알면서도 새로 확인될 필요가 있는 우리의 사회적 삶에 대한 중요한 진실 — 즉 사람은 사람다움의 기쁨을 잃지 않는 노동에 종사해야 한다는 진실이다. 이런 시에서 최승호 씨는 그의 객관적 관찰과 사회 의식을 시적인 영상 속에 통합하는 능력을 가장 잘 발휘한다.

그러나 대체로 우리는 다시 한 번 그의 시가, 대부분의 독자가 느낄 수 있을 것으로 생각하는 일로, 시적인 흥분과 열도에 있어서 부족하다는 감을 어떻게 할 수 없다. 이것은 「수리공」과 같은 경우에도 마찬가지다. 물론, 위에서 누누이 설명하려 한 바와 같이, 이것은 1970년대 이후의 우리의 시의 자연스러운 필요, 또 전체적인 시대적인 상황에서 나오는 것이라 할 수 있다. 즉 객관적 관찰이 우리 시가 필요로 하는 것의 한 요소이며 또 시대가 정열적이고 의지적인 도약을 허용하지 않는다는 말이다. 그러나 시는 삶과 언어에 대한 커다란 정열과 믿음이 없이는 불가능하다. 또 그것을 표현하지 않고 시가 무슨 소용이 있겠는가? 우리가 객관성을 요구한다면 그것은 거기에 머물기를 원하기 때문이 아니라, 그것을 거쳐 나가는 것이 오늘날과 같은 거짓 감정, 거짓 믿음의 세계에서 보다 큰 삶과 시의 고양으로 나아가는 길이기 때문이다. 최승호 씨의 믿음직스러운 출발을 축하하면서, 그가 앞으로 삶의 결여만이 아니라 풍요를 좀더 얘기해 주는 시인으로 발전하였으면 하는 소망을 말해 본다.

(1983년)

'위조 천국'의 언어와 진실

정동주의 「순례자」

1

시는 무엇인가? 가장 손쉽게 생각되는 것은 시를 그 심리적 효과로 판단하여 그것을 우리에게 감동을 주는 언어라고 말하는 것이다. 무엇인가 가슴을 울리고, 요즘의 말로 가슴에 와 닿는 것, 마음을 찡하게 하는 것 — 이러한 효과가 시의 효과로서 흔히 기대되는 것들이다. 이러한 대중적 기대는 근본적으로는 틀린 것이 아닐 것이다. 여기에 문제가 있다면 감동을 지나치게 추구한 나머지 어떤 경우에나 그것만을 찾고 그것이 상황이나 언어에 의하여 정당화되는 것이든 아니든 그것을 과장하여 발견하려고 하는 경향이 있다는 것일 것이다. 방송을 통하여 낭독되는 시를 들으면, 시는 기도나 호소에 가까운 것으로 생각되고 있는 것이 분명하다. 이러한 낭독에 흔히 선택되는 시는 이러한 방식으로 읽히기에 적합한 것이기 쉽다. 그러나 다른 한편으로 사실 낭독되는 시를 기도체나 호소체가 되게 하는 것은 시의 내용이라기보다는 낭독의 스타일 때문이라고 할 수도 있다.

기도나 호소에 있어서 중요한 것은 어떤 의미로는 자세히 식별된 그 내용이라기보다는 대강의 내용과 감정적 자세이다. 기도나 호소는 감동적 언어의 가장 대표적인 것이라고 할 수 있겠지만, 대체로 감동을 중요시하는 언어, 높은 부하(負荷)의 감정을 전달하는 언어는 내용의 섬세한 판별에 신경을 쓸 여유가 없는 것이 보통이라고 할 수 있다.

이와 같이 시가 감동의 언어라고 하고 거기에서 감동 또는 감정의 요소를 중시할 때, 이것은 과장된 감정으로 내달리기 쉽고 또 구체적 내용의 판별을 소홀히 할 우려가 있다. 그런데 시가 이러한 면을 가지고 있다는 것을 인정하면서도 우리는 다른 한편으로는 그것이 이러한 것만일 수 없다는, 그것도 감정의 정확한 통제와 사물에 대한 섬세한 판별을 담을 수 있어야 한다는 느낌을 가지고 있다. 이러한 느낌에서 우리는 "가장 적절한 말을 가장 적절한 순서로 배열한 것"이 시라는 정의를 생각하게 된다. 이것은 무미건조하고 피상적인 것처럼 보이면서 그런대로 일리가 있는 정의이다. 적어도 이것은 시가 언어로 이루어지며 이 언어는 일정한 균형을 가지고 있어야 한다는 것을 상기시켜 준다. 또 이 균형은 우선은 언어의 짜임새에 대한 지적인 판단에 의존하여 이루어질 수 있는 것이기 때문에 우리는 시가 지적인 감별력과 배타적인 관계에 있는 것이 아니라는 것도 상기하게 된다. 물론 이와 같이 시에 지적인 요소가 있다고 하더라도 그것이 완전히 메마른 분석과 지식의 획득에 작용하는 것과 같은 것이라고 할 수는 없는 것이다. 시에 지적인 것이 있다면 그것은 앎에 속하는 것보다 깨달음에 속하는 것일 것이다. 어떤 경우에나 시에서 중요한 것은 우리와 따로 있는 어떤 지식이 아니고 우리 자신의 마음과 삶에, 그것이 어떤 종류의 것이든지 간에 변화를 가져오는 앎이고, 이것은 우리의 마음에 어떤 정서적 감동을 일으키지 아니할 수 없다. 이러한 것이 다시 말하여 깨달음이라고 부를 수 있는 것일 것이다. 그러니까 언어의 구조로서의 시에 어떤 지적 균형이 있어야 한다고 하더라도 그것은 지적인 것임과 동시에, 또는 그보다도 더 높은 정도로 감성적인 것이다. 물론 이것은 삶의 세계에 있어서의 인심과 경험의 구조에 이어져 있는 것이다. 그것이 지적인 것이든 감성적인 것이든, 모든 언어의 힘은 사물과 경험의 힘이므로, 궁극적으로 언어의 짜임새는 사물과 경험의 짜임새에 얽혀 있는 것이다.

이렇게 말하고 보면, 사실 시가 감동적 언어라고 하든지 또는 적절한 언어의 배열로 이루어진 감별의 언어라고 하든지, 이러한 말들은 궁극적으로 하나의 현상을 가리킨다고 할 수 있다. 감동도 언어와 사실적 내용에 의존하고, 균형 있는 언어의 경우도 감동을 수반하지 않고는 시가 될 수 없기 때문이다. 다만 차이가 있다면 그것은 역점의 차이일 뿐이다. 그러면서도 이 역점의 차이가 중요한 것이기는 하다. 위에서 말한 바와 같이, 오늘날 시에 대한 통념은 감동의 면을 지나치게 강조하는 점이 있기 때문이다. 이 것은 신문학에 있어서, 특수한 시대적 상황으로 하여 굳어져 온 통념이다. 김소월, 한용운으로부터 이어져 내려오는 현대 시의 전통은 감정의 격앙을 시적 언어의 한 특징으로 삼아 왔다. 그런데 이것은 개인적 정서가 아니라 정치와 사회를 문제 삼는 소위 참여시의 경우에도 크게 달라진 것이 아니다. 여기에서는 다만 감정의 격앙을 가져오는 동기와 대상이 집단적 상징이라는 점이 다를 뿐이다. 그러나 이것이 늘 그러했던 것은 아니다.

> 고인(古人)도 날 몯 보고 나도 고인(古人) 몯 뵈
> 고인(古人)을 몯 뵈도 녀던 길 알픠 잇닉
> 녀던 길 알픠 잇거든 아니 녀고 엇덜고

이러한 시조의 의미는 정녕코 그 감정적 호소력보다는 일정한 규격의 시형 속에 맞아 들어가는 말들의 되풀이와 균형에 있다. 이와 같이 상당수

의 시조나 한시의 시적인 성격은 감정보다 균제된 언어에서 온다. 그리고 또 이것은 우리가 서구의 시의 경우 상당 부분에서도 발견하는 것이다. 물론 앞에 든 퇴계(退溪)의 시와 같은 것이 오늘의 독자에게 호소력을 발휘하지 못하는 것은 사실이다. 그리고 그것을 탓할 것은 아니다. 오늘 우리의 감수성이 어디까지나 낭만주의적이라고 한다면, 그러한 감수성은 우리의 의지에 의하여 쉽게 고쳐질 수 있는 것은 아니다.(시(詩)의 절실함과 어려움은 원초적 시의 감수성의 철저한 수동성에 있다고 할 수 있다. 시인의 편에서나 독자의 편에서나 오늘의 시는 어찌할 수 없이 오늘의 시일 수밖에 없는 것이다. 시인의 과업은 이 오늘의 필연성을 발견하고, 그것에 최종적으로 머무르지는 않더라도 적어도 그것으로부터 출발하는 일에 있다.) 그러나 오늘의 감수성이 인간의 느낌과 생각의 시적 융합과 표현의 가능성을 일방적으로 좁히고 있다는 인식은 마땅히 있어야 하는 인식이다. 결국 다른 모든 인간 의식의 작업이나 마찬가지로 시의 작업의 하나는, 비록 오늘의 좁은 입각지에 굳게 섬으로써 절실성을 얻기는 하지만 궁극적으로는 사람의 생각과 느낌을 넓히는 일인 것이다.

2

어느 시대의 사람들이나 그들이 사는 시대를 가장 혼란한 시대의 하나라고 느낀 경우가 많다고 할 수도 있지만, 우리가 사는 오늘의 시대가 우리 역사에서도 드물게 보는 혼란의 시대인 것은 틀림이 없다. 그러니만큼 우리의 시가 감정에 격하고 이지적 절도에 약한 것은 불가피하다. 또 후자를 향한 노력이 있다고 하더라도 그것은 갈등과 모순에서 이는 감정적 얼크러짐을 지니는 것이 될 수밖에 없다. 이러한 한계 내에서, 정동주 씨의 「순례자」는 근래에 드물게 보이는 명징한 시라는 점에서 우리의 주목을 끈다.

이 시의 어디에도 분명한 마디를 이루고 있지 않은 시행은 없다. 분명한 시행들은 어떤 경우에 너무나 진부하고 상식적인 생각을 구태여 새삼스럽게 표현하고 있는 것처럼 보이기까지 한다. 그러나 사실 어려운 일은 거의 상식처럼 보이는 간결하고 명징한 진술에 이르는 일이다.

가령 위에서 아래로 내려다보듯 큰 원근법에서 기술된 관료 체제 아래 삶의 모습은 다음과 같이 이야기된다.

사람들이 번호대로 와글대는 곳
그들은 갖가지 문서 속의 숫자로 표시되어 있고
문서 속의 기록이 곧 그들의 전부인 것 같았다.

또는 인위적 계획 속에서 영위되는 삶은 이렇게 이야기된다.

새마을 이승 구석구석에서
아이들은 계획적으로 태어나고
아이들은 고단위 단백질에 기대어 어른이 되고
어른들은 무모하게 죽어 가고……

그리고 이러한 상황의 의미는,

행복은 선전되어 있고
산 사람은 살아서 제 묘비명(墓碑名)에
모두를 걸었고
풀들은 자주 제초제(除草劑)를 먹었다.

고 요약된다. 또는 조금 더 암시적인 다음과 같은 진술의 미묘한 적절성을
보라.

> 아침 기온은 모닝커피 온도,
> 정오의 바람은 감질나는 코카콜라 뒷맛이다가
> 에어컨의 풍속……

여기서 이야기되어 있는 것은 자연과의 직접적인 교감이 없어진 인간
의 인위적인 세계이다. 산업 문화 속에서 인간의 환경에 대한 감각은 커피
나 코카콜라나 에어컨과 같은 상업 제품에 의해서 매개될 수밖에 없는 것이
다. 또는,

> 모든 청탁은 쉽게, 그러나 뒷손질은 확실히
> 모든 이권은 간단히, 그러나 뒷손질은 철저하게……

이와 같은 구절은 출세주의 부패 관리의 삶을 요약하는 것인데, 구호처
럼 간략 기만한 묘사는 그러한 삶의 요약으로는 지극히 적절한 것이다.

> 솔직하세요
> 윤리의 울타리 뒤에서 수음(手淫)한 손으로
> 행복론을 쓰지 마세요.

근대화 세계의 쾌락주의를 변호하는 윗구절은 그 간결한 공식 속에 그
나름의 타당성을 가진 철학을 제시하고 있다. 인간의 근원적 욕망을 억제
하는 데서 나오는 윤리적 가르침은 결국 위선으로 끝날 수밖에 없는 것이

다. 시인이 이러한 쾌락주의를 옹호하고 있는 것은 아니다. 다만 우리가 주목하는 것은 그의 객관성이 그가 공격하고자 하는 태도에 대하여서까지도 이만큼의 극적 독립성과 타당성을 부여할 여유를 갖게 한다는 것이다.

정동주 씨의 명징성의 극단적 예는 단순한 사실을 간략하게 제시하는 부분에서 찾을 수 있다. 가령,

> 여공의 한 달 최저생계비는 126,000원
> 한 달의 월급은 88,700원
> 미스 유니버스대회 개최비용은 17억 원
>
> 어느 못난 친구 일당은 1,850원
> 결근없이 일하면 한 달에 55,500원
> 이백 이십 일억 원짜리 세종문화회관에서
> 근로자의 날 행사를 한다.

우리 시대의 잔혹한 모순을 보여 주는데, 적어도 기본적 사실의 지적이라는 범위에서, 이러한 단순한 수치의 대비 이상으로 적절한 것이 있을 수 있겠는가.

이미 들어 본 구절들의 특징은 물론 그 명징한 간결성에만 있는 것이 아니다. 이러한 구절들은 그 간결성에도 불구하고 여러 착잡한 태도를 암시하여 준다. 아마 위에 든 구절들에서 가장 두드러진 것은 모순된 현실에 대한 분노일 것이다. 이 분노가 기지를 가능하게 하고 그것이 간결성을 확보해 준다. 어떤 부분에서 정동주 씨의 분노는 더 가벼운 유머로 — 간결히 표현된 풍자적 유머로 나타나기도 한다.

─너는, 무슨 구호를 부르짖기 위해 태어난

확성기의 후예군,

고층빌딩 벽에도

시골장터 주막집 벽에도

유치원 교실에도

합동주차장 공동변소에도

관광버스 창문에도

학교의 벽에도

숲속 나뭇가지에도

산마을 농협창고 문짝에도,

붉고 큰 글씨로

써붙이긴 뭘 그리 써붙이나,

너의 이웃은 모두

근시냐? 원시냐?

아니면 문맹이냐?

또는 정동주 씨의 진술은 전쟁 준비의 광증을 비판하는 부분에 있어서
는 분노나 풍자 또는 해학보다는 진지하고 직설적인 해설이 되기도 한다.

베어 전폭기 대륙횡단능력으로

지체부자유 어린이 근육의 힘을

소생시킬 수 있을까.

바이슨 폭격기의 엄청난 엔진힘이
심장병 어린이의 가슴을 싱싱하게 할 수 있을까……

불침(不沈) 항공모함의 거대한 위용이
백혈병 어린이의 백혈구를
사라지게 할 만한가
……

위에서 든 몇 가지 예들은 모두 풍자적이거나 비판적인 관점에서 씌어
진 진술이다. 이러한 관점은 저절로 시인으로 하여금 진술의 대상으로부
터 일정한 거리를 유지할 수 있게 하여, 객관적 진술을 용이하게 해 준다고
할 수 있다. 진술의 명료함은 보다 적극적인 내용을 보다 주체적으로 표현
하고 있는 곳에서도 찾을 수 있다.

소유의 천평(天秤)은 부서지고
균형을 못 이루는 저울대의 눈금들이
불규칙한 숨소리로 무너지고 있다

소유 관계의 혼란은 이러한 위엄 있는 목소리로 말하여진다.(여기서 "불
규칙한 숨소리" 부분의 뜻은 조금 모호하다.)

대우주의 넓이에서
지구의 넓이를 뺀다 하여도
우주는 줄어들지 않고,

삼천대천세계(三千大千世界)에서
지구가 사라진다 하여도
우주는 그냥 고요할 뿐인데……

인간 생존에 대한 우주적 넓이의 관점의 필요성은 이와 같이 이야기된다. 아무래도 시인의 본마음에 가까운 것은 서정적 부분이라 하겠는데,「순례자」의 서정적 부분들도 주목할 만한 명징성을 보여 준다. 간결하고도 분명한 진술의 맥락을 잃지 않으면서 서정적으로 가장 뛰어난 부분은 이 시의 마지막 부분 "엿샛날, 옛동산에 올라"의, 전통적 농민의 생활에 대한 향수를 읊은 부분이다. 이러한 특징은 첫머리의 애수 섞인 농민상의 묘사,

윤기없는 흰머리
검고 야윈 얼굴의 깊은 주름살
굽은 허리에 기어오르는 천식(喘息)
불안한 눈빛으로
늙은 농투산이가
옛길을 걸어간다

또는 곧 이어서, 옛스러운 삶에 대해 환기하는 부분으로서,

마른 풀잎에서 가냘프게 세월이 운다
깨어진 가얏고가 따라운다
울음이 흐린 햇살에 달라붙는다

저, 삼한(三韓)적 오월의 수릿날에

씨를 뿌린 사람들이
한데 어울려 서로 손발로
장단맞춰 부르던 노래와
흥겹던 춤과,

상달의 낙엽마다 쌓이던
제문(祭文)의 메아리들이
목마른 휘파람으로 들려온다

유월 뙤약볕 아래
풋긋하던 징소리가 가슴을 배어 눕힌다

와 같은 부분에서 쉽게 볼 수 있다.

물론 명징성이 정동주 씨의 스타일의 특징이라고 해서 모든 것이 분명
하고 또 어떤 경우에 있어서나 효과적인 것은 아니다.

철 없는 오이, 딸기, 수박, 참외들이
사적(私的)인 부끄러움으로 서 있고
                     *
오, 빈도는 유명상표처럼
시대의 선전에 기생했을 뿐이군요
                     *
정치의 잠꼬대는
결혼식 답례품인 비빔밥 같고,

성의 잠꼬대는
쇠붙이의 녹과 같고

이러한 구절들의 의미는 결코 쉽게 해독될 수 없는 것이다. 이것들이 난해한 것은 어쩌면 리듬과 문장 구조의 선명성을 높이기 위하여 지나친 간결성을 고집한 때문이라고 할 수 있다. 또 다른 부분에서는 문장 구조의 대칭성의 지나친 강조는, 진술의 명징성을 높여 주면서, 안이하게 기계적인 되풀이에 떨어지기도 한다.

걸음걸이, 목소리
웃는 모습, 우는 모습,

골프놀이, 사냥놀이
술마시기, 취하기며

조직관리, 해체기술
탄압기법, 추방논리

허위선전, 과대망상
구속작태, 추방논리

이렇게 한 페이지가 넘게 계속되는 나열 방식은 진술의 선명함과 시적 화술의 활기를 두드러지게 할 수도 있지만, 자칫 잘못하면, 이미 지적한 바와 같이, 기계적 되풀이와 그것에 따르는 의미 약화의 위험에 떨어질 수도 있는 것이다.

3

　「순례자」의 언어의 명징성이 구절 각 부분의 균형에 기인한 것만이 아님은 말할 것도 없다. 오히려 부분적 균형은 시 전체의 구조적 일관성에서 나오고 또 그것은 궁극적으로, 그 말하고자 하는 내용의 통일성에서 나온다.

　「순례자」라는 제목이 말하고 있듯이, 이 시는 구도의 경험을 제시하기까지는 아니하더라도, 적어도 하나의 역정 끝에 나타나는 교훈을 제시하려고 한다. 그리고 말할 것도 없이 여기에서 중요한 것은 최후의 교훈만이 아니고 이 교훈에 이르게 되는 도정이다. 이 도정은 오늘의 우리 사회의 면모들에 대한 포괄적 관찰과 비판으로 이루어진다. 이런 의미에서 「순례자」는 우리의 현황에 대한 전반적인 진단을 목표로 한다. 이러한 진단으로서 우리는 현대 시에 국내에서는 김기림의 「기상도(氣象圖)」, 영시에서는 엘리엇의 「황무지(荒蕪地)」를 생각할 수 있겠는데, 사실 「순례자」는 이 두 시에 비슷하고 그로부터 영향을 받은 것으로 보인다. 그중에도 엘리엇의 시의 영향은 세부 묘사에서, 기법에 있어서, 전체적 구도에 있어서, 또 근본적인 관점에 있어서 매우 큰 것으로 ── 어쩌면 지나치게 큰 것으로 생각된다. 그렇긴 하나 이 시가 다른 시의 모방이거나 번안이라는 말은 아니다. 비록 그 처방에 대하여서는 독자에 따라 이견이 있을 수 있지만, 이 시는 빈틈없이 오늘의 상황에 맞붙어 있고 또 거기에서 나오는 진단이다.

　이 시의 진행의 대략을 보면, 우리는 벌써 이것이 우리 사회에 대한 포괄적인 전개도를 시도하고 있음을 알 수 있다. 전체적으로(종교적인 관점과의 관련에서) 일곱 날로 이루어져 있는 순례의 역정에서, 첫째 날은 오늘의 사회에 대한 지리와 세태와 그 정신적 의미에 대한 파노라마적 요약을 제시한다. 세부적 클로즈업은 두 번째 날 부분부터 시작된다. 이것은 사회의 각계각층에 있어서의 오늘의 세태를 보여 준다. 이 부분의 제목이 말하듯, 오늘의 우리 사회는 대체로 "배부른 땅"이라는 말로 특징지을 수 있다. 그 땅은 황금과 유행과 소비의 잔치에 정신을 차리고 있지 못하는 곳이다. 그러나 다른 한편으로 들뜬 소비문화는 노동자들의 고통과 비인간화를 통하여 떠받들어진다. 그리고 그것은 다른 계층에는 더할 수 없는 가치의 전도와 도덕적 타락을 가져온다.

그런데 소비, 착취, 비인간화와 타락이 가져올 궁극적인 사회는 어떤 것인가. 여기에 대한 답변은 셋째 날의 부분 「약속의 땅에서」에 암시된다. 새로운 사회에서도 소비적 물질주의는 한껏 팽창될 뿐이다. 여기에서 모든 것은 편리해지면서 인공화되고, 그 대신 자연스러운 인간성은 상실된다. "영양제와 예방 주사와/ 색색의 가루약과 달콤한 시럽들이" 사람들을 결박하고 그 결과 사람들은 "항거불능의 고독 속에서……/ 질기고 맛없는 삶"을 산다. 여기에서 유일한 가치는 "육체의 쾌락과 포만이 주는/ 나른함과 환각장치"일 뿐이다. 이러한 환경에서 자라는 새 세대는 경쟁적 천재로 길러진다. 그러나 형성되는 것은 소외되고 정신 분열증에 걸리고 폭력적인 새 세대이고, 또 하층민의 경우에는 양공주와 같은 직업의 창녀적 인생이다. 앞으로 기대할 것은 육체와 정신의 병, 환경의 황폐, 가치의 전도일 뿐이다.

나흘날은 이러한 혼란되고 전도된 사회에 있어서의 보다 큰 관점에서의 정치와 이데올로기에 대한 비판을 담고 있다. 어떤 경우에나 인간적 삶의 근본적 질서의 혼란은 갖가지의 거창한 처방을 낳게 마련이고, 오늘날의 사회 계획과 이데올로기의 족출은 이러한 혼란의 한 결과이다. 정동주 씨는 폭력적 수단, 전쟁 수단을 비판한다. 그는 어떠한 무기 공업의 첨예한 발달도 삶의 일상적인 문제 — 아이를 기르며, 병을 고치며, 밥을 먹는 일을 해결해 줄 수 없다고 말한다. 그것은 말할 것도 없이 파괴만을 가져오고

또 사람의 평가 절하를 가져와,

> 인간이란,
> 작전상 죽어도 좋거나
> 무기의 종속물이거나
> 편의상 두려워하라……

는 존재가 되는 것이다.

　전쟁의 어리석음은 사실 어떻게 보면, 자명한 것이라고 하겠는데, 이데올로기가 가지고 있는 반생명적 의의도 별반 다를 것이 없다고 정동주 씨는 말한다. 일본의 군국주의의 결과는 원자탄에 의한 죽음이었다. 나치즘의 결과는 아우슈비츠였다. 이러한 판단은 자유주의적 자본주의나 공산주의에도 그대로 해당된다고 정동주 씨는 말한다.

> 자유를 지키기 위한 최후의 조건
> 평화를 얻기 위한 마지막 변명이,
>
> 대량학살의 합리화와
> 정신의 마비라면,
>
> 자유에의 신념이 살육으로 미화되고
> 평화에의 의지가 정신의 초토화라면,
>
> 오, 이데올로기는 정녕 정신착란이다.
> 오, 정치와 정치적인 것은 저주받을지어다.

자유의 초상(肖像)이 핵무기의 품에 있고

유물론의 뿌리가 폭력으로 성장한다면

순례자여,

인간에겐 내일이 없을지로다.

이렇게 하여, 정동주 씨의 생각으로는 "마르크스의 악성빈혈"과 "데모크라시의 비계"는 다 같이 배격되어야 할 광신들이다.

여기에 대하여 「나흘날」의 남은 부분과 그다음의 다섯째 날, 여섯째 날은 몇 가지 대안을 제시한다. 우선 이 부분은 '평화'에 대한 소망을 근본적 필요로 확인한다. 평화는 "우리 살아 있는 날의 모두"이며, "우리 죽어서도 누려야 할 모든 것"이다. 이것은 절실한 소망이고 또 역사적 전통의 결론이다. 이것은 한편으로는 고대 사회에 있어서의 '행복', 안시성(安市城)에서 "북풍을 길들이던 그 의젓함", "금동미륵반가사유상의 미소", 송악산 푸른 솔의 '의로움', 팔만대장경의 꽃다운 말들, 다른 한편으로는, 병자호란의 수난, 동학군의 염원, 일제하의 고통, 6·25의 참상을 통해서 확인된 가장 근원적인 우리 역사의 주제인 것이다.

그런데 이러한 역사의 주제가 아울러 시사하는 것은 전통적 삶의 방식이야말로 이러한 평화를 확보하기 위한 근본이라는 것이다. 또 그러한 삶은 이미 삶의 평화를 구현하고 있었다. 정동주 씨가 강하게 느끼고 있는 바로는 이러한 전통적 삶은 농촌에 기초한 농경적 삶이었다. 오늘날의 문제는 이러한 농경적 삶이 파괴되어 간다는 것이다.

「닷샛날」의 부분은 「어떤 법정(法庭)에서」라는 이름으로 오늘날의 상황에 있어서 잘못된 것들에 대한 전반적인 고발장이 되어 있지만, 고발 중에 가장 두드러진 것은 무분별한 산업주의, 물질주의, 향락주의의 결과로 일어난 환경 파괴에 대한 것이다. 자연은 말할 것도 없이 농경적 삶의 물질적 토대가 되는 것이고 또 자연에 순응하는 삶에 대한 정신적 교훈의 근본이 되는 것이다.

「옛샛날, 옛동산에 올라」는 농경적 질서의 소멸을 가장 서정적인 어조로써 이야기한다. 앞에서 인용한 바 있지만, 농경적 삶은 늙어 가는 농군의 모습으로 대표되어 있다.

> 윤기없는 흰머리
> 검고 야윈 얼굴의 깊은 주름살
> 굽은 허리에 기어오르는 천식(喘息)
> 불안한 눈빛으로
> 늙은 농투산이가
> 옛길을 걸어간다

이러한 농군은 삼한 시대로부터의 삶 ── 씨 뿌리고 거둬들이고 "한데 어울려 서로 손발로/ 장단맞춰 부르던 노래와/ 흥겹던 춤"으로 삶을 즐기던 사람이다. 그는 "달밤의 정적에 몸을 안겨 오던/ 가을 들판의 순결"을 알고 "계절에 순응하는 물줄기와 바람과/ 24절기의 약속과 든든한 섭리"에 익숙한 사람이다. 그러나 이제 근대화와 발전에 밀려,

> 흙이 죽고
> 강물이 죽고
> 사랑이 죽고
> 도타운 눈빛이 죽고,

그것과 더불어 농촌과 농촌적 인간도 죽어 가고 있는 것이다.

이렇게 오늘의 사회의 각 면을 여러 가지로 검토한 다음, 마지막 「이렛날, 이별의 노래」는 처음에 했던 바와 같이, 다시 한 번 상황을 요약하여 제기하고 거기에 대한 처방을 내놓음으로써 결론을 내린다. 필요한 것은 산업주의의 비인간적인 증후를 씻어 내고 자연의 삶을 회복하는 일이다. 그것은 꽃이 피는 것과 같은 자연의 이치를 알고, 욕망과 욕망의 억제의 균형을 알고 공동체적 유대감을 가꾸어 가는 일이다.

사람의 말만 듣는 이여, 귀기울여 보아라
이른 봄날 얼음장 아래 흐르는 여울물소리
얼마나 청랑한지 ,

안개 걷힌 사이사이
싱싱한 꽃대궁에 기댄 녹색 바람
바람결에 녹아흐르는 저
꽃들의 합창은 또 얼마나 감동적인지,

은은히 솟아오르는 해
햇살 굽이쳐 넘실대는 저
바다의 잔물결 얼어서는 소리란
오, 어느 신비 열두 줄의 음률인지
들어 보아라 들어 보아라

우상의 그늘에서 죽어 가는 이여, 생각하라.
……

4

이미 말한 바와 같이, 정동주 씨의 오늘의 상황에 대한 진단에 있어서 도덕적 중심을 이루는 것은 자연에 대한 존중이다. 그에게 오늘의 많은 어려움과 모순은 생존과 정신적 가치의 근본으로서의 자연을 버린 데 있다. 이것은 궁극적으로 타당한 진단이라고 할 수 있다. 물론 여기서 주의할 것은 '궁극적'이란 말이다. 왜냐하면 자연은 오늘날의 사회적 갈등이나 혼란에 직접적으로 관여되어 있는 것이 아니라 다만 인간의 삶의 근본적 바탕으로 또는 사회적 갈등 과정의 피해자로서만 오늘의 현실에 관계되어 있기 때문이다. 이렇게 말하는 것은 오늘의 사회 역학의 관점에서는 자연 훼손의 문제는 참으로 절실성을 가진 것으로 느끼기 어렵다는 말이기도 하다.(우리의 근본적 삶의 본능이란 관점에서 또는 일상적 삶의 느낌이란 관점에서 이것은 가장 직접적이고 절실한 느낌 중의 하나이다. 여기서 문제 삼는 것은 어디까지나 여러 세력의 갈등 현장으로서의 사회적 역학의 관점이다.) 이러한 것이 아마 「순례자」로 하여금 직접적 호소력을 약간 덜 가지게 하는 원인의 하나일 것이다.

그러나 자연의 훼손, 자연으로부터의 이탈이야말로 산업주의의 근본 문제이다. 사실 오늘의 현실을 넓은 원근법에서 바라볼 수 있는 방법에는 몇 가지가 있다. 이 몇 가지는 그 나름으로 다 타당성을 가진 것이다. 그 하나는 오늘의 문제를 '근대화'라는 테두리에서 보는 것이다. 이 테두리에서 우리의 문제는 대부분 근대화의 진통의 일부를 이루는 것으로 생각될 수 있다. 근대화의 완수가 모든 문제를 해결할 수 있다고 할 만큼 어리석은 사람은 없겠지만 이 관점에서는 적어도 우리의 문제들은 근대화의 완수와 더불어 일단 균형의 고지에 올라선다고 기대된다. 그러나 다른 또 하나의 관점 또는 테두리는 우리의 문제가 산업화의 문제라고 하는 것이고, 그렇게 볼 때 자본주의적 산업화는 다른 종류의 수정이나 대응책에 의하여서만 해결될 수 있다고 생각된다. 근대화는 사실 산업화를 발전적으로 보는 것인데, 산업화에 대한 다른 관점들은 그것이 불러일으키는 문제에 더 관심을 두는 것이다.(여기에는 마르크스주의, 사회주의, 그 외의 여러 비판적 관점들을 들 수 있다.) 그렇기는 하나 산업화를 문제적으로 보는 관점도 산업화 자체의 발전적 가능성(산업화의 현실이 아니라) 그것은 그대로 받아들이는 것이 보통이라고 할 수 있다. 그러나 산업주의에 대한 비판은 쉽게 전산업 시대, 농경적 삶에 대한 향수나 긍정으로 발전할 수 있다. 또 이것은 더 나아가 농업 혁명 이전까지 소급하여 자연 경제에 대한 긍정적 고찰이 될 수도 있다. 어떠한 문제의 고찰에 있어서도, 시간적, 공간적으로 최대의 관련 범위와 최대 다수의 요인을 포용할 수 있는 입장이 가장 사실의 바른 설명에 가까이 갈 수 있다고 할 때, 오늘의 문제는 단순히 산업화의 최종 단계만을 긍정적으로 보는 근대화의 관념이나, 지난 200년 동안의 서구의 산업화 과정의 여러 면을 두루 살피고자 하는 입장을 넘어서, 더 장구한 인류 역사의 관점에서 —— 즉 농업 시대, 또 더 소급한 자연 경제 시대의 가능성까지도 포함하는 관점에서 생각되는 것이 바른 균형을 유지하는 일일 것이다. 사실 근대화나 산업화로 인하여 변형, 적응된 인간의 삶의 부분은, 피상적 인상에도 불구하고, 극히 미세한 부분에 불과한 것이다. 또 농업 경제 이전 자연 경제에 있어서의 자연과의 진화론적 교섭에 의하여 형성된 인간의 삶은 우리에게 참으로 근원적인 기층을 이루는 것이다. 시인은 늘 이러한 기층에 관하여 직관적 이해를 가지고 있는 사람이었다. 그런데 환경 오염과 공해가 발전적 역사관의 한계를 드러내 주는 오늘, 시인의, 인간의 삶의 자연적 기층에 대한 직관은 생태적 지혜로서 심각한 사실적 연관을 드러내 주는 것으로 보인다. 그리고 이러한 시적 관점은 우리 한국인에게 특별한 의미를 갖는다. 왜냐하면 우리가 근대화 이전의 우리의 전통적 삶의 방식을 완전히 후진적인 것으로 몰아붙이지 아니하려면, 그것을 농업 경제나 자연 경제에 기초한 하나의 있을 수 있는 삶의 체계로 보아야 하기 때문이다. 그리고 전통적 윤리관이나 가치관도 이러한 생활 체계의 관점에서 이해됨으로써 하나의 일관된 상징체계로, 삶의 깊은 지혜에 뿌리내리고 있는 상징체계로 간주될 수 있는 것이다.

지금까지의 이야기는 너무 길게 또는 어떻게 보면 너무 짧은 지면에서, 정동주 씨의 시와는 너무 동떨어진 이야기를 한 것으로 보일는지 모른다. 그러나 나는 대체로 그의 시적 직관이 위에 말한 관련에서 깊은 사실적 의미를 갖는 것으로 생각한다. 또 조금 더 낮은 차원 ─ 시의 기교의 차원에서 자연의 이념은 정동주 씨에게 하나의 포괄적 관념을 제공하여 오늘의 갈등 요소와 모순 요소 들을 객관적 거리감을 가지고 널리 다룰 수 있게 하였다.

그러나 이미 말한 바와 같이 여기에 문제가 없는 것은 아니다. 다시 말하건대 , 자연은 오늘의 삶의 갈등에서 적극적인 참여자가 아니다. 자연의 규범 이념은 밖으로부터 주어진 것이다. 위에서 논하지는 아니하였지만 「순례자」의 또 다른 관점은 종교적인 것이다. 그것은 자연에의 귀의와 인생의 한계를 깨달으며 욕심을 버리고 단순한 삶에로 돌아가는 일을 일치시킨다. 결국 여기의 불교적 가르침을 포함하여 종교가 우리에게 이야기하는 것은 오늘의 삶으로부터의 초월이다.

정동주 씨의 자연의 삶이 말하는 것도 오늘의 삶으로부터의 초월이다. 이것이 궁극적으로 옳은 것이라고 하더라도, 아마 많은 사람들은 이것에 귀 기울이기에는 너무 깊숙이 오늘의 사회 과정, 오늘의 역사 과정 속에 빠져 있다고 해야 할는지 모른다. 아마 이들에게 더 직접적인 절실성을 가진 것은 밖으로부터 주어지는 규범, 밖에서 오는 초월이 아니라 역사 과정의 안으로부터 자라 나오는 삶의 질서이며, 안으로부터의 초월이라고 할 수 있을 것이다. 그러나 시인이 이 모든 것에 반드시 주의할 필요는 없다고 해야 할는지 모른다. 그가 삶의 궁극적 진실에 충실하는 한, 그러한 충실이 그의 언어에 질서를 부여해 준다는 데 만족하는 수밖에 없다고 할 수도 있다. 다만 그리하여 그가 얻는 언어의 질서는 현실의 세력에 깊이 말려들어 있는 독자에게는 약간 직접적 호소력이 작다고 느껴질 수는 있을 것이다.

(1984년)

참여시와 현실적 낭만주의

조태일의 시

1

참여시라고 하면, 대체로 어떤 이념적 입장에 관점을 고정시킨 시라고 생각된다. 물론 이러한 생각이 전혀 틀린 것이라고 할 수는 없지만, 이것 자체가 하나의 고정 관념일 경우가 많다. 참여시라고 말하여지는 시들이, 그렇지 않은 경우보다 관심의 일정 방향을 보여 주고, 그러면서 그것이 하나의 집념이 되는 경우는 많지만, 이것을 하나의 이념적 입장에 입각한 것이라고 말하는 것은 옳지 않다. 1960년대와 1970년대의 이른바 참여시를 보면, 사실 그것은 인간과 사회에 대한 선입견적 판단보다는 인간에 대한 낭만주의적 접근의 여러 가지 표현이라는 인상을 준다. 그리고 이 낭만주의도 한 가지가 아니라 시인에 따라서 여러 가지의 다양한 형태의 낭만주의이다.

물론 어떤 종류의 낭만주의와 정치의식이 반드시 서로 대립되어야 하는 개념이 되는 것은 아니다. 낭만적 혁명이라든가 혁명적 낭만주의라는 말도 있거니와, 이러한 말들은 정치적 관심도 그 행동적 표현의 단계에서 낭만적 정열의 에너지를 가지게 된다는 것을 말하여 준다. 사르트르는 정치 행동의 언어는 근본적으로 산문일 수밖에 없다고 말한 일이 있다. 그것은 사회 정세 속에서 억압된 계층이 객관적 위치를 정확히 파악하고, 정세를 변혁하는 데 필요한 행동적 지침을 작성하는 데 관계되는 언어이기 때문이다. 이에 대하여 시는 주관의 언어이며 주관의 내면적 모순에서 나오는 언어인데, 시가 나타내는 주관성은 이러한 정세 분석과 행동 지침의 전달에 방해가 될 뿐이라는 것이다.(「검은 오르페」 참조.)

물론 이러한 진단은 지나치게 단순한 것이다. 어느 경우에나 정치적 관심의 단초와 그 행동적 이해의 밑바닥에 들어 있는 것은, 단순히 산문적 이성으로 자극될 수 없는 파토스이다. 이것은 사르트르의 위의 말이 나오는 그 스스로의 흑인 시의 분석에서도 시사되는 것이다. 여기에서 중요한 것은 정치적 참여의 의식에는 이 두 가지 계기 ── 행동적 정열과 이성적 현실 분석의 두 면이 있다는 것이다. 이 두 가지 계기는 서로 모순을 일으키기도 하고 또 합치기도 한다. 이상적인 상태에서, 정치적 관심은 단순히 낭만적 정열의 분출이 아니라 사회적 생존의 객관적 상황에 대한 인식에 의하여 테두리 지어지고, 객관적 인식은 언제나 행동적 의지에 의하여, 뿐만 아니라 더 나아가 낭만적 분출로 표현되는 삶의 원시적 힘에 의하여 테두리 지어지고 수정되는 것이어서 마땅할 것이다. 이러한 이상적 합일이 현실 속에서 가능한 것인가? 아마 그것은 조화된 합일보다는 우연적인 일치와 갈등 속에 있는 것이 보통일는지 모른다.

그런데 시에 있어서도 정치의식의 두 계기에 비슷한 계기를 생각할 수 있다. 그러나 이 두 계기는 좀 더 쉽게 하나의 합일에 이를 수 있다. 말할 것도 없이, 시는 주관성과 불가분의 것이다. 그러면서도 그것은 하나의 대상적 인식이라는 면을 갖는다. 다만 이 대상적 인식은 추상적이고 이론적이기보다는 시인의 감각, 느낌, 생각들과 복합적으로 상호 작용하는 가운데 이루어지는 인식이다. 그것은 대상화의 한 표현이면서 자아 과정의 한 표현이다. 시가 언어로 쓰인다는 것 자체가 이러한 사실의 단적인 증거이다. 시인의 주관은 시 속에서 언어화된다. 이것은 달리 말하면 체험의 직접성이 전달 가능한 보편성 속으로 지양된다는 이야기이다. 이 언어는 그러니만큼 객관적 질서이다. 그러면서 그것은 거의 사람의 주관 속에 내재하는 듯한 객관적 질서인 것이다. 그리하여 이상적 상태에서 시적 언어는 대상의 모사이면서 주관의 표현이다. 그것은 외부 세계에 대한 적절한 정도의 정보를 제시하면서 동시에 그 정보 자체가 주관의 표현이 된다. 또는 그것은 주관성의 표현이면서, 그것이 조직화하는 외부 세계의 형상에 대한 정보를 제공해 준다.

그런데 하나의 객관적 인식이면서 주관적 표현이 되고, 나의 느낌의 표현이면서 동시에 그것이 외부 사물에 대한 새로운 발견이 되는 상태 — 이러한 상태를 나타내는 언어는 개인적 노력에 의하여서 성립한다기보다는 역사적 진전을 통하여 형성되는 것이다. 이러한 언어는 한편으로 외부 세계와 사회에 대한 포괄적이고 자세한 정보의 퇴적을 전제로 하고 다른 한편으로는 이러한 정보를 흡수하여 이를 새로운 인식의 모험으로 전환시킬 수 있는, 훈련된 감성을 전제로 한다. 다시 말하여 그것은 그 통일성과 활력을 잃지 않은 문화 전통과 개인의 살아 있는 창조력의 접합으로써 가능한 것이다.

그러나 이러한 조화되고 원숙한 경지의 언어가 필요로 하는 것은 혁명적 정치 행동과는 인연이 먼 것이다. 사사로운 생활의 공적인 승화로서의 정치 무대는 장엄하고 화려한 수사학을 요구한다. 그러나 그것은 격정적 언어를 필요로 하는 것은 아니다. 혁명적 정치의 언어, 격정적 정치의 언어는 바로 공적인 의미와 개인적 표현의 조화와 긴장이 깨어진 곳에 등장한다. 또는 혁명적 행동은 객관적 질서와 주관적 체험의 균열 속에 그것을 접합하려는 폭발적 에너지로 성립하는 것이다. 따라서 혁명적 행동과 언어는 개인과 사회 간에 수립되어 있는 관습적 관계를 깨뜨리고 전통적 인문적 교양의 언어를 폭파하여 객관적 상황의 산문과 주관적 정열의 시로서 갈라놓는다. 여기의 객관과 주관의 조화가 없는 상황과 언어는 갈등과 모순에 찬 것이 된다. 그러나 말할 것도 없이 이 갈등과 모순은 새로운 조화와 균형을 추구하는 작업의 한 면에 불과하다. 그리고 새로운 정치, 새로운 언어는 이 작업의 완성과 더불어 비로소 그 스스로의 진리에 이르게 된다.

참여시가 보여 주는 낭만주의는 이러한 맥락에서 설명될 수 있는 것일는지 모른다. 그것은 그 본질적 표현에 있어서 객관적 상황의 분석이나 이해보다도 사람의 주관성 속에 감추어 있는 원초적 생명력에 근접해 가기를 원한다. 그러면서 벌거벗은 주관성이 그럴 수밖에 없듯이(우리의 참여시에 가장 빈번히 보이는 심상의 하나는 벌거벗은 몸, 알몸, 아무런 외적 보호 없이 상황에 부딪치는 육체의 심상이다.) 그것이 사회학적이라기보다는 오히려 세계성 또는 사회성에 빈약한 것은 불가피하다. 그 대신 많이 보는 것은 주관적 의지의 주장, 원초적 감정의 주장이다. 참여시에서 우리가 어떤 이념적 고정성을 느낀다면 그것은 실제에 있어서는 낭만적 주관의 자기 주장이 주는 협소한 고정성인 것이다. 흔히 말해지는 '목소리만 드높다'는 느낌은 비교적 정확히 어떤 종류의 참여시의 특성을 나타낸 것이다.

또한 우리는 참여시의 감상성을 지적할 수도 있다. 그것은 낭만주의에서 흔히 발견되는 속성이다. 그러나 이러한 모든 약점에도 불구하고, 이미 비친 바와 같이, 참여시의 낭만주의는 그 나름의 불가피한 논리를 갖는 것이고, 또 그것은 최상의 경우에 우리에게 어떤 원초적 생명의 약동 같은 것을 느끼게 하는 것일 수 있다. 그것이 세련된 조화의 시에서 보는 바와 같은 세계성 또는 사물성을 결여하고 있다면, 그것은 그것이 그만큼 원초적 생명의 소리에 가까이 있기 때문이다. 어떻게 보면 모든 원초적인 시는 이와 같은 빈약성과 마적인 힘을 결합하여 가지고 있다. 가령 우리의 전설 문학의 단초에 있는 "거북아 거북아 머리를 내밀지 않으면 구어먹으리라" 하는 「구지가」 같은 노래는 객관적 사정을 전혀 생략해 버린 주관적 발언의 주술적 신비로 우리를 수수께끼의 수령으로 끌어들이는 것이다.

모든 정치의식의 시, 특히 저항적 참여시가 그러는 것은 아니겠으나 1960년대에서 1970년대를 거쳐 오늘에 이르는 참여시의 한 가닥이 이러한 원초적 생명력 또는 그 반발력을 그 영감의 원천으로 하고 있는 것은 사실이다. 이것은 김지하, 이성부, 김준태(金準泰), 김남주(金南柱) 등의 시에서 한 중요한 요인이 되어 있다. 그중에도 조태일은 이러한 특징을 가장 집약적으로 나타내고 있는 것으로 생각된다.

2

조태일이 정치의식의 시인으로서의 그의 입장을 최초로 분명히 한 것은 『식칼론(論)』(1970)에 실린 시들에서부터이다. 이 시집의 시들에서 비로소 그는, 젊은 관능의 고뇌를 추상적인 언어로 읊던 스타일을 버리고 적절한 정치의식의 시를 쓰기 시작한 것이다. 그러나 사실 여기에서 발견하는 것은 정치적 상황에 대한 언급이나 분석 또는 묘사보다는 억압적 상황 속에서의 불굴의 것으로 다짐되는 저항에의 의지일 뿐이다. 「식칼론」의 연작시들이 다짐하는 의지는, "창틈으로 당당히 걸어오는/ 햇빛으로 달구"고 "가장 타당한 말씀으로 벼"린 것인데, 어떤 외부적인 것이라기보다는 "늘 본관의 심장 가까이 있고/ 늘 제군의 심장 가까이 있"는 것이다. 의지가 대항하여 싸워야 하는 "적은 육법전서에 대부분 누워 있고/ ……유형무형의 전부"이다.

'식칼'이 하나의 행동적 의지를 나타내고 있음은 그 자체의 상징으로도 분명하지만, 여기에서 아울러 주목할 것은 그것이 가지고 있는 다른 연상들이다. 그것은 날카로운 것이며 날카로움의 대상이 되는 것은 법 제도에 숨어 있는 사악이며 그 이외의 일체의 것이다. 그러면서 그것은 햇빛과 말씀과 심장을 꿰뚫어 있는 것, 즉 자연과 인간의 심성과 논리를 일관하고 있는 원리이다. 이것이 저항적 의지의 근간이 되는 것이다. 「식칼론 2」에서 계속 이야기하고 있는 것에 따르면, 식칼의 원리는 눈물이나 사랑 또 육체의 온전함과도 관계있는 것이다.

> 뼉다귀와 살도 없이 혼도 없이
> 너희가 뱉은 천 마디의 말들을
> 단 한 방울의 눈물로 쓰러뜨리고
> 앞질러 당당히 걷는 내 얼굴은
> 굳센 짝사랑으로 얼룩져 있고
> 미움으로도 얼룩져 있고

'식칼'의 원리는 뼉다귀, 살, 혼과 같은 온전한 육체에서 나오며, 뒤틀리고 억눌린 정서가 아니라, 절실한 눈물을 흘릴 줄 아는 사람의 것이며, 또 그것은 세상의 반응에 관계없이 세상을 굳게 사랑하기도 하고 미워하기도 하는 원리이다. 「식칼론 3」에 의하면, '식칼'의 의지는 여전히 "어진 피로 날을 갈고" 가는, 즉 자연스러운 육체의 삶에서 나오는 것인데, 그것은 사람의 마음속에 숨어 있는 것이면서, 공간적으로 시간적으로 세계에 확대될 수 있는 힘이다. 그것은 "내 가슴살을 뚫고 나와서/ 한반도의 내 땅을 두루두루 날아서는," "아버지의 무덤 속 빛", 숨어 있는 전통과 이어지고, "어머님 빛", 즉 오늘의 고난과 사랑과 이어지고, 또 "내 남근(男根) 속의 미지의 아들 딸의 빛", 즉 미래의 세대의 희망과도 이어지는 것이다. 그러면서 무엇보다도, 그것은 「식칼론 4」가 선언하듯이, 오늘의 안팎으로 퍼져 있는 어둠을 가르는 빛이다.

> 내 가슴속의 어린 어둠 앞에서도
> 한 번 꼿꼿이 서더니 퍼런 빛을 사랑으로 쏟으면서
> 그 어린 어둠을 한칼에 비집고 나와서
> 정정당당하게 어디고 누구나 보이게 운다.

그리고 그 '식칼'은 오늘의 부자유와 침묵을 꿰뚫어 마땅하다. 그것은,

> 자유가 끝나는 저쪽에도 능히 보이게
> 목소리가 못 닿는 저쪽에도 능히 들리게
> 한 번 번뜩이고 한 번 울고
> 낮과 밤을 동시에 동등하게 울리고
> 과거와 현재와 까마득한 미래까지를
> 단 한 번에 울리고 칼끝이 뛴다.

되풀이하건대, 조태일에 있어서 저항적 의지는 자연의 원초적 심상과 또 온전한 육체적 삶에 관계되어 있는데, 이것은 대체로 1960년대와 1970년대에 있어서 널리 볼 수 있는 발상법이다. 겨울, 얼어붙은 땅, 헐벗은 나무, 봄, 꽃피는 일, 천둥, 벼락 — 이러한 심상들은 어디에서나 볼 수 있는 것이다. 즉 이러한 이미지들이 나타내는 자연의 영고성쇠는 정치적 상황에 연결되어 비유적 언어가 되는 것이다. 이것은 일단 수긍할 수 있는 연결이지

만, 너무 많이 쓰임으로써 상투화되고 또 구체적이어야 할 상황들을 추상화해 버리는 결과를 가져오기가 쉽다. 조태일의 경우에도 그러한 혐의가 없는 것은 아니지만, 그의 시를 자세히 검토해 볼 때, 그의 자연적 삶에 대한 연관은 비유적 상투화를 넘어서는 직설성을 갖는 것으로 보인다.(시는 비유를 그 언어로 하지만, 그것은 매우 조심스럽게 사용되어야 하는 도구로서, 어떤 경우에는 직설적인 진술이 더 시적인 진실에 가까이 갈 수 있다. 이 사실은 흔히 잊히는 일의 하나이다.)

　조태일에 있어서의 정치와 자연의 결합이 조금 더 분명한 사실적 관련을 가지고 있다는 것은 그의 삶을 통하여서도 쉽게 추측할 수 있는 일이다. 조태일에 대하여 이야기하는 사람들이 잊지 않고 언급하는 것은, 그의 큰 키와 체구인데, 이 점은 너무 강조될 수는 없는 일이지만, 중요한 사실임에는 틀림없다. 그 자신 이 사실을 의식하고 있어서, 그것은 그의 시나 산문의 여기저기에 표현되어 있다. 대상화된 자신의 이미지가 마음의 자유에 굴레가 되는 일은 흔한 것이지만, 어쨌든 조태일에 있어서, 그의 건강한 육체는 중요한 것이다. 마치 하나의 추문처럼 감추려 하는 우리의 육체가 생존과 의식의 기본이 되는 것임을 우리는 여기에서도 다시 한 번 확인하게 된다.

　그러나 조태일의 육체 의식을 개인적 자긍심 이상이 되게 하는 것은 육체의 근원적인 의미에 대한 자각이다. 또 이 자각이란 결국 삶의 근본 원리로서의 육체에 대한 자각인데, 이것은 그것이 하나의 폭넓은 삶의 원리가 될 수 있다는 것을 그가 실제로 느끼고 경험할 수 있었기 때문에 굳건한 것이 될 것이다. 그리하여 조태일에게 고향에서 보낸 어린 시절은 매우 중요한 삶의 원천이 된다. 이 점은 김화영(金華榮)이 그의 탁월한 '조태일론(趙泰一論)'에서 지적한 바 있다. 김화영은 조태일에 있어서의 정치와 체구와 고향의 연결을 다음과 같이 말하였다.

[그는] 그의 거구보다도 더 억센 분노를 모국어의 영혼 속에 폭발시킨다. 이것은 바꾸어 말해서 이 분노의 목소리가 너무나 격렬하여서 얼른 보기엔 시정의 우리네가 접근하지 못할 지사일 것만 같은 그 목소리 뒤에는 깊고 외로운 지리산 산골에서 아무도 같이 놀아 줄 친구 하나 없이 혼자 골짜기의 멧돼지들과 나무들과 새들과 엄청나게 저 혼자 큰 물고기들과 더불어 자라온 이 기이한 시인의 소년시절이 잠겨 있다는 뜻이다.

　　　　　　　　　　　　　—「식칼과 눈물의 시학(詩學)」《서울평론(評論)》, 1975)

또 김화영은 조태일에 있어서, 어린 시절의 자연 체험이 삶을 하나의 격렬한 힘으로서 느끼게 한 관련을 다음과 같이 말하였다.

엄청나게 큰 돌을 집어들고 밤나무 둥치를 후려치면 잘 익은 알밤이 떨어지며 머리와 어깨와 등을 두드리던 그 산골 시절의 경험이 그에게 제공한 것은 잔잔하고 어여쁜 시정의 소도구들이 아니다. 그 뿌리에 잠겨 있는 힘과 격렬함, 무엇보다도 대담한 열정과 원초적인 고집인 것 같다.

조태일에게 어린 시절의 자연 속의 삶을 말한 시들이 있다. 그보다도 어린 시절의 의미는, 이미 김화영의 평문이 지적하고 있듯이, "힘과 격렬함, 무엇보다도 대담한 열정과 원초적인 고집"에 대한 구체적인 바탕을 제공한 데 있고, 더 중요하게는, 그의 정치 참여 의식에 경험적인 내용을 준 데 있다. 가령, 그가 식칼을 빛나게 하고 번개로, 천둥으로 그의 힘을 폭발시킬 때, 겨울이 가고 얼음이 녹고 봄이 오기를 간절히 원한다고 할 때, 그가 생각하는 삶은 어떤 종류의 삶인가? 이렇게 물었을 때, 조태일에게 적어도 그것은 구체적인 농촌의 삶을 나타내는 것이다. 가령 「뙤약볕이 참여하는 밥상 앞에서」가 이야기하는 건강하고 굳건하게 살아가는 농민적 삶의 심상이 그러한 답변이라고 할 수 있는 것이다.

　　폭우도 멀리 떠나버렸고
　　습기까지 죽어 말라붙은 여름 근처
　　끼니마다 알몸으로 내외는 마주앉네.

　　무릎 꿇고 온몸으로 앉는 밥상 위
　　지난 몇 해 굶주린 남도 평야
　　그릇마다 뜨겁게 넘쳐나고.

　「뙤약볕이 참여하는 밥상 앞에서」에서 표현하고 있는 것은 농촌적 삶,
민중적 삶에 대한 강한 긍정이다. 그러나 그것은 결코 단순한 긍정이 아니
다. 위의 구절에서 두 내외가 받고 앉아 있는 밥상 위 "그릇마다 뜨겁게 넘
쳐나고" 있는 것은 무엇인가. 그것은 "몇 해 굶주린 남도 평야"이다. 그것
은 빈궁의 현실이다. 그러나 이들은 이것을 한탄하지도 부정하지도 않으
며, 뜨겁게 넘쳐나는 것으로 받아들이는 것이다. 그러니까 이 시의 내외가
받아들이는 것은, 있는 그대로의 농촌의 삶이다. 그것은 눌리고 가난한 것
이다. 그러나 그것은 그들의 굳은 결의 앞에 넘쳐나는 잔칫상 같을 수도 있
는 것이다.
　「농주(農酒)」는 조금 더 부분적인 관점에서, 또 조금 더 단순한 긍정 속
에서 농촌적인 삶을 받아들이고 있다.

　　아하, 예부터 우리의 농주(農酒) 속에는
　　더위란 아예 없었나부다.
　　울퉁불퉁한 팔뚝의 심줄을

무슨 무슨 산맥처럼 뽐내며,
서울의 냉막걸리가 아닌 투박한 농주(農酒)를
사발로 사발로 마셔보면 알지.

깊은 산 속의 옹달샘 위에서나 산다든지
북극의 얼음 위에서나 겨우 살아가는
그런 싸늘한 바람도 어느 틈에 왔는지
내 입술을 사알짝 스쳐서
그 건강한 농주(農酒)를 찰랑이다가
이내 친근한 일꾼처럼 취해 버리지.

　　농주와 같은 전형적인 농촌 음식은 여기에서 "잔잔하고 어여쁜 서정의 소도구"가 아니며, 관광 효과를 높이는 민속 음식도 아니다. 그것은 산속의 옹달샘, 북극의 얼음, 싸늘한 바람과 같은 활달하고 시원한 자연의 힘이, 노동에 굵어진 팔뚝을 가진 사람의 삶에 합일되는 하나의 매듭이 되는 것이다.
　　「된장」은 조태일이 생각하는 건강한 농촌적 삶을 수수께끼적 상징과 가장 일상적인 현실을 기묘하게 혼합하여 이야기하고 있는 시이다. 된장은 농주와 마찬가지로 전통적 농경 사회를 가장 잘 나타내 주는 음식이다. 이것을 조태일은 이 시에서 농촌적 삶의 긍정을 위한 하나의 기괴한 상징으로까지 밀고 가는 것이다.

님아,
너의 썩은 얼굴에 침
아니고 콩을 붙인다

흰자질이랑 탄수화물을 붙이고
물도 굳기름도 붙이고
비타민을 붙인다 소금을 붙인다

한많은 찌꺼기를
정 도타운 부부를 붙인다
아아, 현명한 된장을 붙인다

님아,
너의 썩은 얼굴에 미움
아니고 새로운 머리카락을 붙인다

눈썹이랑 눈을 붙이고
코도 입도 붙이고
턱을 붙인다 귀를 붙인다

희고 억센 이빨을
거칠은 살결을 붙인다
아아, 뜨거운 목소리를 붙인다

시여,
나의 얼굴을
너에게 붙인다

된장을 비롯한 많은 음식물 찌꺼기와 우리의 심정의 찌꺼기들을 붙여 만들어 내는 우상은 어떤 토속적 신앙의 토우(土偶)와 비슷하다. 이것은 적절한 일이다. 왜냐하면, 조태일에게 전통적 농촌의 삶의 중심적 신앙은 물활론적인 것이기 때문이다. 여기에서 모든 것은 지저분한 일상의 현실이면서, 그대로 자연의 신령스러운 삶을 나타낸 것이다.

3

위에 든 예들에서 보듯이, 조태일에 있어서 정치적 의지와 자연의 삶은 구체적인 생활 환경 속에 연결된다. 그러나 다른 참여시들의 경우에서처럼 자연은 시대의 어둠과 이에 저항하는 의지를 위한 막연하고 추상적 비유로 머물기도 한다. 행동이 막혀 있는 육체는, 수용하지 못하는 대지의 힘을 느낀다.

> 쓰러진 피를 잠든 고요를 일으켜다오,
> 눈부릅뜨고 입 벌려
> 내 몸을 어르면서
> 벌판이 엉엉 운다.
>
> —「대창」

노동자의 육체는 참나무와 같고 그 눈은 이글거리는 불에 차 있다.

> 참나무 숨결이 파도치는 두 어깨며
> 지나치게 이글대는 두 눈망울,
> 온몸을 철조망 같은 심줄로 무장하고……　　　　—「석탄」

자연이 에너지와 움직임에 차 있는 것처럼, 사람도 마땅히 움직임과 소리에 차 있어야 하건만, 그렇지 않은 것이 오늘이다.

> 바람들도 만나면 문풍지를 울리고
> 갈대들도 만나면 몸을 비벼 서걱거리고
> 돌멩이들도 부딪치면 소리를 지르는데
> 참말로 이상한 일이다.
> 우리들은 늘 만나도 소리를 못 내니
> 참말로 이상한 일이다.
>
> ──「목소리」

이러한 목소리는 물론 눈보라나 폭풍으로 치솟아 마땅하다. 그러다가 또 내려앉기도 한다.

> 눈보라치는 기세로
> 매서운 폭풍으로
> 헐벗은 나뭇가지를 맴돌다가
> 푸른 하늘이 그리워 치솟았다가
> 보드라운 눈송이로 내려와
> 나뭇가지 위에
> 휴전(休戰)처럼
> 무덤처럼 앉는다.
>
> ──「소리들 분노한다」

이와 같이 자연의 비유는 구체적 상황을 일반화해 버리는 역할을 하지만, 마지막 예에서 보듯이, 반드시 일반화나 상투화에 그치는 것은 아니다. 마지막 예의 자연 현상에 비유된 소리가 눈송이로 연결되는 장면에서, 우리는 그러한 비유가 갑자기 구체적 감각적 체험으로 바뀌는 것을 보는 것이다. 또 이 감각적 영상은 폭풍 일과 후의 고요처럼 정치적 적막의 느낌을, 유추적으로가 아니라 직접적으로 실감하게 한다.

「소나기의 혼(魂)」도 기후 현상의 구체적 파악보다 유추적 전용으로 시작되는 시이지만, 매우 적절하게 시대에 대한 어떤 이해를 요약하면서, 동시에 비유 자체의 구체적 느낌을 만들어 낸다. 인간의 삶은 작은 일상적 얼들로서 작게 흩어지게 마련이다. ― 이 시는 이렇게 시작한다.

> 이렇게들 살다가 저렇게들 살다가
> 사람은 그렇게들 살다가
> 자손들일랑 땅에 남겨두고
> 보이지 않는 혼(魂)이 되고
> 혼은 거듭 살아서
> 하늘로 솟아올랐다가

일상적 삶의 흩어짐, 거기서 남은 미진한 것들 ― 이러한 것들은 작은 것들이면서 모이고 모였다가, 하나의 응집된 힘으로, 물방울이 구름으로 모였다가 소나기가 되듯, 쏟아져 나올 수 있는 것이다. 삶의 작고 미진한 것들은 모여 구름에 끼여 있다가,

> 벼락 한 방이면 작살날 애들이
> 번개 한 방이면 눈멀 애들이
> 꼴도 좋게 육갑지랄들 한다, 어쩌고

한바탕 칭얼대다가 까무라치다가
구름 속에서 그렇게 살다가 보채다가
죽어서 쏜살같이 소나기가 되고
소나기는 거듭 살아서
땅 위에 길게 꽂힌 깃발이 되고
참 오랜만에 듣는 소문이 된다.
믿어 의심치 못할 아우성이 된다.

4

비유는 우리의 지각과 인식을 실감 있게 하고, 사유의 경로를 간결하게 하지만, 자칫하면, 현실에 맞서는 우리의 인식과 사고의 게으름을 조장해 줄 수 있는 것이다. 우리의 정치적 상황이 얼어붙은 겨울과 같다고 할 때, 그것은 우리에게 일단의 구체적 느낌을 주고 상황을 요약하여 주는 역할을 한다. 그러나 겨울의 비유에 의한 상황의 요약은 우리가 상황이 인위적 역사적 상황이라는 것을 분명히 인식하고 그에 따라 이를 분석하고 전략을 고안하고 하는 일과는 큰 관계가 없는 일이다. 다만 이 글의 서두에 말하였듯이 비유적 설명은 주관적 정열을 유지해 주는 일에 관계될 수는 있다. 조태일의 경우, 그의 잘된 시에 있어서, 비유는 비유의 자기 탐닉, 또는 비유의 감상주의에 떨어지지 아니하고 현실로 다시 되돌아오게끔 종용된다. 이러한 조작에는 무엇보다도 그의 "힘과 격렬함, ……대담한 열정과 원초적인 고집"이 크게 작용하는 것으로 보인다.

「흐린 날은」도 일련의 비유로 이루어진 시이지만, 이 비유는 현실의 직접적인 파악에 이어져 있다. 또 이것은 그가 격렬한 힘으로 현실을 살아 나가려는 의지의 강화에 사용된다.

> 꿈과 현실은 항상 가깝게 있다.
> 손등에 없으면 손바닥에 있다.
> 그러므로 손등에 없거든 손등을 뒤집으라.

이것은 어려운 상황에 있어서의 상황의 가변성 또는 가역성을 잊지 말아야 한다는 지시이다.

> 번개가 친다. 아내야 바싹 다가오렴
> 흐린 눈빛이지만 부딪쳐 보자.
> 천둥이 운다. 아내야 바싹 다가오렴
> 쉰 목소리지만 합쳐서 목청을 뽑자.
> 벼락이 친다. 아내야 바싹 다가오렴
> 사족(四足)을 동원해서 맨바닥이라도 치자.
> 우박이 쏟아진다. 아내야 바싹 다가오렴
> 메마른 눈물이라도 곧게 떨쿠어 보자.

여기에서 자연 현상은 막연한 불만의 심리 상태 또는 소망의 심리를 나타낸 것이 아니라 현실을 살아가는 방법을 일러 주는 속기술이 되어 있을 뿐이다. 조태일로 하여금 비유에 말려들어 가지 않게 하는 현실적 의지는 「피」와 같은 시에서도 볼 수 있다. 말할 것도 없이 피는 혁명적 정치 행동, 그에 따르는 희생 또는 그것이 요구하는 비장한 결의 등을 표현하는 데 사용된다.

피야, 너는 쏟을수록 붉고
피야, 너는 쏟을수록 아름다우므로
내 너를 무덤까지는
데리고 갈 생각은 없다만,
너를 그냥은 내보이지 않겠다.

이와 같이 조태일은 무조건 숭고한 희생을 떠받드는 피의 상투적 상징을 거부하는 것이다. 이것은,

자유(自由)를 위해서
비상(飛翔)하여 본 일이 있는
사람이면 알지
(……)
어째서 자유(自由)에는
피의 냄새가 섞여 있는가를

하는 감상주의의 말보다 얼마나 단단한 현실주의를 담고 있는가. 그렇다고 하여, 여기에 표명된 투쟁적 의지가 더 약한 것이 아님은 말할 것도 없다.

마찬가지로, 조태일이 낭만적 정열, 낭만주의를 포기하는 것은 아니다. 또 그러니만큼 그가 자연으로부터의 비유를 버리는 것도 아니다. 다만 그는 이것을 현실적 인식의 테두리 속에 비끄러매어 놓으려고 할 뿐이다. 그럼으로 하여 오히려 그의 낭만주의는 더 분방한 것이 된다고 할 수도 있다. 「눈보라가 치는 날」에서 그는 바로 이러한 입장을 스스로 천명하고 있다. 눈보라 치는 날은 술을 마셔서 기운을 내고 낭만을 지킬 필요가 있다.──그는 이렇게 말한다.

눈보라가 치는 날은 술을 마시자

술을 마시되 체온을 생각해서 마시자

눈보라가 치는 날은 술을 마시자

술을 마시되 약간의 낭만을 위해서

국경선을 떠올리며 마시자.

눈보라가 치는 날은 술을 마시자

술을 마시되 실어증(失語症)을 염려해서

두근거리는 가슴 열고 홀로라도

열심히 말을 하며 마시자.

　그러나 이러한 정도의 흥분과 낭만이 유지될 수 있는 처지가 안 되면 어떻게 할 것인가? 그런 경우에도 그것은 억지로라도, 인위적으로라도 유지되어야 한다. ── 시인은 이렇게 말한다.

눈보라가 치는 날 술이 없으면 어찌하나,

눈보라가 치는 날 국경선이 안 떠오르면 어찌하나,

눈보라가 치는 날 두근거리는 가슴 없으면 어찌하나,

신문지 위에나 헌 교과서 위에다가

술잔을 그리고 새끼줄이라도 칠 일이다.

앵무새 입부리도 그리고

ㄱㄴㄷㄹㅁㅂㅅㅇㅈㅊㅋㅌㅍㅎ,

이런 자음(子音)이라도 열심히 그릴 일이다.

신문이나 교과서의 글씨가 안 보일 때까지

눈이 침침할 때까지, 뒤집힐 때까지

그리고 또 그릴 일이다.

5

이와 같이 조태일의 낭만주의는 자의식이 있는 낭만주의이다. 그것은 현실을 파악하고 그것에 맞서 가는 방법으로서 억지로라도 요청되는 낭만주의인 것이다. 이미 말한 바와 같이, 조태일의 시가 되풀이하여 다짐하고자 하는 것은 원초적 생명의 힘을 그대로 집중하여 폭발시킬 수 있는 의지이다. 이것이 그의 시로 하여금 끊임없이 자연과 일기의 비유를 쓰게 하는 이유이다.(원초적 생명에의 연결이 그의 비유의 힘을 보장해 준다.) 그러나 그가 다짐하는 의지는 막혀 있는 현실 상황에 대결하는 힘으로서 환기되는 것이다. 그러한 한도에 있어서, 그의 시는 끊임없이 우리의 정치적 상황에로 돌아가는 시, 정치 시이며 참여시이다. 그렇다는 것은, 그의 시가 오늘에 쓰이는 많은 참여시의 경우나 마찬가지로 정치 또는 사회 체험을 구체적으로 기술하고 이를 분석하며 이해케 하는 종류의 정치 시는 아니라는 말이기도 하다. 말할 것도 없이 그의 시에는 당대적 정치적 상황에 대한 언급이 끊임없이 행해지고 있고 또 그의 시의 영감이 거기에서 나오는 것임에는 틀림이 없지만, 그의 시는 근본적으로 주관성의 표현인 것이다. 물론 「옹기점(甕器店) 풍경(風景)」 같은 시는 하나의 객관적 상황 분석을 담고 있다.

> 한반도(韓半島)의 모든 바람은 물론
> 세계의 모든 바람들도 함께 섞여
> 멋모르는 마음들은 마음 놓고
> 밤낮없이 여기 와서 논다.

온갖 곳에서 불어와서 제멋대로 노는 사슬에 옹기점의 옹기가 견디어 낼 수 없는 것과 같은 것이 오늘날의 우리의 국토의 현황이라는 것을 이와 같이 적절한 비유로 요약하기는 쉽지 않은 일이다. 그러나 이 뛰어난 시를 충분히 현장 분석적이라고 하기에는 그것은 너무나 좁게 옹기점의 비유에 사로잡혀 있다. 그러나 이 비유를 넘어 시가 성립할 수 있겠는가? 아마 우리가 결론적으로 이야기할 수 있는 것은 비유를 발견하는 것 이상의 시가 오늘날 있기 어려운지도 모른다는 것이다. 그리고 유감스러운 것은 조태일 씨의 시에서도 이만 정도의 비유로 포착한 객관적 상황의 시도 많지 않다는 것이다. 그것이 그의 시를 단조롭게 한다. 머리에 언급한 「검은 오르페」라는 글에서, 오늘의 노동자 계층은, "세계 만방의 노동자들이여, 단결하라!" 하는 말 이외에 사회적이며 시적인 언어를 아직 발견하지 못했다고 사르트르는 말했다. 우리의 경우에도, 시는 시인의 의도에 관계없이, 여전히 원시적 생명의 낭만주의에서만 나오는 것인 듯하다.

(1985년)

내면성의 시

김채수 씨의 시에 부쳐

1

그 주된 기능을 무엇이라고 규정하든 간에, 문학이 인간의 내면성에 깊이 관계되어 있는 것은 틀림이 없다. 문학은 다소간의 차이는 있을망정 어떤 경우에나 사람의 마음속에 있는 것을 말로 표현한다. 이것은 인간 존재의 특징에서 유래한다. 사람은 밖으로 보이는 대로의, 밖에서 작용하는 물리 법칙의 지배 아래 있는 것으로 설명되어 버릴 수 없는 존재이다. 그는 스스로 지각하고, 느끼고, 생각하고 또 의도하는 존재이다. 이러한 것들은 사람의 안에서 일어나는 일들로서, 겉모양만으로는 알 수 없는 것들이다.

사람이 내면적 존재라는 사실은 중요한 실제적 의미를 갖는다. 느낌이나 생각에 대한 고려 없이, 외면적으로 힘이 가해질 수 있는 존재로 취급되었을 때 사람으로서의 우리의 느낌은 크게 손상된다. 사람이 물건처럼 취급되어서 아니 된다는 것은 이러한 내면적 존재로서의 인간이 존중되어야 한다는 말이다.(시인들의 직관에 의하면, 세상의 모든 것은, 특히 생명이 있는 존재는 내면성을 갖는다. 그러니만큼 그것은 존중되어 마땅하다. 그러나 일단 도식적으로 말하여, 사람의 내면성은 물건들의 외면성에 대립될 수 있다.)

모든 윤리적 명령은 인간을 내면적 존재로 간주하여야 한다는 요청을 포함한다. 그리고 전통적으로 이 요청을 구체적인 방법으로 깨닫게 해 주는 데 큰 역할을 해 온 것은 문학이었다. 다만 오늘에 있어서 인간의 내면성의 표현으로서의 문학이 그 기능을 수행하는 데 어느 때보다도 많은 어려움을 겪고 있는 것은 사실이다. 그렇다는 것은 어느 때보다도 오늘에 있어서 사람은 외면적인 존재가 되었고, 또 당연히 그러한 것으로서 생각되기 때문이다. 오늘의 지배적 문화 속에서, 사람은 한편으로는 그가 획득하는 외면적 증표, 지위나 재산에 의하여 규정되고, 다른 한편으로, 그 쓰임새 ── 극단적인 경우는 거의 물건 아니면 적어도 기계에 비슷한 쓰임새에 따라서 대접을 받는다. 이러한 물질문화 또는 외면적 문화를 비판하는 경우에 있어서도 인간을 파악하는 방법은 비슷한 경우가 많다. 가령 마르크스주의의 비판적 개념인 착취, 소위 물체화(物體化, Verdinglichung)는 인간의 객체화와 수단화 또는 일반적으로 외면화를 분석 비판하는 강력한 도구이지만, 다른 한편으로, 마르크스주의 자체가 너무 쉽게 인간을 집단적 범주, 여러 가지 외면적 조건에 의하여 규정되는 사회 통계의 한 가지로 보는 경향이 있는 것이다. 문학과 예술에서 내면적 존재로서의 인간의 옹호가 쉽게 가능한 것은 아니다. 인간이 그 외적 조건에 관계없이 내면적 존재로 존재할 수 있다고 하는 것은 그의 내면성을 좁히고 말살하는 외적 조건들을 긍정하고 그 힘을 더 커지게 하는 일이 될 수 있다. 낭만주의적 문학 또는 서양의 심리주의적 문학에서 우리는 그러한 예들을 본다. 또는 독일 문학에서의 "권력에 의하여 보호된 내면성"을 생각할 수도 있다.

현대 문학은 (특히 서양 문학의 경우를 보건대) 어느 때보다도 내면적인 문학이라고 하겠으나, 그것은 내면적 존재로서의 인간을 압살하는 시대적 상황에 대한 하나의 반작용 — 매우 무력한 반작용이 된다. 그것은 모든 반작용이 그러하듯이 과장되게 마련이다. 그 결과의 하나는 내면성과 과장된 주관성의 혼동이다. 그리하여 낭만주의, 주관주의, 감상주의 등이 인간 존재의 진정한 내면성의 표현으로 생각된다. 여기에 이어지는 하나의 생각은 인간 생존의 외적 조건들이 이 인간의 진실에 별 관계가 없거나 멀리하고 경멸할 대상이라는 것이다. 그러니만큼 그것들은 현상 그대로 있어도 상관이 없는 것으로 되는 것이다.

주관주의의 다른 한 결과는 인간의 주관을 객관에 적극적으로 작용하게 하여야 한다는 생각이다. 여기에서 객체화된 인간에 대하여 주체성으로서의 인간이 강조된다. 그리고 이 주체성은 객관적 세계에 대하여 절대적 우위에 있다고 주장된다. 그러나 이것도 그 과장된 형태에 있어서는 낭만주의의 테두리를 벗어나지 못한다. 그것은 바깥세상에 대하여 적대적 또는 투쟁적 관계에 있는 주관적 의지의 무한한 항진만을 의미하기 쉽다.

이에 대하여, 내면성은 관념이든 감정이든 또는 의지이든, 반드시 강조된 주관성을 의미하지 않는다. 그것은 보다 근본적인 의미에서 사람이 이 세상에 존재하는 방식 또는 이 세상이 사람에 대하여 사람과 함께 존재하는 방식을 보여 주는 어떤 바탕이다. 사람은 스스로를 세계에 외면화하기도 하지만, 바깥세상을 내면 속에 받아들이기도 한다. 그리고 가장 단순하게 말하여, 이 인상을 세계로 구성한다. 그런 의미에서 일단 지각은 곧 인식이다. 다만 이 지각과 인식은, 시의 관점에서 볼 때, 단순히 이성적 인식이라기보다는 인간이 이 세상에 개입할 때 일어나게 마련인 모든 지향적 작용을 말한다고 하여야 할 것이다. 감각하고 느끼고 생각하는 모든 것이 세상에서의 사람의 삶의 방식의 한 부분인 것이다. 그러나 다시 한 번 우리가 강조하고 있는 것은 지나치게 주관적인 것으로 보인다. 그러나 세상에 존재하는 방식으로서의 우리의 내면성은 매우 객관적인 것이 될 수도 있다.(전통적으로 명경지수(明鏡止水)와 같은 이미지를 통해서 사람들은 마음의 객관적 상태를 표현하고자 했다.) 시적 과정에 있어서 내면과 외면의 변증법적 교환을 많이 생각한 릴케는 "지구는 우리 안에서 보이지 않게 태어날 것을 의지한다."고 말한 바 있지만, 사실, 깊은 차원에 있어서 우리가 세상을 주관화, 내면화한다기보다는 세상이 우리의 내면을 통해서 스스로를 나타낸다고 할 수도 있다. 어쨌든, 이렇게 구성되는 세계는 우리에게 의미 있는 유일 세계다.

시는 이 세계에 관계된다. 이것은 비단 거창한 철학적 차원에서만이 아니라, 작고 일상적인 차원에서도 그렇다. 릴케의 '사물의 시'에서처럼 하나의 술병, 동물원의 동물, 한 송이의 장미는 시를 통하여 우리의 내면적 친숙성 속에 스스로를 알림으로써 그것들이 이루는 세계를 바꾸어 놓는다. 시의 이러한 효과는 예술 전반의 효과이기도 하다.

그중에도 건축은 세계의 구성에 있어서의 예술의 작용이 단순히 이념적인 것이 아니라 현실적인 것임을 드러내 준다. 이것은 환경을 만들어 내는 큰 축조물 또는 그것들이 이루는 도시에서도 그러하지만, 작은 최소한도의 건축물의 경우에도 그러하다. 이 최소한도의 건축물 가운데, 우리의 전통적인 정자 같은 것은 예술의 현실적인, 또 관념적 의미에서의 구성적, 또는 형성적 의미를 가장 잘 드러내 주는 예로 들 수 있는 것이다. 정자는 대체로 어떤 지형에 있어서, 그 지형의 풍경을 가장 잘 조감할 수 있는 위치에 놓인다. 그리하여 그것은, 지형의 최선의 위치에 놓였다는 사실만으로도 그것을 중심으로 풍경이 구성되게 한다. 그것은 자연 그것에 아무런 적극적 작용이 없이 그것을 미적으로 구성된 향수의 대상이 되게 하는 것이다. 그러나 소위 명승의 경우, 또는 일반적으로 예술에서 출발하여 인구에 널리 회자되는 자연 풍경의 경우도 마찬가지다. 예술 속에 세계가 새로 태어나고, 그런 만큼 세계는 인간화되는 것이다.

2

　김채수 씨의 시는 극히 내면적인 시이다. 이 내면성은 오늘날과 같은 어지러운 시대에서 그의 시를 바르게 수용하기 어렵게 할 수 있다. 이미 비친 바와 같이, 내면성은 낭만적 특징이다. 낭만주의는 감정, 정열, 충동 등의 사람의 안에 있는 것들에 가치를 부여하고 이것들을 표현하고자 한다. 그것은 이러한 내면으로부터의 힘이 바깥세상에서 현실적인 힘이 되는 것을 보여 주려 하고 또 그것의 실체를 강조함으로써 그것을 인간사에서의 중요한 요인이 되게 한다. 그러나 내면은 밖으로 나아가는 내면적 에너지의 근거일 뿐만 아니라 밖이 안으로 들어오는 공간이기도 하다. 그것은 능동적 작용에 못지않게 수동적 수용성으로서 특징지어지는 것이다. 이 수용성이 완전히 수동적인 상태에 있는 것은 아니다. 밖으로부터의 자극을 받아들이는 것은 언제나 선택적이다. 또 그러면서 주목할 특징은 이 선택이 여러 자극과 자아의 과정과의 복잡한 상호 관계 속에서 이루어진다는 점이다. 그것은 선택적이면서 구성적이다. 밖에서 오는 인상과 충격들은 우리의 내면으로 수용되면서 하나의 세계로 구성된다. 그리고 우리의 내면 그것도 밖에서 오는 자극에 반응하면서 동시에 그것에 의하여 손상되는 것만이 아닌 것으로 구성된다. 물론 이 두 과정은 하나라고 할 수 있기 때문에 구성되는 세계는 그것의 온전한 일부로서의 사람의 주체를 포함하고, 사람의 주체는 그것의 일부로서의 세계를 포함한다고 말할 수도 있다. 하여튼 여기에서 주목하고자 하는 것은 우리의 내면이 감정과 정열의 장이면서, 감성과 반성과 사고의 장이기도 하다는 것이다. 그리고 이 후자는 하나의 분명히 다른 내면의 양상을 이루며, 내면성이란 말은 이 수용적이고 구성적인 마음의 작용을 지칭하는 말로 더욱 적당한 것이 아닌가 생각되는 것이다.

김채수 씨의 시는 이러한 뜻에서 내면적이다. 그의 시는 무엇보다도 반성적이고 관찰적이다. 그것은 스스로를 들여다보는 시, 생각의 시, 또는 그의 표현을 빌려, "생각을 생각하는 생각"의 시인 것이다. 모든 시가 그럴 수밖에 없듯이, 그의 시도 삶의 여러 외적인 계기들을 소재로 하지만, 그것들은 그 계기들에 대한 반성 또는 적어도 반추의 형태를 취한다. 그리하여 그에게 시적 순간은 혼자 생각하는 시간이고, 또 흔히는, 시간의 길고 짧음의 차이가 있는 채로, 사건이 있은 후 조용하게 회상하는 시간이다. 「산」은 이렇게 시작한다.

> 정년으로 떠나신다는
> 그분을 생각해 보며
> 한 번 혼자 걸어가 본다.
>
> 콘크리트 계단을 몇 내려와
> 그대 앞에 앉아 본다.
>
> ─「삶」 첫부분

「상경」은 한 사건의 기술로 시작한다.

> 어머니가 아버지를 뵈러 올라오셨다.

그러나 이 사건은 곧 회상의 내면으로 흡수된다. 그리하여 다음 순간은 중학생이었던 때로 소급한다.

> 두 분은 중학생 나를 데리고

담장 밑을 지나가셨다.

시의 의의는 내면의 공간으로 우리를 유도하고 그것을 열어 주는 일 그 자체에 있다고 할 수 있다. 물론 이것들은 거기에 합당한 외부 세계로부터의 심상들에 의하여 암시된다. 전통적으로 달빛이 가득한 하늘, 안개 속으로 뻗은 강, 연하 속으로 사라지는 겹겹한 묏부리 ── 이러한 표표한 영상들은, 적어도 그 기능의 일부에 있어서, 세상의 일들을 일정한 원근법 속에서 여유 있게 구성할 수 있게 하는 마음을 유도해 낸다. 김채수 씨의 시에서 공간과 거리의 암시는 매우 중요한 시적 요소이다. 「밤산책」에서, 이것은 별이라는 전통적 상징으로 표현된다.

하나 살 의미도 없는
이 세상에
머리를 박고 기어오다가
오늘밤 모처럼 머리를 들고
별나라를 걸어가 본다.

「말」은 세상의 저 너머의 공간을 달빛으로 상징하며, 그러한 공간과 일상적 무명(無明)에의 침잠을 대조한다.

나오면 나올수록
점점 밝아오는 달빛
나오면 나올수록
점점 어두워오는 세상.

「십일월」은 보다 더 일상적인 환경에 관계된다. 그것은 공사가 중단되고 사람의 거처가 빈 느낌을 주는 가을에 되찾게 되는 자연을 통해서 내면적 구성의 공간을 보여 준다.

첫서리에 못다 지은 집들을
인사도 없이 빠져나간 인부들

납덩이라도 쏟아져 내릴 것 같은
십일월 골목길을 빠져나가면
메마른 들풀들이 빛으로 날아가는
눈부신 강둑이 바라보인다.

그러나 김채수 씨는 대개는 이런 심상들의 상징을 통해서가 아니라 더 직접적으로 우리로 하여금 내면의 세계를 느끼게 한다. 그의 시는 무엇을 소재로 하든지, 그 소재의 바탕으로서 홀로 조용히 생각하는 마음의 움직임을 느끼게 하는 힘을 가지고 있다. 그러나 이 마음을 시적 소재로 삼은 경우 이것이 분명하게 드러나게 되는 것은 자연스럽다. 「삶」과 같은 시가 그 한 예가 되겠는데, 여기의 초점은 마음의 경이감이다. 플라톤은 철학한다는 것은 세계의 경이 앞에 멈추어 선다는 것을 뜻한다고 한 바 있다. 이 경이 속에서 세계는 있는 그대로 하나의 세계로서 구성되는 것이다. 경이야말로 세계를 향하여 스스로를 여는 마음의 모습의 원형이다.

콘크리트 계단을 몇 내려와
그대 앞에 앉아 본다.

수면은 평탄하고
밑은 한눈에 훤히 내려다보인다.

수심은 얼마나 될까?
손을 넣어 보면
예상보다 훨씬 깊이가 있다.

그대의 깊이는 자의 눈금으로나
재어질 수 있는 것.

잣대의 눈금은 한금 한금
그대 속에 가라앉고
그대의 수면은 잣대의 목까지 차오르고.

김채수 씨는 「삶」에서처럼 늘 인생의 깊이를 헤아려 보려 하며, 헤아려질 듯 헤아리기 어려운 그 깊이에 경이한다. 이 경이 가운데에서 의미가——사물과 더불어 일어나는 사람의 체험의 의미가 탄생한다. 그러나 사물의 의미는 우리가 우리의 뜻대로 부여하는 것일 수도 있다. 말할 것도 없이 사물은 그 자체로보다 사람이 부여하는 의미를 갖는다. 라일락은 김채수 씨에게 특별한 정서적 연상을 가진 꽃이다.(「라일락」) 「산」에서, 산은 그에게 정년으로 물러가는 어떤 인사를 연상케 한다.

정년으로 떠나신다는
그분을 생각해 보며
한 번 혼자 걸어가 본다.

보이는 것은

나즈막히 내려앉은 산들이다.

그런데 존경할 만한 노년의 인사가 우리의 삶에 대하여 높으면서도 두드러지지 않은(나지막한 그리하여) 자연환경에 비슷한 것이 된다면, 우리가 나지막한 산을 대할 때 느끼는 것도 안도감을 주는 대지의 굳건함이 아닐까? 나지막한 산과 어떤 종류의 정년퇴직하는 인사는 서로 치환될 수 있는 관계에 있다. 이것을 가능하게 하는 것은 우리의 느낌이다. 어떻게 보면, 이 느낌에서 산 그것도 의미 있게 태어나는 것이다. 이 느낌은 사실 세계의 선험적 양식, 미켈 뒤프렌의 말을 빌려, 물질적 아프리오리인지도 모른다.

「그리움」은 낭만주의 시에서 자주 보듯이 내면 현상과 자연 현상의 상응을 이야기하고 있다.

비가 내리면 비 따라서

그 거리로 내려가 본다.

바람이 불면 바람 따라서

그 창문을 두들겨 본다.

아무리 세게 쏟아져내려도

지심은 언제나 그리움에 불타고

아무리 세차게 휘몰아쳐도

지상은 끝내 외로움에 잠긴다.

여기의 심상들에서 '지심'을 보자. 지상의 기상 현상의 격동에 관계없이 뜨겁게 타고 있는 지심 — 이것은 우리의 내면에 대한 비유이다. 그러나 동시에 우리에게 지심이 의미 있게 존재하는 것은 내면과의 상응 관계를 통하여서라고 할 수 있다. 사실 마음속에 변함없이 뜨겁게 있다고 느끼는 어떤 상태 — 이것은 지심이 존재하는 유일한 인식의 터전인지도 모른다.

우리의 내면에서 탄생하는 의미는 보다 큰 도덕적 의미를 지닐 때 참으로 시적인 것이 된다. 시인은 눈 내리는 밤에 생각한다.

눈이 내린다.

사강 장터 길을
언제나 가장 무겁고 조심스럽게
밟고 간 사람은 어머니였다.

눈물도 술에도 지워지지 않던
그것들이 오늘밤 까맣게
이쪽으로 쏟아져내려
눈송이에 하나 둘 덮이어 간다.

—「첫눈」 중에서

눈물과 술로 잊혀지지 않는 기억도 잊혀지게 되는 경우가 있다. 마치 눈이 내려 많은 것을 덮어 버리듯. 이때 눈은 단순한 비유가 아니다. 첫눈은 대체로 누구나 반가워하는 기상 현상이지만, 그 반가움에는 그것이 가져오는 평화의 느낌이 많이 작용한다. 그것은 고통스러운 추억을 잊게 할 수도 있다. 눈이 내리는 현상에서 반드시 어떤 도덕적 교훈을 끌어내지 않더라도, 첫눈의 평화는 적어도 우리에게 고통스러운 것을 잊게 할 듯한 느낌을 줄 수 있는 것이다. 그만큼 자연의 움직임과 사람의 마음의 움직임은 신비한 연대 속에 있는 것이다. 그러면서 이 경우에 자연과 마음의 상응하는 움직임은 마음에 또 하나의 의미를 깨닫게 한다. 즉 잊음 속에서 추억은 다른 차원으로 되살아난다는 것을. 이 시에서 시인은 눈 오는 가운데 아픈 추억이 잊힌다고 하면서, 그것을 다시 기억해 내고 있는 것이 아닌가! 그리하여 그는,

> 오늘처럼 눈이 내리는 밤에
> 사강 장터 길로 되돌아가서
> 옛처럼 무겁고 조심스럽게
> 어머니의 그것들을 따라가 봐야지

하고 말하는 것이다. 눈이 내리면, 자연의 세부 사항들은 감추어진다. 그리고 눈의 일체성(一切性)이 지배한다. 그러나 사실상 감추어진 듯한 자연의 세목들은 그 자체로서가 아니라 자연의 일체성 속에 승화된 상태로 존재한다.

자연과 인간의 공존 — 일치하면서 다른, 이 공존의 의미는 더 본격적 의미에서의 도덕적 교훈이 되는 수도 있다. 꽃이 피고 열매 맺고 또 열매는 떨어지고 — 이것은 우리가 다 받아들이는 자연의 법칙이다. 그러나 이것이 자연 세계의 모습이라고 하더라도 그것을 하나의 법칙으로 받아들이는 것은 인간이다.(그리고 이 법칙을 인간사에도 확대하여 적용한다.) 그러나 이것은 옳은 것인가? 「타락」은 우리가 너무도 당연시하는 일에 대하여 의문을 제기한다.

오늘밤도 풋사과 몇 개가
떨어진 것을 보았다.

이제는 나뭇가지를 흔들던 바람도
정원을 빠져나갔다.

이곳에 온 이래
나는 몇 번이고
떨어진 그것들을 목격해 왔다.
그때마다 술을 마셨다.
밤새 사람들과 이야기를 했다.
그러나 오늘밤은 나 혼자다.

언젠가 떨어져야 할 것이
오늘밤 떨어진 것에 지나지 않다.

이런 생각이
자신의 또 하나의 타락이었음을
깨달을 날에도
저녁 바람은
오늘처럼 가지들을 흔들 것인가?

  떨어질 것이 떨어지는 것은 당연하다. 이러한 자연 관찰은, 사람에 있어
서, 곧 도덕적 교훈으로 연결된다. 풋사과가 떨어지는 것은 당연하다. 인간
의 세계에 떨어져야 할 것이 있다. 생존의 적자(適者)가 아닌 것들 —— 여러

가지 의미의 약자(弱者), 생물학적으로, 경제적으로, 정치적 이념의 관점에서 탈락해야 할 것들이 잘리어 나가는 것은 당연한 것이다. 또 이러한 교훈은 사람이 다른 피조물과 자연물을 대하는 데에도 적용될 수 있다.

모든 도덕의 근본은 자연 질서 또는 우주 질서에 대한 일정한 관찰과 입론에서 나온다. 그렇다면, 위의 도덕적 교훈은 당연한 것이다. 그러나 이 교훈을 끌어내는 데 우리는 너무 성급한 점은 없는가. 어쨌든 이 교훈은 부질없이 확대되어 잔인하고 냉혹한 도덕적 태도의 옹호가 될 수 있다. 사실, 이것의 거부야말로 도덕의 근원이며, 참으로 인간다울 수 있는 근거를 되찾는 것이다. 어떠한 미물의 경우에도 그것에 가하여지는 잔학한 또는 냉정한 운명을 거부하는 것이 인간이 취할 수 있는 도덕적으로 바른 태도이다. 그리하여 시인은 "떨어져야 할 것이/⋯⋯ 떨어진 것에 지나지 않다"는 생각이 "자신의 또 하나의 타락이었음을" 깨닫는 것이다.

이러한 도덕적 민감성이 부질없는 것만은 아니다. 적어도 그것이 세상을 보다 좋은 곳이 되게 하는 데 중요한 일을 할 수 있음은 분명하다. 인생은 냉혹한 것이라고 하는 명제는 냉혹한 세계를 만드는 데 한 역할을 한다. 그래서 되겠는가 하고 회의하는 태도는 또 그와는 다른 세상을 만들어 가는 데 한 역할을 한다. 인간의 세계에 있어서, 우리의 마음가짐은, 적어도 어느 정도까지는, 존재와 일치하는 것이다.

이것은 더 확대될 수도 있다. 자상하게 보살피는 마음은 자연 세계에서도 무력한 것이 아니다. 원예의 요체는 '풋사과'를 덜 떨어지게 하는 것이다. 그런데 이러한 부분적인 보살핌을 넘어서서, 사람의 마음이 세상의 모든 것을 바뀌게 할 수는 없는가? 기독교의 신화 중의 하나는 자연 질서의 잔혹성 ─춥고 뜨거운 것, 먹고 먹히는 것, 늙고 병들고 이우는 것, 죽음─ 이러한 것들이 생겨난 것은 인간의 타락에서 비롯했다는 것이다. 이것은 경험적 세계의 인간의 믿을 수 없는 신화이다. 그러나 그것은 생각해 볼 수 있는 형이상학적 비전을 담고 있음에 틀림없다. 그리고 그것은 우리를 잔인한 세계의 사실성으로부터 빼어내어 보다 높은 가능성에로 이끌어 간다. 그것은 세상을 보다 살 만한 것이 되게 하는 데 도움을 줄 수 있다. 또 따지고 보면 모든 떨어져야 할 것들은 떨어지고, 그것으로 끝나는 것일까? 그것을 보다 높고 큰 구도 속의 어떤 의미로서 거두어들여진다고 볼 수는 없는 것일까? 영원한 구도 속에서, 풋사과의 떨어짐은 떨어짐이 있는 시간의 세계로부터 거두어져 시간을 초월한 세계에 들어간다고 할 수는 없을까? 그리하여 시인은 풋사과의 타락도, 마음의 타락도, 타락을 일으키는 바람도 없는 세계에 대하여 물어보는 것이다.

> 이런 생각이
> 자신의 또 하나의 타락이었음을
> 깨달을 날에도
> 저녁 바람은
> 오늘처럼 가지들을 흔들 것인가?

「타락」이 말하고 있는 것은, 마지막 부분의 전개가 조금 불충분한 감이 있는 대로, 자연과 인간의 도덕적 존재에 대한 심각한 명상이다. 이 명상은 풋사과가 떨어지는 것을 보는 일로부터 시작한다. 그러나 그것은 외면적 관찰에만 근거한 것이 아니다. 그것은 시인의 내면적 체험에 미묘하게 연결되어 있다. 떨어지는 사과는 분명치 않은 채로 그의 마음을 교란한다. 그것은 그로 하여금 술을 마시게 하고 사람들과의 교환을 구하게 한다. 그러나 그에게 결정적으로 새로운 도덕적 자각에 이르게 하는 것은 ─사실을 '깨달을 날'은 아직 오지 아니하였기 때문에, 여기의 자각은 그 자각의 단초에 불과하다.─ 혼자 있음의 상태이다. 다른 사람이 떨어져 나간 상태 또는 자신이 다른 사람으로부터 떨어져 나온 상태가 그로 하여금 풋사과의 떨어져 나감을 안으로부터 체험할 수 있게 하는 것이다.

이와 같이 이 시는 단순히 세계와 마음이 서로 미묘한 얼크러짐 속에 있음을 말할 뿐만 아니라 깨달음의 과정을 통하여 이를 보여 줌으로써, 다시 한 번 그 점을 돋보이게 한다. 바깥세상은 우리의 마음에 어떤 영향을 준다. 그러나 그것은 동시에 마음에 의하여, 다른 것이 될 수 있다. 그런 의미에서 그것은 원래 마음에 의하여 구성된다고 할 수도 있다. 그리고 이것은 어떤 계기에 한 번 일어나고 말아 버린 사건이 아니라 끊임없이 일어나고 있는 것이다. 이 시의 과정 그것이 바로 그러한 구성 행위의 한 범례가 된다.

3

오늘의 시대는 내면성을 존중할 수 있는 시대가 아니다. 안으로의 생각과 음미가 아니라 밖으로 미친 듯 회오리하는 행동과 생산과 열광이 오늘의 시대적 특징을 이룬다. 이것은 내면성의 빈곤과 소멸 또는 가치 절하로도 나타나고, 그보다도 그것은 우리가 건설하는 공간 — 모든 것이, 최선의 상태에서는 생존의 필요에, 그렇지 않은 경우, 생산과 금전의 목적에 철저하게 봉사하게끔 설계되는 공간에서 누구에게나 쉽게 증거되는 것이다. 김채수 씨의 시에서 내면성은, 사색의 공간을 얻기는 하지만, 또 바깥세상에서 그에 대응하는 공간을 발견하기도 하지만, 곧 그것을 허용하지 않는 우리의 현실에 부딪친다. 그의 내면성의 외부와의 맞부딪침은 그 나름으로 오늘의 상황에 대한 뜻있는 비판이 된다.

「종로」는 우리 사회의 가장 전형적인 공간이다. 종로를 대표하는 곳은 지하의 다방이다. 거기에는 흙도 나무도 없다. 바람도 비도 없다. 물론 아는 사람도 고향 친구도 없다. 그러나 사람이 완전히 비자연화되고 비개인적이 된 공간에서 살 수 있는가. 따라서 옛 친구를 찾기는 찾게 마련이다. 시인은 말한다.

고향친구라도 만났으면 좋겠다.
그러나 종로에는 고향친구가 없다.

새로 친구를 만들 수는 없다.
그들도 나처럼 옛 친구를 찾을 뿐이다.

고향은 지리적 공간이며, 내면의 공간이다. 그러므로 그 가장 큰 정서적 의미는 추억이 거기에 서식한다는 데 있다. 오늘의 공간은 자연이 없을 뿐만 아니라 추억이 없다. 그리하여 우리는 옛 친구만을 찾는다. 그러나 현재의 공동체의 소외로서의 옛 친구에 대한 그리움 — 이것마저도 비자연의 공간에서 생겨날 것인가?

「종로」에서 이미 비친 바와 같이 오늘의 공간의 대표는 지하이다. 「지하도」에서, 김채수 씨는 지하도의 입구에서 해바라기가 쓰러지면서 혀 없는 아이가 — 울지도 못하고 젖도 빨지 못하는 아이가 탄생하고 죽는 것을 본다. 지하도는 외부 세계의 냉혹함에 대한 사람들의 반작용으로 생겨났다.

지상은 그들에게도 쌀쌀한 모양이다.
햇살이 흙에서 엷어질 때마다
지상 벽들은 한 겹씩 더 두터워졌다.
그래서 이제는 벽들도 더 이상
두터워질 공간이 없다.

선은 벽으로 들어가고
벽은 더 큰 벽에 쌓이어
이제 사람이 들어설 자리가 없다.

그래서 지하도는 지상의 사생아가 되었다.
　　......

지하도는 그 나름의 이점을 가지고 있다. 그곳에서 아름다움도 태어나고 깊이도 태어난다.

지금은 지하도를 이용해야
얼굴이 고와지는 세상이다.
그래서 사람들은 매일 지하도를 걸으며
저마다의 길을 아름답게 설계하고
그것을 더 깊게 파가고 있다.

그러나 더욱 근원적인 것은 지상이며, 지상의 저 위로 허공이다.

지상에 나오면
그것도 허공으로 통한 것임을
깨닫게 된다.

사회적 관찰에도 불구하고, 김채수 씨는 물론 현실주의의 시인이 아니다. 그의 특징은 여전히 내면적 집중에 있다. 그러나 어떤 의미에 있어서 내면성 없는 세계가 있을 수 없다고 한다면, 세계 없는 내면성이 있을 수 없음도 너무나 당연하다. 어지러운 세상에서 내면성은 거의 사라져 버린다. 그것은, 한편으로는, 힘들여 외치는 자기 주장으로 남으면서 그 풍부함을 잃어버린다. 김채수 씨의 시에서 우리가 어떤 협소함, 빈약함 또는 경직된 냉혹함까지를 느끼는 것은 불가피하다.

릴케가 생각한 바와 같이 모든 사물들이 우리의 내면 안에 태어나고자 한다면, 그러한 내면이 빈약한 것일 수 없다. 오히려 그러한 내면에의 탄생을 통하여, 세계는 풍부함과 섬세함과 깊이를 얻는다. 그러나 어느 한 시인의 힘으로 또는 시인만의 힘으로 이러한 탄생의 작업을 이룩해 낼 수 있겠는가? 그것은 사람다운 사회를 만들어 가는 역사적 과업 속에서나 기대해 볼 수 있는 것이다. 그러나 때때로 어떤 형태로든지 이 인간 존재의 참면목이 내면적인 데 있다는 것을 상기케 하는 것은 예나 지금이나 시인의 중요한 작업의 하나이다.

(1989년)

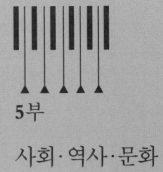

5부

사회·역사·문화

우리 문화의 의미

　근년에 와서 새로이 복원되고 단장되는 우리 문화의 유적들을 많이 본다. 좋은 일이다. 역사 변화의 태풍이 휩쓴 백 년이 가고 이제야 우리도 정신을 차릴 여유가 생겨 가는 것 같기도 하다. 개인의 주거에서와 같이, 동네나 나라에서도 물건과 자연을 놓을 자리에 놓지 않고는, 단순히 연명해 가는 이상의 사람다운 삶을 영위하기가 어렵기는 마찬가지다.

　우리는 살고 움직이고 머무는 자리를 마련하여야 한다. 또 이 자리란 우리에게 능률적이며 쾌적한 자리여야 하기 때문에 일에 필요한 것들과 쾌적한 느낌을 주는 것들을 놓아야 한다. 그리고 이러한 물건들이 될 수 있으면 익숙한 물건들이기를 우리는 바란다. 사람이 사는 곳은 단순히 추상적인 공간이라기보다는 큰 의미에서이든 작은 의미에서이든 역사적 공간 — 시간 속의 사람의 삶의 궤적을 나타내는 공간이기 때문이다. 하여튼 우리가 주변을 정리하고 또 이러한 정리 과정 중에 예로부터 전해 오는 물건들을 복원 보수하여 놓는다는 것이 좋은 일임에는 틀림이 없다.

　물론 오늘날 우리 주변에 복원되는 문화재, 새로 문화재를 보관 진열하기 위한 건물, 또는 새로 정리되는 길거리들에 대하여 이런저런 의견과 비판이 없을 수는 없다. 새로 단청한 절, 목조 건물을 개조하여 콘크리트로 대체한—그것도 규모와 모양을 달리하여 대체한 건물들, 또는 옛 모양을 모방하여 새로운 건축과 장식의 일부로 편입한 여러 가지 한국적 모티프들—이러한 것들은 좀더 잘할 수 있었을 텐데 하는 개선론의 대상이 되고 비판의 대상이 되기도 하고 또는 거부감을 불러일으키는 원인이 되기도 한다.

모든 새로운 것은 주목의 대상이 되고, 흔히는 무엇인가 꼭 맞지 않는다는 느낌을 주기 쉽다. 물건들이 우리에게 익숙해지는 데에는 시간이 필요하다. 어떤 물건들은 설사 우리 자신에게 익숙하지 않더라도 사람과 익숙한 관계에서 존재해 왔다는 느낌을 줄 수도 있다. 또 어떤 물건들은 실제로 우리 삶의 능률적이고 행복한 영위에 장애가 되거나 불필요한 것일 수도 있고 이러한 것은 시간이 지나도, 어느 정도 순치될 수는 있을지라도 결코 우리 삶의 자연스러운 일부로 흡수되지는 아니할 것이다. 궁극적으로 우리가 사는 자리에 놓이는 물건의 의미는 그 사는 자리와의 유기적인 관계에 의하여 결정된다.

이미 말한 바와 같이 이 자리는 추상적인 공간이라기보다는 삶의 공간이다. 따라서 그것은 삶의 능률을 높여 주는 것일 때 가장 좋은 공간이다. 이 능률은 실제적인 작업의 능률을 말하기도 하지만, 우리의 행복의 느낌을 높여 주는 여러 조건들을 말하기도 한다. 다시 말하여 이러한 능률의 공간은 사물과 사람의 다양하고 지속적인 관계를 보장해 주는 공간이어야 하는 것이다. 이렇게 생각해 볼 때, 오늘날 새로이 복구되는 문화재, 또 나아가 사상과 제도의 의식들에 대하여 우리가 딱히 편한 느낌만 갖지 않는 것은 이러한 것들과 그 놓이는 공간과의 어울림에 대하여 우리가 자신을 가지고 있지 아니하기 때문이라고 할 수 있다. 또는 더 나아가 우리는 이러한 공간이 도대체 존재하는 것인지에 대해서도 별로 자신을 가지고 있지 못하다.

대체로 문화란 무엇인가? 얼핏 생각하여 이것은 여러 가지 문화적 구조물의 관점에서 가장 쉽게 설명될 수 있는 것 같다. 말할 것도 없이 문화재라고 불리는 것들, 옛날의 왕궁이나 사찰, 또 그곳에 있는 여러 가지 장식적, 실용적 기물들, 전통적인 학문과 문학의 유산, 미술과 음악과 제의 ─ 이런 것들이 문화를 나타낸다. 오늘날의 것에서도, 좁은 의미의 실용성을 넘어서서 약간의 기쁨을 주게끔 설계된 집들, 기념탑, 조각, 책, 그림, 교향악, 각종의 놀이, 축제 ─ 이러한 구조물과 가시적인 행위들이 문화를 나타낸다. 다시 말하여 문화적 구조물이 문화를 나타낸다. 그러나 이 구조물과 문화는 반드시 일치하는 것은 아니다. 문화는 문화적 구조물보다는 포괄적인 것으로 생각된다. 어쩌면 그것은 어느 특정한 구조물 또는 구조물의 집단보다는 그 총계를 나타내는 것인지도 모른다. 그러나 다른 하나의 관점은 문화를 이러한 구조물을 만들어 내는 창조의 장, 또는 그러한 창조의 힘으로 보는 것이다. 그렇다면 이러한 문화 창조의 힘은 무엇인가? 가장 간단히는 문화적 구조물을 만들어 낼 수 있는 생산력을 말한다.

이 생산력은 공업을 통하여 또는 상업적 관련에서 개발 증대될 수 있다. 그러나 생산의 힘 자체가 그대로 문화의 힘일 수는 없다. 생산의 힘으로 하여 얻어지는 구조물들은 생산의 힘을 과시하고 또는 소유의 거대함을 과시할 수는 있어도 곧 문화의 힘을 과시하는 것이 되지는 아니한다. 생산의 힘 없이 문화적 구조물이 만들어지기는 어려울 것이나 문화의 본질은 물건의 창조보다 그 향수의 가능성에 있다. 한 편의 시는 어떻게 하여 한 편의 시가 되는가? 그것은 독자에 의하여 감상됨으로써이다. 우리는 좋은 시를 인쇄할 수도 있고 공책에 베껴 넣을 수도 있고 손바닥에 적어 놓을 수도 있다. 그러나 읽혀지고 감상되고 감동의 근거가 되기 전에는 그것은 큰 의의를 가지지 못한다. 음악은 연주되어야 하고 이해되고 감상되어야 음악이 된다. 이것은 그림이나 조각이나 건물의 경우에도 마찬가지다. 이것은 문화를 받아들이는 쪽에서의 이야기이다. 만드는 쪽에서는 어떠한가? 이것은 그쪽에서도 마찬가지다. 또는 그쪽에서는 더욱 그렇다고 할 수 있다.

어떤 물건의 기쁨을 주는 계기를 알지 못하고 어떻게 그러한 기쁨의 계기가 되는 물건을 만들 수 있겠는가? 물론 외양만이 예술적인 것들이 없는 것은 아니다. 그러나 그것들은 우연의 소산이거나 어디까지나 외래품 또는 기존의 것의 외면적인 모방에서 만들어진 모조품에 불과하다. 이렇게 생각해 보면, 문화를 만들어 내는 힘은 생산의 힘이 아니라 문화를 만들어 내는 힘 이외의 다른 것이 아니다. 이 힘의 근본은(이것을 구체적 물건이나 행위나 제도로 표현할 수 있는 능력과 합하여) 기쁨을 가질 수 있는 힘에 있다. 기쁨은, 빠른 상태에서 우리의 생명 작용이 적절하게 움직이고 있음을 나타내는 내적 감각이다. 그런데 문화의 근본에 들어 있는 것은 여러 가지 형태의 조화에 대한 느낌이다. 기쁨은 우리의 삶으로부터 우러나오는 에너지의 자각 증상이다.

그런데 이것은 바깥세상과의 접촉에서 의미를 갖는다. 결국 사람은 하나의 독립된 유기적 체계이면서 또 세상과 하나의 체계를 이루고 있다. 사람과 바깥세상의 에너지가 바른 균형을 이룬 것을 알 때, 우리의 기쁨은 특히 심미적인 성격을 띤다. 달리 말하여, 우리와 세계를 한데 묶은 체계의 균형의 인지가 심미적 기쁨의 근원이 된다고 할 수도 있다. 그런데 에너지를 매개로 한 우리와 바깥세상의 접촉은 일시적인 것이 아니라 하나의 지속적인 작용이다. 따라서 우리가 우리 자신과 세상의 균형에 관심을 갖는 것은 우리 자신의 시간적 지속에 있어서의 균형, 또 우리 자신과 환경과의 지속적인 균형에 관심을 갖는다는 것을 뜻한다. 물론 이러한 균형의 인지, 또 이에 대한 관심 그것이 그대로 심미적 기쁨의 전부가 되는 것은 아니다.

그것은 의식되고 강조됨으로써 비로소 본격적으로 심미적인 기쁨이 된다.

이 세상과 우리와의 강조된 균형을 표현하는 것이 예술이다. 그러나 모든 문화적 작업에는 정도를 달리하여 세상과 우리와의 균형에 대한 기쁨의 인식이 포함되어 있다. 그것은 근본적으로 우리의 삶에 대한, 우리의 삶과 세계와의 조화에 대한 찬미이다. 이렇게 말하는 것은 문화가 문화적 구조물이 아니라 내적 상태라고 말하는 것이다. 물론 내적 상태라는 것은 그것이 현실에서 유리되어 있는 내면의 환상이라고 하는 것은 아니다. 문화적 인식은 현실과 우리와의 지속적 관계에 대한 인식이다. 여기의 관계는 단순히 수동적인 뜻에서의 투영을 말하는 것이 아니다. 사람은 세상에서 능동적으로 산다. 우리의 세상과의 관계는 우리의 능동적 에너지에 의하여 매개된다.

다 알다시피 예술이나 문화는 단순한 상태가 아니라 창조적 상태이다. 기쁨의 인식에서 넘치는 에너지는 행동이나 물질을 통한 표현에 나아감으로써 비로소 소화된다. 그러니까 다시 말하여, 문화적 구조물은 그 자체로서가 아니라 창조적 에너지의 증표로서만 의미가 있고 가치가 있는 것이다. 문화의 공간은 이렇게 하여 만들어진다. 우리와 바깥세상과의 교호 작용은 시간이 지나는 사이에 우리의 삶의 터를 점점 조화의 순간의 기념비로 차게 한다. 그리고 우리는 이러한 기념비들로부터, 또 이러한 기념비들이 구성하고 있는 조화된 공간으로부터 새로운 창조를 위한 영감을 얻는다. 이러한 기념비는 인위적으로 만들어진 물건, 어떤 미술품, 학문적 저작 같은 것에만 한정되지 아니한다. 여러 세대에 걸쳐서 만들어 나간 논두렁, 동네의 집들을 두르고 있는 높은 나무들 ── 이런 것들이 다 사람과 세상이 어떠한 균형에 이르렀던가 하는 사실을 이야기해 준다.

이러한 균형이 시와 그림과 음악과 과학으로 옮어진다면, 우리의 삶은 더욱 기쁨의 주제가 된다. 중요한 것은 어떤 예술품보다도 공간의 조화이다. 왜냐하면 예술이나 문화의 충동이 균형과 조화에 대한 기쁜 인식에 이어져 있다면, 그것은 부분적인 데서가 아니라 우리를 둘러싼 공간과 우리와의 전체적 균형과 조화에서 절정을 이룬다고 할 것이기 때문이다.(이 균형과 조화가 반드시 밝은 것일 수만은 없다.) 세계에 대한 우리의 균형 감각은 비극적 균형까지도 포함할 수 있다. 그러나 이런 어두운 균형이 혼란을 의미하지는 아니한다. 그러나 이러한 조화된 공간보다 더 중요한 것은 이러한 공간을 만들어 낼 수 있는 기쁨의 에너지이다. 사실상 문화가 어떤 조화된 공간을 말한다고 한다면 그것은 기쁨의 에너지, 창조적 에너지에 차 있는 공간을 말한다.

우리 주변에 아직도 옛날의 문화적 유물이 남아 있고 또 이러한 것들이 되살려지고 있지만, 이미 비친 바와 같이 그것들이 놓이는 공간이 조화된 상태에 있는가 또는 그러한 공간을 구성할 수 있는 삶의 에너지가 있고 그것이 어떤 조화와 균형을 이루고 있는가 하는 것은 별개의 문제이다. 지금 우리 주변에서 보는 과거로부터의 유산이 비록 우리 선조의 것이고 또 우리 자신의 것이라고 하더라도 우리가 살고 있는 공간과 시대는 이미 이러한 유물을 산출해 낼 수 있었던 공간이 아니다.

오늘날의 우리 도시와 농촌에는 서양식 또는 서양식 비슷한 건물들이 있다. 그러나 우리는 이것들에 대한 이질감을 완전히 극복하지 못한다. 그것은 대개의 모방된 것이 그렇듯이 무엇인가 진짜가 아니라는 느낌을 주게 마련이고 사실상 전체적인 조화에 있어서나 부분적인 솜씨에 있어서 원형의 정신을 놓쳐 버린 구멍들이 있음을 드러낸다. 이러한 느낌은 전 시대에서 새로운 시대에까지 남아 있는 것들에서 특히 옛날 식으로 만들어지는 새로운 물건들에서도 갖게 되는 느낌이다. 새 도시의 복판에 버려진 옛 건축물이 저절로 초라해지는 것을 우리는 많이 보거니와 이것은 도덕 규범이나 관념이나 제도의 경우에도 보는 것이다. 허례허식이란 것은 무엇인가? 아마 이것은 옛날에는 삶의 요구를 그 나름대로 나타내고 있었던 것이나 시대의 전체적인 판도의 변화와 더불어 껍데기의 규범으로 전락한 관념과 제도상의 유물을 말하는 것일 것이다. 이런 의미에서 우리가 우리의 과거로부터 또는 다른 사회로부터 아무리 좋은 물건들을 가져온다고 하더라도, 그것들이 참으로 조화된 공간을 표현하고 또 그것이 우리의 삶의 활력과 창조적 정신을 나타내고 있지 않는 한, 우리가 참으로 문화의 상태에 있다고 또는 문화를 이룩하였다고 이야기할 수는 없다.

벼락부자가 골동품과 미술품으로 그의 집 안을 가득 채운다고 하더라도 그것들은 그 집의 공간적 조화와 별개의 것으로 따로 노는 것이기 쉽고 또 그 집은 주변의 환경과 따로 놀기 쉽고 대체로 그것들은 집주인의 마음 밖으로 따로 도는 것이기 쉬운 것이다. 참으로 의미 있게 물건을 소유한다는 것은 개인적으로나 사회적으로나 쉬운 일이 아니다. 참다운 의미에서 소유되는 물건은 공존하는 다른 사물들과 일체를 이루고 거기에 사는 사람과 일체를 이루어야 한다. 이 일체감은 어디에서 오는가? 그것은 사람이 하나의 통일된 정신이란 데에 관계된다. 이 정신에 매개되지 아니하고는 사람이 만드는 어떠한 물건도 일체감을 얻기 어렵고 특히 여러 물건들이 보이지 않는 일체성을 나타내기 어렵다. 이 정신이란, 물론 엄숙한 윤리적 의미에서 좁게 정의된 정신만을 지칭하는 것이 아니다.

물론 윤리적 정신도 그 표현의 하나일 수 있지만 여기서 그것은 조금 더 유연한 심미적인 정신으로 생각되는 것이 옳다. 어떤 사람이 지니고 있는 물건, 그의 몸짓, 몸차림, 말투 ─ 이러한 작은 것들이 다 그 사람을 나타낼 수 있음을 우리는 알고 있다. 우리가 말하는 정신은 사람의 여러 물질적, 행동적, 언어적 표현을 관류하고 있는 어떤 통일된 스타일과 같은 것이다. 이러한 스타일이 누구에게나 있는 것은 아니다. 그것은 스스로를 온전하게 지킬 수 있는 자유로운 사람만이 가질 수 있다. 그러지 않고야 그의 정신이 유연하게 그의 품성의 물질적, 행동적, 언어적 표현에 스며들어 갈 수가 없을 것이다. 또 그 정신은 모든 사물을 향하여 나아가며 또 스스로 안으로 통일을 이룰 수 있는 상태 — 밖으로 나아가고 안으로 들어오는 작용이 활발한 상태에 있어야 한다. 그리고 이것은 무엇보다도 동시대의 다른 정신들과 자유롭게 교환하는 것이어야 한다. 알다시피 문화는 한 사람의 창조라기보다는 복합적인 정신의 창조이다. 사람은 모든 사람과의 직접적 간접적 접촉에서 기쁨을 느낀다. 그러나 무엇보다도 사람이 즐기는 것은 서로 다르면서도 통할 수 있는 다른 사람들과의 교감이다. 또 어떠한 발명품이나 문화적 구조물은 수많은 정신의 창조적 상상력의 교차점에서 생겨난다.

참으로 미적 만족을 주는 작품에는 얼마나 많은 생각과 느낌과 솜씨가 숨어들어 있는가? 이것들은 한 사람의 힘으로는 얻어질 수 없는 수많은 고안과 발명의 퇴적이다. 흔히 천재가 문화 창조의 담당자라고 생각하지만, 하나의 천재가 존재하는 방식은 대체로 높은 산이 존재하는 방식에 비슷하다. 가장 높은 산꼭대기는 그것보다는 낮으면서 그에 육박하는 산꼭대기를 발판으로 하여 서 있고 또 이 두 번째의 산꼭대기는 다른 산꼭대기를 토대로 하여 서 있다. 천재는 앞서간 또는 상대의 마음의 산맥 가운데 조금 더 높이 선 산꼭대기에 불과한 것이다. 그는 차라리 집단의식의 대표이다.

여기에서 주의할 것은 이러한 집단의식은 안으로부터 작용하는 것이라는 점이다. 다른 사람의 느낌이나 생각, 사회 전체의 느낌이나 생각이 밖으로부터 올 때, 그것은 우리 정신의 주체적 작용의 일부가 아니라 그것을 제한하고 억제하는 이질적 요소가 된다. 한 사람에게 맛이 있다는 것도 스스로 그것을 즐길 용의가 되어 있지 않은 사람에게는 그것을 먹는 것은 가장 괴로운 일이 된다. 짝사랑의 문제도 이와 같은 데에 있다. 한 사람의 사랑은 합일의 기적이 없을 때, 다른 사람에게 지극히 거추장스럽고 괴로운 것이 된다.

말할 것도 없이 집단의식 — 우리 정신에 대하여 객체적인 제약으로 작용하는 것이 아니라 우리 자신의 주체적 정신의 확대로서의 집단적 의식은 여러 사람들의 상호 작용을 통해서 이루어진다. 그러나 이것이 집단적 유대 의식의 필요에 대한 직접적인 강조를 통하여 이루어진다고 말하는 것은 인간의 정신을 지나치게 단순하게 보는 일이다. 그것보다도 정신은 그 자체로보다는 사물과의 관계에서 작용하는 것을 본령으로 한다. 같은 정신은 같은 상황에서 형성된다. 같은 상황에서 삶의 기본적인 요건의 확보를 위하여 행해지는 상호 신뢰적이고 협동적인 참여가 집단적 의식의 근본을 이룬다. 그리고 이 근본적 참여에 대한 체험과 인식은 기쁨의 원천이 되고 우리의 정신에 심미적인 세련과 확대를 부여한다. 이 기쁨은 개체적일 수도 있고 집단적일 수도 있다. 그러나 어느 경우에나 그것은 서로 교환되고 참여되어 하나를 이룬다.

문화의 근본이 조화와 균형의 공간 형성에 있다면, 이 공간은 좁은 것일 수도 있고 넓은 것일 수도 있고, 또는 단순한 것일 수도 있고 복합적인 것일 수도 있다. 문화적 통합은 우리 생활의 작은 일부분만에 걸친 것일 수도 있고, 매우 포괄적인 것일 수도 있고 또 매우 단순한 것들에 포함하는 것일 수도 있고 서로 다른 많은 요소들을 커다란 긴장 속에 거머쥐고 있는 것일 수도 있다. 그러나 어떤 경우에 있어서나 단순한 것이 그 핵심을 이룬다고 하여야 할 것이다. 문화적 조화는 크게 세련되고 확대될수록 높은 단계를 표현한다. 그러나 이러한 세련과 확대는 조화의 근본을 잃어버릴 위험을 갖는데, 그리하여 지리멸렬의 상태에 떨어질 수 있다. 중요한 것은 문화의 생명적 근원을 유지하는 것이다.

문화는 그것이 아무리 우리의 기쁨을 크게 하고 아기자기하게 하는 것이라 하더라도 근본적으로는 삶의 고양에 — 개체적 삶과 아울러 공동체적 삶의 고양에 기여하는 한 의미를 갖는 것이다. 문화의 데카당스를 말할 때, 그것은 이러한 단순한 삶의 핵이 빠져 버린 문화의 지나친 세련과 확대를 지칭하는 것이다. 말기 증상 속의 문화에 있어서 아름답게 하려는 문화의 노력은 퇴폐적인 장식의 번창 속에 삶의 단순하고 기본적인 진실을 호도하거나 그것은 자연스러운 신장을 방해하는 작용을 한다.

문화의 통합 작용은 지역적으로 말하여질 수도 있다. 그러한 작용은 촌락 공동체에 걸치는 것일 수도 있고 보다 넓은 지역, 한 사회, 한 국가에 걸치는 것일 수도 있고 또는 이를 넘어서서 인류 전체에 뻗어 가는 것일 수도 있다. 그러나 문화가 부분과 부분의 일체적인 조화를 이야기하는 것이라면, 그 통합 작용의 범위에는 어떤 한계가 있을 수밖에 없다. 아니면 적어도 거기에는 범위의 확대와 더불어 질적인 변화가 있게 마련이다. 촌락 공동체를 단위로 한 문화 속에서 우리가 갖는 일체감은 물리적이며 정서적이다. 그것은 직접적이고 즉시적인 일체감이다. 그러나 그 범위를 넘어갈 때 우리의 일체감은 좀 더 추상적인 고려들에 의하여 매개될 수밖에 없다. 사회 전체나 국가 단위에 있어서 우리는 전통적 문화의 상징과 훈련된 사회의식이나 민족의식의 도움을 필요로 한다. 인류의 문화적 일체성에 대한 인식은 이성적인 추상화의 오랜 습관을 통하여 비로소 얻어진다. 어떠한 종류의 일체적 문화 인식도 다 같이 바람직한 것이다.

그러나 우리의 환경과의 일체적 의식은 신체적, 실존적 개입에 관련되어 있기 때문에 구체적인 생활의 구역을 넘어가는 지역에 대한 유대감은 약한 것이 될 수밖에 없다. 물론 오늘날 우리의 생활권은 우리가 신체적으로 움직여 다닐 수 있는 거리 내에 한정되지 아니하기 때문에 우리의 일체적 의식도 촌락 공동체를 넘어갈 수밖에 없게 되었다. 그리하여 이것은 민족 국가에 일치될 것이 요구되고 있지만, 이러한 현실과 요구에 우리의 의식이 적응되기가 쉬운 일은 아닌 것으로 생각된다. 거기다가 오늘 세계의 상호 연계 관계와 통신의 발달은 인간 전체의 운명까지도 우리의 의식 속에 포함시킬 것을 요구하고 있다.

전통적인 우리의 삶을 돌아볼 때, 우리 문화의 특징은 그 단순한 일체성에 있었던 것이 아닌가 하는 인상을 받는다. 지역적으로 가장 중요한 생활의 단위는 촌락 공동체였다. 생활을 지탱해 주는 것은 소규모의 농업이었다. 따라서 넓은 지역의 적극적인 통합은 불필요한 것이었다. 중앙 권력의 행정 조직이 있었으나 실질적인 생활의 관점에서 볼 때, 이것은 촌락의 공동체 위에 덮어 세워진 상부 구조에 불과했을 가능성이 크다. 전국적으로 상당한 정도의 동질적인 문화가 있었으나 이것은 적극적인 교섭과 상호 작용의 결과였다기보다는 같은 종류의 적응에 밀접히 관련된 현상이었을 것이다. 물론 같은 종류의 이데올로기가 의식적인 문화에 통일성을 부여하였다.

이 이데올로기는 주어진 생태계의 인위적인 변형보다는 그것에의 적응과 조화를 강조하는 것이었다. 그러니까 소규모 농업 사회에서의 자연 발생적 생활 태도로부터 크게 벗어져 나가는 것이 아니었다. 삶과 사고의 주제는 조화──자연과의 조화, 인간 상호 간의 조화였다. 물자의 지나친 축적과 소비는 억제되어야 했다. 사람과 사람의 관계는 이익보다는 정해진 예절에 의하여 조정되었다. 정치적 권력은 엄한 법이나 형벌을 통하여서, 보다 온화한 도덕적 감화와 공동체적 견제를 통하여 작용하는 것이 마땅하다고 생각되었다. 물론 이것은 현실이라기보다는 이상을 이야기하는 것이라고 말하여야 할는지 모른다. 제한된 규모 안에서나마 부의 축적을 위한 싸움은 없어지지 아니하였고 조선 시대의 후기로 갈수록 격화되었다. 전체적인 부의 축적의 억제는 오히려 다원적 세력 중심의 발달을 억제하여 권력에 대한 견제 요인을 제거하는 역할을 하였다.

인간관계를 규정하는 예의는 헛된 형식주의가 되고 대부분의 경우 수

직적 위계질서만을 강화시켜 평등하고 자유로운 인간관계의 발달을 저해하였다. 이러한 부작용을 계산에 넣지 않더라도, 자연에의 적응과 조화를 강조하는 소극적인 삶의 태도는 경제의 발달을 억제하고 또 인간성의 자유분방한 전개를 자극하지 못하였다. 이러한 부정적인 면에도 불구하고 절제된 조화의 이상은 우리의 과거의 삶에 있어서 규범적인 의의를 가진 것이었고 상당한 정도로 현실 그것을 만들어 낸 힘이었다. 이러한 조화의 이상은 우리 문화의 이해에 중요한 의의를 갖는다. 나는 위에서 조화된 문화적 공간이 없는 재산으로서의 문화재가 참다운 문화를 표현할 수 없음을 시사하였다. 이것은 바로 우리 전통문화의 이상에도 부합되는 것이다.

전통문화에서 중요한 것은 조촐한 조화의 삶이지 물질적 장식이 아니었다. 우리는 종종 우리의 문화유산이 다른 사회의 그것에 비하여 빈한한 것임을 느끼는 때가 있다. 물론 세계적인 스케일에서 우리 문화유산도 결코 적다고만 할 수 없겠으나, 우리는 그것이 중국이나 로마나 영국이나 이런 곳의 것에 비하여 양적으로 적고 질의 섬세함에 있어서 열등하다는 느낌을 더러 갖는 것이다. 그러나 방금 말한 대로 어쩌면 물질적 소유보다도 조화된 삶에 대한 강조가 바로 그러한 유산의 양적, 질적 축소를 가져온 것이 아닐까? 절제된 조화의 이상의 관점에서 거창한 기념비나 지나치게 정교한 세공품은 비문화적인 것일 수도 있는 것이다.

이조 자기, 수묵의 산수화, 조촐한 전원생활의 만족을 이야기하는 시조, 일상적 사건들에 대한 담담한 관찰을 기록한 시화, 수필, 잡기 ─ 이 모든 것들은 그 고결한 단순성에 있어서 조화된 삶 ─ 자연과 인간의 절제된 균형을 목표로 하는 조화의 이상을 표현해 준다. 이러한 문화유산들은 신흥 부자의 거실에서, 박물관에서 재물이 될 때 초라한 물건들로 전락한다. 그리고 그 문화적 의미를 상실하고 만다. 문화의 의미는 삶에서 발견되어야 한다. 문화적 대상들 속에서 그 삶은 조그마한 조화의 공간으로서, 그 공간 속의 온화한 정신으로 존재하였다. 이것은 우리가 그러한 공간과 그 정신을 직관하고 그것을 전체적으로 재구성해 볼 때 되살아난다. 이 재구성은 학문적 노력과 무엇보다도 삶의 단순한 핵심이 무엇인가를 잊지 않는 상상력의 작업으로 얻어질 수 있을 것이다.

그러나 그보다도 전통문화의 정신은 오늘의 삶에, 또 우리가 건설하려는 미래의 삶에 재현될 때 되살아날 것이다. 이것은 중요한 일이다. 과거의 단순한 삶의 비전이 우리 자신의 또는 우리 선조의 과거이기 때문에만 중요한 것은 아니다. 추억은 우리의 마음을 가라앉히고 우리로 하여금 세상과 사람들에 대하여 조금 더 유장한 태도를 가질 수 있게 한다. 그러나 과거의 단순한 삶의 비전을 되돌아보는 것이 중요한 것은 매우 긴급한 현실적인 이유로 인하여서이다. 현대의 세계사는 서양 과학 기술의 역사이다. 그리하여 우리의 지난 백 년 또한 이 세계사에 합류하는 고통의 역사였다. 그러나 우리는 이제 자연과 인간에 대한 적극적이고 공격적인 서양적 삶이 하나의 고비에 이르렀음을 느낀다. 물리적으로는 그러한 공격적 삶이 자연 생태계의 한계에 부딪치는 데에서 이러한 고비를 느낀다.

사람의 역사는 과학 기술이 발달한 지난 삼백 년 동안에 생긴 것도 아니고 농업 기술과 그 결과로 등장한 전투적 사회가 형성되기 시작한 일만 년 전의 신석기 농업 혁명과 더불어 생긴 것도 아니었다. 지금 바야흐로 일어나려고 하고 있는 것은 인간이 백만 년 또는 삼백만 년 또는 그 이상으로 익숙해 온 자연환경의 소멸이다. 뿐만 아니라 사람은 기술 문명이 가져오는 행복이 일시적인 환영에 불과하며 본질적인 면에 있어서, 즉 자유롭고 평등한 상태에서 서로 협동하며 일하고 자연의 은총을 즐기는 단순하고 기초적인 행복의 면에 있어서 크게 이룩한 바가 없음을 깨달아 가고 있다. 인류는 어느 때보다 조촐한 행복의 범례들을 필요로 한다. 그중의 하나가 우리의 전통적 삶의 비전이다. 물론 우리는 곧바로 옛날로 돌아갈 수는 없다. 아마 그것은 이미 한계에 부딪쳐 있는 삶이었을 것이다. 막스 베버는 유교 사상의 핵심을 요약하여 모든 정열을 억제하는 데에서 가능해지는 합리주의라고 설명한 바 있다. 우리의 과거의 삶이 반드시 이러한 설명에 맞아 들어가는 것인지 어쩐지 잘 알 수는 없으나, 그것이 사람의 보다 분방한 에너지를 용납하지 아니하는 종류의 삶이었다고 말할 수는 있을 것이다.

우리는 보다 정치(精緻)하게, 보다 넓게 삶을 실현하려는 에너지의 정당성을 인정하여야 할 것이다. 또 우리는 말 없는 정감적 일체성이 억압적 성격을 띨 수 있다는 것을 알고 비판적이고 보다 이상적인 원리에 따라서 사람의 관계와 세계와의 관계를 생각하는 습관도 길러야 할 것이다. 넓고 다양한 삶은 정감적인 것을 잊지 않으면서도 이상적인 조정의 여유를 펼쳐 나가는 질서 속에서만 가능하다. 이것은 우리 사회의 삶에 있어서나 세계적 인간 공동체의 삶에 있어서나 마찬가지이다. 그러면서도 우리는 우리 삶의 실존적 뿌리를 갚게 우리 자신의 토양에 유지하여야 한다.

(1982년)

문물과 문화의 주체성

우리 문화의 주체적 발전을 위한 조건에 대한 성찰

1. 문물의 변화와 문화의 통일성

대개 외국의 문화에 감탄한다는 것은 그 나라의 문물의 번화함에 감탄한다는 경우가 많다. 조선조 실학의 중요한 한 가닥을 이루었던 북학파의 논의에 자극을 준 것은 청의 문물에 대한 감복이었다.

……여염집을 모두 높이 오량으로 세웠고, 지붕은 띠로 이엉을 하였는데, 용마루가 높고 문과 창문이 가지런하다. 거리는 죽 곧아서 양쪽의 상거가 마치 줄을 쳐놓은 것같이 정연하다. 담은 모두 벽돌로 쌓여 있다. 사람 타는 수레와 짐 싣는 수레가 길에 질펀하고, 진열해 놓은 그릇은 모두 그림을 그린 자기들이다. 그 제도가 전연 촌티가 없다.

연암 박지원은 압록강을 건너 중국에 첫발을 들여놓으면서 본 봉황성 거리의 모습을 위와 같이 기술하였다. 그리고 곧이어,

이 책문은 천하의 동쪽 끝인데도 오히려 이러한지라, 앞으로의 유람에 홀연 의기가 꺾여 여기서 바로 발을 돌릴까보다 하는 생각이 들어 온몸이 화끈해진다.[1]

라고 소감을 적었다. 밖으로부터 관찰된 문물에 대한 감복은 『열하일기』의 주요한 경험 중의 하나이지만, 이러한 감복은 북학파에서 개항 이후의 개화파 또는 오늘날에 있어서의 해외 여행자에 이르기까지 공통된 경험이 되어 있다.

이러한 데서 우리가 볼 수 있는 것은 문물의 번화함이 문화의 융성과 거의 동일한 것으로 생각될 수 있다는 것이다. 그러나 다른 한편으로 화려한 물건들이나 제도의 교묘함이 더해 가는 일과는 문화가 반드시 일치하는 것이 아니라고도 생각된다. 가령 우리가 문물제도의 번성함을 본다고 하여도 이것이 모두 다 어떤 고장 자체에서 소출한 것이 아니고, 모두가 빌려 왔거나 사 온 것이라면 어떠하겠는가. 이러한 경우, 우리의 찬탄은 상당히 줄어들게 될 것이다. 이렇게 생각해 보면, 번화한 문물에 대한 우리의 찬탄은 그것 자체에 대한 것이라기보다는 그러한 것을 만들어 내는 사람들, 그 사람들의 창조력, 달리 말하여 그 사람들의 정신에 대한 것이다.

단순한 사물들의 집합과 정신의 표현으로서의 사물들의 집합은 어떻게 다른가. 칸트는 아름다움을 어떤 사물의 집합이 드러내 주는 목적성에 관련시켜 설명하였다. 그리고 자연의 아름다움과 예술 작품의 아름다움 사이에 존재하는 차이를 이 목적성의 현실성 여부에 두었다. 다시 말하여, 어떤 경우에나 아름다움은 목적성에 있고, 이 목적성은 사물을 주재하는 정신의 흔적으로 생각된다. 이 정신의 존재는 자연의 경우에 있어서 하나의

---

1 윤재영 역, 『열하일기(熱河日記)』(박영사, 1982), 41~42쪽.

착각이거나 아니면 막연히 또는 신비적으로 추정될 수 있음에 불과하고, 예술 작품에 있어서, 그것은 의심할 수 없는 현실로서 생각될 수 있다. 이 목적성은 외적으로 볼 때는 통일성으로 — 기계적이거나 경직된 단일성이 아니라 다양한 가운데 엿보이게 되는 통일성으로 표현된다. 흔히 아름다움의 특징으로 이야기되는 '서로 다른 것들의 조화'는 이러한 통일성을 지칭하는 것이다. 아름다움과의 관련에서의 목적성이나 통일성은 대체적으로 정신의 존재를 드러내 주는 일반적인 특징이다. 문화에 있어서도 변화한 문물이 어떤 사회에 있어서의 창조적 정신의 산물로 느껴지려면, 그것은 하나의 통일성을 드러내 주는 것이어야 한다. 위에서 우리는 상식적인 입장에서 문화를 주로 문물제도의 번화함으로 말하였지만, 대체로 문화를 보편적으로 정의하고자 하는 사회 과학자들이 주로 강조하는 것은 어떤 사회의 문물이 드러내 주는 통일성이다. 그리하여 우리는 문화에 대한 논의에서, 그것이 행동의 유형이라거나 상징의 체계 또는 문화의 양식이라는 개념으로서 파악되는 것을 본다. 문화를 유형, 체계, 양식과 같은 말로 파악한다는 것은 문화의 통일성을 통해서 이를 파악한다는 말이다. 이 통일성은, 어떤 기계적인 특징으로서 생겨나는 것이라기보다는 문화가 창조적 인간 행위의 산물이기 때문에 생겨나는 것일 것이다. 이 행위는 시간 속에 지속하는 주체적 정신의 표현임으로 하여 일정한 통일성을 보여 주는 것일 것이다. 이렇게 볼 때 문화는 주체적인 정신에 대응하는 창조물이다. 물론 이때의 정신이 어떤 개체적인 것이라고 할 수는 없다. 그것은 한 시대의 사람들이 형성하는 또는 한 사회에서 역사적으로 지속하는 집단적 정신이라고 해야 할 것이다.

그러나, 문화가 정신의 표현이라고 하여, 정신의 단일성에 그대로 일치하는 것은 아니다. 그것은 문화의 핵심에 불과하다. 문화의 정신이라고 해도 창조적 정신이기 때문에 현실의 여러 국면에 표현됨으로써, 또 될 수 있으면 많은 국면에 다양하게 표현됨으로써 증거되는 정신이다. 이렇게 하여 문화는 통일성과 동시에 다양한 표현을 뜻한다. 그것은 단순한 정신이면서, 동시에 번화한 문물이다.

문화의 이 두 면은 일방적인 것이라기보다는 상호 작용의 관계 속에 있다. 사람이 주체적인 정신으로서 행동하는 만큼, 사람은 그의 모든 행동, 작품, 제도에 어떤 종류의 통일성을 부여하게 마련이다. 그런가 하면, 사람의 정신은 문화적 공간을 넘어서 있는 것이 아니라, 그것에 의하여 형성된다. 그것은 자연적 충동에 근거해 있으면서, 동시에 주위 환경에 의하여, 특히 과거의 정신적 창조의 모범에 의하여 스스로를 형성하는 것이다. 사실 그렇게 함으로써만, 정신은 분명하게 알아볼 수 있는 자기 통일성을 얻으며 또 객체적 사물 가운데 통일의 원리로서, 질서의 원리로서 지속하는 주체성이 된다.

그런데 정신과 그 소산의 이러한 상호 작용은 반드시 조화된 것으로만 성립하지 아니한다. 정신은 밖에 있는 그 소산물에 압도되어 스스로의 창조적 자유를 잃어버릴 수 있고, 또 스스로의 모범이 될 만한 문화적 유산이 없는 곳에서는 통일되고 지속적인 주체성으로 성립하지 못하게 된다. 앞의 경우는 한 문화가 지나치게 난숙하여, 우리의 정신이 이미 있는 문화적 업적에 의하여 압도됨으로써, 스스로가 창조적 존재임을 망각하는 경우이고, 뒤의 경우는 문화의 초창기에 있어서 모든 것이 시험되면서 이것이 일정한 업적으로 이룩되지 못하며, 그러니만큼 우리의 정신도 스스로를 하나의 주체적인 의식으로 파악하지 못하는 경우이다.

이러한 두 경우에 있어서, 문화는 건전한 균형을 잃은 상태에 있다고 하여야 할 것이다. 그러나 이 둘 중 더 심각한 것은 문화의 창조적 주체성을 망각하거나 놓쳐 버리는 경우이다. 그렇다는 것은, 섬세하고 난숙한 문화의 개화는 창조적 주체성과 통일성과의 관계에서만 가능한 것이기 때문이다. 뿐만 아니라 이 후자와의 관계없이 벌어지는 문물은 우리의 삶의 쾌락을 더해 주는 만큼 또 혼란을 가중시킬 수 있는 것이다. 결국 위에서 말한 바와 같이, 사람이 내적인 주체성에 의하여 자기 통일성을 유지하며, 외적인 통일성에 의하여 삶의 일관된 질서를 형성하는 데에 문화의 근본적인 의미가 있는 것일 것이기 때문이다. 문화는 통일된 유형, 체계 또는 양식으로서만 그 의의를 갖는 것이다.

2. 외래의 문물과 문화적 혼란

우리의 현대사를 돌아볼 때, 그것은 거의 한결같이 문화의 통일성을 깨뜨리려는 충격의 연쇄인 듯하다. 이 충격은 말할 것도 없이 주로 밖으로부터 오는 것이었다. 밖으로부터의 세력은 제일차적으로는 제국주의적 침략의 형태를 취하고 그것은 정치적 주권의 상실을 가져왔지만, 이러한 외침과 주권의 상실이 단순히 정치적인 결과만을 가져온 것이 아니라 커다란 문화적인 충격을 가져왔다는 것은 새삼스럽게 상기할 필요도 없는 일이다. 어떤 정치적인 충돌도 문화적 충돌을 수반하는 것임은 당연한 것이나 19세기에서 20세기에 걸친 외세의 문화적 충격은 어느 때에 있어서보다 큰 것이었다. 서양과 동양, 또는 적어도 동아시아 문화권에서 서양적인 것을 대표하는 일본과 한국의 대결에 있어서, 이 대결은 단순한 힘의 대결로보다는 두 삶의 방식, 두 문명의 방식의 대결이었다. 대결하는 두 문화의 차이는 무력이나 수의 차이가 아니라, 무기의 차이, 조직의 차이, 더 나아가 이러한 차이를 만들어 낼 수 있는 생산 체제, 사회 체제, 이념 체계의 차이였기 때문이다. 이 대결과 차이의 체험을 통하여 우리는 서양에서 배워야 할 필요를 절실하게 느끼면서, 다른 한편으로는 우리의 전통적인 삶의 정당성에 대하여 깊이 회의하기 시작하였다. 그리하여 정치적 독립을 얻은 후에도 우리의 문화적인 대외 의존은 그대로 지속되어 왔을 뿐만 아니라 오히려 근대 국가 건설의 요청과 부수하여 더 성화되었다. 특히 1960년대 이후에 추진되어 온 근대화는 외래 문화의 수입을 어느 때보다도 급속하게 촉진하였다.

대체로 보아 근대화는 우리 사회의 문물제도를 다양하고 풍부한 것이 되게 하였다. 그러면서도 이러한 문물은 다른 한편으로 정신의 자유로운 자기표현에는 거추장스러운 짐으로 작용한 점도 많았다. 민중과 엘리트, 지방과 중앙, 한국과 소위 선진 여러 나라의 관계는 눈치의 관계로 엮어지게 되고, 우리는 스스로의 삶을 자기의 자연스러운 느낌으로 일관성 있게 또 창조적으로 살아갈 자유를 상실한 것이다. 복장, 건축, 예의, 식생활 등의 생활문화로부터, 사회, 경제, 정치, 교육의 제도, 또 음악, 미술, 문학, 철학 등의 고급문화의 여러 분야에 이르기까지 새로운 것이 도입되고, 이러한 것들은 우리의 생활을 잠재적으로 풍부하게 하면서, 실제에 있어서는 우리의 정신과 행동, 또 물질생활로부터 자유로운 자발성과 자연스러운 조화를 빼앗아 갔다. 사회, 경제, 정치 제도 등이 아직도 우리에게 잘 어울리지 않는 의상처럼 어설픈 느낌을 주는 것은 많은 사람이 알고 있는 바이다. 이러한 부조화감은 우리의 일상생활에서도 느껴진다. 가령, 멋없이 기능적이기만 한 건물들이 우리의 학교, 면사무소, 지서 등에 처음으로 도입되었다. 아마 이것들의 특징은 무엇보다도 그것이 우리의 전통 건축 양식과 다르고 그것도 주택의 건축 양식과 다르다는 데 있을 것이다. 이 차이는 우리의 공공 제도가 국민 생활의 자연스러운 요구에서 생겨난 것이 아니라는 것을 나타내면서 동시에 미묘한 방법으로 공공질서와 국민과의 거리를 넓히는 역할을 한 것이 아닌가 하는 생각이 든다. 자신의 일상적 환경과 전혀 다른 공간에서 사람들이 조금이나마 당황하고 쭈뼛쭈뼛해야 하는 것은 불가피한 일이다.

또는 문학에 있어서, 신문학 초기로부터 가장 핵심적인 주제로 등장한 자유연애의 문제를 들어 보자. 말할 것도 없이 남녀 간의 관계는 문학의 영원한 주제이다. 그리고 신문학 초기부터 이러한 주제가 등장한 것은 전통적 제도 아래에서 자유로운 남녀 관계가 억압되고, 억압되어 있는 만큼 긴급한 해방을 요구하는 것이었기 때문이었을 것이다. 그러나 서양 문학, 특히 낭만주의 이후의 서양 문학의 영향이 아니었더라면, 당대의 현실 자체가 자유연애를 시대의 핵심적인 문제로 등장케 할 성질의 것이었을까 하는 의문을 우리는 가질 수 있다. 또는 연극에 있어서, 서양의 사실주의 연극이 다분히 가정을 그 드라마 전개의 핵심으로 삼으며, 또 이 가정에 있어서의 연극적 상호 작용의 장으로서 응접실이나 거실이 핵심적이라는 것을 생각할 때, 이러한 연극이 우리 현실 속에 정착하는 데 어려움을 가지리라는 것은 쉽게 생각할 수 있는 일이다. 또 그 외 우리의 사상 생활, 가령 인문, 사회 과학 분야에서 서양 이론과 개념과 우리 사회의 현실과의 괴리도 우리가 익히 들어 아는 바이다.(그런가 하면, 우리를 외래적인 것에 친숙하게 하는 끊임없는 훈련이 없는 것은 아니다. 교육 제도와 내용도 이러한 관점에서 분석될 수 있는 것을 많이 포함하고 있으나, 일상생활의 차원에서 대중 매체와 광고는 이에 가장 큰 역할을 담당하고 있다. 그러나 이것은 각도를 달리하여, 주체적인 삶을 훼방하는 가장 큰 요인으로 작용한다고 판단될 수도 있는 것이다.)

물론 근대화와 외래 문물의 도입을 단순히 외래 것의 수용 또는 외래 것에 의한 문화적 주체성의 상실이라는 관점에서만 논할 수는 없는 일이다. 외래의 것을 받아들이는 것, 더구나 이것을 적극적으로, 또 체계적으로 받아들인다는 것은 주체적 능력이 후퇴하고 수동적 상태에 있다는 것을 뜻하지만은 않는다. 이것이 주체적 에너지의 막대한 방출을 의미할 수 있다는 것은 지난 이십 년간의 근대화 과정에서 우리가 몸소 겪은 바 있는 일이다. 그리고 수용의 과정이 적극적 에너지의 투입을 필요로 한다면, 그러한 과정에는 주체적인 선택이 개입되게 마련이다. 아니면 수입의 정도가 일정한 포화 수준에 이름과 더불어 우리의 문화 능력은 적극적인 선택과 재창조, 창조적 재통합의 단계로 나아갈 것이라고 할 수 있을는지 모른다. 우리가 이 시점에서 근대화가 아니라 자생적 발전을 모색해 보려는 것도 우리가 이러한 단계에 이르렀다는 증후라고 볼 수도 있다. 하여튼 위에서 말한 여러 가지 역기능에도 불구하고, 우리가 근대화와 외래의 문물을 부정적으로만 말할 수 없는 까닭은, 그것이 불가피한 것이라는 것과 또 문화의 근본 문제는 무엇이 자생적인 것이냐 외래적인 것이냐 하는 것이 아니라 그것이 어디서 온 것이었든지 간에 어떻게 자유롭고 조화된 삶의 양식 속에 통합하느냐 하는 문제라는 사실에 있다.

3. 전통문화의 역할

그러나, 위에서 비친 바와 같이, 주체성이 그냥 주어지는 것이라기보다 문화적으로 형성되는 것이라고 한다면, 문화의 주체적 통합은 단순한 의지만으로 이루어질 수는 없는 것이라고 해야 할 것이다. 그것은 끊임없이 자유롭고자 하는 정신과 문화적 업적의 상호 작용 속에서 점차적으로 형성될 수밖에 없을 것이다. 그렇다고 하더라도 우선 문화적 주체의 구성을 가능하게 하는 근거로서 우리의 전통문화를 생각해 볼 수 있다. 그러나 불행하게도 우리의 것이라고 해서 다 그대로 주체적 원리가 되는 것은 아니다. 전통의 상당 부분은 현실의 삶으로부터 우러나오며 이 삶을 규정하는 활력으로 지속하지 못하고 있다. 이것은 이미 삶이 끝나 버린 박물관의 보존물로 보인다. 그것은 우리가 돌아가 찾아보고 아끼고 하는 객체화된 물건이지 우리의 내면 속에 작용하고 있는 주체적 원리가 아닌 상태에 있다는 말이다. 주체성은 자유로운 선택과 임기응변의 변용을 통하여 지속하는 어떤 원리이다. 또 그것은 우리의 가장 근원적인 능력의 표현이기 때문에, 다른 생명의 표현이 그러하듯이, 그 활용에 있어서 일어나는 조용한 기쁨이나 뜨거운 흥분으로 증거된다. 이미 굳어 버리고 고정 관념이 된 충효나 선비의 이념은 우리가 그것들을 아무리 중요하다고 생각하고 싶더라도 기껏해야 잊지 않도록 보존해야 하는 전통적 덕성이지 발전 변화하는 사회의 창조적 원리는 아니다.

이에 대하여 우리의 민속적 전통은 보다 살아 있는 것으로 보인다. 근래에 와서 우리의 전통적인 것 가운데 참으로 살아 움직이고 있는 것이 있다면, 그것은 탈춤이나 농악 또는 판소리와 같은 것이다. 어떤 문화 형식의 죽고 살아 있음을 판가름하는 것은, 위에서 비친 바와 같이, 그것이 박물관의 경직성 속에 있느냐 아니면 변화하고 있느냐 하는 것이다. 변화하고 있다는 것은 그것이 현실적 필요에 적응하고 또 이를 표현하고 있다는 말이다. 학교의 마당에서 벌어지는 마당굿 등을 비롯한 전통적 민속놀이를 보는 사람은 그것이 오늘의 학생이나 민중의 표현 욕구에 적절한 형식을 대여하고 있음을 실감할 수 있을 것이다. 판소리와 같은 형식이 아직 살아 있다는 것은 그 공연이 청중의 예술적 에너지를 아직도 동원할 수 있다는 사실 이외에, 김지하의 시 같은 데에서 판소리의 스타일이 아직도 감각적 언어로서 효과적으로 사용될 수 있다는 사실에서도 볼 수 있다.

환언하건대, 옛날의 고급문화의 전통에 비하여 민중적 전통은 아직도 살아 있는 예술적 또는 문화적 활력을 많이 가지고 있다는 말이다. 이것은 그것이 당대적 현실과 밀착되어 있기 때문이다. 즉 고급문화로서의 유교적 이념들이 오늘날의 사회의 지배적 현실과 별 관계없는 것이 된 데 대하여, 민중적 예술 형식은 아직도 오늘의 민중이 느끼는 저항과 울분과, 무엇보다도 원초적인 생명력에서 멀지 않게 있는 것으로 보이는 것이다. 문화의 주체적이고 자생적 발전 전개의 예를 들려고 하는 경우, 우리는 그것을 이러한 살아서 변용되어 가는 민속 예술에서 찾아야 마땅할 것이다. 채희완, 임진택 씨의 "실제로 마당극은…… 기존 연극권, 나아가서는 기존 문화권 전반을 일단 부정해야 할 낡은 질서로 파악하고 이를 개선하려는 데서 민중 속에서 자연 발생적으로 분출된 커다란 해일 같은 것이며"[2], "우리의 전통문화에 새로운 활력을 공급할 발판"[3]일 수 있다는 주장은 어느 정도 수긍할 수 있는 주장이다.

그러나 전통에서 비롯하여 오늘의 삶 속에서 되살아나는 민중 문화가 우리의 당대적 문화의 전부라거나 또는 그래야 된다고 생각하기는 어려운 일이다. 문화의 중요한 기능의 하나가 사회의 내적 통합이라고 할 때, 민속 의식과 예술이 가능하게 하는 통합은 중요한 것이면서 전폭적인 것이 아니라고 생각되기 때문이다. 오늘날에 있어서 우리 사회가 지향하고 있는 것은 좋든 싫든 근대적 사회이다. 이 사회의 통합 원리는, 그것이 전부는 아니라는 것을 인정하면서도, 이성적인 것일 수밖에 없다. 따라서 근대 사회의 문화도 이성적 또는 합리적 에토스를 가진 것이어야 하며, 탈춤이나 판소리로 대표되는 전통문화는 이러한 에토스의 형성에 직접적인 관계를 가지고 있는 것으로 보이지 않는 것이다.

이것은 또 단순히 무엇이 바람직한가 하는 문제가 아니라 사실의 흐름이 어디로 가고 있는가 하는 문제이다. 비합리적 예술 형식의 운명에 대해서는 음악의 경우에 더 분명한 것이 아닌가 한다. 주지하다시피, 오늘날 우리나라에 있어서 서양 음악의 보급은 전면적인 것이어서, 음악 하면 거의

---

2 채희완 · 임진택, 「마당극에서 마당굿으로」, 김윤수 · 백낙청 · 염무웅 편, 『한국문학의 현단계』 (창작과 비평사, 1982), 191~193쪽.

3 같은 책, 194쪽.

서양 음악을 의미하게끔 되고 우리 국악은, 생각하면 어이없게도, 일종의 종족 음악의 일부로 연구되는 지경에 이르게 되었다. 이렇게 된 데는 주체성 없는 문화 식민주의의 태도가 많은 책임을 지지 않을 수 없을 것이다. 이강숙 씨는 서양 음악 우위가 이루어진 경위를 다음과 같이 말하고 있다.

> 1900년대의 우리 정부는 무엇이나 서양화에의 일로였고, 군악대도 그 때문에 설립됐고, 교육 시책도 서양화에의 일로였다. 조양구락부에 양악과가 처음 설치되었을 때, 양악인과 국악인 사이의 알력은 말이 아니었다고 전해진다. 그러나 결국 정부 시책이 양악을 지원하고 있으니 국악인이 당할 도리가 없었다는 것이다. 정치, 사회, 교육 체계의 변동이 주는 음악 양식 형성에의 영향은 이렇게도 무서웠던 것이다. 물론 '서양 음악이 좋다'는 것도 그 원인 중의 하나임은 사실이다. 그러나 음악이 좋다는 이유 하나만으로 80년 사이에 우리나라 대중의 음악 심성이 구십도의 각도로 바뀌었다는 설명에는 무리가 있다. 우리나라 아이가 국민학교에서 고등학교 졸업할 때까지 음악시간에 경험한 음악이 어떤 음악이었던가에 눈을 돌린 다음, 현상 설명을 기도하여야 한다.[4]

이강숙 씨는 이외에도 여러 곳에서 서양 음악의 범람이 주체성 없는 음악 정책의 결과란 의견을 개진하였는데, 이것은 옳은 관찰일 것이다. 그러나 이것만이 그 원인이라고 할 수는 없을 것이다. 막스 베버는 음악의 합리적 사회적 토대에 대한 연구에서 17세기 이후 20세기 초까지 우리가 아는 바 형태를 갖추어 간 서양 음악의 발전과 서양 사회에서의 자본주의적 합리성이 생활 전반의 조직 원리로서 퍼져 간 것 사이에 관련성이 있음을 말

---

4 이강숙, 「음악양식과 사회」, 한국사회과학연구소 편, 『예술과 사회』(민음사, 1979), 214쪽.

한 바 있다. 그렇다면, 일단은 한국에 있어서의 서양 음악의 보급에는, 우리가 근대화를 추구하는 한, 운명적인 것이 있는 것처럼 보이기도 한다. 또 이러한 관점에서는 전통 음악은 그에 친화 관계에 있는 전통 사회의 변모와 더불어 없어지지 않는다면 적어도 알아볼 수 없을 정도로 변모할 수밖에 없을 것이다. 이것은 다른 전통의 예술 양식들에도 일반적으로 해당되는 것으로 말할 수 있다.

이렇게 오늘의 사회에 있어서 민속적 예술 형식을 생각하면서, 우리는 사회적 통합과의 관련에서 문화의 두 측면에 주목할 수 있다. 어떤 경우에 있어서나 문화의 사회적 기능의 하나는 사회적 통합에 있다. 이 통합은 물론 물리적인 강제력이 아니라 내적인 동의에 기초해 있다. 이 통합은 두 가지로 이루어지는 것으로 보인다. 뒤르켐은 사회생활은 "의식의 유사성과 사회 노동의 분업"에서 오고, 전자는 주로 정서적 유대로 강화되고 후자는 법에 의하여 조정되어, 사회적 통합의 근원이 된다고 말한 바 있다. 이것을 문화와 관련해서 고쳐 말해 보면, 문화는 한편으로는 사회를 정서적으로 연결하며 다른 한편으로는 이성의 매개를 통하여 사회의 이념적, 제도적 정합성을 기하여 사회의 통합에 기여한다고 말할 수 있다. 앞의 기능은 종교나 예술, 의식 등을 통해서 이루어지고, 뒤의 기능은 주로 법이나 철학이나 기타 사회에 관한 학문적 고찰을 통하여 수행된다. 원시적 사회나 농경 사회와 같은 단순한 사회에 있어서, 사회적 통합은 원초적 정서들 —— 종교, 신화, 전통, 관습 등에 의하여 강화되는 원초적 정서들로 충분히 이루어질 수 있었을는지 모른다. 그러나 복합적 기능으로 분화된 사회에 있어서, 의식적 제도적 통제는 불가피하다. 이때에 중요한 매개 작용을 하는 것은 이성이다. 그렇다는 것은 사회의 한 부분과 다른 부분의 정합 관계를 살필 수 있는 것이 이성이기 때문이기도 하지만, 개인의 내부와 사회적 요구를 조화할 수 있는 것도 이성이기 때문이다. 이성은 자연과 사회의 정합성 또는 통일성의 원리이면서, 개인적인 정신의 원리이다. 그리하여 그것은 우리로 하여금 끊임없는 외부적 참조 없이도, 다시 말하여 자유로운 상태에서, 개인적이며 동시에 사회적으로 행동할 수 있게 하는 것이다.

조화된 문화에 있어서, 정서적 일치와 이성적 통일은 서로 보완 관계에 있어 마땅하다. 공동체적 의식, 특히 축제와 같은 것은 사회 성원으로 하여금 사회를 하나의 전체로서 직접 체험할 수 있게 한다. 그러면서도 개인은 그것을 제약으로가 아니라 해방으로서 체험한다. 그럼으로 하여, 집단의 체험은 개인의 사회적 통합을 위한 밑천이 되는 것이다. 여기에서 이루어지는 것은 개인의 정서적 에너지의 방출이면서 동시에 사회 속으로의 방출이다. 그리하여, 각개의 사회 성원은 개인적이며 집단적 열광을 경험한다.

그러나 일상생활과 작업의 질서는 정서적 열광 속에서 확보 유지될 수 없다. 정서적 열광의 경험은 일상적 세계에 어떤 정서적 에너지와 색채를 부여하고 그렇게 함으로써 작업과 생활에의 정서적 몰입을 가능하게 한다. 그러나 일상적 생활 자체는 오히려 우리의 정서적 에너지를 절제하고 여기에 기율을 부여함으로써 가능해진다. 다시 말하여 합리성의 규제가 필요한 것이다. 그런데 이 합리성은 정서적 일치와는 다른 방법으로 우리로 하여금 전체성에 이르게 하는 원리이다. 이것의 매개를 통하여 우리 삶의 부분과 부분은 하나로 이어지고 또 사회 질서의 전체 속에 편입된다. 그러나 이 경우에 사회 전체는 우리에게 직접적으로 주어지는 것이 아니라 우리의 부분적 작업과 삶을 규제하는 추상적 원리로서만 주어진다. 우리에게 직접적으로 주어져 있는 것은 우리의 일상적 일과 삶일 뿐이다. 달리 말하여, 여기서의 합리성은 우리가 우리의 일과 삶을 살면서 사회적 질서를 유지하고 기여하는 원리이다. 이것은 다시 말하여, 기율을 의미한다. 그렇다는 것은 여기에서 전체성이 직접적인 정서적 체험, 특히 정서적 만족을 주는 체험이 아니기 때문이다. 그러면서 이 기율은 단순히 우리의 희생만을 요구하는 것이 아니다. 결국 합리적 질서의 매개 없이는 우리와 우리 자신, 우리와 사회를 일관성 속에 유지할 수 없고, 이러한 일관성이 없이는 어떠한 의미 있는 삶도 불가능하기 때문에, 이 합리성의 기율은 우리 자신을 위한 것이다. 물론 여기에 문제 되어 있는 것은 자기 이익만이 아니다. 공공질서의 체험은 그 자체로서 의미 있는 것이며 우리의 깊은 사회적 충동을 만족시켜 주는 것이다. 더 나아가 그것은 보다 높은 이성적 체험의 기초가 될 수 있다.

지금까지의 문화의 두 가지 통합 작용에 관한 이야기는 우리가 생각하고자 하던 전통문화의 의미라는 주제로부터는 적이 멀리 떠난 것인 듯하다. 그러나 이러한 우회를 통하여 우리는 다시 마당굿과 같은 민중의 자발적 에너지의 표현이 문화적 통합 작용에 있어서 어느 일면만을 나타낸 것이라는 것을 깨닫게 되는 것이다. 그 이외에 우리가 또 필요로 하는 것은 이성적 기율을 줄 수 있는 문화이다. 전통적 유교 사상은 주로 이 정신적 기율에 관계되는 것이었다. 그러나 이것은, 이미 비친 대로, 주체적이고 창조적인 활력을 상실한 것으로 보인다. 그러면 이성적 기율을 만들어 낼 수 있는 문화는 무엇을 기초로 하여 성립할 수 있겠는가? 지금 단계에서 이것은 여러 복합적인 요소들의 융합을 통하여 점진적으로 발전될 수밖에 없다고 말할 수 있을 뿐이다.

4. 대중문화의 문제

위에서 우리는 새로운 문화의 형성에 있어서의 전통문화의 역할을 생각하여 보았다. 그런데 그것이 우리 문화의 형성에 어떠한 역할을 맡을 수 있든지, 적어도 의식화되고 형식화된 형태로는, 오늘의 생활문화에 있어서 큰 비중을 차지한다고 말할 수는 없다. 일반적인 생활 관습으로는, 그것이 우리 생활의 큰 기층을 이룩하고 있음에 틀림없겠으나, 이것은 전통적인 고급문화 또는 민중적 예술 표현과는 조금 다른 것이다. 물론 그것의 연구는 어쩌면 문화 역학의 가장 중요한 부분이 될는지 모르겠으나, 적어도 지금 단계에서 그것은 주체화된 형태로 고찰의 대상이 되기는 어렵다. 그렇다는 것은 단순히 이론적인 어려움 때문만이 아니라 그것의 구조적 파악이 어려운 때문이다. 그리고 구조적 파악 없이 의식적이고 지향적인 행동의 대상으로 고찰될 수는 없는 일이다.

보다 의식적으로 우리 생활문화에 관여하고 있으며 그것의 중요한 부분을 차지하고 있는 것은 흔히 대중문화라고 불리는 문화 형태이다. 이것은 주로 대중 매체와 대량 생산 체제하의 소비재 판매 전략에 의하여 형성되는 문화이다. 이것에 대한 비판적 검토는 국내외로 여러 사람에 의하여 시도된 바 있으므로, 여기에 그것을 새삼스럽게 되풀이할 것이 없겠으나, 논의의 편의상 간단한 언급의 필요는 있을 것이다. 우리는 지금까지 문화의 핵심으로서 창조적 주체성을 강조하였는데, 오늘날의 대중문화는 이러한 주체성으로부터 가장 멀리 떨어져 있는 성격의 문화로 생각된다. 그것은 주로 외국의 소비문화를 그대로 직수입하고 모방하거나 변형 수정하는 것이 되기 쉽기 때문에, 그것이 문화 제국주의의 전위병 노릇을 한다는 이야기도 자주 들어 온 바이다. 또 대중 매체와 소비문화의 중앙 집중적 성격이 중앙 문화 — 더 정확히는 대중 매체의 존재 방식을 결정하는 사람들이 만드는 중앙 문화에 의한 지방 문화의 비주체화를 가져온다는 것도 비판의 대상이 되어 있다. 그리고 마지막으로, 대중 매체의 문화의 발원지가 중앙이든 지방이든 관계없이, 오늘날에 있어서의 매체 형태와 그것을 유지 발전시키는 사회 조직이, 일반적인 의사 전달 또는 의사 강요만을 가능케 하는 것이기 때문에, 이러한 매체를 통하여 확산되는 문화는 개인의 주체적인 삶을 손상시킨다고도 이야기된다.

어떤 경우에나 문화는 개인을 공동체의 스타일에 매어 놓게 마련이다. 따라서 절대적인 의미에 있어서 개인의 주체적 자유는 문화 자체와 모순된 관계에 있다고 말할 수 있다. 다만 참여의 확대를 통해서 — 어떤 사람들이 주장하듯이 반드시 대중 매체 자체가 항상 쌍방 통행이어야 한다기보다는 매체의 정치적 환경이 참여를 통하여 형성됨으로써, 이러한 사정은 완화될 수 있을 뿐이다. 즉 정치와 문화의 민주화를 통하여, 개인적인 주체성은 객체화되지 않고 그대로 공동체적 주체성으로 종합되고, 뿐만 아니라 후자를 통해서 스스로의 주체적 힘의 확대를 기할 수 있게 된다는 말이다. 그러나 이것이 당대적 인간들의 생각과 행동의 총합, 산술적 총화일 수는 없다. 어떤 공동체의 주체적 결집도 개별적 의사의 총화만으로 성립할 수 없다고 하여야 하겠지만, 문화 — 단순한 집단적 관행이라는 뜻에서의 문화가 아니라 한 집단 또는 보편적 인간의 당대적이거나 궁극적인 가능성을 포용하는, 행동되고 생각된 것의 가장 좋은 것의 표현으로서의 문화에 있어서 이것은 특히 그러하다.

그러나 우리가 여기에서 이야기하고 있는 것은 오늘날의 지배적인 대중문화의 형태가 가지고 있는 문제점이다. 그런데 이러한 문제점은, 위에서 잠깐 비춘 문화의 주체적인 존재 방식이란 관점에서 볼 때, 조금 다른 관점에서 생각되어야 할 것으로 보인다. 왜냐하면, 참으로 문제가 되는 것은 대중 매체를 통하여 확산되는 문화가 외국에서 또는 중앙의 대중 매체의 후원자로부터 발원한 것이라는 사실만이 아니기 때문이다. 중요한 것은 문화의 존재 방식이다. 문화는 민주적 참여의 환경 속에 존재하여야 한다. 그러나 이것이 대중이든 민중이든, 사람들의 의사의 총화와 동등한 것을 의미한다면, 민중적 또는 대중적 참여로서도 문화의 주체적 존재를 보장하지 못한다. 주체성은 단순히 수에 의하여 또는 권력의 소재에 의하여 결정되는 것이 아니다. 그것은 삶의 질에 관계된다. 이 질은 궁극적으로 사람의 삶이 얼마나 진리에 열려 있느냐 하는 데 이어져 있다. 대중문화의 문제점은 그것이 국제 자본주의 질서나 국내 정치 질서의 중앙에서 지방으로 확산하는 형태를 취한다는 데만 있지는 않은 것이다.

　물론 질이라든가 진리라는 것은, 특히 문화적 표현의 질이라는 것을 어떤 객관적인 관점에서 이야기하기는 어려운 일이다. 옛날부터 예술의 취미는 각자 나름의 것이어서 왈가왈부를 따질 것이 못 된다고 하는 말이 있지만, 이것은 문화적 표현의 일반에 확대 적용할 수 있는 말이다. 그런데 예술적 또는 문화적 표현을 재는 소박한 기준의 하나는 오늘의 대중 매체의 존재 방식에 깊이 관련되어 있고 또 그것은 사실상 중요한 기준으로 생각된다. 그것은 그러한 표현이 주는 '진짜'의 느낌이다.(이 진짜의 느낌은 영어로 바꾸어 authenticity라고 말할 수 있겠는데, 그것은 그림이나 골동품이 모조품이 아니라 진짜라든가 또는 실존주의에서 말하는바 본래적인 자아라는 느낌, 진짜의 자기로 존재한다는 느낌까지를 포함할 수 있을 것이다.) 대중 매체의 문화적 내용에서 가령, 연속극과 같은 데서 우리가 느끼는 느낌의 하나는, 거기에 그려져 있는 삶과 상황이 진짜가 아니라는 것이다. 물론 이것은 내 개인적인 느낌일 수 있고, 즉 다를 수밖에 없는 주관적 반응일 수도 있겠으나, 일의 성질상으로도 그렇게 느껴질 수밖에 없는 것이 아닌가 한다. 진짜는 겉과 안, 이름과 내실, 주장과 실상이 맞아 들어간다는 것을 뜻한다. 그런데 대중문화의 많은 사례들은 이 두 짝의 일치를 느낄 수 없게 하는 종류의 것이라 할 수 있다.

　우선 이 표리부동의 원인은 사실 소비문화와 상업주의적 환경이 제공해 주는 것이다. 즉 팽배하는 상업주의는 모든 문화적 표현으로 하여금 판매 전략의 일부가 되게 한다. 또는 상업주의적 풍토에서, 대중문화의 향수자 자체가 대중 매체를 통하여 나오는 모든 것에 상업주의적 숨은 동기를 의심하게 된다고 말할 수도 있다. 어느 쪽이든, 어떠한 표현도 순정한 것으로 받아들일 수 없게 되는 사정이 성립하는 것이다. 상업 광고에 있어서, 아름다운 풍경과 사람과 생활은 그 자체로보다도 상품 판매를 위한 수단으로 존재한다. 연속극 등에, 그것이 의도된 것이든 아니든, 상업주의와 소비문화의 암시들이 무수히 매복되어 있다는 것은 자주 지적되어 온 바이다. 소비문화의 암시 대신 교훈적인 내용을 집어넣는 경우에도 근본적인 사정은 달라지지 않는다. 그것이 상업적인 목표이든, 도덕적 목표이든, 또는 정치적 목표이든, 표면에 드러나는 것이든 아니면 잠재의식을 겨냥하는 것이든, 의도와 표현 사이의 명목과는 다른 숨어 있는 연관은 우리에게 불편한 느낌을 준다.

이보다 중요한 것이 표현과 표현의 대상이 된 사실과의 거리이다. 이것이 우리로 하여금 어떤 문화적 표현을 가짜로 느끼게 한다. 우리의 내실과 현실은 그렇지 않음에도 불구하고 남의 것을 빌려다 쓰는 예술 표현은 가짜의 느낌을 불러일으킨다. 그러니까 모든 외래적이고 모방적인 문화 표현은 저절로 가짜며 억지 꾸밈의 느낌을 줄 수밖에 없다. 다시 말하여 비주체적 문화 표현은 꼭 맞아 들어간다는 느낌, 진짜의 느낌을 주기 어려운 것이다.

달리 말하면 진짜의 문화적 표현의 문제는 한편으로는 현실을 충실하게 예술적 형식으로 묘사하느냐 하는 문제이며, 다른 한편으로 진정한 소망을 표현하느냐 하는 문제이다. 여기의 현실과 소망은 어떤 것이며, 누구의 것인가? 여기에 대하여, 당연한 대답은 민중적 현실과 소망이라는 것일 것이다. 그러나 민중적 현실이 문화 표현에 있어서의 근본적 충동이 되어야 한다는 것은, 민중이 단순히 다수를 이루기 때문이라는 이유에서만이 아니다. 민중적인 것에 대한 옹호에서 우리는 반드시 그것의 도덕적 우위성이 동시에 주장되는 것을 본다. 민중적 현실이 중요하다면, 그것은 민족사의 관점에서 또는 더 나아가 인간의 보편적인 자유와 평등, 또 인간성의 이념이라는 관점에서 민중적인 것이 인간의 근원적 기저에 가까운 것이기 때문이다. 그러니까 다시 말하여, 진짜의 현실 묘사는 민중적 현실과 어떤 근원적 진실의 결합에서 가능해진다는 말이다.

그런데 여기서 진실은 또 무엇인가? 우리가 같은 생물학적, 역사적, 사회적 기반 위에서 살고 있는 한, 많은 사람이 동의할 수 있는 진실이 있으리라는 것은 생각할 수 있다. 그러나 동시에 이 진실은 어떤 정해진 것이라기보다, 또는 정해진 진실이 있다고 하더라도, 그 정해진 것의 변조로서, 진실에 대하여 이야기하는 사람의 인식 능력과 형상화 능력에 달려 있는 진실이다. 그리고 이것은 추상적인 진실에 대한 능력보다도 주어진 상황의 전체와 세부를 구조적으로 또 실감 있게 파악하고 형식화할 수 있는 능력이다. 다시 말하여 그것은 일반적인 예술적 능력이다. 또 이렇게 말하면서, 우리가 생각하게 되는 것은 이 능력이 하필이면 민중의 현실을 기술할 때만 발휘된다고 말할 수도 없다는 점이다. 그것은 주어진 상황을 감각적으로나 구조적으로나 총체적으로 파악할 수 있는 능력이고 여기에서의 주어진 상황은 어떠한 것일 수도 있는 것이다. 다만 예술적, 문화적 표현이 현실에 기초하고자 할 뿐만 아니라 한 사회의 삶, 인간의 삶에 있어서 중요한 역할을 담당하고자 한다면, 그 주제는 당연히 지엽적인 것보다는 핵심적인 것이 되는 것이 바람직한 일이고, 이런 뜻에서 민중의 역사적, 사회적 현실에 주목하는 것은 가장 중요한 일이라 할 수 있다. 그러나 역시 대중문화의 문제는 다시 민중의 문제로만 환원할 수 없는 심미적인 차원을 가진 것으로 생각된다. 그리고 민중의 문제에 있어서도 이 심미적 고려는 무관한 것이 아니다. 그러나, 이 점에 대해서 더 고찰하기 전에, 대중문화의 다른 측면 하나를 더 생각해 볼 필요가 있다. 그것은 대중문화의 일방통행적 성격에 관계되는 측면이다.

우리는 위에서 오늘날의 상태에 있어서의 대중문화를 비판하면서 그 근거로서 그것이 중앙에서 변두리로 일방적인 강요 내지 세뇌 작용을 하는 것으로, 그리하여 그 변두리의 사람들이 주체적인 참여자라기보다는 객체화된 수용자가 되는 것으로 이야기하였다. 그러나 정확히 말하여, 대중 매체가 전달하는 문화 내용이 강제적 힘을 가진 것은 아니라는 점은 인정하여야 할 것이다. 그것은 민중 자신이 받아들이는 것이다. 기율에 의하여 보강되지 아니한 민중적 에너지의 특성은 그 자발성에 있는 것으로 생각된다. 이것이 민중으로 하여금 행동적이게 하고, 또 궁극적으로는 무의식 속에 잠겨 있는 어떤 근원적 충동에 민감하게 한다. 그러나 이 자발성은 동시에 즉시적이며 현재적인 것의 암시에 약하게 되는 원인이 되기도 한다. 현재적인 것이란 그때그때의 사물과 상황과 움직임을 말한다. 그리고 이 현재적인 것은 소비문화의 시대에 있어서는 소비재와 소비 생활의 스타일이다. 어떤 경우에나, 욕망은 늘 현재적이다. 그것은 미래를 향한 움직임이면서도 늘 현재의 사물과 사람에 의하여 자극된다. 그리하여, 그것은 긴 시간과 다양한 선택의 원근법을 발전시킬 여유를 갖지 못한다. 우리의 자발성이란 욕망과 일치하는 것이 아니다. 그러나 소비문화 시대에 있어서, 그것은 거의 전적으로 욕망의 실현을 향한 의지와 일치하게 된다. 그리하여 우리의 자발성까지도 현재적 상황 속에 얽매여 있는 것이 된다. 달리 말하여 자발성은 반드시 진정한 주체성의 표현이 되지를 못하는 것이다.

5. 주체적 교양과 문화

어느 경우에 있어서나 우리의 자발성이 진정으로 자유롭기는 어렵다. 그것은 나 자신도 모르게 무엇인가에, 특히 당대 사회와 당대 사회의 지배적 욕망 체계에 매여 있기 쉽다. 이러한 매임은 이미 우리 자신의 주체적 원리의 일부가 되어 있기 때문에 그러한 것으로서 객관적으로 인식되기조차 어렵다. 우리가 당대적 미몽으로부터 깨어나는 것은 한편으로는 삶의 체험을 통하여서이고 다른 한편으로 끊임없는 비판적 반성의 매개를 통하여서이다. 여기에서 더욱 중요한 것은 실천적 깨우침이지만, 어느 경우에나 그것이 깨우침인 한, 거기에는 반성의 계기가 들어 있게 마련이다. 그리고 문화가 참으로 인간성의 자유로운 개화를 지향한다면, 그것은 주로 이 반성의 계기에 관계되어 인간의 해방에 기여하는 것일 것이다.

자발성은 자유롭고 주체적인 행동의 한 증표이다. 그러나 이미 이야기한 바와 같이, 이것은 우리 안으로부터 작용하는 매임의 한 표현일 수도 있다. 이것이 반성 검토됨으로써, 우리는 그러한 매임으로부터 풀릴 수 있다. 이 반성의 원동력이 되는 것은 비판 이성이다. 우리가 행하는 충동적인 행동에서 거리를 유지하거나 또는 그것을 일단 부정함으로써 사람의 주관적 과정과 주관이 선택할 수 있는 다른 행동의 맥락 속에 재정립한다. 그러나 이렇게 성립하는 이성적 구도 그것은 그것 스스로의 주체적인 움직임이라기보다도 또 다른 외부적인 동기에 의하여 조건 지어지는 것이 아닌가? 이 것은 다시 반성될 필요가 있다. 결국 이러한 반성의 과정이 이르게 되는 것은 전체성이다. 문제는 우리가 하는 행동이 참으로 조건 없는 주체적 자유에서 나오는 것인가 하는 데 대한 답변은 행동과 인과의 연쇄의 총체를 밝힘으로써만 답변될 수 있다. 하이데거는 사물에 대한 물음에서 주어진 것에 대한 직접적인 전념에서 오는 물음과 하나하나의 사물의 근거에 대한 물음을 구분하여, 처음의 물음의 방식을 '존재적(ontisch)'이라고 하고 두 번째의 물음의 방식을 '존재론적(ontologisch)'이라고 하였다.[5] 존재 전체의

---

5   M. Heidegger, *Sein und Zeit*(Tübingen, 1957), pp. 11~12 참조.

테두리가 그 안에서의 개개의 존재를 결정한다고 한다면, 개개의 존재에 대한 이해는 부분적이고 조건 지어진 것을 이해하는 것에 불과하다. 같은 각도에서 인간 존재를 말할 경우, 우리의 개개의 행동은 부분적으로 조건 지어진 행동이다. 조건 지우는 요인의 전체적 테두리 속에서 이해될 때, 그것은 비로소 참으로 이해되고, 이 테두리가 인간 존재의 진실에 입각해 있을 때, 우리의 행동은 참으로 자유롭고 주체적인 것이 된다고 할 수 있다. 달리 말하면, 우리의 행동 하나하나는 인간 존재 전체에 대한 바른 이해에서 나와야 비로소 자유롭고 주체적이 된다는 말이다. 물론 우리의 행동이 늘 이러한 궁극적인 테두리를 의식하는 가운데 이루어질 수는 없는 일이다. 대부분의 경우, 우리는 그때그때의 주어진 일에 전념할 수 있을 뿐이다. 그러나 건전한 문화는 인간 존재에 대한 바른 이해의 방도를 가지고 있으며, 이 이해는 한 사회 속에서 이루어지는 개별적인 일들의, 의식되거나 의식되지 아니하는 지평으로 작용한다. 그러면서 이 지평은 사회의 일부에서는(가령 철학을 비롯한 인문과학적 성찰 속에서), 주제적인 반성의 대상이 되어 적어도 우리의 낱낱의 행동을 두르고 있는 신비한 지평의 느낌으로나마 문화 전체 속에 확산된다.

인간 존재 전체에 대한 의식은, 위에서 말한 바와 같이, 비판적 이성을 통해서 점진적으로 또 끊임없이 접근될 수 있다. 그것은 여기 현재적으로 있는 것을 잠재적으로만 있는 것 가운데 보는 행위에 주로 나타난다. 이것은 부정과 부정의 너머에 나타나는 가능성의 세계에 대한 체험으로 우리에게 온다. 그러면서 우리에게 열리는 것은 한편으로는 존재의 전체적인 모습이며, 다른 한편으로는 그것을 에워싸고 있는 또는 거기로부터 존재가 나오는 무(無)의 모습이다. 그것은 부정의 바탕으로서의 무이다. 그것은 창조적이며, 움직이고 있는 무이다. 그리고 이 무에 근거하여 존재는 창조적으로 존재한다. 창조적이란 있는 것이 가능성 속의 한 현재성으로 존재한다는 말이다. 그러면서도 모든 있는 것은, 그것이 존재 전체에 의하여 조건 지어지는 한, 또 존재 전체가 어느 누구의 단순한 선택과 창조의 소산이 아닌 한, 그것 나름의 필연성 속에 있다. 또 이 필연성 없이, 인간은 심연의 허무 속에 던져질 수도 있다.

이 창조와 필연을 아울러 가지고 있는 존재는 가장 분명하게 역사적 유산, 특히 문화유산 속에 예시된다. 문화유산은 인간의 창조의 산물이면서 우리에게 사실적 제약으로 작용한다. 그러나 그것은 또한 인간의 업적으로서 우리의 작업 속에, 사실성이면서 가능성인 것으로 다시 편입될 수 있다. 그것은 우리 마음 가운데 내면화되어 우리의 자유로운 심성에 제약을 가하면서 또 동시에 새로운 창조를 위한 발판이 될 수 있다. 우리는 그것을 내적인 이해를 통하여 받아들임으로써, 창조적 질서를 만들어 낼 수 있는 자기 동일적이며, 지속적인 주체성을 얻는 것이다.

우리의 문화유산은 주로 도덕적 품성에 관계되었던 것으로 생각된다. 외면적으로 이것은 여러 가지의 도덕 규범과 의식 절차로 나타난다.(『논어』와 『예기』에는 군자가 지켜야 할 행동 규범이 큰 것으로 300개, 작은 것으로 3000개가 있었다고 한다.)[6] 오늘날 우리가 전통적 정신 유산을 이야기할 때, 주로 듣는 것은, 반드시 3300개의 규범이 아니더라도, 이러한 처방적 규범이다. 어떻게 3300개의 규범을 다 지킬 것인가? 이것은 규범이 한두 개가 되더라도 마찬가지이다. 이러한 규범이 외적인 것으로만 이해된다면, 우리는 밖으로부터 들어오는 것을 참조하고 암기하고 거기에 순종하는 것이 될 것이다. 외적인 규범의 눈치에 사는 인간이 자유로운 인간일 수는 없다. 제 마음대로 하되 도리를 벗어나지 않는다는 것이 공자의 가르침에서도 성숙한 지혜에 이른 인간의 행동이 아닌가. 우리가 유교의 저작에서 보는 것은 이

---

6   Artur Waley, *The Analects of Confucius* (New York, n.d.), p. 67 참조.

러한 규범의 강조인 동시에, 그것을 부정하는 말들이다. 가령, 유학의 근본에 놓여 있는 것은 규범적인 것보다는 "심체(心體)가 허명(虛名)하고 본령(本領)이 깊이 순수하게"[7]되어야 한다는 생각이다. 비어 있는 상태란 규범적인 것 또는 도덕적인 것까지도 소멸한 상태를 말한다. 도덕적 행동은 이비어 있는 중심에서 자연스럽게 나온다. 그것은 있음과 없음의 사이, "마음에 두는 것도 아니요, 아니 두는 것도 아닌"[8] 상태에서 저절로 일어나듯 일어나는 것이다. 다시 말하여, 도덕적 규범이 전통적으로 없는 것은 아니되, 그것은 아무런 외적인 강제력이 없는 듯한 마음의 자유 속에서 다시 태어나는 것이다.

사실 문화의 핵심은 이러한 예에 단적으로 놓여 있는 것인지 모른다. 즉 문화유산이 없는 곳에 우리의 마음은 의지할 곳을 찾지 못한다. 그러나 그것은 모든 것을 지워 버린 듯한 마음속에서 다시 태어나서야 비로소 참으로 나의 주체적인 원리가 된다. 다시 말하여 문화의 계승, 유지, 창조는 이러한 문화유산과 무(無)의 변증법적 상호 작용을 주축으로 하여 가능해진다. 그리고 이 주축은 개체적인 삶과 사회적 삶을 하나의 주체성 속에 이으려는 개인의 노력을 관통한다. 이러한 주체성에의 노력은 예로부터 수양이라고 불렀다. 그러나 현대적인 어감을 살려 우리는 이것을 교양이라 부를 수 있을 것이다. 또 이것은 집단적 확산 속에서 문화가 된다. 이것은 사람이 역사의 문화유산과 사회적 책임을 자기 것으로 떠맡으며, 인간의 운명에 순화해 가는 과정을 뜻하며, 다른 한편으로는 개인적인 주체적 삶을 심화하려는 노력을 뜻한다. 이 두 갈래는 서로 부정하며 서로 떠받드는 관계에 있다. 이러한 과정은 문화적 유적과 사회적 상호 작용을 필요로 하며,

---

7 윤사순 역주, 『퇴계선집(退溪選集)』(현암사, 1982), 114쪽.
8 같은 책, 119쪽.

또 개체 속으로 침잠해 들어가는 고독과 고독이 들리게 하는 침묵을 필요로 한다. 집단 속에서 삶은 신명나고 고양된 것이 되며, 개인의 고독을 통하여 삶은 성스러운 것이 되는 것이다.

오늘날 우리 사회에 결여되어 있는 것은 집단적이든 개인적이든 부정과 무와 창조의 자유이다. 이 자유를 통해서만 오늘을 살고 과거의 유산을 되살릴 수 있다. 또 이것의 작용은 외래문화의 동화에도 핵심적인 것이다. 이것을 통하여, 밖으로부터 온 것, 모방한 것은 우리의 주체성 속에 포용될 수 있다. 더 작게는 우리의 문화에 대한 심미적 기준 속에 들어 있는 것도 창조적 부정 또는 무이다. 우리가 접하는 현실은 부정의 배경 속에서 창조적인 현실로 이해되고 형상화될 때 비로소 생생한 예술적 현실이 된다. 그리고 이 현실이 민중적 현실이어야 한다고 할 때, 그때도 이것은 창조적 무 가운데서 형성되는 것으로 생각되어야 한다. 역사의 가능성으로서 무이기도 하고, 개개인의 상상력의 부정 작용의 바탕으로서의 무이기도 한 것 가운데 형성되는 것으로 이해될 때, 민중의 역사는 비로소 살아 움직이는 현실이 된다.

주체성은 역사적 업적을 받아들이며 부정하며 다시 생산하며, 끊임없이 변화하는 자기 동일성을 형성하는 능력이다. 그것은 있음과 없음을 창조적으로 종합한다. 진정한 문화의 과정은 이러한 종합의 과정이다.

(1984년)

구체적 보편성에로

역사와 문학의 관계에 대한 한 고찰

역사와 문학의 관계는 어떠한 것일까? 그것은 서로 어떻게 다르고 어떻게 같을까? 이 문제에 대하여 우리는 표면적인 경험적 관찰로 대답할 수 있다. 역사는 사실을 기록하고 문학은 허구의 구조물을 만들어 내며, 역사는 있었던 일에 관계되고 문학은 있을 수 있는 일에 관계되며, 역사는 집단의 운명을 추적하고 문학은 가공 인물의 개체적 운명을 추적한다 등등. 이러한 관찰은 모두 다 중요한 관찰이면서, 역사와 문학의 내적인 관계에 대한 근본적인 검토가 없이는 이것은 피상적인 관찰일 수밖에 없다. 불완전하고 제한된 대로 우리는 이 짧은 글에서 역사와 문학의 내적인 관계에 대한 성찰을 시도하여, 문자 활동으로서의 역사와 문학의 특징적 차이의 해명에 기여하여 보고자 한다.

1

우리는 근년에 와서 역사의식이란 말을 자주 들어 왔다. 역사의식이란 무엇을 말하는가? 또 그것이 가지고 있는 계기에는 어떠한 것들이 있는가? 우선 이러한 문제들로부터 생각해 보기로 하자.

역사의식은 서로 얼크러져 있으면서도 다른 두 가지 느낌을 포용적으로 지칭하는 것으로 보인다. 느낌의 하나는 역사를 우선 바깥세상에 있는 객관적 사실로 보는 데서 생긴다. 이러한 객관적인 사실로서의 역사를 대할 때 우리는 그 앞에서 모든 옛날의 기괴하고 신비한 물건들 앞에서 그러하듯이 외경심을 느낀다. 이러한 느낌에서, 역사의 사실은 다른 어떤 신비한 물건과도 달리 불가역의 시간, 우리가 손을 뻗칠 수 없는 시간의 벽 뒤에 진열되어 있는 귀중한 물건들이기 때문에 특별히 강력한 주술의 힘을 풍기고 있는 것으로 보인다. 그런데 이 주술적인 힘은 무엇인가? 모든 신비한 물건들은 이러한 힘을 가지고 있다. 그것은 이것들이 오늘의 우리에게 미묘한 힘을 뻗치고 있기 때문이다. 역사적 사건이나 유물은 옛날의 것이면서 오늘에도 그 영향력을 발휘하고 있는 것이다. 과거에 있었던 것은 오늘에도 되풀된다. ── 이것이 역사의 교훈이다. 사람이 이루어 놓는 사실도 단순한 객관적인 사실로서 존재하는 법은 없다. 그것의 객관적인 사실로서의 무게 자체가 그것이 오늘에 되풀이되어 마땅하다든가, 오늘의 일에 장애물이 된다든가, 긍정적이든 부정적이든, 오늘의 사람의 일에 대한 교훈으로서 실감 나는 것이 되는 것이다.

객관적 사실로서의 역사의 무게는 우리가 그것에 대하여 부정적인 느낌을 가질 때 더하여진다. 모든 의식은 차이의 의식이다. 역사적 사실에 대한 의식도 그것과 우리 의지의 차이에서 문젯거리로서 등장한다. 지난 일세기간의 한국의 역사는 시련과 고난의 연속이었다. 우리가 겪었던 시련은 따지고 보면 서양의 과학 기술 문명에 지배적 패권을 부여한 세계사의 흐름 속에서 불가피하게 겪지 않을 수 없었던 시련이었다. 과학 기술에 뒷받침된 서양의 제국주의에 맞부딪쳐서, 우리 과학 기술 및 사회 제도의 낙후성은 절실한 사실로서 실감되지 아니할 수 없었다. 이런 때 역사는 어느 때보다도 철저하게 엄연한 객관적 사실로서, 다시 말하여 우리의 조급한 의지로써 어떻게 해 볼 수 없는 사실로서 느껴졌을 것이다. 개인적인 차원에서도 역사는 — 특히 수난의 한 세기를 산 한국인에게는, 삶을 밖으로부터 제약하는 외적 조건, 불가항력적인 객관적 사실로서 체험되는 것이었다. 싫든 좋든 식민지 상황에서 삶을 영위하며, 식민지적 상황이 내어놓는 선택을 받아들이며, 싫든 좋든 전쟁에 나가고, 전쟁의 아픈 부작용에 적응하고, 싫든 좋든 전후의 혼란과 저개발 사회의 교육과 직장의 조건들과 씨름하며 생존의 근거를 마련코자 애쓰며 — 이러한 조건들이 제국주의와 전통 사회의 모순에 의하여 역사적으로 형성되는 것이라고 할 때, 역사는 무엇보다도 우리의 의사로 좌우할 수 없는 객관적 사실이었다.

이러한 때의 역사는 우리의 삶의 구극적인 한정으로서의 운명에 비슷하다. 모든 운명적 자각이 그러하듯이 이러한 역사 인식에는 어떤 적극적 긍정보다는 부정적, 비극적인 정감이 따른다. 물론 역사가 우리의 삶에 개인적으로나, 사회적으로나, 운명의 한정 조건이 된다고 하여 사람들이 그것을 곧 그러한 것으로 인식한다는 말은 아니다. 우리의 삶은 대체로 그때그때의 역사적 상황이 규정하는 길을 별 반성 없이 따라가게 마련이고 역사의 전변을 운명으로서 자각하는 일은 특별한 순간에만 일어난다. 이러한 객관적 사실로서, 거기서부터 시작하여, 긍정적 모범으로 또는 부정적 제약으로서 역사를 의식하는 것 외에, 역사의식에는 또 하나의 면이 있다.

우리가 흔히 들어 온 역사의식의 필요성은 반드시 생존의 객관적 한정 또는 비극적 제약 조건으로서의 역사에 대한 인식을 환기시키자는 것은 아니었다. 이와 반대로, 역사의식에 대한 요구는 오히려 사람이 적극적으로 자신의 환경에 작용하고 그것을 형성하고 스스로의 삶 또는 운명을 스스로 빚어 나갈 수 있다는 데 대한 자각의 필요에 대한 요구였다. 이것은 객체적 여건의 불가항력성이 아니라 그러한 여건에 맞설 수 있는 사람의 주체적 의지와 자유를 확인하는 것이었다. 사람은 여기에서 수동적인 계승자나 희생물이 아니라 능동적인 행위자이며 창조자이다. 서양에서 흔히 역사의식의 단초를 "역사는 사람이 만든다."는 비코(Vico)의 명제에서 발견하거니와 1960년, 1970년 역사의식도 역사에 있어서 인간의 이니셔티브를 발견한 것이었다.

역사의식은 방금 살펴본 바와 같이 '객체적 한계'와 '주체적 창조'라는 서로 다른 인식을 담고 있다. 그러나 이 두 인식이 서로 반대 모순되는 것만은 아니다. 역사를 운명적 제약으로 의식한다고 할 때, 이것은 모든 대자적 인식이 그러하듯이 스스로를 넘어설 수 있는 계기를 그 안에 이미 지니고 있다. 전체로서의 역사에 대한 인식은, 그것이 긍정적이든 부정적이든, 또는 능동적이든 수동적이든 역사의 역사성에 대한 인식을 포함한다. 역사의 역사 됨에 대한 반성은, 이미 살펴본 바와 같이, 한편으로는 현재의 삶에 대한 제약으로서의 여러 객관적 사실들의, 우리 의지로써 마음대로 할 수 없는 역사적 깊이를 깨우치는 일이면서, 동시에 그러한 깊이의 역사가 결코 객관적 사실만도 운명만도 아닌, 사람의 형성적 노력, 스스로의 삶을 창조해 나가는 노력의 수많은 결정의 퇴적이라는 사실을 깨우치는 일인 것이다. 이러한 양면적 깨우침은 잠재적으로는 어떤 역사의식에나 들어 있다. 다만 역사 창조의 의지를 다짐하는 태도에 있어서 형성적 노력의 소산으로서의 역사가 좀더 뚜렷하게 나타날 뿐이다. 그러나 이 경우에도 객관적 사실로서의, 밖으로부터 오는 한정으로서의 역사에 대한 의식이 배제되는 것은 아니다. 역사 창조는 이 객관적 토대를 떠나서 있을 수가 없는 것이다. 사람의 삶을 규정하고 그 내용을 이루는 객관적 사실의 상황을 레이먼드 윌리엄스(Raymond Williams)는 '추상적 객관성'과 '역사적 객관성'으로 나누어 이야기한 바 있다. 주어진 사실을 사람의 의지와 관계없는 삶의 조건으로 받아들이는 경우 그것은 이러한 사실을 '추상적 객관성'으로 받아들이는 것이고 그러한 관련을 깨달을 때, 그것은 이를 '역사적 객관성'으로 파악하는 것이다. 사실을 역사 속에서 이해한다는 것은, 위에서 말한 바와 같이, 스스로의 삶과 삶의 조건을 주체적인 창조자의 입장에서 파악한다는 것을 뜻하지만, 그것은 동시에 이러한 창조적 행위가, 이미 이루어져 있는 객관적 사실의 세계에서 행해지는 것이라는 인식을 포함한다. 사람은 역사를 스스로 만들지만 제 스스로 선택하지 아니한 여건 속에서 이를 만드는 것이다.

2

여기에서 역사의 창조는 주체적 의지에 못지않게 객관적 상황에 대한 이성적 접근을 요구하는 것으로 생각된다. 역사 속에 행동하고자 하는 사람은 주어진 상황을 충분히 검토할 수 있어야 하고 그 검토하에서 새로운 진로를 선택할 수 있어야 한다. 그러나 이때의 선택은 무규정적인 자유의 표현이라기보다는 현실 속의 가능성의 선택이며, 이 가능성은 현실 속에 이미 내포되어 있는 것이다. 그렇다면 역사에 드러나는 주체적 의지는 행위자의 내면적 의지라기보다는 상황의 논리라고 하여야 하지 않을까? 이러한 관찰에서 역사의 법칙적 전개는 사람의 안과 밖에서 동시에 작용하는 어떤 원리 — 이성에 의하여 지배된다는 생각도 가능해진다. 다시 말하여 역사의 전개는 이성적 법칙을 가지며, 이 이성은 사람의 의지와 객관적 사실에 동시적으로 작용하면서 역사의 진로를 지시한다는 생각이 가능해지는 것이다.

그러나 역사의 이성이 ─ 그것은 '세계 정신', '변증법' 또는 '발전의 이념', 어떻게 부르든지 간에 ─ 경험과 실천의 테두리를 넘어가는 초월적 원리인 것은 아니다. 그것은 현실의 물질적 조건, 경제적, 인구학적 여건의 객체적인 지배하에 있으면서도 사람의 노력으로 형성되는 어떤 질서이다. 여기의 사람의 노력에는 역사를 이론적으로 규명하며 이에 실천적으로 개입코자 하는 투쟁도 포함된다. 물론 이런 의미에서의 역사는 단순히 역사가의 전문적 영역에서 이루어지는 공헌만을 말하는 것은 아니다. 그것은 역사의 역사성을 깨닫는 모든 사람의 의식의 사실적, 주체적 심화의 결과로 성립하는 모든 이론적 노력의 종합이다.

이러한 넓은 의미에서의 역사에 대한 관심은 그 나름의 한정 조건을 갖는다. 이것은 단순히 있는 그대로의 사실을 밝히는 일이라기보다는 그것을 발생적으로, 다시 말하여 사실이 사실로서 성립하게 되는 과정을 밝히는 데에 향한다. 관심은 응고되어 있는 사실이 아니라 사실의 동력학에 있다. 물론 이것도 그것 자체로보다는 인간의 창조적 행위와의 관련에서 움직인다. 더 나아가 이러한 역사에의 관심은 사실로서 주어져 있는 것들을 인간 행위의 역사적 제도화의 소산으로서 이해하고자 한다. 이론적 분석에의 강한 의지에도 불구하고, 여기에서 역사 이해를 계획하고 나선 사람은 근본적으로 실천적 인간이다. 그는 과거를 인간 실천의 소산으로 보지만 또 미래를 창조의 영역으로 보며 현재를 그 준비를 위한 투쟁의 장소로 본다. 따라서 그의 이론적 탐구는 현실의 실천적 구조에 대한 참조에 의지한다. 달리 말하면 그의 역사에 대한 접근은 전략적 사고의 성격을 띤다. 실천적 인간으로서, 우리가 여기에 상정하고 있는 역사적 인간은 역사를 실천적 선택의 가능성의 관점에서 보되, 이를 다만 추상적 보편적인 선택의 구조에서 보는 것이 아니라 그때그때의 현실의 가능성의 구조 속에서 접근한다는 말이다. 그는 미래에 대한 전망에 못지않게 현실의 움직임에 대한 날카로운 통찰력을 가지고 장기적인 전망을 잃지 않으면서 그때그때의 현실 속에서 작용하고 움직일 수 있는 실천의 능력을 유지한다.

여기에서 우리가 간단히 그 성격을 설명하고자 한 역사 인식은 다시 말하여 반드시 전문적인 역사학의 발전을 지칭하는 것은 아니다. 또 의식적인 노력을 통하여 첨예화한 역사 인식의 과정만을 가리키는 것도 아니다. 우리가 시도한 것은 역사의식이, 반드시 객체적 사물에 대한 지식만도 아니며 무규정적인 실천적 의지의 표현만도 아닌, 이론과 실천, 객관과 주관의 교환 작용의 매듭으로 성립한다는 것을 설명하려는 것이었다. 위에서 말한 바와 같이, 역사의식은 객체와 주체, 사실과 의지의 두 계기를 지니고 있지만, 두 계기는 역사에 대한 인식의 하나의 과정을 구성하는 것이다.

3

지금까지 설명코자 한 역사의식은 다시 말하면 역사의 이성에 대한 의식을 가리킨다. 또 역사적 실천이란 현실을 이성적으로 이해하고 그 이성의 진로와 더불어 움직이는 것을 말한다. 미래는 현재의 현실 자체의 변증법적 움직임 속에서 배태되어 나온다. 현재의 현실의 모순과 갈등 속에 지시되는 균열에 따라서 미래가 드러나는 것이다. 역사적 실천은 이 균열 속에 개입하는 일이다. 메를로퐁티의 말을 빌려 설명하건대, 역사적 실천은 시인이 주어진 사물의 자연스러운 의미에 비유적 변용을 가하는 일에 비슷하다. 비유는 시인의 주체적 의도에 의하여 구성되는 것이면서도 사물의 자연스러운 의미 암시의 가능성을 벗어날 수는 없는 것이다.

이렇게 말하고 보면, 유보와 한정에도 불구하고 역사에 작용하는 현실의 이치를 지나치게 강조하는 것이 된다. 말할 것도 없이 역사의식의 핵심은 주체성에 있고 또 역사의 객관적인 조건의 일부의 구성에도 그것은 가장 중요한 요인이 된다. 많은 혁명적 변화가 소수인의 단호한 결단에 의하여 결정되는 것처럼 보이는 경우가 적지 않다는 것은 놓칠 수 없는 역사적 사실이다. 다만 모든 소수의 주체적 결단이 역사적 객관화를 얻을 수 있는 것은 아니다. 이미 살펴본 바와 같이 소수의 결단이 역사적 움직임의 단초가 되려면 현실의 객관적 여건에 무엇인가 무르익은 것이 있어야 한다. 다만 이 무르익음의 계기란, 위에서 우리가 비친 것보다는 훨씬 더 유동적인 것으로 생각될 만한 것이라 하여야 할는지 모른다. 왜냐하면 대부분의 경우 현실 속에 무르익고 있는 것은 한 가지의 가능성만이 아닐 것이기 때문이다. 아무리 현실 구조의 법칙성을 강조한다고 하더라도 그것이 강철의 줄로 엮어진 필연의 법칙이라고 할 수 없음은 물론, 그것은 어디까지나 선택적 행동의 다양한 가능성을 배제하지 않는 것이다. 법칙적인 국면을 현저하게 드러내는 지나간 역사는 이미 이루어진 사실을 하나의 가능성으로 돋보이게 하면서 다른 가능성들을 은폐하는 작용을 한다.

　현실의 다양한 가능성을 현실화하는 데 중요한 요인이 되는 것은 주체적 의지의 집단적 규모이다. 자명한 일이지만, 역사적 실천의 의지는 그것이 다수의 것으로 확대될수록 객관적 사실의 값을 얻는다. 또 거꾸로 객관적 사실로 정립되는 것으로 보이는 의지일수록, 전염 작용에 의한 것처럼 다수에 의하여 받아들여진다. 객관화되는 역사 현실과 집단적 의지는 상승 작용으로 강화되는 경향을 갖는 것이다. 이 상승 작용은 역사의 장기적 흐름 속에도 나타나지만, 그날그날, 그때그때의 단기적 변화 속에서도 나타난다. 역사의 무자비한 선회가 이루어지는 혁명적 상황 속에서, 오늘과 내일, 아침과 저녁의 대세가 달라지는 것은 드문 일이 아니다. 다시 말하여, 소수의 결단은 집단적 확산 과정에서 객관적 세력이 될 만한 크기에 도달하기도 하지만, 이 확산은 이 객관적 크기에 대한 주관적인 판단에 달려 있고, 이 판단은 급격히 변화하는 상황 속에서 수시로 달리 형성될 수밖에 없는 것이다. 이렇게 볼 때, 역사의 변화는 장기적 추세 속에서 이루어지면서 또 동시에 위기적 상황에서의 수시로 바뀌는 주체적 의지의 향방에 의하여 좌우된다고 할 수 있다.

주체적 의지의 집단화는 다분히 변덕스러운 날씨와 같은 면을 가지고 있으면서, 또 그 나름으로의 이치를 가지고 있는 것이다. 그 하나는 이미 암시된 대로 사물이나 상황의 객관적 방향, 달리 말하면 이성적 진로에 대한 판단에 영향된다. 또 다른 한편으로 이러한 판단의 형성은 사회 내에서 진행되고 있는 설득의 강도에 의하여 영향된다. 이것은 역사의 이성에 대한 설득을 뜻하기도 하지만, 달리 보면 이러한 이성의 필요는 설득의 필요에서 나오는 것이라 할 수도 있다. 역사의 무게란 무엇인가? 그것은 이미 말한 바와 같이 우리의 주체적 의사로 어떻게 할 수 없는 객관적 사실을 가리킨다. 그러나 이 사실의 무게는 상당 부분이 다른 사람들의 무게이다. 다른 사람의 존재는 사물의 무게보다 오히려 더 큰 관성을 가지고 우리의 주체적 의지의 자유로운 비상을 막는다. 이것은 산 사람의 경우에도 그렇고 죽은 사람의 경우에도 그렇다. 역사의 무게란 죽은 사람의 의지가 오늘날의 나에게 굳은 제도로서, 전통으로 작용하고 있는 것을 말한다.

그러나 무엇보다도 중요한 것은 오늘날의 동료 인간이다. 과거가 그 무게를 나에게 느끼게 하는 것도 오늘날의 사람들의 타성을 통하여서이다. 역사적 객관성에 눈을 뜬다는 것은, 사실 사람의 존재의 사회성 또는 집단성에 눈뜬다는 것 이외의 다른 것을 의미하지 않는다. 우리의 삶의 집단적 성격은 우리의 동료 인간들이 추상적 객관성 속에 사로잡혀 있는 한 더욱 무거운 것으로 느껴진다. 그리고 그런 상황에서 역사 창조를 위한 우리의 이니셔티브도 영원히 좌절 상태 속에 머물 수밖에 없다. 따라서 우리는 우리 동료 인간과 이야기하지 않을 수 없다. 결국 역사의 이성이란 이 이야기의 활발한 상태를 지칭한다고 말할 수 있다. 인간은 인간의 객관적 조건이며 또 그 창조적 활동의 주체적 원리이다. 인간이 주체성으로 남아 있는 것은 이야기의 활발함을 통하여서이다. 이 한도에서 사람은 어디까지나 그의 역사를 주체적으로 창조한다.

4

역사의 주어진 조건과 주체적 의지가 일치하는 곳에 역사의 이성이 성립한다. 또 역사의 주어진 조건으로서의 인간의 집단체가 스스로의 주체적 의지에 일치하는 곳에 이성이 성립한다. 그러나 주체성과 이성이 완전히 일치할 수 있는가? 여기에 대한 바른 대답은 주체성과 이성의 일치는 일정한 조건하에서만 가능하다고 하는 것이다. 어떤 경우에나 사람의 행위가 절묘한 이치에 따라서만 이루어질 수는 없는 것이다. 객관적 조건과 주체적 의지의 일치는 의지의 법칙에의 승복을 요구한다. 한 집단체가 주체적 의지로 뭉칠 수 있는 것은 이성에 기초한 대화를 통하여서이다. 이것은 객관적 사물의 이치에의 승복을 요구하고 또 여러 다른 개체의 의지의 객관적 이성과 집단적 이성에의 순응을 요구한다. 그리고 이러한 여러 단계의 승복이나 순응 그것도 이성적 조정에 의하여서라기보다는 긴장과 갈등을 통하여서 이루어진다. 다시 말하여, 역사적 이성이나 역사적 효력을 갖는 실천적 의지는 하나의 변증법적 갈등의 과정으로서만 성립하는 것이다. 여기에는 많은 요소가 서로에 대하여 폭력적인 대립 속에 편입된다.

주체성이 현실 속에 나타나는 것은 폭력적 반대 명제로서이다. "모든 존재하는 것은 이성적이다."라는 명제는 여러 가지로 해석될 수 있는 것이지만, 이것은 일단 현실은 어떤 현실이든지 간에 그것 나름으로의 질서— 따라서 이성을 가지고 있다는 말로 생각될 수 있다. 이것은 현실이 사람의 의지에 따라 함부로 바꾸고 깨뜨릴 수 없는 무게와 저항을 가지고 있다는 말이기도 하다. 그런데 실천으로 표현되는 주체성은 그 본질에 있어서 이미 있는 것을 변형하고 바꾸고 깨뜨리려는 의지이다. 따라서 그것은 이성적 질서에 대한 폭력적 대립, 이성의 관습에 대한 비이성적 욕구라는 성격을 가지게 된다.

그러나 이성과 비이성, 질서와 폭력의 대립과 모순은 기정사실이나 새로운 주체적 분출의 어느 쪽에도 해당시켜 볼 수 있는 대립과 모순이다. 새로운 주체적 의지가 폭력적이 되는 것은 그것이 자연 질서에 대한 저항이라기보다는 기존의 사회 질서에 대한 대결이 되고 이 사회의 기존 질서는 그것 나름으로 힘에 의하여, 어떤 종류의 것이든 폭력에 의하여 뒷받침되어 있기 때문이다. 사실상 모든 의미 있는 질서는 힘에 의하여 뒷받침되어 있는 질서이다. 그런데 그러한 질서의 이성으로서의 권리는 그 보편성에서 온다. 현실 세계에의 새로운 주체적 의지의 분출은 이미 그 분출의 사실로 하여 기존 질서의 보편성을 손상시켜 버린다. 그것은 단순히 보다 큰 힘에 의하여 지탱되는 부분적인 이치에 불과함이 드러나는 것이다. 이성은 근본적으로 비이성적인, 욕구의 집단적 결속을 나타내는 상태를 나타냄에 불과하다. 이 경우 집단은 전체라기보다는 한 집단에 대한 다른 집단을 말하고 그 이성적 권리는 집단의 부분성을 호도하는 허위라는 인상을 준다. 그리하여 역사는 이성의 정연한 자기 전개의 과정이 아니라 집단과 집단의 갈등의 마당이 된다.

이렇다고 하여 역사나 집단적 사회 질서에서 이성의 이념이 완전히 사라져 버리는 것은 아니다. 이것은 단순히 사물의 법칙성을 말하는 것이 아니라 인간과 삶의 욕구의 관점에서 파악된 사물과 사회의 질서, 또 그 이론적 실천적 가능성의 원리를 지칭한다. 그리고 여기의 이성은 그 관점의 보편적, 전체적 범위의 정도에 따라 상대적인 정당성을 갖는다. 따라서 사회적 변화를 위한 투쟁은 힘과 힘의 혼란된 각축인 듯하면서도, 이성과 이성의 갈등이라는 양상을 띤다. 이 투쟁은 보다 더 보편적인 원리로 생각될 수 있는 이성을 이성으로, 그에 미치지 못하는 것을 비이성으로 규정한다. 그러나 이러한 결정은 집단의 실천적 능력에 달려 있는 것이기도 하다. 이런 관련에서, 이성은 비이성이, 비이성은 이성이 될 수 있다. 이성의 정당성은 힘, 즉 폭력 또는 비이성에 의하여 지탱되는 셈이다.

5

기존 질서에 대하여 새로운 실천적 의지로서 대두하는 주체성은 하나의 폭력적인 단절을 표현하면서도 동시에, 그것이 보다 참다운 이성의 질서, 새로이 나타나는 이성의 질서를 대표한다는 것으로 스스로를 정당화한다. 그러나 주체성과 이성의 일치는 근원적인 것이 아니며, 긴장과 갈등을 통하여서만 성립하는 과정이라는 점에 다시 한 번 주목할 필요가 있다. 그러면 우리는 주체성의 구성 자체가 이성과 비이성, 질서와 폭력의 두 모순된 계기를 포함하고 있음을 깨닫게 된다.

우리는 위에서 역사적 실천의 담당 원리로서 주체성이란 말을 사용하였지만, 이 주체성, 주체적 의지 또 실천적 개입은 누구의 주체성을 말하는 것인가? 얼른 생각할 수 있는 것은 대부분의 경우 이것이 어느 개인의 주체성 또는 주체적 의지를 말하는 것이 아니라는 점이다. 역사 속에서 현실적 의미를 갖는 것은 어떤 개인의 의지의 표현이 아니다. 이것은 역사의식

이란 말을 쓸 때의 상식적인 연상을 생각해 보아도 금방 드러난다. 역사의
식을 가지고 행동한다는 것은 목전의 개인적인 이해관계를 초월하여 크게
행동한다는 것을 뜻한다. 따라서 역사적 실천의 근본 원리로서의 주체성
은 개인의 의지의 적나라한 표현보다는 그것의 객관적 필요 또는 필연에
의 순응을 요구한다고 하는 것이 옳다. 중요한 것은 집단의 관점에서의 책
임과 기율이다. 그리하여 이러한 순응과 책임과 기율은 개인의 주체적 의
지에 대하여 억압적인 것으로, 더 나아가 폭력적인 것으로 생각될 수 있는
가능성이 생긴다. 또는 반대로 개인의 의지, 개체적인 주체성은 본질적으
로 집단의 기율에 대하여 하나의 폭력이며 단절로서 나타난다. 그리고 이
러한 개체적 주체성은 모든 집단의 역사에 집약되는 주체성보다 근원적이
며 그것에 선행하는 것이다. 그렇다는 것은 사람에게 직접적으로 주어지
는—감성적으로, 본능적으로, 직관적으로 주어지는 주체로서의 체험은
아무래도 개인적 실존에 의하여 매개되기 때문이다. 주체성은 차이의 원
리, 대립의 원리이다. 그것은 세계의 무게와 나의 의지와의 차이와 대립으
로 나에게 주어진다. 이 차이와 대립은 극단적인 경우 해소될 수 없는 것으
로 보인다. 그리하여 길러지는 개인의 괴로움과 분노는 사회의 규범으로
부터의 일탈 또는 그에 대한 저항으로 나아간다. 그러나 이러한 개인적인
차이 및 대립 의식은 그 자체로서 이를 극복하는 원리가 되지 못한다. 그것
은 기존 질서에 대한 변혁 의지로 바뀌어서 비로소 사회적 실천의 차원을
얻게 된다. 즉 개인의 차이 의식은 그것이 집단적으로 확산될 수 있을 때에
비로소 역사적 행위의 모체가 될 수 있다. 이때 단순한 차이 의식은 벌써
사회에 대한 이성적 인식으로 전환된다. 왜냐하면 그러한 의식의 담당자
로서의 개인은 그의 삶의 욕구가 정당한 것이며, 또 그 욕구가 사회적으로
실현될 가능성이 없는 경우에는 그 좌절을 가져오는 사회 기구 자체가 비
이성적이라는 생각을 요구하기 때문이다. 이렇게 하여 비로소 개인과 집

단은 사회적인 투쟁 관계 속에 들어간다. 집단은 이미 존재하는 사회적 질서의 특권을 가지고 스스로의 이성적 우위를 주장하고 개인적 저항은 일단 비이성적 충동의 분출로 처리하려고 한다. 이에 대하여 집단에 맞서는 개인은 기존 이성의 허위성 또는 부분성을 들추어 내고 스스로가 보다 넓고 발전적인 이성, 사회의 실질적인 보편성 내지 전체성을 대표한다고 주장하고 나서게 되는 것이다. 저항하는 개인의 관점에서, 기성의 이성이야말로 비이성의 다른 이름인 것이다.

그러나 이러한 대결에서 갈등과 투쟁은, 실제에 있어서 그렇든지 안 그렇든지, 적어도 이론 면에 있어서 개인과 사회의 투쟁이 아니라 사회와 사회, 하나의 사회 이념과 다른 사회 이념 사이의 투쟁이 된다. 그러면 본래의 개인의 주체적 의지의 분출은 어떻게 되었는가? 그것은 사회 동력학의 논리 가운데서 변모의 과정을 겪지 않을 수 없었다. 이 동력학 속에서 모든 것은 집단적으로 움직인다. 비이성적 충동의 분출로서의 개체는 사회에 맞부딪치면서 동시에 그 이성적 우위의 주장에 부딪치고 여기에서 스스로의 의지가 구질서에 의하여 인정되지 않은 새로운 집단, 새로운 이성의 모체로서의 새 집단에 연결되어 있다고 주장하지 않을 수 없게 된다. 그는 집단을 곁눈질하며 스스로를 거기에 일치시키는 것이다. 그리고 그는 새로운 집단의 이성과 그 기율에 스스로를 순응시킨다. 그러나 새로운 집단적 이성이 본래의 개체에 대하여, 그 생충동의 분출 전부에 대하여 정당한 공간을 보장하리라는 것을 어떻게 알 수 있는가? 그것은 차이와 대립의 또 다른 순환을 준비하는 것에 불과할 수도 있는 것이다.

물론 집단과 개체의 대립은 이와 같이 극단에 이르지 않는 것이 현실이라고 할 수는 있다. 사실 사회를 떠나서 개체라는 것을 절대적인 원리처럼 생각할 수 있는가? 따지고 보면 개체는 사회화의 소산이다. 개체가 느끼는 주체적인 의지까지도 사회의 의지를 내면화한 것에 불과하다고 할 수도 있다. 또는 사람이 역사 속에 행동한 극단적인 경우로서 정치적 활동이나 군중 행동은 개체와 집단의 대립이란 관점에서만은 이해될 수 없는 면을 가지고 있다. 사실 많은 사람에게 집단적인 정치 행동의 매력은 그것이 풀어 놓아 주는 행동적 충동의 충일 내지 고양에 있다. 정치 행동의 의미는 그것이 이성적으로 기획된 목표의 달성에 기여한다는 데 있지만 실제에 있어서 집단적으로 움직이는 데서 오는 순수한 고양감이 정치 행동의 중요한 심리적 동력으로 작용하는 것임은 부인할 수 없는 일이다. 이러한 움직임은 우리의 주체적 의지를 제약하는 것이 아니라 북돋워 주고 확대시켜 준다.

이러한 사실들에도 불구하고 역시 개체와 집단 의지의 일치가 당연한 것으로 볼 수 없는 것임은 다시 주장될 수밖에 없다. 개체와 집단의 양극을 조화시켜 주는 것이 사회화라고 하더라도, 이 사회화가 개체의 본능적 생활에 제약을 가져오거나 이를 만족케 할 장치를 못 가지게 되는 것은 불가피하다. 프로이트가 문명에 따르게 마련인 불유쾌한 요소를 지적한 것은 이러한 개체적 희생의 불가피성을 말한 것이다. 또 사회화가 제약을 가지면서도 개체와 집단의 조화를 가져온다고 하더라도 그 과정의 강도와 순수성은 문제가 될 수밖에 없다. 사회화, 내면화의 과정에는 암시와 세뇌와 위선적 강요가 작용할 수 있는 것이다. 이것은 일단 지배적 위치를 점유한 집단 내에서 특히 그렇다. 대항적 집단에서의 내면성, 자율성, 자발성이 이러한 집단의 승리와 더불어 허위로 떨어져 버리는 일은 역사에서 흔히 보는 일 중의 하나이다. 정치적 집단 행위에서 일어나는 행동적 의지의 고양은 삶의 일상적인 질서라기보다는 예외적인 축제와 같은 것이다. 그러니만큼 정치가 인간의 일상적인 삶의 질서의 수립과 유지에 관계한다고 할 때, 그러한 행동의 축제는 오히려 비정치적이라고까지 말할 수도 있을 것이다.(축제와 극적 전시야말로 정치의 본질을 가리키는 것이라고 하는 학자가 없는 것은 아니다. 또는 사람과 사람의 격의 없는 결합을 정치의 모범으로 보는 생각도 정치적 발상의 매우 중요한 한 면을 이룬다. 가령 스타로뱅스키(Starobinski)에 의하면 루소에 있어서 '포도의 축제' —사람과 사람이 격의 없이 마음을 트고, "주고받는 마음 속에 공동체가 스스로를 표현하며, 스스로의 고양을 주제로 삼는" 축제는 모든 정치 공동체의 모범이었다.) 현대 정치에서의 집단행동이 축제적 요소를 갖는 것은 사실이나 장기적으로 볼 때, 그것은 예외보다는 일상적 필요, 사람과 사람의 연합 그 자체보다는 물질적 제약에 규정되는 사회관계의 제도적 구성을 겨냥하는 것이라 말하는 것이 옳을 것이다. 다시 말하여 그것은 사람과 사람의 전인격적 또는 정서적 결합보다는 사회의 정치적, 사회적, 경제적 조직화에 관계되는 것이다. 물론 이러한 조직화가 사람과 사람의 인격적, 정서적 교환을 최대한으로 확보해 주는 것이 되게 하는 노력이 있을 수는 있다. 그러나 어떤 경우나 사회 질서가 사람의 모든 욕구를 만족시켜 줄 수는 없을 것이다. 기껏해야 그것은 여러 가지 소집단, 일터, 가족, 친구, 이웃 사이에서 만족될 수 있고, 이러한 소집단의 다양한 전개를 뒷받침해 주는 사회 조직을 보장해 줄 수 있을 것이다. 그러나 정도의 차이는 있을망정, 개인으로부터 그의 인격의 모든 것이 아니라, 집단 내에서의 사회적 역할이 요구하는 어느 특정한 인격의 부분만을 수용하게 되는 것이 바로 집단 구성의 근본 원리가 된다는 점에는 변함이 없다.

집단과 개체와의 불가피한 긴장 관계는 단순히 집단의 본질 때문만이 아니라 개체의 개체로서의 특성 때문에 발생한다고 할 수도 있다. 아무리 쾌적한 집단적 삶이 가능한 경우라고 하더라도 사람의 본능의 밑바닥에는 그러한 집단에서마저 자기를 독립시키려는 개체화의 본능이 있는 것인지도 모른다는 말이다. 체르니솁스키의 합리주의에 대하여, 인간의 비이성적인 주체적 의지를 강조한 도스토옙스키가 그의 지하 인간으로 하여금 "사람은 어디에서나 어느 곳에서나 제 마음대로 행동하기를 원하지, 그의 이성이나 이해타산에 따라서 행동하기를 원치 않는다."고 말하게 한 것은 옳은 말인지도 모른다. 지하 인간은 "아무리 황당무계할망정, 자신의 제약 없는 자유로운 선택, 자신의 바람기, 때로는 미칠 지경으로 흥분된 공상 — 이것이야말로 우리가 간과하고 있는 이익 중의 이익이며, 어떤 분류 체계에도 들지 않고, 오히려 어떠한 체계나 이론도 박살을 내어 버리는 그러한 근본적인 사실이다."(『지하(地下)의 수기(手記)』)라고 말한다. 사람의 개체성의 원리가 이러한 비뚤어진 본능이나 마음에 있다고 하기는 어렵지만, 적어도 우리가 인정할 수 있는 것은 이성과 집단의 요구를 넘어서서 무엇인가 개체를 차이 속에서 정의하려는 근본적 동기가 사람에게 이미 생물학적으로 주어져 있을 가능성이 크다는 점이다. 인간의 생존의 가장 근본적인 사실의 하나는, 그가 사회 속에서 산다는 사실과 함께, 개체로서 태어나서 세계를 새로 살듯이 산다는 사실인 것이다.

그런데 이렇게 이야기하고 보면 우리는 다시 한 번 생존의 사회적 연관을 상기하게 된다. 그렇다는 것은 개체적 생존의 불합리성, 그의 억제할 수 없는 주체적 의지, 이것이 곧 사회생활에 직접적으로 필요한 것은 아니라 하더라도 동적인 역사의 전개에 필요한 것이라는 말이다. 한 사학자의 견해에 의하면, 역사 변화의 근본 동력은 자원과 제도와 인구의 상관관계의 변화에 기인하고 이것은 다시 근본적으로는 인구의 변화에 기인한다. 인구의 변화가 자원과 제도의 새로운 조정을 불가피하게 하는 것이다. 물론 인구의 총체적인 변화는 또 그것대로 자원과 제도의 변화에 의하여 자극된다. 그러나 근본적으로 인구 변화의 근본 요인은 사람이 개체로서 나고 죽는다는 데 있다. 심리적으로 보아서 사람의 욕망이 변화의 내적 동기라고 한다면, 이것은 집단적으로 자극되면서, 다른 한편으로는 모든 개체가 새로이 태어나서 새로운 욕망과 필요에 따라 삶을 살아가고 또 그의 새로운 삶에 맞게 세상을 고칠 필요가 있는 데에서 일어나는 동기라고 해야 할 것이다. 역사적 변화가 좋은 일이든 아니든 이미 있는 세계의 발전적 개선이 불가피하다고 할 때, 또 그러한 개선이 필요하든지 안 하든지 간에 개인과 집단 사이의 활발한 주고받음이 사람의 삶의 기쁨의 한 원천이 된다고 할 때, 개체의 주체적 의지 — 비이성적이며 폭력적인 형태를 취할 수 있는 개체의 주체적 의지는 역사의 발전과 공동체적 공간의 활력을 위하여 반드시 필요한 것이다. 다만 개체와 집단의 관계는 완전한 일치보다는, 최선의 상태에서도, 모순까지는 아니라 하더라도 긴장 속에 유지될 수밖에 없는 것이다.

6

개체와 집단의 갈등은 단순히 욕망과 이성, 비이성과 이성, 또는 폭력과 질서의 대립 갈등으로만 설명될 수 없다. 이러한 갈등은 사람의 삶의 역사성에서도 온다. 위에서 우리는 역사를 여러 가지 대립적인 요소의 해소 아니면 적어도 긴장된 합일이 이루어지는 과정으로 말하였지만, 역사는 그것 자체가 이러한 긴장을 격화시키는 원인이 되기도 한다. 그것은 역사는 하나로서만 존재하는 것이 아니고 여러 갈래로 존재하기 때문이다. 개인, 집단, 사회, 문화, 국가 — 모든 것은 그 나름의 시간 속의 궤적을 가지며, 여기서 오는 각각의 역사는 갈등의 씨앗이 된다. 한 사회와 또 하나의 사회, 또는 한 문화와 또 하나의 문화가 부딪치는 데서 갈등이 일어나고 또 이 갈등이 쉽게 해소될 수 없는 것은 각 사회 단위나 문화 단위가 다른 종류의 역사적 관성을 가지고 있기 때문이다. 이것은 개인과 개인의 삶, 개인의 삶과 어떤 집단 또는 사회의 요구가 맞부딪칠 경우에도 마찬가지이다. 한 사람과 다른 사람, 또는 한 사람과 사회 집단의 갈등이 쉽게 해소될 수 없는 것은 여기에 서로 다른 종류의 역사적 과거가 개입하고 있기 때문이다. 이러한 점은, 사회나 역사와의 관계에서 개체의 삶을 이해하고자 할 때 주목해야 할 중요한 사실의 하나이다.

위에서 우리는 개체적 삶의 개체성은 구극적으로 그것이 비이성적인 생충동의 분출이라는 점에 근거해 있는 양 이야기하였다. 그러나 실제에 있어서 어떠한 사람의 삶이든지 간에 무규정적인 욕구의 자연 발생적 분출일 수만은 없다. 사람이 단순히 그의 욕망의 내면 속에 남아 있지 않는한, 그 욕망의 충족을 위하여서도 그는 바깥세상에 나아가 움직여야 한다. 이런 바깥세상에서의 움직임은 저절로 시간 속에서의 궤적을 그린다. 그리하여 사람의 삶은 실존주의자들이 말하듯이 하나의 '기획'이라는 형태를 취하게 마련이다. 이 기획은 일단 사람의 주체적 의지의 선택에서 시작한다. 그러나 이것은 한편으로는 밖으로부터 주어진 가능성 속에서의 선택이다. 또 다른 한편으로는 선택 자체도 그것이 일단 이루어진 다음에는 그것 나름으로서의 객관적 구속력을 갖는다. 그리하여 선택은 객관적인 상황의 법칙적 관계에 의하여 규정되고 또 선택의 자취 자체는 공간적으로 시간적으로 하나의 객관적인 체계를 구성한다. 그러므로 우리의 선택은 완전히 자유로울 수 없으며, 따라서 사회 내에서의 갈등은 우리 자신의 자유 의지를 초월한 우리 자신 또는 우리 집단, 또 다른 사람 또는 다른 집단의 역사적 깊이로부터 나오는 현실적 질서의 불가피성을 띤다. 그런 데다가 우리의 기획은 우리의 선택에 들어가는 비이성적 충동의 모든 에너지를 그 밑바탕에 감추어 가지고 있다. 그리하여 갈등은 더욱 격렬하고 불가피한 것으로 나타난다. 이러한 관련들이 결국 이성적 조화와 설득의 노력으로 하여금 좌절에 부딪치게 하는 요인을 이룬다. 개체나 집단의 기획의 역사적인 우여곡절과 그에 따른 결정적 원인을 참고하지 않는 공시적인 설득은, 그것이 아무리 표면적으로 이성적인 것이라 하더라도, 효과를 갖기가 어려운 것이다.

그렇다고 하여, 개체나 집단의 기획이 이성적 접근을 완전히 배제하는 것은 아니다. 이것은 근본적으로 비이성적인 힘으로서의 생충동의 분출과는 다르다. 각 개체 또는 집단의 기획을 이루는 선택은 객관적으로 주어지는 기회와 가능성의 연쇄이기 때문에 이것은 객관적으로 이해되고 통제될 수 있는 것이다. 이러한 기회와 가능성은 사실상 우리 스스로 만들어 내는 것이기보다는 사회적으로 주어진 것이다. 그리고 이성적 사회에 있어서 이러한 가능성의 폭은 한편으로 최대한으로 크면서도 다른 한편으로는 구극적인 합리적 질서 속에 통합되어 예견되고 또 계속 확대 발전될 수 있는 것으로서 존재할 수 있을 것이다.

우리는 여기에서 이성이나 이성적 질서의 이념을 다시 한 번 생각해 볼 필요가 있다. 이성의 이념은 사회에 있어서 전체성 또는 보편성의 이념과 거의 같은 것으로 생각된다. 이성은 사회의 모든 부분 간의 갈등 없는 작용을 확보해 주는 정합성을 말한다. 이 갈등 없는 정합성은 사회의 각 부분에 고르게 작용하는 질서를 요구한다. 결국 질서는 넓은 범위에 작용하는 힘의 일관성에 비례하는 것이다. 따라서 그것은 위로부터 부과된 중앙 집권적 힘에 의하여 얻어질 수도 있고 또는 전체를 구성하는 각 부분들의 에너지의 총화와 균형에 의하여 얻어질 수도 있다. 또 그러한 질서는 삶의 발전적 에너지를 제한하는 방법에 의하여 얻어질 수도 있고 또 그것을 가능한 한 최대한으로 풀어 놓고 촉진하는 쪽으로 얻어질 수도 있다. 즉 사회의 질서는 소위 전체주의적인 것일 수도 있고 민주적인 것일 수도 있으며, 또는 보수적인 것일 수도 있고 발전적인 것일 수도 있는 것이다. 어느 쪽의 질서를 택하느냐 하는 것은 우리의 의지와 역사적 조건에 달려 있다. 그리고 어느 쪽이든지 간에, 그것은 일정한 효율성을 가지고 있는 한 이성적이라고 할 수 있다. 그렇긴 하나, 인간의 본연의 성향을 생각하고 또 장기적인 안목에서 볼 때, 민주적이며 발전적인 질서야말로 더 바람직하고 더 이성적인 질서라고 하지 않을 수 없다. 왜냐하면 사람은 누구나 또 어느 집단이나 비슷한 자기실현의 욕구를 가지고 있으며, 이 욕구가 실현될 때까지, 사람과 사람의, 또 집단과 집단의 투쟁은 쉴 사이가 없을 것이므로 이 모든 욕구에 정당한 실현의 공간을 주는 질서가 보다 넓은 의미에서 또 보다 긴 안목에서 갈등 없는 정합성의 이상에 가까이 간다고 할 것이기 때문이다. 또 일반적으로 인간의 사회가 아직도 이루어야 할 과업들을 가지고 있다고 할 때, 또 그러한 과업이 없다고 하더라도 사람의 보람이 개인적으로나 집단적으로나 그 잠재력의 활발한 실현에 있다고 할 때, 사회 구성 분자의 모든 지점에서의 자유롭고 활발한 에너지의 발산을 허용하는 질서가, 적어도 인간의 가능성의 관점에서 더 이성적인 질서라고 할 수 있다. 이러한 고려들을 포함하는 이성의 이념만이 진정한 의미에서의 이성의 이념에 가까이 가는 것이다.

다시 말하여 이성은 전체성 또는 보편성의 이념이다. 그것은 부분적인 것, 특수한 것을 초월한다. 그러나 다른 한편으로 참다운 전체성이나 보편성은 추상적으로 전체를 포괄하는 것이 아니라, 즉 모든 구체적 계기를 사상함으로써만 얻어지는 일반 개념이 아니라 구체적인 것들의 그 변증법적 전개 과정을 일부로 포함하는, 구체적인 것들의 낱낱의 구체성과 그 가능성을 포용하는 참다운 전체, 아무것도 완전히 버리거나 무시하는 것이 아닌 보편을 말하는 것이다. 이것은 현실적으로 특정한 개체나 집단 고유의 역사성을 존중하는, 다시 말하여 그 역사적 진로의 관성에서 유래하는 제약을 참고하고 그것의 발전적 지양의 가능성을 고려하는, 그러한 보편성이다. 이것은 한편으로 개체적인 것의 완전한 원자적 자유와 그것의 단순한 총화를 넘어간다. 구체적 보편성은 개체적 생존의 고유한 역사적 전개를 허용하면서, 그 안에서 일어나는 개체적 역사의 맥락에 늘 삼투하는 고양과 초월의 지평으로서 존재한다. 다른 한편으로 구체적 보편성은 추상적 전체성에서처럼 모든 것의 획일적이며 즉각적인 조화를 겨냥하지 않는다. 그것은 인간의 생존이 구체와 보편의 긴장된 변증법적 관계 속에 있음을 인정하고 일시적인 긴장과 갈등에도 불구하고 구극적인 조화의 지평이 그러한 긴장과 갈등의 근본 바탕임을 믿는 것이다.

구체적 보편성 또는 전체성의 이념 안에서의 구체와 보편의 관계는 가령 민족주의와 국제주의의 관계에서 예시될 수 있다. 어떤 사람들은 이 두 가지 것이 서로 모순되는 태도인 듯이 이야기한다. 그러나 이것은 진정한 보편성의 이념을 잘못 이해한 결과이다. 진정한 국제주의는 추상적인 의미에서 모든 국가나 민족이 인류라는 이념 속에 결합되어야 한다는 것을 주장하지 아니한다. 그러한 주장은 오늘날의 민족 국가의 현실과 그것의 역사적 진로를 무시하는 것이다. 각 민족이 스스로의 독특한 역사에서 나오는 제약을 극복하고 또 동시에 그 가능성을 발전시키고 이러한 극복과 발전이 가능케 하는 진정한 자기 회복에 이르며, 거기에 따라 다른 민족과의 대등한 위치를 확보할 수 있을 때 비로소 보편성으로서의 인류의 이념은 그 토대 위에서 현실적인 이념이 된다. 오늘날의 민족주의 ─ 특히 제삼 세계 국가의 민족주의가 할 일은 과거의 불균형한 국력, 경제력 또는 문화적 세력의 상처를 극복하고 고유한 발전의 능력을 회복하는 일이다. 그렇다고 해서 이것이 그 자체로 끝나 버리는 노력이어서는 안 된다. 그것은 결국 자유롭고 대등한 입장에서의 인류 공동체에의 참여를 향한 역사의 한 단계로 이해되어야 한다. 또 이러한 과정의 지평 속에서의 일이니만큼, 과도 단계로서의 민족주의도 이미 이러한 보편적 지향을 그 모든 국면에 표현하고 있어 마땅하다. 이러한 역사적 과정으로서 변증법적 교환 속에 있는 세력으로서의 민족주의를 우리는 추상적 민족주의에 대하여 구체적 또는 역사적 민족주의라고 부를 수 있을 것이다.

이와 같은 이해는 개체와 집단과의 관계에도 적용할 수 있다. 모든 사람이 집단, 사회, 민족 속에서 조화를 이룰 수 있어야 한다는 것은 모든 정치 이상의 핵심이다. 그러나 이것이 가능하려면, 우선 개체가 그의 역사 속에 드러나는 부정적 제약을 극복하고 또 그러한 역사가 보여 주는 고유한 가능성을 발전시킴으로써, 자유롭고 대등한 입장에서 공동체에 참여할 수 있어야 한다. 각 개체의 고유한 또는 계급적 역사의 제약을 참조하지 않는 단순히 형식적이고 추상적인 사회 조화의 여러 약속과 정책이 무의미한 것임은 우리가 흔히 보는 바이다. 또 각 개체의 역사성에 기초한 고유한 가능성을 인정하지 않는 전체성이 극히 억압적인 것이 되는 것도 우리가 흔히 보는 일이다.

개체와 전체, 구체와 전체를 조화하는 이성적 질서가 가능하게 하려면 구성 단위의 역사의 특수한 성격에 대한 이해가 극히 중요하다. 역사는 한편으로 보면, 개체를 초월한 집단의 시간 속의 진로를 말한다. 그것은 개체의 의지를 초월하는 법칙성을 갖는다. 그러나 다른 한편으로 보면 이러한 역사는 개체의, 또는 하나의 단위로 끊어 낼 수 있는 특수자의 고유한 시간적 진로를 말한다. 그리고 이것이 모아져 이루는 것이 큰 의미에서의 역사이다. 이렇게 큰 역사의 흐름이 이루어지는 데에는 작은 역사들과의 희생과 일치가 착잡하게 얽혀지게 마련이다. 그러나 사람이 스스로의 노력에 의하여 참다운 역사를 창조한다고 할 때, 큰 역사와 작은 역사들은 서로 긴장을 완전히 해소하지는 않으면서도 하나로 통일을 이룰 수 있어야 할 것이다. 진정한 역사는 구체적 보편성을 실현하는 역사이다.

7

지금까지의 역사의 몇 가지 면에 대한 우리의 성찰은 역사와 문학의 관계에 대하여 무엇을 시사해 주는가? 이 글의 머리에 제기했던 물음으로부터 우리는 너무 떨어져 있었던 것처럼 보인다. 그러나 나는 반드시 그런 것만은 아니라고 말하고 싶다. 우리는 역사의식이 우리의 사회적 삶을 결정하는 객관적 조건과 스스로의 삶을 창조하겠다는 주체적 의지에 대한 두 모순되면서도 일체가 되어 있는 의식으로 이루어져 있음을 지적하였다. 또 역사 창조의 의지로서의 집단적 주체성의 구성에 작용하는 개체적 주체성의 문제에 대해 언급하였고 개체적 생존의 역사성이 집단의 역사에 대하여 가질 수 있는 긴장과 모순의 관계에 대하여 논의하였다. 그런데 역사의 내면에 숨어 있는 잠재적 갈등과 그 변증법적 지양의 관계는 사실상 한편으로는 문학과 역사의 관계에 있을 수 있는 갈등과 일치를 말한 것이라고 할 수 있다. 위에서 살펴본 대로 객체성이나 주체성은 다 같이 단일한 인자로 보기보다는 그것들 나름으로 복합적인 과정을 통괄하여 지칭한다. 또 객체나 주체는 이 과정에서 서로 자리를 바꿀 수도 있다. 그럼에도 위에 분석한 몇 개의 과정에서 갈등의 두 극을 차지하는 것이 주체성과 객관적 사실이라고 할 때, 문학은 그 근본적인 자리를 주체성 위에 가지고 있으며, 역사는 객관적 사실 위에 그 근거를 가지고 있다고 할 수 있다.(더 엄밀하게 주체성과 객체성 사이에 여러 가지 의식 활동의 분야를 조금 다르게 배치시켜 볼 수 있다. 문학이 주체성 쪽에 있다면, 객체성 쪽에는 자연 과학이 가장 가깝게 있을 것이고 그다음으로는 사회 과학이 있을 것이고 역사는 자연 과학이 취급하는 물질적 법칙의 세계, 사회 과학의 집단적, 제도적 상관관계의 세계와 문학의 주체성의 세계의 중간에 위치하는 것으로 생각할 수 있다. 이것은 바로 위에서 여러 가지 분석을 통해서 보여 주고자 하였던 것이다. 그러나 역사를 단지 문학과의 상관관계에서 볼 때 그것은 객체성 쪽에 서 있는 것으로 볼 수 있다 하겠다.)

다시 말하여 문학의 편견은 주체성의 관점에서 사람의 체험을 이해하고 기술하고자 한다는 것이다. 역사가 완전히 객관적인 법칙, 자연과 집단의 규칙성에만 관심을 가지고 있는 것은 아니다. 그러나 그것이 문학만큼 인간의 주체적인 의지 내지 의도에 주의를 하지 않는 것은 사실이다. 그러한 경우에도 그것은 이를 객관적인 자료로서 검증하고 또 많은 경우 결과적으로 주체적 의지의 객관적 의지에 의한 한정과 좌절을 보여 줄 경우가 많다. 문학이 객관적인 역사의 상황에 무관심할 수는 없지만, 그것은 여기에 있어서의 주체적 의지의 작용을 —— 그 창조적 표현이 아니라면 적어도 주체적 반응을 보여 주려고 한다. 개체적 의지와 집단적 의지의 갈등에서도, 문학은 사회 과학적인 접근에 비하여, 개체적인 의지 —— 그 무한정적인 표현이 아니라고 하더라도 적어도 그것이 세속적인 부침의 경로에 보다 깊은 관심을 갖는다. 이것은 집단적인 이데올로기에 의하여 지배되고 있는 문학의 경우에도 마찬가지이다. 서정시의 근본적 영감은 삶에 대한 주체적 직관에 있다고 일단 말할 수 있다. 이것은 어떠한 집단적인 범주의 지배에서도 벗어나는 직접성을 가지고 있다. 그런가 하면, 사회 속의 인간을 그리게 마련인 이야기체의 장르에서도 주체성은 문학의 핵심의 하나이다. 위에서 언급한 도스토옙스키의 지하 인간처럼 모든 집단적, 이성적 기획을 거부하는 '심술의 귀신'(포)은 현대 서구 문학의, 또 우리 현대 문학의 중요한 수호신이 되어 왔다. 또 개체적 삶의 역사성은 아마 역사의 경우보다는 전적으로 문학의 관심이라고 하여야 할 것이다. 역사에 그러한 것이 있다고 하더라도 그것은 전기라는 특수하고 한정된 분야에서만 문제가 되는 것이다. 결국 이러한 이야기는 사회 과학적인 접근이 중요한 역사에 있어서보다 주관적 정감의 세계와 개체적 인간, 다시 말하여 감정과 극적 주인공을 떠나서 문학은 생각할 수 없다는 매우 상식적인 사실을 확인하는 일이다.

그런데 여기에서 역사와 문학의 관계를 이야기하면서 빼어놓을 수 없는 사실이 있다. 그것은 역사는 실제 있었던 일을 다루며 문학은 허구의 세계를 구축한다는 사실이다. 그러나 이러한 사실을 두 가지 지적 활동의 특징적 구분으로서 열거하는 데 그치는 것은 별 의미가 없는 일일 것이다. 여기서 우리가 생각해야 할 것은 이러한 구분이 인간과 세계에 대한 접근 태도의 차이에서 오는 것이라는 사실이다. 문학이나 역사가 어떤 사실을 이해하고 기술한다는 것은 그것을 단순히 실증적인 인과 관계 속에서 설명한다는 것을 뜻하지는 않는다. 다시 말하여, 흔히 서양의 해석학에서 사용하는 구분을 빌려 문학이나 역사는 외적으로 파악된 인과 관계만을 '설명(explain)'하려는 것이 아니라 내적인 동기 관계를 '이해(understand)'하려고 한다는 말이다. 딜타이(Dilthey)가 이 개념을 대립적으로 설정하면서 말한 바 있듯이, '이해'는 다른 사람의 심리적 중심에 우리 스스로를 위치하고 공감으로써 내적인 연관을 알게 되는 과정을 말한다. 이것을 통하여 우리는 어떤 행위자의 내적, 주체적인 인식에 참여할 수 있고 이러한 참여를 통하여 비로소 인간 행동을 의미 속에 구성하여 이해할 수 있게 된다.

그러나 순수한 의미에서의 이해의 과정은 너무나 주관적인 것이어서 이를 검증하는 방도가 있을 수 없다는 난점이 있다. 그러나 역사의 재구성에 있어서 이해는 객관적으로 제시되는 문서와 기타 증거의 텍스트에 기초하고 또 이러한 이해는 보다 법칙적인 집단적 범주에 의하여 대조 검증될 수 있다. 그러나 문학은 이러한 객관적 참조의 자료가 없거나 부족한 가운데서 움직인다. 그것은 문학이 아직 문서화되지 않은 당대의 풍물과 사건을 대상으로 하기 때문이다. 또 설사 문학이 과거를 소재로 한다고 하더라도 대부분의 역사적 기록은 평범한 주인공, 특히 역사적으로 중요한 역할을 맡지 않았던 개체적인 주인공들에 관하여서는 침묵을 지키는 것이 상례이기 때문에 사정은 크게 달라지지 아니한다. 또 설령 기록이 있다고 하더라도 기록의 유용성은 후세의 질문자가 내는 질문에 답하여 줄 수 있는 한도에서만 생겨나는 것인바, 문학이 발하는 모든 질문에, 특히 내적 의미 연관을 밝히려는 질문에 속속들이 답하기에는 모든 기록은 너무나 편벽되고 단편적인 것이 보통이다. 어떤 경우에 있어서나 개체적 생존에 영향을 주고 이를 결정한 요인들 — 특히 다른 개체적 생존이 구성한 영향의 그물들을 가공적 구성을 통하지 않고 사실대로 가려낼 수는 없다. 가령 우리 자신이 성장할 때의 모든 주변 조건과 인물들을 실증적으로 분석해 낼 도리가 있는가.(사르트르는 만년의 한 인터뷰에서 자서전에 대해 언급하면서, 자신의 자전적인 사실적 기록보다 소설로써 더 적절히 그려 낼 수 있을 것이라는 말을 한 바 있다.) 물론 가공적 구상이란 제 마음대로 아무것이나 만들어 낸다는 말이 아니라 우리가 접할 수 있는 사실의 텍스트와의 진지한 대화로부터 출발하여 그럴싸한 외적 인과와 내적 동기 관계를 짐작해 낸다는 것을 말한다. 여기에 이상화 또는 더 나아가 환상 작용이 개입할 수 없다는 것은 아니다. 그러나 주의해야 할 것은 이상화 또는 환상화는 아무리 사실로부터 유리되어 있는 듯이 보이더라도 사실과의 관계에서 그 의의를 얻게 된다는 사실이다. 실제에 있어서 어설픈 사실적 묘사, 특히 사실을 상투적 상상력과 언어로써 호도하려는 노력보다는 단연코 사실을 벗어나는 환상적 구조물이 우리에게 사물의 참모습을 전달해 주는 경우는 얼마든지 있다. 환상은 사실의 가장 좋은 조명이 되기도 하는 것이다. 표가 나게 환상적이 아닌 경우에 있어서도 문학적 창조물에서 구조적 상상력은 빼어놓을 수 없다. 이 경우도 상상력의 의미는 사실에 대한 조명 능력, 또는 사실의 가능성에 대한 계시 능력, 또는 적어도 인간의 욕망의 관점에서 본 인간과 사실의 관계에 대한 의미 제시 능력에서 얻어진다. 결국 상상력에 대한 구극적인 통제는 사실이 담당하는 것이다.

그러나 한 가지 첨가해야 할 것은 문학의 허구성이 단순히 객관적 자료의 결여에서만 정당화되는 것이 아니라는 사실이다. 주체성 또는 주체적 체험은 벌써 그 저의에 있어서 객관적인 인식, 그것을 대상화하는 인식에 의하여 접근될 수 없는 성질의 것이라 할 수 있다. 이것은 우리 자신의 주체성의 본질에도 해당되고 주체적 행위자로서 다른 사람의 경우에도 해당된다. 주체성에 가까이 가는 것은 공감적 이해, 또는 상상력의 직관을 통해서라고 해야겠지만, 엄밀하게 따져서 이러한 이해와 직관도 주체성의 주체 됨을 범하는 것이라고 말해야 할는지도 모른다. 그리고 언어에 의한 표현 그것도 주체성의 무한한 창조적 유동성을 고정하는 결과를 가져오는 것이기 때문에 주체성은 언어의 표현도 넘어가는 것이라고 할 수 있다. 그러므로 여기에서 차라리 옳은 태도는 단지 침묵하고 외경하는 것일는지도 모른다. 이러한 신비는 확대하여서 생각하면 단순히 인간의 주체성에만 해당되는 것이 아니다. 대상적 지식의 좋은 자료로 보이는 사물에 대하여도 이를 그 본질로부터 접근하려고 할 때, 우리는 사물의 내부에 잠재해 있는 불가해의 신비에 접하게 된다. 물론 주체성이나 본질의 신비를 너무 대단한 것으로 생각할 것은 아니다. 설사 그것이 사실이라고 하더라도 우리의 일상적 생활은 이런 차원에서 영위되지 않고 또 흔히는 이런 신비는 자의적인 신비화의 소산이기 쉽다. 그럼에도 불구하고 사람이나 사물의 본질적인 신비는 완전히 무시될 수 없는 인간의 형이상학적 체험의 일부이다. 뿐만 아니라 인간과 사물이 남김 없이 쓸모와 소비의 도구로 전락하는 오늘날의 무자비한 경제 속에서, 이러한 형이상학적 체험은 그 나름으로의 생태학적 지혜를 담고 있는 것이다. 어쨌든지 간에 여기서 우리가 지적하고자 하는 것은 문학이 전통적으로 관심 가져 온 주제에는 사람과 사물의 본질적 신비가 있다는 점이다. 문학은 — 특히 어떤 종류의 시는, 고정하고 분류하고 설명하는 논리가 아니라 공감하고 이해한 상상력으로, 또 통상적인 언어의 공리 계산이 아니라 시적 언어의 암시와 침묵으로써 이러한 신비를 지적해 왔다. 이런 의미에서 문학은 다른 어떤 지적 활동보다도 사람의 주체성과 사물의 본질적 신비에 대하여 강한 집념을 보여 왔던 것이다.

문학이 객관적 탐색과 사고를 대신하는 게으른 수단으로 상상력을 채택한 것이 아니라는 것은 확실하다. 문학의 상상적, 가공적 구성은 여러 가지 의미로 그것의 사실 또는 진실에 대한 헌신에서 온다. 이런 관점에서 볼 때, 역사와 문학의 차이로서 거론되는 사실성과 허구성의 문제는 본질적인 차이라기보다는 방법적인 차이일 뿐이다. 보다 본질적인 차이는, 이미 말한 바와 같이, 문학이 주체성, 특히 그것의 개체적 표현에 관심을 가지고 있으며 역사가 외적이며 집단적인 현상의 법칙성, 아니면 적어도 개체적 움직임의 집단적 범주에의 편입에 그 관심의 초점을 맞춘다는 점에 있다. 물론 좋은 문학이 외적인 제약과 가능성을 무시할 수 없으며 역사가 개체적 집단적 주체성의 분출을 문제 삼지 않는다는 것은 아니다. 여기서 말하는 것은 관심의 자장에 있어서의 초점일 뿐이다.

그러나 문학과 역사의 두 서로 다르면서 얼크러져 있는 관점의 긴장과 합일의 변증법은 단순히 전문적인 지식 활동으로서의 문학과 역사를 위해서 의미 있는 것이 아니다. 역사 ── 단순히 학문 활동으로서의 역사가 아니라 사회 세력의 구조적 움직임으로서의 역사는, 위에서 누누이 설명한 바와 같이, 객체성과 주체성, 집단과 개체 등등의 두 극 속에서 움직이는 것으로 이야기될 만한 것이다. 지적 활동으로서의 문학과 역사는 역사 현실 속의 착잡한 움직임을 나타내는 약호(略號)에 불과하다. 이 두 활동은 학문적 방법의 차원에서가 아니라 현실의 차원에서 깊이 연결되어 있다. 그리고 이 두 활동의 성패는 다 같이 현실의 움직임의 일환이 된다. 역사 현실 속에서의 주체성과 객관적 조건의 주제의 관련은 이미 앞에서 그 설명을 시도한 바 있다. 이러한 설명은 곧 문학과 역사의 두 지적 활동의 영역과 존재 방식과 역할에 대한 설명이 될 수 있는 것이다.

(1981년)

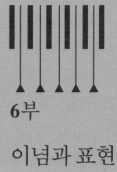

6부

이념과 표현

이념과 표현 1

북한의 정치와 문학: 6·25 전쟁 이후의 북한 시의 흐름

1. 이론적 배경

새삼스럽게 말할 것도 없이 다른 사회주의 국가의 경우에서나 마찬가지로 북한의 문학을 논한다는 것은 그것을 정치와의 관계에서 논한다는 것을 의미한다. 이러한 관계는 북한의 이념 체계의 뿌리가 되는 마르크시즘의 근본 명제에 의하여 전제되는 것이면서, 동시에 소련 혁명 이후의 사회주의 국가에 있어서의 문학의 이론적, 실천적 전개와 북한 특유의 사정들에 의하여 조건 지어지는 것이다.

마르크시즘의 예술 또는 문학관이라고 해서 하나의 정설(定說)을 내세울 수는 없지만, 그것이 어떤 종류의 형태를 취하든지 간에 근본 전제가 되는 것은 의식 활동의 물질에 의한 규제 ── "사람의 생존을 결정하는 것은 사람의 의식이 아니며 사회적 존재가 사람의 의식을 결정하는 것"[1]이라는

---

1 Karl Marx, *Zur Kritik der Politischen Ökonomie*(Berlin, 1859), 영역본(Chicago, 1904), p. 11.

명제이다. 이로부터 의식 활동의 한 표현으로서의 예술, 그중에도 문학으로부터 사회적 생존의 조건, 그 핵심적인 요인인 경제 조건과의 상관관계는 떼어 놓을 수 없는 것으로 간주된다. 그러나 문학을 포함한 의식 활동의 소산이 경제적 하부 구조를 반영한다고 할 때, 그 반영이 있는 그대로의 현상을 드러내 주는 것은 아니다. 그 반영은, 특히 부르주아 지배의 사회에 있어서, 부르주아 계급의 이익을 정당화하거나 위장하는 형태를 취한다. 이렇게 사회 관계를 반영하는 의식은 "부르주아의 이해관계를 숨겨 가지고 있는 부르주아의 편견의 집합"[2]에 불과한 '이데올로기'가 된다. 따라서 진실에 이른다는 것은 이러한 이데올로기의 왜곡과 위장을 꿰뚫고 하부 구조의 바른 이해를 얻는다는 것을 말한다. 그리고 이 하부 구조의 바른 이해는 역사적 발전의 보편적 진실을 대표하는 노동자 계급의 관점에서 그들의 실상과 역사적 사명을 깨달음으로써만 가능하다. 이것이 현실과 의식의 관계에 대한 마르크시즘의 기본적 입장이다.

문학 활동의 방향도 여기로부터 추출된다. 문학도 하나의 의식 활동이다. 그러면서 모든 의식 활동이 그렇듯이 그것은 진실의 인식으로서만 구극적인 가치를 갖는다. 이 진실은 무엇인가? 그것은 동어 반복적으로 예술적 진실이라고 답하여질 수 있다. 이 예술적 진실은 의식과 주어진 현실의 상호 작용에서 창조되어 나온다. 그러면 여기에 관여하는 의식과 현실은 보다 정확히 누구의 의식이며 어떠한 현실인가? 마르크시즘의 입장에서 이 의식과 현실은 여러 가지로 제약될 수밖에 없는 것이다. 모든 의식이 진실에 이를 수는 없는 것이다. 예술가의 주관적 왜곡은 엄격한 훈련을 통하여서만 비로소 진실에 가까이 갈 수 있다. 그중에도 부르주아적 의식은 현

---

2 Karl Marx, Frederick Engels, "Manifesto of the Communist Party", *Selected Works in One Volume* (International Publishers, New York, 1969), p. 44.

실을 그 계급적 이데올로기의 왜곡을 통하여 비출 수 있을 뿐이다. 그러면 의식의 왜곡을 꿰뚫고 주어진 현실을 그대로 충실하게 반영하는 것은 불가능한가? 마르크시즘 문학의 이론가에 의하여 어떠한 특별한 입장과 방법이 없이는 그것은 불가능하다. 왜냐하면, 부분적으로 주어지는 현실이 현실의 참모습일 수는 없기 때문이다. 그것은 역사 발전의 전체적인 흐름 속에서만 그 참모습을 드러낸다. 이 참모습은 프롤레타리아의 입장, 유물 사관을 통해서만 드러날 수 있다. 프롤레타리아의 계급 의식과 역사 발전에 대한 바른 이해를 가능하게 하는 유물 사관만이 예술가에게 예술적 진실에 접근하는 것을 허용한다. 이러한 결론은 역설적인 결과를 낳는다. 다른 예술 이론의 경우에도 구극적으로는 그렇게 말할 수밖에 없지만, 마르크시즘의 예술 이론에서, 구극적인 문제는 어떻게 예술적 진실에 이를 수 있는가 하는 것이다. 그런데 이 진실이 어떤 특정한 관점에서만 도달될 수 있는 것이라 할 때, 그것은 이 관점에서 벗어나는 모든 진실 ── 예술가의 창의력과 주어진 대로의 현실에서 나오는 모든 진실을 억압하는 결과를 낳을 수 있는 것이다. 그리하여 객관적 진실의 바른 인식을 겨냥했던 선의의 목표는 가장 추상적인 공식(公式)으로서 주어진 내적, 외적 현실의 구체를 대치하게 되는 것이다.

문학에 있어서 작자의 개성이나 그 의식의 질이 절대적인 것으로 간주될 때, 이것은 주관주의적 예술을 낳을 것이다. 여기에 대하여 예술이 현실의 객관적인 모습을 반영하는 것이라고 할 때도, 문학적 결과는 세 가지로 나누어 볼 수 있다. 문학은 단순하게 주어진 사회를 그대로 반영할 수 있다. 이러한 단순한 반영론은 사실주의에 귀착할 것이다. 문학이 주어진 사회를 반영하면서도 그 사회의 단편성, 부분성으로 하여 일어나는 왜곡을 왜곡으로 들추어내는 작업을 병행할 때, 거기에서 유도되어 나오는 문학적 입장은 비판적 리얼리즘이 될 것이다. 문학의 기능이 이미 있는 사회관계뿐만 아니라 있어야 하는 사회관계에 대한 진실을 전달하는 데 있다고 생각될 때 여기에는 사실주의보다는 교훈주의적이고 도덕주의적인 문학이 따르게 될 것이다.(물론 이러한 교훈주의는 문학이 진실을 말해야 한다는 명제를 완전히 등지는 것은 아니다. 이 두 요구는 이론적 오만에 의하여 하나인 것으로 오인되는 것이다. 즉 사회주의 국가에 있어서는 의식과 현실, 또 현실 상호 간의 모순은 이미 극복된 것이기 때문에 있어야 할 모습을 그리는 것은 곧 있는 모습을 그리는 것이 된다는 것이다.)

문학의 존재 구속성에 대한 명제는, 문학과의 관련에 있어서 이렇게 넓은 적용의 가능성을 가진 것이지만, 사회주의 국가에 있어서의 문학의 이론은 문학의 사실적 묘사의 기능보다는 교훈적 또는 교도적 기능을 강조하는 방향으로 전개되어 왔다. 이러한 전개는 문학의 본질에 관한 논의라는 면을 떠나서 문학 활동의 여건 조성에 매우 중요한 의미를 갖는 것이다. 왜냐하면 위에서 말한바 문학의 기능에 관한 해석은 곧 문학 활동의 자유의 범위를 정하게 되는 것이기 때문이다. 사실적 묘사가 문학의 주된 기능으로 강조될 때, 문학에 대한 외적인 주문은 큰 역할을 할 수 없게 되는 데 대하여 문학의 교훈적 기능이 강조될 때 문학이 어떤 특정한 문화적 또는 정치적 이상을 표현해야 한다는 요구가 쉽게 성립할 수 있게 된다. 마르크시즘의 문학 이론은 문학의 사실에 대한 충실과 일정한 역사적 진심을 보여 주어야 한다는 요구를 적절하게 조정하려고 한다. 그러나 역점의 차이는 있게 마련이고, 위에서 말했듯이 사회주의 국가에서 문학의 제도화가 이루어지는 동안, 후자의 요구는 공적 입장의 토대가 되어 왔었다.

마르크스는 문학의 사회적인 제약을 지적하였지만, 동시에 희랍 문학의 걸작에 접하여 문학이 시대적, 계급적 제약을 넘어서서 보편적 예술의 진실에 이를 수 있다는 사실에 경이를 표하였다. 그러나 이 예술의 진실은 반드시 일정한 역사 발전의 법칙을 말하는 것은 아니었다. 그것은 오히려 물질적인 발전을 넘어서는 것으로 생각되었다. 플레하노프의 문학적 관찰은 문학이 사회의 반영이라는 점에서부터 시작하였다. 이 반영은 거의 수동적인 것으로써 그때그때의 사회적 조건을 드러낼 뿐, 이때의 진실은 어떤 밖으로부터의 처방에 의하여 변경될 수 있는 것이 아니었다. 다시 말하여 플레하노프에게 예술이 영원한 진실을 드러내어 보여 주는 것도 아니었지만 다른 한편으로 주어진 사실의 묘사 이외의 교훈적 진리를 선전할 수 있는 것도 아니었다. 그의 비평에 대한 다음과 같은 발언은 문학 일반에 해당시킬 수 있는 것이다.

　　과학적 비평은 예술에 대하여 어떠한 처방도 내리지 않는다. 그것은 "이러이러한 규칙과 방법을 따라야 한다."고 말하지 않는다. 그것은, 각 역사의 시기를 지배하는 여러 규칙과 방법이 어떻게 발생하느냐 하는 것을 관찰하는 데에 스스로를 한정한다. 그것은 예술의 영원한 법칙을 선언하지 않고 예술의 역사적 발전을 조건 짓는 영원한 법칙을 연구하려고 한다.[3]

　　그러나 문학 활동의 자의적인 조정의 불가능에 대한 인정에도 불구하고 플레하노프가 마르크시즘의 원리를 버린 것은 아니다. 그가 위의 인용문에서 말하는바, "예술의 역사적인 발전을 조건 짓는 영원한 법칙"은 결국 마르크시즘이 이해하는 사회 발전의 법칙 이외의 것을 의미하는 것은 아니다. 비평가 또는 일반적으로 문학가는 주어진 현실의 예술적인 묘사에 전념하면서, 다른 한쪽으로는 마르크시즘이 말하는 역사적, 사회적 법칙을 드러내야 하지만, 이러한 법칙은 밖으로부터 부과된 것이라기보다는

3　G. V. Plekhanov, *Ryazanov* ed., *Sochineniya*(Moscow, 1923~1927), vol. 10, 192. Harold Swayze, *Political Control of Literature in the USSR, 1946~1959*(Cambridge, Mass., 1962), p. 5에서 재인용.

예술적 진실 그 자체에 저절로 포함되는 것이라는 것이 플레하노프의 이론이라고 할 수 있다.

플레하노프의 입장이 가지고 있는 모호성, 즉 다시 말하여 한편으로 예술가는 주어진 현실에 충실하면서, 이를 예술적으로 재생할 뿐이라는 관찰과 다른 한편으로 마르크시즘의 역사관과 혁명적 이념을 표현하여야 한다는 주장 사이에 존재하는 긴장은 일반적으로 마르크시즘의 예술 이론에 두루 발견되는 것이다. 그러나 위에서도 말한 바와 같이 정작 혁명적 과정이 가속화되고 더 나아가 이 과정이 제도화될 때 역점은 현실에의 충실성이나 예술적 완성보다는 일정한 역사적, 사회적, 정치적 이념의 표현이 모든 다른 고려를 압도한다. 레닌은 그의 얼마 안 되는 예술론에서 부르주아 예술에 있어서의 예술 표현의 자유가 어디까지나 형식적이며 위선적인 것이라는 것을 공격하면서 예술에 있어서 "개인의 이니셔티브와 성향, 사고와 상상력, 형식과 내용에 다 같이 넓은 폭을 마련해 주는 것이 절대적으로 필요하다."[4]고 하지만, 다른 한편으로는 문학은 '당(黨)의 문학'이어야 하며 "프롤레타리아 운동의 일부…… 조직화되고 체계적인 사회 민주적 당(黨) 작업의 일부가 되어야 한다."[5]고 말하였다. 그리고 실제에 있어서 소련 문학의 가장 중요한 특성을 이루어야 하는 것으로서 '당성', '이념성', '인민성' 등을 강조하였다.

이 후자의 강조는 소련의 체제가 굳어짐에 따라 점점 더 중요하여지고 스탈린 시대에는 극단적으로 경직화된 요구가 되었다. 스탈린 시대에 있어서 문학의 정치에 대한 관계는 제2차 세계 대전 직후 전쟁 중에 해이하여졌던 문학에 대한 통제를 강화하려는 노력들에서 가장 단적으로 표현되

---

4 M. Lifschitz ed., *Lennin o Kulture I iskusstve*(Moscow, 1938), p. 113. Harold Swayze, op. cit., p. 9에서 재인용.

5 Harold Swayze, op. cit., p. 8.

었는데, 이 기간 중에 소련의 공식적인 입장은 문학지《즈베즈다(Zvezda)》와《레닌그라드(Leningrad)》에 대한 1946년의 작가동맹 중앙위원회의 결의에 잘 나타나 있다. 이 결의는,

> 우리 문학지는 소비에트 인민의 교육, 특히 소비에트의 청소년의 교육에 있어서의 소비에트 국가의 강력한 도구이다. 따라서 문학지들은 소비에트 체제 — 그 정치의 중대한 정초 작업(定礎作業)에 의하여 통제되어야 한다.[6]

고 하였다. 여기에 이르러 주어진 현실의 예술적 형상화라는 명제는 특정한 정치적 이념의 표현에 대한 요구에 의하여 완전히 압도되어 버리고 만다.

그러면 이러한 문학의 정치 통제는 문학 속에 어떻게 나타나야 하는가? 말할 것도 없이 이것은 정치 구호나 지시를 문학 작품에 그대로 도입한다는 것을 뜻하지는 않는다. 사회주의 문학 이론에서도 가장 빈번한 공격의 대상이 되는 것은 생경하고 추상적인 구호나 도식이다. 여기에서 가장 흔히 사용되는 칭찬의 말은 '생동감'이라는 말이며 요구되는 것은 '생생한 현실'의 형상화이다. 다만 이 '생생한 현실'이 무엇인가는 일정한 방향에서만 정의된다. 이 일정한 방향은 사회주의 국가 내에서의 사회 현실에 대한 공식적인 해석으로 주어진다. 즉 위에서도 비친 바 있듯이 사회주의 국가 내에서의 사회 현실은 자본주의 사회에서 보던 바와 같은 의식과 현실, 개인과 사회, 사회의 한 부분과 다른 한 부분의 모순을 가지고 있지 않다고 주장된다. 따라서 자본주의 사회 내에서의 리얼리즘 문학의 기능이 이러한 모순을 들추어내고 그 밑바닥에 감추어져 있는 참다운 역사의 의미

---

6 Ibid., p. 37 참조.

를 들추어내는 것이었다면, 사회주의 내부에서의, 문학의 리얼리즘은 사회의 공적인 표면에 노출된 역사의 움직임을 노출된 그대로 기술하는 것이다.(실제에 있어서 이 움직임은 국가 기관의 정책의 움직임이 된다.) 따라서 이 리얼리즘은 부정적이거나 비판적이기보다는 긍정적이다. 그것은 사회의 움직임과 목표를 긍정적으로 묘사하여 국민으로 하여금 이것들을 내면화하고 보다 적극적으로 "진정한 역사의 움직임" 속에 뛰어들게 하려는 교훈적 의도를 갖지 않을 수 없다. 이러한 긍정적 리얼리즘이 곧 사회주의 리얼리즘이다.[7] 그러면 이런 문학은 어떠한 특징을 갖는가? 스탈린 사후, 사회주의 리얼리즘의 자기반성을 시도하면서 새로운 문학예술의 진로를 규정하고자 한 헝가리 사회주의 노동당 중앙위원회의 문학 이론 합동 토의의 문서는 사회주의 리얼리즘의 특징을 간단하게 짐작할 수 있게 해 준다.(이 문서는 이러한 특징들을 비판되어야 할 대상으로 들고 있다.) 이 문서에 의하면, 스탈린 시대의 예술 정책은—즉 '왜곡되어' 적용된 사회주의 리얼리즘의 이론은 주관적이고 자의적인 명령, 금지, 처방을 통하여, 당에 대한 충성과 객관성의 결합을 깨뜨리고, 행정 명령을 통하여 당에 대한 충성과 창조의 자유의 결합을 깨뜨렸고, 예술의 교육적 기능을 정치에의 일일 봉사와 일치시켰다. 그렇게 하여 생겨난 분위기는 사회주의 건설에 있어서의 진정한 갈등의 적극적인 탐구를 억제하였다. 예술 정책은 사회주의 리얼리즘의 낙관주의적이고 인도주의적인 태도를 문제 해결의 오류와 일치시켰다. 바른 안목을 가지고 있다는 생각은 사물의 참모습의 왜곡을 가져왔고 결함 없는 주인공을 제시하라는 요구는 인간 품성의 거짓된 묘사를 가져왔다. 전체성에 대한 요구는 외연적(外延的) 전체성에 대한 요구로 한정되

---

7   여기의 구분은 루카치의 구분에 기초해 있다. 물론 루카치가 왜곡된 사회주의 리얼리즘의 실제를 그대로 받아들이는 것은 아니다. György Lukács, "Critical Realism and Socialist Realism", *Realism in Our Time*(New York, 1964) 참조.

었다. '전형성'의 개념은 억지 낙관주의를 강요하는 이론적 구실이 되거나 통계적 평균치와 '전형성'을 혼동하는 결과를 가져왔다.[8]

위에 이야기된 자기반성의 요점은 세 가지로 다시 요약될 수 있다. 즉 스탈린 체제에서 행정 명령이 예술가의 객관성과 자유를 억압했다는 것과 예술에 있어서(또 사회 내부에 있어서) 진실의 변증법적 움직임의 계기로서의 갈등이 제거되었다는 것과 억지의 낙관주의가 모든 작가에게 요구되었다는 것이다. 이 모든 것은 다 예술에 관계되지만, 예술의 내적인 성격을 규정하는 것으로는 두 번째와 세 번째의 요구를 특히 이야기하여야 할 것이다. 이 요구는 다시 한 번 요약하면 사회주의 예술은 모두 긍정적이어야 한다는 요구이다. 구체적으로는 이것은 문학에 있어서 반드시 긍정적인 주인공을 설정해야 한다는 요구가 되기도 하고 또 '전형적'이라는 개념 아래 세말적인 사실, 또는 공적인 진리관에 안 맞는 것을 배제하는 것을 의미하기도 한다. 또 말할 것도 없이 어떠한 소설적, 서사적 또는 시적 전개도 일정한 역사의 흐름을 드러내어 보여 주어야 한다는 요구도 여기에 성립한다. 이러한 모든 전제와 요구가 예술가의 자유를 심히 제한하는 것임은 물론 진실 그 자체를 왜곡하는 결과를 낳는다는 것은 말할 것도 없다. 위에서 말한 바대로 진실에 대한 추구가 이와 같이 그 반대를 낳게 되는 것이다.

북한에 있어서의 문학의 경과도 대체로 다른 사회주의 국가에서의 문학의 경과에 비슷한 것이었다. 말할 것도 없이 가장 기본적인 전제는 문학이 정치의 이념에 의하여 결정되어야 마땅하다는 것이다. 다른 마르크시

---

8 Cultural Theory Panel attached to the Central Committee of the Hungarian Socialist Workers Party, ed. by Lee Baxandall, "Of Socialist Realism", *Radical Perspectives in the Arts* (Hammondsworth, 1972), p. 242.

즘의 문학 이론 자체와 또 그것이 사실상 사회주의 국가의 체제 수립의 과정에서도 드러내는 바와 같은 이론적 애매성이 북한에서도 있었을 것으로 생각할 수 있다. 그리고 이것은 여러 가지 논쟁과 결의를 통하여 한쪽으로 결정되게 된 것일 것이다. 그러나 1950년대 이후의 북한 문학의 실제를 살펴볼 때, 마르크시즘의 문학적 애매성은 이미 한쪽으로 처리되어 버리고 문학은 처음부터 일정한 정치 이념에 통제되고 이러한 이념의 전파를 위한 교육의 수단으로 간주되어 버린 것으로 보인다.

　문학 이론의 애매성은 결국 따지고 볼 때 주어진 현실과 이것을 묘사하는 언어의 객관성에 대한 존중에서 나온다. 마르크시즘이 사회의 혁명적 개조를 목표로 하는 이념이라고는 하지만, 이때의 개혁이란 자의적 변조를 의미하지 않는다. 그것은 적어도 현실 자체의 움직임이 이 개조의 방향으로 움직여 갔다고 전제하고, 또 이러한 전제가 가능하기 위해서는 현실에 대한 과학적인 탐구가 선행하여야 한다고 보는 것이다. 마르크시즘의 문학 이론도 한편으로는 사회의 사실적 기술에 그 근거를 두고 다른 한편으로는 문학과 현실에 대한 과학적인 반성을 그 기초 작업으로 한다. 문학이 어떤 과제를 맡는다면 그것은 문학의 사실적 존재 방식이, 그 현실과 언어와의 관계로 하여 그러한 과제를 맡을 수 있게 하기 때문이다. 물론 이러한 사실 존중이라는 기본적인 태도를 유지하면서도, 마르크시즘의 문학이론에 미리 정해진 당위의 노선이 들어 있는 것은 사실이다. 그러나 사실에의 충실과 당위의 두 의무는 늘 팽팽한 긴장을 유지하면서 상호 보완 관계에 서게 되는 수가 많은데, 이것이 미리 말했듯이, 마르크시즘의 문학 이론의 애매성의 원인이 되는 것이다. 그러나 체제에 흡수된 마르크시즘의 문학 이론에서의 사실은 이미 당위에 의하여 압도되어 버린다. 이러한 마르크시즘에서 사실은 그 사실성을 넘어서서 완전히 인간의 역사 창조의 이니셔티브 속에 흡수된 것으로 생각되는지도 모른다. 하여튼, 소련이나 중공의 경우에도 그러한 것으로 보이지만, 북한에 있어서 북한의 문학 이론은 사회의 현실이나 그 언어적 재현의 실제에 대한 탐구가 아니라, 문학이 해야 할 당위의 강조가 된다. 다시 말하여, 문학 이론은 탐구가 아니라 지시와 재단이 되는 것이다. 그리고 그것은 전문적 문학 이론가보다도 국가의 공식 기구에서 나온다. 이 경우, 물론, 최고의 권위는 작가동맹, 당, 그리고 김일성(金日成)이다.

사회주의 수립을 위한 혁명적 투쟁과 사회주의 건설의 노력이 사회의 근본적인 현실이며, 문학이 한 사회의 근본적인 현실의 묘사를 목표로 한다면, 문학의 할 일은 사회주의 혁명 투쟁과 사회주의 건설의 노력을 묘사하는 일이다. 그리고 이러한 투쟁과 노력은 역사 발전의 최첨단적 세력을 대표하고 있는 공산당에 의하여 영도된다. 따라서 문학의 작업도 사회주의적 현실을 묘사하되, 그것을 당의 해석에 따라서 수행하는 일이다. 이것이 북한 문학의 근본 입장이다.

북한에 있어서의 문학적 강령은 간단히 말하여질 수 있다. 한 보고서의 요약[9]에 의하면, 김일성의 문예 사상에 나타나는바, 사회주의 문학예술의 성격은 '인민성(人民性)', '계급성(階級性)', '당파성(黨派性)' 세 개의 원칙에 따라 규정될 수 있다. 문학은 말할 것도 없이 모든 사회적, 경제적, 정치적 활동이 그렇듯이 '인민(人民)에 복무(服務)'하여야 한다고 말하여진다. 그런데 이것은 단순히 인민의 이익에 봉사하는 것만을 의미하는 것이 아니다. 봉사하고 있는가 아닌가의 판단 자체도 인민에게 맡긴다는 것을 뜻한다. 김일성의 문화와 문학에 대한 발언에서 강조되는 것은 문학은 인민에 사랑받고 그 기호에 맞는 것이라야 한다는 점이다. 주지하다시피, 여기에서 인민이라고 할 때, 그것은 주로 노동 계급에 의하여 대표되는 것으로

---

9 극동문제연구소 간(刊),「김일성이론과 비판」,『김일성의 문예사상』(서울, 1974).

말하여진다. 그리고 이 노동 계급은 계급 투쟁을 통하여 사회의 혁명적 개조와 발전의 전위가 되는 것으로 생각된다. 여기에서 '인민에 복무'한다는 것은 다시 계급에 충실한다는 것으로 한정된다. 즉 "문학예술은 계급 투쟁의 무기이며 근로 대중에 대한 계급 교육의 중요한 수단"[10]이라고 간주되는 것이다. 또다시 계급 의식은 당에 의하여 가장 뚜렷하게 대표된다는 전위 이론에 따라 계급성은 당성과 일치시켜진다. 위에 들었던 보고는 이 일치의 논리를 다음과 같이 요약한다.

> 문학예술이 계급 투쟁의 사상적 무기로서의 역할을 보다 강력하게 수행하기 위해서는 계급적 이해관계를 목적의식적으로 추구해야만 한다. 이렇게 함으로써 전투적인 문학예술이 될 수 있다.
> 이것은 마르크스·레닌주의당에 지도되는 단계에서만 가능하다.[11]

이러한 이론에서 결국 문학은 당성의 원칙에 입각해야 하며 더 나아가 당의 노선과 정책을 구현하여야 한다는 구체적인 지침이 나오는 것이다. 즉 "문학예술의 창작에 있어서 공산주의적 당파성을 구현함에는 당 노선과 정책에 의거해야 한다.[12]라는 것이다.

김일성의 얼마 되지 않는 문학예술에 대한 발언이 되풀이하여 말하고 있는 것은 위에 말한 요청들이다.(또 이것은 작가동맹의 결의나 다른 문학 이론가들에 의하여 조금씩 변형되어 끊임없이 되풀이되는 원칙이다.) 그러나 북한에 있어서 사회주의 문학의 임무에 대한 규정은 이미 위에서도 비쳤듯이, 대체적인 원칙의 천명에 한정되는 것이 아니다. 그것은 보다 구체적으로 '당 노

---

10 같은 책, 56쪽.
11 같은 책, 57쪽.
12 같은 곳.

선과 정책'을 따라야 한다. 김일성의 문학예술에 대한 발언은 그때그때 새로이 정립될 수밖에 없는 정책적인 당면 과제의 제시를 포함한다. 1951년의 작가 예술가들과의 담화, "우리 문학예술의 몇 가지 문제에 대하여"가 강조하고 있는 것은 전쟁 수행에 있어서 작가들의 과업이다. 작가는 "우리 인민의 숭고한 애국성과 견결한 투지와 종국적 승리에 대한 확고한 신심을 뚜렷이 표현하여야 하며 자기들의 작품이 싸우는 우리 인민의 강력한 무기로 되게 하며 그들을 최후의 승리에로 고무하는 거대한 힘으로 되게 하여야 한다."[13]고 일반적인 목표를 밝힌 다음, 이 담화는 더 구체적으로 작가는 "인민의 숭고한 애국심", "우리 인민 군대의 영웅성과 완강성", "인민 속에서 나온 수많은 우리 영웅들의 모습", "영웅적으로 싸운 우리 인민의 투쟁 모습", "적에 대한 불붙는 증오심", "미 제국주의자들의 만행과 함께 이승만 매국 역도의 추악한 면모", "세계 평화의 성새로서의 소련, 우리 인민의 영원한 벗으로서의 소련 인민", "조선 인민군과 어깨를 나란히 하여 영용하게 싸우고 있는 중국 인민 지원군", "우리 인민에게 국제주의적 지지와 성원을 주고 있는 인민 민주주의의 나라 인민들의 모습"[14] ── 이러한 것들을 묘사하는 것을 그 당면한 과업으로 삼아야 한다고 말하고 있다. 이에 대하여 1960년의 "천리마 시대에 맞는 문학예술을 창조하자."는 담화를 보면, 여기에 강조되어 있는 것은 천리마운동의 사회 건설 작업을 작품의 주제로 삼아야 한다는 것이다. 이 담화는 일반적으로 당대의 문학과 예술이 "응당 천리마의 기세로 내달리고 있는 우리 인민의 이 위대한 창조적 생활을 힘있게 형상화하여야"[15] 한다고 그 목표를 규정하고 더 구체적으로는 모든 산업 현장의 노동자들의 모습 ──"기계 제작 공장, 야금 공장, 방직 공

---

13 『김일성저작선집 1』(조선노동당출판사, 1967), 289쪽.

14 같은 책, 290~295쪽.

15 『김일성저작선집 2』(조선노동당출판사, 1968), 572쪽.

장 등 공작 기업소 등과 농촌과 어촌 등의 천리마 기수"를 그리고 또 "불과 사오 년이라는 짧은 기간에 농촌에서 개인 경리를 협동화하고 착취와 빈궁의 뿌리를 영원히 없애는 사업을 완수하였는데"[16] 이러한 사회 변화의 모습을 그려야 할 것을 요청하고 있다. 1964년의 "혁명적 문학예술을 창작하는 데 대하여"가 요청하고 있는 것은 시대의 추이와 당 정책의 주안점의 변화에 따라, 이번에는 "혁명적 전통 교양에 이바지"할 수 있는 문학을 창조하라는 것이고 특히 "남반부 인민들의 생활과 투쟁"을 그리라는 것이다. 그리고 이 담화는 더욱 자세한 지침으로, 종전에 이야기되었던 북한 내의 건설 상황을 다루는 문학에 대하여 혁명적 투쟁을 다루는 문학을 5 대 5로 할 것, 또 "혁명 투쟁에 관한 것은 북조선의 것을 4, 남조선의 것을 1 정도로 하는 것이 좋으리라고"[17] 자세한 계획까지도 제안하고 있다.

김일성의 담화에 제안되는 문학예술의 계획이 어떻게 실제에 있어서 문학 작품에 반영되는가? 참으로 높은 예술 창작이 일정한 이성적 계획에 의하여 창조될 수 있느냐 하는 것은 문제로 남을 수밖에 없지만 북한의 문학인들이 이러한 계획을 작품의 실제로서 옮기려는 노력을 계속하는 것은 사실이다. 작가동맹 중앙위원회의 기관지《조선문학》은 늘 일정한 사회주의적 전략에서 나오는 문학의 과제를 토의하는 평론을 실리고 있지만, 특히 연초의 머리말 등에서는 당면 과제를 정치, 경제 문제에 있어서와 비슷한 방법으로 제시한다. 김일성의 담화에 문학예술에 대한 교시가 나온 다음이면《조선문학》은 교시의 의의를 재삼 강조하고 또 이것을 작품에 옮길 수 있는 방법에 대한 토의를 벌인다. 가령 위에서 언급한 1964년 11월 7일의 김일성 연설이 혁명 문학예술의 창작에 대해 언급한 후인 1965년 1월호의

---

16 같은 책, 574쪽.
17 『김일성저작선집 4』(조선노동당출판사, 1969), 157쪽.

《조선문학》은 머리말에서, "지난해 우리는 11월 7일 수상 동지께서 주신 교시를 심장으로 받들고 그를 관철하기 위하여 진지하게 토의하였습니다." 라고 그 교시의 접수를 말하고 그 내용을 새삼 강조 부연 설명한다. 그리고 다른 한편으로 "혁명적 작품 창작을 위한 지상 논단"을 열어(이 논단은 4월호까지 계속된다.) 여러 논자로 하여금 혁명적 작품 창조의 의의를 되새기게 하고 또 그러한 목표 아래 구체적으로 작품을 쓰려고 할 때, 시, 소설, 연극들에 있어서 부닥치는 특정한 문제는 어떤 것인가 하는 등의 실제 문제를 토의하게 한다.(물론 김일성의 교시에 이어 나오는 이런 토의가 전부 일사불란(一絲不亂)의 하향식(下向式) 지시에 따라 행해지는 것이라고 말할 수는 없을 것이다. 교시 자체가 어떻게 성립되는가는 지금 알 수 없으나, 교시의 내용에 나오는 주제는 이미 그 발표 이전에도 《조선문학》에서 눈에 띄게 논의된 것이기 쉽고, 어떤 경우에 있어서나 북한을 포함한 사회주의 국가에서의 문학 사상은 얼마 되지 않는 테마로 한정될 수 있는 것으로서 김일성의 교시도 이 얼마 되지 않는 테마의 어떤 것을 다시 강조하는 것이기 때문에 교시 자체의 중요성을 지나치게 강조할 필요는 없다. 요점은 북한에 있어서, 문학도 일정한 목표에 따라서 의식적인 노력으로 제작될 수 있는 것으로 생각된다는 점이다.)

2. 북한 시에 있어서의 서사적 충동

한국전쟁 이후의 북한에 있어서의 시 문학을 개관할 때, 가장 두드러진 경향은 서사시적 충동이라고 할 수 있다. 이것은 북한의 정치 사회 제도나 문학적 표현에 잠재한 몇 가지의 작용이 종합하여 하나의 흐름으로 나타난 것으로 보인다. 서사시는 모든 시의 종류 가운데서도 가장 사회적인 시이다. 그것은 한 종족의 집단적인 신화를 그 소재로 한다. 그러나 이 집단적 신화는 대개 종족의 영웅들의 업적에 관한 것이다. 이 서사시의 신화는 단순히 그 자체로서 의미를 갖는다기보다는 그 교육적인 기능을 통하여 의미를 얻는다. 그것은 집단의 영웅적인 과거를 기억하게 하고 그것을 통하여 집단의 이상을 암시한다. 그렇게 함으로써 그것은 젊은 세대의 심성의 형성에 중요한 역할을 맡고자 한다. 이러한 서사시의 여러 요건들은 공산주의가 설정하는 문학 목표에 적절하게 적용될 수 있는 것들이다. 서사시의 집단 지향은 사회주의 이데올로기의 집단주의에 맞아 들어간다. 서사시의 영웅적 성격도 사회주의 혁명이 요구하는 영웅적 노력에 부합된다. 또 이것은 다른 한편으로 전체주의 체제가 요구하는 지도자들의 영웅화 작업에도 적절하게 봉사할 수 있는 속성이다. 그리고 서사시의 교육적인 기능은 사회의 모든 일을 정치 목표에 대한 종속 관계로 환원하려는 경향이 강한 정치의 교육 계획에도 그대로 맞아 들어가는 것이다.

이러한 서사시의 요건과 정치적 사회적 목표의 일치 외에도 문학 자체의 요구에서 나오는 서사적 지향도 중요한 요인으로 작용한 것으로 생각하여야 할 것이다. 대체적으로 문학적 표현을 두 가지의 서로 갈등을 일으키는 충동에 의하여 동기 지어진다고 말할 수 있다. 그 하나는 개인 체험이든, 기분이든, 또는 사물의 모습이든, 구체적인 것을 정확하게 언어 속에 포착하고자 하는 충동이다. 다른 하나는 보다 넓은 의미의 지평을 향한 충동이다. 이것은 모든 구체적이고 부분적인 것을 넘어 보편성 또는 전체성에 이르려는 충동이다. 그러나 대부분의 성공한 미적 표현에 있어서 이 두 개의 충동은 하나로 종합된다. 즉 거기에서 가장 독자적이고 구체적인 것이 포착되면서 그것은 동시에 넓은 초월의 지평을 암시하는 것으로 제시되는 것이다. 헤겔의 '구체적 보편성'이 의미하는 것은 바로 이러한 미적 요건이다. 서사시는 이러한 구체적 보편성을 확대적으로 드러내 주는 문학 양식으로 볼 수 있다.(다만 서사시의 구체적인 보편성의 양식은 기계적인 공식으로 전락할 수도 있음에 주의할 필요는 있다.) 사회주의적 지표나 사회주의의 국가에서 정하는 지표에 따라 쓰여지는 문학에 있어서도 영감의 개인적인 성격을 완전히 억압할 수는 없다. 다만 이러한 개인적인 영감은 일정한 방식을 통해서 집단적 의미의 테두리 속으로 흡수될 뿐이다. 즉 개인적인 관심이나 체험은 사회 전체가 수행하는 역사적 작업과의 관련에서 해석되어지는 것이다. 이러한 해석에 있어서 전형성이란 개념은 중요한 역할을 한다. 왜냐하면 이 전형성은 사회 전체의 움직임에 직접적인 관련을 가질 수 없는 개인적인 체험은 비전형적인 것, 따라서 예술적 진실을 놓쳐 버린 것으로 생각할 수 있게 해 주기 때문이다. 그리고 이것은 단순히 사사로운 것, 일상적인 것보다는 영웅적인 인물과 사건을 문학 표현의 대상으로 삼게 한다. 영웅적인 것은 곧 한 시대를 움직이는 전형적인 인간의 에너지를 의미하는 것이기 때문이다. 사회 전체가 드러내는 어떤 역사적인 과업과 거기에 개입하는 전형적인 인간의 운명에 대한 관심은 사회주의 리얼리즘의 테두리 밖에 있는 사실주의 문학에서도 주요한 관심이 되는 것이다. 다만 여기에서 그것은 늘 새로이 발견되어야 하는 어떤 것이다. 이에 대하여 국가 목적에 봉사하는 문학에 있어서, 이러한 것들은 이미 분명하게 설정되어 있는 것들이다. 즉 사회는 전체적으로 사회주의 건설이라는 역사적인 과업 속에 있으며, 개인의 운명은 여기에서 파생되어 나오고 그 운명의 전형성은 사회의 역사적 과업과의 거리와 일정한 함수 관계를 의미한다. 이러한 문학적 표현의 테두리는 당과 국가에서 설정하는 것이다. 이러한 테두리가 시에 적용될 때, 그것이 서사시적인 경향을 띠는 것은 당연하다. 북한의 시는 외적인 내적인 요구에 의하여, 개인적 체험을 끊임없이 사회주의 건설의 과업 속에 흡수하는 서사화의 노력이 되는 것이다.

그러나 서사적 충동이 북한 시 전체에 강하다고는 하나 그것이 늘 한결같은 형태로 표현된 것은 아니다. 1950년대로부터 1970년대까지의 북한 시를 개관해 볼 때, 서사시적 지향에서 1950년대, 1960년대, 1970년대의 연구 구분에 따라 세 개의 단계를 식별할 수가 있다. 1950년대에 보이는 것은 정치 이념이라든가 건설이라든가 하는 공적인 과제를 말하는 행사 시 또는 기념 시 등이다. 이러한 공적인 시는 개인적인 체험을 이야기하는 시와 나란히 존재한다. 이 두 흐름은 1960년대에 이르러 하나로 화합한다. 처음부터 그렇지 않았던 것은 아니나, 1960년대의 시에 있어서 개인적인 체험들은 적극적으로 공적으로 받아들여지는 사회 전체의 작업에 관계시켜진다. 사회 전체의 작업은 과거와 현재와 미래의 역사적 전망 속에서 이해된다. 이러한 역사적 전망은 초시간적인 이념이나 과제에서 사적인 차원을 부여한다. 개인적 체험에서도 시간적인 맥락이 강조되고 이것은 사회 전체의 서사적 신화 속에 흡수된다. 그러나 개인적 체험에 드러나는 애환은 그것이 아무리 역사적 시간 속에서 이해된다고 하더라도 사적 생활의 번설(煩屑)함을 넘어서지 못하는 한, 전통적 서사시가 요구하는 영웅적 고양감(高揚感)을 자아내기 어렵다. 필요로 하는 것은 전형적이고 영웅적인 설화와 인물이다. 기묘하게도 이러한 서사시의 요구는 1960년대 말 이후의 김일성 숭배와 일치하여 김일성의 영웅적 행적을 주제로 한 서사시를 낳게 된다. 모든 사람을 포용하는 사회주의 건설을 위한 혁명적 투쟁은 김일성의 영웅적 투쟁의 서사시로서 대표 집약되는 것이다.

이와 같이 30년간의 북한 시의 흐름을 살펴볼 때, 일정한 전제에서 출발한 내적인 논리의 전개를 알아볼 수 있으나, 그것이 분명하게 구획 지을 수 있는 연대에 따라 변화 도약하는 것이 아님은 말할 것도 없다. 공적인 행사를 주제로 한, 시와 개인적인 서정이 병존하고, 이것들이 하나의 서사적 감정 속에 합쳐지고 다시 김일성 신화로 귀일(歸一)하는 것은 어느 연대에나 서로 겹치는 맥락으로 존재하는 것이다. 이 보고서의 다음 부분에서도 시간적 구분을 염두에 두기는 하되, 그보다는 주제의 전개가 보여 주는 내적 논리를 중요시하면서 조금 더 자세히 북한 시를 검토해 볼 생각이다.

3. 공적 행사의 시와 개인적 서정

집단주의적 요구가 문학에 나타날 때 거기에 대한 가장 손쉬운 대응은 공적 기관이나 행사를 기념하는 시이다. 가령 1956년 7월호《조선문학》에 실린 홍종린의 「조선 민족은 하나이다: 조선 노동당 제3차 대회 선언을 받들고」와 같은 것은 그 전형적인 것이라 할 수 있다.

> 당의 목소리 우리를 부를 제,
> 언제나 우리는 사무쳐 느낀다네.
> 그 부름 우리 가슴이 지녔던 소원이며,
> 그 목소리 우리 심장에 넘쳐난 것이라고,

또는 같은 종류의 상투적 선언은 적대적 의지의 표명으로 나타날 수도 있다. 같은 해 6월호, 정서촌의 「우리는 선언한다」는 다음과 같이 찬양과 증오의 결의를 말하고 있다.

> 강철의 신화를 까부신 이 땅,
> 사회주의 눈부신 태양이
> 우리들의 머리 위에 솟아오르는
> 이 땅에, 더는
> 원수들이여, 발 붙일 생각을 말라.

또는 주어진 공적 상황에 으레껏 따를 것으로 처방된 감정에 언급하는 것으로써 시를 대신하는 수법은 산업 건설의 주제에도 그대로 적용된다. 가령 김광섭의 「비단」(《조선문학》1956년 6월호)은 산업 노동과 기쁨의 감정과 당에의 충성을 전형적 돈호법(頓呼法)과 의지적인 언어로써 표현한다.

비단을 짜는 동무들아!
그대들 우리에게 기쁨을 안겨 주듯이, 첸 콤베아로 사품쳐 내리는 고열
탄이
꼬리를 물고 공장지구로 내닫거니
당이 가리키는 영광스러운 한 길에서
우리는 한 지향 속에서 일하고 있다.

공적인 소재의 찬양을 요구하는 문학적 명령에도 불구하고 이러한 상
투적 감정의 상투적 환기의 노력이 대체로 불만족스러운 것으로 느껴질
것이라는 것은 분명하다. 실제 북한의 비평에 있어서도 추상적이고 도식
적인 표현이 배제되어야 한다는 요청은 계속적으로 되풀이되는 요청이다.
이것은 문학에 있어서만 아니라 모든 사상적, 문화적 태제에서 강조되는
점이다. 김일성이 1955년 12월 28일에 행한 연설의 주제는 "사상 사업에
서 교조주의와 형식주의를 퇴치하고 주체를 확립한 데 대하여"[18]였는데,
바로 연설의 제목이 말하고 있듯이, 이 연설은 추상적 표현의 폐단을 그 비
판의 한 가지 대상으로 삼고 있다. 어떤 시들은 공적인 계기에 조금 더 개
인의 체험적인 내용을 부여하려고 하는데, 이것은 단순한 장식적 수사에
구체성을 부여해 보려는 노력에서 나오는 것일 것이다. 위에 든 그의 시와
같은 호에 실린 홍종린의 「편지 발라다」는 그러한 예가 될 것이다. 이 시는
남북 분단의 주제와 당 대회라는 공적 기회를 같은 고장에서 자라다가 남
북으로 헤어지게 된 남녀 친구들의 편지라는 사연 속에 포착하려고 한다.

---

18 『김일성저작선집 1』(조선노동당출판사, 1967), 560~585쪽.

여기 넓은 기사장실 밝은 등불 아래서,
쓰기는 써도 전할 길 아득한 편지 쓰는데,

문득 머리 위에서 울려오는 라디오 소리
3천만 동포들에게 보내는 3차 당대회 선언……
"오, 저것이…… 저것이…… 바로 내 편지 아닌가……"
그렇다, 그것은 분명 옥이를 부르는 돌이의 목소리!

　　그러나 이러한 구체화의 노력이 너무나 인위적인 것은 자명하다. 다른 면에 있어서의 그 의의가 어떤 것이든 간에, 공적인 요청과 개인적인 체험의 결합은 좀 더 많은 실험 과정을 통해서 조금 더 자연스러운 결과를 낳게 되는 것으로 보인다. 1950년대에 있어서 공적인 시의 상투성은 개인적인 체험에 용해되지 못한다.
　　그러나 반드시 정치적인 지상 명령을 따르는 것이 아닌 개인적인 서정을 읊는 시도 이러한 실험적인 상황으로 하여 허용되었던 것으로 보인다. 물론 1950년대 이후에 개인적인 사정이 영 사라져 버리는 것은 아니다. 그보다는 주제의 역점이 바뀐다고 말하는 것이 옳을 것이다. 1964년에 시집 『또다시 대오에서』를 낸 김시권은 대체로 서정적인 정서가 강한 시인이어서 정치적인 경직성을 완전히 벗어 버리지는 아니하면서도 여러 편의 시에서 소박하고 섬세한 정조(情調)를 전달하는 데 성공한 것으로 보인다. 그러나 그 가운데에도 작품의 연대상 초기에 속한 것일수록 서정적 요소는 비정치적으로 나타난다. 가령 「바로 이 거리로구나」(1958)는,

바로 이 거리로구나
대학시절 눌러 쓴 교모에

넥타이를 날리며
아침 저녁 교문으로 오가던 길이

하는 소박한 추억을 기록하면서 강한 정치적인 의미를 여기에 부여하려
하지 않는다. 「만나고 싶구나」(1950)도 이와 비슷하게,

그렇게도 시집 안 가겠다던 몸집 뚱뚱한 처녀
그는 진정 책과 씨름만하고 있을가
아니면 이미 쌍갈래머리 올려 치우고
남편을 도와 집안일을 보고 있을가

하는 종류의 젊은 날의 남녀 벗들에 대한 소박한 회상의 질문들로 일관하
고 있다.
　이외에도 김시권의 시에는 사랑과 같은 지극히 개인적인 주제의 시들
도 많이 발견된다. 가령 「이런 일도 있었다네」(1958)는 매우 소박한 전통적
인 시이다. 이 시는 봄의 설레임을 이야기하는 것으로 시작한다.

나는 하도 창 밖 봄빛이 그리워
수레에 이불 깔고 떠나 보았네
들길이며 숲속의 오솔길을 찾아
실버들 늘어진 작은 시내가로……

이렇게 봄길을 찾아 나선 시인은 한 처녀를 만난다.

돌다리 건너다가

한 처녀와 마주쳤네
펄펄 치마폭 훈풍에 날리며
불그레 ─ 입술이 타오르는 한 처녀를

시인과 처녀는 일순간 눈길이 마주치지만, 이내 시인은 전상으로 불구가 된 스스로의 모습을 생각하여 위축감을 느끼고 그 처녀의 행복을 빌면서 떠나가고 만다.

그 눈길 너무나 나를 생각케 하였기
묻고 싶었네 그에게 있는 행복 찾은 이 누구인가를!
허나 나는 묻지 않고 그 처녀 먼저 건네 주었네

그는 내가 찾은 행복을 안고
날마다 늘어가는 기쁨을 찾아
그리도 발걸음 가벼웁거니……

「이런 일도 있었다네」는 이렇게 개인적인 정조(情調)로서 끝난다. 김일성 자신 1960년의 담화에서 "우리는 련애를 위한 련애를 그려서는 안 됩니다." "새 형의 인간들의 련애는 반드시 혁명 위업의 숭고한 목적에 복종되어야 하며 혁명의 승리를 위한 투쟁과 밀접히 결부되어야 합니다."[19]라고 말한 바 있지만, 시적 표현은 이러한 당위적인 명령을 그대로 따를 수만은 없는 것일 것이다.

---

19 「천리마 시대에 맞는 문학예술을 창조하자」, 『김일성저작선집 2』(조선노동당출판사, 1968), 575~577쪽.

집단적 이념의 강한 요청에도 불구하고 강하게 나타나는 또 하나 중요한 개인적인 표현의 예는 「잠 못 이루는 밤」(1958)에 나와 있는 바와 같이 시인의 고뇌에 관한 것이다. 위에서도 살펴본 바와 같이 시적 작업이 특수한 언어적 재능을 가진 개인의 영감적인 창조물로 생각되지 않는 풍토에서 이 시는 시인의 창조 행위의 고민을 토로하고 있는 것이다.

> 전등불 낮추 드려놓고
> 내 글을 쓰노라
> 입술이 타도록 담배를 피워 물며
> 내 생각에 잠기노라……

이러한 창작의 어려움에 대한 사실적인 묘사는 제3련까지 계속된다. 시인은 이러한 괴로움을 집약하여 말한다.

> 아! 괴롭구나, 글귀를 찾아내기란
> 허나 삶을 틀어잡은 곳에
> 어찌 고심이 없으랴
> 더우기 한 일 없는 나에게
> 할일 태산 같은 나에게

이러한 창작의 고민에 대한 토로는 위에서 설명한 정치적인 문학관 —즉 문학의 원천이 전적으로 이념적 필요에서부터 나올 수 있다는 문학관에 대하여 반증을 제시하는 셈이다. 물론 「잠 못 이루는 밤」이 정치적인 의미를 갖는 결의의 표명으로 끝나는 것은 사실이다.

나를 키워 준 조국에 내 어찌 근심을 주랴!

두 눈이 다 부어도 심장은 꺼져가도 좋다 !

나는 불을 끄지 않으리라.

조국이 나에게 준 기쁜 숨결

내 시행에 심장으로 휠 때까지는……

그렇기는 하나 이러한 정치적 결의도 이 시에서는 앞에서 표현된 개인적 고뇌를 극복하는 자연스러운 전기(轉機)로서 가볍게 제시되어 있을 뿐이다.

4. 개인적 체험과 사회

이미 말한 바와 같이 정치적 이념, 문학 비평의 요구, 또 문학의 내적인 충동은 공적인 행사시의 인위성과 개인적인 서정의 주관성을 극복하고 이두 가지 흐름을 하나로 합치게 하는 방향으로 북한 시를 밀어 나간 것으로 보인다.(물론 인위성이나 주관성이 실제에 있어서 극복되었느냐 하는 것은 별개의 문제이다.) 이러한 방향은 1960년대에 와서 특히 분명해진다. 위에서 본 행사시에 있어서 공적인 기회는 개인적인 체험의 매개를 통하여 어색한 대로 체험의 구체성을 얻게 되었다. 그러나 개인적인 것과 공적인 것의 결합은 이러한 인위적 조작과는 반대의 과정으로 행해질 때, 더 효과적일 수 있다. 과연 북한 시에 있어서도 적어도 그 근본적인 전략이란 면에서 바른 효과를 가져오는 것은, 공적인 계기에 개인적인 내용을 부여하려는 것보다는 개인적인 체험을 공적인 또는 전체 사회의 움직임에 비추어 이해하려는 노력이다. 시적 충동의 출발점은 아무래도 체험이다. 그러면서 그것은 이 체험에 대한 이해에서 종착점을 갖는다고 할 수 있는데, 이 이해란, 체험을 어떤 초월적인 테두리에 비추어 해석한다는 것을 말한다. 이 테두리 그것이 체험의 구체에서 저절로 우러나오는 것으로 보일 때, 시의 유기적 일체성은 높아지는 것이다. 북한 시에 있어서 개인적 체험의 사회적 해석은 이러한 시 본래의 움직임에 대응하는 것이라 할 것이다. 다만 시적으로 말하여 해석의 테두리가 지나치게 좁고 비유기적일 경우가 많다는 점이 다를 뿐이다. 정치적으로 볼 때(모든 시의 형식적, 내용적 조건들은 대개 사회적, 정치적 대응물을 갖는다고 할 수 있는데), 이러한 시적 흐름은 북한 사회 내에 있어서 이념의 내면화가 6. 25 전쟁 전후에 비해서 훨씬 광범위하게 진행되었다는 것을 말하는 것이라 할 수 있다. 다시 말하면, 이것은 개인과 사회의 갈등이 심하게 느껴지지는 아니할 정도로 사회적 일체화가 깊이 진행됐음을 뜻하기도 하고 다른 한편으로는 인간 내부의 깊이로부터 전체주의화가 이루어져 가고 있다는 징후라고 생각될 수도 있는 것이다.

조성관의 「아버지」(《조선문학》 1969년 2월호)는 개인적인 심정의 토로를 이를 규정하는 사회적인 테두리에 대한 깨우침으로 연결하는 시의 한 예가 될 것이다.

출장길에서 돌아오는 때나,
나날의 퇴근 길 저녁마다
손벽치며 나오는 어린 것들을 안을 제면
문득 떠오르는 생각이여
며칠 동안을 못 잊는 너희들을 두고
아버지는 더 오래, 더 멀리
집을 떠나야 할 때도 있으리.

여기에서 멀리 떠난다는 것은 있을 수도 있는 전쟁을 말하거니와, 이와 같이 이 시는 개인적인 애정이 전쟁의 가능성이란 테두리 속에서만 허용되는 것임을 이야기하고 있다. 이 연결은 이 시의 다른 부분에서 이 큰 테두리를 받아들이겠다는 결의로 표명되지만, 주목할 것은 이 연결이 개인의 행복과 사회의 요구 사이에 있을 수 있는 갈등도 시사하고 있다는 점이다.

《조선문학》같은 호에 실린 박성정의 「동해의 파도소리」도 위의 조성관의 시와 비슷하게 개인적인 체험의 기록을 은근하게 사회적 테두리에 연결시킨 또 하나의 예로 들어질 수 있다. 이 시의 첫 부분은 진부한 대로 시인의 개인적 심경만을 다음과 같이 기록한다.

> 휘영청 밝은 달은 창문에 어리고
> 소슬 바람 나무 끝에 장이 들어도
> 휴양의 즐거운 꿈 가뭇이 살아져
> 파도 소리에 다시 잠들 수 없어라.

이러한 개인적 심경의 토로는 "공화국은 나를 품어 가수로 자래우며……" 하는 사회에 대한 감사의 마음으로 바뀌고 이어서 남한의 고향에 대한 그리움의 심경으로 옮아 간다. 북한 사회에 대한 감사와 남한의 고향에 대한 그리움의 대비는 은근히 남북의 상황에 대한 정치 선전적인 대비를 풍긴다고 할 수도 있지만, 주목할 것은 적어도 시의 표면에 나와 있는 바로는 이 대비가 남한에 대한 부정적인 묘사를 담고 있지 않다는 점이다.

개인적인 체험의 사회적 이해의 보다 대표적인 예시가 되는 것은 추억의 요소가 강한 시들이다. 이런 시에 있어서 시인은 목전에 보거나 느끼는 모든 것을 과거를 회상하는 계기로 삼고 이러한 회상을 통해서 시인은 자신의 생애의 과거나 현재를 긍정적으로 받아들이는 것이다. 김시권의 「고향의 백사장을 찾아서」(1961)[20]는 백사장에 노는 아이들의 모습을 소박하게 그리다가 문득 전쟁을 돌이켜 보며,

> 나는 찾았구나
> 총을 쥐고 피 흘리는 싸움의 길을 걷혀
> 달려오는 너희들의 웃음소리를

하고 자신의 과거의 의미를 현재 속에서 찾는다. 즉 시인은 현재의 사회의 테두리 속에서 자신의 괴로웠던 과거를 이해하고 다시 그 과거의 역사적 테두리를 깨우치는 것이다.

또 하나의 예를 들어 보면, 허우연의 「이것만을 먼저 말한다」(《조선문학》 1956년 10월호)는 조금 더 적극적으로 과거와 현재를 연결시켜서 과거의 투쟁을 보다 치열한 것으로 이야기하고 또 이를 현재의 행복의 고마움에 대비시킨다.

> 아무도 알지 못했다.
> 멀리서 온 나는 더욱 몰랐다.
> 여기에 이런 집이 서리라고는,
> 여기서 어린 것을 품에 안으리라고는……

이러한 현재의 행복은 저절로 과거로 이어진다.

---

20 김시권, 『또다시 대오에서』(조선문학예술총동맹출판사, 1964).

억수로 퍼붓는 원쑤의 폭탄에
　　재로 날리든 살림 방 앞뜰
　　분노가 불ㅅ길처럼 타오르는 안해와
　　굳센 포옹 나누던 그때는……

　이러한 이데올로기적으로 파악되면서도 실감이 없는 것은 아닌 회상은 다시 현재의 가정적인 행복에로 돌아온다.

　　창문틀에 총총 매달린 어린이들도
　　아빠가 온다고 손질해 부르노나
　　어느덧 안해는 손목을 이끄는데

　　이 순간이구나, 동무들이여,
　　내가 안해에게 무엇을 주저하리.

　김시권의 「고향의 백사장을 찾아서」나 허우연의 「이것만을 먼저 말한다」는 비교적 자연스러운 시상의 흐름을 드러내어 보여 주는 시들이다. 그런데 과거와 현재의 대비에서 개인적 체험에 사회적 해석을 부여하는 수법은 보다 더 적극적으로 또 의식적으로 활용된다. 그리하여 시인의 목전에 보고 현재에 느끼는 것은 모두 과거를 회상하는 계기가 된다. 흔히 이 과거는 개인적이라기보다는 사회 전체의 역사에 관계되는 것이다. 그리고 이 역사는 해방과 사회주의 혁명을 위한 투쟁이라는 관점에서 파악되고 다시 사회주의 건설이 내다보는 미래에로 이어진다. 개인적인 체험은 이 투쟁과 건설의 역사에 연결되고 더 나아가 모든 현재적인 체험이나 대상도 이 역사의 과거와 미래의 흐름 속에 흡수되는 것이다. 이렇게 하여 시적으로는,

북한 시는 서사화되고 정치적으로 개인적 생애는 집단 속에 전체화된다.

위에서 김시권의 시에서 현재의 관찰은 과거에 자연스럽게 연결되지만, 현재의 대상은 단순한 사물일 수도 있고 또는 더 큰 현상이나 사건일 수도 있다. 이것은 시적 수법에 늘 보이는 것으로서《조선문학》1956년 9월호의 김순석의「네 아래 지날 적이면」은 간단한 일상적 사물 박달나무를 전쟁의 추억 속에 위치시킨다.

> 박달나무야!
> 그러나 차마 한 가지만은 못 생각하였구나
> 너와 나 이리도 깊은 연분에 맺어져
> 새로 풀린 논 극적거리는 도랑물가에
> 지난날을 이렇게 이야기하리라고는……

이러한 묘사는 전쟁에 관한 조금은 이상적인 추억의 틀이 되는 것이다.

조금 더 큰 계절의 바뀜이라든지 절후의 여러 자연 현상도 역사적 회상의 실마리가 된다. 함영기의「벌에 서리오고 산에 눈내리면」(《조선문학》1966년 3월호)과 같은 시에서의 현재의 감각적 현실을 과거와 미래의 서사적 연결의 고리로 보는 수법은 전형적 예로 들어질 수 있을 것이다.

> 나무리 어터리에 서리오면
> 아흔 아홉 동네에 찬서리오면
> 구월산엔 눈내리네
> 아흔 아홉 봉우리에 첫눈이 내려
> 서리오고 눈내리면
> 더더욱 골수에 사무쳐 와라!

쌀지고 소금지고 수류탄차고
구월산 바라며 길떠나는 사람들……

불타는 마당귀에 눈 못감고 쓰러진
어머니며 안해며 어린 것들 꿈을 안고
발거름 무거워 어찌 올랐오
눈내리는 구월산에 어찌 올랐오.

　지금까지 본 시들은 대개 강한 정치적인 메시지를 담고 있다고 말할 수 없는 데 대하여, 과거와 현재의 이어짐이 강한 대비로서 설정될 때, 정치적 의도는 더욱 두드러지게 된다. 1956년의 김순석의 시 「황금의 땅」 연작시 중, 「처녀지」(《조선문학》 1956년 9월호)에 있어서 과거와 현재의 대비는 현재의 긍정적 수락에 사용되어 있다. 「처녀지」는 들과 새의 이미지를 통하여 어두운 과거가 빛나는 현재로 바뀌었음을 다음과 같이 말하는 것이다.

……여기 어둡고 축축하던 수풀은
그 속에 해마다 철마다 살던 집은 어디로 갔나?
──너는 지난날만 생각하는
미욱한 왁새여……
발돋음하며 어린 싹들이 키를 솟는다.
기지개펴며 처녀지는 말한다.
──그런데 나는
그 침침하던 람누를 벗었네
보라 태양은 영원한 나의 동무
이젠 황금의 이삭이 나의 옷이네……

또 다른 시들은 과거와의 관계에서 또 그와 관계가 없이 오늘의 행복을 이야기하고 이 행복의 원인을 사회에서 찾는다. 박세영의 「다시 '해반의 처녀'」(《조선문학》1966년 2월호)는 1920년대의 빈곤을 회상하고, 그것을 오늘의 풍요에 대비하고, 그것을 가능하게 한 국가에 감사를 표한다. 리계심의 「못가에서」(같은 호)는 전통적인 수법으로 현재의 광경을 묘사하는 것으로 시작한다.

> 물 안개 가시는 휘연한 못가에
> 줄지어선 소나무들 물 속을 굽어보고
> 삼돌인 양 물 우에 둥실 뜬 바위에 백학이 사뿐 나래접고 물을 마시네.

이런 자연 묘사는 결국 그 안에서 국비로 요양하고 있는 요양생의 행복을 말하기 위한 장면 제시가 된다. 그런 다음 시는 과거와 또 북한의 사고 양식으로 볼 때 과거의 어둠에 속하는 것으로 간주되는 남한에 대한 연상을 기록한다.

이러한 현재의 사회에 대한 찬미는 1970년대에 접어들기 시작하면서 김일성 숭배와 겹치게 된다. 과거가 비참하거나 또는 투쟁의 고통 속에 있었고 오늘이 찬란하고 행복된 것이라면, 그것은 김일성의 보살핌으로 하여 가능한 것이라는 것이다. 감각적으로 파악될 수 있는 체험의 현재가 집단적 투쟁의 추억을 통하여 이해되는 것이 아니라 김일성의 위대함에 힘입은 것으로 파악되는 것이다. 이것은 이 보고의 나중 부분에서 다시 살피겠지만, 앞에 든 다른 시들과의 비교를 위해서 한 예만을 들어 보기로 한다. 여기에는 김윤철의 「한줌의 흙, 한치의 땅을 두고」(《조선문학》1978년 2월호)가 적절하다.

무거운 고개숙인 황금 이삭들이

끝없이 설레이는 두렁길 우에

나는 가슴 뭉클 뜨거워 섰노라

얼마나 풍요한 이 나라 대지인가

그 얼마나 귀중한 나의 농장벌인가

이러한 자연의 풍요에 대한 묘사는 혁명과 전쟁의 회상을 불러일으키고 이것은 다시 "…… 어버이 수령님께서! 우리 농민들에게/ 주신 그 땅" 하고 김일성에 대한 감사의 마음으로 바뀐다.

체험의 회상화 또는 서사화가 북한 시의, 특히 1960년대에 있어서의 북한 시의 특징이라면 그것은 개인적인 체험을 사회화하려는 정치와 사회의 전체적인 흐름에 부응하는 것이라고 하겠으나 주목할 것은, 이미 위에서도 본 바와 같이, 여기에서의 첫 출발점이 개인적인 체험에 있다는 사실이다. 이러한 서사화의 과정에서 시는 체험의 순간들을 유도하여 하나의 일관된 삶의 구도 속에 끌어들이고 또 개인의 흩어진 삶을 꿰어맞추어 사회 전체의 구도 속에 편입하려는 사회적이면서 치유적인 기능을 갖는다. 개인적 체험에서 생기는 요구가 사회적인 의미의 부여에 의하여 충족되는 것이다. 따라서 적어도 형식의 면에서 볼 때, 정치 선전적 강제적 요소는 일단 후면으로 물러나 있게 된다. 그러나 북한 시에서 좀 더 직접적인 공적인 요청들이 없어진 것은 아니다. 시가 구체적으로 인민과 계급과 당에 봉사해야 한다는 요구는 변함이 없다. 그리하여 시인은 여전히 국가와 사회의 공적인 기회에 축시를 제공하고 당의 정책적인 요구에 맞추어 교육과 선전의 기능을 수행하기를 요구받았다. 다만 이러한 밖으로부터 오는 요구에 응하여 쓰이는 시도 조금 더 능숙하게 체험적인 사실을 이용하게 된다.

가령 앞에 들었던 홍종린의 당 대회를 두고 쓴 시에 비하여 김시권의 「당」(1962)은 조금 덜 인위적으로 당과 개인적인 체험을 연결한다.

> 얼마나 위대한가!
> 온 세상의 넓은 땅과 시대의 움직임을
> 그대는 나의 온 심장으로 느끼게 하였다.
> 머슴군의 네쩨 아들이었던 내가
> 삶의 위대한 진리를 노래하게 하였다.

또 하나의 예로서, 김죽성의 「참되게 산다는 것은」(《조선문학》) 1966년 2월 호)은 당이 북한 젊은이들의 순진한 감성에 어떻게 내면화되어 가고 있는 가를 살피게 해 주는 시이다.

> 자신이 일하는 작업반 앞에서
> 당원의 명예로 사는 것은 헐치 않았다.
> 같은 나사못을 조이면서도
> 마음은 예전과 같지 않았다.
> 작업반을 책임진 반장의 마음이었고
> 공장의 계획과 전망에 대해서도
> 퇴근길에 골똘이 설계하군 하였다.
> 일에 들뜬 신업공도,
> 휴게실에 못 빠진 나무걸상 하나도
> 내 잘못인듯 어깨는 무거웠다.

이런 시가 시적으로 어떠한 가치를 갖는 것이든지 간에, 이것은 어떻게 당이 하나의 내적인, 도덕적인 의무감으로써 젊은이에게 작용할 수 있는 가 하는 심리적인 경로를 잘 드러내 보여 준다.

당을 주제로 한 위의 두 시는 근본적인 충성심의 표현에 대한 요구에 대응하는 시여서, 막연한 도덕적 분위기만을 표현해 내는데, 이에 비하여 조금 더 구체적으로 국가가 당면하거나 또는 부과하는 정책적인 문제를 다룬 시들도 많이 발견된다. 대체로 이러한 종류의 시의 주제는 몇 가지로 분류될 수 있다. 말할 것도 없이 공적으로 요구되는 주제를 전체적으로 규정하고 있는 것은 혁명과 건설 및 통일 과업이라는 세 개의 목표다. 혁명은 모든 시 작업의 전체를 지배하고 있는 에토스이지만, 그것은 항일 투쟁이라든가 6. 25 전쟁이라든가에 대한 역사적인 회고를 통하여 강조되는 것이 보통이다. 건설은 무력적인 투쟁에 이어서 경제 건설을 주로 의미하는데, 시는 일반적으로 북한 사회의 현재와 미래를 낙원으로서 투영함으로써 진취적인 분위기를 조성하거나 또는 보다 구체적으로 공장이나 농장의 작업의 긍정적인 의미를 강조함으로써 건설 의욕을 고취하는 기능을 맡는다. 또 그 외에 개인적으로 작업 의욕을 고취하고 협동 정신을 강조하는 등 사회관계의 조절을 위한 순화 작업도 북한에서 시가 맡고 있는 기능의 하나이다. 그리고 마지막으로 남북통일의 의미를 깨우치는 일이 문학의 중요한 기능이어야 한다는 것은 김일성의 연설에서도 주장된 바이거니와, 이것은 주로 남한 사회의 부정적인 묘사와 그 안에서의 저항의 양상들을 추상적으로 투영하는 것으로 수행되고 있다.

위에서 우리는 이미 현재의 체험을 역사의 과거와 현상 속에 편입하는 시적 수법을 보았지만, 이러한 수법이 곧 혁명과 투쟁의 과거를 끊임없이 상기하여 투쟁적 분위기를 유지하려는 노력에 관계되는 것임은 새삼스럽게 말할 필요도 없다. 혁명이나 투쟁은 북한 시의 기조음(基調音)을 이루는 것이다. 이에 대하여 경제적 사회적 건설의 주제는 조금 더 분명하게 한정적으로 추출될 수 있다. 이런 시들 가운데 가장 많으면서 또 현실감이 있기 어려운 것은 공장 노동의 의미를 강조하는 것들이다. 어떤 종류의 시들은 단순히 스타카노비슴의 시적 표현에 불과하다. 가령 《조선문학》(1956년 2월호)에 실린 「보통로동일」이란 시는 노동자들의 생산 의욕을 다음과 같이 말한다.

> 내 이 날을 아끼노라
> 단 1초라도 더 오래
> 단 한치라도 공간 없이
> 흘러가는 꼼베야, 너의 우에
> 나의 빛나는 로력
> 그냥 쌀가루 같은 비료를
> 더 담뿍 실어보내기 위하여……

이러한 종류의 인위적인 노동 의욕의 묘사 예는 여러 시에서 보이지만, 1971년 간행의 신진순의 시집 『은혜로운 품』[21]에서 두어 편의 예를 더 들어 볼 수 있다. 이 시집에 수록된 시들을 연대순으로 또 내용에 따라서 살펴보면 이 시인은 북한의 문학 계획이 요구하는 바를 가장 충실하게 쫓아서 시작해 온 사람의 하나로 생각되는데, 노동 의욕의 고취라는 명제의 경우에도 가장 대표적인 공공시의 예를 보여 주고 있다. 신진순은 「단조장」(1965)이란 시에서 노동 현장을 다음과 같이 즐거운 음악의 향연장에 비유한다.

---

21 문예출판사 제(制).

피아노 가야금이
무슨 노래람!
자전이 일어난듯
격전이 벌어진듯
강철의 합주곡
그 음향 속에서만
단조공의 심장은
함께 뛰는 것을!

노동자들의 의욕은 또 다음과 같이 묘사된다.

로라는 돌아가네,
불꽃 휘날리면서
희열에 가쁜 숨결
세차게 내뿜으면서!

자, 교대를 바꾸세나
후야근 친구!
철선은 머리칼처럼
박판은 종이장처럼!
강철로동자 제2가공 선서에는
새 말 한마디 더 보태얄가보네!
그렇지 않은가,
글쎄 친구!

——「교대를 바꾸세나」(1963)

이런 외면적인 시들에 비하여 조금 더 시인의 내면의 움직임을 느낄 수 있게 하는 시가 없는 것은 아니다. 김시권의 「용해공들과의 첫 상봉」(1961)은, 인위적인 흥분보다는 사실적인 묘사와 솔직한 개인적인 심정의 토로를 특징으로 하는 시이다. 가령 그는 노동자들의 손을 만진 체험을,

> 큰 주먹, 거칠은 손
> 나는 느낀다.
> 나에겐 아직 있어보지 못한 그 손,
> 얼마나 많은 쇠물을 뽑아냈으랴.

라고 이야기하고, 이어서 그가 표명하는 결의도 비교적 조용하고 사실적인 언어를 빌려서 표현한다.

> 내 그대들을 우러러 보노라
> 미안하구나, 내 그대들을 쳐다봄이
> 그런데 웬말인가?
> 그대들이 나의 수고를 치하함은

노동 현장의 묘사와 노동 의욕의 고취는 농촌의 경우에도 똑같이 해당된다. 농촌 노동을 주제로 한 시에서도 공허하고 인위적인 것과 조금 더 사실적인 것을 찾아볼 수 있다. 1957년의 「두 사람 이야기: 리현리 관개공사장에서」와 같은 시는 매우 공허한 공적인 시이다.

> 일 잘하기 경쟁이외다.
> 시절과 공사와 먼저 가기 경쟁이외다!

모내기전 작답은 끝내고 말고요!
우리 조합 구백만보 뙈기 밭에
제때에 어김없이 모를 꽂을 테니까요.
금년 첫 계획의 로력인양 벼 여덟키로,
장모님 오래만 사시소!
산골 처가댁에 쌀 떨구지 않으리라!

이에 비슷한 시는 위에서도 언급한 신진순의 『은혜로운 품』에서도 쉽게 발견된다. 「새 아침」(1957)에서 한 노인의 말을 빌려 이야기되는 총력 동원의 필요는 아무런 시적인 변용도 없이 다음과 같이 이야기된다.

보게나! 조합에 할 일 많아
내 어찌 혼자 늙겠나!
새 농사 새 솜씨에 큰 아들은
한 정보 열 톤 곡식 거두겠다
밤도 없이 낮도 없이 몰아치는데
막냉이는 잠꼬대에도 조합돼지
살찌울 궁리,
령감은 과실 심어
과일 동산 꾸미겠다지,
며느리는 양잠반 기수가 되겠다네,
한해 여덟번 치는 누에
내 생전 처음일세……

지금 들어 본 몇 편의 시들에서처럼 국가 정책의 의도가 노골적으로 나와 있는 시보다는 생활의 여러 계기를 통하여 이야기되는 새로운 농촌 건설에 대한 긍정적인 언급은 정치적인 테두리에 남아 있으면서도 조금 더 시적인 효과를 확보할 수 있는 것으로 보인다. 가령 흙과의 접촉의 감각적인 기술,

행복에 겨운듯
퍼져가는 새로운 땅이여!
나는 끝없이 걷고 싶어라.
부드러운 흙밭에 발목을 묻으며
— 김순석, 「황금의 땅」(《조선문학》 1956년 9월호)

또는 개인적인 체험에서 나온 신념의 소박한 기록,

탄맥도를 손금처럼 감아쥐고
구름도 산허리에 쉬는
저 산봉우리 속을 오르내리며
내 어린 때 어머니의 품으로 달려가거니
— 김병두, 「내 기별을 전하고 싶어라」(《조선문학》 같은 호)

산천의 변모에 대한 행복한 관찰(이것도 너무 자주 여러 시인에 의해 반복돼 나타남으로써 하나의 상투형이 되어 있는 듯한 느낌이 강하지만),

그 옛날 손톱이 무지러지게 흙뒤지며
화전민의 아들로 칡뿌리 캐고 살았던
먼 옛날 그 토굴 자리를

나는 보노라 지금 한폭의 그림을

　　　　　　　— 김시권, 「산골 마을 찾아서」(『또다시 대오에서』, 1964)

또는 개인적 전기(傳記)의 모티프와 강하게 섞여서 확인되는, "밭길이로 내닫고 싶다"는 건설과 노동의 결의,

　　언제부터인가! 내가 강철의 톤수를 따지며
　　기계와 건축을 내 몸의 혈맥처럼 느끼며 살게 된 것은……

그리고 이어지는 시인의 기쁨과 책임의 표명,

　　창 밖에 솟은 하나 하나의 지붕도 자신의 숨결로 느끼게 된 나의 기쁨의
　　날들이여……

또,

　　하나의 풀포기 짓밟혀도
　　내 몸에 상처난 것처럼 괴로워지거니……

　　　　　　　　　　　　　　　— 「조국에 대한 생각」(1962)

　　이러한 표현들은 그 나름으로의 신빙성이 있다고 말할 수 있을 것이다.
　　이러한 생활의 계기 속에 비치는 사회화 경향의 표현 외에 대체로 현재의 사회를 긍정적으로 그리는 시들의 역할도 정치적인 의미를 갖는다고 해야 할 텐데, 이런 시들은 북한 사회의 현재와 미래를 낙원으로 투영함으로써 건설의 노동에 구극적인 의미를 부여하고 또 노동 의욕 고취를 위한

자극제가 되는 기능을 갖는 것일 것이다. 이런 종류의 시에 대해서는 이미 위에서 언급한 바 있지만, 대체로 기름진 땅, 풍요한 곡식, 행복한 마을 등의 일반적인 묘사 이외에 어떤 건설 사업의 완성이라든가 하는 구체적인 계기를 통하여 북한 사회를 행복한 사회로 묘사하는 경우도 있다. 리용악의 「평남 관개 시초」, 「두 강물은 한곬으로」, 「덕치마을에서」(《조선문학》 1956년 8월호) 등에도 그러한 요소가 있지만, 정영호의 「다락밭더기마다 물노래에 젖어」(《조선문학》 1978년 3월호)와 같은 시도 예로 들어질 수 있다. 이 시는 '기계화 농법'의 완성을 기리는 시이지만, 기계를 쓰는 농업을 다음과 같이 구체적으로 묘사할 때 즉,

> 두둥실 삭도 바가지 부식토를 실어오고
> 파아란 연기를 감치는 빨간 '충성'호들
> 떨기떨기 피여난 꽃이런듯
> 소붓이 수그러져 눕는 이랑이랑 넘어
> 벌써 싱그러운 물냄새 젖어오나보오
> 소리 없이 서두르며 물마중해 가는
> 아 ─ 아 환희로운 밭관개의 봄이라오

와 같은 묘사는 강산 전체가 하나 낙토가 된다는 암시를 동시에 전달한다.

건설의 의욕을 고취하고 그 정서적인 정당화를 의도하는 시적 주제 가운데 여기서 또 하나 지적되어야 할 것은 아이들이라는 주제이다. 대체로 북한 시에 아이들에 대한 언급은 빈번히 발견된다고 할 수 있는데, 이것은 어제의 투쟁과 오늘의 건설이 구극적으로 아이들의 미래 속에 정당화된다는, 무의식적 또는 의식적 논리의 표현이 아닌가 한다. 위에 들었던 시들 가운데도 조성관의 「아버지」나 김시권의 「고향의 백사장을 찾아서」는 아이

들의 행복에 대한 우려를 표명하고 또 엄청난 사변의 의미가 아이들의 행복에 있음을 이야기한다. 허우연의 「아이들 속에서」(《조선문학》 1966년 4월호)와 「일요일 아침에」(같은 호)는 다 같이 아버지 세대의 불행한 과거가 행복한 오늘의 아이들에 의하여 보상됨을 말한다. 뒤에 다시 언급하겠으나, 김일성 숭배와 관련해서 강조되는 것도 아이들이란 주제이다. 즉 김일성의 배려가 가장 넓고 깊게 미치는 것은 아이들의 복지라는 주제이다. 신진순의 「온나라가 꽃동산입니다」(1966)는 김일성 예찬의 시이지만 예찬은 아이들의 행복이라는 주제에 이어져 있다.

> 온 나라가 꽃동산입니다.
> 온 평양이 꽃보라
> 원수님 모신 경기장이 넘쳐났읍니다.
>
> 기쁨의 폭풍입니다.
> 행복의 회오리바람입니다.
> 작은 손 흔들어대는 이 행복한 아이들
> 아버이들 기쁨도 여기 함께 있읍니다.

또는 조성관의 「꽃물결이 흐른다」(《조선문학》 1978년 4월호)는 "온나라 아이들에게 빠짐없이/ 철따라 새 교복을 안겨주시는" 김일성, 또 "어렵던 전후의 날 길가에서 만나신/ 발벗은 한 아이를 두고" 김일성의 "가슴에 맺히신 심리"를 찬양한다.

북한에 있어서 시에 대한 기대는 되풀이하여 말하건대 그것이 사회화의 작업에 참여하여야 한다는 것이다. 지금까지 우리가 살펴본 시들은 혁명이나 건설이라는 그때그때의 개인적인 삶을 초월하는 역사의 계획이나 목표를 통하여 개인을 순치하려고 하는 노력에 관계되는 것들이었다. 그런데 이러한 초개인적인 목표 이외에 사회의 성원과 성원 상호 간의 협조와 선의를 확보하는 일에도 시의 순화 작용이 동원된다.

가령 신진순의 「구역대의원」(1960)[22]과 같은 시는 체제의 관료주의적 경향에 대하여 당원이나 기타 공공 요원들이 인민에 봉사하여야 한다는 캠페인을 위하여 쓰인 시로 보인다. 이 시는 훈장도 많이 받은 한 구역 대의원이 구역의 주민들의 문제 제시에 일일이 귀 기울이고 이를 해결하려고 노력한다는 이야기를 써서 하나의 모범을 제시하고 있는 것이다. 김시권의 「화선식사」(1964)[23]는 전쟁에 있어서 전투 요원이 아닌, 얼른 보기에 하찮은 듯한 사람의 노고도 무시되어서는 아니된다는 교훈을 내용으로 하고 있다. 심해진의 「사월의 아들」(《조선문학》 1966년 4월호)은 4. 19의 이야기를 정치적인 의도로 일관된 서사시로 쓰고 있는 작품이지만 여러 가지 삽화들 중에는 가두 데모의 치열한 공방전을 벌이다가 자기들이 무너뜨린 어느 할머니 집의 담을 고쳐 주는 학생들의 이야기가 들어 있다. 감상적이고 비현실적인 이런 삽화가 교훈적인 의도를 가지고 있는 것은 분명하다. 허성훈의 「귀중한 사람들」(1978)은 관료주의적인 의미에서는 자신의 임무가 아님에도 불구하고 자발적으로 마을의 사업을 밤을 새워 도와주고 떠나가는 사람들의 삽화를 적고 있다. 그러면서도 이들은 오만도 자랑도 없는 친절한 사람의 자세를 잃지 않는 것으로 말하여진다.

이름이 무엇인가, 손잡고 물어도
웃으며 웃으며 가버린 동무들……

---

22 신진순, 『은혜로운 품』(문예출판사, 1971).
23 김시권, 앞의 책.

공사의 어려운 고비를 도와
찬비 속에 밤새워 콩크리트를 다져주고
남겨 놓은 말은 한마디
전기가 더 빨리 나오기만 바란다고……

교훈은 물론 규정 이상의 헌신과 상부상조와 친절의 필요에 대한 것이다. 어떤 실질적인 일에 있어서만이 아니라, 대체로 친절과 호의가 사회의 중요한 용해제가 되어야 한다는 생각은 북한 시의 긍정주의의 한 전제로 생각되는데, "노래라도 부를 듯 마주 웃는/ 운전공 처녀"(1978)[24]와 같은 묘사는 이러한 전제로 하여 빈번하게 나오게 되는 상투적 표현이다. 친절과 호의는 전통적인 감정을 보강하는 형태를 취하여 표현되기도 한다. 노인에 대한 존경, 가족 간의 친화, 고즈넉한 여성미 ── 이러한 전통적인 정서와 태도는 북한 시의 여기저기에 흔히 표현되는 것들이다. 물동이 인 노인을 그리면서, "아! 황송하구나……/ 혼자 몸에도 용하신 칠순나이에/ 또 물동이 이시였으니"[25]와 같은 표현은 전통적인 시조(가령 "저기 가는 저 늙은이 짐 벗어 나를 주오")의 감정을 그대로 나타내고 있다. 신진순의 「나들이길」(1961)[26]은 처음으로 평양 나들이 가는 노인에게 베풀어지는 노방의 친절을 주제로 하고 있다.

이러한 전통적인 감정 중에서도 특히 많이 이야기되는 것은 어머니에 대한 사랑과 그리움이다. 그런데 이 사모(思母)의 정(情)의 특별한 점은 이것이 흔히 남북통일의 주제에 연결되어 표현된다는 점이다.(물론 통일의 주제가 반드시 이러한 형태로만 표현되는 것은 아니다.) 가령 앞에 든 김병두의 「내 기별을 전하고 싶어라」(《조선문학》 1956년 9월호)와 같은 것은 사모의 정과

---

24 김병두, 「혁명 전위, 그대의 모습으로」, 《조선문학》(1978년 3월호).

25 김순석, 「물」, 《조선문학》(1956년 9월호).

26 신진순, 앞의 책.

통일의 소망을 연결하여 표현한 한 예이다.

> 탄맥도를 손금처럼 감아 쥐고
> 구름도 산허리에 쉬는
> 저 산봉우리 속을 오르내리며
> 내 어린 때 어머니의 념원처럼
> 바르고 참된 일을 하는 기쁨
> 어머니의 품으로 달려가거니……

이에 비슷한 시들은 1956년 7월《조선문학》에 실린 홍종련의 「노래로 전하는 기별」 또는 「행복」에서도 볼 수 있지만, 이들 시의 온건하고 서정적인 어조에 비하여 안룡만의 「고향집 감나무」(《조선문학》 1966년 1월호)는 그 그리움에 조금 더 직접적으로 통일의 원망과 적개심을 혼합한다. 고요한 서정에서 시작한 시는,

> 고향집 감나무여
> 남과북 떨어져 오가는
> 어머니와 아들 혈육의 정마저
> 끊으려는 간악한 원쑤가 있어……

라는 부르짖음이 된다. 그런가 하면 박산운의 「어머니에게」(《조선문학》 1956년 7월호)와 같은 시는, 처음에는 위의 시들과 같이 고요한 그리움의 정서로 시작되지만 곧,

> ─조선은 조선사람들에게!

조국의 통일을 방해하는 원쑤들로 하여금

인민의 이 참된 목소리를 듣지 않을 수 없게 하라.

는 정치 구호로 옮겨 간다.

김일성의 1964년의 연설이 요구하고 있듯이, 북한 문학에 공식적으로 주어진 임무의 하나는 통일 의지, 또 소위 남한 혁명 의지를 유지하고 자극하는 것이다. 이것은 몇 가지 방법으로 행해지고 있다. 말할 것도 없이 가장 직설적인 것은 투쟁적인 구호를 시화하는 것이다.

보리라! 모두 다 쓸어 눕힌 원쑤들의 시체를

뒹구는 철갑모 쪼박지와 함께

가슴 시원하게 남쪽 바다에 내던질 날을, ──

침략자들이 남긴 모든 상처와 비운을

마지막으로 내 시행 속에서도 추방할 때가 오리라.

──김시권, 「나는 그날을 본다」(1962)[27]

이러한 구호들은 종종 남한에 대한 부정적인 투영으로써 정당화된다. 즉 '원쑤'에 대한 증오는 "마지막 붓을 놓은 기자들의 웨침", "고문에 죽은 애국 인사들의 항거의 목소리", "주먹을 치는 학생들의 감방벽 울림", "철창문 부여잡는 숨결"(김시권, 「론고장」, 1962)[28]로 인하여 들끓어 오르는 것으로 이야기되는 것이다.

그러나 대체로 더 흔한 것은 이러한 추상적인 묘사보다는 감정을 통해

---

27 김시권, 앞의 책.

28 같은 책.

서 통일과 혁명의 필요를 호소하는 경우이다. 위에서 우리는 사모(思母)의 정(情)이 이와 같이 사용되는 것을 보았거니와 비슷하게 감상화된 언어가 남한의 실정을 규탄하고 혁명의 필요를 호소하는 것이다. 김순석의 「햇빛에 실어」(《조선문학》1966년 1월호)에서 남한에 비치는 햇빛을 묘사하며,

> 남녘 땅 우리의 어린 것들의
> 긴 밤을 얼어 잔 다리 밑에서
> 언 손을 불며 너를 마주 나오겠구나

라고 한다든가, 리진경의 장시 「대통로에로」(《조선문학》 같은 호)에서 남한의 데모대원의 마음을 움직이는 광경을,

> 아, 흙살이 갈라진 무서운 손들과
> 캄캄한 얼굴들, 땅을 치는 실업자들
> 할미처럼 허리굽고 떠는 고아들과
> 구슬피 설레는 봄

이라는 말들로 묘사하는 것과 같은 예는 흔한 것들이다.

위의 예에서 두 번째의 경우는 북한에서 생각한 것이 아니라 남한의 데모대원이 직접 본 것처럼 극화하여 제시된 것이라는 점에 우리는 주목할 수 있는데, 이러한 남한 거주민의 관점에서 이야기를 극적으로 제시하려는 노력들이 종종 발견된다. 위의 「대통로에로」에도 그렇지만 4. 19를 취급한 심해진의 장시 「사월의 아들」(《조선문학》1966년 4월호)과 같은 시도 그러한 예로 들어질 수 있다.(극화의 수법은 현장감을 확보하는 목적으로 쓰이는 것이지만, 아이러니컬한 것은 참으로 남한의 현장에 있는 사람이 볼 때, 이러한 극화된

현장이야말로 공허한 가공의 투영으로 보인다는 사실이다.)

이 이외에도 여러 가지의 감상적 수법이 통일의 주제와 관련하여 동원된다. 가령 로응렬의 「급수탑」(《조선문학》 1966년 4월호)은 철도는 그대로 있으나 이제는 남쪽으로는 달리지 않는 기차의 사정을 통하여 남북 분단을 상기시키고, 위에서 언급한 바 있는 홍종린의 「편지 발라다」(《조선문학》 1956년 7월호)는 한 고향에서 자란 소년 소녀가 편지도 주고받지 못하게 된 사정을 한탄하고, 원진관의 「버들잎」(《조선문학》 1956년 9월호)은 애인과 헤어진 처녀가 남한으로 흐르는 강가에 앉아서 버들잎을 띄워서라도 소식을 전하려 한다는 사연을 적고 있다.

5. 하나의 서사시를 향하여

정치적으로 김일성 숭배가 중요해짐에 따라 문학에 있어서도 그에 대한 반응이 나타나기 시작하였다. 김일성에 대한 예찬이 전부터 없었던 것은 아니지만, 이것이 문학의 핵심을 차지하게 되는 것은 1966년 이후이다. 작가동맹 중앙위원회의 기관지 《조선문학》도 대개 1966년을 분수령으로 하여 종전보다도 더 정치적인 논설을 많이 싣고 또 그 논조도 바짝 졸라매듯 정치적인 것이 된다. 그리고 1967년 중엽부터는 문학 논설들은 으레 김일성의 연설이나 담화의 인용으로부터 시작된다. 시 문학에 있어서도 김일성 숭배의 주제는 거의 압도적이 된다. 직접적으로 김일성을 주제로 하는 것이 아닌 시도 흔히 김일성에 대한 언급을 담고 있다. 가령 1961년의 시에서 김시권은 오늘의 행복에 대한 그의 고마움의 근원을,

원쑤와의 싸움에 피흘려 쓰러졌던 몸

어루만지며 고이 눕혀
다시 창가에 비낀 아침 노을을
그 옛처럼 생신한 눈길로 보게 해 준 조국이여!

하고 '조국'에서 찾는 데 대하여, 1960년대 말 이후의 여러 시에서는 사회
가 주는 행복의 구극적 근원을 거의 모두 김일성에서 찾고 있다.

주검처럼 시꺼먼 굴욕의 나락에서
광명의 언덕으로 안아 세워주신 위대하신 품

어버이 수령님 품에서 그처럼 도도한 걸음씨와 권리와 존엄을 받았고
그 품에서 쏟아져 내리는 주체의 빛으로
그처럼 맑은 눈과 당력과 미래를 지니었으니
　　　　　　　—연사, 「위대하신 품에 안겨」(《조선문학》1976년 3월호)

또는,

땅!
장군님 주신 내 땅
삼천평!
어머니는 이 밤에
다시 만져보고 쓸어보고
흙을 쥐여 또 맡아보고 품어보고……
　　　　　　　　　　　　　　　　　—같은 시

이와 같이 일반적으로 또는 구체적으로 모든 은혜를 김일성에 돌리는 언급은 1960년대에서 1970년대에 걸쳐 하나의 상투적 습관이 된다.(너무나 일반화된 찬사가 무의미하여지고, 너무나 구체적이면서 인위적인 찬사가 불합리해진다는 것은 이런 구절들에서 두드러지게 나타난다.)

이러한 김일성 찬가의 대두는 방금 말했듯이 정치적인 움직임에 따르는 것이지만, 동시에 북한 시의 내적인 압력에서 나오는 당연한 귀결이라고 할 수도 있다. 이미 앞에서 말한 대로 시적 충동의 서사화의 결과가 특별한 이념적, 정치적 요인들과 합쳐 이렇게 표현되는 것이다. 북한에 있어서의 시의 기능은 사회적으로 설정된 목표에 개인적인 체험의 형태를 빌려 실감을 부여하고 또 개인적인 체험을 사회적 또는 역사적 목표 속에 흡수하는 것이다. 이러한 기능은 사실 모든 시에 내재하는 것이지만, 그것이 지나치게 강조될 때 , 그것은 시의 사실에 대한 충실성을 손상하게 된다. 전체적인 의미 구조에 눌려 구체적인 사실들이 왜곡되거나 배제될 수가 있는 것이다. 이때 왜곡되고 배제된 사실은 감각적 경험의 풍부함일 수도 있고 개체적 삶의 진실일 수도 있다. 북한 문학의 이론에 있어서도 되풀이하여 강조되는 것 중의 하나는 작품 속에 구체적 체험의 생생함을 그려 내어야 한다는 것이다. 그러나 이것은 너무 강하게 조이고 있는 이념적 요구로 하여 실현하기 어려운 일이다. 사실 이러한 생생함의 강조 자체가 그 실현의 어려움으로 하여 일어나는 것이라고 할 수도 있는 것이다. 오히려 전체적인 이론의 압력은 이 구체의 생생함을 희생하라는 쪽으로 작용한다. 그리고 실제에 있어서 그러한 압력은 분명한 명제로도 등장한다. '전형성'의 이론, 반자연주의론 같은 것도 이러한 압력으로 작용할 수 있지만 일반적으로 너무 생활의 세말사에 집착지 말라는 요구도 그렇게 작용한다. 가령《조선문학》1966년 1월호의 머리글은 다음과 같은 요구를 내걸고 있다.

우리 문학은 부차적인 인물에 의하여, 중심 주인공의 형상을 가리우며 사말적인 일화와 사건에 대한 현혹 때문에 생활의 주도적 흐름을 놓침이 없이 혁명투사·중심 주인공의 성격과 생활을 형상화하는 데 일차적인 관심을 돌려야 할 것이다.

이러한 요구에 나타난 바와 같이 문학이 개인적인 체험을 사회 전체의 서사적 움직임 속에서 보면서, 이 개인적인 체험으로부터 사말성과 주변성을 배제하려고 한다면, 사회 전체의 서사적 움직임에 직접 참여하고 또 그러한 움직임을 만들어 낸 혁명 투사의 생애를 그리는 것보다 더 적절한 문학의 작업이 있겠는가. 그중에도 가장 대표적인 혁명 투사인 김일성의 생애보다도 더 적절한 소재가 어디 있겠는가. — 이러한 것이 의식적이든 무의식적이든 많은 김일성 찬가의 밑에 놓여 있는 추론이다. 김일성의 전기에서 서사시에 대한 열망, 영웅적 주인공의 형상화에 대한 요구들이 (물론 정치적인 편의에 크게 자극되어) 일치하는 것이다.

김일성을 주인공으로 한 서사시에서는 몇 가닥의 주제를 가리어내어 볼 수 있는데, 우선 그 한 가닥은 김일성의 혁명 투쟁을 기리는 것이고, 다른 한 가닥은 '공산주의 낙원'의 창조자로서 그에 대한 고마움의 마음을 표하는 것이다. 물론 이 혁명 전설의 주인공으로서의 김일성에 대한 기억과 현재의 질서의 근원으로서의 김일성에 대한 찬양은 서로 섞여 있어서 딱 갈라서만은 이야기할 수 없다. 전통적인 서사시에서도 기억과 찬미는 서로 얽혀 있는 양면이었다. 그러나 김일성 서사시에 있어서 찬미의 면이 압도적으로 강함에 주의할 수 있고 이것은 김일성 서사시가 진정한 서사시라기보다는 정치적인 치렛말로서의 역할을 하는 시라는 사실을 말하여 주는 것일 것이다. 따라서 그의 행적에 관한 기억도 사실적이라기보다는 고마움과 경이의 감정을 통하여 신화한 것이기 쉽다. 김일성의 행적 중에 가장 구체적인 것은 그가 거쳐 간 장소들을 기리는 것들이다. 이것들은 오늘날의 사물을 감격 어린 추억으로 보게 하여 사회화를 용이하게 하는 작용을 한다.(우리는 위에서 현재의 체험 대상이 기억을 통하여 사회적인, 역사적인 의미 속에 편입되는 것을 보았다. 김일성에 관한 시들도 근본적으로 같은 심리적 과정을 재연하는 것으로 생각된다.)

《조선문학》1978년 3월호에 실린 몇 편의 시는 어떤 특정한 지역을 김일성 신화 속에 끌어들이는 좋은 예가 될 것이다. 서진명의 「타막골 기슭에」는,

> 여기로구나
> 인민의 소원 안으시고
> 우리 수령님
> 항일 유격대를 이끄시고
> 조국 진출의 첫 발자국 찍으셨던
> 왕재산의 타막골 기슭이……

하는 감격적인 인지(認知)를 통하여 김일성 유적지를 기념한다.《조선문학》은 같은 호 동기춘의 「오가산」과 「포명 나루터」와 같은 시도 같은 수법으로 김일성의 빨치산 유적지를 기념한다. 그런데 이러한 기념은 비단 항일 빨치산 시절의 행적에만 한정된 것이 아니다. 현재의 김일성이 찾아간 일이나 곳도 다 기념의 대상이 된다. 변홍영의 「바다사람」(《조선문학》1978년 3월호)은 김일성이 바닷가로 어부(漁夫)를 찾았던 일을 기록하고 "소금섞인 바람에/ 거칠어진 아바이 손을 만지며/ 그리도 자애로운 사랑으로 안아주시던 수령님의" 은혜를 기린다. 허수산의 「기념」(《조선문학》1978년 4월호)은 "이슬젖은 들길을 걸으시고 여기 연풍의 학교 찾아 주신

수령님"의 일을 기념한다.

김일성 사적의 서사화와 전설화는 김일성의 발이 미쳤던 땅, 중요한 사건 등만을 포함하지 않는다. 널리 알려진 바와 같이 그것은 김일성 일가의 여러 사적과 일화까지도 포함한다. 김정호의 「봉화산 기슭의 나지막한 집」(《조선문학》 1978년 3월호)은 어려운 환경에서도 뜻을 굽히지 않고 항일투쟁에 종사한 전통적인 애국지사의 전형으로서의 김일성의 아버지 김형직의 사적을 기린다. 이것보다도 빈번한 것은 그의 어머니 강반석의 행적에 대한 시이다. 그녀는 오래 참고 견디는 전통적인 순박성과 새로운 혁명적 의지를 아울러 가진 모범적인 여성으로 그려진다. 신진순의 「봉화리 박우물」(1971)[29]은 박우물이라는 전통적 사물을 통하여 맑고 정성스럽고 한결같았던 여인의 이미지를 환기하여 서정적으로 강반석을 기리고 있다. 이러한 김일성 일가에 대한 찬양은 왕조적(王朝的)인 야심의 표현일 수도 있지만, 또 다른 한편으로는 모범적인 가정 — 애국지사와 헌신적 안해와 투쟁적인 아들로 이루어진 하나의 성가족(聖家族)을 부각시킴으로써 이로 하여금 교훈적인 의의를 지니게 하자는 것으로도 생각된다.

위에 든 예들은 구체적인 사실과의 관계에서 서정적인 환기를 겨냥함으로써 서사시에 가까이 가면서도 서사시에까지는 미치지 못하는 것들이라 할 수 있다. 아직까지는 김일성의 업적을 총체적으로 읊는 본격적인 서사시는 없는 것으로 보인다. 그러나 짧게나마 그의 업적을 총괄적으로 언급하는 시들은 많다. 김일성 서사시의 고봉의 끝에 이르지는 않았지만 그에 도전하는 등반의 노력은 끊임없이 계속되는 것이라고 하겠다. 이런 시들에 있어서 김일성은 위에 든 서정적 회고에서보다 한결 더 신화화되고 신격화된다. 그리하여 사실 김일성 서사시의 목표는 영웅적 사적의 시화

---

29 신진순, 앞의 책.

라기보다 거의 종교적인 영감을 줄 수 있는 신화의 창조인 것처럼 보인다.

신화화의 노력은 서사시 지망의 시편들의, 수법에서 나타난다. 이러한 시들은 대개 공간과 시간의 거대한 파노라마를 제시하고 이러한 시공간을 꿰뚫어 달리는 초인적인 존재로서 김일성의 모습을 투영하려고 한다. 정문향의 장시 「빛 나라, 주체의 조국이여」(《조선문학》 1978년 1월호)의 첫 부분은 김일성 서사시의 전형적인 서두의 예가 될 수 있을 것이다.

> 언제나 바로 보는 높푸른 하늘
> 언제나 걸음 옮기는 풍요한 이 땅
> 그 하늘을 다시금 바라보며
> 그 땅에 다시금 걸어보며
> 끝없는 생각에 잠기노라.

이렇게 일반화된 풍경을 통하여 시인은 우선 공간의 광대함을 환기하고 이 광대함 속으로 자신의 생각을 달리게 하는 감격을 이야기한다. 그런 다음 시인의 생각은 유구한 시간이 흐름으로 향한다.

> 이 땅 우에 세월이 흘러
> 몇천 몇백 만년인가
> 이 땅 우의 세월을 도합쳐도
> 헤아릴 것 없어라.
> 위대한 수령님을 모시고 사는
> 크나큰 인민의 행복과 영광이여!

유구한 시간 속에 김일성의 위치를 이와 같이 정한 다음, 시인은 다시 그 시각을 역사의 시간으로 좁히면서 그 안에 김일성의 자리를 헤아려 본다.

　　위대하여라 인류 역사 우에
　　인간이 인간으로 된 근원을 밝히시고
　　인간이 인간으로 사는 법칙을 밝히시어
　　인간을 세계의 주인으로
　　시대와 력사 우에 높이 세우신 위대한 수령님.

　이런 파노라마적인 전망은 조성광의 「인류의 영원한 봄」(《조선문학》
1978년 4월호)에서는 김일성의 자신의 역동적 움직임으로 대신된다.

　　일찌기 오늘을 안으시고
　　눈얼음 쌓인 백두 밀림의
　　천리 준령과 만리 광야를
　　하루와 같이 넘나드시며
　　이땅에 인민의 락원을 꽃피워 주신
　　위대한 수령 김일성 동지!

　위에서, 김일성 서사시의 두 장면(세팅)을 예로 들어 보았거니와, 서사시
가 이야기하고자 하는 내용도 이러한 세팅에 맞는 것이다. 즉 두 번째의 예
가 암시하는 것은 김일성의 영웅적인 면인데 , 다른 한편으로는 첫 번째 예
가 암시하듯이 조금 더 신화적인 면도 자주 강조된다. 그리고 위에서도 말
하였듯이 보다 중요한 것은 이 신화적인 면으로 보인다.

　김일성을 찬양하는 시에 묘사된 바로는 그는 우선 민족 해방의 투사이
며, 반제국주의 투쟁의 선구자이다. 이러한 투쟁에서의 그의 능력은 초인

적이다. 그는 「날개달린 장수」[30]로서 「백두산에 장수별 떴다」, 「장백에 햇발 비쳤다」는 전설을 낳았고 적으로 하여금 김일성의 빨치산 부대에 대하여 "그들은 불사신이냐?/ 분신술 축지법은 그 누구의 방법이냐?", "신출귀몰 그들은 땅에서 솟아 하늘로 오르느냐?", "하늘에서 내려 땅으로 잦느냐?/ 김일성부대는 천이냐 만이냐?"[31] 하는 낭패와 감탄의 질문을 발하게 한 영웅이었다. 김일성 송시에 의하면, 그는 이렇게 용맹한 장수이면서, 또한 뛰어난 교사였다. 신진순의 「그 분의 뜻」(1965)[32]은 노동 계급 출신의 빨치산에게 투쟁 의식을 일깨우는 행동적 교사로서의 김일성을 다음과 같이 묘사한다.

> 생활은 그들에게 투쟁을 가르쳤고
> 증오는 백발백중 명사수로 그들을 길러냈으니
> 백전불굴 열혈의 전사들
> 그러나 자기가 누구인가를
> 그들 어찌 알았으리!
> 그들은 짓밟히는 조국의 오직 하나 빛나는 별,
> 피흘리는 삼천만의 오직 하나 간절한 꿈,
> 반드시 찾아야만 할
> 그들은 조국의 눈부신 미래
>
> 그 누구도 해보지 못한
> 그러한 모진 싸움 수없이 이겨

---

30 신진순, 「태양을 맞이하여」, 『은혜로운 품』.
31 같은 시.
32 신진순, 앞의 책.

인류력사의 새 페지를 창조해야만 할

계급의 해방자

얼마나 위대한 사람으로

자기가 되어야 하는가를

그들 어찌 다야 알았으리

젊으신 그분의 피끓는 가슴 깊이 품어 기르시는

그 원대한 포부를!³³

그러나 김일성은 보다 전통적인 의미 또는 온화한 의미에서도 교사로
서 그려진다. 그는 한 여성 유격대원으로 하여금 글자를 깨우치게 하는 장
본인이기도 하다. 그녀는,

어버이 장군님 품에 안기어

부모 잃은 설움이 가셔진 그날부터

난생 처음 쥐어보는 사랑의 연필로 한자한자 눈을³⁴

뜨는 공부를 해 나갔던 것이다.

그런데 우리는 북한 시의 김일성에 대한 묘사에 있어서 대체로 영웅적
이고 투쟁적이기보다는 온화하고 인자한 면이 강조됨에 주의할 수 있다. 위
에서 우리는 교사로서 묘사된 김일성을 이야기하였지만, 그는 빈번히 돌보
는 자, 걱정과 자비의 인간으로 묘사된다. 그는 "모진 바람 모진 눈 비 다 헤

---

33 신진순, 「그이는 조선, 그이는 당」, 『은혜로운 품』.

34 차승수, 「'새벽눈'을 따라: 온성 지구에 '새벽눈'이라는 별명을 가진 여성 유격대원이 파견되었
  었다」, 《조선문학》(1978년 3월호).

쳐가시며/나를 안아키어오신 어버이 수령님"[35]이며 "소금 섞인 바람에/거칠어진 아바이 손을 만지며/그리도 자애로운 사랑으로 안아주시던 수령님"[36]이다. 그의 보살핌의 대상이 되는 것은 누구보다 어린이로서 그는,

온 나라 아이들에게 빠짐 없이
철 따라 새 교복을 안겨주시는……

어린 마음들에 그늘이 갈세라
크고 작아 서운할세라
그 마음 미리 헤아리시여
온 나라 수백만 하나같이
몸에 맞춰 발에 맞춰
마음에조차 맞춰주시는[37]

커다란 사랑을 지녔다. 그는,

……어렵던 전후의 날 길가에서 만나신
발벗은 한 아이를 두고
마안산에서 가슴에 맺히신 그 심려
아직도 풀리지 못했다고
그처럼 가슴 아파하시던[38]

---

35 오정로, 「권리」, 《조선문학》(1978년 3월호).
36 변홍영, 「바다사람」, 《조선문학》(같은 호).
37 조성관, 「꽃물결이 흐른다」, 《조선문학》(1978년 4월호).
38 같은 시.

큰 사랑을 지닌 사람인 것이다. 또 하나의 시인에 의하면, 그는, 다시 한 번 "마안산의 어린이들을/ 고난의 행군 그 험난한 길에 안고 가신 수령님"이며 "탁아소, 보육원, 협동농장, 여교원, 과학자, 바다 밑에 농사짓는 양식공의 손길" 등, 이 모든 것에 자애에 찬 돌보심을 주는 사람이다.[39] 이와 같이 김일성은 사람들의 행복을 심려해 주는 자부(慈父)로서 이야기되는데, 그의 온화한 모습은 외관의 묘사에서도 강조된다. 가령 신진순은 그를 고즈넉한 미소의 인간으로 다음과 같이 묘사한다.

대동강반 고즈넉한 창가에
수령님께서는 웃고 계시고
멀고도 가까이
가깝고도 멀리
생활과 투쟁 속에 언제나 계시던
그이
지금은 지척에 웃고 계시고[40]

그런데 돌보는 사람으로서의 김일성의 심려는 개인적이고 인간적인 일들에만 한정되지 않는다. 그는 농민들에게 땅을 주며[41] 그 땅에 "은혜로운 햇빛이 넘쳐"[42]나게 한다. 또 그의 사랑으로 "온기를 주고 자양을 부어주어/ 씨앗은 움이 트고 뿌리내"[43]린다. 그리하여 들에는 금색의 곡식이 넘치

39 신진순, 「찬란한 햇빛 아래」(1970), 『은혜로운 품』.
40 신진순, 「은혜로운 품」(1971), 『은혜로운 품』.
41 김윤철, 「한 줌의 흙, 한치의 땅을 두고」,《조선문학》(1978년 2월호).
42 김수남, 「노래는 이 가슴에 맺쳐」,《조선문학》(1978년 1월호).
43 손재건, 「씨앗」,《조선문학》(1970년 5월호).

고, 또 그가 "비단산, 과실골에/ 조약돌 모두어 집을 지라 하시니/ 록음을 헤치고/ 흰돌집/ 배꽃인양 피여"[44]나기도 한다. 그런가 하면 공장의 건설도 그의 친히 지도하는 바로 하여 모든 장애를 극복하게 되고 그는 국민으로 하여금,

> 수령님의 사랑의 그 햇빛이 가닿는
> 락원의 거리,
> 문명한 두메
> 꽃무늬 아름다운 다층주택 창가[45]

를 구가할 수 있게 한다.

이렇게 김일성은 농사와 공업 생산과 도시 건설 ─ 모든 나라의 살림살이에 영감이 되고 이적의 수행자가 된다. 뿐만 아니라 나아가 김일성은 사회의 모든 활동의 숨은 정신이 되고 힘이 되는 것으로 생각된다. 김일성의 숨길이 미치지 않는 곳은 아무 데도 없는 것이다.

신진순은 「어디에나 계십니다」(1963)[46]에서,

> 이 나라 어디를 가나
> 수령님은 계십니다.
> 열 두 삼천리 벼이삭 와삭이는 소리에도
> 수령님께 드리는 뜨거운 사랑의 속삭임이 깃들어 있읍니다.
> 그것은 그이의 뜨거운 사랑의 한끝이

---

44 신진순, 「벽동」(1965), 『은혜로운 품』.

45 윤석범, 「조국이여, 대진군 앞으로!」, 《조선문학》(1978년 3월호).

46 신진순, 앞의 책.

이 벌에 머물러 있는 까닭입니다.

열 두 삼천 넘는 넓은 벌에

사철주야 끊임없는

기계들의 소음 속에도

수령님께 드리는 열정이 깃들어 있습니다.

그것은 수령님 위대하신 구상이

이 음향 속에 숨쉬고 있는 까닭입니다.

라고 말한다. 리정순은 「하나의 숨결」(《조선문학》 1967년 7월호)에서 다음과 같이 적고 있다.

이 땅의 평범한 하루의 일상사도

그대를 생각하는 길우에서 빛난다.

한 가정의 단란함도,

산간 마을 이름없는 밭머리에 모여 앉는

어느 한분조의 성과도,

이 땅의 하많은 즐거움과 기쁨도

그대의 보살핌을 떠나 생각할 수 있으랴.

박팔양, 리맥, 허우연 세 사람의 합작인 장시 「인민은 노래한다」(《조선문학》 1967년 7월호)에서 김일성은 단지 그 '사랑'과 '구상'과 '보살핌'을 통해서, 말하자면, 비유적으로 어디에나 계시는 것이 아니라 범신론적 편재성을 가지고 모든 사물에 두루 실재하는 것으로 이야기된다. 이 시는 새벽으로부터 시작하여 점점 붐벼 가는 방방곡곡의 활동을 파노라마처럼 묘사해 가는데(이런 수법은 월트 휘트먼의 시들을 연상케 한다.), 첫 부분에서 새벽의 밝아옴을 간단히 이야기한 다음, 곧 김일성의 편재하는 모습을 그리기 시작한다. 우선 밤을 새워 탄생의 괴로움을 같이한 김일성이 이야기된다.

어느 먼 지역, 태어난 아이를 안고
진정하지 못하는 한 로동자와 함께
하루 밤을 보내신 김일성원수

그리고 김일성은 다른 모든 일 모든 곳에도 같이 있다.

조국 땅 우에 례사로이 시작되고
또 다시 거듭되는 이런 하루하루를
사람들이여, 그 이는 맨먼저 깨여나서
백두의 숲을 흔드는 동해 바람과
남해 먼 기슭을 치는 파도소리를 들으시는듯
창을 짚고 내다보시는 김일성원수
그대들 식탁에 마주 앉으신다.
그대들 출근하는 대렬의 앞장에 서시고
그대들과 어깨를 같이 하시고
하 많은 공장, 눈덮인 산판으로
막장깊은 갱도 속으로 들어가신다.

「인민은 노래한다」는 계속하여, 김일성이 용해공과 악수하고 농민과 만나고 "두메산골학교 마당/아이들을 안아 올리시며 교실에 들어간다."고 말한다. 또 그는 "물결치는 동해에 뜬 배를 세신다." 그리고는 그는 다시 초소, 철조망 분계 지구를 지나고 무장 대렬을 사열한다. 이 시는 이 대목을 다음과 같은 외침으로 끝낸다.

> 온 나라 인민이여
> 사람들이여, 이렇게 그이와 더불어 일하고
> 그이의 뜨거운 사랑 속에 사노라
> 이렇게 이르나 이른 첫 새벽에
> 그이는 벌써 온 나라를 다 돌아다니시노라.

위에서 말한 바와 같이 김일성의 편재성은 그가 모든 사회 개혁의 총수라는 사실에 대한 비유이지만, 이 비유는 비유 이상의 의미를 가지고 있는 것으로 보인다. 그것인 공적인 정책에 의하여 자극된 것이든지 또는 자연 발생적으로 생겨난 경향이든지 간에, 김일성은 신적인 존재로 생각되어진다. 사실 김일성에 관한 시에 있어서 우리는 위에서 언급한 편재성 외에 신적인 존재에 따르는 신화적인 암시가 늘 서리게 됨을 볼 수 있다. 가령 "날개 달린 장수"라는 묘사도 비유와 사실 어느 쪽으로 취해야 할지 알 수 없는 것이라 할 수 있다. 또는 그 음성에 대한 묘사,

> 엄숙한 정적 대지 우에 서렸으니
> 오직 울려퍼짐은 친근하신 그의 음성
> 마디마디 사람들의 가슴을 두드렸다.[47]

와 같은 묘사는 신의 목소리가 대지 위에 퍼지는 것 같은 효과를 기대하고 있는 것이라 할 수 있다.

---

[47] 신진순, 「태양을 맞이하여」(1970), 『은혜로운 품』.

김일성의 신격화에 있어서 중심적 발상의 하나는 그가 구세주적인 존재라는 것이다. 이것은 민족 역사의 범위에만 한정되는 이야기가 아니다. 그의 투쟁은 세계 반식민주의 투쟁의 효시이며 사회주의 건설의 귀감으로 이야기된다. 그의 항일 투쟁은 "세계 식민주의 대 밑둥을 후려친 세계 최초의 한칼……"[48]이며, 앞에서도 이미 인용한 바 있지만, 그는 "인류 력사 우에/ 인간이 인간으로 된 근원을 밝히선"[49]것이고 오늘날에도 "지구우의 인류의 불행/ 오늘도 잊은적 없으신 그이"[50]이며 따라서 "세계의 혁명 량심들/ 온 지구우에서 흠모의 정 불태"[51]우는 대상이 된다. 이러한 김일성의 위대성은 하나의 섭리로서 미리 예정되어 있던 것으로도 생각된다. 그러므로 그의 탄생 그것도 다음과 같이 신화적으로 이야기된다.

> 만경봉에 오색 무지개 비쳤어라, 4월 15일
> 민족의 미래 인류의 꿈을 안으시고 드디어 그이 오시매……[52]

이런 예정된 구세주라는 발상은, 위에서 이미 말한바 김일성의 가족이 성가족이라는 발상에 이어지고 또 김일성의 어린 시절로부터의 모든 일화를 성화(聖化)하는 이유를 부여하는 것으로 보인다.

이러한 김일성 숭배 내지 신격화의 이유는 무엇인가? 시에 표현된 것들만을 가지고 그 이유를 충분히 알아낼 수는 없다. 여기에는 맹목적인 권력자 예찬의 충동도 그 이유의 하나일 수 있을 것이다. 그러나 좀 합리적인 이

---

48 신진순, 「그이는 조선, 그이는 당」(1971), 『은혜로운 품』.
49 전문향, 「빛나라, 주체의 조국이여」, 《조선문학》(1978년 1월호).
50 신진순, 「태양을 맞이하여」, 『은혜로운 품』.
51 같은 시.
52 신진순, 「그이는 조선, 그이는 당」, 『은혜로운 품』.

유를 찾아본다고 할 때, 그것은 적어도 시의 경우, 서사시의 교훈적인 기능에서 찾아질 것으로 생각된다. 고대의 서사시인의 기능은, 호메로스의 시가 그러했듯이 "사람들과 신들의 행적을 후대의 기억 속에 깨어나게 하는 것이나"[53] 이것은 물론 종족 전체의 교육을 그 목표로 하는 것이다. 김일성 서사시가 의도하는 바도 영웅시에 의하여 승화된 과거의 행적을 모범으로 제시하고 국민들로 하여금 이 모범을 쫓아 공산주의의 목표에 분발 헌신케 하려는 것일 것이다. 그러나 이 서사시적 의도가 참으로 호메로스나 베르길리우스의 서사시와 같은 효과를 낳을 수 있겠는가 하는 것은 별개의 문제일 것이다. 서사시가 보여 주는 것은 갈등 속에 얽혀 있는 사건과 인간들이다. 그러면서도 그것은 이러한 갈등의 상황을 통하여서 움직이고 있는 어떤 운명의 구도를 암시한다. 김일성 서사시가 결여하고 있는 것은 실감 있는 갈등적 사건들과 서로 투쟁적인 관계 속에 있는 개성적 영웅들이다. 그리고 거기에 나타나는 사회주의 건설의 구도는 운명의 강박적인 견인력을 갖기에는 너무나 피상적으로 생각되어 있다. 다양하고 심오한 삶의 흐름 속으로 사람의 전면적 인격을 해방시킬 용의가 없는 한 참다운 서사시적 폭과 깊이에 이르는 것은 불가능한 것이다. 이미 말했듯이 고대 그리스에 있어서 서사시는 교육적인 기능을 가지고 있었다. 그러나 이미 플라톤에게 분명했듯이, "그것은 듣는 자를 가르치겠다는 분명한 의도를 가진 것은 아니었다. 노래 속에 명성을 살아 있게 한다는 것 그것이 이미 하나의 교육적인 의도였다."[54] 단지 사건을 노래로 기억하며 또 사건의 흐름과 그 내적인 논리에 시인의 의식을 맡길 수 있는 자유가 없는 한 진정한 서사시는 나올 수 없는 것일 것이다.

(1980년)

---

53 Werner Jaeger, *Paideia I*(Berlin, 1954), p. 69에서 재인용.
54 Ibid., p. 70. 서사시의 교육적 의미에 대해서는 같은 책, pp. 63~88 참조.

이념과 표현 2

북한의 문학 비평: 문학적 진실과 사회주의적 진실

1. 서론을 대신하여 : 범위와 한계

북한의 문학 비평이 해방 후에 걸어온 길을 전체적으로 살펴본다는 것은 지금의 시점에 있어서 ─ 자료의 방대함에 비하여 기초적인 연구가 거의 존재하지 않는 지금의 상태에서는 불가능한 일이다. 이 작은 에세이는 전체적인 개관을 시대적으로 또는 그때그때 제기되었던 논쟁의 미세한 우여곡절을 밝혀 가면서 시도하기보다는 하나의 기본적인 문제의 유형을 밝혀 보고자 한다. 이러한 유형의 추출에 기초가 되어 있는 것은, 자료의 사정과 연구의 시간적 제약으로 하여, 북한의 작가동맹 기관지인《조선문학》에 1950년대 말에서 1960년대 중반까지 여러 호에 실린 문학 평론들이다. 따라서 이 글의 일반적 결론의 적용 범위는 상당히 제한될 수밖에 없다.

그러나 다른 한편에 있어서, 재료의 제한에도 불구하고 우리의 결론의 대표적 성격에는 큰 손상이 없을 것으로 생각된다. 아니면 그러한 성격은 오히려 강조되는 것이라고 할 수도 있다. 대체로 사회주의 국가에 있어서의 문학 이론이 그러하듯이, 북한의 문학에 있어서도, 이론적인 통일성은 그 주된 특징의 하나가 되어 있다. 여기에서 개인적인 견해의 차이는 전혀 허용되지 않는 것은 아니면서, 구극적으로는 전체적인 정통적 이론의 테두리 속에 흡수된다. 그리고 이 정통적인 이론의 담당자는 제도적으로 공식 기구인 작가동맹이 된다.

물론 사회주의 문학 이론이, 어느 시기, 어느 곳에서나 완전히 정통적이고 공적인 이론으로 통일되어 있었던 것은 아니다. 가령 소련에 있어서의 문학 이론의 발전을 볼 때[1] 공적인 정통성의 수립은 상당한 우여곡절을 경유한 것임을 알 수 있다. 소련 혁명 후로부터 1920년대까지 문학 이론의 폭은 상당히 넓은 것이었으나, 1930년대의 소련 프롤레타리아 작가동맹(RAPP)의 지배하에서 문학의 정통화는 일단의 강화를 보게 되고, 다시 한 번 제2차 세계 대전 후 소위 '즈다노비즘'의 대두와 더불어 완전한 유일 체계로 고정이 되었다. 북한의 문학 이론을 한마디로 규정하여 말한다면 그것은 '즈다노비즘'의 한 변종이라고 말하여야 할 것인데, 그것은 그 성립 시기가 '즈다노비즘'의 영향이 가장 강할 수 있는 시기였기 때문이기도 할 것이고, 다른 한편으로는 우리의 자료가 기초해 있는 시기, 즉 주로 1960년대 초반이 북한의 제도적 발전에 있어서 초기 실험 단계를 넘어서고 핵심적인 정통이 등장할 만한 시기였기 때문이기도 할 것이다. 그렇다고는 하나 어떠한 정통의 시기에도 완전한 획일적 통일성이란 종종 시각상의 착오이기 쉽기 때문에, 북한의 문학 이론을 살펴봄에 있어서도 우리의 시기를 해방 직후로 잡아 본다거나 또는 기본적인 자료를(아무리 모든 문학 활동이 중앙 집권적이 되었다고 할망정) 작가동맹의 기관지의 범위를 넘어서

---

1 Edward J. Brown, *The Proletarian Episode in Russian Literature*, 1928~1932(New York, 1953); Rufus W. Mathewson, Jr., *The Positive Hero in Russian Literature*(Stanford, 1975) 참조.

서 조금 더 주변적인 발표 기관에 확대한다면 상당히 다양한 비정통적 이견(異見)들이 눈에 띌는지도 알 수 없는 일이다. 이러한 가능성에도 불구하고, 북한의 문학 이론에 대한 우리의 결론의 대표적인 성격 또는 적어도 《조선문학》에 게재된 1960년대 초반의 문학 이론의 대표적인 성격은 그대로 의심할 수 없는 것으로 말할 수 있다. 그렇다는 것은, 다시 말하여, 북한의 문학 이론의 특징이 개인적 주제의 자연 발생적인 추구보다는 정통성의 수립, 강화 그 적용에 있고 이것은 1960년대 초반의 문학 비평만으로도 어쩌면 충분히 드러나는 것이기 때문이다.

2. 문학 이론의 연역적 구조와 '당성'의 원리

한 시기의 문학 이론의 한 가지로 대표될 수 있다는 것을 말하는 것은, 그것의 내용적 특징으로 볼 때, 그러한 이론의 체계적이며 연역적인 성격을 말하는 것이기도 하다. 즉 북한에 있어서의 문학 이론은 일정한 근본 명제에서 출발하여, 거기로부터 여러 가지 2차적인 명제를 끌어내는 형태를 취한다. 그리고 이 연역적 체계는 어떤 한 비평가나 한 유파에만 해당되는 것이 아니라 이론 작업의 전 영역에 해당된다. 다시 말하여, 문학의 이론은, 그 토의에 참가하는 개개인의 편차에 관계없이 대체적으로 하나의 체계를 이룬다. 따라서(물론 표면적 단일성 아래 개인적 성향의 차이가 없을 수 없겠지만), 아래에서 우리가 시도하는 대로, 문학 비평의 전 영역을 하나의 테두리에서 전망하는 것도 가능해진다.

그런데 연역적, 체계적 특징은 우연적인 특질이 아니라 의도적이며 또 문학에 대한 일정한 이해에서 나오는 것이다. 그것은 마르크시즘의 철저한 합리주의적 태도에 이어져 있는 것이라고 하겠는데, 북한에 있어서, 문학은 자연 발생적이거나 무의식적인 과정에서 이루어지는 것이라기보다는 어디까지나 의식적인 기획에 의하여 만들어질 수 있는 것으로 이해되는 것이다. 이것은 비단 문학 이론의 연구에서만이 아니라 문학 창작의 과정에도 해당된다. 창작의 경우에 있어서도 작품 제작의 단초는 표현적 필요나 영감이나 무의식 충동에 있는 것이 아니라 어떠어떠한 작품을 써야겠다는 의도에 있다. 이 의도를 작품의 현실로서 옮겨 놓는 방법상의 교량이 되는 것이 문학 이론 또는 비평이다. 그리고 방법에 대한 탐구로서의 이론과 비평 또한 매우 합리적이고 체계적인 성격을 띠는 것이다.

그러나 말할 것도 없이 문학의 이론이나 비평이 그 자체로서 완결되는 체계를 이루는 것은 아니다. 합리적인 문학 이해에서 그럴 수밖에 없듯이, 문학 이론은, 보다 자연 발생적인 이해에 있어서보다 매우 중요한 역할을 담당한다. 적어도 이론적으로 생각할 때, 작품으로서의 문학을 규정하는 것은 그것의 존재 이유와 형태를 주문하는 문학 이론이다. 즉 작품은 이 주문에 맞추어서만 등장하게 된다. 그러나 다른 한편으로 문학 이론이 존재하는 것은 작품 생산을 위한 방법으로서이기 때문에 그것은 중간 매개체로서의 기능만을 갖는다. 작품만이 문학 이론을 정당화하는 것이다. 그렇다는 것은 북한에 있어서 문학 이론은 문학의 존재 방식에 대한 독립된 철학적 반성으로서 성립하지 않는다는 말이다. 그러나 여기에서 더 중요한 점은 북한 문학 이론의 체계성을 뒷받침하고 있는 것이, 말할 것도 없이, 그것의 정치적인 성격이라는 점이다. 문학 이론의 체계적 전개에 제1운동인이 되는 것은 정치가 설정하는 목표, 즉 사회주의 건설이라는 목표이다. 김일성의 문학에 대한 명제, 즉 문학의 목표가 "근로자들을 사회주의와 공산주의의 열렬한 건설자로, 철두철미 붉은 사상으로 무장된 공산주의 전사로 교양하는 데"[2] 있다는 김일성의 명제가 모든 문학적 사유의 출발점으로 받아들여지는 것이다. 그리고 그것은 이 시발점의 명제를 연역적으로,

체계적으로 전개해 나가는 일로서 완성된다.

　문학이 이러한 정치적 사회적 과제를 의문의 여지없이 받아들이는 데에는 그 나름으로서 이론적 정당화가 있을 법하다. 그러나 이 이론적 정당화의 노력은 적어도 나타난 증거로는 그렇게 분명하게 드러나지 않는다. 그것은 문학이 정치적 과제에 종속한다는 사실이 너무나 자명하고 이미 해결된 문제라고 생각되고 있기 때문에 그렇다고 할 수도 있고, 다른 한편으로는 북한의 문학 풍토가 전반적으로 근본적인 물음—철학적인 물음에 대하여 관대하지 못하다는 사실 때문이라고 할 수 있을는지도 모른다. 그리하여 북한에 있어서의 문학적 사고는 극히 이론적이면서도 근본적인 의미에서는 철학적인 차원에 있어서 이론적인 것은 아니다. 이미 시사한 바와 같이 그것은 철학적 반성에 대해서 철저하게 닫혀 있는 것으로 보인다.

　물론 문학이 사회적 지평 속에서 결정된다는 것은 마르크시즘의 문학 이론에서 근본적인 명제가 되는 것이다. 마르크스의 문학에 대한 생각은 "의식이 삶을 결정하는 것이 아니라 삶이 의식을 결정한다"는 일반적인 입론에서 나온다. 그러나 마르크스는 문학이 일대일의 인과관계에 의하여 경제적 또는 사회적으로 결정된다고 하기보다는 문학과 사회의 일반적 상호 작용에 대하여 언급했을 뿐이다. 이러한 뜻에서 문학은 사회 현실을 반영한다고 할 수 있다. 그러나 여기에서 다시 한 발 더 나아가 문학이 사회의 개조에 일익을 담당할 수 있다는 것은 조금 더 다른 이론적 성찰을 필요로 하는 것이다. 다만 문학이 사회적 개조나 혁명에 작용할 수 있다면, 그것은 모든 현실 인식이 그러한 일에 도움이 될 수 있다는 의미에서이다. 엥겔스는 민나 카우스키에 보낸 편지에서 경향 문학에 대해 언급하며, "사

2　김헌순, 「공산주의 교양과 장편소설 '석개울의 새봄'」, 《조선문학》(1959년 7월) 136쪽.

회주의에 기초한 소설은, 인간 상호 관계의 진실을 의식적으로 묘사하여 통념적 오류를 깨뜨림으로써 부르주아 세계의 낙관론, 그 세계의 항구성에 대한 신념을 의심할 수 있게 한다면, 그것으로써 소기의 목적을 달성한 것으로 말할 수 있다."[3]고 하였다. 진실을 그림으로써 사회 개조에 공헌할 수 있다는 이러한 엥겔스의 생각은 레닌에 이르러 문학은 절대적으로 인민에, 그리고 당에 봉사해야 한다는 보다 적극적인 형태가 된다. "문학은 프롤레타리아의 공동 목표의 일부, 전 노동 계급이 움직이는 하나만의 '사회 민주' 기계에 있어서 톱니가 되고 나사가 되어야 한다. 문학은 조직화되고 계획되고 통일된 '사회민주'당의 구성 요소가 되어야 한다."[4]고 레닌은 말하였다. 물론 레닌은 이때 문학 특유의 기능을 또는 문학이 밝힐 수 있는 진실의 의미를 전적으로 무시한 것은 아니었다. 즉 문학이 당을 위해서 봉사한다는 것은 이 문학적 주장에서 사라진 것은 아니었다. 그러나 그가 그러한 점에 대해서 조심스러운 주의를 기울였다고 말할 수는 없을 것이다. 여기에서 적어도 이론적으로는 스탈린 시대, 특히 '즈다노비즘'에 있어서의 요구, 즉 문학은 문학적 진실에보다는 당이 명령하는 과제에 충실해야 한다는 요구의 싹이 트는 것이라고 할 수 있다. 김일성의 명제, 문학은 사회주의 또는 공산주의 교육의 한 수단으로서만 그 존재 이유를 갖는다는 명제는 여기에 이어진다.

여기에서 문제 되는 것은, 이미 시사한 바와 같이, 문학의 문학적 진실에 대한 충실성과 문학의 교육적 기능의 효율성 사이의 갈등이다. 물론 문학이 어떤 방도로서나 교육에 봉사할 수 있게 된다는 것은 그 진실을 통해서이고 또 그 독자를 효율적으로 움직일 수 있는 힘을 통해서이다. 그러므

---

3 「민나 카우스키(Minna Kautsky)에게 보내는 편지」(1885년 11월 26일), Berel Lang & Forrest Williams ed., *Marxism and Art :Writings in Aesthetics & Criticism*(New York & London, 1972), p. 51.

4 "Party Organization and Literature", op. cit., p. 56.

로 교육이나 선전에 대한 요구도 이 두 가지 문학 본래의 측면을 완전히 무시할 수는 없는 것이다. 그러나 그 요구가 이 문학 본래의 잠재력을 넘어설수는 있다. 북한 문학 이론의 숨은 주제 중의 하나는 문학의 교육 또는 선전의 과제가 어떻게 문학의 진실에서부터 흘러나오는 것인가 하는 것이다. 다만 이 주제는 정면으로 반성되는 것이 아니라 숨은 주제로서 도처에 잠복해 있을 뿐이다.

되풀이하여 말하면, 마르크시즘에 있어서의 문학에 대한 주장은 두 가지로 나누어 생각할 수 있다. 즉 그것은 사회적 진실을 문학적으로 반영한다는 것이고, 다른 하나는 그것이 사회 혁명 또는 사회주의 건설에 한 역할을 담당하여야 한다는 것이다. 이것은 물론 이론적으로는 서로 연결되어 있는 주장이다. 즉 그것은 문학이 드러낼 수 있는 진실의 힘이 그것의 사회적 기능의 보장이 되는 것이기 때문이다. 그러나 위에 말한 두 가지 주장은 서로 분리될 수 있고 그러한 분리는 교육에 대한 요구가 진실에 입각할 수 있다는 것을 강변하기 위한 여러 가지 관념적 조작에 떨어질 수 있다. 북한의 문학 이론의 체계성 또는 이론적 추상성은 이러한 점에 관계된다.

그런데 여기에서 우리가 주목할 것은 문학이 진실을 이야기함으로써 교육적인 기능을 발휘할 수 있다는 주장이 옳을 수 있느냐 아니냐 하는 것은 여기에서 문제 되는 진실을 어느 차원에서 정의되는 것으로 보느냐에 달려 있다고 할 수 있다. 가령 정치가 주장하는 진실과 문학이 주장하는 진실은 서로 상반되는 것일 수도 있고 또는 달리 더 극단적으로 말하여 정치가 진실에 무관계한 데 대하여 문학은 진실로서 여기에 맞선다고 할 수도 있고(현대의 몰가치적인 세속 정치에서 적어도 문학이 내세우는 스스로의 입장은 이러한 관점에 가깝다.), 또는 정치의 진실과 문학의 진실은 장기적으로 일치할 수 있다고 말할 수도 있고(가령 정치의 불가피한 현실주의를 인정하면서 동시에 이 현실주의를 통하여 이루어질 수 있는 종국적 목표는 비판적 문학이 내세우는 인간적 진실에 일치한다고 생각될 수 있는 경우가 있을 것이다.), 또는 마지막으로 정치의 진실과 문학의 진실은 늘 병행 또는 일치하는 것이라고 말할 수도 있다. 북한에 있어서의 정치와 문학의 관계는 이 마지막 입장에 기초해 있다. 즉 정치는 어디까지나 사회 내의 여러 가지 모순과 폐단을 극복했거나 하고 있다고 주장되고 문학은 이러한 정치적 진실 이외의 어떤 다른 진실을 가질 수 없다고 말하여지는 것이다.

위에서 말했듯이, 북한에 있어서 문학은 사회주의 건설의 한 도구로서만 그 존재를 정당화할 수 있다고 생각된다. 그런데 이 사회주의 건설의 작업은 '구극적'이라거나 '장기적'인 관점이라는 점에서 이해되는 것이 아니다. 그것은 그때그때의 현실적이고 정치적인 과제라는 차원에서 이해된다. 가장 작게는 문학은 특정한 농사 정책의 문제, 가령 뽕나무에 뿌리는 농약으로 하여 누에가 피해를 입게 되는 문제를 해결하는 데 따르는 여러 가지 인간관계의 양상을 다루기를 요구받기도 하고 또는 조금 더 크게 농장의 집단화에 따르는 인간관계의 갈등을 그릴 것을 요구받기도 한다.[5] 또는 1960년대 초반을 두고 볼 때, 작가에게 주어지는 가장 초급한 과제는 '천리마' 시대의 정치적 현실을 작품으로 형상화하라는 것이다. 그것도 다음과 같은 김일성의 요청에 나타나는 대로 일정한 방향, 즉 긍정하고 찬양하는 입장에서 그리라는 것이다. 즉 평론가 한욱이 「시대, 사상, 전형」에서 인용하는 바대로 그는,

도처에서 기적들이 일어나고 모든 사람이 공산주의적 새 인간으로 변하고 있으며 천리마의 대진군이 버려지고 있는 우리의 현실을 생동하게 묘사하며 우리 시대의 영웅인 천리마 기수들의 전형을 창조하는 것이 무엇보다

---

5   구체적으로 이러한 주제를 다룬 작품들에 대한 토의는 강성만, 「우리 시대의 현실적 빠포스와 문학적 빠포스」, 《조선문학》(1959년 1월호)에 나와 있다.

도 중요합니다.[6]

라고 말하고 있는 것이다.

물론 작가에 대한 요구는 이것보다는 더 일반적으로 주어지기도 한다. 그러나 그러한 요구는, 정치적으로 정당화된 현실 해석을 담고 있고 이 해석의 문학적 형상화를 과제로서 부과한다. 문학의 임무는 흔히 사회주의적 건설의 현재를 형상화하고 이를 자극하며 동시에 과거의 혁명적 전통에 대한 기억을 생생하게 고착시키되 이를 새것과 헌것의 갈등 투쟁 속에서 파악하는 것이라고 이야기된다. 그런데 이러한 임무의 수행은, 이미 말한 바와 같이 늘 일정한 관점에서 수행될 것으로 기대되는 것이다. 가령 김일성이 6·25 동란의 형상화를 요구하는 다음과 같은 말을 우리는 그 예로 들 수 있다.

현단계에 있어서 문학 예술 일군들의 임무는 조국해방전쟁에서 영웅적인 인민군대와 후방 인민들이 쟁취한 승리를 인민들의 머리 속에 고착시키는 데 있다.[7]

여기에서 요구되는 것이 단순히 어떤 소재의 문학 처리가 아니라 그 처리를 위한 현실 해석을 담고 있는 것임은 새삼스럽게 말할 필요도 없다. 또는 위에서 이미 인용한 바 있는 '천리마 시대의 기적'에 관한 구절의 경우에 있어서도[8] 당대적 소재에 대한 문학의 형상화 임무는 일정한 시대관에 대한 시사와 더불어 제시되었음을 볼 수 있는 것이다. 이와 같이 문학은 정

---

6 《조선문학》(1962년 2월호), 119쪽.

7 《조선문학》(1960년 7월호), 13쪽.

8 《조선문학》(1962년 2월호), 119쪽.

이념과 표현 2   769

치적 입장에서 부과되어지는 시대의 진실에 언제나 맞아 들어갈 것이 요구된다. 그리하여 문학적 진실이 그 독자적인 탐구를 통해서 잠정적으로는 정치의 진실에 대결하면서 구극적으로 역사의 발전에 봉사하는 길은 허용되지 않는 것이다. 다시 말하면, 역사의 진실은 단기적으로나 장기적으로나 문학 또는 다른 독자적인 지적 탐구에 의하여 또는 시행착오를 포함하는 실천의 누적에 의하여 이루어지는 것이 아니라 당의 장기적 단기적 전략과 목표 속에서만 도달된다. 이 원리를 레닌은 '당성'이라 표현했고, 북한에서 이것은 그대로 답습된다. 문학은 이 '당성'에 철저해야 하며, 그 근본에 있는 비밀은 '당성'이 진실을 소유한 유일한 길이기 때문이다. 한 평론가는 문학, 특히 평론의 '당성'에의 충실을 다음과 같이 강력하게 표현하고 있다.

우리는…… 더욱 더 공산주의 사상으로 자체를 무장시키며 비판의 기치, 사상 투쟁의 기치를 높이 들어야 한다. 이에 있어서 평론은 특히 전투적 책임을 담당하고 있다

평론은 작자의 어떤 권위나 의지에 복종될 수 없다. 오직 당의 지도에만 충실하고 오직 맑스 — 레닌주의 미학이 요구하는 대로 이러저러한 문학현상을 긍정, 또는 비판하고 경험을 일반화하며, 무엇보다도 문학에서의 당성을 요구하고 당의 제 정책의 창조적 구현에로 작가들을 불러야 한다.[9]

결국 당성은 모든 문학적 사유의 근본 원리이다. 그것은 당성이 현실 해석의 근본 원리이기 때문이다. 평론은 이 원리를 미학적 법칙으로 옮긴다. 그런 다음 작가는 이 법칙에 따라 작품을 현실화하는 것이다. 이것은 북한

---

9 《조선문학》(1959년 2월호), 135쪽.

문학의 근본적 기획이다. 또 이것은 많은 평론들의 전개 방법에도 그대로 나타난다. 그것은 대개 당대의 현실에 대한 공적인 해설로부터 시작하고 이러한 해설에 비추어 문학과 이론의 현실이 어떤 정도의 편차를 가지고 있는가를 검토한 다음 새로운 시정점과 과제를 나열하는 — 이것이 거의 모든 북한 문학 평론이 드러내는 이론 전개의 방법이다. 이런 형식에서 사실 우리는 더욱 뚜렷하게 북한 문학 이론의 근본 바탕 — 정치적으로 해석된 현실 인식으로부터 연역적으로 정리되어지는 이론의 성격을 규지할 수 있는 것이다.

3. 사회주의적 사실주의

널리 알려진 바와 같이, 공산권 문학에 있어서 공적으로 받아들여지고 있는 문학적 입장은 '사회주의적 사실주의'이다. 이것은 북한에 있어서도 마찬가지로, 그 문학 비평에서 가장 많이 들을 수 있는 말은 '사회주의적 사실주의'라는 말이고, 실제 이 이외의 문학적 입장은 허용되지조차 않는다고 보아야 한다. 한 필자가 표현하고 있는 바에 따르면,

> 우리 사회주의적 사실주의 문학에는 각이한 문학 주류란 있을 수 없으며, 사회주의적 사실주의는 우리 문학의 유일한 문학방법으로 되어가고 있는 것이다.[10]

그런데 주지하다시피 사회주의적 사실주의는 스탈린 시대에 있어서 문

---

10 강성만, 앞의 글, 123쪽.

학을 공산주의 체제 속에 제도화하고자 했을 때 생긴 개념이지만, 그 근원은 이미 용어 자체에서 드러나듯이, 서구 소설의 사실주의에 이어져 있는 개념이다. 그러면 서구의 소설 또는 문학 전통에서 사실주의란 무엇인가? 이것은 여러 가지로 다양하고 복잡하게 답하여질 수밖에 없는 물음이지만, 있는 사실을 있는 그대로 기술하겠다고 하는 것이 사실주의의 단순하면서도 핵심적인 결단을 이룬다고 말하는 것은 소박하면서도 유용한 지적일 수 있다. 다만 더 다양한 답변이 가능하다면, 그것은 이러한 단순한 결단의 내용으로서의 사실 또는 현실이 무엇이며 그것을 그리는 방법이 무엇이냐를 다르게 생각해 볼 수 있기 때문이다. 그렇다고는 하나 18세기로부터 19세기까지의 서구라파 소설에 가장 두드러진 고전적 사실주의에서 '사실'은 물론 주로 사회적인 사실 또는 사회적인 연관 속에 있는 개인적 체험의 사실을 의미했고, 이것을 기술하는 방법은 대체로 구체적이고 경험적이고 객관적인 세부들의 제시였다. 그런데 있는 그대로의 사실을 이야기하면서 한 가지 주의하여야 할 점이 있다. 그것은 이 사실이 다른 사실에 대한 반대 정의로서 주로 그 의미를 갖는다는 점이다. 위에서 우리가 인용한 바 있는 민나 카우스키에 보내는 엥겔스의 편지에서, 우리는 이미 작가가 그리는, 있는 그대로의 사실이 부르주아 사회의 '통념적 오류', 다시 말하여, 결국 작가의 새로운 사실에 의하여 오류라고 드러나게 되는 통념적 사실에 맞서는 것으로 파악되어 있음을 볼 수 있다. 마르크스 자신 지적한 바 있는 대로, 모든 지적 작업의 의의와 흥분은 그것이 대상으로 하는 진실이 숨겨져 있으며 통념과 다를 수 있다는 데 있다. 사실주의 작가의 창작 작업의 의의도 그것이 늘 숨은 진실을 들추어낸다는 데 있다. 물론 발자크에서 졸라에 이르는 사실주의 작품들에서 사회 현실의 참모습에 대한 어느 정도의 동의가 전혀 없는 것은 아니다. 그러나 그것은 어디까지나 공적으로 확인된 현실 해석의 지위에 오르지는 아니한 것이며, 오히려 그러한 공적 현실에 대한 부정적이며 비판적인 반대 정의로서 존재하는 것이다. 그런데 사회주의적 사실주의는 이러한 고전적 사실주의 또는 흔히 불리듯이, 비판적 사실주의의 전통의 끝에 있으면서도, 작가의 작업과 사실과의 관계란 점에서는 그러한 전통의 반대 지점에 있는 것이라 할 수 있다. 여기에서도 삶의 사실 또는 현실의 묘사는 작가의 기본적인 임무로 주어진다. 한 평론가가 이야기하듯이, "사실주의 예술은 언제나 현실 생활에 기초를 두고 있으며 현실을 반영할 뿐만 아니라 현실의 본질을 드러내는 것을 기본으로 하고 있다."[11] 그러나 여기의 현실은 통념적으로 또는 공적으로 확인된 것에 대하여 새로이 발견해야 하는 그런 것이 아니다. 작가가 그려야 하는 현실은 이미 주어져 있으며 작가는 공적 현실을 실감 있게 형상화할 것이 요구되는 것이다. 물론 이론적으로 말하여, 사회주의적 사실주의의 관점에서 사회주의 체제하에서는 종전의 사회에서 보는 바와 같은 사회적 모순은 극복되었으며, 이 모순이 극복된 마당에 있어서 숨은 현실과 드러난 현실의 분열도 있을 수 없는 것이라고 생각된다. 작가가 그려야 하는 것으로 제시된 현실 해석의 예는 위에서도 본 셈이지만, 한 대표적인 예를 다시 하나 들어 보자.

사회주의의 결정적 승리를 위한 힘찬 줄달음, 공산주의에로의 이행을 준비하는 벅찬 우리의 현실이 거대한 력사적 사변을 조직 지도하는 조선 로동당의 정당한 정책, 이를 받들고 천리마를 탄 기세로 달리는 우리 근로자들의 창조적 로동과 시련은 우리 문학 앞에 지극히 중대한 과업을 제기하고 있다.[12]

11 윤세평, 「우리나라에서 맑스-레닌주의 미학의 창조적 구현」, 《조선문학》(1962년 4월호), 95쪽.
12 김재하, 「로동의 주제에서 제기되는 몇 가지 문제」, 《조선문학》(1959년 2월호), 136쪽.

위의 글에서 분명히 알 수 있듯이 문학의 과제는 진보하는 것으로서 일체적으로 파악된 현실 인식에서 주어지는 것이다. 사회주의적 사실주의는 이 공적 사실을 묘사 또는 재현한다. 사실이나 현실을 묘사한다고 할 때, 어떠한 수법을 생각할 수 있는가? 주어진 현실을 어떻게 알 수 있는가 하는 인식론적 문제를 제쳐놓을 때(흔히 문학은 현실의 인식에 대하여 철학적이라기보다는 상식적인 입장을 취하기 때문에), 수법의 문제는 선택의 문제라고 할 수 있다. 말할 것도 없이 작가가 현실의 모든 것을 다 그릴 수는 없는 것이다. 사실주의에 관한 논의에서 등장하게 마련인 전형의 문제는 여기에서 나온다. 엥겔스는, "사실주의란, 내 마음에는, 세부의 진실성 외에, 전형적인 상황에 있어서의 전형적인 인물의 진실된 재현을 뜻하는 것으로 여겨진다."[13]라고 쓴 일이 있거니와, 이 정식은 비판적 사실주의나 사회주의적 사실주의의 문학론에서 두루 되풀이되는 정식이다.(다만 이것은 19세기의 사실주의에서보다는 오히려 사회주의적 사실주의에서 더욱 중요한 개념이 된다. 그 이유에 대해서는 아래에서 생각해 볼 것이다.) 사회의 현실이나 삶의 체험적 사실을 하나의 경제적 질서 속에서 파악할 필요에서 나온 심미적 요건은 전형적인 것 이외의 유사한 개념으로도 표현된다. 가령 '본질적인 것', '바른 것', '중요한 것'들에 대한 강조가 여기에 관련된다. 라데크(Radek)는 사회주의의 입장에서 이러한 점들을 다음과 같이 이야기한 바 있다.

우리는 인생을 사진 찍지 않는다. 현상의 전체에서 우리는 주된 현상을 찾아낸다. 모든 것을 분별없이 제시하는 것은 리얼리즘이 아니다. 우리는 현상을 선택하여야 한다. 리얼리즘이란 본질적인 것의 관점으로부터, 지배

---

13 마거릿 하크니스(Magaret Harknees)에게 보내는 편지, Lang & Williams 소재, p. 49.

적 원리로부터 선택한다는 것을 뜻한다.[14]

본질적인 것에 대한 추구가 문학의 핵심이 되어야 한다는 생각은 북한 문학에 그대로 계승되어 있다. 그리하여 문학은 어디까지나 "감상적인 예술적 형상 체계와 그들 서로 간의 역사를 통하여 당해 시대 본질을 반영하는 것을 자기의 기본적 특성으로 하는"[15] 것으로 생각된다. 이러한 본질 강조는 단순히 세부의 묘사나 전체적인 구조의 형상화에서 중요한 역할을 할 뿐만 아니라 문학 장르의 성격을 규정하는 데 중요한 역할을 하기도 하는데, 가령 소설에 있어서는 대체로 큰 규모의 서사적 형태가 높은 가치를 지니는 것으로 생각된다. 그런데 소설의 서사적 묘사는 다음과 같이 이야기된다.

서사적 묘사는 생활을 얼마나 넓게 묘사했는가에 의해서 규정되어지는 것이 아니라 시대적 의의를 가지는 력사적 사건과 사변들을 얼마나 심오하고 폭넓게 반영하였는가에 의하여 규정된다.[16]

이와 같은 핵심적, 본질적 또는 심오한 것에 대한 요구는 시에서도 나타난다. 가령 한 비평은 시의 요체가 함축에 있음을 지적하면서 이를 다시 확대하여 위에 말한 본질적인 것에 일치시킨다. 그것은 평이한 비유를 써서 다음과 같이 이야기된다.

만리길을 토박 토박 다 가 보아야 하겠는가! 지척에서 만리길을 다 볼

---

14 Mathewson, op. cit., p. 229에서 재인용.

15 김헌순, 「위대한 전환기의 농촌 현실과 작가의 과업」, 《조선문학》(1959년 1월호), 44쪽.

16 리상대, 「혁명적 대작과 장편소설에서의 예술적 일반화 문제」, 《조선문학》(1965년 2월호), 46쪽.

수 있게끔 그려야 한다.

　그러자면 높은 곳에 올라가야 한다. 높이 서서 내려다보아야 한다. 마찬가지로 지척 속에 만리를 그려넣자면 시인 자신이 높이 올라서야 한다. 즉 시인의 안목과 정신세계가 높아야 한다.

　소여 시대, 소여 사회 력사의 특징을 포착할 수 있는 높은 정치적 안목과 정신 세계를 가져야 한다.[17]

　위에서도 말한 것처럼, 사실주의적 묘사에 있어서, 경제와 선택은, 또 이것이 불가피한 한도에서 본질적, 원리적인 것에 의한 선택은, 당연한 것이라고 할 수 있다. 그러나 이러한 사실주의의 원리는 그 나름으로의 위험을 가지고 있다. 문학적 언어의 기본적인 사실은 그것이 한편으로는 추상적인 언어와 달리 구상적이라는 것이며, 다른 한편으로는 그러면서 동시에 어떤 일반적인 보편성을 갖는다는 것이다. 문학에 있어서의 본질성이란 구체적 특수자와 보편성을 결합하고 있는 상태를 말한다.(미켈 뒤프렌(Mikel Dufrenne)은 이를 '물질적 아프리오리'라고 부른 바 있다.) 그런데 본질적인 것의 강조는 자칫 잘못하면 문학의 언어에서 구체성을 앗아 버리는 결과를 낳을 수 있다. 사회주의적 사실주의에 있어서 이러한 구체성의 상실은 하나의 풍토병처럼 보인다. 그런데 이것은 사회나 개인적 삶의 진실에 대하여 이데올로기적인 진실이 지배적인 한, 어찌할 수 없는 것이라고 해야 할 것이다. 위에서 말한 본질적인 것, 전형적인 것, 의미 있는 것에 대한 강조는 거꾸로 비본질적인 것, 비전형적인 것에 대한 비판으로 작용할 수도 있는데, 이것은 단순한 심미적인 비판의 수단이 되는 것이 아니고 정치적인 억압의 방법이 될 수도 있는 것이다. 이러한 가능성이 비판적 사실주

17　김진태, 「함축과 사상」, 《조선문학》(1963년 2월호), 125쪽.

의에서보다 사회주의적 사실주의에서 커지는 것은 후자에 있어서는 본질적 현실에 대한 정의가 너무 분명하게 나와 있기 때문이다. 김헌순은 「위대한 전환기의 농촌 현실과 작가의 과업」이란 평론에서 여러 작품들의 장단을 평하면서 부정적 현실을 취급한 한 단편을, "작가는 조합 간부와의 개인적 알력과 선입감이라는 우연적이며 비전형적인 동기를 중요한 것으로 설정하고 있다."[18]는 말로써 비판하고 있다. 또 다른 평론가도 같은 말로써 바람직하지 못한 작품들을 비판하고 있는데, 여기에서 심미적 기준의 정치적 의미는 조금 더 분명하다.

> 이들은 [전재경과 조중온이라는 두 작가의 단편들] 생활을 진실하게 반영할 대신에 비본질적인 것, 우연적인 것, 사말적인 것 등을 본질적인 것, 필연적인 것, 중요한 것처럼 가장해서 묘사하면서 새로운 것, 긍정적인 것, 아름다운 것들을 비방 중상하고 퇴폐적인 사상을 류포함으로써 인민들의 의식을 오독시키려고 발광하였다.[19]

4. 혁명적 낭만성과 혁명적 대작

그것이 정치적인 동기에서이든지 또는 예술에 있어서의 현실 재현의 불가피한 필요에서이든지, 아니면 이 현실 재현의 불가피한 경제에 얽힌 현실과 경제 간의 미묘한 균형에 의해서든지, 있는 그대로의 현실 또는 사실은 그대로 작품 속에 그려질 수 없다. 이것이 있는 대로의 사실의 묘사

---

18 《조선문학》(1959년 1월호), 118쪽.
19 한중모, 「소설 분야에서의 부르죠아 사상의 표현을 반대하여: 전재경, 조중곤의 작품을 중심으로」, 《조선문학》(1959년 4월호), 135쪽.

를 목표로 하는 사실주의 ─ 그것이 비판적인 것이든 사회주의적인 것이든 ─ 사실주의의 딜레마이다. 이미 비친 대로 이러한 딜레마는 정치적인 이유로 하여 사회주의적 사실주의에서 특히 심각하다. 그리하여 문학을 이론적으로 정리하고자 하는 노력의 상당 부분은 사실주의의 사실적 요구와 사실주의의 선택적 제약에 대한 요구를 조화시키는 일에 집중된다. 이러한 노력 가운데에서 가장 중요한 것은 '혁명적 낭만성'의 이론이다.

소비에트 문학의 연구가들이 지적하듯이 러시아 프롤레타리아 작가동맹(RAPP)의 슬로건은 그 해체 전(1933년 이전)까지 "가면을 벗기라!", "살아 있는 인간을 그려라!"라는 것이었다. 여기에서 요구된 것은 적어도 이론에 있어서, 또 그 창작적 에네르기에 있어서 가차 없는 사실적 폭로의 요구를 담고 있었다. 그러나 이것은 스탈린주의의 승리와 더불어 점차적으로 비판의 대상이 되었다. 그리하여 1935년의 『문학백과사전(*Literaturnaya entsiklopedia*)』은 벌써 이러한 폭로의 요구가 틀린 것임을 지적하기 시작하였다. 가면을 벗기라는 슬로건은,

> 작가들에게 어떤 추상적이고 도덕주의적인 기준에서 인간의 외부적인 상황과 행동을 불신하고 주인공들에게 모순과 표리부동, 근본적으로 온전한 현실감이 부족함을 발견할 것을 요구하였다. 이렇게 해석되는 것이라면, 가면을 벗기라는 구호는 정치적인 오류였다.[20]

선입견 없이, 또는 위에서 지적된 바, "추상적이고 도덕적인 기준에서", 있는 그대로의 사실을 그리는 대신에, 다시 요구되는 것은 "사회주의 혁명

---

20 Mathewson, op. cit., p. 217에서 재인용.

의 객관적 과정을 반영한다는 최고의 작업"[21]이다. 그런데 이 과정은 긍정적이고 낙관적인 것으로 생각되고 작가는 이 긍정적, 낙관적 현실을 반영할 뿐만 아니라 이러한 현실의 조성에 기여할 것으로 기대된다. 여기에서 작가는 사실주의에 낭만적인 색채를 부여하는 것이 마땅한 것으로 생각된다. 그러나 주지하다시피 서구라파의 문학 사조의 전개를 살펴볼 때, 사실주의는 낭만주의에 대한 반작용으로 대두하였고 다분히 그에 대한 반대 개념이라는 성격을 가지고 있다. 즉 사실주의의 사실 존중에 대해서 낭만주의의 태도는 환상, 꿈, 그리움 등 비사실적 또는 비현실적인 것에 끌리는 태도인 것이다. 이러한 대립 관계는 사회주의적 사실주의에서도 인식되어 있다. 그리하여 이 대립의 해소가 이론 작업의 중요한 과제가 되는 것이다. 사실주의에 낭만적 요소를 끌어들이는 데에 선구적인 모범을 보인 것으로 이야기되는 막심 고리키는 그의 낭만주의적 태도를 '신화적 사실주의'라고 부르고 작품에 있어서의 신화의 작용을 다음과 같이 설명하였다.

신화는 하나의 고안이다. 고안한다는 것은 현실의 자료의 총계에서 근본적인 의미를 추출하고 이를 하나의 형상으로 나타낸다는 것을 뜻한다. 이렇게 하여 리얼리즘이 달성되는 것이다. 그러나 현실의 자료에서 추출해 낸 의미에 소망과 가능성을 더한다면, 그리하여 형상을 완성한다면, 우리는 신화의 기저가 되는, 또 현실에 대한 혁명적 태도, 실천적으로 세계를 변조할 수 있는 태도를 깨우침에 기여한다는 점에서 극히 유용한 낭만주의를 달성한다.[22]

---

21 Ibid.
22 Ibid., p. 231에서 재인용.

그럼에도 불구하고, 사회주의적 사실주의의 입장은 낭만적 요소의 비현실성에 대하여 매우 불편스러운 느낌을 갖는다. 그러한 결과 그것은 낭만적 요소가 결코 허구를 의미하는 것이 아니요 현재의 현실 속에 들어 있는 미래 지향적인 것을 가리키는 것이라고 주장한다. 즈다노프는 다음과 같이 선언하였다.

사회주의적 사실주의는 소비에트 문학과 비평의 기본적인 방법이다. 그러나 이것은 혁명적 낭만주의가 그 구성 요소의 일부로서 문학 생활에 들어가야 한다는 것을 전제한다. 그렇다는 것은 우리 당의 삶, 노동 계급의 모든 삶과 투쟁이 가장 무거운 실제적 작업과 가장 위대한 영웅주의와 가장 거대한 전망을 결합하는 데 있기 때문이다.[23]

북한에 있어서의 사실주의와 '혁명적 낭만성'의 논의도 위에서 본 바와 같은 즈다노프의 노선을 엄격히 따르는 것이라고 말할 수 있다. 낭만적 요소의 필요에 대한 논의가 있었을 때, 그것은 허구적인 것의 필요를 이야기한 것이 아니라고 주장된다. 이 문제에 대하여 가장 긴 논문 중의 하나를 쓴 바 있는 엄호석의 평론 「공산주의적 교양과 질적 제고」는, 미술가가 아직 존재하지 않는 모란봉의 화초원을 그리듯, 작가가 앞으로 있을 아름다운 수도를 그려야 한다는 다른 평론의 논지에 대한 반박을 포함하고 있다.[24] 그러나 대체로 모든 논의는 낭만성의 포용이 사실주의를 부정하는 것이 아니라는 데 집중된다. 《조선문학》에 되풀이하여 나타나는 낭만성의 논의에 따르면, 그것은 비현실적인 허구, 환상이나 꿈에서 오는 것이 아니

---

23 Ibid., p. 228에서 재인용.

24 《조선문학》(1959년 8월호), 122쪽. 《문학신문》 1959년 5월 7일자에 실린 현종호, 「다시 한 번 혁명적 랑만성에 대하여」에 대한 논박.

라 미래의 사회에 대한 비전의 형태로 나타난다. 그런데 이 미래란 것도 단순히 앞으로 올 것이란 뜻의 미래가 아니라 목하의 현재 속에 잠재하고 현재 속에 보이는 미래를 말한다.「우리 시대의 현실적 빠포스와 문학적 빠포스」에서 강성만은 이 점에 대하여 다음과 같이 이야기한다.

> ……문학작품에서의 혁명적 랑만성의 발현을 그 작품에 미래의 화폭이 반영되였는가 안되였는가 하는 것으로써만 결정하거나 또 그와 같이 리해하는 것은 부당한 일이다. 이와 같은 견해는 2원론적인 경향에 빠지게 된다. 우리는 현실 그 자체 속에서 미래가 창조되는 것을 알아야 한다. 그렇기 때문에 현실 그 자체 속에 이미 미래에 대한 지향이 내재하고 있으며 현실에 살고 있는 그 인간들의 감정 속에 이미 미래에 대한 동경이 꽃피고 있음을 알아야 한다.[25]

그런데 현재에 내재하는 미래는 현재에 대하여 반드시 적대 모순의 관계에 있다거나 거기에 숨어 있는 것은 아니라(가령 루카치에 있어서 비판적 현실주의는 이러한 숨은 현실을 지향하는 것으로 파악된다.), 현실의 주된 움직임 속에 노출되어 있다. 사회주의적 사실주의는 "현실생활에 대한 엄밀한 사실주의적 묘사와 바로 현재의 생활 속에 싹트고 있는 미래에 대한 긍정의 낭만주의적 빠포스를 결합"[26]하고 있으며, 그것은 다르게 말하여 오늘에 있어서 "……인간에 의한 인간의 착취가 청산된 사회주의 사회의 특성이 우리 문학의 혁명적 낭만성을 요구"[27]하는 데에서 생기는 것이다. 이것은 현

---

25 《조선문학》(1959년 1월호), 124쪽.

26 김하명,「공산주의 문학 건설과 긍정적 주인공의 형상화에서 제기되는 몇가지 문제」,《조선문학》(1959년 6월호), 123쪽.

27 같은 글, 139쪽.

실에 대한 긍정적 태도를 가능하게 하고 이 긍정이 낭만적 요소를 이룬다. 한글이 표현하고 있는 정식으로는,

> ……해방 후 사회주의적 사실주의 문학에서의 혁명적 랑만성은 현실 자체를 열렬히 긍정하면서 우리가 두 발을 디디고 서 있는 이 현실의 진정한 미래를 찬양하고 지지하는 데서 표현되고 있다.[28]

는 것이다. 이러한 관점에서 볼 때, 낭만적인 것에 대한 끊임없는 요구에도 불구하고 "사회주의적 사실주의는 우리 문학의 유일한 문학방법"이며 "낭만성은 사실주의의 최고 발전 단계인 사회주의적 사실주의의 구성부분으로 되는 것이다."[29]

낭만적인 것을 사실주의 속에 편입하려는 노력에서 흥미 있는 것은 낭만적인 것과 낭만주의를 구분하려는 여러 가지 노력이다. 이 노력은 북한의 문학 이론이 세계의 여러 문학 전통에서 나오는 통찰을 수용하면서도 다른 한편으로 얼마나 철저하게 공적으로 받아들여진 사회 현실의 수락에 의존하고 있는가, 또 그로 인하여 그 통찰을 좁히고 있는가를 다시 한 번 실감케 한다. 낭만성의 옹호는, 위에서 본 바와 같이, 그것의 낭만주의와의 구분을 요구하지만, 다른 한편으로 그것과의 어느 정도까지의 연속성의 인정을 허용하기도 한다. 사실주의 입장에서 볼 때, 낭만주의는 허구적인 것이지만, 그것이 심리적인 또는 인간의 소망의 측면에서의 현실적 욕구를 표현하고 있는 만큼, 그 타당성이 완전히 부정될 수는 없는 것이다. 다만 그러한 낭만적 욕구는 실현될 수 있는 근거를 가지고 있지 못할 뿐이다.

---

28 리상태, 「생활과 낭만」, 《조선문학》(1962년 3월호), 115쪽.
29 강성만, 앞의 글, 123쪽.

박종식의 평론, 「우리나라에 있어서 낭만주의 문학의 전통과 혁명적 낭만성」은 문학에 있어서의 낭만주의적 전통을 비교적 구체적으로 검토하면서 낭만주의와 '혁명적 낭만성'의 구분을 시도하는 논문이다. 그는 사회주의 이전의 문학 주류로서의 사실주의와 낭만주의를 다음과 같이 설명하는 것으로 그의 논문을 시작한다.

> 어떤 작가들은 자기가 처한 현실을 '있는 바 현실'의 생활의 형식을 통하여 예술적으로 일반화하는 데 보다 주의를 집중시켰다면 또 어떤 작가들은 공상적이거나 환상적인 조건적 형식을 통하여 장차 있을 바 현실, 혹은 념원을 예술적으로 일반화하는 데 보다 흥미를 느꼈다.[30]

그러면 작가들이 '장차 있을 바' 현실을, 보다 더 적절하게 말하여 "생활은 그렇지 않음에도 불구하고 그렇게 있어야 한다는 염원"[31]을 그들의 작품에서 표현하게 된 것은 어떤 까닭인가? 이것은 말할 것도 없이 그러한 염원의 현실적 실현이 불가능하기 때문이다. 또 이 불가능을 사회적으로 고려하고자 하는 사실주의적 입장에서 볼 때, 그것은 사회의 자체 모순의 틈바귀에 불가피하게 생겨나게 마련인 어떤 것이다. 낭만주의는 "이상적인 것과 현실적인 것, 인간의 이상과 현존 사회의 지배적 사회적 관계와의 충돌이 가장 심각하게 전개되던 그러한 사회 역사적 조건과 이양자의 충돌을 심각히 경험한 작가들에서……나타[나는]"[32] 문학 현상, 또는 달리 말하여, "선진적 이상과 그 이상의 현실 사이의 모순과 충돌이 존재하고 이

30 《조선문학》(1960년 2월), 107쪽.

31 같은 곳.

32 같은 책, 108쪽.

양자의 분리가 조성되고 있는 조건 아래서 불가피[한]"[33] 문학 표현 방식이다. 그리하여 낭만적인 꿈은 실현되지 못한 인간의 소망의 저장소로서의 의의를 갖는다. 가령 15세기의 김시습의『금오신화』에는, 박종식에 따르면, "……당시 사람들의 정신을 구속하고 인간의 온갖 정서들을 짓누르고 있던 불교와 유교의 압박으로부터 개성의 해방을 추구하여 불행한 생활에서 벗어나 보다 자유롭고 행복한 세계를 갈망하는 인민의 꿈이 반영되고 있다."[34] 또는 김만중의『구운몽』은 "사회의 종교적 구속을 반대하고 인간의 자유를 힘차게 호소하고 있는 인간 찬미의 문학"[35]이며, 박지원의『허생전』은 "장차 있어야 할 새 사회 그것은 반드시 착취가 없고 화근이 없어지고 덕이 지배하는 그러한 사회가 되어야 한다고"[36]하는 의식을 표현하고 있다.

그러나 모든 낭만주의 문학이 그대로 긍정되는 것은 아니다. 박종식은 낭만주의에도 적극적 낭만주의와 소극적 낭만주의가 있으며, 전자가 삶에 대한 인간의 의지를 강화해 주는 작용을 하는 데 대하여 후자는 현실과의 타협을 가능하게 하거나 현실로부터의 도피를 조장하는 것이다. 이러한 구분은 20세기 문학에 이르러 특히 강조된다. 그리하여, 박종식에 따르면 이광수, 최남선, 주요한 등 우리 신문학의 선구자들은 부르주아 반동 작가로 "조선 인민의 전진을 방해하는 침체와 소극, 우울과 비애, 공허한 공상과 환상, 색정과 타락을 노래하는 반동적 낭만주의 문학을 창조하였다."[37]고 비난의 대상이 되고, 여기에 대하여 이상화, 김창술, 유완희, 박팔양, 박세영, 안룡만 등은 혁명적 낭만주의의 문학을 산출한 것으로 찬양의 대상

---

33 같은 책, 118쪽.
34 같은 책, 110쪽.
35 같은 책, 112쪽.
36 같은 책, 113쪽.
37 《문학신문》(1959년 5월 10일). 김하명, 앞의 글, 134쪽에 언급되어 있다.

이 된다. 박종식의 견해로는 이것이 사회주의적 사실주의의 테두리 안에서의 낭만성에 관한 모범이 되는 것이다.

그런데 해방 전 작가에서 발견되는 혁명적 낭만주의와 북한 문학에서의 낭만적인 것에 대한 요구의 연속성과 단절성에 대해서는 적지 않은 논의가 있다. 대부분의 작가에게 이 두 가지는 분명하게 구별되는 것으로 받아들여진다. 장형준이 「공산주의 문학 건설에서의 긍정적 형상 창조와 혁명적 낭만성의 문제」라는 글에서 "고리게의 초기의 혁명적 낭만주의"에로 돌아가라고 주장한 데 대하여, 김하명은 그것이 사회주의적 사실주의로부터 독립하여 존재하지 않는 것임을 강조하면서, 그것이 구극적으로 "낡은 형의 낭만주의, 즉 생활의 모순과 압박으로부터 실현될 수 없는 세계에로, 유토피아의 세계에로, 독자들을 끌고 가면서 존재하지 않는 생활과 존재하지 않는 주인공들을 묘사한 낭만주의"[38]와는 별개의 것임을 역설하고 있다. 여기에서부터 한 발 더 나아가 엄호석은 「공산주의적 교양과 창작의 질적 제고를 위하여」라는 논문에서, 북한 문학에서 요구되는 낭만적 요소를 '혁명적 낭만성'이라고 부르면서, 이것을 '혁명적 낭만주의'와 구분하고 있다. 그에 의하면,

혁명적 랑만주의는 부르죠아 현실에 대한 작가들의 부정적 태도로 말미암아 그들이 희망하는 것을 주관적으로 자기 작품의 주인공들에게 포함시킴으로써 실지 생활에 없는 공상적인 성격을 창조하는 것을 특징으로 한다.[39]

박종식은 이러한 엄호석의 견해를 반대하면서, 혁명적 낭만주의의 현

---

38 같은 글, 134~135쪽. 즈다노프의 말을 인용한 것.
39 《조선문학》(1959년 8월호), 121쪽.

실성을 옹호하고 특히 1930년대에는 김일성의 항일 투쟁이 그 현실적 기초를 제공하였다고 말한다. 그러나 그 역시 해방 전의 혁명적 낭만주의와 해방 후의 그것이 서로 다른 성질의 것임을 부정하지는 아니한다. 그리고 그는 그 차이는 전자가 부정적이었던 데 대하여 후자가 긍정적이라는 데 있다고 말한다.

> 해방 후 우리의 유일한 창작방법인 사회주의적 사실주의의 유기적 구성 부분으로서의 혁명적 랑만주의는 사회주의를 위한 실재적 투쟁뿐만 아니라 사회주의 리상이 현실에서 실현됨으로써 과거의 적극적 랑만주의에서 보는 바와 같은 선진적 리상과 그 리상의 실현 사이의 모순을 반영하는 것이 아니라 이 량자의 통일을 반영하게 되었다.[40]

위 문장의 혼란이 전달하고자 하는 것은 투쟁과 투쟁의 해소를 동시에 표현하는 것이 낭만적 요소를 가미한 사회주의 사실주의의 목표라는 것인데, 보다 간단히 말하건대, 현실의 모순이 극복된 단계의 낭만주의가 해방 후의 낭만주의란 뜻이다. 그는 계속 말하고 있다.

> 그것은 [해방 전후의 낭만주의의 차이는] 전자에 있어서 현실부정에 입각한 반항의 빠포스를 가지고 있으며 동시에 사회주의를 긍정하는 빠포스를 가지고 있었다면 후자 즉 오늘 우리 문학에서는 반항의 빠포스는 있지 않다는 그것이다.[41]

---

40 박종식, 「우리나라에 있어서 랑만주의 문학의 전통과 혁명적 랑만성」, 《조선문학》(1960년 2월 호), 118쪽.
41 같은 곳.

이렇게 하여, 낭만주의 또는 낭만성은 완전히 현실 속에 흡수된다. 작가가 묘사하는 것은 단순한 사회적 현실도 아니며 단순한 현실 이상의 것도 아니다. 그것은 "현실의 영웅성(게로이까)"이며, 이것은 보다 더 구체적으로는 "천리마적 현실"이 드러내 주는 "현실 자체의 낭만"[42]이다.

여기에 관련하여, 한 가지 더 보충하여 생각해 볼 수 있는 것은 북한의 문학 이론에서 자주 등장하는 '생활'에 대한 강조와 '현대성'에 대한 요구이다. 말할 것도 없이 그것은 사실주의의 전제가 되는바 사실에의 충실에 입각해 있는 요구이다. 위에 언급한 바 있는 엄호석의 논문은, 단호하게 "사회주의적 사실주의의 방법의 구성요소로서의 혁명적 낭만성의 기초는 생활이다."라고 선언하고 생활을 떠날 때 혁명적 낭만성은 "허황한 미학적 개념"이 된다고 잘라 말한다. 또 다른 비평가는 이를 되풀이하여, "사실주의 예술은 언제나 현실생활에 기초를 두고 있으며 현실을 반영할 뿐만 아니라 현실의 본질을 드러내는 것을 기본으로 하고 있다."[43]고 말한다. 이러한 현실 충실의 구호는 종종 조금 더 추상적인 차원에서 '현대성'이라는 말로 수렴되어 나타나기도 한다. 가령 "문학의 현대성 문제와 노동계급의 집단적 영웅주의"[44]와 같은 글이 정의하고자 하는 '현대성'이란 '생활'의 충실을 조금 더 큰 역사적 원근법 속에서 정립하고자 하는 말이다. 그러나 위에서 이미 살펴본 바와 같이, 이렇게 큰 관점에서 정의될 때, 여기에서의 현실 또는 '현대성'이란 선입견 없이 또는 일정한 사관 위에서의 반성 없이 드러나게 되는 현실이나 현대적 상황을 의미하는 것은 아니다. 이러한 면은 「서정시의 현대성과 서정성」과 같은 논문에서, 방연승이, "서정시의

---

42 엄호석, 「공산주의적 교양과 창작의 질적 제고를 위하여」, 《조선문학》(1959년 8월호), 120쪽.

43 윤세평, 앞의 글, 95쪽.

44 김민혁, 「문학의 현대성 문제와 로동계급의 집단적 영웅주의」, 《조선문학》(1959년 5월호).

현대성은 우선 그 공민적 모티브의 설정에서부터 시작된다."[45]라고 선언하면서, '소부르주아적'인 서정성을 공격하는 경우에 잘 나타난다. '현대성'이 사실에 대한 요구와 이 사실을 일정한 방향에서 해석해야 되겠다는 제약 사이의 위태로운 결합에서 일어난다는 것은, 다른 평론가의 정의에서도 잘 드러난다. 최철윤은 이를 다음과 같이 설명한다.

그것은[현대성은] 과거의 유기적인 련속인 동시에 미래의 지반이며 그의 출발점으로 되는 오늘날의 생활, 현대생활에 튼튼히 두 발을 붙임으로써 작가들이 우선 자기가 살고 있는 자기 시대의 생활에 주목해야 한다는 것을 의미한다. 현대성의 요구는 작가들이 우선 자기가 살고 있는 자기 시대의 생활에 주목해야 한다는 것을 의미한다. 현대성의 요구는 작가들이 우선 자기 시대의 목소리, 자기 시대의 성격, 자기 시대의 색채를 듣고 느끼며 알아야 한다는 것을 의미한다.[46]

이와 같이 사실주의는 작가의 주제를 현실에 한정시킨다. 그런데 거기에서 나오는 현대성에 대한 요구는 현실의 특정한 관점에 의하여 다시 한 번 제한되는 것이다. 최철윤의 평론은 소련 작가 대회의 내용을 검토하는 글인데, 그는 '현대성'의 배경을 다음과 같이 설명한다.

쏘베트 인민의 생활과 쏘베트 국가의 발전에서 새로운 시기를 의미하는 공산주의의 전면적 건설에 일떠선 쏘베트 인민의 영웅적 투쟁이 전개되고 있는 현 시기에 있어서 이 위대한 현실을 진실하게 반영하여야 할 쏘베트

45 방연승, 「서정시의 현대성과 서정성」, 《조선문학》(1959년 5월호), 120쪽.
46 최철윤, 「제3차 쏘련 작가 대회 문헌을 계속 심오하게 연구하자」, 《조선문학》(1959년 8월호), 126쪽.

문학 앞에 현대성의 기치를 더욱 높이 치켜들어야 할 과업이 절실하게 제기되고 있는 것은 당연한 일이다.[47]

이와 같은 특정한 역사의 관점이 작가가 생각할 수 있는 현실에 방향을 부여한다. 이것은, 이 평론가가 강조하는 바로는, "인민이 사회의 주인으로 되어 있는 소비에트 사회와 그의 대표자들인 소비에트 인간을 미화하며 분석하[라]"[48]는 것은 아니나(그러한 미화 분석은 "새로운 사회주의적인 것, 공산주의적인 것의 진정한 아름다움에 오히려 먹칠을 하는 것"[49]이라고 한다.), "진실로 인간적이며 자유로운 사회인 소비에트 사회주의 사회를 백방으로 옹호하며 강화하기 위해 필요한 것이다."[50] 이 현실과 현실의 해석을 일치시키는 이론은 소련에 관한 보고에서 이야기되고 있지만, 북한 문학의 창조에도 그대로 적용이 됨은 물론이다.

위에서 우리는 북한 문학에서의 낭만적인 것에 대한 해석을 살펴보았다. 그것은 결국 낭만은 사실에 일치하는 것으로서 생각되었다. 이와는 반대의 방향에서 문제가 논의될 때, 즉 현실과 꿈의 영원한 대립에서 현실이 중시될 때, 다시 한 번 이것은 꿈에 또는 일정한 계획 속에서 파악된 역사의 관점과 일치하는 것으로 생각된다.

---

47 같은 곳.
48 같은 곳.
49 같은 곳.
50 같은 곳.

5. 긍정적 주인공

새삼스럽게 말할 것도 없이 문학 작품, 특히 이야기를 그 핵심적인 축으로 하는 문학 작품은 단순한 사실의 기록을 겨냥하지 않는다. 문학이 사실의 기록이라는 면을 가지고 있다고 하더라도, 그것은 늘 인간의 행동 속에 드러나는 사실을 말한다. 또는 거꾸로 말하여, 문학 작품에서 중요한 것은 어떤 사실이나 행동 그 자체보다도 그러한 것들이 드러내 주는 인간의 모습이라 말할 수도 있다. 그러면 문학 작품이 그려 내는 인간은 어떤 사람이며, 그러한 묘사는 어떻게 가능한가? 어떠한 문학에 대한 비평적, 이론적 사고에서도 인간의 묘사, 즉 주인공의 창조는 중요한 문제일 수밖에 없다. 그러나 이것은 사회주의 국가의 예술에 있어서 특히 중요한 것이 된다. 그렇다는 것은 여기에서 문학의 기능은, 이미 살펴보았듯이, 주로 교육적인 것으로서 생각되고 이 교육은 사실의 이해를 통한 것이라기보다는 모범의 제시를 통하여 가장 적절하게 성취될 수 있다고 생각되기 때문이다. 모범에 의한 교육은 실제에 있어서 가장 효과적인 방법이라고 말할 수도 있지만, 다른 한편으로는 교육이 특히 이러한 형태를 띠게 되는데 그 나름으로의 사회주의 국가의 조건과 부합되는 것이 있어서라고 말할 수도 있다. 즉 이미 위에서 본 바와 같이 사회나 인간에 대한 진실이 이미 알려져 있는 것이라면, 이것을 어떻게 실감 나게 전달하느냐 하는 기술적인 문제만이 남아 있는 것이고 이 기술적인 문제는 쉽게 알아볼 수 있는 인간적 모범으로 모든 사회적 인간적 진실을 변형시키는 작업이 되는 것이다.

사회주의적 사실주의에서 소설이나 서사시 또는 일체의 이야기적인 문학 형식에서의 등장인물 내지 주인공의 창조는, 방금 비친 바와 같은, 교육적 의도에 의하여 한정된다. 그러면서 이것은 다시 한 번 사실주의 자체가 포함하고 있는 내부 갈등에 비추어서 이해될 수도 있다. 즉 사실주의의 명분은 그러한 입장을 표방하는 작가로 하여금 사실을 충실히 반영하라는 요구를 완전히 버릴 수 없게 한다. 동시에 그러한 요구에 충실코자 한다고 하는 경우도 묘사와 의미의 경제는 그러한 요구를 선택적으로 만족시킬 수밖에 없는 것이 되게 하는 것이다. 그리고 사회주의적 사실주의에서의 교육적 의도는 이 묘사의 경제의 불가피한 선택성에 기식하게 된다.

우리는 위에서 현실 묘사의 요구가 '본질적인 것', '바른 것', '중요한 것' 등으로 한정되는 것에 대해 언급한 바 있다. 그런데 실제 이러한 선택적 원리를 가장 빈번하게 정의하게 되는 것은 '전형성'이라는 말이고 이것은 인물 묘사에서 특히 중요한 개념이 된다. '이상적 전형'은 테느에서 이미 '중요한 인물, 원초적 세력, 인간성의 심층'이라고 정의된 바 있지만, 보다 직접적으로 사회주의적 사실주의의 선구자라고 할 수 있는 벨린스키, 체르니셉스키, 도브롤류보프, 그리고 물론 소비에트 문학 이론에서 핵심적인 것으로 발전한다. 북한의 문학 이론은 이러한 전통을 그대로 계승한다. 사실상 전형의 문제는 다른 어떤 것보다도 문학적 의론에서 가장 빼어놓을 수 없는 문제이다. 그리하여 거의 모든 북한 문학에서의 당위적 요구는 전형의 창조에 집중된다.

그러나 전형을 창조한다는 그것이 곧 그대로 사회주의적 사실주의의 요구에 맞아 들어가는 것은 아니다. 문학에 있어서의 전형 묘사의 근원은 인물의 특성 묘사에 대한 관심에서 찾아볼 수 있다. 서양의 르네상스 후기 또는 17세기 문학에서 우리는 '인물기(characters)'라는 특수한 장르를 발견하거니와(프랑스의 라브뤼예르(La Bruyire) 또는 영국의 오버버리(Overbury) 같은 사람을 예로 들 수 있다.), 이것은 인간을 그 전형적 특성에 따라서 유형적으로 파악하려는 노력이다. 이런 문학 장르에서 우리는 '불평객', '아부꾼', '미신가', '젊은 햇병아리 목사' 등등에 관한 풍자적인 묘사를 볼 수 있다. 동양에 있어서도 여러 가지 '잡기(雜記)'에서 우리는 이에 비슷한 인물 소묘들을 볼 수 있다. 그런데 19세기 이후의 전형 이론의 특징은 인물의 특성을 단순히 개인적인 특성 또는 심리적 성향으로만 생각지 않는다는 점이다. 이와는 달리 전형은 사회적 세력의 매듭으로서 생각되는 것이다. 그것은 다분히 헤겔의 역사적 동력을 대표하는 구심점으로서의 '세계 역사적 인물'의 개념에 비슷하다. 그러니까 사실주의에 있어서의 전형적인 인물은 사회적 세력의 소산까지는 아니더라도 사회적 세력과의 교환 작용 속에서 성립하는 것으로 이해된다. 북한에서 전형적 인물이 논의될 때에도 이것은 마찬가지다. 엄호석은 「노동계급과 당적 인간의 성격」이란 논문에서 전형화의 요구를 다음과 같이 말한다.

> 모든 사실주의의 문학이 그러한 것처럼 사회주의적 사실주의 문학에 있어서 작가들의 공통적 과업은 전형적 환경이 전형적 성격에 어떠한 영향을 미치며 또 반대로 전형적 성격이 전형적 환경에 대하여 어떻게 적극적인 영향을 주는가 하는 문제를 해명하는 데 있다.[51]

그런데 전형적 환경이 전형적 인간과의 상호 작용의 관계에 있다고 할 때, 이 환경의 범위를 어떻게 잡을 것인가? 이에 관련하여 특정한 계층의 특정한 직업, 19세기 프랑스 농촌의 한 소시민적 고리대금업자를 생각할 수도 있고 그야말로 세계사적 테두리에서 움직이는 인물, 가령 나폴레옹과 같은 인물을 생각할 수도 있을 것이다. 물론 공산주의 사회에서의 역사 인식에 따라서, 사회 내에서의 근본적인 모순 대립 관계가 해소되었다고 한다면, 특정한 계급이나 계층에 한정된 인물은 존재하지 않는다고 말할 수 있을는지 모른다. 그러나 객관적으로 생각하여 볼 때, 어떠한 사회 과정

---

51 《조선문학》(1960년 12월호), 84쪽.

에 있어서도 전체와 부분의 완전한 조화와 일치는 불가능하다고 한다면, 소설 또는 이야기를 갖는 모든 문학 작품은 부분적인 사회 세력의 움직임 속에 있는 여러 가지 인물을 그려 내는 것으로 생각될 수도 있을 것일 것이다. 공산주의 문학 이론에서 이러한 가능성은 대체로 배제되는 것으로 보인다. 우선 그것의 이론적 타당성은 차치하고, 교육적 목적이라는 대전제가 이러한 가능성을 배제하는 것일 것이다.(물론 교육은 도덕적 모범과 처방이 아니라 진실에 의하여서만 가능하다는 다른 견해가 있을 수 없다는 말은 아니다.) 하여튼 북한의 문학 이론에서 전형적 인간의 다양성, 또는 사회의 부정적 세력 속에서 나타날 수 있는 반사회적인 전형의 존재 가능성은 인정되지 아니한다. 전형은 오직 하나이다. 즉 긍정적으로 해석되는 사회의 전체적인 움직임을 대표하는 긍정적 주인공만이 유일하게 받아들여질 수 있는 인물이 되는 것이다. 그렇다는 것은,

문학은 감상적인 예술적 형상체계와 그들 호상간의 력사를 통하여 당해 시대 본질을 반영하는 것을 자기의 기본적 특성으로 하기 때문이며, 그러한 형상체계 중에서는 언제나 우리 시대의 긍정적 주인공이 그 핵심을 차지해야 되는 것이 사회주의적 사실주의 문학의 가장 유력한 특징으로 되기 때문이다.[52]

그러면 이 긍정적 주인공은 어떤 인물을 말하는가? 그것은 단순히 현실의 질서를 받아들이고 그에 순응하는 시민을 말하는가? 요구되는 것은 단순히 불평이 없는 순응적 인간이 아니라 보다 적극적으로 혁명 과업에 참가하는 사람이다. 그 논리는 다음과 같은 전형성의 설명에 의하여 제공된다.

---

52 김헌순, 앞의 글, 114쪽.

전형적 환경과 전형적 성격과의 호상관계는 사실주의 개매조류가 자기 앞에 내세운 력사적 과업에 따라 각이하게 해결된다. 사회주의적 사실주의는 무엇보다도 전형적 환경에서 영향을 받을 뿐만 아니라 그에 적극적으로 영향을 주는 영웅적 인간의 탄생과 함께 그것을 묘사할 력사적 과업에 의하여 발생한 새로운 창작방법인 만큼 항상 전형적 환경을 혁명적으로 개혁하면서 그에 적극적 영향을 주는 전형적 성격의 묘사에 보다 큰 의의를 부여한다. 사회주의적 사실주의 작가들을 인간정신의 기사라고 부르는 그 개혁적 역할도 이로써 설명된다.[53]

　　위에서 엄호석이 말하고 있는 것은 전통적 사실주의에서 사회주의적 사실주의에로의 이행 과정에서 문학적 요구도 바뀌었다는 것이다. 즉 후자의 테두리에서 문학은 단순히 평범한 인간을 그리는 것이 아니라, 영웅적 인간, "항상 전형적 환경을 혁명적으로 개혁하면서 그에 적극적 영향을 주는 전형적 성격"을 그리는 것이 타당하다. 이것은 시대 자체에서 오는 요구이며, 또 "인간정신의 기사"(스탈린의 말)로서, 즉 국민의 교육자로서의 작가의 기능에도 맞는 것이라는 것이다.

　　그러면 이러한 적극적인 의미에서의 긍정적인 인간, 즉 영웅적인 주인공은 어떤 사람인가? 간단히 말하건대 그는 사회에서 요구되는 모든 도덕적 품성과 정치적 신념을 두루 갖춘 인간이다. 물론 이것이 아무 전제 없는 품성과 신념을 말하는 것은 아니다. 우선 영웅적인 주인공은 노동 계급의 인간임이 마땅하다. 그리하여 작가는 이 계급의 인간을 그리되, "노동계급에 대한 열렬한 지지와 신뢰, 고상하고 풍부한 정신, 도덕적 면모, 무엇보다도 그의 영웅주의와 혁명적 낙관성, 고상한 인도주의, 용감성과 백절불

---

53 엄호석, 「로동계급과 당적 인간의 성격」, 《조선문학》(1960년 12월호), 84쪽.

굴성······"[54]을 그릴 것이 요구된다.

긍정적 주인공이 노동 계급의 영웅이어야 한다는 명제는 다른 조건들에 의하여 조금 더 한정적인 것이 된다. 이러한 주인공이 이론에 있어서 또는 작품의 실제에 있어서 반드시 그렇게 한정되는 것은 아니지만, 적어도 북한의 문학 이론의 인물 이해의 핵심에 있는 것은 소위 '당적 인간'이라는 것이다. 이것은 반드시 당원이나 지도자일 필요는 없으면서, 당의 지도 노선을 충실하게 또는 열성적으로 생활 속에 이행하는 사람이며, 또 사실상 그러한 인물은 당의 지도적 인물일 경우가 많다. 한설야는「공산주의 문학 건설을 위하여」라는 논문에서 "당 문학과 붉은 작가에 있어서 가장 기본적인 특징은 공산주의적 당성"[55]에 있다고 지적한다. 북한 문학에 있어서 당 의식의 중요성은, 한설야가 인용하고 있는 대로, 이미 김일성도 말한 바 있다. 김일성은 북한에서 정책적으로 권장된바, 작가의 현지 생활에 언급하면서 다음과 같이 작가들을 나무라고 있다.

작가, 예술인들이 공장과 농촌으로 많이 찾아다니고 있으나 흔히 거기에서 버러지는 생활의 본질을 통찰하지 못하고 피상적인 현상들에 사로잡히고 있읍니다. 이것은 우리 사회 발전의 본질을 모르고 우리 당의 정책을 깊이 파악하지 못하고 있기 때문입니다.[56]

당의 정책을 파악하지 못하면, 사회 현실을 파악하지 못한다는 생각은 다른 평론가들에 의하여서도 끊임없이 되풀이되는 주장이다. 김헌순은 농

---

54 연장렬,「시대의 영웅: 로동 계급의 긍정적 주인공」,《조선문학》(1959년 3월호), 132쪽.

55 《조선문학》(1959년, 3월호), 6쪽.

56 김일성,「조선로동당 제3차 대회 중앙 위원회 사업 총결보고」, 한설야,「공산주의 문학 건설을 위하여」,《조선문학》(1959년 3월호), 6쪽에서 재인용.

촌 소설의 부진을 말하면서 다음과 같이 김일성의 주장을 그대로 옮기고 있다.

중요한 것은 우리 소설이 우리 농촌의 사회주의적 개조 사업을 그렇게도 급속하게, 그렇게도 성과적으로 완수할 수 있었던 중요 요인의 하나인 우리 당의 영도자적 업적들을 충분히 반영하지 못한 데 있다. 이것은 무엇보다도 먼저 당의 사상과 의지의 관철을 위하여 분투한 당적 투사——긍정적 주인 공의 형상 창조가 극히 저조한 형편과 관련된다.[57]

이러한 이유들로 하여, 다시 위에 언급한 한설야의 논문으로 돌아가건대,

현단계의 우리 사회주의적 사실주의 앞에 나선 창작의 중심과업은 조선 로동당이 령도하는 우리나라의 발전과정과 그의 지도하에 전진하는 우리 인민의 급격한 사상——성격적 발전을 심오하게 재현하는 문제이[며][58]

더 나아가 좁혀 말한다면,

……투철한 계급적 의식과 고매한 인도주의 정신과 아름다운 내면세계 를 재현한 당적 인간들의 전형적 형상들은 특별한 의의를 가진다.[59]

고 생각된다.

긍정적 주인공은 위에서 본 바와 같이 단순히 현상을 긍정하는 사람이 아니라 이것의 변혁에 열성을 가지고 참여하는 사람이다. 이것은 당적인

---

57 김헌순, 앞의 글, 114쪽.
58 한설야, 앞의 글, 9쪽.
59 같은 글, 10쪽.

인간의 개념에서도 마찬가지다. 여기에 문제 되어 있는 것은 정태적인 인간이 아니라 능동적으로 주어진 과업 이상으로 당의 일을 추진하는 사람이다. 대체적으로 북한의 문학 이론이 내세우고자 하는 바람직한 인간형이 매우 능동적이고 전투적인 자세로 사회 정책의 수행에 헌신하는 사람이란 것은 새삼스럽게 지적할 필요도 없는 일이다. 이 인간 이해에 있어서 '영웅적'이란 말은 끊임없이 강조되는 형용사이다. 그런데 이러한 능동적 전투적 성격은 종종 '혁명적'이란 말로도 표현된다. 그런데 이것은 이러한 성격을 표현하는 외에 1960년대 중반 이후 독특한 문학적 장르에 대한 요구와 결합하여 크게 대두된다. 1964년 11월 7일 김일성의 "주제 작품을 왕성하게 창작할 데 대하여"라는 호응한 이 요구는 어떤 관점에서의 북한의 문학 이론의 규범적 종착점처럼도 생각된다. 즉 이 특수한 장르란 혁명을 다루는 문학을 이야기하는데, 사회나 역사의 총체적인 움직임을 다루는 문학으로서의 혁명 문학은 개인적이며 일상적이며 세말적인 사실들의 단일적인 역사관에의 편입을 대전제로 함으로써, 북한 문학의 공용화 과정을 완성하는 것이라 할 수 있다. 1965년의《조선문학》은 몇 차례에 걸쳐서 "혁명적 대작 창작을 위한 지상 연단"을 개설하고 혁명적 투쟁을 형상화하는 작품들의 산출을 촉진하고 있는데, 이 필요에 대하여 안함광은 다음과 같이 말하고 있다.

우리의 문학은 이러한 현실의 특질을 반영하여야 하며(앞에서 안함광은 현실을 "공산주의에로 대통로를 향하여 보람찬 전진을 과시하고 있는" 현실이라고 규정하였다.), 이러한 현실의 시대정신을 체현하여야 한다. 그것을 위하여 우리의 문학은 어떠한 환경 속에서도 최후 승리에 대한 확고한 신심을 갖고 끝까지 혁명투쟁을 수행해 나가는 애국적 투사, 영웅적 주인공의 사상 도덕적 풍모를 심오히 천명하여야 한다. 자기의 행동과 사유와 감수성 속에 공

산주의자의 혁명적 특성을 구현하는 그러한 인물의 창조가 요구된다.[60]

그런데 이러한 혁명적 성격은 단순히 도덕적 품성에 의하여서만 규정될 수는 없는 것이다. 안함광이 말하고 있듯이, "혁명적 성격의 창조는 그 성격들이 그 속에서 생활하며 활동하는 환경의 전형성, 혁명성을 요구한다."[61] 그것은 그러한 환경 속에서 비로소 혁명적 인간의 현실적인 모습을 보여 줄 수 있기 때문이다. 또 다른 평론가가 말한다. "혁명투사의 형상창조에서 중요한 것은 그의 불굴의 혁명정신의 생활적 바탕을 천명하며 난관과 시련을 극복하는 투쟁 속에서 강철로 다져지는 혁명가의 운명을 보여주는 것이다."[62] 따라서 이러한 요구는, 북한의 현재를 다루는 문학 작품에서도 중요하기는 하지만, 보다 더 직접적으로는 1930년대의 빨치산 운동이나 6.25 전쟁과 같은 역사적인 상황을 그린 작품, 그중에도 가장 모범적으로 혁명적 상황 속에서의 혁명적 인간의 모습을 구현하고 있는 것으로 생각되어 있는 김일성의 전기에 의하여 충족된다고 생각되어진다.("혁명적 대작 창작을 위한 지상 연단"에는 방연승의 「조국해방 전쟁을 반영한 작품 창작을 위하여」 또는 이시영의 「혁명 전통 주제와 서정적 일반화」와 같은 논문이 포함되어 있다.)

그런데 긍정적 주인공이라는 비평적 개념은 단지 작가들에게 과제나 이상을 설정해 주는 데에 한정되어 나타내는 개념이 아니다. 차라리, 흥미로운 것은 이를 실제의 작품 비판, 평가에 사용하는 경우이다. 이런 예에서 우리는 연역적 비평이 창작에 가하는 단적인 병폐를 잘 볼 수가 있다. 단적으로 긍정적 인간의 이념은 부정적인 인물을 묘사하는 작품에 대한 중

---

60 안함광, 「혁명적 성격 창조와 정황의 문제」, 《조선문학》(1965년 4월호), 91쪽.
61 같은 글, 95쪽.
62 리상대, 「혁명적 대작과 장편소설에서의 예술적 일반화 문제」, 《조선문학》(1965년 2월호), 46쪽.

요한 비판 수단이 된다. 가령 어떤 작품에 묘사된 집단 농장 내부의 알력과 갈등은 "우연적이며 비전형적인 동기를 중요한 것으로 설정하고 있다."[63] 고 이야기되고, 그 인물들의 묘사는, "우리 조합이, 우리의 농민이 이럴 수 없는 한, 비록 부정 인물의 형상화를 위해서라도 이러한 묘사는 삼가해야 할 것이[라]"[64]는 말로 비판된다. 또는 더 적극적으로 당원을 묘사한 소설에서 당원은 긍정적 주인공의 모든 특성을 표현하고 있을 것이 요구된다. 한 평론은 어느 소설의 당위원장의 소극적인 말을 "이것이 어찌 긴장된 투쟁을 앞에 둔 당위원장의 내면 세계를 그려 낸 말이겠는가?"[65] 하고 그 사실성을 의심한다. 그것은 "대중과 깊은 연계에서 살며 미래에 대한 굳은 확신을 소유한 당 일꾼의 형상을 부각시킴에 있어서는 전형적이 못 된다."[66]라고 판정된다. 왜냐하면 그는 말할 것도 없이 가장 긍정적이고 영웅적인 인물이어서 마땅하기 때문이다.

높은 리상에로 대중을 이끌고 나가며 그러한 리상을 쟁취하기 위하여 대중을 조직 동원하는 인간이 바로 당위원장이어야 한다. 당위원장의 형상은 그 개체의 의의로서 끝나는 것이 아니라, 우리의 당을 보여주며 우리 시대의 리상과 그 실현을 위한 영웅적인 조선 인민의 투쟁의 진면모를 밝힘에 있어서도 의의가 있는 것이다.[67]

다른 평론도 다른 작품의 주인공에 대하여 같은 요구를 제시한다. 김민

---

63 김헌순, 앞의 글, 118쪽.
64 같은 글, 119쪽.
65 김재하, 앞의 글, 141쪽.
66 같은 곳.
67 같은 곳.

혁은 윤세중의 장편 「시련 속에」를 칭찬하면서, 한 가지 그 주인공이 조금 더 적극적 인물이 아님이 유감이라고 말한다. "더 욕심을 말한다면 김태운의[주인공의] 형상을 보다 용감하고 완강한 성격과 불요불굴의 투지의 소유자로 하였더라면 더욱 좋았을 것이라고 나는 생각한다."[68] ── 그는 이렇게 말한다. 또는 다른 평론은 공산주의자 주인공이 불가항력적 상황 속에서 실의에 빠지는 장면을 비판하며, 말한다.

> 우리는 공산주의자가 공산주의자기 때문에 어려운 환경에서 때로 전우들과 떨어져서 기아와 부상의 불가항적 처지에 놓여진 그런 씨뚜아찌아 속에서 묘사할 수 있다. 그러나 이 경우에도 그는 외롭지 않으며 불행하거나 절망을 느끼지도 않는바 그것은 그가 자기 사업이 반드시 전우들의 영웅적 투쟁에 의하여 승리하리라는 신념에 불타면서 전우들과 혈연적으로 연결되어 있기 때문이다.[69]

이러한 종류의, 일정한 정치적 전제에서 출발하여 경험의 실제를 규정하고자 하는 연역적 태도가 가지고 있는 난점을 북한의 이론가들이 전혀 모르고 있는 것은 아니다. 오히려 그들은 이러한 점을 너무나 많이 의식하고 있는 것으로 보이지만, 정치 이념상의 이유에서든지 아니면 이론상의 아포리아로 인한 것이든지 그들은 그러한 제약으로부터 벗어나는 길을 찾지 못하는 듯하다. 북한의 문학 이론에 끊임없이 등장하는 경계 대상은 작품이 실감 없는 추상적인 껍질로 전락한 위험상에 대해서다. '기록주의', '도식주의', '유사성' 또는 '유형성' 등은 모두 다 이러한 위험을 경계하는

68 김민혁, 「로동의 현대성 문제와 로동 계급의 집단적 영웅주의」,《조선문학》(1950년 5월호), 135쪽.
69 엄호석, 「공산주의자의 전형 창조를 위하여」,《조선문학》(1959년 11월호), 114쪽.

말이다. 여기에 대하여 '예술성의 제고' 또는 '형상성' 등은 긍정적인 예술적 목표로서 이야기된다. 한 시집은 "형상성이 미약하며 추상적 및 구호적인 묘사로 가득 차 있다."[70]고 해서 비난의 대상이 된다. 한욱은 '기록주의적' 편향을 다음과 같이 말한다.

　가장 일반적인 작가의 편향으로서 우리는 작가들이 어떤 사건을 취급하는 경우 그 외형에 매여 달릴 뿐 그 사건을 낳게 한 인간을 보여주지 못함으로 하여 필경 사실의 단순한 기록에 떨어지고 마는 현상을 자주 보게 된다.[71]

이런 기록주의적 편향은 어떻게 바뀌어야 하는가? 한욱은 말한다.

　작가의 이데아는 그것이 형상으로 전변될 수 있는 생동하고 구체적인 것일 때 비로소 작가의 이데아로 될 수 있는 것이 아니겠는가.[72]

　황건은 많은 작품의 "도식적 기록성"[73]을 비판하면서 그 과정을 설명하여 말한다.

　도식주의에서는 작가의 의도와 리념만이 앙상하게 로출되는바 성격은 개념화, 단순화, 류형화되고 생기를 잃게 된다. 그와는 달리 기록주의는 사건과 사실 속에 인간을 묻고 매장시켜 버리는바 그는 문학 이전이 아니면

---

70 강성만, 앞의 글, 126쪽.
71 한욱, 「시대, 사상, 전형」, 《조선문학》(1962년 2월호), 119쪽.
72 같은 글, 120~121쪽.
73 황건, 「소설에서 제기되는 문제들」, 《조선문학》(1963년 2월호), 109쪽.

자연주의로 나아가게 된다.[74]

북한의 이론가들은 천편일률적인 이야기나 인물에 대하여도 불평을 늘어놓는다. 황건은 다른 글에서 "이름자를 지워버리면 그 작품이 누구의 것이었던지 모르게 될 작품들이 얼마나 많은가?"[75] 하고 묻는다. 다른 평론가는 김일성의 말을 인용하여, "유사성과 개념성의 퇴치"[76]를 부르짖는다.

> 일찌기 김일성 원수가 교시하신 바와 같이 예술에서 추상성은 죽음을 의미하는바 현실에 깊이 침투하지 않으면 작품에서의 류사성은 불가피적으로 산생된다.[77]

이러한 추상화되고 건조화된 작품에 대하여 대중 요법은 "시대의 사상을 자기의 목소리로 자기의 개성 속에서 표현하는 것이[다]."[78] 이미 위에서 비예술적 건조화에 대한 치료법이 시사되었지만, 일반적으로 작가가 이를 피하는 방법은 무엇인가? 이념의 연역적 지배하에서 일어나는 예술의 건조화에 대하여, '예술성의 제고'나 '형상화'의 필요가 이야기됨에 우리는 위에서 언급한 바 있다. 이러한 예술성에 대한 요구는 종종 그것 자체가 아무런 실질적인 해결책을 시사하지 못하는 형식적 구호에 그치는 감이 없지 않지만, 그렇다고 이 요구를 현실화하기 위한 여러 가지 제안이 없

---

74 같은 곳.
75 황건, 「문체의 다양성을 위하여」, 《조선문학》(1962년 7월호), 7쪽.
76 현종호, 「농촌 현실과 서정시: 《조선문학》 1960년 작품을 중심으로」, 《조선문학》(1961년 1월호), 111쪽.
77 같은 글, 110~111쪽.
78 같은 곳.

는 것은 아니다. 가령 개성과 문체의 다양성에 대한 요구 같은 것도 그 제안에 포함되는 것이다. 위에서 언급한 논문에서 황건은 북한 문학의 과제를 논하면서 "첫째는 우리 작가들이 작품의 형상성을 높이기 위하여 더욱 피어린 노력을 해야 하고 다양한 스찔의 확립, 문학적 신개척을 위하여 노력을 해야 하고⋯⋯"[79] 운운하면서 문체의 다양성의 필요를 이야기할 때, 그것은 단순한 요구의 범위를 넘지 못한다. 그러니 이어서 이근영이 「개성화의 매력」이란 짧은 글에서 개성 있는 인물의 창조를 말하면서, 그 어려움을 다음과 같이 간접적으로나마 지적할 때, 그것은 조금 더 구체적인 논의에 가까이 가는 것으로 보인다.

> 한갓 생각하면 성격형상은 사람과의 충돌에서 이루어지는 것인데 이런 갈등의 첨예성이 약화되는 우리 현실에 비추어 성격형상이 갈수록 어렵다고 말할 수 있을런지 모르나 이것으로 해명되는 것은 아닙니다.[80]

이상현이 개성적 성격은 현실의 복합적 인식에서 나온다고 지적할 때에도 그것은 구체성이 있는 논의라고 할 수 있는 것이 된다.

> ⋯⋯작가들은 현실과 주인공의 련계를 밝혀주는 다양한 객관성 정세에 그를 놓이게 함으로써 그에게 있는 각이한 특징들과 특성들을 보여준다. 즉 다양성이란 인간과 각이한 현실적 현상들 간의 련계와 호상작용이 발현된 결과인 것이다. 다양성 자체가 작가 앞에 나선 목적인 것이 아니라 그것은 구체적 력사적인 조성된 사회적 정세에서의 인간 묘사의 결과인 것이다.[81]

---

79 황건, 「문체의 다양성을 위하여」, 《조선문학》(1962년 7월호), 7쪽.
80 리근영, 「개성화의 매력」, 《조선문학》(1962년 7월호), 11쪽.
81 리상현, 「성격 창조와 전형화에 대하여」, 《조선문학》(1962년 7월호), 120쪽.

작품의 예술성의 결여에 대한 답변이 개성의 강조가 됨은 이미 본 바와 같다. 이것은 비단 작품에 등장하는 인물들에뿐만 아니라 작품을 형상화하는 수단, 문체나 상상력 자체에도 해당되고 나아가서 작가 자신에게도 해당된다. 이런 일반적인 개성적 특성의 강조는 흔히 '비반복적 개성'이라는 말로 불린다.

진정한 예술적 발견은 모든 창작과정에서 작가의 비반복적인 창작적 개성, 다시 말하여 그 작가만이 가지는 독특한 관찰, 체험, 사색, 평가, 일반화의 과정이 동반될 때에라야만 이루어질 수 있는 것이다. 일반성과 류형성이 지배하며 비반복성이 결여된 곳에서 어떻게 새로운 것, 독창적인 것을 찾아낼 수 있는가? 진정한 예술적인 것이란 언제나 개성적인 것을 떠나서 생각할 수 없는 것이다.[82]

황건은 이 '비반복적 개성'을 조금 더 현실 속에서 본다. 그는 말한다. "생동한 생활과 성격이란 언제나 복잡성 비반복성 속에 포착된 생활이며 성격이다. 구체적인 산생활이나 성격을 떠나 소설은 있을 수 없으며……"[83] 운운.

물론 이러한 요구만이 되풀이되어 보았자 작가가 구체적으로 어떻게 하여야 할 것인가 하는 문제는 쉽게 해결되지 않는다. 뿐만 아니라 여러 가지 다른 제약으로 인하여 작가는 자기의 멋대로 '비반복적 개성화'를 추구할 수도 없다. 가령 혁명적 낭만성이나 긍정적 주인공의 요구는 작가의 개성적 추구의 지평을 설정한다. 방금 인용한 황건의 개성화 주창은 그다음

---

82 계북, 「서정 세계의 추구」, 《조선문학》(1959년 1월호), 102쪽.
83 황건, 「소설에서 제기되는 문제들」, 《조선문학》(1963년 2월호), 102쪽.

에 곧이어 작가가 그려서 바람직한 인물, 곧 긍정적인 인물에 대한 주문으로 이어진다.

그러면 우리가 소설 작품에서 만나고 싶어하는 성격이란 특히 어떤 성격인가? 우리는 소설책을 펼칠 때 무엇보다도 그 속에서 높은 사상 감정을 가진 아름답고 슬기롭고 매력 있는 새 성격, 매력 있는 새 벗을 만날 것을 기대하게 된다.[84]

이러한 조심성스러운 긍정적 정신에 대한 근접은 다시 한 번 보다 강력한 기율에 의하여 제한되기도 한다. 결코 개성화의 명제는 다른 요구와 명제로부터 따로 있을 수는 없는 것이다. 그리하여 어떤 작가나 작품들은 "'스쩔의 다양성', '개성의 발현' 등의 그늘에 숨어서 그들의 달콤한 소부르주아적 개인에 취하는 길에 들어섰[다고]"[85] 비판되고 또 "'영원한 쩨마'를 탐색한다는 구실 밑에 사랑의 탐미에 떨어진[다고]"[86] 공격의 대상이 된다.

현재의 사회주의적 사실주의의 문학 이론이 가져오는 현실과 인간의 단순화를 완화시키려는 노력 가운데, 개성이나 문체의 다양화보다도, 더 실제적인 의미를 갖는 것은 현실의 분석에서 나오는 여러 가지 수정책이다. 어느 경우에 있어서나 사고를 진전시키고 또 그러니만큼 구극적인 설득력을 갖는 것은 사회의 현실이나 문학의 현실에 대한 분석적 고찰이다. 가령 위에 우리는 이미 문학 작품의 등장인물이 개성화되려면 다양한 환경 속에서 묘사되어야 한다는 주장을 보았다. 이것은 더 확대하여, 성격이란 모순과 갈등을 통해서만 그 개성적 특수화를 얻는다는 주장에까지 나아

---

84 같은 곳.
85 한설야, 「공산주의 교양과 우리 문학의 당면 과업」, 《조선문학》(1959년 5월호), 15쪽.
86 같은 글, 16쪽.

갈 수 있다. 이러한 주장은 많은 것을 모순과 갈등 속에서 파악하고자 하는 마르크시즘의 변증법적 입장에서 저절로 나올 수 있는 것이지만, 비판적 사실주의가 사회주의적 사실주의에로의 이행함에서 겪는 변화가 여기에도 없을 수 없는 것으로 보인다. 하여튼 갈등의 인정이, 이야기에 있어서 또 성격 묘사에 있어서 빼어놓을 수 없는 요소라는 것은 수없이 강조되는 생각 중의 하나이다. 1950년대에서 1960년대에 걸친 북한 문단에서 최고의 권위를 자랑하던 한설야 자신 모순, 갈등에 대한 인식의 결여가 많은 당대의 작품의 결점이 된다고 말하고 있다. 작품이 당의 지도 취지를 그리다가,

실패한 작품에서는 당의 지도가 단순하게 재현되거나 혹은 비속화되고 있다. 그러한 작품에서는 당의 지도가 생활의 모순과 굴곡 속에서 어떻게 재현되어 있는가를 생활 발전의 전 과정 속에서 보여주지 못하고 당 일군의 훈시나 어느 모멘트에서의 그의 출마로 당의 지도를 '강조'하고 '설교'하는 데 그치고 있다.[87]

라고 한설야는 말한다. 또 그는,

우리의 임무는 현실의 투쟁과 생활의 모순을 가리우거나 호도할 것이 아니라 현실에 존재하는 모순과 생활의 갈등을 탐색하며 발굴하고 예술적 허구를 통하여 심각하게 재현하는 데 있다.[88]

고 하고, 또 이어서,

---

[87] 같은 글, 10쪽.
[88] 같은 글, 12쪽.

탁월한 예술가의 첫째가는 재능은 생활에서 누구도 알아내지 못했던 새로운 갈등을 발견하거나 갈등의 새로운 의의를 감득하고 그것을 전형적 형성을 통하여 다면적으로 발현시킬 줄 아는 능력에 있다고 말할 수 있다.[89]

라고도 말한다. 그러나 여기에서 이야기되는 갈등이 근본적으로는 주어진 상황 안에서의 작은 갈등임은 말할 것도 없다. 북한 문학에서 일반화하여 이야기하는 갈등은 새것과 헌것의 갈등이다. 그러나 그것은 어디까지나 국가에서 설정하는 새 과제에 적응하느냐 못하느냐 하는 데에서 일어나는 갈등에 불과하다. 말하자면, 갈등의 대표적인 예는, "일평생 근실히 땅과 씨름해 온 근 농가이며 중 농인" 사람이 "협동조합의 우월성을 이해하지 못하고 생활의 급속한 전진 앞에서 망설이며 조합에 선뜻 가입하지 못하[는]"[90] 경우 같은 것이다. 이러한 예에 나타나는 상황은 결국, "부단 혁신, 부단 전진의 거세찬 생활의 박진 속에 살고 있으며, 주어진 새것이 내일에는 이미 낡아지는 천리마적 약진 속에 살고 있[다는]"[91] 근본적인 대긍정의 일부를 이루고 있는 갈등의 상황일 뿐이다.

북한의 문학 인식에서의 갈등에 대한 근본적인 입장은 그 비극관에서 가장 선명하게 드러난다. 북한의 문학 논의에서 비극은 별로 논의되지 않는 것으로 보이지만(모든 문학적 사고는 일반적인 성찰보다는 당대적인 요청의 전략적인 연구에 집중되어 있다.), 안함광은 그의 한 논문에서 비극을 말하면서, 사회주의의 테두리에서 비극은 있을 수 없다고 잘라 말한다. 비극은 말할 것도 없이 조화 불가능한, 또는 거의 조화 불가능한 것처럼 보이는 갈등을

---

89 같은 곳.

90 연장렬, 「전변되는 사회주의 농촌의 진실한 화폭: 장편 소설 『석개울의 새봄』(제1부)에 대하여」, 《조선문학》(1962년 11월호), 110쪽.

91 안함광, 「우리 단편 소설의 사상적 지향과 미학적 특성」, 《조선문학》(1963년 4월호), 71쪽.

다루는 장르이다. 여기에서의 갈등을 엥겔스의 견해에 따라, 사회적인 것으로 다룬다는 점 이외에는, 비극이 조화할 수 없는 갈등에 기초한 장르란 점을 안함광도 받아들인다.

두말할 것도 없이 비극적 갈등을 낳는 주되는 결정적 모순은 항상 사회적 적대관계였다.[92]

그러나 이러한 사회적 모순은 사회주의 국가에서 존재할 수 있다고 볼 수 없으므로, 비극은 없다고 그는 말한다. "착취관계가 청산된 사회주의적 사회의 조건에서는 벌써 비극이 산성될 사회적 근원이 없어졌다고 보아야 할 것이다."[93] 그러나, 안함광의 주장대로, 비극의 없앨 수 없는 갈등이 "역사적으로 필연적 요구와 실제적 역량의 불가능성 간의 모순"[94]에서 나온다고 하고 이제 "역사적 필연적 요구와 실제적 가능성 간의 모순을 제거할 수 있는 현실적 역량이 역사적 무대에 확고히 등장한 사회적 조건"[95]이 성립하였다고 하더라도, 여기에 개인과 사회, 희망과 그 실천 사회에 아무런 갈등이나 모순이 존재할 여지가 없다고 할 수 있을까? 안함광은 이러한 질문에 대하여 그러한 가능성이 있음을 인정하면서도 그것은 비극 본연의 갈등은 아니라고 그 구극성을 인정치 않는다. 그는 말한다.

여기[비극]에서는 자연적 존재로서의 인간의 개인적 운명이 문제로 되고

---

92 안함광, 「혁명적 성격 창조와 정황의 문제」, 《조선문학》(1965년 4월호), 97쪽.

93 같은 곳.

94 같은 곳.

95 같은 곳.

있는 것이 아니라 계급의 대표자로서의 인간의 운명이 문제로 되고 있다.[96]

따라서 해결할 수 없는 구극적인 갈등의 표현으로서의 비극은 사회주의적 테두리 안에서 성립할 수 없다는 것이다.(유일하게 해결될 수 없는 모순은 계급 간의 모순이며 다른 모순은 그러한 절대적인 구조적 모순에 입각한 것이 아니라는 교조적 마르크시즘의 관점이 여기에 전제되어 있는 것으로 보인다.) 사실 많은 것은 계급의 정의를 어떻게 하느냐에 달려 있겠으나, 안함광은 이렇게 하여 개인적 고통을 거시적인 문학 이론 속에 보이지 않는 것이 되게 하고 「오이디푸스 왕」, 「리어 왕」으로부터 『의사 지바고』에 이르는 비극 또는 비극적 인생 이해를 고려의 대상에서 제외해 버린다.

사회주의적 사실주의가 재촉하는 단순화 경향에 대하여 삶과 사람의 성품을 조금 더 복합적으로 파악할 수 있게 하는 개념에 대한 탐색은 위에 든 갈등의 개념 이외에도 달리 찾아볼 수 있는 것들이 있다. 그중에 민족성과 인간성, 또는 계급성과 민족성 내지 인간성에 대한 적지 않은 논의도 이 테두리에 포함시켜 언급할 수 있을 것이다. 물론 이것은 단순히 긍정적 주인공이나 혁명적 낭만성의 개념에 직접으로 관련되는 개념이라기보다는 문학 형식의 존재 방식에 관한 논의이다. 그러나 이것은 일단 작품에 등장하는 인물의 성격을 복합적으로 이해하고 구성해 보려는 노력의 일환으로 간주될 수도 있다. 가령 윤세평이 성격을 규정하면서 "계급적, 시대적, 민족적, 개성적 특징과 속성들이 하나의 유기적 통일을 이루어 생동한 비반복적인 성격으로 부각된다."[97]라고 할 때, 이것은 성격을 다층적으로 이해하려는 노력으로 생각된다. 그리고 이러한 다층적 분석은 적어도 일단은,

---

96 같은 글, 98쪽.
97 윤세평, 「공산주의자의 전형 창조와 관련된 민족적 특성에 대한 약간의 고찰」, 《조선문학》(1960년 4월호), 112쪽.

북한의 문학 이론에서 피할 수 없는 도덕주의의 폐단을 벗어난, 보다 현실적인 것이라는 인상을 준다.

　물론 북한 문학에서 도덕주의를 완전히 벗어날 수는 없다. 그런데 성격의 다층적 파악에서 적어도 어느 부분에 역점이 주어지는가 하는 것은 다양한 인물형을 창조하는 데 있어서의 작가의 자유에 상당한 변화를 가져온다. 가령 인물의 구성에 있어 개성적인 또는 인간의 보편적인 측면이 중요하다고 한다면 그것은 계급적 성분에 관계없이 선악인을 설정할 수 있다는 것을 의미하고 계급적 측면이 가장 중요하다고 한다면 인간형 — 선악의 속성을 부여받는 인간형의 구성은 매우 좁은 범위에 국한되어야 한다는 것을 의미할 것이다. 물론 성격에 관한 논의는 반드시 이러한 각도, 즉 작가가 선악의 뉘앙스를 여러 가지로 배합해 가지고 있는 인물을 만들 수 있는 자유를 어디까지 누릴 수 있느냐 하는 각도에서 행해지지는 않는다. 그러나 1958년으로부터 1960년까지 《조선문학》과 《문학신문》에 엄호석, 유창선, 김창석, 김하명, 박종식, 방연승, 이상태, 윤세평 등에 의하여 본격적으로 논의되고 또 그 외에도 수없이 언급된 계급적 특성, 민족적 특성에 관한 논의는 이러한 차원을 가진 것으로 생각된다. 가령 엄호석은 작중의 인물이 계급적으로만 한정될 수 없다는 점에 대하여, 등장인물은 전형적 성격을 가져야 하되, 그는 "사회적, 인간적, 민족적 및 개인적인 모든 다양한 측면들의 통일적 구현"[98]이어야 한다고 말한다. 왜냐하면 전형은 "사회 계급적 본질만이 아니라 사회 계급적 본질까지 포함한 다양한 인간적 본질 즉 인간의 다양한 심리적, 성격적 특징, 세태 윤리적 특성을 표현하기 때문이다."[99] 또 그는 계속하여 말한다. "실지의 생활에 있어서 인간

---

98 엄호석, 「공산주의적 교양과 창작의 질적 제고를 위하여」, 《조선문학》(1959년 8월호), 114쪽.
99 같은 곳.

은 그가 속한 사회적 역량의 대표자로서뿐만 아니라 동시에 자기의 개성과 개인적 운명을 가진 구체적인 산 인간이며 따라서 자기가 속한 계급의 공통적인 특징 이외의 다른 많은 특징들도 가지고 있다."[100] 또 김창석도 이에 비슷하게 융통성 있는 문학의 성격 이해를 강조하여 말한다.

> 우리들은 인간 성격의 사회 — 계급적 본질만 표현하는 사회적 전형과는 달리 문학 예술에서의 전형적 성격은 사회적 본질까지도 포함한 인간의 본질을 다양하게 표현한다는 데로부터 출발하여야 한다.[101]

그리고 그는 한 발짝 더 나아가 문학의 구극적인 호소력은 계급적인 요소보다는 전 인류적 보편성에서 온다는 것처럼 주장한다.

> 고전적인 문학예술 작품은 사회 — 력사적 구체성에서 표현되는 전 인류적 내용으로 하여 우리들을 감동시킨다. 그러나 사회 — 력사적 구체성은 헤겔의 술어를 빌린다면 력사에 의하여 '제거되나' 예술적 형상의 전인류적인 측면은 영원히 보존되는 것이다.[102]
> (물론 이렇게 말하여지는 전인류적 보편성은 논리 전개의 다음 단계에서 다시 "인간에게 있어서 가장 인간적인 것 즉 긍정적이며 아름다운 인간적 특질들은 근로대중과 피착취 계급들 속에서 력사적으로 형성되여왔[다]"[103]는 말에 의하여 한정된다.)

---

100 같은 곳.
101 김창석, 「공산주의자의 전형 창조에서 제기되는 이론적 문제」, 《조선문학》(1959년 12월호), 78쪽.
102 같은 곳.
103 같은 글, 99쪽.

계급적 속성을 초월한 보편성(따라서 부차적인 산물로, 작가의 인물 창조의 자유)에로의 발돋움은 민족적 특성의 강조로도 나타난다. 엄호석은 문학에 있어서의 민족적 특성을 강조하여 그것은 "공산주의자의 성격의 전형화의 질을 보장하는 중요한 요소의 하나"[104]라고 말하고 민족적 특성의 내용으로서, '이웃 사촌', 인도주의, 예절, '선렬과 부모에 대한 충직성', '선렬의 유골이 묻혀져 있고 부모처자가 있는 향토와 조국 강산에 대한 애국주의 사상', '의와 절개', '조선 여성의 아름다운 도덕적 품성', '근면하고 인내성이 강한 성질'[105]을 들고 있다. 김창석도 마찬가지로 민족적 특성을 강조하고 민족적 특성이 문학적 묘사의 대상이 되어 마땅하다고 주장한다. 그리하여 한국 민족의 공통적 속성으로, 소박, 검박성, 담백성, 이웃사촌의 상호 부조의 미덕, "겉으로 무한히 부드럽고, 고요하고 온순하나 그 속에서 밝은 지혜가 번쩍이고 있으며, 깊고 넓은 열정이 용솟음치는 말하자면 외유내강의 강직한 기질",[106] 여성의 경우는, "순진하고 온순하고 현숙한 동시에 또한 지혜롭고, 강직하고, 열정적인 성격"[107] 등을 들고 있다.

이러한 인류적이고 민족적이고 개인적인 요소의 강조에 대하여 물론, 그 반대되는 입장은 더 완강한 것으로 보인다. 사실 윤세평은 위에 간단히 언급한 평론이 나온 수개월 후《조선문학》지상에 이러한 보편적, 민족적 요소의 강조에 대한 맹렬한 공격을 실었다. 윤세평도 우선 "사회주의적 사실주의 문학예술은 처음부터 사회주의적 내용과 민족적 형식의 통일의 원칙을 고수하였다."[108]는 점은 인정한다. 그러나 여기에서 주의할 점은 '내

---

104 엄호석, 「공산주의자의 전형 창조를 위하여」,《조선문학》(1959년 11월호), 117쪽.

105 같은 글, 118쪽.

106 김창석, 앞의 글, 102쪽.

107 같은 곳.

108 윤세평, 「공산주의자의 전형 창조와 관련된 민족적 특성에 대한 약간의 고찰」,《조선문학》(1960년 4월호), 106쪽.

용'과 '형식'이라는 용어이다. 이것은 그의 말대로, "'내용에 있어서 사회주의적이며 형식에 있어서 민족적'이라는 널리 알려진 명제"[109]에 연결되는 것이기 때문이다. 그런데 이것은 곧 모든 사회주의적 문학은 같은 내용을 담으며 민족적 특수성은 인정되지 말아야 한다는 주장에 이어진다.

사회주의 나라들에서 문화는 모든 생산수단이 사적 소유로 되고 있는 지배 계급의 이데올로기를 반영한 부르죠아 문화와는 달리 생산수단이 사회주의적 소유로 되고 있는 그러한 사회의 로동계급과 인민대중의 사회주의적 이데올로기를 자기의 내용으로 삼고 있는바 그 리해관계와 지향이 동일하며 또한 맑스—레닌주의의 공통된 이데올로기를 내용으로 하고 있음에도 불구하고 이 문화는 각양한 민족적 형식을 띠고 있다.[110]

또 그는 말한다.

우리는 어떤 경우에 있어서도 문화의 민족적 내용을 인정할 수 없으며 인류사회의 정신문화(자연과학은 제외)는 항상 계급적 성격을 띠고 있다는 것을 확인하게 된다.[111]

이러한 추론에서 결국 엄호석이나 김창석의 민족적 특성에 대한 논의는 "통치계급으로부터 피착취계급에 이르는 각계각층에 공통적인 그 어떤 순수한 민족적 성격을 머리속에 설정하기 때문"[112]에 생기는 것이라고

---

109 같은 글, 107쪽.
110 같은 글, 109쪽.
111 같은 곳.
112 같은 글, 113쪽.

말한다. 그러니까 두 평론가가 든 민족적 특성은 사실은 계급의 특성을 잘못 본 것에 불과하다고 말한다.

검박성이란 것만 두고 보더라도 그것은 로동자, 농민 즉 근로대중의 계급적 특징과 속성으로부터 떼어서 생각할 수 없으며 또 상호부조라는 것도 착취당하고 억압받는 인민들의 미덕으로는 될 수 있어도 론자가 주장하는 것과 같은 모든 계급들에게 표현되는 그런 순수한 민족적 성격은 아니라고 본다.[113]

그는 이렇게 말한다. 위에서도 비쳤듯이 이러한 민족적 성격이나 보편적 인간성 또는 계급적 성격에 대한 논의는 직접적으로 인간의 성격의 복합성을 이해하려는 노력은 아니라고 할망정, 일반적인 계급성의 강조로 하여 그러한 노력은 또 하나의 벽에 부딪치는 것으로 보인다.

그런데 북한 문학의 이론에서 인간성의 다층적이고 복합적인 측면을 파악하려는 발돋움이 끊임없이 이루어지고 있으나, 다른 한편으로는 그러한 노력 자체가 그대로 긍정적으로 받아들여지지 않는다는 점도 지적되어야 할 것이다. 한 평론가는 제3차 소련작가대회에서 행한 후르시초프의 말을 다음과 같이 요약 전달하면서 이를 전적으로 긍정하고 있다.

인간을 긍정면과 부정면의 잡다한 혼합물로 간주하는 부르죠아적인 인간관의 잔재를 청산하고 도식이 아닌, 참으로 고귀한 선진적 인간, '수정같이 깨끗한 사람들'의 모범을 통해, 긍정적인 쏘베트 인간의 모범을 통해 공산주의 건설자인 인민 ──독자를 교양하는 것 ──바로 이것이 작가들 앞에

---

113 같은 글, 114쪽.

제기된 제 일차적인 과업인 것이다.[114]

6. 빠포스의 중요성

북한의 문학 논의에 자주 등장하는 외래어의 하나는 '빠포스'라는 말이다. 이것은 사전의 정의에 의하면, 러시아어 πaøoc를 차용한 말로서, '낭만적 정열'을 뜻한다. 대체적으로 북한의 문학 이론에서의 사람의 정감적 요소에 대한 강조는 매우 뚜렷한 특징인 것으로 보인다. 이것은 정감적으로 파악된 사람의 도덕적 풍모일 수도 있다. 그런데 이러한 주정적(主情的), 주의적(主意的) 강조는, 한편으로는, 동양 전통의 깊은 뿌리에서 연유한다고도 할 수 있으나(모택동 사상에서의 주의적 요소 또 그것의 전통적 근거는 학자들에 의하여 지적된 바 있다.),[115] 다른 한편으로는 소련에서의 사실주의 논의에서 보듯이 마르크스·레닌주의의 문학 해석에서 불가피한 논리로 볼 수도 있다. 위에서 누차 말한 바와 같이, 이러한 해석의 테두리에서 문학은 새로운 진실의 인식에 관계하는 탐색의 수단이 아니다. 진실은 이미 공적인 역사관 속에 미리 다 알려지고 규정되어 있다. 따라서 다른 많은 지적 활동과 함께 문학은 순전히 교육과 선전의 기능을 가진 것으로 그것도 스스로 진실을 발견하며 그것을 통하여 교육하고 선전하는 것이 아니라 이미 완성되어 있는 진실을 전달하는 것을 주업으로 교육과 선전에 종사하는 것으로 생각된다. 그리하여 문학은 단순히 이러한 진실을 그 수용자가 받아들이기 쉬운 모양으로 전달하고 또 그것이 수용자의 성격에 있어서 항구적

---

114 최철윤, 앞의 글, 129쪽.

115 가령 Donald Munro의 *The Concept of Man in Contemporary China*(Ann Arbor, 1977)에 주장되어 있는 것을 볼 수 있다.

인 것이 되게 하고 효과적인 것이 되게 하기 위해서는 이를 감정적으로 흥분할 수 있게 하는 형태로 전달하는 일 이외에 다른 일은 없을 것으로 생각되는 것이다.(여기에 상정되어 있는 것은 사람의 감성이나 마음을 움직이는 방법은 말하는 사람의 충분한 말과 흥분된 감정이라는 단순한 심리 이해이다.) 위에서 우리는 사회주의적 사실주의, 긍정적 주인공, 혁명적 낭만성 등의 개념을 살폈거니와 이러한 개념의 사실 탐구적인 측면, 사실 탐구를 위한 분석적 개념으로서의 측면을 전혀 무시할 수는 없지만, 결국 강조되는 것은, 감성적으로만 이해된 높은 도덕적 품성과 높은 도덕적 이상에 자극된 감정을 감정적인 언어로써 묘사하는 일이란 점에 주목하게 된다. 모든 것이 높은 도덕적 또는 이데올로기적 감정에 귀착되는 것이다. 다시 한 번 긍정적 주인공을 이야기하는 구절을 인용해 보자.

> 투철한 계급적 의식과 고매한 인도주의 정신과 아름다운 내면세계를 재현한 당적 인간들의 전형적 형상들......[116]

이러한 언어가 가리키고 있는 것은 어떤 도덕적 품성이 존재할 수 있는 사실 구조가 아니다. 그것은 단순한 고양된 정감의 표출일 뿐이다. 이러한 문학적 지시가 작품에 나타날 때도 그것이 생활에 배어 있는 어떤 도덕적 진실의 사실적 구조가 아니라 일정한 처방의 도덕적 성격, 감정, 언어의 안타까운 되풀이가 되기 쉬운 것은 불가피하다. 사실상 북한의 문학 이론가들이 거듭 강조하는 것은 작품에 보다 많이 정감의 요소를 도입하라는 것이다.

이것은 인물 묘사 같은 것이 실감을 주지 않을 경우에도 그렇다. 즉 어

---

116 한설야, 「공산주의 문학 건설을 위하여」, 《조선문학》(1959년 3월호), 10쪽.

떤 묘사의 결점은 정감적, 주관적 요소의 도입으로 시정될 수 있는 종류의 것인 듯이 이야기되는 것이다. 가령 농촌 소설의 약점은 "인간 의식의 개변을 객관적 현실의 변화에만 의존하여 자연발생적으로 해명하려는 경향"[117] 때문이라고 설명된다. 또 자주 되풀이되는 요구는 외면이 아니라 내면을 그리라는 것이다. "노동과정에서의 인간의 성격형성은 다만 생산과 혁신과정뿐만 아니라 그 과정에서 발현되는 사람들의 지향과 이상을 통하여 더욱 풍부한 성격형성으로"[118] 보여 주어야 한다는 것이다. 그리하여 사실적인 묘사는 오히려 "비속 사회학적 견해"[119]라고 비난된다.

작품 내에서의 주관적, 정감적 요소는 결국 작가 자신에 있어서의 그러한 요소의 직접적인 소산으로 간주된다. 그리하여 작가는 끊임없이 보다 열의와 이해를 가지고 자신의 작업과 사회의 긍정적 건설 작업에 참여할 것이 요구된다. 그리하여 "한 작가를 우리 시대의 참된 작가로 되게 하는 중요한 조건, 그것은 생활에 대한 열렬한 태도와 사랑, 그로부터 발생하는 생활에 대한 작가의 긍정적 빠포스다."[120]라고 생각되고 어떤 작품들의 질이 높은 것은, 즉 그 작품들의 "사상 예술적 질은 우선 무엇보다도 우리 시대의 사람들을 흥분시키는 현대적 빠포스의 예술적 구현에 있다."[121]고 이야기된다. 결국 중요한 것은 작가와 작품에 있어서 빠포스요, 정열이요, 흥분이다.

북한 문학의 이론에서 중요한 '사색의 깊이'에 대한 요구도 이러한 각도에서 살펴볼 수 있다. 이 요구는 실제 수많은 평론에서 되풀이되는 것인

---

117 김헌순, 「위대한 전환기의 농촌 현실과 작가의 과업」, 《조선문학》(1959년 1월호), 120쪽.

118 권두논문, 「소설 문학의 질적 향상을 위하여」, 《조선문학》(1959년 7월호), 6쪽.

119 엄호석, 「공산주의적 교양과 창작의 질적 제고를 위하여」, 《조선문학》(1959년 8월호), 120쪽.

120 엄호석, 「공산주의자의 전형 창조를 위하여」, 《조선문학》(1959년 11월호), 109쪽.

121 엄호석, 「공산주의적 교양과 창작의 질적 제고를 위하여」, 《조선문학》(1959년 8월호), 110쪽,

데, "작품의 긍정적 주인공은 생활의 긍정적 주인공의 기계적 재현이 아니라 작가의 정신세계의 소산으로서의 창조"이며 "내면세계의 이 복잡한 내용은 작가 자신의 정신세계와 사색의 깊이 이외의 그 무엇으로서도 설명될 수 없는 [것]"[122]이라고 생각되는 것이다.

그런데 정서, 사색, 정열, 빠포스, 기타 주관적 요소의 강조는 대체적으로 소설의 사실주의의 사실성을 약화시키는 역할을 하면서 다른 한편으로는 사실주의를 보완하는 의미를 가지고 있다. 그러나 시에 있어서 빠포스의 강조는 시 이론을 완전히 독점한다고 말하여야 할 것이다. 사실 그것이 비판적인 것이든 사회주의적인 것이든 사실주의 이론은 소설에 적용되는 이론이며 서정시에 대해서는 간접적인 관련밖에 갖지 않는다. 시는 본래 정감적인 요소 속에 존재하는 것으로 생각될 근거가 많기 때문에 빠포스의 이론은 완전히 지배적인 것이 되는 것이다. 시는, 상식적 시론이 말하듯이, 객관적 사실만을 나열할 때, 그리고 "그 나열에 따라 시인의 정서의 발전을 느낄 수 없[을 때]"[123] 시이기를 그친다. 시는 물론 다른 각도에서 볼 때, 아름다운 말로 이루어진다. 그러나 말을 살리는 것도 그 주관적 정서의 과정이다. "모든 아름다운 말이 형상적인 것은 아니다. 우리는 이 두 개념을 구분하여야 한다. 시적 형상은 무엇보다도 먼저 작가의 시적 사색에 의하여 가공되고 창조된 시정을 동반한다."[124]

그러나 시에서 모든 정서적 요소가 다 환영받는 것은 아니다. 많은 경우 흔히 세계의 서정시의 전통에서 시적이라고 생각되는 정서, 사적인 정서는 북한의 문학 이론에서 비판의 대상이 된다. 가령 어떤 작품들은 "벅찬 현실을 외면하면서 소시민적 감상과 애상에 몸을 잠그고, 생활을 왜곡

---

122 엄호석, 「로동계급과 당적 인간의 성격」, 《조선문학》(1960년 12월호), 88쪽.

123 강성만, 앞의 글, 126쪽.

124 같은 글, 123쪽.

한"[125] 것으로 비판된다. 또 '고독'과 '애수'의 정서 외에 "통속적인 사랑의 탐미에 떨어진"[126] 작품도 소부르주아적 취미를 드러낸 것으로 말하여진다. 그러면 시인이 그려야 하는 또는 가져야 하는 정서는 어떤 것인가? 그 것은 개인적 정서가 아니라 공적 정서이다. 소재에 있어서도 시인의 마땅한 소재는 공적인 것이다. 그러나 이것을 추상과 일반의 건조한 상태에서 시화하면 안 된다. 그것은 시인의 주관 속에서 정서화되어야 한다.

> 서정시의 서정미는 객관적 대상에 대한 시인의 내부 체험에 의하여 서정시에 부여된다. 때문에 서정성의 기초는 시인의 자아적 주관에 있는 것이 아니라 객체인 현대생활 속에 있는 것이다. 시인이 감정생활에 가장 큰 체험과 파문을 일으키는 것은 그도 함께 합류된 인민들의 시대적 과업을 실천하기 위한 현대적 사변이며 그의 투쟁생활이다.[127]

다시 말하면, 객체적 공적 주제가 시의 마땅한 소재인데, 이것이 일반적으로 이해되는 것이 아니고 시인의 개인적 감성 속에서 파악되는 것이다. 위의 인용구를 쓴 평론가는 말한다. "공민적 감정의 높이에까지 앙양된 시인의 내부체험이 일반성의 경지에 머물러서는 안되며 그것은 끝까지 고유한 시인다운 개성적 반복과 체험으로 환원되어야 한다."[128] 이것은 어떻게 하여 가능한가? 여기에 중요한 것은 특별한 정서의 일반화이다. 다음과 같은 구절은 이 계기를 설명한다.

---

125 한설야, 앞의 글, 16쪽.

126 한설야, 「공산주의 교양과 우리 문학의 당면 과업」, 《조선문학》(1959년 5월호), 16쪽.

127 방연승, 앞의 글, 120쪽.

128 같은 글, 125쪽.

서정시는 생활에 대한 시인의 사상 감정을 서정적인 계기를 통하여 개방하는 독특한 일반화의 과정에서 탄생된다. 그렇기 때문에 서정적 '나'로서의 시인은 항상 시의 기백을 규정하는 주체로서 그의 서정적 체험의 진실성과 깊이는 바로 시적 기백의 진실성과 깊이를 담보한다.[129]

이와 같이 시인은 독특한 일반화의 능력, 달리 말하면, 감정적, 직관적 일치의 능력을 가지고 있다. 그렇다고 이것이 주어진 상태에만 머물 수 있는 것은 아니다. 그것은 사색과 감정적 일치의 노력으로 이루어진다. 하여튼 시인은 선천적으로 또는 노력에 의하여 "억제할 수 없는 흥분", "심장의 말", "창조적 열정"[130] 등으로 특징지어지는 사람이다.

시인을 이와 같이 정서적인 면에서, 특히 긍정적인 정서의 면에서 규정하는 것은 시인에게 견디기 어려운 부담을 줄 것으로 생각된다. 감정은 사물에 부딪쳐 수동적으로 일어날 때 자연스러우며, 능동적으로 고취될 때 또는 의무로서 부과될 때 공허하고 거짓스러운 것으로 되게 마련이다. 따라서 감정의 시학은 시나 시의 비평에 좋은 효과를 가져오기 어렵다. 이에 따르는 경우 시는 상투적인 것이 되고 시의 비평은 상투적 감정의 강도를 헤아리는 척도로 전락한다. 북한의 시 비평에서 사랑, 감격, 영웅적, 충성심, 흥분과 같은 말이나 힘차다, 슬기롭다, 생동한 표현이다 등등의 형용구만을 발견하는 것은 당연한 결과라 아니할 수 없다.

---

129 이시영, 「혁명 전통주제와 서정적 일반화」, 《조선문학》(1965년 4월호), 103쪽.

130 방연승, 「붉은 노래 — 심장의 목소리 — 시집 『붉은 기발이 휘날린다』를 중심으로」, 《조선문학》(1960년 1월호), 132쪽.

7. 진실과 예술

　사회주의적 사실주의의 문학 이론의 근본 문제는 문학 또는 예술과 진실과의 관계에 있다. 그것은 인간의 개인적, 사회적 삶의 진실은 이미 마르크시즘의 역사관 속에 드러나 있는 것으로 보고 이 진실에 대한 도전이나 수정을 인정하지 않는다. 따라서 예술의 경우도 그것은 그것 나름의 독자적인 진실이 아니라 예술의 밖에 정해져 있는 진실에 관계되는 것으로서만 생각된다. 이것은 예술에서 그 독자적인 기능을 빼앗아 버리며, 그것을 하나의 교육적인 타협의 수단으로 전락시킨다. 그것은 예술 외의 역사적 진실을 정서적 호소력을 가진 형태로 포장하는 기능만을 맡게 되는 것이다.

　말할 것도 없이 예술 또는 문학은 과학이나 철학과는 달리 진실 또는 진리의 문제를 그 심각한 반성의 대상으로 삼지 않는다. 그러나 모든 다른 인간의 활동과 마찬가지로 그것이 그것 나름으로서 드러내는 진실 또는 진리를 상실하는 경우 그것은 위엄과 보람, 무엇보다도 즐거움을 잃어버리고 만다. 예술은 예술대로 인간의 진실의 탐구에 관여한다. 이 진실은 신체적 감각과 일상적 관심에 드러나는 진실이다. 그러면서 동시에 그것은 실존적, 사회적, 철학적 보편성의 지평에 이어진다.

　이것은 전통적으로 서양의 미학 전통에서 '구체적 보편성'이라는 말로 표현되어 왔다. 얼핏 생각건대, 이 말은 두 가지 모순, 즉 서로 합칠 수 없는 개념인 구체와 보편을 한데 묶은 말이다. 이것은 그 외의 면에서도 양립할 수 없는 측면들을 한데 가지고 있다. 즉 구체적인 것이란 끊임없는 변화 생성 속에 있는 것이고 보편성은 이러한 변화 생성 속에 또는 그것을 넘어서서 영원한 것, 항구적인 것을 말한다. 그러니까 '구체적 보편성'은 공간적으로 한정되고 시간적으로 한정된 것 가운데 계시되는 영원하고 보편적인 본질을 체현하고 있는 것이다. 예술 작품은 이러한 한정과 영원, 우연과 본질, 즉 구체와 보편의 모순을 통일하여 감각적으로 제시하는 것이라고 말할 수 있는 것이다. 예술 작품, 특히 서정적 작품은 삶의 어떤 순간의 기미를 포착하려 하면서 동시에 그것의 보다 영원한 바탕을 암시하고자 한다. 예술 작품이 추구하는 진실은 구체적이고 보편적인 것이다.

그런데 이러한 모순된 것의 통일은 좀더 역사적인 차원에서 생각될 수도 있다. 이때 문제 되는 것은 위에 말한 모순의 양극 중 보편성의 폭이다. 왜냐하면 역사의 개념 자체가 모든 것이 변화한다는 것을 포함하고 있기 때문이다. 역사에 본질적으로 불변한 이념이 있는가? 헤겔이 그러하듯이 그것을 상정할 수 없는 것은 아니지만, 적어도 경험적인 차원에서는 모든 것은 변화한다고 말하는 것이 옳을 것이다. 그러나 이 경험적 세계에 있어서도, 보다 더 지속적이고 규범적인 것과 보다 더 쉽게 변하고 종속적인 것을 생각할 수는 있다. 이때 이 두 가지를 한데 묶은 역사적 실체를 어떤 철학자들은 '구체적 전체성'이라는 말로 부른다. 이 말은 역사에 있어서의 개체적 존재와 개체적 존재를 넘어서는 커다란 역사 변화의 법측적이고 범주적인 테두리를 지칭하는 말로 볼 때, 가장 쉽게 이해된다. 이것은, 말하자면, 역사 속에서의 한 개인과 그의 삶을 규정하는 집단적 범주, 계급, 사회, 국가, 민족과 같은 테두리를 한데 묶은 역사의 실체를 말한다. 물론 개체의 운영은 계급적, 사회적, 국가적, 민족적 변화에 의하여 크게 규정되고 제약된다. 그러나 그는 이러한 집단적 범주에 완전히 종속하지 아니한다. 왜냐하면, 적어도 자연과의 관계가 아니라 사회적인 관계에 우리의 관점을 한정하고 볼 때, 모든 변화와 작용, 집단적 변화와 작용의 직접적인 매개체는 바로 집단 내의 개체이기 때문이다. 그러니까 '구체적 전체'라는 개념에서 구체와 전체는 끊임없는 교환 작용 속에 있으며, 이것이 역사 변화의 핵심이 되는 것이다. 예술 작품, 특히 그것이 사회 속에서의 인간의 존재 방식에 깊이 간여되어 있다는 의미에서 소설이 나타내는 진실은 '구체적 전체'에 관계되는 것으로 볼 수 있다. 그것은 개체적인 실존의 모습의 실감 있는 묘사에 주목하면서, 그것을 넘어서는 사회적 전체의 움직임, 변화, 형성을 제시하고자 하는 것이다.

다시 말하건대, 예술 작품은 구체적 전체성 내지 보편성의 진실을 그 탐구의 대상으로 한다. 그것은 사람이나 사물의 가장 구체적인 재현에 관심을 가지면서 그것을 에워싸고 있는 사회적 또는 그보다는 더 근원적인 것의 계시에 이르고자 한다. 여기에서 주의할 점은 보편성이나 사회적 전체성은 개념적으로 파악되어 버릴 수 없다는 점이다. 메를로퐁티는 예술이 관계하는 존재의 전체적인 모습을 "개념 없는 보편성"이란 말로 표현한 바 있지만, 세계와 역사의 무한한 창조적인 동력으로 하여 또 인간의 무한한 창조력과 개체성으로 하여, 가장 높은 보편적인 것, 전체적인 것은 개념적 파악의 저쪽에 있는 것으로 밖에 생각할 수 없다는 말이다. 이것이 예술 작품의 창조를 한없이 가능하게 하고 예술의 진실을 향한 추구가 끊임없는 것이 되게 하고 또 모든 지적인 추구를, 또 모든 삶을 새로운 가능성으로 채워 주는 근본이라고 할 수 있는 것이다. 그렇다고 집단적 범주가 형성하는 전체성이나 현상적 나타남의 바탕이 되는 보편성이 전혀 개념적으로 접근될 수 없다고 말하는 것은, 또는 그러한 것에 의해서 개체적 삶이나 개체적 현상이 규정된다는 사실을 부정하는 것은 몽매주의에 떨어지는 일이 될 것이다. 다만 우리의 개념적 접근은, 또는 더 확대하여 언어를 통한 정식화(定式化)는 어디까지나 접근에 불과할 뿐 절대적이며 최종적인 소유가 아니라는 사실은 잊어서는 안 될 것이다.

사실주의의 이론은 한편으로 개체적 체험을 있는 그대로 그리면서 다른 한편으로는 그 묘사를 통하여 그것이 어떻게 집단적 범주들에 의하여 제한되며 또 그러한 범주의 형성에 작용하는가를 드러내 보일 수 있다는

가설을 가지고 있다. 그런데 이러한 가설이 문학적 표현의 이론적 이해로
서의 효력을 유지하게 되는 것은, 여기에 함축되어 있는 구체와 보편의 관
계를 어디까지나 유동적인 것으로 유지하는 한도에서이다. 즉 개체적인
것은 집단적 범주에 의하여 완전히 결정론적으로 규정되는 것 이상의 것
이어야 하며, 집단적 범주는 개체적인 것에 의하여 끊임없이 수정되면서
변화하는 것으로 이해될 수 있어야 한다. 그러한 유동적인 변화의 가능성
이 없어져 버린 현실 또는 이론에서, 그것이 인간의 삶을 위하여 좋은 일이
든 나쁜 일이든, 참으로 심미적 만족감을 주는 예술 작품의 가능성은 사라
져 버릴 수밖에 없을 것이다.

　비판적 사실주의에서, 이론의 전제에 비추어서 이미, 전체성의 범주는
고정되어 있는 것으로 볼 수가 없다. 그것은 균열과 화합의 변증법적 운동
속에 있다. 그리하여 개체적 삶은 그 자체로서만이 아니라 끊임없이 변화
하는 전체성을 확인하기 위하여 주목의 대상이 되어 마땅하며, 다른 한편
으로 집단적 범주의 법측적이면서 창조적 변화는 개체적 삶을 위하여 반
드시 확인되어야 하는 요건이다. 예술은, 그것 이외의 다른 목적이 있을 수
없는 구체적 작품에서 최종적인 존재 이유를 찾으면서 동시에 이 작품은
그것이 드러내는 구체적 보편성 또는 구체적 전체성을 통해서 삶에 뿌리
를 내리고 있게 된다. 비판주의적 사실주의의 이론은 예술 작품 본래의 변
증법을 사회적 역사적 현실과의 관점에서 확대 부연한 것이라 할 수 있다.
그런데 사회주의적 사실주의는 비판적 사실주의의 유산을 계승하면서 그
유동적 현실 이해 능력을 포기한 것으로 생각될 수 있다. 사람의 삶을 규정
하는 집단적 범주는 사회주의 사회의 전체성에 의하여 완전히 규정된 것
으로 이해된다. 역사 변화의 동력은 무의식적이고 자연 발생적인 단계를
벗어나 완전히 이성적인 이니셔티브 속에 장악되어 있는 것으로 이야기된
다. 이것은 다른 한편으로는 개체적 삶이 완전히 전체성의 통제 속에 들어

갔다는 것을 의미한다. 또 이것은 구체와 보편의 긴장된 변증법 안에 서식하는 예술 작품의 진리 탐구의 기능도 정지된다는 것을 의미한다. 인간의 체험과 삶에 관한 진실은 이미 알려져 있는 것이다. 무엇이 새삼스럽게 탐구될 것이 있는가? 여기에서 예술 작품은 단순히 있는 사실을 정서적으로 가공하는 기능을 맡을 수 있을 뿐이다.

(1981년)

어둠으로부터 시작하여 — 시의 근원: 서문에 대신하여, 《외국문학》 제33호(1992년 겨울호)

1부 시인의 보석

시와 정치 — 한국 현대 시의 한 측면에 대한 고찰, 《세계의 문학》 제14호(1979년 겨울호)

시의 언어와 사물의 의미, 《세계의 문학》 제21호(1981년 가을호)

시의 내면과 외면 — 시와 사회에 대한 한 생각(1982), 출처 미상

시인의 보석, 원광 외, 『오늘과 내일을 위하여』(시인사, 1984)

2부 현대 문학 시론

한국 현대 소설의 이론을 위한 서설 — 사회와 문화의 관계에 대한 한 고찰(1984), 출처 미상

한국 소설의 시간, 《문예중앙》 제15호(1981년 겨울호)

리얼리즘에의 길 — 염상섭의 초기 단편, 《문예중앙》 제27호(1984년 가을호)

괴로운 양심의 시대의 시, 《세계의 문학》 제12호(1979년 여름호)

오늘의 한국 시 — 서정에서 현실로, 《예술과 비평》 제5호(1985년 봄호)

3부 아름다움의 즐거움과 쓰임

문학의 발전 — 문학적 지각의 본질에 대한 한 고찰, 《세계의 문학》 제17호(1980년 가을호)

언어, 사회, 문체 — 토착어를 중심으로 한 성찰, 《신동아》 제229호(1983년 9월호)

문학과 유토피아 — 문학적 상상력의 정치적 의의에 대한 한 고찰, 소흥렬 엮음, 『문화와 사상』(이화여자대학교출판부, 1985); 강원대학교학생생활연구소 엮음 『지성의 광장에서: 젊은이를 위한 강연 모음』(강원대학교출판부, 1987)

아름다움의 거죽과 깊이 — 심미 감각과 사회, 《예술과 비평》 제1호(1984년 봄호)

문학의 즐거움과 쓰임, 김우창, 김흥규 엮음, 『문학의 지평』(고려대학교출판부, 1984)

인용에 대하여 — 문화 전통의 이어짐에 대한 명상, 《예술과 비평》 제8호(1985년 겨울호)

4부 오늘의 작가와 시인

밑바닥의 삶과 장사의 꿈 — 황석영의 민중적 삶에 대한 탐구(1982), 출처 미상

근대화 속의 농촌 — 이문구의 농촌 소설, 《세계의 문학》 제22호(1981년 겨울호); 예술원 엮음, 『한국예술총집』(문학편 3 현대 시인·작가론)(예술원, 1993)

내적 의식과 의식이 지칭하는 것 ─ 황동규의 시, 황동규, 『열하일기』(지식산업사, 1982)

언어적 명징화의 추구 ─ 김광규의 시, 김광규, 『아니다 그렇지 않다』(문학과지성사, 1983)

관찰과 시 ─ 최승호의 시에 부쳐, 최승호, 『대설주의보』(민음사, 1983)

'위조 천국'의 언어와 진실 ─ 정동주의 「순례자」, 《세계의 문학》제34호(1984년 겨울호); 정동주,

　　『순례자』(민음사, 1984)

참여시와 현실적 낭만주의 ─ 조태일의 시, 조태일, 『연가』(나남, 1985)

내면성의 시 ─ 김채수 씨의 시에 부쳐, 김채수, 『우상의 음영에서』(문학세계사, 1989)

5부 사회·역사·문화

우리 문화의 의미(1982), 출처 미상

문물과 문화의 주체성 ─ 우리 문화의 주체적 발전을 위한 조건에 대한 성찰, 유네스코한국위원회

　　엮음, 『한국 사회의 자생적 발전: 유네스코 한국위원회 창립 30주년 기념 심포지움 자료집』(1984)

구체적 보편성에로 ─ 역사와 문학의 관계에 대한 한 고찰, 《세계의 문학》제20호(1981년 여름호)

6부 이념과 표현

이념과 표현 1 ─ 북한의 정치와 문학: 6·25전쟁 이후의 북한 시의 흐름, 고려대아세아문제연구소

　　엮음, 『북한의 현실 1』(공산권 연구총서 23, 고려대학교출판부, 1980)

이념과 표현 2 ─ 북한의 문학 비평: 문학적 진실과 사회주의적 진실, 고려대아세아문제연구소 엮음,

　　『북한의 현실 2』(공산권 연구총서 25, 고려대학교출판부, 1981)

김우창

1936년 전라남도 함평 출생. 서울대학교 문리과대학 정치학과에 입학해 영문학과로 전과했다. 미국 오하이오 웨슬리언대학교를 거쳐 코넬대학교에서 영문학 석사 학위를, 하버드대학교에서 미국 문명사 박사 학위를 취득했다. 서울대학교 영문학과 전임강사, 고려대학교 영문학과 교수와 이화여자대학교 학술원 석좌교수를 지냈으며《세계의 문학》편집위원,《비평》발행인이었다. 현재 고려대학교 명예교수, 대한민국예술원 회원으로 있다.

저서로『궁핍한 시대의 시인』(1977),『지상의 척도』(1981),『심미적 이성의 탐구』(1992),『풍경과 마음』(2002),『자유와 인간적인 삶』(2007),『정의와 정의의 조건』(2008),『깊은 마음의 생태학』(2014) 등이 있으며, 역서『가을에 부쳐』(1976),『미메시스』(공역, 1987),『나, 후안 데 파레하』(2008) 등과 대담집『세 개의 동그라미』(2008) 등이 있다. 서울문화예술평론상, 팔봉비평문학상, 대산문학상, 금호학술상, 고려대학술상, 한국백상출판문화상 저작상, 인촌상, 경암학술상을 수상했고, 2003년 녹조근정훈장을 받았다.

김우창 전집 3

시인의 보석 :현대 문학과 시인에 관한 에세이

1판 1쇄 펴냄 1993년 4월 5일
2판 1쇄 찍음 2015년 11월 27일
2판 1쇄 펴냄 2015년 12월 14일

지은이 김우창
발행인 박근섭·박상준
펴낸곳 (주)민음사

출판등록 1966. 5. 19. 제16-490호
주소 서울시 강남구 도산대로 1길 62(신사동)
강남출판문화센터 5층 (우편번호 06027)
대표전화 515-2000 | 팩시밀리 515-2007
홈페이지 www.minumsa.com

ISBN 978-89-374-5543-8 (04800)
ISBN 978-89-374-5540-7 (세트)